Michael M. Thomas, geboren 1936, ist Kunsthistoriker und war bis 1961 Kurator am Metropolitan Museum of Art in New York. Er wechselte von der Kunst zur Finanz, gründete 1973 eine eigene Anlageberatungsfirma und war gleichzeitig als Journalist für verschiedene Fachblätter und Zeitungen tätig. Seit 1980 widmet er sich fast ausschließlich dem Schreiben von Romanen, deren Spannung, Stil und verblüffende politische Weitsicht ihm einen eingeschworenen Leserkreis sichern.

Dieses Buch wurde auf chlor- und säurefreiem Papier gedruckt.

Vollständige Taschenbuchausgabe April 1994
Droemersche Verlagsanstalt Th. Knaur Nachf., München

Titel der Originalausgabe »The Ropespinner Conspiracy«
Umschlaggestaltung: Agentur ZERO, München
Umschlagfoto: The Image Bank/Andy Caulfield
Druck und Bindung: Elsnerdruck, Berlin
Printed in Germany
ISBN 3-426-67061-5

2 4 5 3 1

Michael M. Thomas

Das Milliarden-Dollar-Roulette

Roman

Aus dem Amerikanischen von Klaus Berr

Knaur

Dieses Buch ist
L. S. H., J. J. M. und all den anderen gewidmet,
deren Freundschaft beständig war,
gleichgültig, was auch passierte.

Die Hauptfiguren in diesem Roman sind fiktiv, ebenso wie die Certified Guaranty National Bank, sie entsprechen keinen wirklichen Personen oder Einrichtungen. Die Episoden und Entwicklungen jedoch, die als Vorkommnisse im Bankwesen seit 1955 dargestellt werden, sind historisch und belegt — wie ihre augenblicklichen und möglichen Folgen.

»Mit ihren verschiedenen direkten oder indirekten Transaktionen beeinflussen die Banken, zum Guten oder zum Schlechten, jeden einzelnen im Lande. Das Bankwesen ist keine lokale, zeitweilige oder nur gelegentliche Erscheinung. Es ist allgemein und dauernd. Wie die Atmosphäre lastet es auf allem und jedem. Seine Auswirkungen spürt man im Palast wie in der kleinsten Hütte.«

Übers. nach
William M. Gouge
A Short History of Paper Money and Banking in the United States
Philadelphia, 1833

Prolog

Karfreitag

Das Anwesen war ideal gelegen für das Vorhaben dieses Abends. Es stand fast genau in der Mitte des fünf Meilen langen Halbmonds der Bucht; von oben erinnerte die geschwungene Küstenlinie an eine grobe, ins Wasser schneidende Sichel, begrenzt von einem schmierigen Streifen blassen Schaums, wo sich die in der Bucht träge dahinrollenden Wellen an den dunklen Felsen am Fuß der Klippen brachen.

Das Haus stand nahe am Abgrund. Es war ein ausgedehntes, lose zusammengefügtes Gebilde aus Schindeln und Brettern auf einer weiten Lichtung — früher ein Moorgebiet, jetzt ein kaum gepflegter Rasen — mitten im Tannenwald. Der Sage nach waren hier die Wikinger gelandet und wurden sofort von den ansässigen Indianern niedergemetzelt. Aber auch die waren schon vor langer Zeit vertrieben worden, zunächst von Holzfällern und schließlich von den beständig und immer weiter um sich greifenden Wochenendhäusern.

Für Segler, die an dunstigen Tagen in die Bucht einfuhren, hatte der Wald ein arkadisches, fast urzeitliches Aussehen. Die Baumgrenze war ein nahtlos grünes Band entlang der Steilküste. Nur kurz unterbrochen vom Haus und dem Rasen, erstreckte es sich weiter nordwärts, bis an seinem entfernten Ende die Lichter der Cottages und der Stadt die unauslöschliche Gegenwart der Zivilisation anzeigten.

»Immer wenn ich das hier sehe, muß ich an Locke denken«, bemerkte der ältere der beiden Männer, die auf der Veranda standen. Er war spindeldürr, weit in den Siebzigern und vom Alter bereits gebeugt, aber auf seinem knochigen Körper saß ein unpassend fleischiges und kindliches Gesicht.

»Locke?« fragte sein Begleiter. Er war ein untersetzter, gutaussehender Mann, etwa zwanzig Jahre jünger als der andere. Während er sprach, zupfte er abwesend das grellfarbige Taschentuch mit Paisley-Muster in seiner Brusttasche zurecht.

»Ja, Locke. ›Am Anfang war *alles* Amerika‹, sagte er.«

Von der Veranda, dem ganzen Stolz des älteren Mannes, sahen sie auf das Meer hinaus. Beim Wiederaufbau des Hauses nach dem Feuer war sie sein einziger Zusatz zu den ursprünglichen Bauplänen gewesen.

»Nun«, sagte der Jüngere. »Die Sonne geht unter. Es wird nicht mehr lange dauern.« Er sah auf die Uhr. »Startbereit um halb acht, oder? Das haben sie dir doch gesagt?«

»Ja, ja.« Der Ältere klang gereizt. Er kratzte sich nervös seinen flaumig weißen Haarkranz.

Die Dämmerung senkte sich über das Wasser. Die weißen Linien von Rumpf und Takelage des Segelboots, das etwa hundert Meter weiter draußen vor Anker lag, sahen in dem verlöschenden Licht gespenstisch aus. Auf den dazwischenliegenden Klippen brannten keine Lichter. Zu dieser Jahreszeit waren die anderen Cottages unbewohnt und würden es auch bis Juni noch bleiben.

»Ich hoffe nur, daß ihn niemand bemerkt«, sagte der Ältere.

»Wen bemerkt?«

»Den Hubschrauber. Du weißt doch, wieviel Lärm diese Helikopter machen.«

»Mach dich doch nicht lächerlich.« Der Jüngere bemerkte die Ungeduld in seiner eigenen Stimme. Er schwieg einen Augenblick, um sich zu beruhigen. »Na«, fuhr er dann fort, »auch wenn wirklich jemand vorbeikommt, die Einheimi-

schen haben doch die letzten zwanzig Jahre Hubschrauber hier herumfliegen sehen. Sie scheren sich keinen Pfifferling darum. Und das solltest du auch nicht!« Ganz offensichtlich mochte er seinen Begleiter und war bereit, geduldig zu sein.
»Na, ich hoffe.« Der Ältere klang zweifelnd.
Eine leichte Brise vom Meer fing sich in den Fahnen, die von den Querbalken des Flaggenmasts hingen.
»O Gott!« rief der Ältere. »Ich hätte fast vergessen, die Fahnen abzunehmen. Und das nach Sonnenuntergang!« Er ging auf die Treppe zu.
»Laß es sein«, erwiderte der Jüngere und hielt den anderen am Arm zurück. »Was soll's? Das ist doch jetzt gleichgültig, meinst du nicht auch? Komm schon, es wird kalt. Ich glaube, du solltest ins Haus gehen. In den nächsten paar Stunden brauchen wir dich in Topform. Hast du schon alles gepackt?«
Es war, als würde er einen gebrechlichen alten Onkel auf die Fahrt in ein Pflegeheim vorbereiten.
Sie gingen ins Haus. An der Tür blieb der Jüngere stehen und sah sich um. Ein zähes Land, dachte er. Zähe Menschen. Zähes altes Haus. Er lächelte den Rücken seines Freundes an. Was für ein zäher alter Kerl bist du doch gewesen, dachte er liebevoll, reiner Stahl unter all den guten Manieren und dem intellektuellen Auftreten. Zumindest bis vor etwa fünf Monaten. Tja, das Älterwerden muß teuflisch sein. Zuerst sind's die Beine — und die Nerven. Scheiße, dachte er, ich werde ja selber alt. Fast schon siebenundfünfzig. Na ja, so alt ist das auch wieder nicht.
Er sah sich noch einmal um. Hier ist eine ganze Menge ausgebrütet worden, dachte er, Pläne für einen Triumph oder eine Tragödie, je nachdem, aus welchem Blickwinkel man es betrachtete. Innerlich war er kalt. Er hatte nur wenig oder gar keine Nostalgie auf Lager. Für ihn war das Gedächtnis eine Art Vorratsraum, eine Reihe von Regalen, die man ab und zu

nach Dingen, die man gerade brauchte, absuchte. Erinnerungen waren etwas, das ein Mann durchblätterte, bis er gefunden hatte, was er zur Durchsetzung seiner gegenwärtigen Ziele verwenden konnte. Die Vergangenheit konnte eine Falle sei. Du siehst dich um und *peng!* — schon blendet dich etwas. Ein Mann konnte nicht erreichen, was er erreicht hatte, konnte nicht tun, was er getan hatte — was *sie* getan hatten —, wenn er sich in der Vergangenheit verstrickte.

»Ich glaube, ich seh' mich noch einmal nach diesem Foto von Grigori um«, sagte der Alte. »Ich kann mir nicht vorstellen, wo es hingekommen ist.« Er klang, als würde er gleich anfangen zu weinen.

Um Himmels willen, hör auf zu jammern, dachte der Jüngere. Er war dieses ständige Gerede über das verdammte Foto leid. Natürlich konnte er verstehen, was es dem Alten bedeutete. Hatten ihm doch in den letzten fünfzehn Jahren die Ohren von »Grigori hier« und »Grigori dort« geklungen. Ich weiß, ich weiß, dachte er. Bleib ruhig. Halt den alten Knaben bei Laune.

»Du hast es wahrscheinlich in Boston vergessen.«

»Cambridge.« Der Alte lächelte. »Du verwechselst das aber auch jedesmal, was? Nein, ich bin sicher, daß es hier war.«

»Okay, Häuptling. Ich unterwerfe mich deinen Präferenzen: Cambridge. Sieh dich noch einmal um.« Er salutierte im Spaß. Wenigstens bist du dann beschäftigt, dachte er. »Ich hoffe nur, daß du den Rest deiner Sachen eingepackt hast. Wenn die Jungs kommen, werden sie sicher nicht zum Abendessen bleiben wollen.«

Sein eigenes Gepäck — vier Koffer, zwei Reisetaschen, ein Schuhkoffer und zwei Aktenmappen — stand ordentlich aufgereiht an der Vordertür. Es war eine ganze Menge — in Spionageromanen reisten Überläufer mit leichterem Gepäck —, aber er wußte, daß es an ihrem Bestimmungsort in Sachen Kleidung schlecht aussah. Er war sehr eitel und hatte deshalb genug Anzüge eingepackt, um in seinem zweiten

Lebensabschnitt, den er eben jetzt begann, damit auskommen zu können.
Operation Ropespinner war vorbei. Abgeschlossen. Zu Ende. Nur achtundvierzig Stunden blieben noch.
Operation Ropespinner. Das war der Name — wie Cosa Nostra oder die Gesellschaft —, den der alte Mann und sein russischer Freund, Grigori Menschikow, erfunden hatten; ihr privater Codename für das, was der Alte manchmal auch »unser großartigstes Unternehmen der letzten dreißig Jahre« nannte. Der Name kam von einem Ausspruch Lenins: »Der Kapitalismus wird uns noch den Strick verkaufen, mit dem wir ihn aufhängen werden.«
Operation Ropespinner: Ein grandioser Plan, um den Westen endgültig und für immer zu zerstören. Von innen heraus. Indem man das Bankensystem korrumpierte, das ja das beständige und sichere Herz des freien Unternehmertums sein sollte.
Und, bei Gott, sie hatten es geschafft!
Sie hatten den Verurteilten dazu gebracht, sich seine eigene Schlinge zu knüpfen. Jetzt mußte man nur noch die Falle zuschnappen lassen, und genau deswegen fuhren sie nach Moskau.
Seine Gedanken sprangen zum Montag, zur Pressekonferenz, wo sie vor aller Welt verkünden wollten, was genau sie getan hatten und wie.
Er vermutete, daß er den gottverdammten Orden würde tragen müssen, den ihm der Alte aus Moskau mitgebracht hatte; das verfluchte Ding konnte jeden erstklassig geschnittenen Anzug außer Form bringen. Seinen Aufzug hatte er schon genau geplant: den neuen blaugrauen Nadelstreifenanzug aus neun Unzen schwerem Kammgarn von Holland and Sherry, ein neues Hemd von Sulka, und — um dem Affront die Krone aufzusetzen — eine offizielle Bankkrawatte. Einen der neuen Anzüge hatte er schon ausprobiert. Er paßte wie angegossen, obwohl der Stoff schwerer war als der,

den er sonst immer bestellte. Na ja, aber man kannte ja die grimmigen Winter dort drüben, und außerdem würde das kräftigere Material länger halten, vielleicht sogar den Rest seines Lebens.
Er sah auf die Uhr — 18 Uhr 53. Er wollte endlich weg. So war er eben. Entscheidungen treffen und sie, verdammt noch mal, gleich in die Tat umsetzen. Einfach aufstehen und gehen. Nur keine Unentschlossenheit!
Verdammt, wir haben es wirklich geschafft! Er ertappte sich bei dem Gedanken. Wir haben die gottverdammte Bank geknackt! Die Banken. Das ganze verdammte westliche Bankensystem. Den ganzen verdammten Westen! Nur zwei Kerle. Na, drei, wenn man Menschikow mitzählte. Er selbst an vorderster Front, der Alte als Stratege im Mittelfeld und der Russe, der hinter dem Vorhang die Fäden in der Hand hielt.
Wer hätte geglaubt, daß so etwas möglich wäre? Er nicht — das war mal sicher, und man hatte ihn ja auch erst eingeweiht, nachdem die Sache schon längst am Laufen war. Ob er sich anders verhalten hätte, wenn er es von Anfang an gewußt hätte? Er bezweifelte es.
Nein, er hätte es nie für möglich gehalten, nicht einmal jetzt, wenn er zurückblickte und nun selbst genau das sah, was der alte Russe schon vor so vielen Jahren — wann war es, '45 oder '46? — vorausgesehen hatte. Wie konnten Leute, Kerle, die ja angeblich so verdammt schlau waren, nur so dumm sein? Was, zum Teufel, glaubten sie denn, was sie taten? Wohin, zum Teufel, sollte sie denn das bringen, wenn nicht direkt in die Gosse? Sie und ihre Banken und ihre Staaten. Die Regierungen des Westens hatten ja auch kräftig mitgearbeitet: Washington und London und Bern. Eine nach der anderen waren die alten Schranken niedergerissen worden, eine Einschränkung nach der anderen, über den Haufen geworfen im Namen der Effizienz und des Wettbewerbs.
Wenn er zurückblickte, war es, als hätten er und der Alte dreißig Jahre damit zugebracht, ein großes Gebäude syste-

matisch zu unterhöhlen, wie eine dieser französischen Kathedralen. Hier einen Schlag versetzt, dort einen Tragbalken zur Hälfte durchgesägt, hier einen Stützpfeiler geschwächt. Nun brauchte man nur noch auf den Auslöser zu drücken und das ganze Ding in die Luft zu jagen.
Die Moskauer Pressekonferenz würde der Zünder sein. Die gottverdammteste Enthüllung, die die Welt je erlebt hatte.
Das Timing gefiel ihm. Na, dachte er, muß ja wohl – es war ja schließlich meine Idee.
Neun Uhr vormittags Moskauer Zeit am Montag nach Ostern. Was bedeutete, daß die großen Märkte im Fernen Osten, in Hongkong und Tokio, noch geöffnet sein würden. Der Großteil Europas würde gerade aufwachen; die Vereinigten Staaten würden gerade noch den Rest des langen Urlaubswochenendes verschlafen.
Aber die weltumspannenden finanziellen Schaltkreise schliefen nie. Diese Krise würde durch die Drähte rasen wie eine Flamme über eine Zündschnur, sie würde eine Explosion nach der anderen auslösen, bis alles in einem einzigen, riesigen Feuerball versank, die Schaltkreise schmolzen und die Sonne erlosch.
Wie wird es wohl genau ablaufen? überlegte er.
Er hatte seine eigenen Vorstellungen. Die Computer der Bank hatten eine Reihe von »Untergangsszenarios« ausgespuckt, wie diese Kategorie von statistischen Spielchen in den Forschungs- und Futurologieabteilungen der Denkfabriken lakonisch hießen. Für diese dreißigjährigen Raketenwissenschaftler war alles nur Hypothese, die an Fantasy grenzte: Zauberland, »kann bei uns nicht passieren«, reine Märchen von 1929.
Er war sich ziemlich sicher, daß die Japaner den ersten Dominostein umwerfen würden. Sie wußten, daß sie in der Dollarfalle steckten und es gefiel ihnen ganz und gar nicht. Er vermutete – zum Teufel, das Magnetband *sagte* es –, daß sie bereits versuchten, sich Schritt für Schritt und in geord-

netem Rückzug aus ihren 75-Milliarden-Dollar-Verbindlichkeiten im amerikanischen Rentenmarkt zu lösen. Das würde einen panikartigen Sturz zur Tür auslösen. Zunächst würden die Wertpapierhändler in Tokio und Hongkong die Asiadollar- und Eurodollarmärkte fertigmachen und sich dann Wall Street schnappen, die sich eben den Schlaf aus den Augen reiben würde, wenn die Telefone zu klingeln anfingen und die Telexgeräte verrückt spielten.

Die Optionen- und Termingeschäftsmärkte würden auseinanderbrechen wie eine reife Melone — so viel für die Unentschlossenen —, und danach würde es einen Sturzbach von Insolvenzen geben, der Wall Street und Threadneedle Street und Hongkong unter sich begraben würde wie einst das Meer Atlantis, bis schließlich die Effektenmärkte die Schalter schlossen und die Nacht über den kapitalistischen Westen hereinbrach.

Unterdessen würden auch die Drähte der Bankcomputer von »heißem Geld«, das nach draußen drängte — arabisches, philippinisches, von der Mafia, von den Cayman-Inseln —, zum Schmelzen gebracht werden. Billionen, wirkliche *Billionen* von Dollar, die sich durch ein immer kleiner werdendes Nadelöhr kämpften. So wie es vor ein paar Jahren bei der Continental Illinois Bank geschehen war. Man brauchte Continental Illinois nur mit Unendlich zu multiplizieren, dachte er, dann hätte man einen groben Eindruck von dem, was passieren würde.

Die Fed (Federal Reserve Bank, amerikanische Noten- und Zentralbank, Anm. d. Übers.) würde an die Wand gedrückt werden. Ganz zu schweigen von den anderen großen Zentralbanken in England, Frankreich, Japan und der Deutschen Bundesbank. Den letzten Zufluchten im Finanzgewerbe. Das Evangelium hieß ja, in einer finanziellen Krise die Türen des Geldverleihs weit zu öffnen, aber das war dann wohl unmöglich. Bei dem Versuch, den Geldbedarf zu decken, würden die Druckerpressen durchbrennen.

Alles genau so, wie sie es geplant und wofür sie gearbeitet hatten. Das System hatte sich selbst in den Schraubstock gespannt. Auf der einen Seite würden die großen Einleger ins Freie drängen. Die Schuldner auf der anderen Seite — von Brasilien bis zur Sekretärin, die auf ihrer VISA-Karte mit ein paar hundert Dollar in der Kreide stand — hätten die perfekte Ausrede, vor ihren Verbindlichkeiten zu fliehen, da ja nun offenbar wurde, daß ihre Schulden nur Teil eines hinterhältigen sowjetischen Komplotts waren. Sich anders zu verhalten, wäre unamerikanisch, undemokratisch, unkapitalistisch.

Im Topf dieses Chaos würde es noch heftiger brodeln, wenn er aus seinem Koffer die Namensliste auf dem wöchentlichen Ausdruck hervorholte, den er bei der Abteilung für private Transaktionen in Übersee bestellt hatte — Namen, Summen und Kontonummern, die repräsentierten, was in den Zeitungen »Fluchtkapital« hieß. Riesenbeträge: Neunzig Milliarden Dollar aus Mexiko, fünfzig bis sechzig Milliarden aus Brasilien und Argentinien, und so weiter. Das würde die Massen in Mexico City und São Paulo und Lagos auf die Straßen treiben, sie würden nach Blut lechzen und nach Köpfen suchen, die sie auf die Spitzen ihrer Lanzen stecken konnten.

Ihre Verlautbarung in Moskau war nur der Finger am Abzug. Die Patrone steckte in der Kammer, sie war scharf und wartete nur darauf, abgefeuert zu werden. Auch wenn er und der alte Mann einfach nur stillsaßen — die ganze Sache würde wahrscheinlich von alleine explodieren. Man spürte es förmlich in der Luft. Die Leute wurden langsam nervös. Es machte einfach keinen Sinn, daß die Börse alle Rekorde brach, aber die Wirtschaft sich nicht rührte. Sicher, der Aktienindex hatte am Donnerstag abend bei weit über 1800 abgeschlossen, aber während der durch den Feiertag verkürzten Woche war er wieder um 80 Punkte gefallen; Gold hatte bei der Londoner Notierung am Morgen einen wunderli-

chen kleinen Satz gemacht. An der Kreditfront zeigten die internen Buchungen der Bank, daß Zahlungssäumnisse vor allem bei den Großschuldnern schnell zunahmen. Es kam alles zusammen: Das smarte Geld wurde langsam nervös. Etwas, das es nicht mochte, zwickte es in der Nase.
Aber an Wall Street war alles noch Friede, Freude, Eierkuchen. Pech gehabt, wenn man mit schnellem Geld baden ging, und der Leitspruch lautete deshalb auch, daß man, wenn man seine Probleme bis morgen aufschieben konnte, keine Probleme mehr hatte. Aufschieben war das gleiche wie Lösen.
Na, Freunde, dann schaltet »Guten Morgen, Moskau« ein und seht euch das Oster-Spezialprogramm an.
Ostermontag. Der Tag nach dem großen christlichen Fest der Erneuerung und Wiedergeburt. Ihm gefiel das nicht schlecht. Voller Ironie. Der alte Mann konnte wirklich sehr ironisch sein. Denn das war Operation Ropespinner, wie er immer zu sagen pflegte: eine gigantische Übung in Ironie.
Auch dem Präsidenten dürfte das nicht entgehen, der vielleicht noch immer auf seiner Ranch saß, wenn die Sache publik wurde. Wer wird da noch von Judas reden! Schließlich war er noch vor drei Tagen der Liebling des Präsidenten gewesen, war mit dem obersten Beamten der Nation im Ostzimmer des Weißen Hauses gestanden, hatte mit ihm das Rampenlicht geteilt — ja, es ihm gestohlen — und mit der Presse gescherzt.
Wenn diese Nachricht in Santa Barbara, im Weißen Haus oder wo auch immer bekannt wurde, machte der Präsident sich wahrscheinlich in seine Pyjamahose. Ein Designer-Pyjama vermutlich, den seine First Lady ihm aufgezwungen hatte. Es war schon komisch mit der Frau des Präsidenten. Am Donnerstag im Weißen Haus, zwischen all den Lobgesängen auf das freie Unternehmertum, hatte er, während der Präsident noch sprach, zur First Lady hinübergesehen und sich dabei einen feindseligen Blick eingefangen. Nun, er kannte

sie ja, sie haßte schon die Vorstellung, daß irgend jemand ihrem Mann die Schau stehlen könnte.
Na, wenn sie das schon haßte — Mann, wie dann dies erst! Den Bach hinunter würden ihre Wunschträume gehen; die Geschichte würde diesen Präsidenten wohl kaum mehr auf die gleiche Stufe wie Washington und Lincoln stellen. Dieser Präsident würde sich zu Andrew Johnson und Harding und Hoover gesellen — wie es der alte Knabe, der jetzt oben herumsuchte, immer vorausgesagt hatte.
Für einen Augenblick wanderten seine Gedanken zu seiner eigenen, ihm jetzt entfremdeten Familie. Seit zehn Jahren hatte er seine Frau weder gesehen noch mit ihr gesprochen. Auch seinen Sohn sah er nie. Armer Junge, danach mußte er wahrscheinlich seinen Namen ändern. Der Name würde wie eine Narbe, wie ein Brandmal sein. Und er würde auch vor den Reportern fliehen müssen, die alles über die Motive seines Vaters wissen wollten.
Was, zum Teufel, machen Motive denn schon aus? dachte er. Man ist, wo man ist, gleichgültig, wie man dorthin kam. Punkt. Es kam doch nur auf die Grundeinstellung an, und die seine war blind für Motive, nicht verkompliziert durch Ideologie. Nicht so wie der Alte. Der alte Knabe war ein Gläubiger, der sich immer wieder darüber auslassen konnte, was für ein schmutziges, verschwendungssüchtiges und liebloses Land Amerika doch war, nur große Klappe, aber kein Hirn und kein Herz, ein Land, das verdiente, was Operation Ropespinner aus ihm gemacht hatte.
Er hingegen bezog seinen Nervenkitzel aus der reinen Spannung des Machens. Zuzusehen, was dabei herauskam, wie bei einem gigantischen Brettspiel oder einem Puppentheater. Nur daß dies hier die Wirklichkeit war; hier wurde mit richtigem Geld und richtigen Menschen gespielt. Das war das Aufregende für ihn: die Größe, die Summen, die Reaktionen; zuzusehen, wie die Marionetten an den Fäden zappelten, die er zog.

Oben hörte er den alten Mann herumstöbern. Was für eine Aufregung wegen einer lausigen Fotografie. Diese gottverdammten, silbergerahmten Erinnerungsbildchen. Es war schon komisch, welchen Wert manche Leute diesen Dingern beimaßen, so als hieß schon eine gemeinsame Aufnahme mit Kissinger oder einem arabischen König, daß man etwas Besonderes war. Wenn das schon reichte, dachte er und lächelte in sich hinein, dann wäre die Chase Manhattan Bank immer die Nummer eins geblieben. Er selbst hatte alle Souvenirs in seinem Büro zurückgelassen. Soll doch Wall Street am Montag die Silberrahmen zum Frühstück verspeisen!

Er überlegte, was die Presse wohl aus der Geschichte machte. Was Operation Ropespinner getan und in Gang gebracht hatte und warum und wie. Wie prekär die Situation geworden war. Vor den Tatsachen konnte sich keiner mehr verschließen. Was die Dinge jetzt noch zusammenhielt, war einzig und allein eine allgemeine Bereitschaft, die Wirklichkeit zu ignorieren; es war, als hätte sich eine Art Lachgas, vom Weißen Haus ausgehend, über Wall Street, Europa, Hongkong und überall dort ausgebreitet, wo das Leben auf das Geld reduziert war.

Dann gab es auch noch seine eigene Riesengeschichte. Von der Nummer eins hier zur Nummer eins drüben. Von seinem Eckbüro im CertCo Center zum Ministerbüro im sowjetischen Finanzministerium. Die Mobilität eines Managers.

Das war der eigentliche Grund zum Jubeln. Für ihn war es ein Neuanfang. Der größte Job, den man einem Finanzmenschen je angeboten hatte.

Natürlich wäre es einfacher gewesen, wenn Menschikow nicht vor vier Monaten plötzlich gestorben wäre. Für den Alten wäre es schöner gewesen, seinen Kumpel um sich zu haben. Aber so war eben das Leben. Und es gab ja auch genügend Ersatz. Wie der Alte immer sagte: »Der Nobelpreis machte mich berühmt, aber Operation Ropespinner macht

mich unsterblich.« Genug Unsterblichkeit für ein Dutzend Männer, dachte er — mehr als genug für jeden.
Er ging zum Fenster und sah hinaus. Es war inzwischen dunkel geworden. Seine Uhr zeigte 19 Uhr 04.
Der alte Mann kam ins Zimmer zurück. »Ich kann es einfach nicht finden«, sagte er. »Nirgends. Ich kann mir nicht vorstellen . . .«
Der Jüngere schnitt ihm das Wort ab. »Ich habe dir doch gesagt, du sollst dir deswegen keine Gedanken machen. Wahrscheinlich hast du es in irgendeine Schublade gesteckt. Mein Gott, du hast mir doch gesagt, daß du es seit zig Jahren nicht mehr angesehen hast.«
»Ich weiß. Es ist doch nur, weil es vor so langer Zeit aufgenommen wurde«, erwiderte der Alte schmollend. »Vor so langer Zeit. Als Grigori und ich jung waren und ver. . .« Der Alte brach mitten im Satz ab. Nach einer Weile fügte er hinzu: »Es bedeutet mir einfach eine Menge, verstehst du denn nicht?«
»Doch, doch, ich verstehe schon.« Der Jüngere grinste. »Sieh noch mal genau nach.«
Er sah wieder durch das Fenster in die Nacht hinaus. Der Wind draußen war zu einem dumpfen Stöhnen geworden. Er lauschte angestrengt, ob nicht noch etwas anderes zu hören war.
»Ich versteh' noch immer nicht . . .«
Die Geschwätzigkeit des Alten störte ihn in seiner Konzentration. War da draußen etwas? Ja! Der Jüngere hob die Hand.
»Halt! Ich glaube, ich kann sie hören.« Er hatte ein schwaches Knallen vernommen. Er kniff die Augen zu. In der Entfernung konnte er ein blinkendes Licht erkennen, das immer größer wurde, während der Lärm anschwoll.
»Sie sind da.«
Der alte Mann sah auf die Uhr. »Sie sind zu früh dran. Das gefällt mir nicht.«
»Oh, Mann, wir haben doch kein Rendezvous mit dem Halleyschen Kometen.«

Verdammt, dachte er, nimm dich zusammen. Du bist doch angeblich so gewandt, so cool und gelassen. Laß den alten Knaben in Ruhe. Jeder ist mit den Nerven am Ende.
»Es tut mir leid«, sagte er. »Ich bin eben auch nervös. Schau, es ist doch jetzt schon fast vorbei. In fünf Minuten sind wir weg. Und zum Osterfrühstück essen wir Kaviar.«
Sie standen nebeneinander und sahen zu, wie der Helikopter aus der Dunkelheit auftauchte und das Scheinwerferlicht über die Wasseroberfläche glitt. Der Hubschrauber machte einen ohrenbetäubenden Krach; als er zur Landung auf dem Rasen ansetzte, änderte sich der Klang des Motors.
»Also«, sagte der Jüngere, »unser Auftritt.«
Er ging in die Halle voran und hob einen der Koffer hoch. Das Ding war schwer; ein weiterer Hinweis, daß er nicht mehr der Jüngste war. Der alte Mann nahm ihre Aktenmappen.
Der leerlaufende Helikopter auf dem Rasen drosch mit einem furchteinflößenden Dröhnen in die Nacht, sein Suchscheinwerfer ließ das Bleiglasguckfenster über der Haustür hell erstrahlen. Die Welt schien vor Lärm und Licht zu platzen.
Der Jüngere fühlte sich wie neugeboren.
»Du zuerst«, sagte der Ältere und öffnete die Tür.
Draußen sah es aus, als wäre die Sonne auf die Erde herabgestiegen. So wie es sein sollte, dachte er. Während er auf das Licht und den Lärm zuging, sagte er sich: So muß es sein, wenn man den Himmel betritt.

Die Vergangenheit

1935—1955

Onkel Waldo

1

Bei den Abschlußprüfungen der Columbia University im Juni 1935 erwarb Waldo Emerson Chamberlain, ein zweiundzwanzigjähriger Wunderknabe aus Worcester, Massachusetts, gleichzeitig Diplome in Wirtschaftswissenschaften — *summa cum laude* — und Betriebswirtschaftslehre und darüber hinaus einen Dr. phil. in Wirtschaftswissenschaften. Am Tag darauf reiste er nach England, um bei John Maynard Keynes zu studieren.

Er konnte es gar nicht erwarten, Amerika zu verlassen. Obwohl seine akademischen Leistungen in der Bostoner und New Yorker Presse ein weites und begeistertes Echo gefunden hatten und sein Bild in der *New York Times* und dem *Boston Transscript* erschienen war, wurden Waldos Leistungen von seiner Familie immer nur als zweitrangig betrachtet. Drei Wochen vor Waldos Graduierung wurde bekannt, daß sein um sieben Jahre älterer Bruder Preston als Partner — der bis jetzt jüngste — in eine der berühmtesten und einflußreichsten Anwaltskanzleien an der Wall Street aufgenommen worden war. Bei Tisch im Hause Chamberlain machte man Waldo deutlich, daß Prestons Partnerschaft eine *wirkliche* Leistung war, erreicht in der Welt der wirklichen Menschen und Dinge, und daß sie Waldos Triumphe vollkommen ausstach: seine dünnen Fetzen geprägten Pergaments und sogar seine großartige Abschiedsrede, die den Universitätspräsidenten Butler so beeindruckt hatte, daß er sie in seinem Rundbrief an die ehemaligen Studenten abdrucken ließ. Wie immer hatte Waldo seine beste Karte nur ausgespielt, um sie von Preston stechen zu lassen.

Es lag an der Zeit und an seinen sehr konventionellen Eltern, daß Waldo eher ein ökonomisches denn ein poetisches Genie entwickelte. Geld war das wichtigste im Chamberlainschen Haushalt und das einzige Thema ernsthafter Gespräche. Nicht daß die Familie Geldsorgen hatte. Sein Vater war ein mäßig bedeutender Manager in einer gerade noch solventen Stahlfabrik in New England mit einer kleinen Erbschaft in der Hinterhand, seine Mutter ein angesehenes Mitglied der Vereine und Wohltätigkeitsorganisationen von Worcester mit bescheidenen jährlichen Renditen aus einigen Textilfabriken am Ufer des Merrimack. Beide strebten eifrig nach sozialem Ansehen, und so konnte die Mutter schon von ihrem Wesen her das zurückhaltende, intellektuelle Kind nicht verstehen, das sie in aller Öffentlichkeit »meinen verdrießlichen kleinen Engelskopf« nannte. Aber Waldo verstand seine Eltern, einfach indem er die Kraft zu begreifen versuchte, die ihre Gedanken beherrschte: Geld.

Die Gefühle, die Waldo seinem Bruder Preston entgegenbrachte, wurden durch seine Eltern noch verschlimmert. Bei Tisch machten sie ihm schmerzhaft klar, daß der wenige Glanz, den die Welt zu bieten hatte, nur an Männer mit der einschüchternden und vorwärtsdrängenden Art seines älteren Bruders ging. Zu der Zeit also, da Waldo sich an der Columbia University einschrieb, haßte er seinen Bruder durch und durch, und das sollte sich bis zu Prestons Tod vierzig Jahre später nicht mehr ändern. Er haßte ihn, verachtete ihn, verabscheute ihn und betrachtete ihn mit Geringschätzung. Die Zeit schien immer nur neue Schichten der Abneigung bloßzulegen, um den Grundstock für eine vollständige Geologie des Übelwollens zu bilden. Und Waldo war für diese böswilligen Gefühle oft dankbar, weil sie für ihn Ansporn und Ermutigung darstellten. Wenn er zurückdachte, so waren es oft seine Gefühle Preston gegenüber gewesen, die ihn mehr als alles andere veranlaßt hatten, das große, geheime Unternehmen Ropespinner voranzutreiben. Es war die Rache an einer Welt, die in Waldos Augen von Prestons Persönlichkeit und seinen Werten erfüllt war.

Er war aber immerhin so vorsichtig, seine Gefühle gegenüber dem Bruder nie öffentlich zu zeigen; ja, er war sich sogar sicher, Preston selbst, eingesponnen in den Kokon seines Ehrgeizes und seiner Sicherheit, wußte gar nicht, daß die Haltung seines Bruders nichts weniger als ergeben und unterstützend war, daß er seine Genialität keineswegs in Prestons Dienste stellte. Nach außen hin wurde Preston so zum Mann der Tat, mit Feuer, Flair und Präsenz, Waldo hingegen zum intellektuellen Strategen hinter dem Vorhang, der dem König ins Ohr flüsterte.

Preston förderte diese Ansicht. Er übertraf alle in seinen öffentlichen Würdigungen der großartigen Intelligenz seines jüngeren Bruders, des unheimlichen intuitiven Gespürs des jungen Mannes für die tektonischen Kräfte, die unter der Oberfläche von Handel und Kapitalismus mahlten und zischten. Preston fand für Waldo immer einen Platz in seinem Team, er beteiligte ihn an seinen Geschäften, öffnete ihm Türen und Gelegenheiten, verschaffte ihm das große Geld. Bis zu Prestons tragischem Tod arbeiteten sie zusammen, eine großartige »gemeinsame Karriere« — wie *Fortune* es nannte —, die Ruf, Einfluß und persönlichen Reichtum für beide vergrößerte. Im amerikanischen Leben waren die Chamberlains ein Brüdergespann, so mächtig und so berühmt wie die Dulles und die Kennedys. Von gleichem Blut, sich ergänzendem Verstand und ebensolchen Neigungen — was von außergewöhnlichem gegenseitigem Nutzen war —, galten die Chamberlain-Brüder als Fixsterne in der Welt der großen Entscheidungen und des großen Geldes.

Obwohl sie oft gemeinsam im Rampenlicht zu stehen schienen, war es Preston, der Macher, für den das kommerzielle

Amerika die Extraportion Bewunderungsrufe übrig hatte. Waldo machte sich darüber keine Illusionen. Er mochte seine akademischen Lorbeeren haben, seine Beraterverträge, irgendwann sogar den Nobelpreis, aber Preston hatte die CertBank und CertCo geschaffen, Preston hatte die Zügel einer mittelmäßigen, verstaubten New Yorker Treuhandgesellschaft in die Hand genommen und aus ihr die mächtigste eigenständige Finanzinstitution der Welt gemacht. Waldo mochte von Präsidenten und Premierministern um Rat gefragt werden, aber an Preston wandten sie sich, wenn es Männerarbeit zu erledigen gab. Preston war es gewesen, der Wild Bill Donovan beim Aufbau des OSS und Allan Dulles bei der Reorganisation der CIA geholfen hatte; der Roosevelt nach Yalta, Truman nach Potsdam, Eisenhower nach Pjöngjang, Kennedy nach Berlin begleitet hatte; der eine treibende Kraft bei Nixons Comeback 1968 gewesen war. Mit der Zeit bewegte sich auch Waldo in ähnlicher Gesellschaft und reiste mit großen Männern zu wichtigen Konferenzen, aber es war, als sei sein gesamtes Leben mit einer Fußnote versehen: Er war Preston Chamberlains Bruder, und das — so dachte die Welt — war der Hauptgrund, warum er dorthin gelangt war, wo er sich jetzt befand.

Dieses Sternchen an seinem Lebenslauf brannte in Waldos Hirn wie ein Schandmal und es nährte seinen Haß. Mit der Zeit wuchs dieser Haß und schloß die gesamte amerikanische Geschäftswelt mit ein. In Waldos Augen *war* Preston Amerika. Etwas mehr als dreißig Jahre lang sah die protestantische Führungsschicht Amerikas in den Spiegel und freute sich, daß ihr Preston Chamberlain entgegensah: Kirchentreu und aufrecht, mit kantigem Kinn und dünnen Lippen, strahlte er so viel zugeknöpfte Geradlinigkeit und Optimismus aus, daß Geringere und Unschlüssigere, ob nun amerikanisch oder heidnisch, eine gesunde und aufbauende Dosis von Yankee-Stolz und Yankee-Mut abbekamen.

Aber Waldo durchschaute seinen Bruder. Das war, um die

Wahrheit zu sagen, ungewöhnlich für ihn. Er konnte mit Zahlen besser umgehen denn mit Menschen, mit Konzepten besser denn mit Seelen. Sein Verstand arbeitete mit bemerkenswerter argumentativer Klarheit, aber es war eine Klarheit, die organisatorische Strukturen besser durchdrang als Persönlichkeiten. Wie Glendower konnte sie die Kräfte entlarven, die Wirtschaften und Märkten zugrunde lagen, aber sie verschwamm, wenn es darum ging, einen anderen Menschen zu verstehen. Ja, Waldo hätte bereitwillig zugegeben, daß er in seinem ganzen Leben nur drei Männer wirklich verstand. Preston war einer von ihnen.

Je besser er seinen Bruder kannte, desto weniger mochte er ihn. Das Schicksal gab ihm genug Gelegenheiten, dieses Gefühl auch auszuleben. Er haßte Prestons Glück, seine Überzeugungskraft, sein Aussehen. Man konnte das als Neid abtun, aber es gab noch andere, tiefere Gründe für seine Abneigung. Vor allem haßte er Prestons Heuchelei, und er haßte Amerika, weil es sie ihm durchgehen ließ. Nur eine unentschuldbar wertlose Gesellschaft konnte es jemandem wie Preston gestatten, bis in ihre Spitzenpositionen vorzudringen, dachte Waldo. Er kannte Preston als einen Mann, der in exklusiven Manhattaner und Washingtoner Clubs saß und mit seinen engen Freunden offen über »Judengauner« und »Nigger« sprach. Er kannte ihn als einen Mann, der in der Öffentlichkeit mit großer Theatralik von sozialer Gerechtigkeit und christlicher Nächstenliebe sprach, in Wirklichkeit aber selbst nicht daran glaubte, sondern insgeheim der Ansicht war, Amerika ginge es besser, wenn die Armee die Kontrolle übernahm und die farbige Bande auf die Baumwollplantagen zurückschickte. Er kannte ihn als einen Mann, der in gewissen dunklen Ecken von »Franklin D. Rosenfelt, dem Oberjuden« sprach, obwohl man FDR mit einiger Berechtigung als einen von Prestons wichtigsten Gönnern ansehen konnte. Für die Öffentlichkeit und die Presse repräsentierte Preston Chamberlain vielleicht durchaus Amerikas beste Sei-

ten, das feine, gerechte, klassische Wesen des amerikanischen Charakters, für seinen jüngeren Bruder aber verkörperte er die schlechtesten Seiten.
Unter anderen Umständen und mit einer anderen Berufung hätte Waldo ein Heimatloser werden können, ein Jamesianischer Stipendiat mit einer nützlichen Beihilfe des reichen und mächtigen Bruders, der in der Bibliothek von London oder auf der Terrasse einer toskanischen Villa feinsinnige Essays schrieb. Und Waldo sah sich wirklich oft als einer der letzten Aristokraten, der sich der barschen neuen Rasse, die sich im Amerikanischen Zeitalter hervortat, entgegenstellte. Männer wie Prestons Freunde Henry Luce und John Foster Dulles kannten alle Antworten. Männer von Prestons Art, Männer des Augenblicks, drängten kräftig nach vorne, während Gelehrte wie Waldo, schwankend unter der Last der Geschichte, zurückblieben.
Nicht daß Waldo keinen großen Schatten geworfen hätte. Als er sich von der Harvard Business School zurückzog, wurde die amerikanische Finanz- und Geschäftswelt zu einem Großteil von Männern und Frauen bestimmt, deren Verstand wesentlich von den Einsichten geprägt war, die sie in seinem weltweit bekannten Seminar gewonnen hatten: »Geldmärkte und Unternehmensstrategien« oder — wie es jeder nannte, der schon einmal von der Harvard Business School gehört hatte — »Geld eins«. Ausgehend von dem Glauben, daß das Finanzwesen eine eigenständige unternehmerische Disziplin sei, hielt er diesen Kurs von 1937 bis zu seinem Ruhestand 1982, wobei er als junger Dozent anfing und als Ehrenprofessor der Certified Guaranty National Bank für Finanzen endete. Zusätzlich war er Gastprofessor von Mission Chemical an der Sloan School am Massachusetts Institute of Technology (MIT). Seine dortige Arbeit über den Zusammenhang zwischen Bevölkerungswachstum und wirtschaftlicher Nachfrage führte zur Formulierung des »Chamberlain-Effekts«, für den er den Nobelpreis erhalten sollte.

Im Ruhestand blieb er aktiv und sein Einfluß lebendig, sein Rat war weiterhin gefragt. Er war beratender oder emeritierter Direktor von einem halben Dutzend Konzernen, ein geschätzter Ratgeber für zwei Bundesbehörden und Berater bei Firmen und Kommissionen. Auch nachdem er die Siebzig schon längst überschritten hatte, betrug sein Jahreseinkommen beinahe noch eine halbe Million Dollar.
Im Laufe der Jahre hatte er sich mit seinem Leben immer mehr abgefunden. Homosexuelle Neigungen, die ihn in seiner Jugend kurzzeitig bedrängt hatten, ließen bald nach. Er alterte vor seiner Zeit. 1952, in seinem vierzigsten Lebensjahr, war er in seinen beiden Universitäten schon als »Onkel Waldo« bekannt, ein Junggeselle im alten New-England-Sinn, eine geschlechtslose, dürre Gestalt, von trübseliger Genauigkeit in Kleidung und Habitus, ein wenig distanziert und als geizig bekannt; alles in allem etwas weltfremd, reserviert beim ersten Kennenlernen, aber durchaus fähig zu feinem Humor, nachdenklich und aufmerksam. Es schien nichts Gemeines oder Impulsives an ihm zu sein, was für seine Karriere von Nutzen war. Amerika zog es vor, wenn seine Genies sanft waren: Lieber ein Einstein als ein Beethoven.
Seine Abneigungen waren seine eigentlichen Leidenschaften, seine Geliebten, seine Nahrung. Er unterwarf und sehnte sich nach ihnen wie ein von Liebe Besessener, er verschrieb sich ihnen mit Leib und Seele. Aber sein Intellekt bestimmte den Kurs, wie er es schon von Geburt an getan hatte, er dampfte majestätisch voran, ohne auf die See zu achten, während das schwächere Schiff der Gefühle schwer in seinem Kielwasser rollte und schlingerte.
Er sollte Reichtum, Ruhm und den Nobelpreis gewinnen. Der Chamberlain-Effekt sollte auf die Schreibtafeln der ökonomischen Theorie eingraviert werden. Aber Waldo Chamberlain hatte nicht den geringsten Zweifel, daß die Operation Ropespinner die größte Leistung seines Lebens war, vielleicht sogar die größte überhaupt. Als die »Veröffentlichung«

schon bevorstand, als sich der Augenblick näherte, da das Experiment, nach dreißig Jahren geheimer Arbeit, vor der Weltöffentlichkeit enthüllt und seine immanenten Konsequenzen entfesselt werden konnten, erschauderte Waldo noch immer vor der Großartigkeit des Plans.

Für Waldo gingen Leistungen des reinen Intellekts über Fragen der Moral hinaus. Er bemerkte kaum, daß sein Drang nach einer besonderen Form der Befriedigung, sein Bedürfnis nach gesichertem Wissen über die Natur der Dinge, ebenso aggressiv und verbohrt war wie der seines Bruders. Es kam ihm zum Beispiel nie in den Sinn zu überlegen, ob die Operation Ropespinner Verrat war. Was war Verrat überhaupt? Geheimnisse preiszugeben war eine Sache. Aber nur ein bißchen nachzuhelfen, damit der Selbstverrat eines anderen beschleunigt wurde, war das denn Verrat?

Waldo wußte, wenn die Operation Ropespinner erst einmal enthüllt war und ein wirtschaftliches Chaos folgte, würden wahrscheinlich Stimmen aus dem Zentrum des Wirbelsturms ihn einen »Verräter« schimpfen, während sie in das Verderben stürzten, das sie verdienten, und in den Ruin, den sie sich selber ausgedacht hatten. War das Verrat? Wie denn? Es waren doch keine Geheimnisse verkauft worden. Der Staat war von niemandem verraten worden, außer von seiner eigenen verderbten Natur, die von der Operation Ropespinner lediglich ausgenutzt wurde. Er war kein Fuchs, kein Philby und kein Blunt. Der Operation Ropespinner konnte man viele Namen geben: Ein gigantischer Scherz, ein großartiges Experiment, die Überprüfung einer Theorie, eine Verschwörung. Aber Verrat? Kaum, dachte Waldo. Wer waren denn die Schuldigen? Sicher hatten die Mitläufer ebensoviel Schuld wie die Anführer. Keiner war gezwungen worden, die Operation Ropespinner anzuerkennen oder auszuführen. Die zerstörerischen Armeen waren von ihrer eigenen Gier einberufen worden.

Ropespinner war nur eine Hypothese gewesen, die in einem

Labor getestet wurde. Wie bei einem biologischen Experiment: Man züchtet einen Virus, kultiviert ihn und wartet ab, was passiert. Es war nur darum gegangen, den richtigen Mann zu finden, ihn an die richtige Stelle zu setzen und dann die ökonomischen Kräfte und die menschliche Natur miteinander reagieren zu lassen. Wie Grigori vorausgesehen hatte: Wenn die Kultur bereits im Reagenzglas gärte, mußte man nur noch den richtigen Virus finden, der sie aktivierte.
Waldo mußte natürlich zugeben, daß nicht alles so glatt gegangen war. Einige Hügel hatten eingeebnet werden müssen, einige Hindernisse niedergerissen. Es hatte einige Tote gegeben, aber — wie Menschikow sagte — in einem Krieg gab es immer Verluste. Und dank Waldo war zumindest ein unschuldiges Leben gerettet worden. Die Dinge, die hatten getan werden müssen, kamen Waldo nur selten, und dann auch nur flüchtig, zu Bewußtsein. Schließlich hatten sie dreißig Jahre lang aktiv an Ropespinner gearbeitet; seit diesem grauen Nachmittag in London, als der Russe die Idee zum erstenmal vorgebracht hatte, waren beinahe vierzig Jahre vergangen.
Waldo hatte Grigori Menschikow 1935 kennengelernt, als er auf Keynes' Einladung nach England ging. Als der große Ökonom 1934 nach Columbia kam, um einen Ehrentitel in Empfang zu nehmen, war es nur logisch gewesen, daß man ihm Waldo, das Wunderkind der wirtschaftswissenschaftlichen Fakultät, vorführte. Keynes war von dem jungen Mann beeindruckt. Die Einladung, doch über den Atlantik zu kommen, folgte bald darauf.
Die beiden Jahre waren die glücklichsten in Waldos ganzem Leben. In Keynes fand er ein Vorbild und ein lebenslängliches Idol. Bei Grigori entdeckte er Seelenverwandtschaft.
Man ließ ihn bei Redaktion und Fahnenkorrektur der *Allgemeinen Theorie der Beschäftigung, des Zinses und des Geldes* mitarbeiten, die im Jahr darauf veröffentlicht werden sollte. Keynes lehrte nur an den Wochenenden; unter der Woche

blieb er in London, wo er ein aktives geschäftliches und gesellschaftliches Leben führte und einer der Hauptstützen der Bloomsbury-Gruppe war. Waldo war in einer Wohnung in der Nähe des King's College untergebracht, mit einem schönen Ausblick auf den Cam; ab und zu wurde er auch zu den Keynes nach London eingeladen. Dort, bei einer Dinnerparty in 46 Gordon Square an einem heißen Sommerabend im Juli 1935, begegnete er Grigori Menschikow.
Menschikow war ein großer Mann mit schlurfendem Gang, etwa zwölf Jahre älter als Waldo. Er bezeichnete sich als Dichter und war schon bei der leisesten Andeutung bereit, einige blumig-überladene Verse in ungelenkem Englisch mit einem oft gräßlichen Akzent vorzutragen, aber er kannte sich auch in Politik und Wirtschaft überraschend gut aus. Niemand schien genau zu wissen, welcher Art eigentlich seine Beziehung zu den Keynes war — einige meinten, er sei ein entfernter Cousin von Keynes' russischer Frau Lydia Lopokowa. Auf jeden Fall war er eine amüsante, hilfsbereite Gesellschaft, und er sah beinahe gut aus, wenn er die Haare kämmte und den Anzug ausbürstete; seine umfassende Neugier paßte gut zu Keynes' vielschichtigen Interessen.
Falls jemand bei den Keynes überrascht war, als Waldo und Menschikow ihrem jeweiligen Charme erlagen, so sagte keiner etwas. Schließlich gab es ja auch Gerüchte über Keynes selbst und den Maler Duncan Grant.
Für Waldo gab es keinen Zweifel — weder damals noch später —, daß er und Menschikow sich in diesem langen Sommer ineinander verliebten. Es sollte das einzige Mal sein, daß Waldo so etwas fühlte. Menschikow verführte ihn vollkommen, er verzauberte seinen Körper, seinen Geist und sein Herz. Er nahm augenblicklich Besitz von Waldo und entzündete die kalte, kleine Seele des jungen Mannes.
Körperlich blieben ihre Erfahrungen begrenzt, aber ihr intellektueller Austausch kannte keine Schranken. Später verstand Waldo stets, was Frauen meinten, wenn sie von der ero-

tischen Kraft intellektueller Brillanz sprachen. Er wußte aus eigener Erfahrung, was es hieß, sich in leidenschaftlicher Umarmung mit einem großen Geist zu vereinen. Die Wirkung war so stark, daß es ihm nachträglich vorkam, als halluzinierten er und Grigori wissenschaftliche Grundsätze; sie erfaßten gleichsam instinktiv die grundlegende Ordnung der Dinge. Für Waldo schien Menschikow eine Wünschelrute zu besitzen, die ihn auf dem kürzesten Weg zum geheimnisvollen Herzen der wesentlichen Dinge führte.

Eine leidenschaftliche, eruptive Verzückung von Herz, Verstand und Libido war es, die Waldo hier erfuhr. Normalerweise eher zurückhaltend, hätte er jetzt die Beziehung am liebsten in die Welt hinausposaunt. Aber Menschikow, der sonst bis zur Unanständigkeit geschwätzig war, bestand auf absoluter Diskretion.

Während des Jahres trafen sie sich, sooft es ging — aber nur in London, nie in Cambridge. Waldo vergötterte Cambridge. Es war schon eine illustre Gesellschaft, die Keynes' Räume im King's College bevölkerte, fast so beeindruckend wie die großartigen Empfänge am Gordon Square. Der große Ökonom war eine Stütze der Cambridger Geheimgesellschaft, die man als »die Apostel« kannte. Waldo wurde dorthin mitgenommen und er hätte gern mit Keynes besprochen, ob er nicht selbst ein Apostel werden könne. Für einen jungen Mann, einen jungen Amerikaner vor allem, waren die Apostel und ihre Gesellschaft schon faszinierende Gestalten, vor allem der ausgelassen fröhliche und witzige Guy Burgess und der sterile und geheimnisvolle Anthony Blunt, dünn und kühl wie ein Inquisitor.

Als Waldo mit Menschikow über sie sprach, warnte ihn dieser. »Gib dich nicht mit diesen Dummköpfen ab, Waldja«, sagte er. »Nur Suffköpfe und Schwule.« Die Art, wie Menschikow dies sagte, schien das, was er und Waldo miteinander taten, auf eine vollkommen andere, höhere Ebene zu heben.

Die Affäre dauerte den ganzen Sommer. Die *Allgemeine Theorie* wurde im April 1936 veröffentlicht, und im Juli nahm Waldo Keynes' Einladung an, ihn nach Rußland zu begleiten. Er hatte persönliche Gründe. Menschikow war im Juni in sein Vaterland zurückgekehrt, und die Wochen danach waren für Waldo eine qualvolle Zeit gewesen. Wie hüpfte doch sein Herz, als er mit Keynes und seinen Begleitern in Leningrad aus dem Zug stieg und Grigori entdeckte!

Er nahm Waldo sofort voll und ganz in Beschlag. Die folgenden vierzehn Tage waren der gefühlsmäßige und sexuelle Gipfel in Waldos Leben. Nie mehr wieder sollte er sich in solchen Höhen fühlen, auch dann nicht, als die ganze Welt ihm Ehrerbietung und Beifall zu zollen schien; nie mehr wieder sollte er mit einer Leidenschaft brennen, die die edelsten, feinsten und intensivsten Gefühle umschloß, die ein Mensch je hoffen konnte zu erfahren.

Menschikow brachte ihn an einen Ort am Schwarzen Meer, einer geheimen Kolonie junger Männer, ernsthafte und intelligente junge Leute mit ähnlichen Neigungen und großen Plänen: Ingenieure, Wissenschaftler, Techniker und Denker. Die Sonnentage brannten sie braun; sie schwammen nackt, rösteten sich am Strand und tauchten zur Abkühlung wieder ins Wasser; nachts lag Waldo in den starken Armen seines Liebhabers. Die Euphorie erweiterte ihren Geist; kein Problem war so verworren, keine Fragestellung so dunkel überwuchert, daß sie nicht doch am Ende wenigstens eine Andeutung ihrer inneren Geheimnisse preisgaben. Zwei Wochen blieben sie, die beiden klügsten Männer, die es je gab, gepackt von einer Leidenschaft, wie man sie zarter nicht kannte. Waldo las Shakespeare. Unter viel Gekicher kam der Vorschlag, doch *Der Sturm* aufzuführen. Menschikow spielte den Prospero, Waldo den Gonzalo. Der Abend war ein Riesenerfolg. Anschließend signierte die Truppe Waldos Shakespeare-Ausgabe. Einmütig erklärten alle diese Zeit zum Paradies. Mit solchen wie uns an der Macht, sagten sie wie mit einer Stimme, wer könnte da noch bezweifeln, daß die Welt in Ordnung zu bringen sei?

Aber schließlich spürte Waldo, obwohl sein Herz sich weigerte, die Wahrheit anzuerkennen — wie ein widerspenstiger junger Hund, der sich in der Erde festkrallte —, daß die goldene Zeit vorüber war und er nach Amerika zurückkehren mußte. Zwei Tage, nachdem er Moskau verlassen hatte, verabschiedete er sich in Stockholm von Keynes und fuhr mit der *Gripsholm* nach New York. Acht Jahre sollten vergehen, bevor er Menschikow wiedersah oder auch nur ein Wort von ihm oder über ihn hörte.

2

In Amerika wurde Waldo herzlich empfangen. Begeisterte Kunde von seiner Arbeit mit Keynes war von Cambridge, England nach Cambridge, Massachusetts gelangt. Er hatte kaum den Pier 84 betreten, als man ihm schon zwei Stellungen in Harvard anbot, wobei er zwischen der wirtschaftswissenschaftlichen Fakultät und der Harvard Business School wählen konnte. Die Einladung, Wirtschaftswissenschaften zu lehren, war eine intellektuelle Herausforderung, nicht zuletzt, weil Josef Schumpeter, der österreichische Ökonom, den Waldo sehr bewunderte, seit kurzem der Fakultät in Harvard angehörte. Aber er entschloß sich dennoch, an der Business School zu lehren. Er wollte mit der wirklichen Welt verbunden sein, mit Prestons Welt. Keynes bestand darauf, daß ein Mann mit beiden Beinen in der Wirklichkeit stehen sollte. Er lehrte, daß es Aufgabe eines Intellektuellen sei, mit seinem Verstand auf die wirklichen Probleme des Lebens einzuwirken. Amerika wurde noch immer von der Depression geschüttelt. Wall Street lag »in Eisen«, wie die Matrosen in Quiddy Bay sagten, ihre früher mächtigen Segel hingen schlaff in der Flaute, die ehemals kraftstrotzende industrielle Maschinerie im ganzen Land hüstelte nur noch sporadisch. Ein neue Generation von dynamischen Männern in der Privatwirtschaft war nötig, um die Nation wieder aufzurichten, und es war die heilige Pflicht der Business School, diese Männer auszuwählen und sie mit dem entsprechenden

Handwerkszeug und den Werten, vor allem einer optimistischen Überzeugung, auszurüsten, mit denen sie Amerika aus dem geschäftlichen und finanziellen Elend retten konnten. Man hatte die Vorstellung, daß die Männer, die diese Führer unterrichteten, zu ihnen wie Sokrates zu Alkibiades stehen und kaum weniger mächtig und weniger hochgeschätzt sein sollten als ihre Schüler.

Preston billigte Waldos Entscheidung. Ja, er war sogar sehr unverblümt, als man Waldo 1939 bat, in Washington beim New Deal mitzuarbeiten.

»Wally, bleib in Boston«, beharrte Preston. »Dieser New Deal ist doch nur Spülwasser. Was unsere Wirtschaft krank macht, kann nur durch Aufrüstung wieder in Ordnung gebracht werden. Die Welt braucht Krieg, und Krieg wird es auch geben. Schau dir die Deutschen an! Vor zehn Jahren lagen sie noch im Dreck. Dieser Hitler ist einer, der die Ärmel hochkrempelt, ein Mann, wie wir ihn brauchen. Nicht wie diese Judenhure im Weißen Haus.«

In letzter Zeit redete Preston immer so. Waldo fand es empörend. Er wußte, daß Preston sich mit dieser Haltung bei seinen Klienten und Clubkameraden einschmeicheln wollte. Die Tatsache, daß es bei Preston funktioniert hatte, schien Waldos Befürchtungen über den wahren Charakter Amerikas nur zu bestätigen.

An Prestons Erfolg gab es nicht mehr den geringsten Zweifel. In den zwei Jahren von Waldos Aufenthalt in Übersee hatte er die Kontrolle über das Management der Anwaltskanzlei übernommen. Er saß in einigen angemessen großen Aufsichtsräten. Als zukünftiger Inspektor von Harvard war er im Gespräch. Sein eigentliches As im Ärmel aber war die erfolgreiche Kontrolle über die Guaranty Manhattan Trust Company, die er in Treuhänderschaft nach dem Tod eines Seniorpartners der Firma übernommen hatte. Als einziger stimmberechtigter Treuhänder für eine Gruppe von Familientrusts, die etwa 40 Prozent des Kapitals der Bank kontrol-

lierten, ließ sich Preston sofort zum Vorsitzenden der Geschäftsführung und des Aufsichtsrats wählen.
Im Vergleich mit den anderen New Yorker Banken war die Guaranty Manhattan Trust bei weitem nicht die größte oder mächtigste, mit J. P. Morgan & Co. oder der Corn Exchange Bank konnte sie sich nicht messen. Aber sie hatte einen untadeligen Ruf, und das zu einer Zeit, da eine Reihe der größten Banken der Stadt noch durch den Skandal und die Nachwehen des Börsenkrachs taumelten. Außerdem war sie die Institution, die von einigen der ältesten, prominentesten und noch solidesten Privatvermögen mit Investitionen betraut wurde. Es war offensichtlich: Wenn das Land wirtschaftlich je wieder erwachen sollte, dann waren Häuser wie die Guaranty Manhattan in idealer Startposition.
Nach den Maßstäben seiner Welt besaß Preston alles. Seine beiden Kinder — ein Junge und ein Mädchen — waren wie vom Reißbrett: zarte, blonde, helläugige Miniaturausgaben der episkopalkirchlichen Oberschicht. Der Sohn, Peter, war Vaters Liebling. Auch Onkel Waldo mochte ihn, obwohl er ihn für ein wenig unstet und verschlagen hielt.
Eine ideale Familie also, von aller Augen beneidet, die ihnen jeden Sonntag über den Mittelgang der eleganten East-Side-Kirche zu All Angels and All Souls folgten, wo Preston Gemeindevorstand war. Prestons erste Frau, eine Stütze von Vereinen und Wohltätigkeitsorganisationen, starb 1940 an einem Schlaganfall, während sie für das Rote Kreuz im Keller des Colony Club Binden aufrollte. Ein Jahr später heiratete er wieder, die Witwe eines alten Freundes. Nicht der Hauch eines Skandals umwehte Preston, er hatte keine Geliebte irgendwo in der Stadt versteckt, keine Geldspekulationen, keine Alkoholexzesse. Er hatte sich im Obergeschoß des amerikanischen Geschäftslebens behaglich niedergelassen.
Auch Waldos Stern ging auf. Bei Kriegsbeginn im Jahr 1941 war er ordentlicher Professor an der Business School. »Geld

eins« war ein beliebter, vielbeachteter Kurs; Waldo war sehr wohl ein Mann, den man im Auge behalten mußte.
Aber innerlich litt er. Er dachte oft an Menschikow, in verzweifelten Vorahnungen trauerte er um seinen Freund und Geliebten. Er war sicher, daß Menschikow bei Stalins Säuberungen umgekommen war. Oft vertiefte er sich in die wenigen Erinnerungsstücke, die ihm von ihren verzauberten gemeinsamen vierzehn Tagen geblieben waren: Ein Foto, einige Aufzeichnungen, eine Ausgabe des *Sturms*. Die Erinnerungen blieben deutlich, aber im Laufe der Zeit verschwand seine körperliche Sehnsucht. Die intellektuelle Paarung war es, die Waldo vermißte. Irgendwie spürte er, daß es, auch wenn er hundert Jahre alt werden sollte — ein verhaßter Gedanke —, nie mehr eine Zeit geben würde wie die Wochen mit Grigori.
Seine Lehrtätigkeit füllte ihn geistig eigentlich nicht aus. Mit der Zeit verbrachte er immer mehr Zeit mit Schumpeter und einigen jungen Ökonomen vom MIT. Er sah sich den Kapitalismus genauer an, untersuchte dessen Antriebskräfte, dessen Persönlichkeit und Charakter, als würde er ein menschliches Wesen studieren. Die Litanei von Anschuldigungen und Geständnissen, die dem Börsenkrach gefolgt waren, faszinierten ihn. Wie verletzlich das riesige System scheinbar doch auf winzige Anstöße von Individuen reagierte! Niemand wollte zugeben, daß man so dem System irreparablen Schaden zufügen konnte und daß sein Hauptfehler in der menschlichen Natur lag. Für Waldo waren Gier und Egoismus, niederträchtige Gefühle, die Antriebskräfte des Marktes; ein niederträchtiger Ausgang war deshalb unvermeidlich. Die menschliche Natur war unversöhnlich und nicht zu verändern. Das war der Dämon, mit dem Schumpeter zu kämpfen hatte. Denn wie lange konnte schließlich der Deckel der Selbstbeherrschung auf einem System gehalten werden, das den Egoismus verherrlichte und die Gier zum Evangelium erhob?

Über diese Fragen dachte er an dem Ort nach, der ihm in der ganzen Welt am besten gefiel, einem alten Hause an der Küste von Maine, das er einer altjüngferlichen Cousine seiner Mutter als Erbstück abgeluchst hatte. Dieses Haus war sein einziger deutlicher materieller Triumph über Preston gewesen.

Das große, weitverzweigte Cottage an der Quiddy Bay war gleich nach dem Ersten Weltkrieg vom inzwischen verstorbenen Vater der Cousine Martha, einem Sonderling aus Boston, erbaut worden. In ihrer Kindheit kamen Preston und Waldo jeden Sommer für vierzehn Tage zu Besuch hierher, und jeder der Brüder liebte und sehnte sich nach diesem Ort auf seine Weise: Waldo wegen der Waldspaziergänge und der langen Nachmittage, die er lesend auf dem Rasen zum Meer hin zubrachte; Preston wegen des aktiven, sportlichen Lebens, der Schwimm- und Segelwettkämpfe und der Tennisspiele im Yachtclub von Quiddy Bay. Im Haus der Cousine Martha fühlten sie sich mehr daheim als in dem viktorianischen Herrenhaus in Worcester.

Zu Beginn des Jahres 1941 wurde deutlich, daß Cousine Martha todkrank war. Waldo besuchte sie in Maine; Preston war verhindert – die Bank nahm einen Großteil seiner Zeit in Anspruch, und er war damals intensiv damit beschäftigt, sich in Washington eine Position zu sichern, die ihm bei Kriegsbeginn die größten Vorteile in der Armee verschaffen würde.

Cousine Martha war dankbar für Waldos Besuch. Sie war eine Frau, deren Herz sich instinktiv denen zuwandte, die vom Leben weniger begünstigt waren, und sie freute sich sehr darüber, daß sich der Lerneifer des jungen Waldo ausgezahlt hatte. Obwohl sie wußte, daß Preston eher die Möglichkeiten hatte, das Haus instand zu halten, und auch eine Familie, die es genießen konnte, trieb sie doch etwas zu der Entscheidung, nach ihrem Tod Waldo das Haus zu überlassen.

»Du erinnerst mich so an meinen Vater, Waldy«, sagte sie. »Auch er liebte die einsamen Stunden. Komm mit. Ich will dir etwas zeigen.«

Sie führte Waldo nach oben in die mit Bücherregalen vollgestellte Diele, die die Schatzkammer seiner Kindheit gewesen war. Aus einem Regal nahm sie auf einer Seite einige Bücher heraus, langte zur Rückwand und drehte an einem Knauf. Als sie nun gegen das Regal drückte, drehte es sich und enthüllte ein winziges Büro, gerade groß genug für einen Schreibtisch, einen Sessel und einen kleinen Tisch, auf dem sich eine vermodernde Funk- und Telegrafenausrüstung türmte.

»Gegen Ende seines Lebens bildete sich Vater ein, ein britischer Geheimagent zu sein. Hier versteckte er sich immer. Es war sein Unterschlupf für den Fall, daß die Männer des Kaisers hinter ihm her waren.«

Sechs Wochen später war Cousine Martha tot und Waldo erbte das Haus.

Preston ertrug diese kleine Niederlage mit gemessener Würde. Auf dem Rückweg vom Begräbnis nach Boston bot er Waldo 75 000 Dollar für das Haus, zu dieser Zeit eine beachtliche Summe. Waldo lehnte das Angebot ab, und die Sache war erledigt. Im November veranstaltete Waldo Chamberlain das erste »Thanksgiving-Fest in Quiddy mit Onkel Waldo«. Dreißig Jahre lang, den Krieg und die Friedenszeit überdauernd, sollte dies eine regelmäßig wiederholte Familientradition werden, bis im Jahr 1970 ein tragisches Feuer das Haus, die Tradition und beinahe die ganze Familie zerstörte.

Kaum vierzehn Tage nach dem ersten Thanksgiving-Fest in Quiddy Point bombardierten die Japaner Pearl Harbour. Wie gewöhnlich hatte Preston seine Hausaufgaben gemacht. Vierundzwanzig Stunden nachdem die *Arizona* auf Grund gegangen war, hatte er sich einen Posten als Oberleutnant beim Armeegeheimdienst gesichert; den Krieg sollte er als dekorierter Colonel beenden, der direkt dem Kriegsminister

unterstand, einem alten Bekannten aus New Yorker Anwaltszeiten.
Auch Waldo ging es im Krieg nicht schlecht. Ein ranghoher Kollege von der Business School beorderte ihn nach Washington, wo er als Verbindungsoffizier zu einer Wirtschaftsabteilung, die die Briten in Washington installiert hatten, arbeitete. Einige der Männer kannte er aus seinen Tagen in Cambridge, Keynes' Geist bestimmte ihre Sitzungen, und er fühlte sich sehr wohl. Später verschaffte ihm Preston einen Posten als Berater des OSS in ökonomischer Kriegführung. Die Arbeit war interessant, er spürte, daß er eine wichtige Rolle in einer Sache spielte, an die er glaubte, und, wie Preston betonte, er knüpfte Kontakte, die ihm bei Kriegsende nur von Vorteil sein konnten.
Ende 1944 war klar, daß Deutschland unterliegen würde. Wie alle anderen bewunderte Waldo den kämpferischen Mut der Alliierten, die Tapferkeit, Ritterlichkeit und Beharrlichkeit, mit der sie für ihre Sache auf dem Schlachtfeld kämpften. Aber er erkannte auch, daß der alliierte Sieg zum Großteil ein Ergebnis der wirtschaftlichen und geographischen Vorteile Amerikas war. Mit dem Ozean als Sicherheitsabstand dazwischen, war das Land ja wirklich wieder reich geworden. Von der Wall Street her kannte er zahlreiche Männer, die zu Hause geblieben waren, während ihre Partner und Kollegen in den Krieg zogen, und die ihre Vermögen in einem Umfang erneuerten, daß die Investoren aus den Zwanzigern neidisch geworden wären. Trotz der laut herausposaunten Entbehrungen, der Lebensmittelmarken und allem anderen gedieh das Land, es wurde wieder fett und reich, während halb London zerstört war und man in Privatgesprächen im Pentagon von zehn Millionen oder sogar noch mehr toten Russen sprach. In der Embassy Row kursierten schreckliche Gerüchte über das, was mit den Juden passierte.
Waldo machte sich große Sorgen. Amerika würde reich aus

dem Krieg hervorgehen, auch noch nach Abzug der Verluste, die es bei der erwarteten Invasion Europas und Japans noch erleiden würde. Die Nachkriegswelt würde ein großes ökonomisches Ungleichgewicht erleben. Der Friede wird schwierig, dachte er. Keynes glaubte, daß Krieg leichter zu regeln sei als Frieden; im Krieg funktionierte jedes politisch-ökonomische System gut, aber im Frieden? Man brauchte nur daran zu denken, was nach dem Ersten Weltkrieg passiert war.

Im Juni 1944 landeten die Alliierten in der Normandie. Der Krieg war offensichtlich in seiner Schlußphase. Erst wenige Monate zuvor war die Planung des Friedens und seiner Probleme in Angriff genommen worden. Man hatte sich auf eine Konferenz über Wiederaufbau und Finanzierung der Nachkriegszeit geeinigt, sie sollte im Juli in Bretton Woods, einem Kurort in New Hampshire, stattfinden. Der Staatssekretär im Finanzministerium, Harry Dexter White, lud Waldo ein, die amerikanische Delegation zu begleiten.

Waldo war von dieser Einladung begeistert. Keynes sollte auch kommen! Es war fast genau acht Jahre her, seit sie sich nach der Rußlandreise in Stockholm getrennt hatten. Keynes hatte Waldo einige zustimmende, fast schmeichelnde Briefe geschrieben und Waldos Arbeiten in einigen veröffentlichten Aufsätzen rezensiert. »Machen Sie auf diese Art weiter«, hatte Keynes bei einer Gelegenheit geschrieben, »und Sie werden uns alle in den Schatten stellen.« Ein berauschendes Lob für einen jungen Mann, der am Tag der Eröffnung der Konferenz in Bretton Woods zweiunddreißig geworden war.

Außerdem fand Waldo Harry Dexter White interessant. Die Voraussagen des Mannes für Bretton Woods schienen schon fast Vorauswissen zu sein. Am Vorabend der Konferenz sagte er Waldo, daß die Russen besonders im Hinblick auf den anglo-amerikanischen Vorschlag, eine Weltbank und einen internationalen Wiederaufbaufonds einzurichten, Schwierigkeiten machen würden.

Und so war es auch. Immer wieder während der Konferenz sah es so aus, als wüßte White ganz genau, was in den Instruktionen der russischen Delegation stand.

Aber Waldos Gedanken über White — ja, sogar seine Aufregung über das Wiedersehen mit Keynes — waren am Abend, bevor man sich in Bretton Woods an die Arbeit machte, plötzlich und unerwartet wie weggeblasen. Er war nahe dran, wegen einer reinen Gefühlserregung ohnmächtig zu werden, so nah wie vermutlich nie mehr in seinem ganzen Leben.

Der erste Abend der Konferenz wurde offiziell mit einer feierlichen, tendenziösen Rede Henry Morgenthaus, des amerikanischen Finanzministers, eröffnet. Danach eilte Waldo in den Raum, wo Keynes ein privates Dinner gab. Er begrüßte Keynes, ging weiter und hatte eben angefangen, mit Dean Acheson zu reden, als er, wie aus dem Nichts, eine Gefühlsaufwallung spürte, die ihn »wie ein Wirbelsturm packte«, wie er später bekannte. Er sah sich um, und dort, am anderen Ende des Raumes, stand, lächelnd wie eine Katze, die soeben den letzten Kanarienvogel der Welt verspeist hatte, Grigori Menschikow!

Waldo konnte sich gerade noch beherrschen, nicht quer durchs Zimmer zu stürzen. Er entschuldigte sich bei Acheson und ging so gelassen, wie er konnte, zu Menschikow hinüber; ihm war, als würde er aus lauter Gefühlsüberschwang jeden Augenblick abheben und sich in die Arme des Russen werfen. Ihm war schwindlig. Sein Herz klopfte.

Menschikow breitete die Arme aus. »Waldja«, sagte er. »Waldja, Waldja. Mein Freund, mein Freund.« Eine theatralische Träne lief ihm über das lächelnde Gesicht. Waldo spürte, wie sich auch seine Augen füllten.

Mit dem verzweifelten Jubel von Soldaten, die ein mörderisches Gefecht überlebt haben, fielen sich die beiden in die Arme. Niemand schien ihre Umarmung zu bemerken; die Freundschaft zwischen den Vereinigten Staaten und seinem

edlen Verbündeten, der Sowjetunion, war damals ja auf ihrem Höhepunkt.
Keynes hatte sie beim Essen getrennt gesetzt, aber sie trafen sich danach wieder und gingen nach draußen. Eine Zeitlang sprach keiner viel, jeder versuchte, seine Gefühle zu ordnen. Waldo wartete auf ein Zeichen seines Freundes, auf einen Hinweis, wie ihre Beziehung nun aussah, wie sie werden sollte, ob es überhaupt eine Beziehung geben sollte. Nicht einmal wenn sie sich gegenüberstanden, spürte er ein körperliches Verlangen. Was seine Seele ihm acht lange Jahre gesagt hatte, war bestätigt worden. Ihre Liebe war intellektueller Art, wirklich platonisch. In diesem Augenblick fühlte sich Waldo ungeheuer stolz, außergewöhnlich und einzigartig.
Menschikow begann schließlich, von Erinnerungen zu reden. Nicht von Cambridge und von Tee und Erdbeeren am Ufer des Cam oder von den angenehmen Abenden am Gordon Square, sondern von den Jahren, die vergangen waren, seit er seinen geliebten Waldya das letzte Mal gesehen hatte. In seiner Stimme schwang eine große Traurigkeit mit; seine ganze Gestalt schien verwittert und gealtert von Sorgen und Trauer. Wir — alle Menschen — haben einen Strom überschritten, drückte sie unmißverständlich aus, wir haben Dinge gesehen, die uns für immer gezeichnet haben. Die Brücke zur glücklichen, hoffnungsfrohen Vergangenheit ist zerstört und kann nicht wieder aufgebaut werden, wie sie war. Die Möglichkeiten, die wir damals sahen, sind jetzt unerreichbar, wir haben sie auf der anderen Seite des Abgrunds zurückgelassen.
»Alle sind tot«, sagte er schließlich. »Alle ohne Ausnahme.«
Alle ohne Ausnahme? dachte Waldo. All die jungen Männer dieses Sommers am Schwarzen Meer? War es möglich? Grischin, mit seinem Gesicht wie ein Speckstein-Buddha, der den Ariel spielte. Potrovy, der zuviel trank und als Caliban so wild gewesen war. Ein Dutzend Namen fielen ihm ein, alles

Blumen eines blühenden Rußland, das hätte entstehen können.
Alle tot, wiederholte Menschikow. Einige im Krieg von den Deutschen getötet, aber die meisten von Stalin hingerichtet oder in den Gulags umgekommen.
»Stalin muß verrückt sein!« rief Waldo.
Vielleicht, erwiderte Menschikow ruhig. Natürlich sei der Generalissimo paranoid, aber mit Recht, das müsse Waldo doch zugeben. Was war denn gut an der westlichen Welt? Die Deutschen waren doch der Westen, oder nicht? Waren denn die Krupps keine guten Kapitalisten, war Ribbentrop etwa kein Champagnerhändler? Und tranken nicht alle guten Kapitalisten Champagner, sogar Keynes?
Waldo widersprach nicht. Er war kein politischer Mensch. Die Geschichte lehrte, daß Staaten immer wieder ihr Wort brachen. Zwischen souveränen Staaten konnten Verträge nur mit Kriegen bekräftigt werden.
»Und warum schonte man dich, Grigori?« fragte er, um das Thema zu wechseln.
Reines Glück, in Moskau habe es einen Mann gegeben, jemand in Stalins Nähe, der für ihn eingetreten war. Außerdem, sagte Menschikow, kenne er den Westen.
»Für meine miserablen Gedichte hätte ich erschossen werden können«, erzählte er Waldo lachend. »Wischinski läßt am liebsten alle Dichter erschießen oder nach Sibirien bringen. Aber ich sage ihnen, ich kenne Keynes. Ich verstehe, wie ihr im Westen denkt. Stalin braucht das. Für ihn ist der Krieg nicht vorbei, wenn Deutschland besiegt ist. Es ist erst der Anfang. Amerika. Für ihn ist das wie Deutschland, nur größer, mit mehr Glück. Ihr habt 1917 Truppen nach Weißrußland geschickt, vergiß das nicht. Er hat es nicht vergessen. Für ihn ist Kapitalismus überall das gleiche. Schlecht!«
»Und denkst du auch so, Grigori?«
Menschikow hob die Schultern. »Ich weiß es eigentlich nicht, Waldja. Manchmal ja, manchmal weniger. Im Krieg ist

es schwierig. Ein Krieg ist nicht die Zeit, um Menschen oder Staaten zu beurteilen. Sie verhalten sich entweder besonders gut oder besonders schlecht, aber nie so, wie sie wirklich sind.«

Er fing an, düster von der Zukunft zu sprechen. Es würde sehr schwierig werden. Was konnten denn Männer wie er oder Waldo dabei tun? Ihren Verstand benutzen, vermutlich. Kreativ sein, neue Lösungen finden. Die Abgründe des Mißtrauens überbrücken, die enormen Ungleichheiten von Ideologien und Chancen. Es war nicht eben vielversprechend. Zwanzig Millionen tote Russen, und nichts war dabei herausgekommen, außer daß ein ehemals herrliches Land jetzt eingeäschert war von Feuer und Morden. Im übrigen Mitteleuropa war es das gleiche. Was war denn mit Monte Cassino? Was machte es jetzt noch aus, wessen Bomben es waren? Die Menschen vergaßen nichts.

Waldo schämte sich. Er hatte während des Krieges keine Mahlzeit versäumt. Er konnte gehen, wohin und wann er wollte, er brauchte nur seinen Paß vorzuzeigen. Er dachte an Preston mit seinen Textilfabrikaktien und seiner Geschäftigkeit, an eine fleißige und sichere Zivilbevölkerung, die sich auf die Früchte des Sieges und des Friedens vorbereitete. Zwanzig Millionen Tote! Konnte das richtig sein? Wie konnte man nach alldem noch seine Kräfte zusammennehmen, nach Stalingrad, nach Leningrad? Auf der anderen Seite des Atlantik brauchten Freund und Feind ohne Unterschied wahrscheinlich eine ganze Generation, um sich wieder aufzurichten — wenn sie es überhaupt schafften. Nicht so Amerika: Amerika konnte einfach über Nacht von Bomben auf Kühlschränke umstellen, von Sprechfunkgeräten auf Radios oder vielleicht sogar auf dieses Ding, das man jetzt Fernsehen nannte, von Panzern auf Autos.

Menschikow hatte wohl den Schatten auf Waldos Gesicht bemerkt. Sein polternder Humor kehrte zurück.

»Ach, aber Waldja, denk dir nichts, denk dir nichts. Intelli-

gente Männer wie wir, wir finden immer Wege, um uns zu amüsieren. Kennst du diesen Schumpeter? Ein hervorragender Mann. Weißt du, wieviel Glück du hast, Waldja? Am Abend kannst du in dein Arbeitszimmer gehen und lesen und schreiben: Bücher, Magazine, Zeitschriften. Bei uns ist es anders. Am Abend töten wir die Nazis, und sie töten uns!«
Menschikow schlug sich mit beiden Händen auf die Schenkel. »Was soll's. Waldja, ich hoffe, daß wir einmal etwas gemeinsam tun werden, du und ich.«
Die Konferenz endete hoffnungsvoll, obwohl die Russen schwierig und mißtrauisch gewesen waren, sich an jedem Vorsprung festgeklammert und auch den winzigsten Ansatzpunkt ausgenutzt hatten. Waldo hoffte, daß Menschikow ihn danach in Maine besuchte, aber Menschikow sagte nein, die Rote Armee sei ja bald an der Elbe, und sein Platz sei an der Seite seiner Kameraden.
Im Jahr nach dem Treffen wurden Waldos Schuldgefühle so stark, daß er fast befürchtete, wahnsinnig zu werden. Dann kam Hiroschima und Nagasaki. Preston, der immer gern durchblicken ließ, wie nah am Zentrum der Macht er saß, hatte vorher schon angedeutet, daß am Vierten Juli im Pazifik etwas Großes, etwas Gigantisches passieren würde. Die Überheblichkeit in der Stimme seines Bruders hatte Waldo das Schlimmste erwarten lassen, aber dies war einfach unvorstellbar. Nach den ersten Verlustschätzungen war sein erster Gedanke: Grigori hat recht, wir sind nicht anders als die Nazis.
Preston jubelte natürlich.
»Haben wir ein paar Hunderttausend von den kleinen gelben Gaunern geröstet«, krähte er. »Der Krieg ist in ein paar Tagen vorbei, Wally! Dann kümmern wir uns um die Roten. Wir richten die Bombe auf Onkel Joe und holen uns zuerst einmal zurück, was Franklin D. Rosenfelt in Jalta verschenkt hat — obwohl wir ihm eigentlich die verdammten Polacken lassen sollten, wenn du mich fragst!«
Später, als dann die Einzelheiten bekannt wurden, als die

Welt erfuhr, daß die Atombombe mehr war als nur eine unvorstellbar gigantische Explosion, als ihm einige Physiker, die er im MIT kannte, die langfristigen Auswirkungen der Strahlung erklärten, kam Waldo Chamberlain langsam zu der Überzeugung, daß Amerikaner zu sein hieß, Komplize bei einem gemeinen und hinterhältigen Verbrechen zu sein. Eine Nation, die so etwas tun konnte, verdiente die Gnade nicht, mit der Gott sie überhäuft hatte. Er sah seine Studenten jetzt in einem neuen Licht und mit einer Wut, die er zuvor nicht gespürt hatte, er sah sie als angehende Prestons, die losstürmten, um auch einen Teil dessen zu ergattern, was eine lange Reihe fetter Jahre zu werden versprach. Er begann, sich wegen seiner Arbeit selbst zu verachten, weil er mithalf, die Männer zu schaffen, die das Amerikanische Zeitalter festigen sollten.

Aber dennoch hielt ihn etwas in Harvard. In seinen Augen war es für den Augenblick das beste, alle Gedanken an Gut oder Böse beiseite zu schieben, solche Überlegungen aus seinem Gehirn zu verbannen, und sich nur auf das ursprüngliche Denken zu beschränken, auf die reine Theorie, auf eine Weltsicht, die das ökonomische Leben auf ein gigantisches statistisches Spiel reduzierte. Aber er konnte nun nicht mehr leugnen, daß es eine moralische Nachtseite des Kapitalismus gab. Ein junger Wissenschaftler am MIT, der in Los Alamos unter Oppenheimer gearbeitet hatte, gab ihm den Anhaltspunkt. Die Bombe zu bauen, sagte der junge Physiker, sei »ein Riesenspaß« gewesen — so als sei die Zerstörung von hunderttausend Menschen nur eine Art Gesellschaftsspiel. Wieder fand sich Waldo mit der Seele Amerikas konfrontiert und verabscheute, was er sah.

3

Am Ostersonntag, dem 21. April 1946, starb Lord Keynes in seinem Landhaus in Sussex. Waldo fuhr zum Gedächtnisgottesdienst nach London.

Die Reisevorbereitungen waren nicht einfach gewesen, und für den gleichen Tag war in der National Cathedral in Washington ein Ersatzgottesdienst geplant, aber Waldo glaubte, Keynes diese letzte Ehrenbezeugung schuldig zu sein. Keynes hatte ihn geistig und seelisch geformt, er hatte Waldo die Überzeugung vermittelt, daß der Intellektuelle — in gleicher Weise wie der sogenannte »Mann der Tat« — sich in der wirklichen Welt versuchen sollte.

Wie recht Keynes doch hatte! Wie kastrierend ein Klassenzimmer sein konnte! Man brauchte sich nur Schumpeter anzusehen, ein wahres Naturgenie, dessen Einfluß jedoch kaum über den Hörsaal hinausreichte. Oder die statistischen Maden an der University of Chicago, die glaubten, man müsse nur wie sie eine entscheidende Masse von Daten sammeln, aus denen dann die monetaristische Wahrheit von selbst auftauchen würde. Kluge Männer sie alle, aber keiner konnte Keynes das Wasser reichen, dessen Schatten bis nach Whitehall und ins Weiße Haus reichte.

Waldo erkannte England kaum wieder, wobei die materielle Zerstörung, die der Blitzkrieg und die V-2s angerichtet hatten, noch das Geringste war. Der Sieg schien mehr Verzweiflung denn Jubel gebracht zu haben. London war düster, ru-

ßig und verzagt. Alles, aus dem man hätte Hoffnung schöpfen können, war unter dem Zwang, zu kämpfen und zu verteidigen, verschwunden.
Attlee war nun Premierminister. Churchill hatte die Wahlen im Jahr zuvor verloren: abgewählt, so hieß es, von genau den Kämpfern, die er zum Sieg inspiriert hatte, von den gemeinen Soldaten, die sich, mit dem Sieg in der Hand, auf ihre Herkunft besonnen hatten und gegen das Klassensystem stimmten, das ihre Offiziere repräsentierten. Das zumindest war die Interpretation, die Waldos Bekannte im Athenaeum und im Reform Club lieferten. Was immer auch der Grund war, ein tapferer, aufopferungsvoller Krieg hatte einen düsteren, hungrigen Frieden hervorgebracht.
Waldo stieg in einem kleinen Hotel in einer bombennarbigen Straße in South Kensington ab. Die Unterbringung war karg, ohne Annehmlichkeiten. Am Morgen des Gottesdienstes stand er früh auf und spazierte am Themseufer entlang zur Westminster Abbey. Er sah sich um und verglich im Geiste, was er in London sah, mit dem, was er zu Hause hatte. Hier hatte das gesamte Volk die Last zu tragen. Sicher, es gab auch in Amerika Tausende von trauernden Familien, aber für den Großteil der amerikanischen Zivilbevölkerung war Unbequemlichkeit der einzige Preis gewesen, den sie hatte zahlen müssen. Von zwei Ozeanen beschützend umschlossen, war Amerika nicht nur siegreich aus dem Krieg hervorgegangen, sondern reich.
Er fühlte sich schuldig, ein geeignetes Objekt für Hohn und Verachtung, so als würde sich jedes Auge in London ihm zuwenden, seinen neuen Schuhen und dem frischen Hemd, seinem schlaksigen, unübersehbaren Amerikanismus, als würde es sich ihm zuwenden und ihn insgeheim hassen. Er war froh, als er die Abbey erreichte, sich unter die Menge mischen und sich in der beschützenden Etikette des Trauerzuges verlieren konnte.
Doch plötzlich waren alle diese Gefühle wie weggeblasen,

denn als er den Mittelgang der Kirche entlangsah, entdeckte er Menschikow.

Erst nach dem Gottesdienst, während die Menge sich unter gedämpftem Murmeln zerstreute, konnte Waldo seinen alten Freund wieder ausfindig machen. Er steuerte direkt auf ihn zu, blieb jedoch abrupt wieder stehen: Grigori sah ihn an — und durch ihn hindurch. Der Blick, den er Waldo zuwarf, war unfreundlich und leer. Verwirrt hob er die rechte Hand, um ihm schwach und flehend zu winken, aber Menschikow drehte sich plötzlich um und ging weg. Vor Unentschlossenheit wie am Fleck verwurzelt, sah Waldo zu, wie der Russe sich einen Weg durch die Menge bahnte und in eine Austin-Limousine mit Chauffeur stieg, die in der Victoria Road parkte. Kurz darauf spürte er eine Berührung an der Hüfte und etwas glitt in die Tasche seines Mantels: ein Stück Papier. Er sah sich um, erkannte aber niemand.

Er kondolierte Lady Keynes und Keynes' Eltern. Sie mochten Waldo und freuten sich, daß er gekommen war; er sei ein Lieblingsschüler des verstorbenen Lords und seine Arbeit an der *Allgemeinen Theorie* sehr hilfreich gewesen. Keynes habe große Hoffnungen in ihn gesetzt, er dürfe diese Erwartungen nun nicht enttäuschen. Männer wie er seien dringend notwendig.

Er war so nervös, daß er kaum die angemessenen Beileidsfloskeln herausbrachte. Er konnte sich auch nicht auf die Bemerkungen und Fragen konzentrieren, mit denen ihn plötzlich Männer bedrängten, die er aus Cambridge und Bloomsbury, aus Washington und aus Bretton Woods kannte. Sein einziger Gedanke war das Stück Papier in seiner Tasche. Er wagte nicht, es herauszuziehen.

Als er sich endlich losgelöst hatte, surrte ihm der Kopf vor Anspannung. Er hatte eine Verabredung zu einem späten Mittagessen in Cheyne Walk, deshalb ging er an der Themse entlang zurück und versuchte herauszufinden, was Menschikows distanziertes Verhalten bedeuten konnte.

Ihm war klar, daß das Verhältnis zu den Russen immer schlechter geworden war. Erst im vergangenen Monat hatte Churchill bei einer Rede in Missouri vor dem Eisernen Vorhang gewarnt, der den Osten vom Westen abgetrennt hatte. In Mitteleuropa hatte sich der trampelnde Stiefel der Eroberungen und der Unterdrückung einfach von einem nationalsozialistischen in einen russischen verwandelt. Von Preston wußte er, daß die neue CIA, die Donovans OSS ersetzt hatte, die Sowjetunion als »den Feind« anvisierte. Er konnte nur annehmen, daß es auf der anderen Seite genauso war. Erklärte das vielleicht Grigoris Kälte?

Er lehnte sich gegen die Ufermauer und gab vor, in das träge, graubraune Wasser zu starren. Niemand schien ihn besonders zu beachten, und so langte er, so beiläufig wie möglich, in die Tasche und zog das zusammengefaltete Papier heraus.

Es war eine Nachricht in Menschikows Handschrift.

Waldja. Es ist besser, wenn man uns im Augenblick nicht zusammen sieht. Bitte komm um 16 Uhr in die Russische Kirche in der Emperor's Gate. Bei der Gloucester Road.

Nach dem Mittagessen ging er zu Fuß, bis er in dem spärlichen Nachmittagsverkehr ein freies Taxi fand. Auf einem Londoner Stadtplan hatte er sich den Weg im groben angesehen, und der Taxifahrer wußte es genau. Sie fuhren an Häusern vorbei, an denen der Krieg Narben hinterlassen hatte. Der Fahrer redete davon, wie sehr sie die Amerikaner vermißten, seine Stimme schien beinahe um eine Wiederaufnahme des Krieges zu bitten, um irgend etwas anderes, nur nicht dieses düstere, graue Leben. Es war deutlich, daß der britische Geist durch den Frieden etwas verloren hatte. Der Gewinn verblaßte, der Verlust blieb. Waldo befürchtete, daß es in ganz Europa ähnlich aussah. Aber nicht in Amerika.

Emperor's Gate war eine Sackgasse westlich der Kreuzung von Cromwell und Gloucester Road, sie ging von einer unscheinbaren, zerstörten Straße namens Grenville Place aus. Die Kirche selber war ein unauffälliger Steinbau. Ein niedriger Eisenzaun begrenzte den kleinen, dunklen Vorhof. Drei Spitzbögen überdachten die kurze Treppe, die zu drei Türen führte. Darüber verkündete eine eingemeißelte Inschrift, daß die Kirche 1873 als presbyterianisches Gotteshaus erbaut worden war.

Der Ort schien verlassen. Auf der Vordertreppe standen zwei Milchflaschen. An der verschlossenen Mitteltür hing eine Tafel, die — in unbeholfenem Englisch und Russisch — das Gebäude als Die Russische Kirche im Exil identifizierte und die Zeiten der Gottesdienste angab.

Waldo versuchte es an der linken Tür. Auch sie war verschlossen. Aber die rechte gab auf sein Drücken nach, und er betrat einen düsteren Innenraum. Die Luft roch beißend nach Kerzenrauch. Menschikow saß auf der Bank gleich beim Eingang, die Beine in den Mittelgang gestreckt. Sonst war niemand in der Kirche.

Sie umarmten sich und schwiegen einen langen Augenblick. Dann führte Menschikow Waldo zu einer Bank weiter vorne, und sie setzten sich.

»Es tut mir leid, lieber Waldja, aber zur Zeit steht es nicht gut zwischen deinem und meinem Land. Und mit den Engländern auch nicht.«

Eine Zeitlang sprachen sie über Gott und die Welt. Über Waldos Arbeit, und wie es jetzt in Rußland zuging, über die noch andauernden Nürnberger Verfahren und die Vereinten Nationen. Sie sprachen über Attlees Verstaatlichung der Bank von England, über Jalta und Potsdam.

»Ich habe deinen Bruder in Jalta getroffen«, sagte Menschikow. »Hat er es dir erzählt?«

»Nein, aber er weiß ja nicht, daß wir Freunde sind, sofern du es ihm nicht gesagt hast.«

»Natürlich nicht. Es würde dich nur in Schwierigkeiten bringen. Ich glaube, er ist kein netter Mensch, dein Bruder. Er prahlt und intrigiert. Ich glaube, er macht es Harriman und Stettinius und jetzt auch Marshall sehr schwierig. Dein Bruder mag den Krieg. Er mag ihn so gern, daß ich glaube, er kennt ihn nur aus Büchern und Filmen. Ich glaube, ich verstehe jetzt, warum du ihn nicht magst. Oh, Waldja, mein lieber Freund, ich bin über dein Land verzweifelt. So viele Preston Chamberlains und nur ein Waldja.«
Anschließend sprachen sie über Keynes, über seine Größe, seinen fähigen Verstand und sein mitfühlendes Wesen.
»Ich glaube, es war gut, daß Maynard gerade jetzt gestorben ist«, meinte Menschikow schließlich.
Waldo war überrascht. »Das versteh' ich nicht, Grigori. Was um alles in der Welt meinst du damit?«
»Waldja, du hast Maynard doch gekannt. Ein Mann mit einer Mission. Du erinnerst dich doch, was er über seine Mission sagte — an dem Abend, an dem die Woolfs sich so gestritten haben.«
Waldo kehrte in Gedanken zu diesem Abend zurück. Wie traurig können doch Erinnerungen an glückliche und hoffnungsvolle Zeiten sein, dachte er. »Natürlich, Grigori. Er sagte, seine Mission — seine, unsere, von uns allen — sei es, den Kapitalismus vor sich selbst zu retten.«
Menschikow strahlte. »Und deshalb meine ich, es ist gut, daß er jetzt gestorben ist. Ein Mann sollte wenigstens eine Illusion unzerstört mit ins Grab nehmen. Und das war Keynes' Lieblingstraum. Er liebte den Kapitalismus, deshalb haßte er ja auch Marx und Lenin so sehr. Aber in zehn, vielleicht fünfzehn Jahren, wenn ich mich nicht täusche, hätte er vielleicht nicht mehr so große Stücke auf das westliche System gehalten.«
Waldo wäre am liebsten gar nicht darauf eingegangen. Es klang wie das Gewäsch eines Apparatschik. So gar nicht wie Grigori, dachte er. »Ich weiß nicht, wie du darauf kommst.«

»Waldja«, erwiderte Menschikow geduldig, als würde er einem Kind etwas erklären, »siehst du, wie sehr sich die Welt verändert hat? Ist doch fast wie eine neue geologische Epoche, nicht?«

»Ich nehme an, du sprichst von der Bombe«, antwortete Waldo. Er klang gereizt. Über solche Dinge sprach er nicht gern.

Menschikow hob die Schultern. »Auch«, sagte er. »Sicher, die Bombe ist eine große Sache. Das größte Problem, das der Mensch sich je selbst geschaffen hat. Im Augenblick hat nur Amerika eine, aber wir werden sie auch bald haben, außer ihr werft eure demnächst auf uns. Krieg ist dann unmöglich, weil — *bummm!* — alles in die Luft fliegt, und der Zweck des Krieges ist doch, daß einer gewinnt und der andere verliert, nicht jeder oder auch keiner. Die Bombe ist jetzt einfach da, wie jeden Tag die Sonne aufgeht. Und sie wird da sein, bis vielleicht ein Tag kommt, an dem die Sonne nicht mehr aufgeht.« Er hob wieder die Schultern. »Die Bombe? Eine große Sache, so groß, daß wir nichts dagegen tun können. Vielleicht ist es gut, daß ihr sie zuerst habt. Wenn Stalin sie hätte, der würde sie gleich morgen fallen lassen. Auf New York, Washington, Chicago. *Peng!* Aber Amerika tut das nicht, auch wenn es Leute wie deinen Bruder gibt, die glauben, es wäre besser. Denn im Augenblick haltet ihr Amerika für gut, für das Land Gottes, weil ihr den Krieg gewonnen habt. Ihr habt ihn gewonnen, weil ihr auf der Seite der Engel wart. So denken Leute wie dein Bruder, und weißt du, Waldja, er hat recht mit diesen Engeln. Zwanzig Millionen tote russische Engel! Aber das ist ein anderes Thema. Weißt du, was ENIAC ist, Waldja?«

»Ja, natürlich. Diese Großrechenanlage der Armee an der Universität von Pennsylvania.« Wohin führte diese Unterhaltung bloß?

»Waldja, solche Maschinen sind unglaublich. Was die alles leisten können! Aber ENIAC ist nur der Anfang, wie der

Neandertaler oder der Cromagnonmensch. Sie wird Kinder und Enkel und Urururururenkel haben, die Millionen Rechenschritte pro Sekunde machen können. Neben solchen Maschinen ist die Bombe gar nichts. Diese Maschinen werden die Art unseres Denkens und die Möglichkeiten unseres Handelns verändern — zum Beispiel auch, daß wir einander mit Bomben beschießen wie mit Pfeilen.«
Waldo nickte. Seine Kollegen hatten ihm von ENIAC erzählt. Es war unglaublich. Es gab keine Wissenschaft, wahrscheinlich auch keine Kunst, die davon nicht revolutioniert wurde. Die Menge der Daten, die verarbeitet werden konnte, war vergleichbar mit dem Eindämmen des Mississippi. Er freute sich schon darauf, diese Kraft eines Tages selber nutzen zu können.
Menschikow fuhr fort. Die durch sie mögliche Steigerung der Menge und der Geschwindigkeit von Transaktionen und Informationen war es, die ihn an den Computern faszinierte. Bald würden sie so groß und leistungsstark werden, daß die Informationsmenge, die sie aufnehmen, und die Geschwindigkeit, mit der sie sie verarbeiten konnten, das menschliche Leistungsvermögen überstiegen; das menschliche Urteilsvermögen, so prophezeite er, sei dann dieser Effizienz nicht mehr gewachsen.
»Wenn Maynard diese Maschinen gesehen hätte«, schloß Menschikow, »dann hätte er gewußt, daß seine Mission zum Scheitern verurteilt ist. Du weißt, Maynard sagte einmal zu mir, das menschliche Urteilsvermögen sei für den Kapitalismus das gleiche wie die Geheimpolizei für einen totalitären Staat. Ohne Urteilsvermögen herrscht finanzielle Anarchie oder noch Schlimmeres. Diese Maschinen haben kein Urteilsvermögen, Waldja, und das macht sie sehr gefährlich. Gib mir in zwanzig Jahren diese Maschinen, wie sie dann sein werden, und einen gewitzten Mann, der damit umgehen kann, und ich werde den Kapitalismus so weit bringen, daß er sich ohne Revolution selbst zerstört!«

Er klang so überzeugt, daß Waldo lächeln mußte. Das war der alte Grigori der Londoner Nächte in den späten Dreißigern, champagnerselig, laut, anmaßend.
»Ich glaube wirklich, du übertreibst etwas«, sagte er.
Menschikow schien ihn gar nicht zu hören. Aber plötzlich sah er abrupt auf. »Glaubst du? Du, ein Genie wie du? Ich bin schockiert. Denk, Waldja, denk daran, was ich dir sage. Du kennst Amerika. Jedes Land hat eine Seele und jede Seele hat ihre Schwächen. *Un point d'appui*. Du kennst doch W. M. Gouge?«
»Natürlich. *Paper Money*. 1833 veröffentlicht.«
»Dann weißt du also, was er über die Banken sagte? Sie sind der Schwachpunkt jeder Ökonomie. Sie sind am schwächsten, weil jeder sie für die Stärksten hält, das ist das Lustige daran. Glaubst du wirklich, es war 1833 anders als 1933, oder als es 1983 sein wird? Es ist immer das gleiche. Gierige Menschen, dummes Geld, immer das gleiche Durcheinander. Die große Lüge vom Laissez-faire. Und alle glauben immer, daß die Banken, nur weil sie groß sind und aus Marmor, stark und beständig bleiben, während alles andere in Scherben geht.«
Waldo lachte. »Grigori, du überrascht mich! Ich hielt dich immer für einen Dichter, Krieger und Diplomaten. Was soll denn dieses Gerede von den Banken?«
»Ich *war* ein Dichter. Jetzt, nach zwanzig Millionen Toten, muß ich ein anderes Leben führen. Aber der Dichter stirbt nicht, der Dichter sieht in die Menschen hinein. Das ist sein eigentliches Arbeitsgebiet. Pope sagt das. Du kennst Pope?«
»Ein wenig.«
»Erinnerst du dich, was Lenin sagt, daß der Kapitalismus dem Kommunismus noch den Strick verkaufen wird, mit dem wir ihn dann aufhängen? Ich persönlich glaube, Lenin hat da einen Fehler gemacht. Ich glaube, am Ende werdet ihr euch selber aufhängen. Ihr werdet euch selber den Strick verkaufen.«

Das ist, dachte Waldo, mehr oder weniger das, was Keynes befürchtet und Schumpeter vorausgesagt hat. Es war auch kein Gedanke, den er selbst für gänzlich unwahrscheinlich oder — in seinen dunkleren Augenblicken — für unsympathisch hielt.

»Ich sag' dir eins, Waldja«, fuhr Menschikow fort. »Mit nur einem Mann, dem richtigen Mann an der richtigen Stelle, zerstöre ich euren ganzen US-Kapitalismus.«

Lächerlich, dachte Waldo. Trotz all seiner Fehler war der Kapitalismus immer noch ein bemerkenswerter, unverwüstlicher Weg, den sozialen Menschen mit seinem ökonomischen Alter ego zu versöhnen. Seine ökonomischen Auswüchse mochten selbstmörderisch erscheinen, aber sie hatten sich nie als politisch tödlich erwiesen — obwohl eigentlich niemand sagen konnte, was aus der Depression geworden wäre, wenn es keinen Krieg gegeben hätte.

»Ein einziger Mann? Das ist idiotisch!« rief er. »Vollkommen idiotisch!«

Der Russe grinste. »Nicht so voreilig, Waldja. Denk daran, was die Deutschen mit Lenin machten. Sie schickten ihn in einem versiegelten Eisenbahnwaggon nach Rußland, damit er dort Unheil anrichten konnte. Tausend Jahre lang herrschten die Zaren in Rußland, und ein einziger Mann machte sie fertig. Der deutsche Generalstab wußte, was er tat. Sie transportierten einen Virus, einen winzigen Virus, der eine Pest verursachen und die Romanoffs zerstören sollte. Und sie hatten recht. Sie sahen, was der richtige Mann am richtigen Fleck ausrichten konnte. Glaubst du, daß es in der amerikanischen Geschäftswelt anders ist?«

»Nun ...«

»Stell dir einen Virus vor, Waldja. Denk nur mal darüber nach. Heutzutage gibt es Gifte, von denen ein einziger Tropfen ganze Seen und Wasserspeicher vergiften kann. Und es gibt solche Männer: am richtigen Fleck zur richtigen Zeit mit der entsprechenden Macht. Lenin war so einer. Auch Napo-

leon. Führer. Männer, die aus anderen Männern Dummköpfe oder Fanatiker machen können.«
Waldo nickte. Es war sinnlos, die Geschichte anzuzweifeln. Aber die Umstände mußten exakt passen.
»Vergleich das, was ich dir jetzt sage, mit dem, was im vierzehnten Jahrhundert passierte, als ein Schiff die Pest nach Venedig brachte, eine Bakterie, kleiner als ein Stecknadelkopf, im Blut einer Ratte. Diese Ratte biß eine andere Ratte oder einen Menschen und so ging es weiter. Nach zehn Jahren war halb Europa kaputt!«
»Und ich halte es immer noch für unwahrscheinlich. Von was sprichst du denn überhaupt, von einem gigantischen Betrug?«
Menschikow lachte laut auf. »O nein, Waldja, ganz und gar nicht! Betrug ist kriminell, mit Betrug will man Geld machen. Das ist kein Trick wie von Ponzi oder Jay Gould. Es ist das größte finanzielle Abenteuer, das es je gab!«
Trotz seiner Zweifel war Waldo fasziniert. Sein Verstand arbeitete selbsttätig weiter, als hätte Menschikow einen Startknopf gedrückt, und er begann, die Einzelteile für einen Fall zusammenzutragen, ähnlich wie er es in seinen Geld-eins-Kursen machte. Vielleicht ist das Ganze gar nicht so lächerlich, dachte er.
»Rede weiter«, sagte er. »Welche Art Mann suchst du? Und wo?«
Wieder lachte Menschikow. »Wo denn sonst, Waldja, wenn nicht in deiner Harvard Business School. Schau nicht so schockiert. Der Typ Mann, den wir brauchen, ist der gleiche, wie ihn die Business School braucht. Ehrgeizig. Vielleicht sogar arrogant. Wir päppeln ihn hoch. Wir pflanzen ihn der Elite ein. Genau um das geht es auch bei der Business School. Der Mann muß das Finanzwesen kennen, denn was ich mir vorstelle, muß mit Geld geschehen, nicht mit Stahlfabriken oder Supermärkten. Das Finanzwesen ist dein Spezialgebiet, Waldja. Du lehrst, daß Finanzen 99 Prozent des Ge-

schäfts ausmachen. Ich stimme dir zwar nicht zu, aber ich nehme an, auf diese Weise ist es leichter. Was ich damit sagen will, ist ganz einfach: Wenn ich eine Malariafliege brauche, gehe ich in einen Sumpf. Wenn ich einen Mann brauche, der im Kapitalismus das Innerste nach außen stülpt, dann kann ich ihn nur an einem einzigen Ort suchen, und das ist die Business School der großen Harvard University.«

»Na, ich kann dir versichern, daß es an der Business School keine Marxisten gibt.«

»Sei doch nicht einfältig, Waldja, es steht dir nicht. Ich rede nicht vom Marxismus. Dir und mir bedeutet der Marxismus nichts. Es ist ein ökonomisches Experiment, Waldja. Angewandte Wirtschaftslehre für Fortgeschrittene, wie ich es nenne. Etwas, das wir beide tun, um eine Theorie zu überprüfen. Etwas, das wir aus den Büchern herausholen und dem wir Leben einhauchen.«

Menschikow fuhr fort. Es sei wie ein Beweis für eine Gleichung, eine Laborformel. Die richtigen Elemente mußten nur in der richtigen Reihenfolge und im richtigen Verhältnis miteinander kombiniert werden. Zunächst die Business School, der Nährboden, die Petrischale, die Blutbahn der Ratte. Nur dort konnte man den Mann finden. Und danach die Kultur, in die man ihn einpflanzen wollte.

Menschikow grinste. »Machen wir doch ein kleines Ratespiel. Wer war deiner Meinung nach der größte amerikanische Geschäftsmann, den es je gab? Ich geb' dir noch einen Tip: Es war nicht irgendein Erfinder, sondern ein richtiger König im Finanzgeschäft.«

Waldo überlegte. Mit seiner Definition hatte Menschikow die Fords und die Edisons ausgeschlossen, und auch die Herrscher über Herstellerfirmen und Konzerne: Rockefeller, du Pont, Carnegie, die Harrimans und andere Eisenbahnmagnaten. Ein Banker, entschied er, und die Antwort war offensichtlich: »Morgan.«

Menschikow grinste. »Sehr gut, Waldja. Genau der. In Rußland heißt es, daß Amerika gegen den Kaiser in den Krieg zog, um die überseeischen Kredite des Hauses Morgan zu schützen. Kann es eine größere Macht geben als diese? Jetzt, Waldja, sag' mir, was war Morgan?«

»Ein Banker natürlich. Aber eine Art von Banker, die es nicht mehr gibt. Die es nicht mehr geben kann. Es war eine andere Zeit damals, Grigori. Vieles von dem, was Morgan getan hat, wäre heute illegal.«

»Waldja, heute ist nicht morgen und auch nicht 1907 oder 1929. Ich denke an eine Zeit in zehn, fünfzehn Jahren, vielleicht noch etwas später. Der Krieg ist gerade eben vorbei. Amerika ist gerade eben wieder reich geworden. Die Depression wird bald aus dem kollektiven Gedächtnis verschwinden. Auch der Krieg, und was er den Menschen abverlangte. Glaubst du, daß sich die Spekulanten von 1929 noch an die Somme erinnerten? Sei doch nicht dumm. Unser Virus muß natürlich ein Banker sein. In einer Größenordnung wie Morgan. Das Bankwesen wird sich verändern, weil der Hunger nach Geld nie nachläßt. Und Banken sind etwas Besonderes. Sie sind da, wo das Geld ist. Sie kennen die Geheimnisse ihrer Kunden, Waldja. Sie sind das Herz des Systems. Kannst du dir eine bessere Ratte für den Virus vorstellen als eine Bank?«

Menschikow unterbrach sich. Er griff in die Tasche seines Mantels und holte ein zerfleddertes Taschenbuch hervor, eine zerlesene Reiseausgabe des Tauchnitz. Er blätterte, bis er die richtige Seite gefunden hatte.

»Erinnerst du dich an Bagehot, Waldja? Sein *Lombard Street?* Ein großartiges Buch über das Geld. Hör zu: ›Wirkliche Verbrechen werden immer selten sein; aber ... manchmal müssen wir darauf gefaßt sein, eins zu entdecken. Die Größe der Versuchung wird manchmal über die Schwäche der menschlichen Natur siegen. Aber ein Irrtum ist bei weitem schrecklicher als ein Betrug: Die Fehler eines leichtsinnigen Managers sind viel mehr zu fürchten als der Diebstahl eines unehrlichen Managers. Beiläufige Fehleinschätzungen sind viel häufiger als langfristig geplante Betrügereien. Und die Verluste, die ein risikofreudiger und glaubwürdiger Manager nach bestem Wissen und Gewissen einer Bank zumutet, sind unvergleichlich höher als solche, die ein betrügerischer Manager auch bei äußerstem Erfindungsreichtum verbergen könnte. Wenn man die Verluste wegen Fehlern mit den Verlusten wegen Betrug vergleicht, so sind erstere unvergleichlich höher als letztere.‹ Verstehst du langsam, was ich meine, Waldja?«

»Ich glaube schon.«

»Natürlich verstehst du es. Du bist brillant. Stell es dir einfach nur mal vor. In Amerika bedeutet, wie ich es sehe, Nachahmung Konkurrenzfähigkeit. Nachahmen ist leichter und auch billiger. Konkurrenzfähig wird man nicht, wenn man etwas besser oder sicherer oder einfacher macht, sondern nur, wenn man es billiger macht. Je schneller eine Idee Profit verspricht, desto besser gefällt sie euch. Ihr Amerikaner verwechselt Erfolg mit Wahrheit. Unser kleiner Virus wird neue Ideen zum Bankensystem ausbrüten und andere Banken damit anstecken. Er wird Bomben unter eure Federal Reserve Bank legen. Man wird unseren kleinen Virus für ein großes Genie halten. Er wird viele Ideen haben, wird, wie Bagehot sagt, ›risikofreudig und glaubwürdig sein‹. Innovative Ideen, Waldja. Neue Wege im Bankwesen. Jede Idee wird dicke, fette, augenblickliche Profite abwerfen, und sie wird deshalb überall nachgeahmt werden, normalerweise von weniger klugen Männern, die die Konsequenzen nicht sehen. Jede wird langfristige Kosten haben, so hohe, daß, wenn sie am Ende zusammengezählt werden, das amerikanische System sie nicht tragen kann. Es ist so einfach, verstehst du das nicht? Das ist Lenins Strick.«

Natürlich verstand Waldo. Es war teuflisch einfach. Und es würde wahrscheinlich funktionieren. Waldo dachte an den Börsenkrach, an die Handelsgesellschaften, an Krüger und

Toll, an die Südamerikakredite von 1927 und 1928, an die damalige Verrücktheit der Banken. Er dachte an Charles E. Mitchell von der National City Bank: Im März 1929 war er ein Held, kurze Zeit später ein Dummkopf, vielleicht ein Betrüger. Wie konnte man unterscheiden zwischen einem Führer und einem Rattenfänger, wie konnte man wissen, ob man zum Gipfel oder zum Abgrund geführt wurde?
»Und, Waldja«, sagte Menschikow, »wir haben doch eine Bank, oder?«
Natürlich hatten sie eine: Prestons Bank. Jetzt brauchten sie nur noch den Mann.

Waldo dachte bald nicht mehr darüber nach, ob er nun an diesem Nachmittag in der feuchten und trübsinnigen Kirche »angeworben« worden war oder nicht. Wie er es sah, war nichts Politisches oder Ideologisches an Menschikows Plan, dem sie den Decknamen »Operation Ropespinner« gegeben hatten. Der intellektuelle Reiz riß Waldo mit, er war schon bald besessen davon. Ihm kam nie in den Sinn, sich zu fragen, ob Menschikow ihn ausgenutzt hatte, ob er das Spektrum von Gefühlen, die von Schuld bis intellektueller Eitelkeit reichten, dazu verwendet hatte, ihn in eine hinterhältige Intrige zum Vorteil der Sowjetunion zu verwickeln. Für Waldo war das reine Gedankenspiel Motiv genug, vor allem, da ihm einschränkende gefühlsmäßige oder politische Bindungen fehlten.
Am Ende ihres Treffens umarmten sich die beiden und verabschiedeten sich vielleicht zum letztenmal. (Es schien immer so zu sein.) Während Waldo in die Gloucester Road einbog und in der Abenddämmerung nach dem Leuchtschild eines freien Taxis suchte, beschäftigte er sich in Gedanken bereits damit, ein Persönlichkeitsprofil aufzustellen, damit er einen geeigneten Kandidaten auch wirklich erkannte, wenn er in »Geld eins« auftauchen sollte.

4

Als Waldo im Januar 1953 mit Preston in der VIP-Loge saß und bei der Vereidigung Eisenhowers zusah, hatte er die Operation Ropespinner schon gänzlich zu seiner Sache gemacht. Amerika entwickelte sich bereits in einer Weise, die seine vollständige Entfremdung von genau der Gesellschaft förderte, in der er paradoxerweise wohlhabend, einflußreich und berühmt werden sollte.

Waldo war inzwischen eine dominierende Persönlichkeit an der Business School geworden. Das MIT drängte ihn immer wieder, in seine wirtschaftswissenschaftliche Fakultät einzutreten, und er fand in vieler Hinsicht — eigentlich in fast jeder Hinsicht — die Atmosphäre dort, eine Meile den Charles flußabwärts, freundlicher. Aber jetzt suchte er ja nach einem Mann, und er war sicher, daß er diesen Mann — wie Menschikow vorausgesehen hatte — wenn überhaupt, nur an der Business School fand, mit ihrer so besonderen Mischung aus Arroganz und Ambition, die ihn an die Cambridge-Apostel von vor zwanzig Jahren erinnerte.

Er war der Sache so ergeben wie ein glacébehandschuhter englischer Oxbridge-Jüngling aus den Dreißigern, den man für den langen Marsch durch die Institutionen des westlichen Kapitalismus angeworben hatte. Aber es roch nicht nach Spionage oder Verrat. Er wurde nicht von einem heimlichen Operationsstab unterstützt; alles, was er hatte, war

eine Liste mit *noms de poste* und Adressen, wohin er Menschikow schreiben konnte.
Man hatte ihm auch eine spezielle Telefonnummer gegeben, die er im äußersten Notfall benutzen konnte; wie aber ein solcher aussehen sollte, konnte Waldo sich kaum vorstellen.
Er hätte also jeden Vorwurf zurückgewiesen, daß er die Grenze zum Verrat überschritten habe. In den vorangegangenen Jahren, 1951 und 1952, hatte man die Verurteilung der Rosenbergs erlebt, das Erscheinen McCarthys auf der nationalen Bühne, die Flucht von Burgess und Maclean. Leute also, die Geheimnisse verkauften, die ihre dunklen Geschäfte mit Hilfe von Codes, Diagrammen und toten Briefkästen erledigten. Leute, die Kameraden und Länder verrieten, Tod oder Schande über Menschen brachten, die ihnen vertrauten. Es war absurd, daß er sich selber als einer von ihnen betrachten oder von anderen so gesehen werden sollte.
Sein Bruder begrüßte die Verurteilung »dieser Verräterjuden«, der Rosenbergs, über ihre Hinrichtung zwei Jahre später sollte er jubeln. Preston hatte MacArthur gegen Truman geholfen. Er war einer der ersten gewesen, der Senator Taft unterstützte, und, sobald er merkte, woher der Wind wehte, einer der ersten, der ihn für Eisenhower im Stich ließ. Er hatte einen Narren gefressen an einem kommunistenfressenden kalifornischen Kongreßmitglied, und er hatte dazu beigetragen, den General zur Aufstellung Nixons im Jahr 1952 zu überreden.
Preston war inzwischen sehr nahe an der absoluten Spitze der Macht in Amerika. Er hatte Zutritt zu den verräuchertesten Hinterzimmern. Seine Aufsichtsratsposten waren vom Feinsten, ebenso wie seine Clubs, seine Kirche und seine Adressen.
Mit der Juristerei hatte Preston praktisch nichts mehr zu tun, obwohl er im Briefkopf seiner alten Firma immer noch als »Berater« fungierte und ein ansehnliches Gehalt erhielt, weil er ihnen Kunden zuspielte. Er genoß es, Einfluß auszuüben,

aber er hatte ganz und gar nicht den Wunsch, in eine öffentliche Position zu wechseln. Botschafterposten und niedere Kabinettsämter lehnte er ab. Einmal im Monat eine Runde Golf mit dem Präsidenten war alles, was Preston Chamberlain brauchte, um seine persönlichen und kommerziellen Interessen durchzusetzen, und diese monatliche Runde wurde ihm auch gewährt.

Die Bank war jetzt Prestons Leben. Er war so sehr damit beschäftigt, die mächtigste Finanzinstitution Amerikas aufzubauen, daß es ihm fast zur fixen Idee wurde. Bei Beginn der Eisenhower-Ära war es schon lange nicht mehr die nüchterne Guaranty Manhattan Trust Company. 1950 hatte Preston die Guaranty mit der Certified National Bank fusioniert, eine große, aber schläfrige Gesellschaft mit ausgedehnten, aber vernachlässigten Firmengeschäften, die die Verbindungen der Guaranty Manhattan zum Geldadel hervorragend ergänzten.

Die Fusion war Waldos Idee gewesen. Im Bankwesen ging es hauptsächlich immer noch um die Einnahme von Konteneinlagen und deren Investition in bombensicheren Krediten und erstklassigen Schatzbriefen oder Kommunalanleihen. Unterschiede zwischen den Banken bestanden eigentlich nur in der Größe. Aber das war für den Augenblick genug. Wenn der richtige Mann erst einmal auftauchte, konnte die Bühne, die man für sein Kommen vorbereitet hatte, gar nicht groß genug sein.

Preston setzte Waldo in den Aufsichtsrat der fusionierten Bank und zahlte ihm die damals großzügige Summe von jährlich 10 000 Dollar als Berater. Waldos offizielle Verbindung mit der »Cert«, wie man diese fusionierte Bank nannte, eröffnete ihm auch noch andere lohnende Quellen. In kurzer Zeit verdiente Waldo bis zu 200 Dollar täglich als Berater einer Anzahl von Kundenfirmen der Cert, darunter mehrerer Wall-Street-Firmen. Diese neuen Beziehungen nutzte er wiederum, um der Bank eine Reihe von lukrativen neuen Konten zuzuführen.

All das machte ihm großen Spaß. Er begann, sich an der Börse zu tummeln, und folgte dabei dem Vorbild seines Meisters Keynes. Zwar wußte er, daß ihm die Lust an der Spekulation fehlte, die Keynes zu einem so erfolgreichen Investor gemacht hatte, aber er genoß seine kleinen Abenteuer. Sie brachten ihm auch nicht nur einen anständigen Profit — 1953 war er schon beinahe Millionär —, sondern halfen ihm auch zu verstehen, wie Wall Street funktionierte, und das war weiteres Wasser auf die Mühlen der Operation Ropespinner.

Die Cert florierte. In den zwei Jahren nach der Fusion waren Einlagen und Aktiva der Cert zu einer Höhe angewachsen, daß sie unter den New Yorker Banken an vierter und landesweit an sechster Stelle stand. Mit jedem Zuwachs wuchs auch Prestons Ehrgeiz; er hatte es auf die Spitze abgesehen. Irgendwann, so vertraute er Waldo an, würde die Bank sogar noch größer sein als Gianninis Bank of America in San Francisco. Der Schlüssel dazu sei, die Konkurrenz mit Material und Arbeitskraft zu überschwemmen, »so wie Amerika die Krauts überschwemmte«, und Preston hatte deshalb begonnen, die Bank mit smarten jungen Absolventen der Business School zu besetzen. Die Zeiten waren vorbei, da sich ein neuer Vizepräsident der Cert brüsten konnte, als einziger hoher Funktionär kein Mitglied des Ivy Club von Princeton gewesen zu sein. Preston war dabei vor allem auf Waldo angewiesen, der die besten Männer an der Business School aussuchte und alles daransetzte, daß sie schließlich im Hauptsitz der Bank in 41 Wall Street landeten.

Waldo wartete und beobachtete. Sein vierzigster Geburtstag ging vorüber. Er war ein vielbeschäftigter Mann, sein Einfluß und seine Investitionskonten wuchsen stündlich. Für die Rolle, die er in der Öffentlichkeit spielte, schien er wie geboren: schlaksig und doch pausbäckig, eine angenehme Gesellschaft am Beratungstisch und im privaten Salon, nützlich bei Aufsichtsratssitzungen und Planungskonferenzen. Von dem

Feuer, das in seinem Inneren so heiß brannte, war ihm äußerlich nichts anzumerken.
1952 veröffentlichte er *Die Ökonomie des Kollektivismus*. Es wurde ein Erfolg — »es verändert vollkommen die konventionelle Meinung über die wirtschaftlichen Möglichkeiten des Marxismus-Leninismus«, schrieb die *Atlantic Monthly* —, aber es war wohl kaum das Opus magnum über Geldbewegungen, das die akademische Gemeinschaft am Charlesufer von ihrem brillanten Professor Chamberlain erwartete. Doch sechs Monate nach Veröffentlichung wurde aus dem Respekt sprachlose Bewunderung. In zwei ausführlichen Anhängen hatte Waldos Buch gewisse Resultate für die Sowjetwirtschaft postuliert, die selbst seine Bewunderer als weit hergeholt abtaten, da sie sie für zu pessimistisch hielten. Sie hatten ihre Zweifel kaum ausgesprochen, als die angesehene französische Zeitschrift *Cahiers Economiques* von irgendwoher streng geheime, sowjetinterne Statistiken in die Hand bekam, die Waldos Voraussagen praktisch bis zur letzten Kommastelle bestätigten.
Über Nacht wurde Waldo als Seher bekannt. Die Nachfrage nach seinen Beraterdiensten verdoppelte sich, die American Economic Association verlieh ihm eine Goldmedaille.
Diesen Triumph hatte er zum Großteil Menschikow zu verdanken. »Nur zur Übung« schrieb er Waldo auf dem Briefpapier der Bayerischen Wirtschaftsschule, einer seiner etwa ein Dutzend Deckadressen. In seinem Brief bezeichnete Menschikow ihren »kleinen Spaß« als »Desinformation«.
Als Waldo die AEA-Medaille verliehen wurde, schrieb Menschikow — auf Briefpapier mit dem kunstvollen Wappen des Grampian Club:

Ich freue mich über Deine Goldmedaille, obwohl es für Dich unter den Umständen wahrscheinlich so aussieht, als würde der Piltdown Man von der Royal Society geehrt werden, oder Euer Mr. Ponzi vom Investment Company Institute.

Obwohl er sich über Menschikows amüsierten Glückwunsch freute und es genoß, einen so erfolgreichen Test abgeschlossen zu haben — schließlich war es ja ein erster Test der Bereitschaft des avisierten Opfers zur selbstmörderischen Selbsttäuschung —, den richtigen Mann hatte Waldo noch immer nicht gefunden.
Sieben Jahre suchte er nun bereits. Ein oder zwei Möglichkeiten hatte es schon gegeben, Männer, die die verlangten Qualitäten in Intellekt und Psyche zu besitzen schienen, denen aber bei genauerem Hinsehen die geistige und finanzielle Uneigennützigkeit fehlte, die er und Menschikow für wesentlich hielten. Jeder dieser Männer offenbarte nach und nach entweder außergewöhnlich starke politische oder soziale Überzeugungen, oder er war zu scharf aufs Geld.
Waldo suchte Kandidaten aus, befaßte sich eingehend mit ihnen — und gab sie dann wieder auf. Nur wenige hielten einer genauen Untersuchung so weit stand, daß er sie in seinen Briefen an Menschikow überhaupt erwähnte. Aber dennoch ließ seine Begeisterung für das Projekt nie nach.
Die Welt, das spürte er, bewegte sich ganz deutlich in die Richtung, die Menschikow vorausgesehen hatte. Das Gefühl von Gemeinschaft und gegenseitiger Abhängigkeit, das der Krieg hervorgerufen hatte, wurde immer schwächer; Narzißmus, Egoismus, Paranoia und Zügellosigkeit traten an seine Stelle. Schon beim Koreakrieg spürte er diesen neuen Geist. Vielleicht war Amerika, der Geburtsort des »Alles oder Nichts«, ganz einfach eine zu große Nation, um kleine Kriege mit Überzeugung zu führen. Was immer es auch war, Waldo spürte, daß sich die öffentliche Meinung in Richtung auf »Jeder ist sich selbst der Nächste« hin entwickelte. Patriotismus war gut und schön, aber vor allem für den anderen. Für das Vaterland zu sterben war kaum der richtige Weg, um sich ein zweites Auto in die Garage stellen zu können. Das Land ertrank fast in Gütern und der Liebe zu ihnen, und dieser Heißhunger wurde von einem neuen Faktor

zum Rausch hochgepeitscht: vom Fernsehen. Noch in die schäbigste Hütte trug es zumindest die Vorstellung von Wohlstand und Luxus. Je mehr Waldo sah und hörte, desto stärker wurde seine Überzeugung, daß Amerika sich zu einer Nation entwickelte, die ihr Glück gar nicht verdiente.
Was er in Übersee sah, bestätigte ihm nur, daß die Welt sich veränderte. Er reiste viel und oft als Mitglied halboffizieller akademischer oder Handelsdelegationen, die man ausschickte, um das amerikanische Evangelium zu verkünden. Der Rest der Welt erhob sich wieder aus der Asche, aber Amerika schien es nicht zu bemerken.
Mit solchen Überlegungen kehrte Waldo zu Beginn des akademischen Jahres 1953/54 aus Japan zurück. Sechs Monate später konnte er Menschikow schreiben, daß er nun doch den Mann für die Operation Ropespinner gefunden hatte.

5

Immer wieder tauchen Gestalten aus dem Nebel der Zeit und der Umstände auf, die für ewig eine bestimmte Periode in der Geschichte einer Institution charakterisieren, die ihren Geist, ihren Stil und ihre Werte so vollkommen repräsentieren, daß die Person von da an für die Institution und die Institution für die Person steht. Man sagt »Princeton« und denkt an Scott Fitzgerald. Man sagt »Virginia« und denkt an Thomas Jefferson.
Ab 1953 wurde Manning Mallory eine solche Personifizierung der Harvard Business School. Im Laufe seiner Karriere sollte er all das verkörpern, was die Business School an sich selbst bewunderte und was sie für Bewunderer wie für Kritiker darstellte. Später sollte er natürlich die Inkarnation all dessen werden, was — je nach Blickwinkel — am modernen Bankwesen großartig oder verachtenswert war.

Bei Beginn der Thanksgiving-Ferien 1953 hatte schon die gesamte Business School gemerkt, daß sie jemanden Besonderen in ihrer Mitte beherbergte. Es war für Waldo unmöglich, die ansteigende Welle der Begeisterung in der Fakultät für diesen Studienanfänger namens Manning Mallory nicht zu bemerken. Zuerst wollte Waldo den Jungen schon als weitere talentierte Eintagsfliege im Faculty Club abtun. Aber sein Interesse an Mallory wuchs, als er erfuhr, daß die eigentliche Liebe des jungen Genies das Finanzwesen war und sein Ehrgeiz die Wall Street.

Das Finanzwesen und die Wall Street! Als Waldo das hörte, wurde er wirklich neugierig.
Damals ging die Elite der Business School in die Produktion und ins Marketing. Die bevorzugten Arbeitgeber waren die großen Firmen, die den Nachkriegsboom angetrieben hatten: General Motors, Bethlehem Steel, International Harvester. Das Finanzwesen war immer noch das Stiefkind der Industrie, ein entfernter, wenn auch nicht mehr armer Cousin, ein stilles Wasser für kleine Männer mit Buchhalterseelen. In der Wall Street, die in den späten Zwanzigern die Erbauer der Papierpyramiden ausgebrütet und ernährt hatte, hatte die Schande Schläfrigkeit produziert. Sie war nun wieder ein nüchterner Ort für Obligationsfinanzierungen und bescheidene Maklergeschäfte, ein Ort, wo sich arbeitsscheue Söhne einen Sitz an der Börse kauften und mit einem Restposten risikoloser Aktien handelten. Und was das Bankgeschäft anging — nun, das war eine Arbeit, bei der eine reiche Tante nützlicher war als ein Betriebswirtschaftsdiplom.
Waldo wollte dies ändern. Er war der anerkannte Führer der Finanzfraktion innerhalb der Business School, Apostel einer Lehre, die versuchte, eine neue Religion zu verbreiten, die, wie er glaubte, die amerikanische Geschäftswelt so grundlegend umgestalten würde wie das Christentum das Römische Reich. Im Lauf der Zeit sollten die Ansichten, die er in »Geld eins« predigte, wirklich eine Revolution auslösen, aber 1953 steckte diese Revolution noch nicht einmal in ihren Kinderschuhen.
Im Verlauf des Herbsts bekräftigte Mallory seinen Führungsanspruch im Erstsemester. Er führte seine Klasse zur Football-Meisterschaft. Er organisierte einen Investmentclub. Er legte Stil und Rhythmus fest.
Waldo untersuchte sorgfältig Mallorys Biographie. Er kam aus dem nördlichen Wisconsin, wo sein verstorbener Vater ein Provinzbanker gewesen war. Er war in Madison zur Schule gegangen, hatte zwei Jahre in der Armee gedient, wobei er

zu spät in Korea eintraf, um noch mitzukämpfen, hatte dann ausgemustert und war mit einem Stipendium des Mesabi Trusts an die Business School gekommen.

Im zweiten Semester kam Mallory unter Waldos direkte Aufsicht. Er war bei weitem der beste Student, den Waldo in »Geld eins« je unterrichtet hatte. Hinter dem Flair seiner persönlichen Führerschaft lag ein intuitives Verständnis für finanzielle Zusammenhänge, das Waldo erstaunlich fand. Langsam merkte er, daß er den Mann gefunden hatte, den er brauchte.

So begann Waldo also, Mallory zu fördern und ihn persönlich kennenzulernen. Warum Wall Street? fragte ihn Waldo. Warum nicht das Bankwesen, das Mallory im Blut lag?

Nun, sagte Mallory, Banken seien langweilig, sein Vater sei ein Langweiler gewesen.

Mit der Zeit brachte Waldo Mallory von der Wall Street ab. Wall Street, so argumentierte er, sei nur für Befehlsempfänger, für Männer ohne Eigeninitiative. Das Geld sei bei den Banken und letztendlich hieß Geld Macht. Er redete, und Mallory hörte zu.

Je mehr Zeit er mit Mallory verbrachte, desto überzeugter wurde er, daß dies sein Mann sei. Wie sein Kollege, der Marketing unterrichtete, es formulierte: »Waldo, in all meinen Jahren an der School hatte ich noch nie einen Studenten mit so einem angeborenen Talent für den Verkauf einer Idee.«

Der Leiter einer großen New Yorker Werbeagentur, der ein Kolloquium abhielt, an dem Mallory teilnahm, sagte es noch deutlicher: »Kennen Sie den Burschen mit der gelben Krawatte? Den mit dem eleganten Anzug? Na, eins kann ich Ihnen sagen, wenn meine ganzen vierzig Jahre im Geschäft nicht verkehrt waren, und ich habe sie seit Albert Lasker alle gekannt, dann ist der ein natürliches Verkaufsgenie. Hat ein instinktives Gespür dafür, wie Verkaufen funktioniert, das merkt man. Er sieht, wie die Einzelteile zusammenpassen, sieht's praktisch von innen. Das kann man fast riechen. Schade, daß so ein Talent an der Wall Street verschwendet wird. Wall Street verkauft nicht, die verhökert nur.«

Waldo nahm sich diese Beobachtungen zu Herzen. »Weißt du«, riet er Mallory, »wenn du dein Verkaufstalent mit der wirtschaftlichen Macht einer großen Bank verbinden würdest, könntest du das Bankwesen revolutionieren und damit das gesamte Finanzwesen. Das Bankwesen muß nicht langweilig sein. Es kann genauso aufregend und interessant sein wie jede andere Arbeit auf der Welt.«

Natürlich, dachte Waldo, *sollte* das Bankwesen gar nicht aufregend sein. Das war der springende Punkt. Immer wenn es aufregend geworden war, hatte es Schwierigkeiten gegeben, wie in den Zwanzigern.

Schon bald waren Mallory und Waldo unzertrennlich. Mit der Zeit erfaßten die Visionen, die Waldo entwickelte, auch den jungen Mann. Am Ende des akademischen Jahres war sich Waldo absolut sicher, daß Mallory der richtige Mann für die Operation Ropespinner war. Und er hatte Mallory beim Thema Banken ins Schwanken gebracht.

»Weißt du«, gab Mallory schließlich eines Abends zu, als sie am Ufer des Charles entlangspazierten, »ich glaube, du hast recht. Mir gefällt die Vorstellung, das ganze Geschäft umzukrempeln. Mein Alter war doch immer nur ein Angeber. Päpstlicher als der Papst, als ob das Bankwesen eine Religion wäre. Deshalb wollte ich nie Banker werden, ich wollte nicht so sein wie er. Punkt. Mein Alter hatte zwei Anzüge: der eine blau und der andere ebenfalls blau. Vielleicht mag ich deshalb schöne Kleidung. Eins muß ich über meinen Alten aber sagen: Er konnte die Leute dazu bringen, aufzuspringen und die Hand an die Mütze zu legen.«

»Was glaubst du«, fragte Waldo, »war es wegen ihm oder wegen der Bank, die er verkörperte?«

»Ach, natürlich wegen der Bank«, antwortete Mallory. »Wenn man bei uns zu Hause die Third Street hinunter geht, stehen da diese drei Banken, aufgereiht wie Kirchen. Ein Mann muß einfach wissen, daß sie dort ist.«

»Daß *wer* dort ist?«

»Die Macht in der Stadt. Der Einfluß. Das Zentrum des Spinnennetzes. Der Platz, wo man sein muß, wenn man nur irgend etwas auf sich hält.«

»Und neben dem Einfluß, was ist mit dem Geld?«

»Na, ich nehme an, das auch. Aber nur Geld zu machen interessiert mich nicht besonders. Es ist zu einfach.«

Was Mallory mochte, und Waldo wußte es inzwischen, war, Leute zu manipulieren, sie Dinge sehen und tun zu lassen, so wie er es wollte. Seine Klasse beherrschte er vollkommen. Er wurde selten laut, gewalttätig oder rüpelhaft. Wesentlich an seiner Führerschaft war die Bewunderung, die er fast überall, wo er hinkam, hervorrief, eine Bewunderung, die als Vorhut für seine Redegewandtheit diente.

Aber dennoch war Waldo sicher, daß Mallory unter seiner glatten und freundlichen Verbindlichkeit eine nicht eben geringe Verachtung für die Kommilitonen verbarg, die sich ihm unterwarfen, sich von ihm anregen ließen und im Grunde nur seine Anweisungen ausführten.

Nicht daß er keine Schrullen hatte. Auch Waldo war anspruchsvoll, aber Mallorys Sorge um seine Erscheinung grenzte schon an Besessenheit. Das wenige Geld, das Mallory bei seiner Arbeit in der Finanzkasse des College verdiente, ging sofort zu J. August für Anzüge und Krawatten. Nichts Auffälliges, denn Mallory hatte ein natürliches Gespür für Eleganz, was alleine schon ein Pluspunkt war. Und die Kommilitonen folgten seinem Beispiel bei der Kleidung mit einer beharrlichen Hingabe, die sogar einen Beau Brummel stolz gemacht hätte. Vielleicht war es unmäßig, aber Waldo nahm es hin als eine Art läßlicher Sünde, die man außergewöhnlichen Männern zugestand, außergewöhnlich genug, um Mallorys erstaunliches Selbstbewußtsein zu rechtfertigen.

Waldo teilte seine Überlegungen und seine Analyse, die »Mallory-Gleichung«, die er aufgestellt hatte, und Mallorys persönliche Daten Menschikow mit.
Fördere ihn, mach ihn zu jemand Außergewöhnlichem, und laß es ihn und die Welt wissen, erhielt er zur Antwort. »Und laß ihn nie vergessen« — so der Brief von einem »Jules Philippe Bufort, Agrégé der Universität von Lyon« —, »daß er, obwohl er ein wirklich außergewöhnlicher junger Mann ist, aus sehr gewöhnlichen gesellschaftlichen Verhältnissen kommt, die — in den Höhen, die er zu erklimmen beabsichtigt, lieber Waldja — noch hinderlicher sein können als Dummheit. Inzwischen werden wir uns selber etwas mit Mr. Mallory beschäftigen.«
So entstand also die Partnerschaft zwischen Manning Mallory und Waldo Chamberlain, die mit der Zeit in der Welt der Banken so berühmt werden sollte wie die von Price und Waterhouse im Rechnungswesen oder die von Goldman und Sachs im Investmentbanking oder Procter und Gamble bei Verbrauchsgütern. Männer, die 1953 bis 1955 an der Business School gewesen waren, sprachen von dieser Zeit immer in einem Ton, als seien sie bei der Erschaffung der Welt dabeigewesen. Mit der Zeit wurde es eine Auszeichnung, sagen zu können, daß man »mit Manning Mallory auf der B School« war.
Mallory wurde Waldos Schützling. Er genoß die Förderung des älteren Mannes; er scheute sich auch nicht, die Vorteile von Gönnerschaft und Beziehungen zuzugeben. Für viele war diese Beziehung fast väterlich, als beabsichtige Waldo, sich in Mallory nachzubilden, obwohl er doch selbst noch ein junger Mann war, kaum über vierzig.
Es gab auch nicht den geringsten Verdacht von Ungehörigkeiten zwischen den beiden. Mallory war kein Casanova — und Gott sei Dank dafür, schrieb Waldo an »Fred R. Groves, c/o American Express, 11 Rue Scribe, Paris« —, aber er lebte auch nicht zölibatär, er war kein Trauerkloß, der mit vor-

wurfsvoller Miene über den Freuden eines Herrenabends im Old Howard und danach stand. Man betrachtete die Beziehung im allgemeinen eher als eine zwischen zwei Vettern, da Waldos Kindergesicht noch dazu den Altersunterschied sehr verringerte, wenn nicht sogar zur Gänze wettmachte.

Es überraschte niemand, daß Mallory im Sommer nach seinem ersten Studienjahr in Preston Chamberlains Guaranty National Bank volontierte. Schließlich suchte Waldo ja ganz öffentlich nach Talenten für die Bank seines Bruders. Nicht allgemein bekannt war jedoch die Tatsache, daß Preston selbst nach einem jungen Mann suchte, den er als seinen Nachfolger aufbauen konnte. Mallory könnte der richtige Mann sein, sagte Waldo zu seinem Bruder. Das Terrain war also bereits vorbereitet, als Manning Mallory als Volontär an der Cert im Juni 1954 durch die schweren Bronzetüren von 41 Wall Street schritt.

Ein Jahr später graduierte Mallory mit allen Auszeichnungen — Baker Scholar, eine Anzeige in der *Business Review* und der ganze Rest —, aber seine Beziehung zu Waldo war der Lorbeerkranz, um den ihn die meisten beneideten. Er hatte damit in keiner Weise hinter dem Berg gehalten, und als die Zeugnisse ausgeteilt wurden, murmelte mehr als einer seiner Kommilitonen, daß es nun interessant sei zu sehen, wie es dem Liebling des Lehrers draußen in der großen Welt, ganz auf sich allein gestellt, ergehen werde.

Waldo hatte Mallory in die weiteren Kreise der Chamberlain-Familie eingeführt, wo man ihn allgemein mochte und bewunderte — bis auf Prestons Sohn Peter natürlich, der ein Jahr jünger als Mallory und selbst ein Star der Business School in Wharton war.

Peters Gefühle einem voraussichtlichen Rivalen in der Bank seines Vaters gegenüber waren verständlich. Er hatte erwartet, ja, sein ganzes Leben davon geträumt, in der Cert zu arbeiten und der Nachfolger seines Vaters zu werden.

Es zeigte sich aber, daß er seinen Vater nicht richtig kannte, vielleicht auch nie gekannt hatte. 1955 verkündete Preston – als Beispiel für seine unbeugsame neuenglische Redlichkeit –, daß es an der Certified National Guaranty Bank keinen Nepotismus geben würde, solange er sie führte. Man verschaffte Peter deshalb eine Stelle in der Chase Manhattan Bank, wo Jack McCloy nur zu glücklich war, ihn zu haben, und wo man allgemein der Ansicht war, daß Peter herausstechen würde wie der Kohinoor in einem Feld von Glasmurmeln.

Doch Peter war damit nicht zufrieden. Mochten seine persönlichen Fähigkeiten noch so groß sein, er wußte doch, daß die Rockefellers den größten Aktienanteil an der Chase hielten, und da sie die Ansichten seines Vaters über Nepotismus nicht teilten, lief David Rockefeller natürlich auf der Innenbahn.

Aber Prestons Entscheidung war wie in Zement gegossen, und Mallory kam deshalb als der vorherbestimmte Günstling des Hofes an die Cert.

So blieb für Waldo nur noch ein letzter vorbereitender Schritt zu tun, eine letzte Genehmigung einzuholen. Im Sommer 1955 fuhr Waldo mit Mallory für einen dreiwöchigen Urlaub nach Europa, ein Prüfungsgeschenk mit augenscheinlich kulturellem Beigeschmack. Sie folgten der üblichen Route: London, Paris, Venedig, Florenz, Rom. Mallory nahm die Kultur kommentarlos und ohne Begeisterung auf. Waldo war es gleichgültig, hatte er doch selbst kein Interesse an Gemälden oder Architektur. Ein Mittagessen mit Berenson bei I Tatti beeindruckte beide nicht sonderlich; sie zogen den Tee vor, den Waldo in der Helbert Wagg Bank in London arrangiert hatte, und sie freuten sich über ein Zusammentreffen mit Jacques Rueff in Paris, dessen Ideen nach ihrer übereinstimmenden Meinung so sinnvoll waren, daß man sie wahrscheinlich nie ernst nahm. Was aber Mallory am meisten Spaß machte, war der Kleidereinkauf in der Savile Row, bei Charvet und in der Via Condotti. Einen Großteil des Geldes von seinem Sommerjob hatte er gespart, und er gab es mit Verstand aus. Er war kein Verschwender, bemerkte Waldo, und er sah auf Leute herab, die Schulden machten. Waldo führte es auf schlechte Erinnerungen aus seiner Kindheit zurück.

In Rom lernten sie zufällig einen emigrierten polnischen Wirtschaftswissenschaftler kennen, der im Doney in der Via Veneto zufällig am Nebentisch saß. Er ließ eine Bemerkung über den farbenfrohen Strom der Passanten fallen, und sie kamen ins Gespräch.

Es war Menschikow. Mallory hatte das für den amerikanischen Mittelwesten typische taube Ohr für Sprachen; wenn es nach ihm ginge, hätte Menschikows harter Akzent ebenso Russisch wie Suaheli sein können. Die drei verbrachten in der Heiligen Stadt fast fünf Tage miteinander, wobei sie die Sehenswürdigkeiten kaum beachteten; dafür aßen und tranken sie in Mengen, die Mallory unglaublich fand, auf denen der Vielfraß »Dr. Pojarski« aber bestand.

Gegen Ende des Romaufenthalts, am Vorabend von Mallorys und Waldos Abreise nach Neapel, von wo aus sie mit der *Independence* nach New York zurückfahren wollten, sprachen Waldo und Menschikow miteinander.

»Das ist unser Mann, zweifellos«, erklärte Menschikow. »Waldja, ich rechne es dir hoch an, daß du ihn entdeckt hast, daß du so geduldig gesucht hast. Unsere Leute haben ihn überprüft. Alles ist so, wie es aussieht. Es gibt keine Probleme, keine Frauen, keine Schwachstellen, nichts, das wir wissen sollten, aber nicht wissen. Er ist perfekt, vor allem, weil er ein Verkaufsgenie ist, wie du sagst. Bei Zahlen halte ich ihn nicht für einen Einstein. Aber Zahlen sind nichts. Wichtig ist, wie er mit Worten umgehen kann. Ich sage dir, du brauchst ihn im Hyde Park nur auf eine Seifenkiste zu stellen, und in zehn Minuten folgen ihm die Leute überallhin. Für mich ist es keine Frage mehr: Mallory ist unser Mann.«

»Aber glaubst du, daß ich ihn auch noch überzeugen kann, wenn er erfährt, was wir vorhaben?«
Menschikow nickte und rückte etwas näher. »Weißt du, was ich denke, Waldja?« fragte er vertraulich. »Ich denke, warum sollen wir es diesen jungen Mann jetzt schon wissen lassen? Einen Jungen, der gerade erst anfängt — warum sollen wir den schon mit solchen Dingen belasten? Im Augenblick kann er das, was wir von ihm wollen, doch ebensogut aus Ehrgeiz machen wie aus einem anderen Motiv, oder? Im Augenblick, und vielleicht sogar für immer, reicht es, wenn nur wir beide etwas von Ropespinner wissen.«

Und so kam es, daß Waldo Chamberlain an einem schwülen Septemberabend des Jahres 1955 in Mallorys kleine Wohnung in Manhattan kam und einen faustischen Pakt vorschlug.
Er lehnte den Gin Tonic ab, den Mallory ihm anbot, setzte sich und sagte ohne Einleitung und mit der ruhigen Stimme, die er auf der ganzen Zugfahrt von Boston her eingeübt hatte: »Manning, ich habe viel über deine Karriere nachgedacht. Wie du weißt, halte ich dich für genau den Mann, der dieses Land verändern kann. Preston auch. Du hast ja eingesehen, daß das Bankwesen die große Chance für unsere Zeit ist, obwohl im Augenblick nur wenige Leute den Weitblick haben, das zu erkennen. Die alten Nebelköpfe haben den Börsenkrach noch immer nicht verdaut, aber in dir sehe ich die Kraft und die Fähigkeit, um diese Erinnerungen auszulöschen und aus dem Bankwesen etwas Großartiges und Aufregendes zu machen, nämlich die beherrschende wirtschaftliche Macht der Welt.«
Während er sprach, beobachtete er Mallory sehr genau. Befriedigt stellte er fest, daß seine Worte den jungen Mann erröten ließen.
»Aber um das Wesen des Bankgeschäfts zu verändern, um — nun, um die Revolution auszulösen, die das amerikanische

Bankensystem für die Ansprüche dieses Jahrhunderts ausstatten und ins nächste führen wird, braucht man nicht nur die Fähigkeiten, die du im Überfluß hast, und nicht nur einen festen Stand in einer Einrichtung, wie du ihn, glaube ich, in Prestons Bank finden kannst; zumindest liegt dort, soviel ich gehört habe, eine glänzende Zukunft vor dir. Man braucht noch etwas anderes.«

»Du meinst ›Glück‹, oder?«

»Ja.«

Waldo lächelte. Sollte Mallory ruhig glauben, er habe die Richtung vorausgesehen, in die Waldo ihn mit Bedacht gelenkt hatte. Selbstvertrauen half immer.

»Manning, Glück ist sehr wichtig. Sieh dir nur Preston an, wie er in die Kontrolle über die Cert gestolpert ist. Nicht, daß er keine Wunder damit vollbracht hätte, aber zunächst mußte er die Kontrolle erst einmal haben. Das ist das Problem. Man kann ein Genie sein, man kann redegewandt und charmant sein — und du hast alle Voraussetzungen dafür. Du warst der beste Student, den ich je hatte. Ich möchte dich gern dort sehen, wo du hingehörst: an der absoluten Spitze der amerikanischen Geschäftswelt. Deine Karriere wäre eine Rechtfertigung für meine eigene, verstehst du? Ich will, daß du ebensosehr mein Denkmal bist wie dein eigenes.

Ich biete dir deshalb an, ein stiller Teilhaber an deiner Karriere zu werden. Ich habe Verbindungen, ich habe einigen Einfluß bei Preston, ich glaube, ich verfüge auch über einen gewissen Einfallsreichtum. Wie jeder Gelehrte sehe ich es gern, wenn meine Ideen Einfluß auf die wirkliche Welt haben. Und ich glaube, durch dich wäre das möglich. Was dich anbetrifft, so glaube ich, daß unsere Zusammenarbeit fast jedes Hindernis beseitigen kann, das dir das Leben in den Weg stellen wird. Extremes Unglück oder Fehleinschätzungen einmal ausgenommen, kann ich mir nicht vorstellen, warum du nicht eines Tages an der absoluten Spitze des privaten Einflusses in Amerika stehen solltest — und wahrscheinlich auch des öffentlichen, wenn man die Art betrachtet, wie in diesem Land Politik gemacht wird. Aber du kannst nicht erwarten, es nur aus dir selber heraus zu schaffen. Gemeinsam jedoch, glaube ich, schaffen wir es. Zumindest können wir das Schicksal zu unseren Gunsten beeinflussen. Zwei Paar Hände sind immer besser als eins.«

Mallory dachte darüber nach. »Zwei Paar Hände.« Er grinste. »Wie Adam Smith, hm?«

»Wie meinst du das?«

»Du weißt doch. Du wirst meine ›unsichtbare Hand‹ sein.«

»Genau das«, sagte Waldo.

Aber während er zustimmend nickte, blieben seine Gedanken an der Ironie der Bemerkung des jungen Bankers hängen. Denn Adam Smith hatte geschrieben: »[Der Mensch] wird von einer unsichtbaren Hand geführt, *um etwas zu erreichen, das er gar nicht beabsichtigte.*«

Die Gegenwart

November

6

PARIS

Montag, der 18. November

Auf seinem Platz hinter der Rezeption beobachtete der Chefportier des Hotels François Premier, Wladimir Alphonse-Marie Coutet (für die meisten Stammgäste des Hotels »Alphonse«), wie der alte Russe auf unsicheren Beinen durch die Eingangstür schwankte. Er stolperte, der junge Türsteher faßte ihn am Arm, richtete ihn wieder auf und trat dann geschickt zur Seite. Alphonse nickte anerkennend. Gut gemacht, dachte er. Eine flinke, aber diskrete Reaktion auf die Eigenarten und Schwächen seiner Kundschaft waren das Kennzeichen eines guten Hotels. Für einen Augenblick kehrten Alphonses Gedanken zu der Zeit zurück, als auch er ein Page an der Tür gewesen war.

Dem Kommissar merkt man sein Alter an, dachte Alphonse. Es war nicht überraschend — schließlich mußte er weit über achtzig sein. Dennoch war es traurig, ihn so zu sehen, alt und alleine am Ende eines Abends. Aber schließlich war nichts mehr so, wie es früher war. Er schob den Gedanken an diese fürchterlich entmutigende Tatsache beiseite und setzte ein freundliches Lächeln auf, während der alte Mann sich der Theke näherte. Gleichzeitig rückte er den neugekauften Microcassettenrecorder außer Sicht, an dem er herumgefummelt hatte. Diese winzige Maschine war ein wunderbares neues Spielzeug, und er hatte eben gelernt, mit dem komplizierten Mechanismus umzugehen. Absolut neueste Technik, hatte der Verkäufer gesagt, und deshalb war es auch so teuer gewesen. Sogar noch während er es bezahlte, hatte Alphonse sich geschworen, seinem Hang zu technischem Gerät nicht mehr nachzugeben; noch ein Fotoobjektiv, noch eine Kamera, noch einen Video- oder Audiozusatz, dachte er, und diesen Iranern in der Rue Lepique gehört meine Seele!

»Bon soir, mon Ministre.« Er sprach den alten Mann auf Französisch an. »Ich hoffe, Sie hatten einen angenehmen Abend?«

»Ah, oui, mon cher Wladi«, brummte dieser. Offensichtlich waren bei Chez l'Ami Louis eine Menge Beaujolais geflossen und sehr wahrscheinlich auch einige Runden Armagnac. »Aber jetzt steh' ich da, Wladi! Allein. Ganz allein!« Er klopfte sich leicht gegen die Brust. »Schrecklich, äh, für einen Mann in der Blüte seines Lebens, an einem Abend in Paris allein zu sein.« Das Französisch des alten Mannes hatte einen starken Akzent und war oft improvisiert, aber er sprach flüssig und mit Leichtigkeit. »Aber eigentlich«, fuhr er fort, »bin ich nie alleine. Nie, niemals. Immer sind meine Soldaten bei mir, meine ideologischen Kameraden.« Er grinste breit und wies mit seinem dicken Daumen über die Schulter auf zwei Männer, die knapp hinter der Drehtür stehengeblieben waren, rüpelhafte Gestalten in schlechtsitzenden Anzügen und groben Schuhen; wie aus einem amerikanischen Film, dachte Alphonse, von der KGB-Repertoiregruppe. Das Personal nahm an, daß sie immer in der Nähe waren, um den alten Kommissar nicht außer Kontrolle geraten zu lassen, um ihn davon abzuhalten, wegen Alkohol oder einem Mädchen einen Narren aus sich zu machen. Der Russe war ja immerhin Minister, wenn auch nur von niederem Rang und im Kulturaustausch. »Ein untergeordneter Würdenträger, der mit

Kunstausstellungen und Balletten handelt«, beschrieb er sich immer selbst. Alphonse war sich da nicht so sicher. Seiner eigenen Meinung nach — die er aber für sich behielt — war an Menschikow mehr dran, als es den Anschein hatte. Dreißig Jahre in einem großen Hotel verliehen einem eine Nase für die feinen Düfte von Stellung und Privilegien. So mußten zum Beispiel ranghöhere russische Beamte in der tristen Russischen Botschaft in der Rue de Grenelle am anderen Seineufer wohnen, Menschikow jedoch nicht.

Alphonse langte hinter sich, holte einen Schlüssel aus dem Gästefach und gab ihn dem Alten mit jenem kleinen Lächeln, das in einem wohlabgewogenen Verhältnis Vertrautheit, Diskretion und Nachsicht ausstrahlte.

»*Et les jeunes filles?*« fragte er leise. »Waren Sie zufrieden mit ihnen? Sahen sie gut aus?« Die Mädchen waren die besten, die er besorgen konnte, Mannequins von Dior, denen es durchaus Spaß machte, ein gutes Abendessen und ein paar tausend Franc für wenig mehr als ein Lächeln zu erhalten.

»*Ah, oui.* Sie waren wirklich sehr charmant.« Der Russe seufzte. »So hübsche Mädchen, Wladi. Aber ich konnte ihnen nicht gerecht werden. Ich bin etwas müde heute abend. Es war ein langer Tag. So viele bedeutende Staatsverpflichtungen.« Er zwinkerte Wladi zu. »Sie verstehen schon. Da bleibt keine Zeit mehr, die Freuden und Verrücktheiten der Jugend zu genießen.« Wieder zwinkerte er.

Alphonse nickte mitfühlend. In früheren Tagen, dachte er, hätte er nun ein Mädchen von Madame Claude in jedem Arm gehabt, und oben hätte Kaviar und eiskalter Wodka auf sie gewartet. In früheren Tagen hatten sich die anderen Gäste in den frühen Morgenstunden über den Lärm beklagt, und unten hatte man bei einer frühmorgendlichen Tasse Kaffee die Ausdauer und den Geschmack des Kommissars bewundert. Bei der Liebe, so behaupteten damals die Etagenkellner, habe der Kommissar wie ein Stier gebrüllt, und man habe es bis zum Trocadero hören können. Jetzt nicht mehr.

Heutzutage erhielten die Mädchen dicke Bündel gebrauchter Banknoten und wurden intakt nach Hause geschickt. Um den Schein zu wahren, daß diese früheren Herrlichkeiten nicht nur entfernte Erinnerungen seien, hatte Alphonse zwei Magnumflaschen Pol Roger in die Suite bringen lassen. Nun fragte er den Minister, ob er sonst noch etwas brauche.

»Ah, non, Wladi.« Der alte Mann schüttelte den Kopf und strich sich abwesend über die Rosette der Légion d'Honneur in seinem Knopfloch. Er spitzte die Lippen. »Nur wenn es möglich ist, mir dreißig Jahre wiederzugeben.« Er schüttelte langsam den Kopf.

Die letzten dreißig Jahre hätten wir alle gern noch einmal, dachte Alphonse. Wenn uns *le bon Dieu* wenigstens die letzten fünfzehn Jahre zurückgeben würde, alles wieder so machen würde, wie es war, bevor die Araber die Welt für immer veränderten, das würde schon reichen. Es war eine andere Welt gewesen, mit anderen Höflichkeiten, anderen Regeln. Dann waren die Araber gekommen und ihre Banker und Makler und die anderen Auftragshuren, als nächstes die Japaner und jetzt — so als wäre es wieder der 8. Mai 1945 — die Amerikaner, die ihre teuren Dollars wie Breitschwerter schwangen.

1945 schuldeten wir ihnen etwas, dachte Alphonse oft. Sie befreiten unser Land für uns; dafür hatten sie etwas verdient. Aber 1945 war vierzig Jahre her. Wie lange wurde denn von einem erwartet, weiter zu zahlen? Jetzt hetzten sie ihn wegen Tischreservierungen im Taillevent und sagten dann plötzlich wieder ab — fanden aber die Mühe nicht einmal hundert Franc als Entschuldigung wert.

Alphonse spürte, daß seine alte Welt geplündert wurde. Das François Premier war seine Heimat, sein Garten Eden. Ein Stern *(»gratin de queues d'écrevisses; timbale de rouget; pâtés aux truffes«)*, vier Gabeln und auch drei Türmchen (»ruhige Lage, sehr komfortabel«) im neuesten Michelin. Die fünfzig Zimmer und Suiten des Hotels waren auf Jahre im voraus ge-

bucht, oft von Kunden, die seit den Tagen der Ozeandampfer hierherkamen.
Der Kommissar war ein sehr alter Kunde, etwa 1950 war er das erste Mal erschienen. Er hatte natürlich sofort herausgefunden, daß Alphonse russischer Abstammung war. Er behauptete, Alphonses russische Seele in den Augen des damals noch jungen Mannes gesehen zu haben. Rußland sei wie ein Muttermal an einem Mann, sagte er, man könne es nie wirklich verbergen.
Es stimmte. »Coutet« war ursprünglich »Kutitsky« gewesen. Alphonses Eltern stammten aber nicht aus dem eleganten, weißrussischen Emigrantenadel, über den in Romanen geschrieben wird. Sie waren Moskauer Kleinbürger, in Paris jedoch — wo Alphonse geboren wurde — nicht besser als Bauern. Zu Hause wurde Russisch gesprochen; dreimal in der Woche hatte man ihn quer durch Paris in die Kirche St. Wladimir in der Rue des Saints-Pères geschleift, wo die Luft stickig war vor Kerzenrauch und Reue. Die Stimmung zu Hause haßte er besonders, die beschwörende Traurigkeit, die Erinnerungen von alten, vermummten Leuten, die eine fast körperlich spürbare Sehnsucht ausdrückten nach einem kalten, weit entfernten Land, das einen rührigen Pariser Kosmopoliten, wie er einer war, nur wenig interessierte. Nun, wenigstens sein Russisch hatte er fast vollkommen verlernt; er hatte gerade noch genug behalten, um mit dem Kommissar und den Überbleibseln der weißrussischen Kolonie, die hin und wieder zum Tee ins Hotel kamen, umgehen zu können.
»Ach, Wladi«, sagte Menschikow. »Es wird bald vorüber sein. Du weißt doch, was Shakespeare sagt: ›Wie du mir ein Verbrechen würdst verzeihn, so soll jetzt deine Nachsicht mich befrein.‹ Du kennst doch Shakespeare, Wladi? *Der Sturm? La Tempête?* Habe sogar einmal Prospero gespielt, Wladi. Ist aber schon so lange her!«
Der alte Mann richtete sich auf. Er suchte in seiner Tasche nach einem Fünffrancstück und gab es Alphonse.

»Wenn du je zu St. Wladimir gehst, zünde eine Kerze für mich an, für uns alle.« Er drehte sich um. *»Bonne nuit, mon vieux ami.«* Während er auf den uralten Aufzugskäfig zuging, winkte er der hübschen Nachtkassiererin. *»Et bonne nuit à toi, ma petite.«*

Alphonse lächelte, während er den Kommissar weggehen sah, aufrecht wie ein Dragoner, prächtig wie ein Zuave. Einer der letzten Kosaken, dachte Alphonse, so einen wird es nicht mehr geben.

Aber plötzlich, auf halbem Weg zum Aufzug, schien Menschikow zu straucheln. Er keuchte laut, richtete sich für einen weiteren Schritt wieder auf, hustete dann heftig und reißend und brach auf dem Boden in einem Haufen von Kleidern und Gliedern zusammen. Der Zimmerschlüssel fiel ihm aus der Hand und klapperte über den Marmor. Alphonse hörte ein Krachen, als sein Kopf auf dem Boden aufschlug.

Instinktiv nahm Alphonse seinen kleinen Cassettenrecorder. Die Bewegung war ihm in Fleisch und Blut übergegangen. An Wochenenden und in seinen freien Stunden wanderte er durch Paris, behängt mit Kameras und Aufnahmegeräten, und er stellte sich vor, ein rasender Reporter des *Match* oder von *Tele-2* oder vielleicht sogar ein Gegenspionageagent von der DGSE zu sein, immer am Ort des Geschehens und mit der richtigen Ausrüstung, um nur ja keinen elektronischen Trick zu versäumen.

Er stürzte hinter seiner Theke hervor, und rief im Laufen der Nachtkassiererin zu, sie solle Suite 30-31 anrufen, in der ein amerikanischer Arzt wohnte.

Die beiden Leibwächter waren vor ihm beim Kommissar, sie schienen aber ebensowenig helfen zu können wie er.

Der alte Mann am Boden sah auf. Er versuchte etwas zu sagen. Er versuchte, Alphonse etwas zuzurufen: »Wladi, Wladi . . .« Noch während der Portier zusah, veränderte sich die Gesichtsfarbe des alten Mannes; seine gesunde Röte ver-

blaßte. Der Russe warf verzweifelte, nach Hoffnung und Hilfe suchende Blicke durch die Halle; seine Brust bebte, und trotzdem schien er wie gelähmt, in der Umklammerung einer schrecklichen, tödlichen Macht. Einen Augenblick lang leuchteten seine Augen beim Anblick von Alphonses Gesicht, und dann begann er mit letzter Kraftanstrengung zu reden, als wolle er jemandem unbedingt etwas sagen, Alphonse oder irgend jemand anderem. Alphonse schaltete, ohne zu überlegen, seinen Cassettenrecorder ein. Der Iraner, der ihn ihm verkauft hatte, hatte geschworen, er würde noch aus zwanzig Metern Entfernung ein Flüstern aufnehmen.
Menschikow kämpfte, um die Worte zwischen keuchenden Atemzügen herauszubringen, er schleuderte sie hervor, als wäre jeder Atemzug ein Rettungsring, der ihn vor dem Ertrinken bewahrte. Es war keine Sprache, die Alphonse kannte, obwohl es wie Russisch klang. Vielleicht ein Dialekt. Jetzt hörte Alphonse ihn »Waldja, Waldja« sagen. War das sein Name in diesem fremden Dialekt? Dann kam noch mehr, was er nicht übersetzen konnte.
»Lassen Sie mich hier durch!«
Es war der amerikanische Arzt. Alphonse war froh, daß er sofort an ihn gedacht hatte. Andere Portiers in anderen Hotels hätten nicht so schnell reagiert, dachte er.
Der Amerikaner drückte sich zwischen den beiden KGB-Gestalten hindurch. »Sie müssen etwas Platz machen.« Er sah sich um und wandte sich an Alphonse, den er kannte. »Wollen Sie bitte seinen Kopf stützen!«
Es war eine jener Situationen, in denen ein Mann, der sich auskennt, die absolute Befehlsgewalt hat. Die Russen zogen sich auf eine Seite zurück. Alphonse stellte seinen Recorder ab, kniete sich hin und hielt den Kopf des alten Mannes so vorsichtig, wie er nur konnte. Er glaubte zu spüren, wie Menschikow hinüberglitt, er hätte den Kopf am liebsten gedrückt, als könnte er damit das unsichtbare Ausfließen des Lebens eindämmen; er fühlte sich vollkommen hilflos.

Der Arzt legte beide Hände auf das Brustbein des alten Mannes und drückte mit aller Kraft. Es half nichts. In höflicher Entfernung hatte sich eine kleine Gruppe versammelt. Als Alphonse sich umsah, bemerkte er erleichtert, daß es vorwiegend Personal war. Gott sei Dank für diese Diskretion, murmelte er. Der Arzt drückte weiter heftig auf die Brust des Russen. Hilft nichts, dachte Alphonse, hilft überhaupt nichts. Er stirbt.
Langsam drehte sich der Kopf des alten Mannes, wie angetrieben von einem unheilvollen Rad; sein Blick blieb an Alphonse hängen, aber es war offensichtlich, daß er durch den Portier hindurch und in eine andere Welt sah, vielleicht in die Vergangenheit, vielleicht in die Zukunft. Er begann erneut zu reden. Aber die Worte waren nur noch Wirrwarr, plappernd, unverständlich. Mit einem Blick auf den blinkenden roten Knopf des Recorders versicherte sich Alphonse, daß er auch funktionierte. Er versuchte, den Kopf des alten Mannes so sanft wie möglich zu halten.
Er spürte etwas an seinem Bein und sah hinunter. Die Hand des alten Mannes schlug dagegen, spasmodisch, unkontrolliert, sie öffnete und schloß sich Halt suchend. Alphonse legte seine Hand auf die des Russen. Er spürte etwas in seiner Handfläche, und dann entspannte sich die Hand des Alten.
»Ich fürchte, er ist tot«, sagte der amerikanische Arzt. Alphonse legte mit äußerster Behutsamkeit den Kopf des Alten auf den Boden. Er öffnete seine Hand: noch ein Fünffrancstück. Seine Augen wurden feucht, aber er unterdrückte die Tränen. Hier im Foyer durfte er nicht weinen. Ein *chef d'équipe* mußte für das Personal ein Vorbild sein.
»Was hat er denn noch gesagt?« fragte der Arzt.
»Ich weiß es nicht«, erwiderte Alphonse. »Es war keine Sprache, die ich kenne.«
Plötzlich wurde ihm angst. Er sah auf den Boden. Neben dem Kopf des alten Mannes schien die winzige rote Lampe

des Recorders wie ein Scheinwerfer zu leuchten und die Aufmerksamkeit auf sich zu ziehen. Er legte seine Hand darüber und steckte ihn so verstohlen, wie er nur konnte, in die Tasche seines betreßten Fracks. Er zwang sich, die Leibwächter direkt anzusehen.
»Es war ein Dialekt. Ich kenne ihn nicht«, sagte er ohne Nachdenken in holprigem Russisch. Noch während er sprach, fürchtete er, entschuldigend zu klingen, wie ein Kind, das bei verbotenen Themen gelauscht hat und jetzt versucht, mit kleinen Lügen der furchtbaren Strafe zu entgehen. Um der Sache eine günstigere Wendung zu geben, wiederholte er seine Verneinung auf französisch und englisch.
Der Arzt stand auf und zog den Bademantel enger um sich.
»Wie geht's jetzt weiter?« fragte er.
»Ich muß die Polizei rufen«, antwortete Alphonse. »Und diese Herren werden sich zweifellos mit ihrer Botschaft absprechen wollen.« Er versuchte, hilfsbereit zu sein, als würde sie seine Besorgtheit von ihm selbst ablenken. Der Cassettenrecorder in seiner Tasche fühlte sich so groß und unpraktisch an wie ein Kabinenkoffer.
»Na los«, sagte der amerikanische Arzt. »Dann rufen wir jetzt an. Mann, ich hoffe nur, es gibt keine Formalitäten. Ich habe für morgen eine Reservierung für die Tour d'Argent. Wenn ich das nicht schaffe, bringt mich meine Frau um. Wir hatten für über 100 Dollar Überseegespräche, um sie zu buchen. Wer war denn dieser Kerl überhaupt?«
»Ein russischer Diplomat«, entgegnete Alphonse. »Für Kultur. Ballett, Sie wissen schon. Er wohnte häufig hier. Menschikow hieß er, Grigori Menschikow.«
Der Arzt half Alphonse beim Aufstehen. Die Russen waren jetzt bei der Leiche, einer von ihnen hatte das Gesicht mit einem Regenmantel bedeckt. Der andere sah Alphonse direkt an. Seine Augen waren wie Gewehrläufe.

7

PARIS

Donnerstag, der 28. November

Die Schmerzen im Schienbein sagten Elizabeth Bennett, daß es im Verlauf des Tages wahrscheinlich regnen würde, was ihre Stimmung beim Aufwachen nicht eben besserte. Sie war noch immer müde; in Heathrow hatte es fast bis zehn Uhr Nebel gehabt, und bis in Paris alles erledigt war und sie in ihrer Wohnung auf der Ile Saint-Louis eintraf, war es beinahe zwei Uhr morgens gewesen. Was die Sache noch schlimmer machte: Der Tag in London war praktisch ein Fiasko gewesen. Bei Christie's war sie bereit gewesen, bis zu 5 Millionen Dollar für van Eycks Zeichnung der »Hl. Josephine« aus der Abtei von Corcora zu bieten, war aber dann zwischen die Fronten des idiotischen Streits zwischen der Getty-Stiftung und dem British Rail Pension Fund geraten. Die Zeichnung war schließlich für 5 Millionen *Pfund* an das Museum in Malibu gegangen! Das verdammte Getty ist außer Kontrolle geraten, dachte sie, während sie sich unter der Bettdecke drehte und streckte. Der ganze Markt ist außer Kontrolle geraten. Vor zehn Tagen war sie im New Yorker Auktionsraum von Sotheby's gesessen und hatte zugesehen, wie ein Album mit Blumenaquarellen von Redouté — etwas, das vor zehn Jahren für ein Gästezimmer angebracht gewesen wäre — für 5 Millionen Dollar verkauft wurde. Vielleicht sollte Concorde hier wirklich etwas verkaufen. Sie wollte mit Tony darüber reden, sobald sie ins Büro kam. Sie hatten einiges im Kunstportefeuille, das hervorragend zur augenblicklichen Stimmung des Marktes paßte.

Sie zog ein Knie an und rieb sich das Schienbein. Wie konnte etwas nach so langer Zeit noch immer schmerzen? Mein Gott, seit dem Feuer waren fünfzehn Jahre vergangen! Gebrochene Knochen sollten doch eigentlich zusammenwachsen, und dann sollte man sie vergessen können. Schlimmer als dieses dumme Bein aber war die Tatsache, daß sie vor fünfzehn Jahren zwanzig gewesen war. Na, knapp zwanzig. Jetzt war sie fünfunddreißig. Na, knapp fünfunddreißig.

Ihr Knöchel tat weh, als sie vorsichtig über den kalten Boden ging, um den Tag zu begutachten. Sie wußte, daß der Schmerz in ein paar Minuten nachlassen würde.

Über das Wetter brauchte man gar nicht zu reden. Der Himmel hatte wie immer das Aussehen von körnigem Zinn, aber zumindest sah es nicht nach Regen aus. Am anderen Ufer hatten die Bäume entlang des Quai des Célestins ihre letzten Blätter verloren. Der Winter ist da, verhießen Luft und Himmel. Dieses Jahr muß ich einfach wegfahren, dachte Elizabeth. Vielleicht versuche ich es einmal mit dem Club Med. Alt genug bin ich ja, und bis Februar bin ich sicher auch verzweifelt genug.

Nach dem Bad untersuchte sie sich selbst im Spiegel. Hübsch in einem gewöhnlichen Sinne war sie nicht. Die Nase war zu lang und ihr üblicher Gesichtsausdruck zu wissend und zu skeptisch. Aber warum auch nicht, nach fünfzehn selbständigen Jahren in der großen Welt? dachte sie. Sie fuhr sich mit der Hand durch die Haare. Schön und dicht und dunkel, letzteres zugegebenermaßen mit etwas Nachhilfe von Alexandre. Soll ich es hochstecken? Nein. Lang und frei fallend läßt es dich jünger aussehen.

Sie untersuchte ihren Körper: eins a Zustand. Die Beine

könnten wohlgeformter sein, dachte sie, aber am Rest ist nichts auszusetzen. Vor allem mein Busen. O Gott, die gleiche Größe seit meinem sechzehnten Lebensjahr. Und ich habe mich immer noch nicht richtig daran gewöhnt. Ihr fiel ein, wie ihr Stiefvater Peter ihn immer angestarrt hatte. Inzwischen hatte er natürlich seine Jungfräulichkeit verloren, zog aber immer noch die Blicke auf sich. Das sollte wohl von Vorteil sein.
Sie betrachtete den Rest. Alles, wie es sein sollte. Oberschenkel und Hintern nach Maß, die Schamhaare glänzend und dicht; keine hervorstehenden Venen, fleckenlose Handrücken. Alles in allem ein Hinweis darauf, daß sie die Vierzig in Topform erreichen würde. Zumindest körperlich. Ob Geist und Seele sie durch die Schrecken des Vierzigsten und darüber hinaus führen konnten, war eine andere Frage.
Nach dem Anziehen warf sie einen letzten Blick in den Spiegel. Das Kleid hatte sie in einem Laden von Kenzo gegenüber ihrem Büro gekauft. Es ließ sie aussehen wie eine raffinierte Französin. Sie gab sich viel Mühe, nicht auszusehen wie die keck und männlich gekleideten Damen aus New York oder Chicago oder London, die in Scharen durch das Büro zogen und mit Pfandbriefen und Konsortialanleihen handelten.
Bin ich unamerikanisch, weil ich nicht amerikanisch aussehen will? fragte sie sich, während der Aufzug nach unten rasselte. Sie glaubte es nicht. Vor allem nicht in Paris. Um ehrlich zu sein: In Amerika gab es für sie nichts mehr außer Erinnerungen, und noch dazu schlechte. Keine Familie — außer wenn sie Onkel Waldo dazuzählte, doch dafür mußte sie ihr Vorstellungsvermögen schon sehr anstrengen. Aber auch an ihn dachte sie im Augenblick nur flüchtig. Er war nur einer von vielen Namen auf ihrer Weihnachtskarten-Liste. Er rief sie nie an, schrieb ihr auch nie, aber sie war ihm deswegen nicht böse. Zumindest war Onkel Waldo dagewesen, als es zählte.
Kurz überlegte sie, wie es ihm wohl gehe, aber dann verdrängte sie den Gedanken abrupt wieder, bevor die Kegel ih-

rer Erinnerungen durcheinanderfielen wie so oft im Schlaf – wenn sie in einen Traum einbrachen und sie aufweckten, und sie dann an die Decke starrte und sich fragte, was, zum Teufel, der Traum bedeutet hatte.
Beim Kiosk an der Ecke kaufte sie die neueste Ausgabe des *Paris Match* und der *International Herald Tribune*. Mit schnellen Schritten überquerte sie die Brücke Louis-Philippe. Die Seine nahm allmählich ihre kalten Winterfarben an, eher grau denn braun. So gerne sie auf der Ile Saint-Louis lebte, die Wohnung wurde langsam einfach zu eng, besonders jetzt, da Luc oft darauf bestand, über Nacht zu bleiben. Sie zog es vor, mit Luc in seiner Wohnung in der Nähe der Rue Jacob ins Bett zu gehen; so wußte sie immer, daß sie nach einer angemessenen Frist aufstehen, sich anziehen und heimgehen konnte. Sie wachte lieber in ihrem eigenen Bett auf – alleine. Aber er war süß. Vielleicht, dachte sie flüchtig, sollte ich mir etwas Feineres suchen, etwas im Marais, vielleicht sogar am Place des Vosges. Luc würde es gefallen.
Sie könnte es sich durchaus leisten. Sie verdiente inzwischen viel Geld. Concorde Advisors machten so große Profite für ihre Investitionskunden, daß sie auch ihre Angestellten außergewöhnlich gut bezahlen konnten. Elizabeth hatte zwar nicht gerade die gleiche Steuerklasse wie die Leute, denen der Hauptanteil an den Portefeuilles gehörte, vor allem die Händler, die in den letzten drei Jahren dazugekommen waren, aber sie hatte keinen Grund zu klagen. Paris mochte ja teuer sein, aber es war noch nicht vollständig außer Kontrolle geraten, kein Vergleich zu den Horrorgeschichten, die Freunde aus Manhattan oder Tokio mitbrachten. Mit dem, was sie verdiente, und dem, was sie geerbt hatte, konnte sie es sich leisten, zu leben, wie sie es sich wünschte, anzuziehen, was sie wollte, eine Haushälterin zu haben, sich bei Alexandre frisieren zu lassen und die schützende Wand vor ihrer Privatsphäre instand zu halten.
Sie bog hinter dem Louvre ab, eilte über die Rue de Rivoli

und ging die Rue de Petits-Champs entlang, wo sie ein bestimmtes Café kannte, in das sie sich morgens gern setzte, um vor der Prahlerei im Büro ihre Gedanken zu ordnen.
Sie bestellte Kaffee und ein Brötchen und ging im Geist die anstehenden Geschäfte durch. In London hatte sie mit den Juwelenspezialisten von Sotheby's zu Mittag gegessen; sie planten für Februar eine große Auktion in St. Moritz. Das wäre eine gute Gelegenheit, um die auffallenden Cartier-Stücke von Maharadscha-Qualität, die jetzt im Safe in Zürich lagen, auf den Markt zu werfen. Sie hatte sie alle auf einmal für 2 Millionen Dollar von einem Juwelier in Singapur gekauft, der behauptete, sie von einem flüchtenden Despoten erworben zu haben. Auf dem Höhepunkt der Skisaison konnten sie bis zu 7 oder 8 Millionen Dollar einbringen. Besser jetzt als später, dachte sie. Der Markt wurde weicher. Eigentlich hätte sie die Steine schon im letzten Winter verkaufen sollen. Jetzt sind »die dicken Fische alle frisch verheiratet«, wie sie zu Tony sagte.
Nun, in diesem Geschäft war nicht alles Honiglecken, man machte auch Fehler. In einem Lagerhaus in Bath hatte sie immer noch eine beträchtliche Menge englischer Möbel aus dem 18. Jahrhundert stehen, und der »englische Landhausstil« verlor bei den reichen New Yorker Damen langsam an Beliebtheit. Vielleicht konnte sie den Rest loswerden, wenn sie ihn an Hotels in Atlanta oder San Francisco verkaufte, denn dort waren Chintz und englischer Stil noch immer sehr gefragt und der Hotelmarkt auch noch nicht gesättigt. Im Augenblick war Irisch-Georgianisch der Renner, aber nach den Informationen ihrer Quellen bei den eleganten Dekorateuren in Paris und New York würde sie jederzeit wetten, daß vergoldete Franzosen am Kommen — oder wieder am Kommen — waren. Sie nahm sich vor, über einen Griechen Erkundigungen einzuziehen, der angeblich finanziell sehr stark war und der nach OPEC II den Markt mit Louis Quinze in Bedrängnis gebracht hatte. Vielleicht schadete es

auch nichts, sich den Biedermeier wieder einmal vorzuknöpfen.
Aber im Grunde machte ihr das Portefeuille nicht gerade Kopfzerbrechen. Concorde besaß den großen Renoir »Ball auf der Terrasse«, im Augenblick eine anonyme Leihgabe bei der Bostoner Ausstellung; und allein diese Ausstellung garantierte eine zwanzigprozentige Steigerung auf dem Renoir-Markt. Dann gab es den großen van Gogh. Wenn das Gould-Gemälde 10 Millionen Dollar wert war, dann müßte ein wirklich gutes Arles-Gemälde wie das ihre mindestens 20 Millionen bringen. Und schließlich noch das ganze Zeug, bei dem sie stiller Teilhaber war: ein großartiger Claude mit Clyde Newhouse, die Newport-Möbel von Birchwood, die Skizzenbücher von Matisse und noch vieles mehr. Im Augenblick steckten etwa 50 Millionen Dollar in Teilhaberschaften bei Kunsthändlern in vier Kontinenten. Alles in allem war sie genau in dem Maße gebunden, wie sie es im Augenblick für richtig hielt, und ihr gefiel ihr Portefeuille.
Elizabeth Bennett war Associate Managing Director für die Abteilung Kunstinvestitionen bei Concorde Advisors S.A., einer Firma, die für eine ausgewählte Kundschaft von Privatleuten und Institutionen Geld anlegte. In der Hierarchie der Vermögensverwalter stand Concorde etwa im Mittelfeld. Um die zwanzig Angestellte kontrollierten etwa 3 Milliarden Dollar an Investitionen. Elizabeth wußte, daß in einem Markt wie dem augenblicklichen Concordes geringe Größe und ihre Beweglichkeit von unschätzbarem Vorteil waren. Die Händler der Firma hatten einen sechsten Sinn für die Stimmung ihrer Herde, sie spürten, wann kaum merkliche Geräusche und Bewegungen bei den Institutionen eine bevorstehende Stampede andeuteten. Concorde war eine Firma, die in globalen Maßstäben dachte und routinemäßig in etwa ein Dutzend über die ganze Welt verteilte Märkte investierte. Es war eine polyglotte Organisation von weltgewandten Leuten, die Provinzialität und Mitläufertum ebenso fürchteten wie Krebs.

Die Übersichtstabelle in Concordes eleganten Broschüren unterteilte die Investitionsaktivitäten der Firma in drei Abschnitte. Eine Gruppe verwaltete Aktien, Pfandbriefe und begleitende Optionen und Termingeschäfte. Innerhalb der Firma nannte man sie die »Papierdrücker«. Eine andere Gruppe, die »Schmutzwühler«, war verantwortlich für Immobilien, Öl, Gas und andere Rohstoffe, Gold und Silber. Die dritte, die »Jäger nach dem verlorenen Schatz«, beaufsichtigte ein Portefeuille von Gemälden, Zeichnungen, Skulpturen, antiken Möbeln, kunstgewerblichen Objekten, Juwelen und Schmuck, seltenen Briefmarken, Münzen und dergleichen mehr. Tony Thynne, der Gründer und Generaldirektor der Firma, investierte gerne etwa 5 Prozent der Kundenguthaben in verschiedene Arten von Kunstgegenständen, die, über die ganze Welt verteilt, eine gewisse Sicherheit darstellten gegen das, wie er meinte, unweigerliche Nahen der Revolution.

Als Chefin der »Jäger nach dem verlorenen Schatz« lag es in Elizabeths Verantwortung, Chippendale zu verkaufen und Boulle einzukaufen, von Saphiren auf Diamanten umzusteigen, zu entscheiden, ob Fragonard das Limit bereits erreicht hatte und ob Gainsborough unterschätzt wurde, dem Getty Museum bei einer Ingres-Zeichnung zuvorzukommen, dann umzuschwenken und sie sechs Monate später mit einem guten Aufpreis nach Malibu zu verkaufen.

Es bedeutete, daß sie die Ohren am Boden und die Nase in den Wind halten mußte. Sie reiste viel — zu viel für ihren Geschmack, obwohl sie es am Anfang aufregend gefunden hatte. Zehn Tage in zwei Monaten verbrachte sie in New York, drei Tage pro Monat in der Schweiz, im Durchschnitt einen Tag alle zwei Wochen in London, oft sogar mehr. In New York war der Lärm und das meiste Geld, aber der Verstand und die Kennerschaft waren, zumindest in ihrer Welt, immer noch in London. Der Terminplan ließ wenig Platz für Romantik, geschweige denn für Liebe.

Neben den Reisen waren die Kunden der schwierigste Teil. Nicht nur diejenigen, die mit ihr ins Bett gehen wollten; einige von ihnen waren sehr attraktiv, und — um ehrlich zu sein — diese Art von Geld hatte ihre eigene Faszination, es überraschte sie deshalb, daß ihr nur zwei Ausrutscher passiert waren, einmal in Madrid und einmal in Rom. Ihr Bereich bei Concorde schien ein außergewöhnlich starkes Interesse der Kunden an der Art ihrer Investitionen zu erregen. Die Papierdrücker hatten dieses Problem nicht. Die konnten einem Kunden mitteilen, daß Concorde eben für 100 Millionen Dollar IBM- oder Chrysler-Aktien gekauft hatte, und der Kunde starrte nur aus dem Fenster. Aber kaum zeigte Elizabeth das Foto eines Queen-Anne-Tisches einem Kunden, der nur wenig mehr als ein rein finanzielles Interesse daran gefunden hatte, flog er überall hin, um den Tisch zu sehen und fragte dann für gewöhnlich, ob er ihn ausleihen könne, um damit ein Landhaus oder ein Chalet zu verschönern.

Das kam natürlich nicht in Frage. Concordes Wertgegenstände waren in speziell gesicherten Lagerhäusern in einem Dutzend Länder eingeschlossen, oder sie befanden sich als anonyme Leihgaben in den sicheren Händen einer Reihe von Museen. Es half, wenn man sie öffentlich ausstellte, denn ihr Bekanntheitsgrad war ein wichtiger Faktor für ihre Anziehungskraft.

Drei der Kundenfirmen von Concorde bestanden inzwischen darauf, daß Elizabeth bei ihrer Programmplanung für Kunstankäufe mitarbeitete. Tony unterstützte das, denn schließlich war der Kunde König. »Sieh nur zu, daß du auch dafür bezahlt wirst«, sagte er zu ihr. »Und behalt die Kohle. Am besten unter deiner Matratze.«

So war Tony eben. Locker, aber skeptisch. Sie arbeiteten so gut zusammen, und sie selber ging so in ihrer Arbeit auf, daß sie es inzwischen kaum noch glauben konnte, daß sie einmal ein Liebespaar waren. Elizabeth hatte ihn bei einer Party kennengelernt, etwa ein Jahr nachdem sie für Sothe-

by's nach Paris gekommen war. Zunächst nur das übliche Funkensprühen und die üblichen Blicke, doch dann entwickelte sich eine leidenschaftliche Affäre. Er arbeitete Tag und Nacht am Aufbau seiner Firma, die zwar wie der Blitz eingeschlagen hatte, aber er brauchte noch jemand, der sich mit Kunst und dergleichen auskannte — er hatte das Gefühl, daß der Kunstmarkt explodierte. An einem Morgen drei Wochen nach Beginn ihrer Affäre stand sie deshalb aus seinem Bett auf, duschte mit ihm, begleitete ihn zu seinem Büro und begann, für Concorde zu arbeiten, rief nur mittags kurz bei Sotheby's an und teilte ihnen mit, daß sie von nun an Kunde und nicht mehr Angestellte sei.
Einige Monate später wandte er sein ganzes Herz, für sie nicht sonderlich überraschend, wieder seiner früheren, zukünftigen und ewigen Geliebten zu, seiner Arbeit. Ihren Aussichten bei Concorde schadete es jedoch nicht. Er schnitt sie nicht und machte ihr auch sonst in keiner Weise Schwierigkeiten. Sie paßten bei der Arbeit so gut zusammen wie früher im Bett, meinte er, die Firma habe glänzende Aussichten und sie ebenso. Sie war dankbar. Nicht für die Arbeit, sondern weil er ihr nicht das Gefühl gab, eine Ruheständlerin, eine verschmähte Frau oder eine liebeskranke Kuh zu sein. Sie blieb also und kam vorwärts.
Der bittere Geschmack des Kaffees brachte sie in die Gegenwart zurück. Sie überflog eilig ihre Zeitungen. Nichts Neues — nur die üblichen, reizlosen Meldungen. Wieder eine Konferenz über die mexikanische Schuldenkrise in Washington. Wieder ein Streik bei Renault. Gewalttätigkeiten bei Fußballspielen in Turin und Sheffield. Ein Erdbeben in Chile. Hungersnot im Sudan. Sie wandte sich dem *Match* zu und nippte an ihrem Kaffee.
Eine Zusammenfassung des aktuellen Treibens der Prinzessin von Monaco und einen blutrünstigen Bericht über den Zusammenstoß zwischen einem Lastwagen und einem Schnellzug überflog sie. Sie las die ersten paar Absätze eines

Artikels über Millionäre, blätterte in einem halben Dutzend Seiten über das Privatleben von französischen Fernseh- und Fußballstars, nahm flüchtig ein steifes Porträt der Präsidenten von Frankreich und Italien auf den Stufen zum Élysée-Palast wahr. Danach kam ein Zweiseiter mit dem Titel MORT D'UN GRAND AMI DE L'ART FRANÇAIS. Sie überflog Text und Fotos — anscheinend war ein russischer Kulturminister in einem schicken Hotel tot umgefallen — und blätterte dann weiter; sie suchte den Artikel über ein berühmtes, aber noch kaum entdecktes Schloß, den das Cover der Zeitschrift versprochen hatte.

Aber plötzlich kitzelte etwas ihr Gedächtnis, und sie kehrte zu dem Artikel über den verstorbenen Russen zurück. Sie las ihn noch einmal. Der Mann war im Hotel François Premier gestorben. Sie kannte es, Luc ging gern auf einen Drink dorthin. Menschikow hatte der Minister geheißen. Grigori S. Menschikow. Der Name selbst bedeutete ihr nichts, er weckte keine Erinnerungen. Sie sah sich die Fotos noch einmal an. Es war die übliche Mischung aus Schwarzweiß- und Farbbildern, Erinnerungen an ein langes Leben und eine ebensolche Karriere. Auf dem einen stand der Mann, schon in hohem Alter, neben Giscard auf den Treppen des Petit Palais. Ein anderes zeigte ihn, viel jünger, hinter den de Gaulles und den Chruschtschows in einer Loge des Bolschoi. Keines davon kam ihr bekannt vor.

Doch etwas am Ende der Seite ließ sie aufmerken.

Es war ein sehr altes Foto, während des Krieges aufgenommen — vor Stalingrad, wie die Unterzeile meldete —, und es zeigte Menschikow mit Marschall Schukow, beide in Uniform. Beide Männer lachten zuversichtlich.

Auf diesem Foto kam ihr das Gesicht bekannt vor, aber woher? Ärgerlich trommelte sie mit den Fingern auf den Tisch. Sie war sehr stolz auf ihr umfassendes visuelles Gedächtnis. Es war eine angeborene Fähigkeit, die — so ihre Bewunderer — fast schon an Genie grenzte. Es stimmte, daß sie bei einem Bild oder Möbelstück, das sie einmal gesehen hatte, selten den Namen, die Herkunft oder die Umstände, unter denen sie es entdeckt hatte, vergaß. Sie betrachtete erneut das Foto. Menschikow. Nein, der Name sagte ihr nichts; es war das Gesicht. Sie hatte das Gefühl, als sei eine Trennwand zwischen sie und die Erinnerung, nach der sie suchte, geschoben. Sie konnte sie spüren, aber sie war undeutlich, zu verschwommen und dunkel, um sie zu erkennen. Sie kniff die Augen zusammen, als wollte sie die Erinnerung herauspressen wie Wasser aus einem Schwamm. Aber es kam nichts.

Sie trank ihren Kaffee aus. Sicher, das passierte nur sehr selten, aber es war nicht das erste Mal gewesen, daß ihr Erinnerungsvermögen sie im Stich gelassen hatte. Sie mußte sich jetzt einfach entspannen, dem Gedächtnis seinen Willen lassen; wenn es wollte, würde es ihr schon sagen, was sie suchte. Und wenn nicht, war die Erinnerung wahrscheinlich nicht so wichtig.

Im Büro herrschte das übliche Chaos. Tony, der am Telefon laut mit dem, wie sie annahm, Londoner Büro von Salomon Brothers sprach, winkte sie zu seinem Schreibtisch.

»Okay, Sheldon, wir nehmen 20 Millionen von dieser Sache, aber Sie sagen Gutfreund, daß es der letzte seiner Hunde ist, den wir spazieren führen. Viele Grüße an Nancy!«

Er legte auf.

»Na, du siehst ja stocksauer aus. Hat dich wieder einer von den Franzmännern beleidigt?«

»Unwahrscheinlich, nach dem Schnellkurs in Männern, den du mir gegeben hast. Nein, ich habe nur Schwierigkeiten, mich zu erinnern, wo ich etwas Bestimmtes schon mal gesehen habe. Du weißt, wie ich es hasse, wenn so etwas passiert. Aber es wird mir schon wieder einfallen. Soll ich dir von London erzählen?«

»Ja, aber kurz. Ich habe im Augenblick ein mulmiges Gefühl, und ich habe beschlossen, schnell zu reagieren.«

»Und das bedeutet?«
»Erzähl mir zuerst von London.«
»Kurz gesagt, London war ein Reinfall. Das Getty und die Briten haben mich in die Zange genommen. Die Preise sind verrückt. In meiner Verzweiflung ging ich in die Bond Street und gab ein bißchen vom Geld unserer Kunden bei Eskenazi aus.«
»Typisch Frau. Geht einkaufen, wenn sie down ist. Erzähl mir alles.«
»Ich habe eine halbe Million Kundengelder für zwei chinesische Vasen ausgegeben.«
»Die Dinger, die ›sich in ihrer Ruhe dauernd wandeln‹, wie der Dichter sagt? Eine halbe Million Dollar?«
»Pfund. Sehr schöne späte Ming-Dynastie. Das Victoria and Albert Museum hat sie für mich untersucht. Von denen hat noch keiner je diesen besonderen Glanz gesehen. Ich brauch' wohl nicht zu erwähnen, daß die vom V and A selbst so scharf auf die Vasen sind, daß sie sie schon fast schmecken können, aber sie haben kein Geld. Ich habe sie vorerst als Leihgabe dortgelassen. Es schadet nichts, wenn die Museumsleute sie jeden Tag ansehen. Das wirkt Wunder auf die Speicheldrüsen eines Kurators.«
»Vorausgesetzt, daß die Briten je wieder zu Geld kommen.«
»Sie scheinen es doch immer wieder zu schaffen, oder? Was ist jetzt mit deinem mulmigen Gefühl?«
Tony schüttelte den Kopf, als könne er gar nicht richtig glauben, was er jetzt sagen wollte. »Also, gestern nacht hatte ich, wie der heilige Johannes, oder, wie einige unserer Kunden sagen würden, wie Abu ben Adhem, einen Traum, oder nenn es eine Erleuchtung.«
»Bleiches Pferd, bleicher Reiter?« Elizabeth kannte sich bei apokalyptischen Träumen aus. Ihre eigenen Nächte waren voll von ihnen.
»Bleiche Junk Bonds, leuchtend rote Insolvenz. Und als ich aufwachte, war ich bekehrt. Der Lärm, den unsere Fest-

gehaltsbande da vorne macht, kommt von der ordnungsgemäßen Liquidation eines 330-Millionen-Dollar-Pakets von sogenannten Junk Bonds, während das dankbare Amerika noch schläft. Ich habe mir gedacht, wir suchen lieber das Weite, solange Drexel Burnham noch einen Kreditrahmen hat, mit dem er den Schrott zurückkaufen kann.«

»Warum denn einen so überstürzten Aufbruch, mein Lehnsherr? Ich dachte, du wärst in diese Junk Bonds ganz vernarrt?«

»Nenn es Instinkt. Scheiße, nein, nenn es Nerven. Ich mache mir plötzlich wegen Mexiko in die Hosen. Und wegen Brasilien, Nigeria, Ägypten, Polen. Wegen dem Farmland in Iowa und den Eigentumswohnungen in Marina del Rey und einer drittel Million Quadratmeter Büroräumen am Columbus Circle. Der Index ist gerade am Abheben, also warum nicht umsteigen. Die Regel sagt, Schrott als letztes einkaufen und als erstes abstoßen, und deshalb verabschiede ich mich höflich, aber eilig von drittklassigen US-Scheißcoupons, schwankenden, ergänzenden, untergeordneten No-Name-Schuldverschreibungen mit freiem Wechselkurs, rückzahlbaren, austauschbaren Staatsschrott-Übergangszertifikaten, und wenn Drexel anruft, oder womöglich sogar Milken selber, dann sag ihm, ich bin bis zum Jahr 2000 beim Mittagessen — oder länger!«

»Mexiko?« fragte Elizabeth. »Ich dachte, Mexiko sei schon glattgebügelt. Habe ich denn nicht gelesen, daß sich, noch während wir hier reden, die großen Männer in Washington zusammensetzen, um Mexiko endgültig ins Bett zu bringen — und das schon zum x-ten Mal?«

»Mein Schließmuskel sagt mir, daß das x-te Mal vielleicht einmal zu viel ist. Ich will in der Nacht wieder schlafen können. Die Scheiße ist zu tief. Dieses Mal wird Mallory es nicht schaffen.« Er griff nach dem Telefon.

Mallory. Komisch, daß der Name gerade jetzt zur Sprache kam, dachte Elizabeth. Zuvor hatte sie an Onkel Waldo gedacht, und jetzt erwähnte Tony Manning Mallory, ein weiterer Name aus der Vergangenheit. Mallory war Onkel Waldos Schützling gewesen. Peter hatte ihn nicht gemocht, und, laut Peter, sein Vater auch nicht. Nun sieh einer bloß an, wie berühmt und wichtig er geworden war! Sie erinnerte sich sogar daran, einmal in sein Büro mitgenommen worden zu sein. Von Onkel Waldo. Nach dem Feuer.

Das Feuer zerteilte ihr Leben und ihr Gedächtnis, obwohl sie sich an den Vorfall selbst kaum noch erinnerte. Deutlich im Gedächtnis war ihr nur mehr die Erholungsphase. Es hatte eine Zeit gedauert, bis sie nach dem Feuer wieder in ein normales Leben zurückgefunden hatte. Dank Onkel Waldo. Sie und er wurden Freunde in dem Augenblick, da sie sich kennenlernten. Sie sollte ihm wirklich schreiben oder etwas Ähnliches. Schließlich war es Onkel Waldo gewesen, der erkannt hatte, daß sie ein vollkommen neues Leben an einem weit entfernten Ort brauchte. Er zog an einem seiner unzähligen Fäden und verschaffte ihr einen Platz in Sotheby's Kunstkurs. Er schickte sie nach London und ließ sie dort Fuß fassen. London beruhigte und tröstete sie. Ein Jahr bei Sotheby's, dann war sie — dank einem zweiten Eingreifen von Onkel Waldo — nach Cambridge gegangen, um ihren Abschluß zu machen, und danach war sie auf sich selbst gestellt und machte ihren Weg. Sotheby's hatte sie vom Fleck weg angestellt; nach drei Jahren zog sie nach Paris, und dort traf sie Tony. Gerade rechtzeitig, dachte sie. Bei Sotheby's ging damals das Gerücht, daß man sie nach New York zurückschicken wollte, was bedeutet hätte, daß sie sowieso hätte kündigen müssen. Für Amerika wäre sie noch nicht reif gewesen.

Aber jetzt bin ich es, dachte sie. Obwohl ich es hasse, kann ich mich ihm stellen, wenn ich muß. Ich habe mich dem Leben gestellt und habe ihm zumindest ein Unentschieden abgekämpft. Der Trick dabei war, das Leben so zu sehen, wie es ist: eine unendliche Reihe von drohenden Krisen, eine nach der anderen, vor denen man, wenn überhaupt möglich, fliehen sollte. Und wenn nicht, sollte man sich von jeder strafen und sich von jeder Strafe die Absolution erteilen lassen, um einen extra Brocken Zähigkeit zu gewinnen und um eine weitere Pore der Verletzlichkeit zu verschließen. Stück für Stück für Stück. Bei jedem Mal wurden die Tränen weniger und kamen später. Irgendwann würde man den Zustand der Gnade erreichen: Wenn einen das Leben endgültig in Ruhe ließ.

Im Augenblick aber hatte Elizabeth lediglich den Eindruck, sich zwischen den fein abgestimmten Kreisen eines emotionalen Fegefeuers zu bewegen. Deshalb war jemand wie Luc wenigstens nützlich. Für das, wofür sie ihn brauchte, war er gut, und weil er so mit sich selbst beschäftigt war, merkte er gar nicht, daß sie ihn benutzte.

Wie als Antwort auf ihr Abschweifen läutete das Telefon. Es war Luc. Er fragte sie über London aus, und sie beantwortete die üblichen Fragen: Wen sie gesehen habe, welche Restaurants in Mode seien, wofür sich die richtigen Leute begeisterten. Das Endziel von Lucs Leben war es, *branché* zu sein, das französische Äquivalent zu »auf der Höhe der Zeit zu sein«.

»Du bist ein richtiger Yuppie, Liebling«, sagte sie ihm am Ende ihrer Aufzählung. »Versuch doch mal was anderes, als immer nur BCBG zu sein« — *bon chic, bon genre.*

»Ich bin überhaupt nicht BCBG. Der Ausdruck ist übrigens schon ein alter Hut.« Er spielte den Beleidigten. »Außerdem ist es für mich von beruflichem Interesse, *branché* zu sein.«

Sie konnte ihm da kaum widersprechen. Luc war Werbeleiter für das Pariser Pendant der *Business Week*; nach allgemeiner Ansicht war er sehr erfolgreich und hatte dank seines unheimlichen und ganz unfranzösischen Verkaufstalents eine noch größere Zukunft vor sich.

Er war drei Jahre jünger als Elizabeth, was ihr erlaubte, so behauptete sie zumindest, straflos entweder autoritär aufzutreten oder ihn zu necken, wie es ihr gerade gefiel.

Er war wirklich süß, der liebe Luc. Süß, leidenschaftlich, in-

telligent, großzügig, gutmütig, kultiviert, unbeschwert, ehrgeizig. Und dumm, wenn sie es brauchte. Alles, was eine Frau von einem Franzosen erwarten konnte.
Aber er war nicht »der Mann« für sie, ebensowenig wie sie für ihn »die Frau« war. Ihr Gefühlsleben war zu verschieden. Aber immerhin ermöglichte ihnen die Tatsache, daß beide um das unausweichliche Ende ihrer Beziehung wußten und es auch akzeptierten, aufrechtzuerhalten, was sie hatten, solange es keinem von beiden Schwierigkeiten oder echte Schmerzen bereitete. Eines Tages, das wußte sie, würde Luc ein schickes, junges *fille de bonne famille* heiraten. Es würde Hochzeitsfotos im Snobmagazin *Point de Vue Images* geben, die richtigen Verbindungen in Deauville und auf dem Lande und anderes mehr. Elizabeth würde wahrscheinlich in einen anderen Kreis wechseln.
»Hör zu, Liebling«, sagte er. »Ich kann dich heute abend nicht sehen. Ein guter Kunde aus Los Angeles ist hier. Du wirst ihn bestimmt nicht mögen. Er besteht auf dem Crazy Horse. Und dann muß ich ein paar Mädchen finden. Aber am Wochenende ist was Besonderes. Ich habe einen richtigen Leckerbissen für dich. Schaffst du es morgen bis sechs?«
War morgen wirklich schon Freitag? dachte sie. Ist heute Donnerstag? Sie sah auf den Kalender auf ihrem Schreibtisch. Das Datum war in Rot gedruckt. Mein Gott, dachte sie, Thanksgiving. In Paris war es nur ein gewöhnlicher Donnerstag.
»Ich vermute schon«, antwortete sie. »Was hast du denn vor?«
»Eine kleine Elsaß-Rundreise. Wir werden jemand treffen. Ein alter Freund von mir von der Wall Street. Du wirst ihn mögen. Er ist sehr interessant. Sogar nach deinen unmöglichen Maßstäben. Ja, er ist wirklich sehr außergewöhnlich.«
»Ist er denn *branché* genug?«
Lucs Stimme klang übertrieben schelmisch und selbstbe-

wußt. »Ich glaube, für dich ist er so *branché*, wie es nur geht.«
Elizabeth wollte nicht anbeißen und weitere Fragen stellen; statt dessen ließ sie sich die Einzelheiten für den Ausflug durchgeben. Mather war wahrscheinlich ein großer Investmentbanker von der Wall Street, zweifellos von einer der Spitzenbanken. Luc verehrte Investmentbanker. Sie waren seine Götter. Elizabeth fand sie im großen und ganzen eigentlich recht beschränkt.
Es würde ein festliches Wochenende werden, verkündete Luc. Ohne allzuviel Kultur, warnte er, obwohl sein Freund darauf bestand, den berühmten Grünewald-Altar in Colmar zu sehen. Das Essen war die Hauptsache. Luc hatte vor, mit dem Schnellzug *Nouvelle Première* nach Straßburg zu fahren. In Straßburg wollte man sich einen Leihwagen nehmen. Die Speisekarte war die Attraktion des Zuges; der Chef von Jamin, dem schicken Restaurant, stellte sie zusammen. In Illhäusern, im Armes de France in Ammerschwihr und bei Schillinger in Colmar waren Tische reserviert worden. Insgesamt sechs Michelin-Sterne, bemerkte Luc genüßlich.
»Es ist die einzig mögliche Zeit für das Elsaß«, behauptete er.
Natürlich ist es das, mein Süßer, dachte Elizabeth. Wieder ein paar Tage, die von den BCBGs als die »einzig mögliche Zeit« für das Elsaß erklärt wurden, für die Bretagne, für die Normandie, für Venedig, für Megève. Sie versprach, am Freitag spätestens um sechs Uhr am Gare de l'Est zu sein.
Als sie auflegte, erschauderte sie plötzlich. Zu Hause war Thanksgiving, und an Thanksgiving war das Feuer ausgebrochen.
Sie erinnerte sich kaum noch an diesen grauenhaften Vorfall. Das reine Entsetzen hatte wahrscheinlich ihr Unterbewußtsein veranlaßt, ihn unauffindbar tief zu vergraben. Sie erinnerte sich nur noch, wie sie in Onkel Waldos Haus zu Bett gegangen war, und dann an nichts mehr, bis die Feuerwehrleu-

te sie vom Rasen, auf den sie von einem Fenster im Obergeschoß gesprungen war, auf eine Bahre hoben.
Sie erschauderte wieder und nahm sich zusammen. Es war Zeit, sich an die Arbeit zu machen. Sie nahm sich einen Ordner vor, der die letzten Angebote der Juwelenhändler enthielt. Die Zeit schien günstig, um Juwelen einzukaufen. Südafrika befand sich im Zustand der Auflösung, und der Markt schien mit Weltklassesmaragden zu Ausverkaufspreisen überschwemmt zu werden.
Mit dem Ellenbogen berührte sie unbeabsichtigt den *Match*, den sie am Morgen gekauft hatte, und er fiel zu Boden. Während sie sich bückte, um die Zeitschrift wieder aufzuheben, betrachtete sie noch einmal das Foto, auf dem Menschikow die heranrollenden Panzer anstarrte. Sie untersuchte das Bild genau. Und wieder spürte sie ein schwaches, undeutliches Wiedererkennen, aber nichts, das sie greifen konnte.
Mit einem kleinen, ärgerlichen Schnauben warf sie das Magazin in den Papierkorb. Der Tag, das Versagen ihres Gedächtnisses und das Gesicht, das sie nirgends einordnen konnte, hatten sie durcheinandergebracht.
Der neueste *Figaro* lag auf ihrem Schreibtisch. Sie blätterte ihn hastig, unkonzentriert und fast ärgerlich durch und warf ihn dann ebenfalls in den Papierkorb. In ihrer Zerstreutheit übersah sie eine kurze Meldung über die übel zugerichtete Leiche eines Mannes, die in der Nähe von Billancourt entdeckt worden war; man hatte sie als Wladimir Alphonse-Marie Coutet, 62, identifiziert, ein Junggeselle, wohnhaft in einer Straße in der Nähe der Rue de Bretagne und Chefportier des Hotels François Premier in der Rue Bayard.

8

WASHINGTON

Samstag, der 30. November

Wie der Reuter-Korrespondent jedem in Hörweite laut verkündete, dürfte es wohl niemand im Raum geben, der ernstlich glaubte, daß dies das Ende sein sollte, daß man wirklich eine zufriedenstellende, endgültige Lösung für das mexikanische Schuldenproblem gefunden und sich darauf geeinigt hatte. Aber es hatte geläutet und alle waren aufgesprungen wie Pawlowsche Hunde; nun saßen sie wieder hier, enggedrängt in dem kleinen Saal im Finanzministerium, und murrten über die Wochenendarbeit, während sie darauf warteten, daß die großen Männer der Weltfinanz auf die Bühne traten und ihnen eine neue Lüge auftischten.

Die Pressekonferenz begann pünktlich. Kurz nach zehn führte Manning Mallory das inzwischen vertraute Ensemble herein: Vertreter der unabhängigen Finanzmächte, die das sogenannte »Komitee der Neun« bildeten, der mexikanische Finanzminister sowie die üblichen Statisten und Beobachter der Washingtoner und internationalen Finanzgiganten. Die Führer nahmen an einem langen Tisch Platz, den man unter die Porträts von Hamilton und Mellon und dem des gegenwärtigen Finanzministers gestellt hatte, ein Mann, der normalerweise immer zwinkerte und den die Presse mochte, dessen Gesicht aber heute die unmißverständlichen Zeichen von Kummer aufwies.

Die Bühnenmitte war für Manning Mallory reserviert, den Chairman und Chief Executive der CertCo und deren wichtigster Tochtergesellschaft, der CertBank, der alten Certified Guaranty National Bank, der »Cert«. Mallory war de facto Chefunterhändler und erster Sprecher des »Komitees der Neun«. Zu seiner Rechten saß der »Ehrengast«, der Finanzminister der Republik Mexiko. Die anderen Mitglieder des Komitees belegten die restlichen Stühle: Der Präsident des Internationalen Währungsfonds, der Gouverneur der Bank von England, die Vorstände der Deutschen Bundesbank und von Crédit Suisse, ranghohe Vertreter der Zentralbanken von Japan und Saudi-Arabien, der Finanzminister von Italien als Vertreter der EG, der Vorsitzende der Bank von Hongkong und Shanghai als Vertreter des Asiadollarmarktes.

Mallory wartete einen Augenblick, bis sich die Presse beruhigt hatte. Am Tisch auf der Bühne wurden Papiere geordnet, und der mexikanische Finanzminister spielte mit einem goldenen Kugelschreiber. Schließlich stand Mallory auf.

»Nun, meine Damen und Herren«, sagte er in seinem flachen Tenor, den die internationale Finanzpresse so gut kannte. »Ich freue mich, ihnen mitteilen zu können, daß wir bei unserem kleinen Problem zu einer Einigung gekommen sind.«

Er grinste. Er sah noch immer sehr gut aus, wenn man bedachte, daß er schon über fünfundfünfzig war. Das sandfarbene Haar war dünner geworden und leicht ergraut, um den schlauen Mund und die optimistischen, berechnenden Augen zeigten sich einige neue Falten, aber ansonsten wies er nur sehr wenige der physischen oder psychischen Narben auf, die das Geschäft sonst mit sich brachte. Er war wie immer makellos gekleidet. Mallorys untadelige Anzüge waren sein Markenzeichen. Zehnmal auf der Liste der bestangezogenen Männer, ein Weltstar der Mode. Mehr als einer der Kommentatoren hatte erwähnt, seine eleganten Anzüge hätten einen so beherrschenden Stil, daß schon sie alleine fähig schienen, auch die vertracktesten Verhandlungen zu einem triumphalen Ende zu bringen.

Mallory stellte etwas dar, daran gab es keinen Zweifel. In einem Raum voller Menschen konnte er jedem einzelnen das Gefühl geben, er sei etwas Besonderes und könne sich glücklich schätzen, in so einer Gesellschaft zu sein. Und warum auch nicht? Er war der beste aller Banker, der am meisten zitierte, bewunderte, nachgeahmte Finanzmann der Welt.

Er strahlte den mexikanischen Finanzminister an, der schwach zurücklächelte.

»Ohne Augenbinden, bitte«, platzte der Reporter der *Financial Times* heraus.

»Wir haben den Champagner vor wenigen Minuten entkorkt«, sagte Mallory. »Um 10 Uhr 34, um genau zu sein, für euch Detailjäger.« Er grinste, als seine Zuhörer mitschrieben. »Es trug nicht eben zu einem festlichen Thanksgiving bei, wenn ich so sagen darf, nicht bei über tausend unterzeichnenden Banken zusätzlich der Federal Reserve.«

Im Publikum wandte sich der Mann von der Londoner *Times* an seinen Landsmann vom *Observer.* »Was habe ich dir gesagt? Du wirst mir den Zehner zahlen müssen«, flüsterte er. Er streckte die Hand in die Luft und versuchte mit heftigem Winken, die Aufmerksamkeit auf sich zu lenken.

»Harry, heben Sie sich Ihre Fragen auf, bis ich mit dem hier durch bin«, sagte Mallory. Die Hand senkte sich wieder. Mallory hakte die Punkte der neuen Kreditübereinkunft für Mexiko ab. Die revidierte, akzeptierte Schuldenbilanz betrug 120 Milliarden Dollar, einschließlich der angesammelten Zinsen. Die Gläubiger hatten sich auf folgende Umverteilung geeignet: Die Hälfte der Tilgung wurde für zehn Jahre ausgesetzt, ebenso wie ein Teil der Zinsen, die nun bei dem geringeren Satz von 12 Prozent lagen, oder zwei Punkte über

LIBOR, dem *London Interbank Offered Rate*, dem Richtwert für den Preis internationaler Dollartransaktionen. Der Internationale Währungsfonds hatte einen Zusatzkredit von 5 Milliarden Dollar gewährt, von dem die eine Hälfte zur Rückzahlung angelaufener Zinsen verwendet und die andere als Sicherheit für zukünftige Zinszahlungen hinterlegt werden sollte.

Die Republik von Mexiko habe gewisse Zugeständnisse gemacht, sagte Mallory. Als da wären: landesweites Einfrieren der Löhne und Gehälter; sofortige Aufhebung der landwirtschaftlichen Subventionen; eine uneingeschränkte Öffnung der mexikanischen Wirtschaft für Importe und ausländische Investitionen; ein dreijähriges Moratorium bei der Landreform und den damit zusammenhängenden sozialen Reformen; ein Trustfonds, in dem die Einkünfte der staatlichen mexikanischen Ölgesellschaften zwangsverwaltet und zur Schuldenzahlung herangezogen werden sollten.

»O Gott!« rief der Reporter vom *Newark Star-Ledger.* »Weißt du, was das ist? Das gleiche wie bei der New York City und beim ›Big MAC‹! Er hat aus der verdammten mexikanischen Regierung eine neue *Municipal Assistence Corporation* gemacht.«

»Überrascht dich das?« fragte die Frau neben ihm, die Washingtoner Korrespondentin von *L'Exprès*. »Er ist sehr vielseitig, euer Monsieur Mallory. Er hat ja auch eurem Mr. Pickens geholfen, die Bilanzbögen von Unocal und Phillips zu Landkarten von Mexiko zu machen.«

Auf der Bühne schien der mexikanische Minister seine Fingernägel zu untersuchen.

Oder seine Wundmale, dachte der Mann von der *New Republic*.

Es gebe noch einige andere Punkte, sagte Mallory, die interessante innovative Abweichungen von der bisherigen Behandlung Mexikos und anderer Schuldnerländer darstellten.

Der Mann von der *Times* stieß seinen Kollegen vom *Observer* an. »Jetzt kommt's. Halt schon mal die 10 Dollar bereit.«
»Zum einen«, sagte Mallory, »hat die mexikanische Regierung zugestimmt, ihre zukünftigen Haushalte dem Komitee vorzulegen, dem bestimmte Vetorechte eingeräumt wurden.«
Nun ging eine Bewegung durch die Menge. Das war ja, als würde Uncle Sam der Bank von England gestatten, das US-Budget zu unterzeichnen. Aber Mallory eilte weiter.
»Zum anderen wurde das Federal Reserve Board in Anbetracht des Ernstes der Lage zum erstenmal Partner dieses Vertrages.«
Mallory machte eine Kunstpause.
»Ich freue mich, Ihnen mitteilen zu können, daß der Vorsitzende einer Aufstockung der Reserven für die beteiligten Banken zugestimmt hat.«
»Jetzt nehme ich den Zehner, wenn du nichts dagegen hast«, flüsterte der Mann von der Londoner *Times* seinem Nachbarn zu. Dann rief er: »Heißt das nicht, Sir, daß die Federal Reserve de facto Mexikos Verpflichtungen in diesem Vertrag garantiert? Ist das denn nicht das internationale Äquivalent zum Vorgehen der FDIC (der *Federal Deposit Insurance Corporation*, der Gesellschaft zur Versicherung der Einlagen der Bundesbanken, Anm. d. Übers.) im Fall Continental Illinois, als sie die Gläubiger der Holdinggesellschaft auszahlte? Soll die Federal Reserve das tun? Ist das überhaupt legal?«
Mallory lächelte nachsichtig. »Ich will Ihre Fragen der Reihe nach beantworten, Harry. Zunächst: Die Beteiligung der Fed ist nicht nur, Zitat Anfang, de facto, Zitat Ende, sondern vollkommen uneingeschränkt. Was auch Ihre zweite und dritte Frage beantworten dürfte. Lassen Sie mich nur noch sagen, daß der Vorsitzende der Federal Reserve Bank den Ernst der Lage erkannt hat. Im Augenblick ist keine Zeit für Feiglinge oder rechtliche Feinheiten.«

»Na, jetzt haben sie Volcker doch noch drangekriegt«, flüsterte der Reporter von den *Dallas Morning News* seinem Nachbarn ins Ohr.
Die Fragen folgten jetzt schnell aufeinander. Manche waren kritisch. War denn das nicht ein Rezept für soziale und politische Unruhen in Mexiko? War das Verhalten der Fed verfassungskonform? Wo war denn der Vorsitzende der Fed überhaupt?
Mallory parierte sie alle, auf seine elegante, ungezwungene Art besänftigte er den gereizten Ton der Diskussion. Er steckte die Zuhörer mit seiner eigenen strahlenden Zuversicht an, eine gelassene Stimmung überkam sie. Nach zwanzig Minuten schnurrten die meisten behaglich.
Schließlich stand ein Mann im Hintergrund des Saales auf, eine dünne, pockennarbige Gestalt mit dicken Brillengläsern, die Haare in einem sehr durchsichtigen Versuch, seine Glatze zu bedecken, vom rechten Ohr nach oben über den Schädel gekämmt. Als er zu reden anfing, ging ein deutliches Stöhnen durch die Menge.
»Mr. Mallory«, setzte er an. »Ich glaube, Sie haben uns eben ein sehr einleuchtendes Beispiel für die Funktionsweise angepaßter, angebotsorientierter Marktwirtschaft gegeben. Und uns eine beachtliche Glanzleistung des Finanzmanagements gezeigt, wenn ich so sagen darf. Ich möchte Sie nur fragen, Sir, ob Sie ihm persönlich den gleichen Wert zumessen wie einer Reihe anderer Heldentaten finanziellen Unternehmertums, an denen sie beteiligt waren? Wie zum Beispiel dem ›Petrodollar-Recycling‹?«
Der Journalist, der sich hier an Mallory wandte, war Bernard Grogan, freier Kolumnist und Verantwortlicher Herausgeber des *Wall Street Journal*. Die meisten im Saal mochten ihn nicht, ja, sie bezeichneten ihn üblicherweise sogar als »Manning Mallorys Schoßhündchen«. Grogan behauptete, seine Verleumder seien nur neidisch auf seine enge Beziehung zu dem großen Banker.

Dieser Neid hatte einige Berechtigung. Als ehemaliger Liberaler, der, wie ein Kollege berichtete, »so gegen 1975 entdeckt hatte, daß die Reichen den besseren Claret servieren«, war Bernard Grogan ein glühender Verfechter der freien — einige sagten »frei fallenden« — Marktwirtschaft und einer Finanzpolitik, die schon als »Gummistiefelkapitalismus« beschrieben wurde.

Die verführerische Wirtschaftsideologie, für die Grogan die Werbetrommel rührte, hatte durch Manning Mallory noch zusätzlich an Reiz gewonnen, und Grogan hatte sich an ihn gehängt wie ein Schildfisch an einen Hai. Es war eine symbiotische Beziehung. Mallory paßte gut auf Grogan auf und umgekehrt. Grogans Kolumne im *Journal* war ein Forum für die Verteufelung jedes regulativen Eingriffs in den Geldmarkt — normalerweise geschrieben von Männern, die sich Stunden zuvor als finanzielle Rowdys aufgeführt hatten.

Aber dennoch zweifelte niemand daran, daß Mallory den Titel des Bankgenies verdiente, den Grogan jeder seiner Erwähnungen voranstellte. Der Mann hatte nun mal eine Gabe für Innovationen. Und wer konnte schon abstreiten, daß die gegenwärtigen finanziellen Krisen und Gelegenheiten Innovation auf Innovation verlangten? Das Problem war nur — und Mallorys Kritiker beschwerten sich hier bei Ohren, die mit Profit verstopft waren —, daß die Innovationen des Bankers viele der Krisen erst verschuldet hatten, zu deren Bereinigung mit Hilfe innovativer Lösungen man ihn später berief.

Diese Neinsager wurden von den Grogans als Männer verunglimpft, die nicht auf der Höhe der Zeit und der Wahrheit seien. Schließlich, so schrieb Grogan, wenn Henry Kaufmann und Konsorten wirklich so schlau seien, warum waren dann die Zinssätze ihren düsteren Voraussagen nicht gefolgt? Wo war denn die prophezeite Apocalypse? Warum hatte das Defizit und die Schuldenkrise die Welt nicht unter sich begraben? Wegen des Genies von Männern wie Mallory, so

Grogan, und des gesunden Menschenverstands derer, die ihm folgten und ihre Institutionen nach der Marschrichtung der Cert ausrichteten.
Der Mexiko-Coup dieses Wochenendes war nur einer in einer ganzen Reihe von innovativen Triumphen, die sich durch Manning Mallorys Karriere bei der Cert zogen wie eine Perlenschnur. Es gab kaum eine einzelne, große Innovation, kaum einen der Riesenschritte auf dem Weg, der das amerikanische und internationale Banksystem von den Tagen der grünen Augenschirme in die hastige, geschäftige Welt der Gegenwart gebracht hatte, der nicht von Mallory und den Kadern von intelligenten, redegewandten und aggressiven Männern und Frauen, die er aussandte, um die Welt im Namen der Cert zu kolonialisieren, ersonnen und in die Praxis umgesetzt worden war. Hatte nicht er die Peruaner vom Markt gedrängt, als sie versuchten, sich aufzulehnen? Der Präsident hörte auf ihn, und er konnte alles vor sich einfach wegfegen mit der reinen Brillanz seines Erfindungsreichtums und der Zauberkraft seiner Überredungskunst. Reporter, die schon einige Zeit im Geschäft waren, hatten Jahre damit verbracht, zuzusehen, wie Mallory sich den Ansprüchen des Augenblicks anpaßte. In einem Augenblick war er der reine Charme, im anderen kalt und aggressiv. Unverschämt, wenn es sein mußte, oder schmeichlerisch; konzentriert oder beiläufig: Er konnte sich wandeln, wie er es brauchte.
Zweifellos waren er und die CertBank die Pfadfinder gewesen. Der Mann und die Institution hatten sich zusammengetan, um das Aussehen und das Wesen des Banksystems umzuformen und damit das Aussehen und das Wesen ganzer Wirtschaften und Länder. Mallory und die CertBank hatten Märkte und Gelegenheiten entdeckt, wo andere sie nicht sahen; Mallory und die CertBank hatten begriffen, wie das Bankgeschäft vollkommen neu ausgerichtet und umstrukturiert und sein Wesen unwiderruflich und unaufhaltsam ver-

ändert werden konnte. »Als er ins Bankwesen kam, fand er Blei«, schrieb Bernard Grogan noch am selben Abend. »Und er verwandelte es in Gold.«

Ganz offensichtlich konnte keine Revolution so durchdringend und so vollkommen sein, daß es unterwegs keine Fehltritte gab. Geringere Männer konnten nicht jedes Atom des Genies kopieren, und deshalb hatte es Augenblicke der Gefahr gegeben, normalerweise ausgelöst von bescheideneren Talenten mit übergroßem Ehrgeiz, die versuchten, ihren Meister auszustechen, die dabei sich selbst und ihre Institutionen zu nahe an den Abgrund des Verderbens brachten und manchmal eben hinunterstürzten. Aber nicht so Mallory. Die Erde konnte sich öffnen und große Banken in Chicago und Seattle und New York verschlingen, Banken, die den Mut, den Flair und die Aggressivität der Cert nachgeahmt hatten, aber die CertBank stand fest wie ein Fels.

Nun hatte er wieder ein Ding gedreht. Am Montag würde es die übliche Kritik von den nervösen Memmen und den zweifelnden Thomassen geben. Sie würden jammern, daß die Cert, die sie ständig als den »Rattenfänger des Finanzwesens« bezeichneten, das internationale Banksystem und jetzt auch die Fed auf einen zu schwachen Ast gesetzt und auf der Straße des Verderbens zu weit geführt habe. Es würde Klagen geben, daß ein langsamerer, bedächtigerer Zugang vonnöten sei, daß das System sich nun viel zu schnell bewege, als daß Menschen noch damit umgehen könnten, daß es außer Kontrolle gerate. Von den Buchhaltungsprofessoren würde das übliche Gewäsch kommen, daß den Banken das Wasser praktisch bis zum Hals stehe, und von Schmarotzern und Starrköpfen wie den Farmern und der Ölindustrie, daß man sie in Schulden begraben habe, die sie eigentlich nie wollten. Was soll's, sagten die Grogans, seht euch das Wesentliche an. Soll doch der Markt urteilen. Die Wahrheit liegt im Clearing-Preis.

Und nun war ein weiterer unbestreitbarer Sieg ins Hauptbuch der Geschichte eingetragen worden. An diesem einladenden Herbstmorgen konnte man berichten, daß die Welt eine weitere Nacht beruhigt schlafen konnte, weil Manning Mallory für sie die Geldkastanien aus dem Feuer geholt hatte. Sicher, der Mann spielte sich manchmal auf wie Gott in einem 2000-Dollar-Anzug, aber man brauchte sich ja nur die Ergebnisse anzusehen. Es ging nur darum, das Omelett zu genießen, ohne eines der Eier zu sein.

So oder so ähnlich dachte jeder der Presseleute, die nun sahen und hörten, wie Mallory sich den Fragen stellte, die von allen Himmelsrichtungen auf ihn einstürmten. Er laugte sie aus, er verführte sie und wehrte die seltenen Pfeilspitzen ab; er benutzte Tatsachen und Philosophie; er war gutmütig; er war professoral, salopp und eloquent. Am Ende blieben keine Fragen übrig.

Als er merkte, daß sie mit ihm fertig waren, trat er näher an den Bühnenrand.

»Wir haben gemeinsam eine Menge durchgemacht.« Seine Stimme hatte einen sehr ernsten Klang angenommen. »Nicht nur bei dieser Sache mit Mexiko, sondern für einige von euch über eine lange, lange Zeit. Eine lange Zeit. Einiges war ziemlich ermüdend und langweilig. Aber das meiste war doch ein Riesenspaß.« Er strahlte. »Na, und ich denke mir, wenn überhaupt jemand, dann habt ihr alte Kameraden in den Schützengräben es verdient, die Neuigkeit als erste zu erfahren.«

Er schwieg einen Augenblick und spitzte die Lippen; offensichtlich konzentrierte er sich darauf, die richtigen Worte für die richtige Wirkung zu finden. Dann hob er die Schultern, lächelte nachdenklich und sagte ruhig: »Was ich euch eigentlich sagen wollte, liebe Freunde: Ich habe beschlossen, aus der Cert auszuscheiden.« Er streckte die Hand aus, um das ungläubige und neugierige Raunen zu beruhigen, das durch sein Publikum ging. »Die Bank wird am Montag eine offizielle Erklärung abgeben.«

Er sah zu Boden, dann wieder auf sein Publikum und fügte hinzu: »Vielleicht ist ›ausscheiden‹ nicht das richtige Wort dafür. Ich werde noch bis zum nächsten Thanksgiving bleiben. Es gibt noch einiges an unerledigter Arbeit, das ich abschließen möchte. Ich will dem Präsidenten helfen, das Gesetz zur Aufhebung der Bankenkontrolle und für die Wettbewerbsfähigkeit auf dem Finanzmarkt durch den Kongreß zu bringen. Die vollständige Rücknahme des Glass-Steagall-Gesetzes wäre das schönste Denkmal, das sich ein Geschäftsbanker wünschen könnte. Das Effektengeschäft ist zu wichtig für die Interessen des Staates, um es nur den Investmentbankern zu überlassen. Der Präsident hat noch einige Dinge, um die ich mich kümmern soll. Ich werde in einigen Aufsichtsräten bleiben, um den Kontakt nicht zu verlieren. Es ist nur so, daß ich diese Sache jetzt lange genug gemacht habe. Ich will segeln gehen, solange ich noch jung genug bin, um das Ruder zu führen.«

Dutzende von Fragen stürzten vom Publikum auf ihn ein. Mallory beantwortete sie gewandt, er ließ sich über seine Pläne aus und sprach von der Freude, die ihm die Jahre im Dienst der Cert gemacht hatten. Schließlich hob er zum Abschluß beide Hände und verließ rasch die Bühne. Zurück blieb die Versammlung der einflußreichsten Finanziers der Welt, die nun herausfinden mußten, was sie mit sich selber anfangen sollten.

Die Vergangenheit

1955—1970

Manning Mallory

9

Lange bevor Mallory seinen überraschend frühen Rückzug bekanntgab, betitelten die Historiker des Bankwesens die Jahrzehnte seines Aufstiegs als »das Mallory-Zeitalter«, ein goldenes Zeitalter, in dem ein nüchternes und blutleeres Geschäft wie durch Alchimie verwandelt wurde in eine abenteuerliche unternehmerische Berufung, reich an Ruhm und Einfluß. Das Beispiel des charismatischen, mahnenden Führers des *New Banking* brachte eine Generation von schillernden, freibeuterischen Gestalten zu diesem Geschäft, die früher, wie Mallory selbst, schon den Titel Banker verächtlich abgelehnt hätten.

Das Wachsen der Cert war in Bernard Grogans autorisierter Geschichte der Bank *Von Spuyten Duyvil zu den Satelliten: CertCo und CertBank 1830–1980* aufgezeichnet, die zum 150. Jahrestag der Gründung des Jacksonianischen Vorläufers der Bank in Auftrag gegeben worden war. Die vier Mallory gewidmeten Kapitel trugen die Überschriften: »Ein Schritt in die Zukunft, 1955–1962«, »Neue Grenzen, 1963–1970«, »Die Siebziger: Eine Welt der Herausforderung« und »Aufbruch in die Achtziger: Triumph und Chance«.

Mallorys Aufstieg vom Kassierlehrling bei der Certified Guaranty National Bank im Jahre 1955 zum Chairman und Chief Executive der CertCo, der weitverzweigten finanziellen Dienstleistungsfirma des Raketenzeitalters, in die sich die Bank verwandelt hatte, spiegelte sich in den Statistiken der

Bank wider. Als Mallory 1955 in 41 Wall Street seine Arbeit begann, betrug das Aktivvermögen der Cert etwas über eine Milliarde Dollar. Als er etwa dreißig Jahre später seinen bevorstehenden Rückzug ankündigte, waren die »Standbeine« der Bank in jedem nur denkbaren Bereich — Aktivvermögen, Buchwert, Einlagen, Investment- und Treuhänderkonten, Filialen, Angestellten- und Einlegerzahlen, Marktanteile — um das Hundertfache angewachsen. Ja, in dem Jahr, als Mallory seine Rückzugsabsichten bekanntgab, war der *Profit* der CertCo etwa so hoch wie dreißig Jahre zuvor das Aktivvermögen.

Die Börse trug ihre eigenen Segnungen dazu bei, indem sie den Gesamtwert der ausgegebenen Aktien der CertCo immer höher notierte; wie Mallory selbst in der Bank und der Bankenwelt stieg auch der Preis der Aktien stetig nach oben.

Waldo störte es natürlich nicht, daß die Aktiva der Bank in immer höherem Maße auch praktisch ungesicherte Kredite, deren Gesamtsumme das Kapital um ein Vielfaches überstieg, mit einschlossen, oder daß die in der Bilanz nicht vermerkten Obligationen und Engagements die Risiken der Bank beträchtlich erhöhten. Ja, wenn ein Run auf die CertBank sie zwingen würde, die Aktiva zu liquidieren, um ihren Verpflichtungen nachzukommen, oder wenn sämtliche Engagements eingefordert würden, dann wäre die Bank zahlungsunfähig, in einem Maße, daß auch willfährige Prüfer, Buchhalter und Staatsanwälte nicht mehr helfen konnten — deren blinde und eigennützige Mitarbeit war für den letztendlichen Triumph von Ropespinner so lebenswichtig gewesen wie das Banksystem selbst.

Mallorys Karriere war der wichtigste Punkt in Waldos Planung für die Operation Ropespinner, die er Menschikow als »Differentialgleichung für Entwertung und Destabilisierung« beschrieb.

Waldo glaubte, daß wirtschaftliches Verhalten im wesentlichen auf Gleichungen von der Art zurückgeführt werden konnten, wie sie auch die Naturkräfte regieren. Wie ein Physiker glaubte er ökonomische Erscheinungen beschreiben und ökonomische Entwicklungen vorhersagen zu können, indem er seine Beobachtungen in Formeln faßte. Es ging einfach nur darum, die beobachteten Bedingungen zu nehmen — im Bankwesen zum Beispiel den Markt und die allgemeine Stimmung bei Beschränkungen, also die Art, wie Geschäfte abgewickelt wurden — und sie mit bestimmten Konstanten in Beziehung zu setzen, vor allem mit den Aspekten der menschlichen Natur, die den Kapitalismus vorantrieben: a plus b plus c mal d ist gleich x. Nicht komplizierter als Oberstufenalgebra.

Menschikow zog eine Metapher aus der Physik vor: Man analysiert einen Atomkern, bombardiert ihn so lange mit Hochenergiepartikeln, bis Instabilität eintritt, und bekommt entweder Spaltung oder Fusion als Resultat. Beides paßte für ihre Zwecke.

Ihre Aufgabe — so schrieb er Waldo — war es nun, die »Partikel« mit der höchsten Ladung und der meisten Energie zu bestimmen.

Betrachte Mallory selbst als einen solchen Partikel, riet er. Wenn man ihn im Kraftfeld des amerikanischen Wettbewerbs genügend beschleunigen konnte, so war es wahrscheinlich, daß er eine Unmenge glühend heißer Neutronen, die seinen Weg kreuzten, mitentzündete. Nur Gott weiß, dachte Waldo, während er über den Vorschlag nachsann, nur Gott weiß, wieviel Schaden wir in einem Banksystem anrichten können, das sich seiner Zurückhaltung, Stabilität und Umsicht brüstet.

Waldo war sich sicher, daß er die Elemente entdeckt und avisiert hatte, die destabilisiert werden mußten, die lebenswichtigen Organe, auf die eine tödliche Infektion abzielen mußte. Da waren die Kontrollinstanzen — die Federal Reserve und die FDIC — und das Gesetz: die Glass-Steagall-Akte, eine Sammlung von Bundes- und Staatsbankgesetzen, die von der Einrichtung von Filialen bis zur Höhe der Sparzinsen alles regulierten.

Gesetzliche Einschränkungen machten Waldo nicht sonderlich viel aus. Gesetze waren nur Worte auf Papier, die von geschickten Juristen umgangen oder von korrupten oder kurzsichtigen Gesetzesmachern aufgehoben wurden. Die augenblicklichen Beschränkungen verkörperten den vorsichtigen Geist einer Epoche, die von Börsenkrach und Insolvenz gezeichnet war. Das zu ändern war allein eine Frage der Zeit.

Die Zeit alleine schwächte vielleicht auch den viel schrecklicheren Zwang zur Zurückhaltung, der nicht aus Washington kam, sondern von den sehr lebhaften Erinnerungen der Banker selbst, Erinnerungen, die sich in Vorsicht und Gemeinschaftssinn ausdrückten, im Glauben an Erfahrung und Charakter. Das Resultat war eine umsichtige Weisheit, die Weisheit der alten Männer.

1955 waren die Banken von dieser Weisheit durchtränkt. Wie Mallory selbst sagte, betrachtete man die Banken als Kirchen, als moralische und ethische Zentren ihrer Gemeinden, fest verwurzelt im Dienst des lokalen Interesses, vorsichtig mit dem Geld ihrer Kunden und behutsam operierend nach Wahlsprüchen wie »Kenne deine Kunden«. Für ehrgeizige junge Männer war das langweilig und einschläfernd.

Für Mallory auf jeden Fall.

»Ich hätte doch zu Lehman Brothers gehen sollen«, beklagte er sich bei Waldo, nachdem er gerade acht Monate bei der Cert verbracht hatte. »Du hast mich in eine verdammte Sackgasse geführt. Mann, Waldo, was tun wir denn: Wir nehmen die Einlagen, kaufen Kommunalobligationen und streichen die Steuerdifferenz ein, das ist alles. Wenn einer kommt und sich für länger als eine Viertelstunde Geld leihen will und nicht General Electric oder General Motors oder ein Busenfreund von einem Aufsichtsratsmitglied ist, den sehen wir an wie Oliver Twist, der um einen Nachschlag bittet, und wir treten ihm in die Reifen, bis sein verdammter Karren auseinanderbricht!«

Waldo beruhigte ihn. »Hab Geduld«, riet er. »Deine Zeit kommt erst noch. Hör nicht drauf, wenn deine Freunde bei Lehman und Goldman, Sachs erzählen, was sie alles machen. Die sind nichts anderes als hochgejubelte Börsenmakler, Manning, eingebildete Kundendiener. Wie schon Mr. Sutton bemerkt hat — bei den Banken liegt das Geld.«

Aber er stellte trotzdem sicher, daß Mallory die Wall Street nicht aus dem Blickfeld verlor. Denn schon damals war es Waldos Absicht, die Banken und Wall Street wieder zu vereinen. Mallory konnte bei dieser Vereinigung der Vermittler sein.

Waldo hatte lange und gründlich über die Art und die Dynamik der amerikanischen Finanzgeschichte nachgedacht. Und je mehr er sich damit beschäftigte, desto überzeugter wurde er, daß die Aufschwung/Abschwung-Zyklen, die die Finanzchronik des Landes charakterisierten, von der unsicheren Wechselwirkung zwischen dem industriellen Amerika auf der einen und dem finanziellen Amerika auf der anderen Seite herrührten, oder — wie Waldo es nannte — zwischen Main Street und Wall Street.

Im Geschäftsleben des Landes funktionierten diese beiden Seiten fast so, wie die zwei Gehirnhälften den Verstand bestimmen: Trotz Arbeitsteilung strebte jede nach Vorherrschaft.

Main Street war die Welt der Arbeit, der Fabriken, Arbeitskräfte und Werkstätten. Man produzierte und verkaufte Waren. Riesenkonzerne wie Standard Oil und AT & T säumten die Main Street, sowie Eckrestaurants, Tankstellen und Kurzwarengeschäfte. Von Marmelade bis Motorhauben produzierte und verkaufte Main Street alles.

An der Wall Street ging es ausschließlich um Papierfetzen. Wall Street war im Wesen Welten entfernt von der Fabrikhalle und den schmutzigen Realitäten der Produktion und des Verkaufs, die ihre Papierfetzen repräsentierten. Aber in der Wall Street lagen die Eigentumsrechte an der Main Street. Und allein diese Tatsache, so glaubte Waldo, stellte eine Riesenchance dar für die Operation Ropespinner.

Ziel mußte es sein, der Wall Street wieder die Oberhand zu verschaffen, wie es 1888, 1907 und 1929 der Fall gewesen war. Die Panik begann an der Wechselbörse, nicht in den Fabriken, in den Goldverkaufsräumen, nicht in den Goldminen. Immer und immer wieder, so Waldos Verständnis der Geschichte, war die ökonomische Lokomotive entgleist, sobald die Männer von der Wall Street das Steuer übernommen hatten.

Die Banken standen in der Mitte, als Vermittler zwischen Wall Street und Main Street, waren aber als Finanzinstitutionen immer eher der Wall-Street-Seite ihres Wesens zugewandt. Die Gene von Bankern waren Wall-Street-Gene, vor allem in den großen Städten. Wenn die Banken im Augenblick sehr konservativ waren, so deshalb, weil die Banker noch immer mitten in der Nacht schweißgebadet und mit angstvollen Erinnerungen an den Börsenkrach aufwachten. Aber mit der Zeit würde eine neue Generation die Führung übernehmen: ehrgeizige, übereifrige junge Männer, für die 1929 nur noch ein Datum auf einem Blatt Papier war; solche Männer würden die Wurzeln der Erinnerung wie mit einer Axt durchtrennen, ohne zu erkennen, daß diese Ranken gleichzeitig die Ruderstränge waren.

Als Waldo seine Einsichten Menschikow in einer Reihe von Briefen darlegte, antwortete der Russe enthusiastisch. Aber er erinnerte ihn nicht daran, daß Marx bereits vieles davon vorausgesehen hatte. Er wußte, daß Waldo der Marxschen Theorie nie mehr als flüchtige Aufmerksamkeit geschenkt hatte, weil er glaubte, sie sei rein ideologisch und daher a priori unwahr, und er wußte auch, daß die schwache Vorstellung der russischen Wirtschaft dieses Vorurteil noch bestätigte. Für Menschikow wäre es wohl auch unpassend gewesen, zu erwähnen, daß Rußland und Marx mehr durch Zufall aneinandergeraten waren, daß das marxistische Experiment für genau die Art industriellkapitalistischer Wirtschaft gedacht war, auf die Ropespinner nun abzielte.

In diesen frühen Tagen war die Operationsplanung wie Jonglieren. Dutzende von Angelegenheiten erregten Waldos Aufmerksamkeit und verlangten nach Ideen: Wie konnte man auf legalem Weg der eisernen Faust der Federal Reserve entgehen, wie die Beziehungen zwischen den Banken und ihren Konteninhabern »dehabitualisieren« (Menschikows Formulierung), wie ein massives Anwachsen der umlaufenden Geldmenge bewerkstelligen (denn anders war eine finanzielle Katastrophe nicht denkbar), wie konnte man die Wechselkurse ins Schwanken bringen, den Goldstandard oder zumindest das Erbe von Bretton Woods beseitigen, wie eine Inflation bei den Gebrauchsgütern entzünden? Überall gab es so viele Möglichkeiten.

Nebenbei widmete sich Waldo hauptsächlich der Förderung von Manning Mallorys Karriere bei der Cert.

Er ging sehr umsichtig vor. Innerhalb der Bank, etwa bei Aufsichtsrats- oder Ausschußsitzungen, hielt er sich von Mallory fern.

Er zog es vor, mit seinem Einfluß auf Preston zu arbeiten. So etwa 1959, als Preston daran dachte, Mallory in die Abteilung Massengeschäfte zu versetzen — wofür er, wie Waldo wußte, von seinem Temperament her nicht geeignet war: Er überredete seinen Bruder, den jungen Mann statt dessen zur Wall-Street-Gruppe zu versetzen, wo er gedieh wie ein Otter in einem Bach.

Es dauerte nicht lange, bis die Welt sah, daß Mallory ein geborener Führer war, jemand mit einer natürlichen Gabe zur

Beeinflussung und Manipulation anderer. Er wickelte sich in ihre Bewunderung ein wie in einen Zaubermantel, so wie er es auch an der Business School getan hatte.
Und schließlich gab es ja noch Menschikow, der, immer zur Stelle, wenn er gebraucht wurde, jedes Hindernis in eine Chance verwandelte.
»Irgend jemand da oben hat ein Auge auf den jungen Mallory«, meinte Preston eines Tages zu Waldo. »Ich kann ja verstehen, daß die anderen ganz konfus werden, wenn sie versuchen, es ihm gleichzutun. Am Ende werden sie doch an seinem Staub ersticken. Aber bei Gott, der Junge hat Glück. Ich mag das an einem Mann.«
Mallorys Glück hieß Menschikow. Waldo brauchte nur zu schreiben, und ein sehr einleuchtendes Mißgeschick warf einen Konkurrenten aus dem Rennen. Der eine betrank sich am verkehrten Ort und zur verkehrten Zeit, ein anderer wurde in einem schmierigen Hotel öffentlich entehrt, vom nächsten hörte man, er habe etwas gesagt, das der Bank einen Kunden kostete, und so weiter. Von Unterschlagungen im Amt über In-Flagranti-Arrangements bis zu schmutzigen kleinen Fremdwährungsskandalen schien Menschikow alles einrichten zu können. Auf diese Weise zerbrachen an wichtigen Schnittpunkten fast ein Dutzend Karrieren.
»Manchmal glaube ich schon, es ist Gottes Wille, daß dein Mister Mallory die Bank leitet«, meinte Preston lachend.
So wuchs Mallory in der Bank, sein Ruf wuchs, seine Macht innerhalb der Bank und sein Einfluß außerhalb. Seine Verbindungen gediehen, er entwickelte Bündnisse, Cliquen und Hilfstruppen.
Sein Selbstbewußtsein war so stark, daß er das alles als selbstverständlich ansah. Daß er überall als Sieger hervorging, war ebensosehr eine Frage des Anrechts wie der Leistung.
Nicht daß er Waldo gegenüber überheblich gewesen wäre. Er erkannte die Beiträge seines Mentors an, und er sagte Waldo

auch, es sei nur ihm zu verdanken, wenn man allgemein annahm, daß die Mallory-Karriere unwiderstehlich und in direkter Linie zu dem Ledersessel und dem Mahagonischreibtisch führe, von dem aus Preston die Cert und ihre Töchter regierte.

Je mehr Mallory und Waldo sich aneinander gewöhnten, desto routinierter funktionierte ihre Zusammenarbeit. Waldo schlug eine Richtung vor und Mallory entwickelte ein neues Instrument oder eine spezifische Strategie, gemeinsam gingen sie dann die Sache noch einmal durch, verbesserten sie und schmückten sie mit der brillanten sprachlichen Patina, die in der Wall Street so beliebt war. Mallory setzte dann die ganze Kraft der Cert an das glänzende, neue Rad und verkündete und verbreitete das neue Evangelium von der Kanzel der herausragenden Stellung der Bank. Die anderen Banken folgten Certs Führung, häufig ziemlich hastig, denn Bedacht und Konkurrenzfähigkeit waren schlechte Bettgenossen, und nach wenigen Wochen war das neue Spielzeug im amerikanischen Bankwesen so akzeptiert und verbreitet, als wäre es jahrelang getestet und vom Himmel herab von Morgan selbst für gut befunden worden.

Preston staunte. »Der Kerl ist der beste Phrasendrescher, den ich je gehört habe, sogar noch besser als Roosevelt!«

Und wenn es ein Problem oder ein unerwartetes Hindernis gab — nun, darum kümmerte sich Menschikow.

Mallory aber wußte die ganze Zeit nichts von den mächtigen Kräften, die zu seinen Gunsten arbeiteten.

Wäre es besser, wenn Mallory von der Operation Ropespinner wüßte? Die Frage stellte sich Waldo in den ersten Jahren immer wieder, aber sie verblaßte, als sich Erfolg auf Erfolg häufte. Mallory stieg auf wie ein Komet, und es schien Waldo unwahrscheinlich, daß der Erfolg der Operation verbessert oder beschleunigt wurde, wenn er Mallory einweihte.

Außerdem mußte Waldo sich — und Menschikow — eingestehen, daß er nicht sicher voraussehen konnte, wie Mallory reagieren würde, wenn man es ihm sagte. Es war besser, alles beim alten zu lassen. Laß die Operation Ropespinner an Größe, Komplexität, Unmittelbarkeit und Wirkungskraft gewinnen, laß Mallorys Karriere wachsen und gedeihen, riet Menschikow im Brief eines »D. Herbert Oxblood« vom »D. Herbert Oxblood Institute für angewandte Wirtschaftswissenschaften, Visalia, Kalifornien«.

»Das Früheste ist selten das beste«, schrieb er Waldo. »Wie es in dem irischen Volkslied heißt: ›Es kann Jahre dauern, es kann auch ewig dauern.‹«

Ein tröstlicher Ratschlag. So gedieh Mallory, die Bank gedieh, und mit der Zeit wuchsen sie zusammen, ihre Identitäten verschwammen und vermischten sich, sie wurden eins und untrennbar, für immer und ewig.

10

Was Waldo nachträglich als den ersten wirklichen Riesenschritt in Richtung auf die letztendliche Destabilisierung des Banksystems ansehen sollte, war die Erfindung des handelbaren Certificate of Deposit (CD), einer Art Schuldverschreibung der Bank, im Jahr 1962. Ironischerweise wurde der erste Schritt woanders getan, obwohl die Cert dafür den Boden bereitete.

Gegen Ende des Jahres 1961 war Mallory zum Vice-President und stellvertretenden Hauptkassierer befördert worden. Als zweiter in der Führungshierarchie der Bank war er verantwortlich für Finanzierung und die Verleihpolitik der Bank.

Es war ein bedeutender Aufstieg, Mallory aber sah es nicht so. Er wollte endlich mit den mächtigen Firmenverbindungen zu tun bekommen, auf die er während eines Weiterbildungskurses in der Inlandsabteilung der Cert einen Blick geworfen hatte.

Bei Waldo beklagte er sich mit der üblichen Ungeduld. Die »Verbindlichkeitenseite« der Bank sei langweilig; hier kämpfe man nur um Einlagen, krieche untergeordneten stellvertretenden Firmenkassenwarten in den Hintern, betreibe tausend andere Speichelleckereien, nur um den guten Willen der Kunden bilanzrelevant zu machen.

»Es ist wichtig, daß du das *ganze* Bankgeschäft kennenlernst«, riet Waldo. »Du mußt dir eine Gefolgschaft in der

Verwaltung schaffen. Keiner spricht gern mit diesen Hinterbänklern. Jeder weiß, daß du hier der Goldjunge bist, Manning. Wenn du die Leute hinter der Bühne glauben läßt, daß du ihre Arbeit für wichtig hältst, dann gehen die für dich auf die Barrikaden. Und außerdem können wir beide ja versuchen, auf der Finanzierungsseite einige raffinierte Neuerungen einzuführen.«

Mallory kochte zwar innerlich, aber er nahm Waldos Rat an. Er gab sogar zu, daß er in äußerst kurzer Zeit sehr weit gekommen war: Vice-President nach nur sechs Jahren.

Nun, so glaubte Waldo, war es an der Zeit, etwas kürzer zu treten. Preston hatte ihn schon beiseite genommen und sich über Mallorys Drängen beklagt. »Der Junge ist wirklich ein Genie, aber es wäre mir lieber, er würde etwas leiser treten. Ich weiß, keiner ist gern Zweiter, aber alles braucht seine Zeit. Ich möchte gern glauben, daß wir so hart kämpfen wie jeder andere und dabei trotzdem Gentlemen bleiben. Ich will dir gar nicht verschweigen, daß mich George Moore von der First City wegen Mallorys aggressivem Verhalten bei den Verhandlungen mit Climax Molybdenum angerufen hat. Nicht daß ich unglücklich darüber bin, daß wir jetzt die Hauptbank des Konzerns sind, aber ich kann auch verstehen, warum George beleidigt ist.«

»Mr. Moore ist ja auch nicht gerade ein schwacher Gegner«, erwiderte Waldo. »Und die Citibank ist kaum eine kleine graue Lady.«

»Das stimmt. Soviel ich weiß, entwickelten sich die Climax-Verhandlungen zu einem Rennen Kopf an Kopf und offensichtlich überholte Manning diesen jungen Wriston, auf den sie dort alle so große Stücke halten. Aber trotzdem geht es einfach nicht, daß unsere jungen Leute bei George frech werden. Manning scheint dich zu respektieren, Wally. Rede einmal mit ihm. Zu seinem eigenen Besten — und für meinen Seelenfrieden. Von mir würde es zu sehr nach Vorgesetztenschelte klingen.«

Waldo versprach, mit Mallory zu reden, und er hielt sein Versprechen. Zum Abschluß ihres kurzen Gesprächs weihte er Mallory noch in den Keim einer Idee ein, über die er seit Wochen nachdachte.

»Weißt du, Manning, wenn die Geschäftsbanken der Wirtschaftslage gerecht werden und nicht den Investmentbanken das Feld überlassen wollen, dann muß es für euch einen Weg geben, auch an der Börse mitzumischen. Jetzt oder nie, würde ich sagen, da im Augenblick der Preis für Schatzwechsel so niedrig ist. Hast du je an die Möglichkeit gedacht, eure CDs ebenso frei handelbar zu machen wie Schatzwechsel oder erstklassige Handelswechsel? Sowohl preislich wie im Hinblick auf Liquidität wettbewerbsfähig zu sein? Ein kurzes Gespräch mit ein paar deiner Freunde vom Wertpapiermarkt würde nichts schaden, um herauszufinden, was man tun kann.«

Nun war aber das handelbare CD wirklich eine Idee, deren Zeit gekommen war. Wie das Flugzeug schien dieses stolze neue Instrument an verschiedenen Orten gleichzeitig erfunden worden zu sein. Die Citibank war sogar noch vor der Cert mit ihren CDs am Markt, und die Bankchronisten schrieben folglich einem Team der Citibank unter der Leitung von Wriston und Exter die Erfindung des neuen Papiers zu, eine Sache, die Mallory ärgerte. Und von diesem Zeitpunkt an schien Mallory die Citibank als »Feind« zu betrachten — als Satan, den man bei jeder Gelegenheit ausmanövrieren und übertreffen mußte.

Das handelbare CD war ein schneller Erfolg in jeder Hinsicht. Es befreite die Banken von den traditionellen Beschränkungen bei Größe und Art der Kredite. Wenn es um verleihbares Kapital ging, wandte eine Bank bei der Ausgabe von Geld, das sie auf dem offenen Markt »gekauft« hatte, einfach nicht die gleiche mikroskopische Sorgfalt und die strengen Kreditvorgaben an wie bei dem Geld, das ihr die Einleger anvertraut hatten.

Wall Street war immer auf der Suche nach neuen Produkten, die sie verhökern konnte, und sie genoß die Vorstellung, frei handelbare, neunzigtägige Eigenwechsel der First National City, der CertBank, der First of Chicago oder der Bank of America zu vermarkten. Eine neue Art von Wertpapieren bedeutete neue Märkte, die man eröffnen, und neue Brieftaschen, in die man greifen konnte.
Innerhalb von sechs Monaten hatten ein halbes Dutzend Häuser an der Wall Street einen aktiven und gewinnbringenden Markt mit den CDs der zwölf größten amerikanischen Banken eröffnet; nach einem Jahr umfaßte die Liste der akzeptablen Namen die hundert größten Banken. Wieder einmal, dachte Waldo, war Says Gesetz — daß das Angebot seine eigene Nachfrage schaffe — bewiesen worden.
Wichtiger noch, die Operation Ropespinner besaß nun einen mächtigen Partikel, mit dem sie den stabilen Kern beschießen konnte. Oberflächlich betrachtet schien das handelbare CD ein nützliches, ja sogar heilsames Werkzeug zur Förderung des Wirtschaftswachstums, da es die Ressourcen der Banken vergrößerte. Es erlaubte den großen Namen im Bankgeschäft, auf den offenen Markt zu gehen und den Investoren eine neue und vorteilhafte, kurzfristige Investitionsmöglichkeit anzubieten, die, obwohl strengsten Zinsbeschränkungen unterworfen, die unvergleichliche Anziehungskraft anständiger Liquidität hatte.
So sah es zumindest alle Welt. Für Waldo jedoch war das handelbare CD der erste Schritt zu einer finanziellen Kettenreaktion. Je schneller der Markt wuchs, so urteilte er, desto abhängiger wurden die Banken von dieser Art der Finanzierung zur Befriedigung der Kreditnachfrage. Schon verwendeten Bankanalysten und -strategen in bezug auf die Rolle der CDs bei der Bankenfinanzierung solche Begriffe wie *permanentisieren*. Die Überlegung war: Wenn kurzfristige Obligationen immer wieder erfolgreich erneuert werden konnten, wenn sie beständig und rhythmisch wie die Wellen ei-

nes Ozeans wiederkehrten, sollten sie dann nicht als eigentlich langfristiges Vermögen, als gerechtfertigte Kapitalquelle für längerfristige Kredite betrachtet werden?
Waldo hörte diesen Argumenten zu, nickte weise und lächelte innerlich. Wenn es wirklich ein bombensicheres Rezept für ein Bankendesaster gab, so hieß das kurzfristig an- und langfristig ausleihen.
Für die Operation Ropespinner sah er noch andere Vorteile. Im Gegensatz zu den meisten anderen Nationen war Amerika das Leihen vertraut. Amerikaner waren nicht sparsam, sie versteckten ihr Scherflein nicht unter der Matratze, sondern waren es gewohnt, zu bekommen, was sie wollten — und zwar sofort. Die Kreditkosten waren deshalb nach Waldos Ansicht in Amerika ein wichtigerer Faktor für das allgemeine Preisgefüge als woanders. Diese Kosten wurden von einem komplizierten Gewebe von Zinsobergrenzen gedämpft. Das handelbare CD war der erste winzige Riß in diesem Gewebe. CDs konkurrierten auf den Finanzmärkten mit anderen Arten von »Depositen«-Wertpapieren, von Schatzwechseln bis zu Spar- und Darlehens-Zertifikaten. Je wichtiger die CDs für die Banken als Kapitalquelle für Kredite wurden, desto anfälliger wurden die Banken bei kurzfristigen Zinsen. Denn wenn die das Niveau überstiegen, das die Banken legal für ihre CDs zahlen konnten, waren sie in der Klemme. Um eine Krise zu vermeiden, mußte eins von beiden aufgegeben werden, und das konnten nur die im New Deal festgelegten Zinsobergrenzen sein — was einen weiteren Nagel in dem Sarg aus den Brettern der einst lebhaften Erinnerungen an 1929 bedeutete.
Man braucht das nur logisch aufzuziehen, dachte Waldo, und mit der Zeit verwandeln sich die Banken, diese marmornen Bastionen der finanziellen Solidität, in Papierpaläste und Kartenhäuser.
Mallory wurde zum Propheten dieser neuen Geldbeschaffung. Da Preston sich über den Triumph der Citibank bei den

CDs ärgerte, versetzte er Mallory in die Wall-Street-Abteilung zurück, denn er wollte sicherstellen, daß die Cert den Löwenanteil an dem Geschäft erhielt. In der sich im Kreise drehenden Welt der Hochfinanz verkaufte die Cert ihre Papiere auf dem Primärmarkt — an Gesellschaften, die in Bargeld schwammen — und verlieh die Einnahmen häufig an Häuser an der Wall Street, die auf dem Sekundärmarkt operierten und ihren Bestand an CDs der CertBank mit täglich kündbaren Darlehen finanzierten.

Während seines Abstechers an die Wall Street fühlte sich Mallory wie im Paradies. Die Männer und die Märkte dort paßten genau zu seinen Fertigkeiten; sie schwärmten von seiner Fähigkeit, ein Geschäft oder Finanzierungskonzept aufzugreifen, den Rohedelstein seiner Marktfähigkeit zu bestimmen und herauszuarbeiten und ihn dann zu schleifen, zu polieren und einzupassen wie ein Juwelier. Mallory strahlte einen Elan und ein Feuer aus, wie man es von einem Banker gar nicht erwartete, und sein Schwung und seine Energie waren ansteckend. Wall Street hatte sich von der amerikanischen Stahlkrise und der Ermordung Präsident Kennedys wieder erholt. Die Zuversicht wuchs. Das Finanzsystem des Landes war der Schmuck seines Geschäftslebens. Die Börse brodelte.

Wenn Mallory Wall Street mochte, so liebte Wall Street Mallory.

Er verkörperte, was *Fortune* als »eine neue Rasse von Bankern, risikoorientiert, zukunftsweisend, ohne Hemmungen« bejubelte. *Forbes* pries ihn als »Paradigma des neuen marktwirtschaftlichen Bankings« und zeigte ihn auf dem Cover zusammen mit Wriston und einem vielversprechenden jungen Texaner namens Ben Love. Die 1964er Ausgabe des *Bawl Street Journal*, eines parodistischen Reiseandenkens, das in Zusammenhang mit dem jährlichen Ausflug des Bond Club von New York veröffentlicht wurde, brachte eine Karikatur, die Mallory als römischen Gladiator zeigte, mit dem

Fuß auf einem Stapel Leichen, bezeichnet als CHASE, CITI, BANK OF AMERICA. Die Zeichnung trug die Überschrift »Der Banker, der keine Gefangenen macht«. Noch treffender war der Wahlspruch auf Mallorys Schild: KÄMPFE ODER KAPITULIERE!

Waldo gefiel das ungemein. Ein neues Zeitalter, das der großen Persönlichkeiten, dämmerte in der amerikanischen Geschäftswelt. Was persönliche Publicity anging, so hatte die Depression die Geschäftsleute in der Versenkung verschwinden lassen. Aber 1964, als der Aktienindex loderte und der Mann auf der Straße vor Börsenfieber zitterte, kam öffentliche Präsenz wieder in Mode. Mallorys Bild und seine Äußerungen erschienen mit schöner Regelmäßigkeit. Er wurde zu einer Figur des öffentlichen Lebens, beliebt wegen seiner Fähigkeit, rhetorische Fenster auf Ausblicke von erstaunlicher Weite und Rentabilität zu öffnen.

»Es würde mich gar nicht wundern«, verkündete er vor einer Versammlung von Bankern aus dem Mittelwesten, »wenn eines Tages ein CD im Wert von einer Milliarde Dollar auf dem offenen Markt verkauft wird.«

»Das kann schon sein«, ermahnte ihn Waldo, »aber ich glaube, das ist nicht der Sinn der Sache. Wenn du wirklich schlau wärst, dann würdest du dich darauf konzentrieren, herauszufinden, wie du 100-Dollar-Papiere vermarkten und bearbeiten kannst. Es ist ja kaum noch fair, Standard Oil für die Verwendung ihres Geldes 4 Prozent zu zahlen, nur weil sie, anders als der kleine Einleger, für mindestens 100 000 Dollar kaufen können. Manning, du kannst wohl kaum behaupten, daß, so wie die Dinge im Augenblick liegen, der kleine Mann seinen gerechten Anteil erhält.«

Der »kleine Mann« war das Rückgrat des Depositenkapitals. Geduldig und loyal zu seinem Arbeitgeber, seiner Bank, dem Management von Firmen, deren Aktien er vielleicht besitzt. Wenn nur ... dachte Waldo. Wenn nur Mallorys »kleiner Mann« dazu gebracht werden könnte, über Nacht wechselnden Zinssätzen mit der gleichen Gier nachzujagen wie es die Ölfirmen mehr und mehr taten.

Wenn nur . . .

Gegen Mitte des Jahres 1964 beugte sich Preston dem Druck von allen Seiten und beförderte Mallory zum Senior Vice-President und Leiter der Abteilung Wall Street bei der Cert, seiner großen Liebe.

Das war genau, was die Street wollte, und sie dankte es Preston, indem sie den Kurs der Cert-Aktien um 10 Prozent erhöhte. Bankaktien waren im Augenblick der letzte Schrei.

Es war noch gar nicht allzu lange her, erinnerte sich Waldo, da hielt man Banken als Investitionsmöglichkeiten für ungefähr so aufregend wie Gaswerke: Versorgungsbetriebe, die Geld statt Elektrizität lieferten. Berechenbar, verläßlich, solide. Und langweilig, langweilig, langweilig; etwas, das man für Witwen und Waisen kaufte.

Mallory und seine Generation änderten das. Die Banken hatten Glanz bekommen, sie waren eine Wachstumsindustrie. Preston hatte sich dem Zeitgeist unterworfen und ließ Mallory öffentlich die Absicht der Cert verkünden, durch entsprechendes »Management« eine dauerhafte jährliche Wachstumsrate von 15 Prozent bei den Gewinnen der Bank pro Aktie erarbeiten zu wollen. Insgeheim vertraute Mallory begünstigten Analysten in der Investmentabteilung an, daß das Topmanagement eher noch an 20 Prozent dachte. Als dies bekannt wurde, blieb den restlichen Banken kaum etwas anderes übrig, als ähnliche Ziele zu verkünden. Wo einer führte, mußten alle folgen — oder sie verloren »Marktanteile«, ein Begriff, der in Verbindung mit Banken noch nie zuvor verwendet worden war.

Man sollte nie, so dachte Waldo zustimmend, Gesichtsverlust als Motivation unterschätzen. In der Wall Street konnte das »Gesicht« zu klingender Münze werden. Große Worte, sofern man sie auch erfüllte, trieben den Aktienkurs in die Höhe. Blieben sie aber unerfüllt, vor allem, wenn man ver-

kündete oder vorhergesehene Gewinnziele nicht erreichte, so brachten sie die Aktien ins Schleudern, kosteten Arbeitsplätze und Nebeneinkünfte und bedeuteten einen Verlust an Ruf und Achtung, der wiederum zu einem Platz ganz am Ende der Tafel der Mächtigen führte.
Bankaktien wurden inzwischen von einem Dutzend wissenschaftlich spezialisierter Institutionen überwacht. Banken waren hochwillkommene Betätigungsfelder für Investmentbanker, mit Eifer umworben von all den großen Namen an der Wall Street. Es sah alles sehr gut aus, dachte Waldo. Es mochte vielleicht noch Jahre dauern, bis man die ganze explosive Wirkung spürte, aber wenn er recht hatte, würde sich das Warten lohnen. Wenn er recht hatte, würde sich der Anlegerkapitalismus auf den Kopf stellen und das Innere nach außen kehren — und alles in seinem eigenen Namen!

Geschichtlich betrachtet, waren die Vorläufer der Cert Treuhänder oder Geldverwalter für neun von zehn der reichsten New Yorker Familien gewesen; zu einer gewissen Zeit repräsentierten sie den größten eigenständigen Mischfonds von Investitionskapital in den Vereinigten Staaten.
1965 war die Bank als Geldverwalter für andere Leute von J. P. Morgan & Co. überholt worden. Es hieß allgemein, daß die Morgan-Bank zukunftsweisender sei. Es gab zwar genügend smarte Leute bei der Cert, aber man mußte ihnen die Füße ins Feuer halten, sie mußten erst die Witterung aufnehmen und Tritt fassen mit den Geldmanagern der Neuen Welle wie diesen Jungs aus Houston, Fayez Sarofim und Coe Scruggs, sie mußten einfach abenteuerlustiger werden.
Das war schon ein paar Überlegungen wert, dachte Waldo. Wenige Wochen später hatte er einen Plan.
Bis in die frühen Sechziger lag der Aktienbesitz an der amerikanischen Wirtschaft in den Händen einer großen, disparaten und (vor allem!) geduldigen Gruppe von Individuen. Aber ab 1965 schien es Waldo, als änderte sich das in einer

Weise, die langfristig nur aufregende neue Chancen für die Operation Ropespinner bieten konnte.
Der Nachkriegsboom war zum Großteil ein industrieller gewesen: Stahl, Autos, Erdöl und Chemie, Flugzeuge. Das Lieblingsinstrument der amerikanischen Wirtschaft war die in hohem Maße durchstrukturierte und gewerkschaftlich organisierte Aktiengesellschaft gewesen. Für Angestellte und Manager waren Gewinnbeteiligungs- und Pensionsfonds eingerichtet worden, die bald in Geld schwammen, das förmlich nach Investition schrie. Verwaltet wurde es meistens von konservativen Herren in den Treuhandabteilungen der Banken, deren Risikobereitschaft man an ihren unauffälligen, grauen Anzügen und derben Schuhen ablesen konnte.
Aber inzwischen arbeiteten Börsenmakler und deren Kundenfirmen an neuen Wegen für Investitionen in großem Maßstab. Waldo las davon, er hörte es in seinem Klassenzimmer, von Kollegen, die in Treuhänderausschüssen saßen, von den Gesellschaften, die er beriet. Und als er darüber nachdachte, erkannte er genau, wie das der Operation Ropespinner in die Hände spielen konnte.
Preston hatte, wie erwartet, ein offenes Ohr für Waldos Drängen, Mallory — im Interesse der weiteren Wettbewerbsfähigkeit der Bank — die Leitung der Abteilung Treuhandschaften und Investitionen zu übergeben. Mallory sei auf der Höhe der Zeit, argumentierte Waldo. Kein Sand in den Augen. Er bringe genau den frischen Wind und den Einblick, die nötig waren, um die Investitionsaktivitäten der Cert ins zwanzigste Jahrhundert zu führen, um die Leitung der Gemeinschaft der Investmenthäuser von Morgan und dem Bankers Trust zurückzugewinnen.
»Ich weiß nicht, warum ich nicht selbst darauf gekommen bin, Wally«, sagte Preston, nachdem er es sich hatte durch den Kopf gehen lassen. »Erst vor ein paar Tagen bei der Krankenhauskonferenz kam es zur Sprache, wie schlecht wir im Vergleich zu Morgan doch abgeschnitten haben. Ich kann dir

sagen, mir gefiel es überhaupt nicht, dasitzen zu müssen und Hinton von der Morgan grinsen zu sehen, als hätte er den sprichwörtlichen Kanarienvogel gefressen. Und dann am letzten Abend im Gorse Club . . .«

Und so wurde Mallory verantwortlich für die Investitionsabteilung der Bank. Man erwartete allgemein, daß er bei der Neuverteilung von 6 Milliarden Dollar in Investmentfonds mit dem gleichen Flair vorging, das er auch bei allen anderen Operationsbereichen der Cert gezeigt hatte. Was man aber nicht erwartet hatte, war, daß er letztendlich den Weg bereitete für eine Revolutionierung der Art und Weise, wie amerikanische Firmen ihre Geschäfte machen durften.

Seine Antrittsrede als Chef der Abteilung Treuhandschaften und Investitionen hielt Mallory bei der Jahresversammlung der Investment Banking Association in Boca Raton. Es war ein schwüler Abend, sogar für das novemberliche Südflorida, aber der entfernte Donner, der in der Luft hing, ging unter in der Verführungskraft von Mallorys Argumenten. Seine Worte waren darauf abgestimmt, in der Wall Street und der Londoner City widerzuhallen, auf jedem Geldmarkt und jeder Börse der Welt, überall, wo Investitionsentscheidungen getroffen und erzwungen wurden.

Die faszinierende Vision, die er an diesem Abend verkündete, von Certs »totaler Hingabe an den totalen Gewinn«, war die eines Baums, der, mit Früchten für alle, in den Himmel wächst. Mallory tadelte seine Kollegen in den Investmenthäusern wegen ihrer früheren Vorsicht, wegen ihres nach seinen Worten »pedantischen Beharrens auf einem Investitionsgleichgewicht zwischen Obligationen und Aktien, zwischen Einkommen und Wertzuwachs, ein Beharren, das allen nur Geld gekostet hat«. Amerika stehe kurz vor einem Jahrzehnt explosionsartigen Wachstums. Es sei an der Zeit, an Bord zu gehen, mit beiden Händen und zwei Schaufeln im Aktienmarkt zu wühlen, so wie die Cert es jetzt tun wolle. Wenn der Cert eine Aktie gefalle, werde es bei der Menge, die sie ankaufe, keine Beschränkungen geben. Ja, wenn die Bank 40 Prozent von so großen Konzernen wie IBM oder Standard Oil anhäufen könne, werde sie es auch tun!

Seine Rede wurde vielfach von Applaus unterbrochen. Er hatte ein verständiges Publikum, das sofort erkannte, was in seinem eigenen Interesse lag. Dies hier konnte Golconda, El Dorado oder den Seeweg nach Indien bedeuten. Wenn institutionelle Investoren in der ganzen Welt Certs Führung folgten — und warum sollten sie nicht? —, konnte das einen institutionellen Aktienkaufrausch auslösen, der Wall Street reich machen würde bis ans Ende aller Zeiten. Es war ein Freibrief für die Street, Großhandelsbestände zu Einzelhandelspreisen zu verkaufen.

Waldo hatte das alles vorausgesehen. Er war aber trotzdem überrascht, wie leicht es ging und wie nachhaltig es sich auswirkte. Mallorys Rede war so angesetzt, daß sie noch in die Freitagsausgaben der Zeitungen kam; sie erschien auf der Titelseite der *Times* und war der Leitartikel bei AP, UPI und Reuter, sie brachte dem jungen Banker seine erste Titelgeschichte in der *Business Week* ein und, zusammen mit Preston, sein erstes Erscheinen auf dem Cover von *Time*.

So begann also die große, zehn Jahre dauernde Institutionalisierung der Aktienbörsen. Es war — wie Waldo vorausgesehen hatte — die reinste Stampede, eine Raserei nach Futter. Fett geworden von den Beiträgen der Konzerne zu ihren jeweiligen Gewinnbeteiligungsfonds und von einem massiven Zusammentreffen von Spareinlagen aus der ganzen Welt, schien die Gier der Banken nach Aktien unersättlich. Ironischerweise beeilten sich die Manager der amerikanischen Geschäftswelt, eine Entwicklung zu erleichtern, die sie auf lange Sicht selber in Gefahr bringen konnte. Man hofierte die Analysten der Banken, führte sie aus und fütterte sie mit Chateaubriand nebst Happen vertraulicher Informationen. Der Anteil der Banken am Tagesgeschäft stieg von etwa 20 Prozent auf über 50. Mit der Zeit sollte er 80 Prozent erreichen.

Immer größere Anteile an großen Konzernen gehörten immer wenigeren, dafür immer größeren Investmenthäusern. Früher oder später, so vermutete Waldo, konnte diese Konzentration den bisherigen Aktienmarkt in einen nicht weniger aktiven Firmenmarkt verwandeln.
Mit zunehmender Aktionsgeschwindigkeit wandelte sich das Selbstverständnis der Investmentprofis und auch das ihrer Arbeit. Auffällige Kleidung und Schmuck traten an die Stelle der grauen Anzüge. Champagner im Ritz ersetzte die diskrete Pflege ebenso diskreter Beziehungen. Um die schillernden Geldmanager bildeten sich Personenkulte. Sie bezeichneten sich als »Revolverhelden« und redeten die Sprache der harten Männer. Eines Tages, dachte Waldo, werden sich die einen Spaß daraus machen, die Konzernmanager tanzen zu lassen. Aufmerksam beobachtete er, wie sich ein sehr einträglicher Publicityapparat entwickelte. Hochglanz-Fanmagazine tauchten auf.
Niemand schien die Folgen des Geschehens zu erkennen. Alte Interessengemeinschaften lösten sich auf. Die Passivität des einzelnen Investors war ein unschätzbarer Vorteil für die amerikanischen Firmen gewesen. Seine Geduld hatte die Kosten für Forschung, Entwicklung und Experimente getragen; sie hatte der Industrie die Zeit gegeben, die sie oft brauchte, um eine Arbeit ordentlich zu erledigen, und dem Management die Freiheit, seinen Neigungen nachzugehen.
»Weißt du«, bemerkte Mallory, als er von einem Wochenende im Jagdreservat einer Ölgesellschaft zurückkehrte, »langsam überlege ich mir, ob man ein paar unserer größeren Kundenfirmen nicht hauptsächlich für das Vergnügen ihres Managements arbeiten läßt.«
Na, dachte Waldo, wenn das stimmt, dann sind sie Narren — zu unterstützen, was jetzt passiert! Die Interessen der Geldinstitute waren nicht die von Individuen und deshalb auch nicht notwendig die von Managern und Angestellten. Die Sympathien der Geldmanager begannen und

endeten bei ihren eigenen Honoraren und dem Börsentelex.
Diese Umverteilung von Aktienbesitz in großem Maßstab, die Waldo später als die vielleicht vorausschauendste Initiative der Operation Ropespinner betrachten sollte, führte unweigerlich zu einem rasenden Wettkampf um Einlegerkonten. Dies wiederum gab kurzfristigem Investitionsverhalten ein unheimlich großes Gewicht als Verkaufsargument. Konten bedeuteten Managerhonorare. Und für Geldmanager hatten die eigenen Einkünfte höchste Priorität; Platitüden wie »im Interesse unserer Treuhänder zu handeln« beschönigten das nur.
Die Institutionalisierung des Aktienbesitzes an den amerikanischen Firmen gab der Wall Street in vollem Umfang die beherrschende Stellung zurück. Der herdengleiche Ansturm von so viel konzentrierter Kaufkraft auf die Aktien produzierte einen heftig bewegten Markt, der andere Geschäftsbereiche übertrumpfte. Finanzoperationen und Spekulationen verdrängten alle anderen Geschäftsbereiche aus dem Bewußtsein der Öffentlichkeit. Die Abendnachrichten implizierten, der wahre Maßstab des nationalen Wohlstandes sei der Dow-Jones-Aktienindex.
Andere Männer hätten hier eine Pause eingelegt, um den Erfolg zu genießen. Aber nicht Waldo Chamberlain. Er hatte wenig Geduld, solange das Werk nicht vollendet war. Ab 1967 richtete er sein Augenmerk auf Übersee, wo neue Grenzen winkten.

Bis 1966 hatte Waldo angenommen, die Auslandsfilialen der Cert sähen noch so aus wie früher: teuer eingerichtete, bequeme Büros in Paris und London, herrenzimmerartige Räume in der Rue Cambon und am Berkeley Square, wo salbungsvolle Manager die wohlhabenden Kunden der Bank bedienten, Dollars in knisternde neue Pfund und Francs wechselten, Kasinokredite arrangierten, diskrete monatliche

Zahlungen an Geliebte und Lustknaben erledigten und den Nachwuchs wichtiger Kunden auf eine Tasse Tee oder ein Glas Sherry oder, in besonders wichtigen Fällen, zum Mittagessen bei Lucas-Carton oder ins Mirabelle einluden.
Bei einer Inspektionsreise mit seinem Bruder war er deshalb überrascht, wie sehr günstige Gelegenheiten, die Geschwindigkeit des Wandels und aggressives Management die amerikanischen Bankgeschäfte in Übersee verändert hatten. Das Stadthaus der Cert in Mayfair und das *maison particulière* in Paris hatten Zuwachs bekommen: ein zehnstöckiges Hochhaus in Bishopsgate und einen häßlichen Bürokasten in der Nähe des Étoile. Die faden jungen Männer aus Yale, die fünfzig Jahre lang Pakete von Charvet zum Crillon getragen hatten, waren ersetzt worden durch frische, gerissene Diplombetriebswirtschaftler, die sich auf Handelsfinanzen und Devisen spezialisiert hatten. In Zürich und Genf, Monte Carlo, Düsseldorf, Beirut, Hongkong, São Paulo und in zwanzig weiteren Städten hatte die CertBank neue Büros eröffnet. Postfächer der CertBank gab es in Liechtenstein und auf den Niederländischen Antillen. Jeden Monat schienen auf der großen Weltkarte, die eine ganze Wand im Sitzungssaal der Bank bedeckte, neue Lichter aufzublinken, wie neu entdeckte Sterne, rot für eine Filiale, gelb für ein Vertretungsbüro, blau für »einen Mann vor Ort« — die vor allem im Mittleren Osten — und weiß für »aussichtsreiche Ziele«.
Waldo und Preston reisten kreuz und quer durch die überseeischen Besitzungen der Cert, in Begleitung eines Cert-Angestellten namens Frank Laurence, eines Mannes etwa in Mallorys Alter und — wie Mallory — frischgebackener Executive Vice-President. Laurence war ebenfalls ein Bankgenie. Vom Londoner Hauptquartier aus kontrollierte er die überseeischen Interessen der CertBank.
Waldo beobachtete Laurence im Umgang mit Preston und notierte ihn sich als Gefahr für Mallory. Offensichtlich mochte Preston den jungen Mann. Er war mehr nach seiner Art:

Princeton, Juraabschluß in Harvard, drei Jahre bei Sullivan and Cromwell, bevor er ins Bankfach wechselte, Mitglied des Racquet Club und des Gorse. Laurences Vater war Präsident einer der bedeutendsten Banken an der Westküste und ein Freund Prestons aus dem Bohemian Grove. Die Vorstandsetage lag dem jungen Mann im Blut.

Aus Sydney schrieb Waldo einen Brief an »Prof. Dr. Niels Fjelstrup« an eine Adresse in Oslo, in dem er Frank Laurences Biographie und seine eigenen Sorgen um Mallorys Zukunft kurz umriß. Es war ein Problem, um das sich Grigori kümmern mußte. Waldo konnte lediglich bei Preston gegen Laurence intrigieren — und das konnte für die Operation Ropespinner von Nachteil sein. Er überließ deshalb Menschikow die Angelegenheit und konzentrierte sich statt dessen auf die Möglichkeiten eines finanziellen Phänomens, das in seinem Bewußtsein wie eine Bombe eingeschlagen hatte.

Eurodollars.

Eurodollars. Asiadollars. Dollarguthaben außerhalb der Grenzen der Vereinigten Staaten und so auch außerhalb der Kontrolle und der Reservenbestimmungen des Finanzministeriums und des Federal Reserve Board. Dollars, die Ausländern gehörten, die in Frankreich von Touristen, in Deutschland für Werkzeugmaschinen, in Saudi-Arabien für Erdöl ausgegeben wurden. Dollars, die ausgebürgerten Amerikanern gehörten, Einzelpersonen oder multinationalen Konzernen, und die man aus Bequemlichkeit in Übersee gelassen hatte, aus Angst vor der amerikanischen Steuer, oder um die relativ hohen Zinsen auszunützen. Die Gründe, warum man Dollars außer Landes hielt, variierten von Einleger zu Einleger, aber an Motiven mangelte es nicht, und so war eine große Menge dieses Geldes im Umlauf oder bei Banken deponiert. Hunderte von Millionen, vielleicht sogar Milliarden. Ja, auf der Reiseetappe zwischen Kairo und Johannesburg prahlte Preston sogar damit — eine eigenartige Prahlerei für einen Banker, einen nationalen Währungswächter —,

daß in einem Bereich von 200 Millionen Dollar — zweihundert Millionen! — niemand genau angeben konnte, wie hoch die Außenstände an solchen »fremden« Dollars waren. Jahre später, als der Eurodollarpool schon beinahe eine Billion Dollar erreichte, erinnerte sich Waldo lächelnd und kopfschüttelnd an Prestons Prahlerei. Wie klein und gewöhnlich, dachte er, scheinen doch jetzt diese damals schönen, neuen Welten, an deren Rändern wir alle ungläubig standen.
Aber besser war noch: Ohne die Fed und ihre Reservenbestimmungen, die allein dieses Verfahren behindern konnten, waren der Menge von Eurodollars, die außer Landes »gedruckt« werden konnten, keine Grenzen gesetzt. Der Dollar eines Frankfurter Kunden der CertBank konnte per Draht an einen Kreditnehmer ausgeliehen werden, der ihn bei der Dresdner Bank in Köln deponierte. Dieser Dollar tauchte nun in den Depositenkonten beider Banken auf, aus einem waren also zwei geworden. Die Möglichkeiten zu weiterer Vervielfältigung und Unterteilung schienen Waldo unerschöpflich, begrenzt lediglich vom Finanzierungsbedarf des Welthandels. Waldo erkannte jedoch, daß bei der augenblicklichen Lage die fraglichen Summen, obwohl sie beträchtlich waren, nicht ausreichten, um die Weltwirtschaft und das in Bretton Woods begründete Währungssystem von Grund auf zu zerstören.
Und wieder einmal ertappte er sich bei dem Gedanken: Wenn nur ...
Wenn man nur etwas erfinden könnte, das über Nacht eine künstliche Explosion im Wert des Welthandels, im Preis eines weltweit gefragten Rohstoffes auslöste, so würde das — bei richtiger Handhabung — zu einem massiven Anwachsen des internationalen Dollarangebots führen, das die Federal Reserve weder einschränken noch kontrollieren konnte.
Wenn nur ...

11

Im Sommer 1970 schienen alle Probleme gelöst zu sein, der Weg für Manning Mallory schien geebnet. Am 4. Juli saß Waldo alleine auf der geräumigen Veranda seines Hauses in Quiddy, er blickte zurück auf die zeitlichen und faktischen Fortschritte der Operation Ropespinner und schrieb eilig einen Brief an Menschikow.

Sie hatten allen Grund, zufrieden zu sein. Kein Rivale stand Mallory mehr im Weg. Es konnte höchstens noch ein oder zwei Jahre dauern, bis er Chief Executive der Bank wurde. Preston war fast fünfundsechzig. Obwohl er selbst es noch nicht erwähnt hatte, war es doch offensichtlich, daß die Nachfolge bei der CertBank eine beschlossene Sache war.

Menschikow hatte seine Zauberkünste spielen lassen, und nun stand Mallory alleine auf der Treppe vor dem Thron, den Preston Chamberlain besetzt hielt. Frank Laurence war als ernsthafter Rivale im Jahr zuvor ausgeschaltet worden. In der Mitte des Jahres 1969 war CertBank International ohne Vorwarnung von einem Devisenskandal in ihrer Hongkonger Filiale erschüttert worden. Die beteiligte Summe war nicht groß gewesen, der Skandal jedoch schädlich, und die Finanzpresse schlachtete ihn nach besten Kräften aus.

Da er sich nicht zu erklären wußte, wie und warum so etwas passieren konnte, nahm Preston die Sache persönlich. Köpfe rollten, und der von Laurence machte den Anfang. CertBank International war ausgebrannt, die Abteilung kam unter Mallorys Befehl. Im Einklang mit seinen neuen Aufgaben wurde er zum Senior Executive Vice-President und Chief Operating Officer der CertBank ernannt sowie zum Executive Vice President und Mitglied des Exekutivausschusses der CertCo, der Dachgesellschaft der Bank. Mit vierzig hielt er die Zukunft der Bank in seinen Händen.

Mallory war weit gekommen. Waldo freute sich, und er war stolz auf die Art, wie der junge Mann in seine Rolle hineingewachsen war. Da Mallory den normalen Instinkt junger Männer, sich ausschließlich entweder auf das Gefühl oder auf angelerntes Buchwissen zu verlassen, verfeinert hatte, besaß er ein inneres Gleichgewicht, das ihn über sein Alter hinaus gereift erscheinen ließ. Wenn er aggressiv jede günstige Gelegenheit ergriff, so tat er dies mit einer Ausstrahlung, der selbst seine ärgsten Konkurrenten nicht widerstehen konnten. Sein Privatleben war makellos. Seine Ehe und sein Familienleben bestanden im wesentlichen aus sporadischen Besuchen im vorstädtischen Westchester, wo Frau und Sohn wohnten — von denen er selten sprach. Und Waldo fragte auch nicht nach ihnen; er sah sie wie Mallory selber: als notwendigen Zusatz zu einer glänzenden Karriere.

Seine wirkliche Braut und Familie, sein eigentliches Leben war die Cert, seine eigentlichen Nachkommen die Pläne, die er ausbrütete, die der Cert immer einige Schritte Vorsprung vor ihren Konkurrenten verschafften und die der Bank bis jetzt, trotz ihrer Tollkühnheit, weder Schwierigkeiten noch Schande bereitet hatten. Sein wirkliches Zuhause war der graue Kalksteinturm in 41 Wall Street. Er war ein Einzelgänger, und seine Distanziertheit machte ihn interessant.

Was das Geschäft anging, so war er unter den bedeutenden Bankern der Welt derjenige, der sich der Presse gegenüber am offensten zeigte. Aber die Journalisten waren in ihrem Lob kaum enthusiastischer als Preston Chamberlain.

»Wally, der hat der Deutschen Bank dieses Norsk-Hydro-Syndikat glatt unter der Nase weggeschnappt.«

»Bei Manny Hanny dachten sie schon, sie hätten uns bei Overseas Coastal ausgetrickst, aber nachdem Manning mit ihnen fertig war, mußte ich Gabe Hauge anrufen und ihn fragen, wie's seinem Magengeschwür geht.«
»Ich sag' dir eins, Wally, wenn wir bei GMAC die Nase vorn haben, dann zu 90 Prozent wegen Manning.«
Wohin man auch sah, Mallory war überall. »Bankmanager des Jahres 1969« im *American Banker's*, »Banker des Jahres« im *Institutional Investor's*, »Mann des Jahres« in *Fortune*.
Mallory genoß es. »Friß meinen Staub, Walter Wriston«, meinte er zu Waldo im Vertrauen.

»Wir können jetzt schon beinahe einen Kreis um Mannings Karriere ziehen«, schrieb Waldo einem »Prof. Tze-Chung Chen«, »und ihn ausmalen. Sie ist bald abgeschlossen.«
Von der Bucht klang das gedämpfte Knallen einer Startpistole herauf. Die jährliche Regatta zum Unabhängigkeitstag hatte eben begonnen.
Er verschloß den Brief. So viel war getan worden. So vieles geregelt. Die Operation Ropespinner war wirklich weit vorangeschritten. Was für ein Genie war Menschikow doch, daß er alles so klar vorhergesehen hatte! Wie exakt seine Beobachtungen gewesen waren. Es ging weit über das hinaus, was Menschikow in seiner Bescheidenheit behauptet hatte: Daß seine Vorahnungen über Amerika nur von der wiederholten Lektüre Tocquevilles stammten.
Was wußte denn Tocqueville zum Beispiel von Computern? Man brauchte sich nur die neue Technologie des Bankwesens anzusehen, bei der die CertBank, dank Mallorys persönlichem Engagement und seiner Begeisterung, der allgemein anerkannte Führer war. Exakt wie Menschikow es vorausgesehen hatte, waren ENIACs Nachkommen zu einer mächtigen Sippe herangewachsen. Die jüngste Computergeneration konnte Daten bereits schneller übermitteln und bearbeiten, als das menschliche Urteilsvermögen –

was die Maschinen natürlich nicht lieferten — sie bewerten konnte.
Das Kontor war durch den unpersönlichen und irgendwie unwirklichen Computerbildschirm ersetzt worden. Banken und Konzerne konnten jetzt ihre freien Geldüberschüsse in Pawlowscher Manier bewegen: Sie reagierten instinktiv auf die Möglichkeit, in Singapur einen Bruchteil mehr zu verdienen als in Bern. In gewisser Weise, dachte Waldo mit Genugtuung, reduziert dies das ganze System zu einem Spiel. Was bedeutete es denn einem milliardenschweren Konzern wie Exxon etwa, bei nächtlichen Transaktionen von 20 Millionen Dollar 0,0005 Prozent mehr zu verdienen? Was bedeuteten Exxon denn 100 Dollar?
Aber darum ging es nicht mehr, das wußte Waldo. Nur das Spiel zählte. Der Computer hatte es unwirklich gemacht, und die zukünftigen Gerätegenerationen würden noch schneller und größer sein; Urteilsvermögen und Wirklichkeitssinn hatten immer mehr das Nachsehen gegenüber der Geschwindigkeit der Abläufe und dem Reiz der Sache.
Die Institutionalisierung des Aktienmarkts war weit fortgeschritten. CertCo war ein Beispiel. 1955, als Mallory zur Bank gekommen war, hielten zwei Versicherungsgesellschaften, zwei Investmentfonds und eine Handvoll von Banken kontrollierter Trusts 75 000 Anteile, weniger als 2 Prozent der Gesamtsumme. Während nun Waldo auf seiner Veranda saß und dem farbenfrohen Spiel der Segel in der Bucht zusah, waren über 22 Millionen Anteile, fast 45 Prozent der gesamten Außenstände, in den Händen von 127 Investmenthäusern, von denen viele 1955 noch gar nicht existiert hatten.
1955 hatte Preston dank der Gefälligkeit passiver Aktieneigner, die mit einer regelmäßigen Erhöhung ihrer vierteljährlichen Dividenden zufrieden waren, die Cert mit nur 150 000 Anteilen in Trusts, die er dominierte, kontrollieren können. 1970 führte Preston die Bank, obwohl er es nur ungern zugab, mit der Duldung einer Clique von Institutionen, von de-

nen die meisten (im Gegensatz zu Einzelpersonen) steuerbefreit und deshalb nicht gezwungen waren, langfristig zu investieren; oft wurden sie kontrolliert von Managern mit einer schnellen Hand am Abzug, die sich einen Spaß daraus machten, große Aktienpakete schnell einzukaufen und wieder abzustoßen und Vorstandsetagen im Wind flattern zu sehen.

Ein oder zwei systemimmanente Unfälle hatte es bereits gegeben, was Waldo als erfreuliches Zeichen für den beginnenden Zerfall des Systems selbst ansah. Die Cert war im wesentlichen davon unberührt geblieben. Die Kreditkrise von 1966 hatte sie weitgehend ungeschoren gelassen, denn sie hatte sich kurz vor dem Zusammenbruch der Penn Central zurückgezogen.

Im großen und ganzen sah das Bankwesen im Lande für die Operation Ropespinner sehr vielversprechend aus. Beim Geldverleih ging es immer weniger darum, Sicherheiten und Charakter zu bewerten; die Banken kauften verstärkt auf dem offenen Markt Geld zu x Prozent und verkauften es für y Prozent weiter, ohne die Fälligkeitsdaten abzustimmen.

»Die Risiken in diesem Geschäft werden stark überschätzt«, sagte Mallory bei einer Frühstückskonferenz vor Bostoner Finanzjournalisten. »Ich glaube, wir haben nachgewiesen, daß der Markt für uns da ist, wenn wir ihn brauchen, und jegliches Gerede von einer Liquiditätskrise ist deshalb nur Theater.«

Etwas aufpoliert, wurden seine Bemerkungen am nächsten Morgen von Bernard Grogan im *Wall Street Journal* wiederholt, und trotz ziemlich entmutigender Wirtschaftsnachrichten stieg die Stimmung an der Börse um einige Grad. Nicht zum erstenmal vertraute Waldo seinem Spiegelbild seine leichte Überraschung über die Wahrheit von Mallorys in privatem Kreis geäußerten Ausspruch an: »Setz nur genügend Provision für die Ziege aus, und du wirst überrascht sein, wie leicht Ziegenmilch als Sahne zu verkaufen ist.«

Der Eurodollarmarkt florierte weiterhin. 1970 wußte niemand mehr, wieviel Dollar in diesem Topf waren, und solange das Angebot offensichtlich groß genug war, um die Nachfrage zu befriedigen, schien das auch keinen zu bekümmern — zumindest im privaten Bereich. Inzwischen folgten die anderen Banken dem Beispiel der Cert und benutzten den Eurodollarmarkt, um beliebig viele verleihbare Dollars zu drucken, ohne die Federal Reserve Bank auch nur um Erlaubnis zu fragen. Mallory hatte die Cert auch stark im Devisenhandel engagiert. Die Tagesumsätze auf diesem Markt drückten gegen die — in Waldos Augen — Toleranzgrenzen des existierenden Systems. Früher oder später mußte diese Woge heimatloser Dollars jede Redlichkeit der Wechselkurse einfach wegschwemmen.

Zu Hause schien sich der eiserne Griff der Fed zu lösen. Die Einführung der nur aus einer Bank bestehenden Holdings, eine Innovation, bei der die CertCo die Citicorp um wenige Tage schlug, erlaubte es den Banken, die Federal Reserve bei der Geldbeschaffung zu umgehen. Mit der Wall Street als Komplizen konnten diese Holdings — CertCo, Citicorp, Chase Manhattan — Gelder auf dem offenen Markt zu einem Preis kaufen, den Banken im eigentlichen Sinn nach dem Gesetz nicht zahlen durften. Die besondere Struktur dieser Holdings erlaubte es ihnen, legal und mit Gleichmut überall dort zu operieren, wo sie Geldbewegungen ausgemacht hatten. CertCo fühlte sich in Bangkok ebenso wohl wie in der Bronx, und für Mallory war es leichter, eine Milliarde Dollar aus Bogota herauszuziehen denn aus Boston.

Mallory jubelte. »Wenn wir das in Übersee können, wie, zum Teufel, wollen sie uns dann davon abhalten, es auch im eigenen Land zu tun? Es ist nicht sehr amerikanisch, einer Bank wie unserer in London freie Hand zu lassen, aber nicht in Los Angeles!«

Andere Dämme brachen. Die alten, von Gewohnheit und gemeinsamem Interesse bestimmten Beziehungen zwischen

Einlegern und ihren örtlichen Banken schienen plötzlich unzeitgemäß, da die Banken nun ganz offen um Gelder feilschten und die immer größer werdenden Einlagen nach Belieben den höchsten Renditen nachjagen konnten. Die Penn-Central-Krise hatte die Fed gezwungen, die Zinsbeschränkungen für CDs mit hohem Nennwert aufzuheben. Und damit hatte Mallory ein weiteres Pferd im Rennen. Wenn sich alles logisch entwickelte, erwartete Waldo für die nächste Dekade eine vollständige Aufhebung aller Zinsbeschränkungen. Die Möglichkeiten, die sich dann boten, waren fast nicht mehr zu zählen.

Bei all diesen ideologischen Kämpfen gegen Einschränkungen und Bestimmungen fand sich Mallory in vorderster Front. Seine Gabe, zu wissen, was ankam, ließ ihn instinktiv zu einer politischen Terminologie greifen. Sein Ruf als Wortführer wuchs, als *der* Wortführer für eine offene ökonomische Gesellschaft.

Unbehindert von Bestimmungen: »Wenn wir unsere Gesellschaft von den geheimen und archaischen Regeln befreien können, die ihr verängstigte Bürokraten in Zeiten der Panik vor fast vierzig Jahren auferlegten, wird ein neues Goldenes Zeitalter ...« (Mallory vor der *National Association of Homebuilders*)

Unbehindert von regierungsamtlicher Einflußnahme jeder Art: »Der Knüppel der Federal ist für die Ziele des freien Unternehmertums ebenso tödlich wie der, mit dem Kain Abel erschlug.« (Mallory in einem Kommentar der *New York Times*)

Unbehindert von jeder Beschränkung, außer denen des allmächtigen Marktes: »Ich würde sagen, Mr. Spivak, daß das Risiko der beste Schiedsrichter für ein solides Bankwesen ist, und wir Banker haben das beste Urteil über das Risiko.« (Mallory in der Fernsehsendung *Meet the Press*)

Für die Investoren auf der Straße, die Spieler der Wall Street, die großen Banker, die in den Clubs auf gegenseitige Tuchfühlung gingen, verkörperte Manning Mallory ein großartiges neues Zeitalter. Die fünfzehn Jahre seines Aufstiegs waren die fortschrittlichste und positivste Zeit gewesen, die das Bankwesen je erlebt hatte, eine Zeit der Befreiung, die es den Banken mehr und mehr ermöglichte, das Spiel mitzuspielen, bei dem sie bisher ihren Cousins von der Wall Street voller Neid durch den Zaun hindurch zugesehen hatten. Und das Beste ist, dachte Waldo auf seiner Veranda, jeder scheint dies für etwas Wunderbares zu halten.

Inzwischen gab es Gerüchte, daß Mallory in die Politik wollte. Aber Waldo wußte, daß die Politik keinen Reiz für Mallory hatte, er betrachtete Politiker als Amateure und hielt ihre Macht für Einbildung. Er maß sich an den echten Stars, den Konkurrenten bei den anderen Banken und an dem jeweiligen Präsidenten des Federal Reserve Board, an denen, die »am Erwachsenentisch sitzen«, wie Mallory es nannte.

Alles in allem kann man mit der Lage der Dinge zufrieden sein, dachte Waldo: viel Haben, wenig Soll, und noch immer viel Arbeit, die erledigt werden muß.

Über die Art, wie sich die Dinge für ihn selbst entwickelt hatten, konnte Waldo kaum klagen. Er war selbst zu einem Idol der Geschäftswelt geworden. Sein zweites Buch *Geld, Banken und Konzernpolitik* war nach der Veröffentlichung zum Standardwerk in diesem Bereich geworden. Er saß in den Aufsichtsräten von einem Dutzend Konzernen. Sein Beratungshonorar war auf 1000 Dollar pro Tag gestiegen, seine Vorlesungs- und Seminargebühren noch um ein Vielfaches höher. Seinen Terminkalender hätte er fünfzig Wochen im Jahr doppelt und dreifach mit beruflichen Verpflichtungen füllen können. Er war eben achtundfünfzig geworden, und seine mittleren Jahre hatten aus ihm eine ganz und gar onkelhafte Erscheinung gemacht: Dürr und gewissenhaft, seine kindlichen Züge durchfurcht von den Sorgen der Welt. Sogar noch dem härtesten Manager bot er eine tröstende Schulter und gütigen Ratschlag. Schuldgefühle wegen sei-

nes Handelns hatte er keine. Es hatte genau so funktioniert, wie Grigori gesagt hatte: Wie ein Experiment in einem Labor.
Die Kräfte des freien Geldmarktes hatten auf gewisse Stimulanzen so folgsam reagiert wie Moleküle, die eine Theorie beweisen. Es ist fast ästhetisch, dachte Waldo, für den nur der Tanz der Ziffern über das Papier wirkliche Eleganz bedeutete.
»Der Siegeskranz gehört dir«, hatte er erst vor einem Monat einem »Dom. Alois Flugl« an eine Adresse in der Nähe von Augsburg geschrieben.

Du hast gesehen, was Schumpeter, glaube ich, auch sah; er konnte sich nur kaum überwinden, es niederzuschreiben. Vielleicht ist es das, was Marx ebenfalls spürte, obwohl ich mich mit Marx ja nie anfreunden konnte. Als Empiriker, als Bewerter beobachteter Phänomene, möchte ich es so sagen: Der Kapitalismus ist das potentiell beste ökonomische System, seine Antriebskraft und sein Fortbestand hängen aber, wie bei allen unternehmerischen Systemen und vielleicht allen Systemen überhaupt, von den gemeinsten und unedelsten menschlichen Trieben ab, vor allem von Gier und Eigennutz. Das ist sein fatales, sein selbstmörderisches Paradox.

Weit draußen in der Bucht konnte Waldo die vielfarbigen Segel der Regenbogenflotte des Yachtclubs von Quiddy Point eben noch erkennen. Er fühlte sich zufrieden und schläfrig. Auf ihre Art war die Operation Ropespinner eine *vornehme* Arbeit. Eine Gesellschaft, die aus Zügellosigkeit ihre eigenen Quellen so zwanghaft ausbeutete, verdiente es nicht weiterzubestehen. Der Gedanke gefiel ihm, so wie die Aussicht auf einen warmen, ruhigen Sommer auf dem Wasser.
Er saß im Schaukelstuhl. Es war bald Zeit zum Aufbruch. Den Brief an Menschikow konnte er auf dem Weg zum Yachtclub aufgeben, wo er dann, wie jedes Jahr seit dem Krieg, bei

der Unabhängigkeitsfeier *America the Beautiful* anstimmen würde. Sein Gewissen war rein, sein Verstand beschäftigt.
Es gab noch so viel zu tun. Vorlesungen ausarbeiten, am neuen Buch feilen — mal abwarten, bis die ökonomische Welt erst die neue Theorie, die er vorschlug, zu Gesicht bekam —, die Zukunft der Operation Ropespinner planen ... und dann junger Mais, die Früchte des Meeres und lange Nachmittage auf dem Wasser. Großartige Aussichten.
Aber plötzlich, wie aus dem Nichts, brach der Himmel über ihm zusammen.

12

Kurz nach Columbus Day 1970 erhielt Waldo in Cambridge einen Anruf von Preston, der ihn bat, für eine Sonderkonferenz des Exekutivausschusses der CertCo nach New York zu kommen.

»Nichts, weswegen du dich aufregen mußt, Wally«, versicherte ihm Preston. »Vorwiegend Haushaltsführung. Ich hatte da eine Idee und möchte gern, daß der Ausschuß darüber nachdenkt. Ein bißchen Brainstorming.«

Das machte Waldo mißtrauisch. Preston war kein Brainstormer. Seine Konferenzen waren sorgfältig vorbereitet, die Tagesordnung lag überall aus, und die Teilnehmer hatten mindestens eine Woche Zeit, um das relevante Material zu sichten. Im Zentrum der Konferenzen standen audiovisuelle Präsentationen, die einer Werbeagentur zur Ehre gereicht hätten. Es überraschte Waldo auch, daß das Treffen in Prestons Wohnung in der Fifth Avenue stattfand und nicht in 41 Wall Street.

Als er eintraf, tranken zwei der fünf externen Mitglieder des Exekutivausschusses der CertCo in der hübschen Regency-Bibliothek mit Preston Kaffee. Waldo spürte, daß bereits etwas besprochen worden war. Drei Ausschußmitglieder waren abwesend, die anderen beiden »Außenseiter« in Europa und Manning Mallory in Hongkong.

Irgend etwas geht da vor, dachte Waldo. Nach den üblichen Höflichkeiten postierte sich Preston vor dem Kamin, unter

dem vielgelobten Copley-Porträt eines der Chamberlainschen Vorfahren, ein Bild, das Waldo trübselig und snobistisch fand.
»Nun, Gentlemen«, sagte Preston mit seiner derben und familiären Frank-Merriwell-Stimme, wie Mallory sie nannte. »Ich nehme an, Sie wundern sich, warum ich Sie heute hergebeten habe. Nun, ich habe da so eine fixe Idee.«
Er machte eine Kunstpause.
»Gentlemen, ich habe in den letzten Monaten viel über die Bank nachgedacht. Angefangen hat es letzten Sommer draußen im Grove. Ich hatte da Gelegenheit, mit Art Burns zu plaudern . . .«
Oh, das hat er aber schön gesagt, dachte Waldo. Der augenblickliche Präsident der Federal Reserve hatte die Banken aus der Penn-Central-Krise geführt, indem er die Geldtüren weit aufmachte. Sind sie erst einmal offen, schließen sie nicht mehr richtig, dachte Waldo. »Liquiditätskrise der Banken«: das schrecklichste Wort in Washingtons Lexikon. Wie »Feuer!« in einem überfüllten Theater.
»Im Bankwesen hat sich viel geändert«, fuhr Preston fort, »und wissen Sie, ich werde auch nicht jünger. Wir sind verpflichtet, an die Zukunft der Bank zu denken. Ich weiß, daß ich das getan habe. Bin letzten August auf Fishers Island oft und lange spazieren gegangen. Dann habe ich letzte Woche Art und Bill Martin — wenn Sie mich fragen, der, verdammt noch mal, beste Präsident, den die Fed je hatte — im Greenbrier getroffen, und wir haben einige Zeit miteinander verbracht. Danach war mir die Sache ziemlich klar.«
Waldo entspannte sich. Er wunderte sich, warum er nicht mehr Triumph empfand. Der große Augenblick war nun offensichtlich gekommen. Preston trat ab, er machte Platz für Mallory. Die Operation Ropespinner war am Ziel.
»Wenn man Art und Bill so zuhört«, sagte Preston, »dann werden die nächsten paar Jahre vielleicht ziemlich hart. In Übersee ist der Dollar in Schwierigkeiten und ich habe so

den Eindruck, man sollte nicht darauf vertrauen, daß Washington das wieder hinbiegt. Nixon scheint an Wechselkursen nicht sehr interessiert zu sein, und der Kraut-Professor, der ihm ins Ohr flüstert, schert sich einen Dreck um die Wirtschaft, obwohl er, wie ich höre, seinen Kaviar so gern ißt wie jeder andere auch. Und, ehrlich, keiner von uns glaubt doch so recht, daß dieser Connally im Finanzministerium der richtige Mann ist.«

Nichts Neues, dachte Waldo. Die Regierung in Washington war die zweitklassigste, an die er sich überhaupt erinnern konnte. Und bei der Art, wie sich das Land entwickelte, würde es wahrscheinlich noch schlimmer kommen. Rückblickend sah Truman ziemlich gut aus und Roosevelt fast schon göttlich.

»Gentlemen, ich kann Ihnen auch sagen — streng vertraulich natürlich, Art hätte es nicht gerne, wenn es bekannt würde —, die Fed macht sich über das Banksystem ziemliche Sorgen. Penn Central hat sie ganz schön hineingeritten. Der CD-Markt ist unmäßig aufgebläht. Es gefällt ihnen gar nicht, was im Augenblick passiert. Die Geschichte mit der Chase, die ins Immobiliengeschäft einsteigen will, macht ihnen Kopfzerbrechen. Ich versteh' auch, wieso. David ist ja wirklich ein Pfundskerl, aber von Immobilien hat er keine blasse Ahnung.«

Ein lautes Kichern ging durch das Zimmer.

»Um was es geht: Sie wollen, daß wir Banken etwas vom Gas runtergehen. Daß wir unsere Darlehenspolitik etwas genauer unter die Lupe nehmen. Im Endeffekt heißt das, zwei Schritte zurückgehen, bevor wir den nächsten großen vorwärts machen. Ich kann Ihnen sagen, Art ist von diesen Akquisitionskrediten, die wir alle ausgeben, gar nicht begeistert. Ja, und ich hab' mir auch vorgenommen, mit Manning bei seiner Rückkehr darüber zu reden, daß die Bank sich etwas von diesem Ling distanzieren sollte. Mir hat die Vorstellung ja nie gefallen, daß irgendein Neuling aus Houston oder woher auch immer eine Stahlfabrik in Ohio kauft. Wie's im Augenblick steht, machen Jones and Laughlin keinen Profit. Und es ist nicht sehr wahrscheinlich, daß es in Zukunft besser wird, wenn man berücksichtigt, daß die Kaufkosten ebenfalls durch die Aktiva getragen werden müssen. Wie sollen wir dann unsere Zinsen kriegen? Na, auf jeden Fall geht's um folgendes: Washington bittet uns sehr höflich, in nächster Zeit ein bißchen auf die Bremse zu treten.«

»Und wirst du es tun?« fragte Waldo.

»Da kannst du drauf wetten!« antwortete sein Bruder. »Ich bin alt genug, um mich noch dran erinnern zu können, wie es hier in den Dreißigern ausgesehen hat. Aber ehrlich gesagt, ich bin zu alt, um so etwas alleine auszufechten, Wally. Das Pferd ist zu stürmisch, als daß es von einem alten Jockey wie mir alleine geritten werden könnte. Wir brauchen einen neuen Mann im Sattel.«

Waldo konnte nicht mehr an sich halten. »Was bedeutet, daß du Manning die Bank übergibst? Endlich, Pres! Na, ich muß sagen, ich kann mir nicht vorstellen, daß du das Haus in bessere Hände geben könntest!«

Aber noch während er das sagte, spürte er eine verlegene Unruhe im Zimmer. Preston schwieg, sah einen Augenblick auf den Teppich und warf Waldo dann ein flüchtiges Lächeln zu.

»Nun« — er räusperte sich —, »nicht ganz, Wally. Ich weiß eigentlich gar nicht, wie ich es ausdrücken soll, aber mir scheint, daß unter den Umständen Mallory — so intelligent er ist, wohlgemerkt — nicht derjenige ist, dem ich das Ruder gerade dieses Schiffs in gerade diesem Meer übergeben möchte.«

Vor Waldos Augen senkte sich ein blutroter Schleier. Die Erklärung seines Bruders schien aus weiter, weiter Ferne zu kommen — kaum vernehmbar durch das Dröhnen in seinen Ohren. Er wollte etwas sagen.

»Komm, Wally«, hörte er Preston sagen, mit der geduldigen

Herablassung, die er sein ganzes Leben lang gehaßt hatte. »Ich wußte, daß dich das hart ankommen würde. Glaub mir, daß ich es wußte. Verdammt noch mal, ich bin nächtelang wachgelegen und hab' mir überlegt, wie ich den Schock abschwächen könnte. Aber mir ist beim besten Willen nichts eingefallen. Wir alle wissen, daß Manning dein Schützling ist. Die Leute hier sind nicht so blind oder so dumm, wie du manchmal zu glauben scheinst. Wir alle wissen, daß du hinter vielen Sachen gesteckt hast, für die Manning das Lob eingeheimst hat, aber solange es gut für die Bank war, ließ ich es durchgehen. Außerdem ist Manning so ziemlich der Intelligenteste von allen. Fast zu clever, zu intelligent, zu schnell bei der Hand für einen alten Kerl wie mich. Ich mag ihn ja selbst, aber verdammt, Wally, nun am Ende muß ich das tun, was ich als Treuhänder unserer Aktieneigner und Einleger im langfristigen Interesse der Bank für das Beste halte!«
Während Waldo, dessen Verstand hinter der Maske des Schocks nun wieder kühl und berechnend arbeitete, seine Gedanken ordnete, meldete sich einer der externen Direktoren zu Wort.
»Ich muß sagen, ich bin selbst überrascht. Ich glaube, ich habe es in den letzten paar Jahren für eine beschlossene Sache gehalten, daß Manning zu gegebener Zeit Ihre Stelle einnehmen wird. Der Mann ist ein Genie. Was das Bankwesen angeht. Das ist die größte Bank der Welt, Pres, die, zu der alle anderen aufschauen, und neben Ihnen hat er sie aufgebaut!«
Preston wandte sich ihm zu. »Eine Menge Leute haben mitgeholfen, CertCo so zu bauen, wie sie jetzt ist, Johnny. Eine Menge.« Der andere betrachtete seine Hände.
Waldo sah sich hilfesuchend nach seinen Direktorenkollegen um. Schweigen. Es war ganz offensichtlich Prestons Auftritt.
»Wally«, sagte Preston. »Keiner will abstreiten, daß Manning ein Star ist. Mann, im Vergleich zu uns ist er Clark Gable und Spencer Tracy und John Wayne in einer Person. Er wäre auch

ohne deine Hilfe ein Star geworden, mein lieber Bruder. Aber trotzdem, mein kleiner Finger sagt mir, daß das, was einen Star ausmacht, nicht unbedingt auch einen soliden Banker ausmachen muß. Ich glaube, bei uns geht alles ein bißchen zu schnell, ganz zu schweigen von den Dummheiten, in die sich unsere Konkurrenz stürzt. So wie's im Augenblick aussieht, weiß ich in der Hälfte der Zeit überhaupt nicht, was eigentlich vorgeht. Wir verhalten uns langsam zu sehr wie unsere kleinen Freunde an der Börse, und das hat uns schon 1929 in Schwierigkeiten gebracht. Ich nehme nicht an, daß einer von Ihnen versucht hat herauszufinden, was unsere Devisenleute vorhaben. Wie diese Sache in Hongkong letztes Jahr. Wie, zum Teufel, konnte das passieren? Wenn irgend jemand bei uns seine Operationen unter Kontrolle hatte, dann Frank Laurence, darauf hätte ich meinen Kopf gewettet. Aber sehen Sie sich an, was passiert ist! Das sind nur diese verdammten Computer. Die lassen alles so schnell geschehen. Zu schnell, wenn Sie mich fragen! Keiner hat mehr Zeit zum Nachdenken. Und ich will Ihnen auch nicht verschweigen, daß mir die Art, wie sich bestimmte Leute mit ihrem Bild in die Zeitungen drängen, nicht gefällt.«
»Willst du damit sagen, daß Mannings sogenannte ›hohe Medienpräsenz‹ schlecht für die Geschäfte unserer Bank war?« fragte Waldo. »Denn wenn du . . .«
Preston hob beschwichtigend die Hand. »Wally, immer mit der Ruhe«, sagte er bestimmt. »Natürlich war es gut fürs Geschäft. Aber jetzt wird es Zeit, etwas zu bremsen. Wir können es uns leisten. Mein Problem ist nur, ich bezweifle, daß Manning fähig ist zu bremsen. Oder sein Licht unter den Scheffel zu stellen. In meinem ganzen Leben habe ich noch nie jemand gesehen, der so gerne im Rampenlicht steht. Der braucht doch sicher eine Stunde zum Anziehen; ich habe ihn noch nie zweimal mit der gleichen Krawatte gesehen. Glaubst du womöglich, ich hätte nicht bemerkt, wie er diesem Grogan vom *Journal* Honig ums Maul schmiert?«

»Preston, so ist das Bankwesen eben heutzutage«, gab Waldo zurück. »Manning ist einer derjenigen, die den grünen Augenschirm abgelegt und uns ins zwanzigste Jahrhundert geführt haben.« Er versuchte, vernünftig zu klingen. Aber hinter dieser Maske stellte sein Verstand eine Schadensbegrenzungstruppe zur Rettung von der Operation Ropespinner auf.

»Genau darum geht's mir«, erwiderte Preston. »Es ist jetzt an der Zeit, Inventur zu machen. Mallorys Persönlichkeit war ideal, während wir die Bank aufbauten, aber jetzt, da sie fertig ist, glaube ich, wir sollten sie konsolidieren. Soll doch unsere Konkurrenz die Pionierarbeit machen und den Stand am Rande des Abgrunds prüfen. Sollen sich doch die Citi und Manny Hanny und Continental Illinois in den Schleudersitz setzen.«

»Darf man fragen, ob Sie schon jemand im Visier haben?« fragte einer der Direktoren, als würde er den Dialog von einem Drehbuch ablesen. »Ehrlich gesagt, wenn ich mich in der Bank so umsehe, fällt mir niemand ein.«

O Gott, dachte Waldo, als er sah, wie Preston zu nicken ansetzte. Wie gewöhnlich hatte sein Verstand automatisch zu arbeiten begonnen und war fast sprunghaft zu Schlußfolgerungen gekommen, die andere nur mit Mühe erreichten. Er wußte die Antwort.

»So ist es«, sagte Preston. Er atmete tief durch, so als würde er gleich etwas Schockierendes, Anmaßendes sagen. »Nun, ich habe beschlossen, Pete von der Chase zurückzuholen.«

Einen Augenblick lang war es still, während die anderen die Nachricht verdauten. Waldo bemerkte, daß seine Kollegen überrascht waren; Prestons Kritik am Nepotismus war ja berühmt.

Aber Waldo konnte daraus kein Kapital schlagen. Nicht mehr. Peter Chamberlain hatte sich als bekannte Größe etabliert. Er hatte sich als erstklassiger Banker erwiesen, war zum Senior Executive Vice President aufgestiegen, ein Mitglied im Stab des Chief Executive der Chase und ein Direktor der Bank und ihrer Holding. Man munkelte, er habe noch Größeres vor sich. Die Chase war bekannt als administrative Schlangengrube. Manning hatte Waldo erzählt, er habe gehört, daß nun, da Herbert Patterson John Place beiseite gedrückt hatte, Place gehen und Peter befördert werde, daß dann im Verlauf eines Jahres Patterson ebenfalls beiseite oder ganz hinaus gedrängt werde und Peter, mit der Unterstützung dieses Butcher, zu David Rockefellers Alleinerben werde.

Im Gegensatz zu Mallory war Peter Chamberlain außerhalb der Bankszene ziemlich unbekannt. Publicity war an der Chase ausschließlich dem Chairman vorbehalten, der innerhalb der Bank einen ganzen Apparat zur Verfügung hatte, angeführt von einer Art administrativem Kammerdiener, ein Osric in grauem Flanell, der für D. R. die Werbetrommel rührte. Nachdem die Regierung sich bei der Ginnie-Mae-Finanzierung für die Cert entschlossen hatte, war Mallory zum zweitenmal auf dem Cover von *Forbes* erschienen und Thema eines dreiseitigen Artikels in der *Newsweek* gewesen. Peter Chamberlains Foto war zweimal im *American Banking* veröffentlicht worden. Aber dennoch, das wußte Waldo, stand Peter Chamberlain bei den Bankern hoch im Kurs.

Was Waldo schockierte, war die Tatsache, daß Prestons fast calvinistische Rechtschaffenheit Peter sein skandalöses Privatleben offensichtlich durchgehen ließ. Oder daß David Rockefeller, der bei delikaten Angelegenheiten auch nicht gerade nachsichtig war, Peter anscheinend auch noch die andere Wange hingehalten hatte, als dieser vor fünf Jahren mit der Ehefrau eines Angestellten des Chase-Büros in Chicago durchgebrannt war.

Waldo mochte die neue Mrs. Peter Chamberlain nicht. Er fand sie zudringlich und aufgedonnert. Sie hatte bereits ein Kind, eine Tochter, aber die beiden setzten unverzüglich noch einen eigenen Sohn in die Welt, eine Leistung, die Waldo bei Leuten über fünfunddreißig nicht mehr für ange-

bracht hielt. Aber trotzdem, das Blut zählte, Waldo hielt deshalb die Familienfahne hoch und lud Peter und seine neue Familie an jedem Thanksgiving nach Quiddy ein.
Ja, er mußte sogar zugeben, daß er Peters Stieftochter richtig liebgewonnen hatte. Sie war eben zwanzig, studierte in Radcliffe im zweiten Jahr Kunstgeschichte, und Waldo ließ es sich nicht nehmen, sie wenigstens einmal im Monat zum Abendessen in seine Cambridger Wohnung einzuladen. Man sagte ihr eine große Zukunft voraus. Und wirklich, Waldos Freund Sydney Freedberg, *der* Nortoner Professor und ein intimer Kenner der angehenden Kunstgeschichtler, nannte Elizabeth Bennett seine vielversprechendste Studentin und schlug vor, sie in ihrem Abschlußjahr im Sommersemester als wissenschaftliche Assistentin aufzunehmen. Elizabeth war ruhig und selbstsicher, von ihrer Mutter so gänzlich verschieden, daß Waldo nur annehmen konnte, daß sie ihrem Vater nachschlug. Auf jeden Fall machte Elizabeth die übervölkerten Thanksgiving-Feste in Quiddy für Waldo erträglich. Er freute sich schon darauf, sie dort in wenigen Wochen wiederzusehen, vorausgesetzt, er konnte dieses Problem hier lösen.
Preston redete noch immer. Waldos Gedanken, die kurzzeitig, wie zu einer Konferenz mit sich selbst, abgewichen waren, kehrten zur Gegenwart zurück. Eine Idee keimte schüchtern in ihm auf, eine Idee, bei der es ihm kalt über den Rücken lief, die aber dennoch den einzigen Ausweg bot. Im Hintergrund hörte er einen der anderen Preston fragen, ob er wegen Peter schon mit David Rockefeller gesprochen habe. Die großen Banken der Welt wahrten eine vorsichtige Sondierungsdiplomatie, wenn es darum ging, einander die Leute wegzunehmen.
»Noch nicht«, erwiderte Preston. »Bis zum Ende des Monats scharwenzeln er und seine Zirkustruppe noch im Mittleren Osten herum, und anschließend sind Manning und ich an der Reihe, in Teheran Hände zu küssen. Aber gleich nach

Thanksgiving habe ich einen Termin mit ihm. Tatsächlich sogar gleich am Montag nach unserer Rückkehr aus Quiddy, Wally.«
Waldos Verstand war auf Autopilot geschaltet, er ging die Kontrolliste durch. Was in diesem Zimmer geschehen war, war eine beschlossene Sache, nicht mehr rückgängig zu machen. Aber es gab noch gewisse Dinge, die er wissen mußte.
»Was ist mit Peter?« fragte Waldo. »Was hast du zu ihm gesagt?« Er hoffte, daß Preston bei gewissen Dingen noch immer sehr auf die Form achtete. Er erhielt die Antwort, die er hören wollte.
»Kein Wort. Kann ich ja auch nicht, nicht bevor ich mit David geredet habe. Deshalb muß ich Sie, Gentlemen, auch bitten, alles, was in diesem Zimmer gesagt wurde, bis nach Thanksgiving geheimzuhalten. Habe ich Ihr Wort darauf?«
Die beiden anderen nickten. Sie waren altmodische Seelen, Waldo wußte es, und Gott sei Dank, denn sie würden ihr Wort halten, und er brauchte Zeit.
Wir haben noch ungefähr fünf Wochen, dachte er. Er wußte, was er zu tun hatte, aber zuvor mußte er noch mit Mallory sprechen, der erst in vierzehn Tagen zurückerwartet wurde.
Ja, er wußte, was zu tun war, aber nun hatten sich die Ereignisse auf eine andere Ebene verlagert, und er wußte auch, daß er, um weitermachen zu können, erst Mallory in die Operation Ropespinner einweihen mußte.

Er nahm an, daß es nicht unbedingt notwendig war, Mallory alles zu erzählen. Vielleicht war es auch gar nicht nötig, ihm überhaupt etwas zu erzählen. Schließlich wußte Waldo genau, was geschehen mußte, und er hatte beschlossen, daß es geschehen sollte, obwohl der Gedanke an seinen eigenen Verlust — nun, eine zwar schwerwiegende, aber nur zeitweilige Unbequemlichkeit — ihn bedrückte.
Nach langer Unschlüssigkeit beschloß er aber dann doch, Mallory einzuweihen. Die einzige Lösung, die er sah, be-

dingte eine psychologische Belastung, die er einfach nicht alleine tragen konnte.

Die Verzögerung seines Gesprächs mit Mallory schien endlos, und auch dann konnte er den Banker nur zwischen zwei Flügen abfangen, bei einem Kofferwechsel auf der Reise von Teheran nach Asunción.

Sie trafen sich in einer Wohnung in Manhattan, die einem von Waldos Beratungskunden gehörte. Mallory schien ungeduldig, zerstreut. Er wollte wissen, warum sie sich nicht bei ihm oder in der Suite der CertCo in den Waldorf Towers hatten treffen können. Waldo versicherte ihm, daß er es verstehen würde, wenn er hörte, was sein Mentor ihm zu sagen hatte.

»Okay«, meinte Mallory. »Ich bin bereit, wenn du es bist. Laß dich von mir nicht aufhalten, Waldo. Aber offen gesagt, ich bin stinksauer. Ich nehme an, du hast gehört, daß Washington deinem Bruder ins Gewissen geredet hat, keine ›unproduktiven‹ Kredite, wie sie es nennen, mehr zu vergeben? Fusionsfinanzierungen. Fette Zinsen und hübsche Kreditgebühren. Ich habe ein Dutzend an der Hand, die wir morgen abschließen könnten, aber wir dürfen nicht. Wir werfen einen Haufen Geld aus dem Fenster, Waldo. Es ist ein sehr lukratives Geschäft. Na, was ist los?«

Waldo zögerte und gewann Zeit, indem er Mallory versicherte, Akquisitionskredite seien eine Idee, für die die Zeit noch nicht reif sei. Sie werde schon noch kommen, obwohl es vielleicht noch eine Weile dauern könnte; die Erinnerung an die zusammengebrochenen Geldfonds und -pyramiden — Shenandoah, Blue Ridge und das Insull-Imperium — der Zwanziger sei zu vielen Männern noch zu frisch im Gedächtnis. Man müsse die Zeit reifen lassen.

Es war der Verdruß in Mallorys Stimme, der Waldos Schlachtordnung bestimmte. Er hatte sich lange und ohne Ergebnis überlegt, in welcher Reihenfolge er seinen Vers aufsagen sollte. Schließlich hatte er beschlossen, sich von seinem augenblicklichen Eindruck leiten zu lassen.

Er begann damit, Mallory über das Treffen in Prestons Wohnung zu informieren. Er erzählte alles, was geschehen war. Als er geendet hatte, verschränkte er die Hände über dem Bauch und beobachtete die Wirkung seiner Erzählung.

Fast eine Minute lang schwieg Mallory. Dann schüttelte er den Kopf, pfiff durch die Zähne und stand schnell auf, wie von einem Adrenalinstoß angetrieben, den er nicht unterdrücken konnte. Er verließ das Zimmer.

Als Mallory wieder zurückkam, war er blaß. »Tut mir leid«, sagte er. »Dachte, mir kommt das Mittagessen wieder hoch. Ging aber nicht.« Er setzte sich schwer. »Diese dreckigen Hurensöhne«, murmelte er. Er schüttelte wieder den Kopf. »Diese gottverdammten, dreckigen Hurensöhne!«

Waldo beobachtete ihn und wartete, daß Mallory noch etwas sagte, aber es kam nichts mehr. Die Räder drehten sich, jedoch leer, wie in Schnee oder Sand. Mallory wußte keine Erwiderung.

Nach einer Weile streute Waldo noch ein wenig zusätzliches Salz in die Suppe. »Ich nehme an«, meinte er sanft, »du könntest mit Peter zusammenarbeiten?«

Mallory sah ihn an, als hätte er eben gesagt, die Welt sei eine Scheibe. »Schau den Tatsachen ins Auge, Waldo. Du kennst doch die Antwort. Selbst wenn ich zustimmen würde, so ist doch klar, daß Peter, sobald er übernimmt, mir als allererstes die Eier abschneiden wird. Ich bin seit fünfzehn Jahren dort. Das Haus ist voll von meinen Leuten. Leute, die mir ihre Karrieren verdanken! Kunden, die mit mir verhandeln wollen! Peter ist kein Dummkopf. Er weiß das. Er kann nicht arbeiten, wenn er mich und meine Privatarmee um sich hat. Deshalb wird er zuerst mich ausschalten. Und seine eigene Truppe aufstellen. Die Sache von oben her absichern. Scheiße, ich würde es genauso machen! Peter ist nicht so dumm, daß er versuchte, einen Haufen Trottel von der Chase mitzu-

bringen. Er wird es so einrichten, daß ich gehen muß. Mir etwas anderes suchen muß.«
»Was ist mit einer anderen Bank?«
»Waldo, denk doch mal nach. Die Cert ist *meine* Bank. Nur dort kann ich was erreichen. Gestern war ich die Numero uno in der ganzen Welt. In sechs Wochen bin ich nur irgendeine Nummer zwei. Vielleicht finde ich was bei Citi oder bei Chase, irgendwas Schmückendes, Vice-Chairman, verantwortlich für Arschkriechen. Da bin ich ja lieber tot. Meinst du, ich will für den Rest meines Lebens jeden Trottel in der Stadt sagen hören: ›Fähiger Kerl, aber eben nicht fähig genug‹?«
Mallory schüttelte den Kopf. Sein Mund zog sich fast krampfartig zusammen, so als würde er jeden Augenblick vor Ärger und Enttäuschung durchdrehen. Aber er bekam sich wieder unter Kontrolle. »Diese gottverdammten Hurensöhne«, murmelte er erneut. »Fünfzehn verdammte Jahre.« Es klang, als würde er gleich in Tränen ausbrechen.
Waldo schnappte nach Mallorys Stimmung wie eine angreifende Schlange. »Nun, Manning«, sagte er. »Da ist noch was.« Und er erzählte ihm von der Operation Ropespinner. Erzählte ihm alles. Er erzählte ihm von den verrauchten Stunden nach Keynes' Begräbnis, und wie Menschikow seinen großartigen Plan ausgebreitet hatte. Wie er entdeckt, erzogen und benutzt worden war. Erzählte von Menschikows kleinen »Beiträgen« zu Mallorys großer Karriere. Und er sagte ihm, um was es ging, was die Ziele waren, sogar den Namen der Operation.
Er wußte, daß er möglicherweise ein großes Risiko einging, und trotzdem konnte er es sich eigentlich nicht vorstellen. Mallorys gesamte Existenz war von Preston an den Rand des Abgrunds gedrängt worden: Leben, Karriere, Stolz, Ehrgeiz, Ego, alles. Jetzt starrte Mallory in diesen Abgrund.
Nachdem er geendet hatte, sah Mallory ihn ungläubig an. Einen Augenblick lang schien er unentschlossen. Dann fing er an zu lachen, und Waldo wußte, daß er gewonnen hatte.

»Na, da will ich doch verflucht sein«, sagte Mallory. »Das scheint ja noch ein Riesenabend für mich zu werden. Zuerst erzählst du mir, daß man mir in den Rücken gefallen ist und mir alles, wofür ich gearbeitet habe und was ich erreichen wollte, wegnehmen und einfach ins Klo spülen will. Und dann eröffnest du mir in aller Seelenruhe, daß ich in den letzten fünfzehn Jahren, in der ganzen Zeit, da ich glaubte, der größte Banker der Welt, ein Visionär, ein Held des Kapitalismus zu werden, in Wirklichkeit eine unwissende Spielfigur der kommunistischen Weltverschwörung war! Daß ich in der ganzen Zeit, da ich die Welt für das Bankgeschäft sicher gemacht habe, in Wirklichkeit der Zerstörung des *American way of life* Vorschub geleistet habe!«
Er fing an zu lachen und schüttelte dann den Kopf. »Mein Gott, Waldo, ist das Wirklichkeit? Oder träume ich?«
»Das ist ganz und gar die Wirklichkeit, Manning. Aber stell es dir als Experiment vor. Hast du als Junge einen Chemiekasten gehabt? Stell dir dich selber als die wichtigste Zutat vor.«
Er sah zu, wie Mallory aufstand und sich an der Bar einen Drink mixte.
Als er zurückkehrte, war deutlich, daß er tiefer über die Konsequenzen von Waldos Geschichte nachgedacht hatte. Er ließ Waldo die ganze Sache noch einmal Schritt für Schritt durchgehen. Am Ende lachte er wieder, offensichtlich über einen privaten Witz. Er stürzte seinen Drink hinunter, stellte das Glas ab und sagte: »Okay, du hast A und du hast B gesagt. Aber was ist das C? Es muß eins geben. Soll ich raten? Paß auf. Die große Preisfrage ist: Mach' ich mit oder geh' ich zum FBI?«
»Und was würdest du dem FBI erzählen, Manning?«
Mallory formte mit der rechten Hand einen Revolver, richtete sie auf Waldo und schnalzte mit der Zunge. Offensichtlich hatte er keine Antwort.
»Manning, schau, es *gibt* eine Alternative. Sie verlangt eini-

ge — na ja, *Opfer*. Darauf brauche ich nicht näher einzugehen. Wir müssen nur beschließen, wie es ab heute abend weitergehen soll. Ich bin ein Risiko eingegangen, als ich dir alles erzählte, aber es gab keinen anderen Weg. Wir können weitermachen oder hier auf der Stelle anhalten. Willst du es dir erst noch einmal überlegen? Wir haben zwar nicht viel Zeit, aber ich bin sicher, ein Tag würde nichts ausmachen.«

»Irgendwie läuft das alles von selber, oder?« fragte Mallory. Er war ruhig. Er hätte ebensogut über einen Ausweg aus einer Kreditbeschränkung nachdenken können. »A: Ich sage nein zu den Roten Brigaden und reite in den Sonnenuntergang, und sechs Wochen später rufen mich die Headhunter an und fragen mich, ob ich Vice-Chairman von E. F. Hutton werden will. Verdammt große Sache! B: Ich mach' bei dir und der Roten Gefahr mit und das ganze Spiel läuft weiter wie bisher, richtig?«

»Das ist mehr oder weniger zutreffend«, erwiderte Waldo.

»Die Frage, über die ich schon dauernd nachdenke, lautet: Ändert es überhaupt etwas an dem Spiel?«

»Ich glaube, das mußt du dir selber beantworten, Manning. Aber ich habe meine eigene Meinung darüber.«

»Und die lautet?«

»Ich glaube, es ändert nichts. Weißt du, ich glaube, es ist wirklich nur ein Spiel. Es macht höchstens mehr Spaß — erhält eine neue Dimension, wenn du so willst.«

Mallory überlegte einen Augenblick und beugte sich dann mit Verschwörermiene vor. »Irgendwie stimme ich dir schon zu. Du hast recht, daß es nur ein großes Spiel ist. Es war ein Spiel damals in der Business School, und es ist ein Spiel in der Bank. Und wenn du erst einmal eine gewisse Ebene erreicht hast, dann ist es nicht einmal mehr ein Spiel um Geld. Es ist der Wettkampf, der Reiz der Jagd, es geht nur darum, den anderen zu schlagen. Es ist alles, was dich höher, schneller und weiter bringt. Es geht nur darum, irgend etwas größer zu machen. Bei Banken zählt nur die Größe. Und daß man der erste am Draht ist. Gewinnen. Und das mag ich an der Sache: das Spielerische. Ich mag den Wettkampf. Ich mag gewinnen. Ich mag das Gefühl, diesen Trotteln dort draußen zuzusehen, wie sie sich abstrampeln, nur um unser As zu stechen. Vielleicht ist es das, was man ›Macht‹ nennt. Das Geld ist mir scheißegal. Es ist mir auch scheißegal, ob mein Bild in der Zeitung erscheint oder ob ich berühmt bin, außer wenn es uns gegen die anderen Banken hilft. Und ganz sicher ist mir auch die Zukunft scheißegal, weil ich nicht mehr da sein werde, um sie zu erleben. Waldo, die Bank ist das einzige Spiel, das ich kenne. Es ist der große Tisch. Nur Erwachsene dürfen spielen. Ich habe hier fünfzehn Jahre investiert. Ich wäre doch blöd, wenn ich in East Podunk oder Seattle wieder ganz von vorn anfangen würde. Aber mal angenommen, ich sage ja, was steht unterm Strich?«

»Unterm Strich?«

»Wo endet das Ganze? Irgendwann muß es doch einmal ein Ende haben, oder? Wann?«

Waldo zögerte. Sei ehrlich, sagte er sich. »Manning, ich bin mir nicht sicher, ob ich es weiß. Aber wahrscheinlich weiß ich es doch. Ich nehme an, daß wir uns eines Tages davonmachen müssen.«

»Wie Philby, hm?«

»Sozusagen.«

Eine Weile schwiegen beide Männer — Mallory überlegte, Waldo beobachtete ihn.

Schließlich bemerkte Mallory: »Du weißt aber schon, daß mir die Politik vollkommen gleichgültig ist?«

»Das verstehe ich; ja, was die Politik bei dieser Sache angeht, halte ich mich selbst für einen Agnostiker. Ich kann zwar sagen, daß ich Amerika habgierig, verschwenderisch und unmenschlich finde, und ich glaube, es verdient, was immer es selbst über sich bringt. Aber im Grunde genommen sehe ich mich als einen Beteiligten an einem wissenschaftlichen Ex-

periment. In Massenpsychologie, wenn du so willst. Oder in Physik. Oder in Virologie.«
Und er erzählte Mallory von Menschikows Metaphern.
»Ich bin also die Bakterie, die den Oberen See vergiftet hat.« Mallory lachte. »Ich bin geschmeichelt!« Er verstummte, aber nur für eine Sekunde. »Ich bin dabei!«
Waldo schwieg.
Mallory stand auf und streckte sich. Er ging zum Fenster und sah durch die Jalousien auf die Straße hinunter. Als er sich wieder umdrehte, meinte er: »O Mann, jetzt bin ich gerade seit fünf Minuten ein Spion und schon verhalte ich mich wie Geheimagent X-9. Was bin ich denn wirklich, Waldo? Ein Finanzmaulwurf? Wie nennen die mich wohl am Dscherschinski-Platz?«
»Ich weiß es nicht.«
Mallory setzte sich wieder. Plötzlich schien es, als gäbe es nichts mehr zu sagen. Aber dann strahlte er auf einmal.
»Weißt du was? Das gibt der ganzen Sache einen vollkommen neuen Glanz. Gibt ihr irgendwie Gestalt. Zuvor ging es einfach nur darum, schneller und immer schneller zu laufen, ohne zu wissen, wo die Ziellinie ist, wenn man den Tod oder die Pensionierung einmal vergißt.«
Er stand auf.
»Also gut, ich fliege morgen früh nach Südamerika. Mann, das wird lustig. Diesem verdammten Wriston werde ich das Fell über die Ohren ziehen, wenn er versucht, mit mir gleichzuziehen. Weißt du, Waldo, du hast mir eine große Last von den Schultern genommen. Manchmal habe ich scharf gebremst. Hatte Angst, die Bank zu nahe an den Abgrund zu bringen. Und jetzt merke ich, daß ich der Bank scheißegal war!«
Sie gaben sich die Hand. An der Tür drehte sich Mallory um und grinste Waldo an.
»Weißt du, was lustig ist?«
»Nein, was?«

»Das Lustige ist: Ich habe mir gerade überlegt, wenn ich die Arbeit für den größeren Ruhm des Kapitalismus und der Aktieneigner mit der für Moskau, zur Zerstörung des ganzen verdammten Systems, vergleiche, dann fällt mir überhaupt nichts ein, was ich anders gemacht hätte!«

Waldo gab Mallory noch einen Tag, um seine Meinung ändern zu können. Er erwartete aber, nichts zu hören, und so war es auch. Als er am nächsten Morgen die Bank anrief und fast hoffte (die ganze Sache noch einmal überdachte, wie er es später interpretierte), für den nächsten Schritt einen Aufschub zu erhalten, teilte man ihm mit, daß Mr. Mallory noch in der Nacht nach Südamerika abgereist sei. Waldo hatte seine Antwort.

An diesem Abend wählte Waldo zum allerersten Mal die Notrufnummer, die man ihm regelmäßig zukommen ließ. Er hätte lieber einen Brief an Menschikow geschrieben, aber dazu reichte die Zeit nicht.

Innerhalb einer Stunde kam der Rückruf. Er stellte das Problem in groben Zügen dar.

Am folgenden Nachmittag wurde er in Cambridge angerufen, er erhielt Anweisungen und eine Tarngeschichte.

Er nahm an, daß man Menschikow zumindest informiert hatte. Er hoffte es. Es würde bedeuten, daß Grigori Waldos einziges, winziges Zugeständnis an Gewissen und Gefühl billigte, sein unausgesprochenes Eingeständnis, daß ihm die Operation Ropespinner nicht jede flackernde Kerze des Lebens auf der Welt wert war.

Das Feuer an Thanksgiving im Haus der Chamberlains war nicht die schlimmste Katastrophe in der Geschichte von Hancock County.

Genaugenommen war die *schlimmste* Katastrophe der Verlust eines Fischerboots während des Orkans im Jahre 1938 gewesen. Damals hatte es zwölf Tote gegeben; nun waren es nur fünf, und wenigstens ein Mensch war entkommen. Zwei, wenn man Waldo Chamberlains Abwesenheit dazurechnete.

Der Feuerwehrhauptmann vermutete, daß das Feuer irgendwo in einer alten Elektroleitung ausgebrochen war. Dann war die alte Isolierung durchgebrannt und die giftigen Dämpfe hatten wahrscheinlich die Leute getötet, bevor die Flammen sie erreichten. Weil das Haus in den Wald zurückgesetzt stand, war es schon fast zur Hälfte niedergebrannt, bevor ein Fischerboot, von seinem nächtlichen Fang auf dem Rückweg nach Quiddy, das Feuer entdeckte. Als die Freiwillige Feuerwehr dort eintraf, konnten sie nur noch die schwelenden Überreste wässern.

Eine schreckliche Tragödie, klagten die Anwohner: Mr. Waldos Bruder tot und dessen Frau, ihr Sohn und dessen frisch angetraute Frau und ihr kleiner Junge. Die ganze Thanksgiving-Party, bis auf Mr. Waldo, der abwesend war, und die junge Dame, die sich im hinteren Schlafzimmer aufgehalten hatte, weit weg vom Ursprung des Feuers; das hatte sie mit Sicherheit gerettet, obwohl es rätselhaft blieb, wie sie herausgekommen war. Wie sie durch das obere Fenster gesegelt war, nun, es war fast, als hätte man sie hinausgeworfen oder geschleudert. Na ja, in der Angst tat man so manches. Auf jeden Fall war sie nicht stark verbrannt, aber sie hatte einen Schock. Der Krankenwagen brachte sie dann nach Portland.

Wahrscheinlich war es auch gut gewesen, daß diese Reporter so plötzlich auf der Bildfläche erschienen waren, sogar aus Boston waren sie gekommen. Natürlich war Mr. Waldo berühmt und sein Bruder auch, aber diese Kerle führten sich auf, als wäre der Tod seines Bruders gleichwertig mit den Kennedy-Morden oder mit diesem Farbigen, der vor ein paar Jahren unten in Memphis erschossen worden war. Jeder in Quiddy wußte, daß Mr. Chamberlains Bruder in New York ein großer Banker gewesen war, aber hier oben hatte er sich

immer ziemlich steif und zugeknöpft verhalten. Kam ja auch nur zu Thanksgiving und zu ein paar anderen Gelegenheiten.
Für den Sheriff war das Schlimmste an der Sache, daß er es Mr. Waldo sagen mußte, vor allem auf diese Art. Es war ja wirklich ein herrlicher, klarer Morgen, trotz der rauchenden Ruine und der Leichen, die in diesen Säcken, die sie von der Polizei in Bangor ausgeliehen hatten, auf dem Rasen lagen und auf den Leichenbeschauer warteten. Und plötzlich — *schrubbschrubbschrubb* — kam Mr. Waldo in einem Hubschrauber, von einer Konferenz oder so, zu der man ihn gerufen hatte. War ja wirklich sein Glück gewesen, aber was hatte er sich wohl gedacht, als er über den Bäumen herunterkam und sah, daß sein Haus nur noch ein Haufen feuchter Asche war und die Leichensäcke auf dem Rasen und all das. Gott sei Dank hatte er keinen Herzanfall, obwohl er ja eigentlich noch gar nicht so alt war. Noch nicht einmal sechzig, hatte Mary Arthurs gesagt, und sie mußte es ja wissen.
Er schien eigentlich nur überrascht, als der Sheriff ihm sagte, was passiert war. Schien nicht zu verstehen, aber das war ja nicht verwunderlich. Fragte nach dem Mädchen und freute sich — vermutete der Sheriff —, als er hörte, daß sie in Ordnung war, obwohl sie einen Schock hatte und sich anscheinend an nichts erinnern konnte. Und danach murmelte er nur immer wieder, daß er das Haus wieder aufbauen wolle, was der Sheriff ziemlich mutig fand, ebenso mutig wie die Tatsache, daß er sich für die Reporter und so Zeit nahm, vor allem da sie alle nur darüber schreiben wollten, wer Mr. Preston und Peter — wenigstens der war immer regelmäßig gekommen — gewesen waren, wie wichtig und solche Sachen.
Auf jeden Fall war der Sheriff mächtig erleichtert, als Mr. Waldo den Piloten, der ihn hergebracht hatte, fragte, ob es ihm etwas ausmache, ihn nach Portland zu fliegen, wo das Mädchen war, und danach vielleicht noch nach Boston. Der

Pilot war ein anständiger Kerl, was konnte er unter den Umständen auch anderes tun. Und so, als dann der Hubschrauber endlich abhob und seine Last von Sorgen und Schmerzen mit sich forttrug, atmete eben jeder tief durch und kehrte ins alltägliche Leben zurück, denn das mußte ein Mensch ja tun, egal, was passierte.

Die Gegenwart

Dezember

13

PARIS

Donnerstag, der 12. Dezember

Elizabeth saß an ihrem Schreibtisch und sah müßig dem dünnen Regen zu, der aus dem rauchiggrauen Himmel auf den Place des Victoires fiel, und sie fragte sich, ob sie tatsächlich gerade dabei war, sich zu verlieben.

Nein, nein, nein, dachte sie, es ist einfach unmöglich. Schon allein die Zeitplanung stellte das ganz außer Frage. Er in New York, ebenso in seine Arbeit vertieft wie sie in die ihre; er von seiner Berufung an einem Ort festgehalten, während sie ihr halbes Leben mit Reisen um die Welt zubrachte. Wenn das je funktionieren sollte, dann mußte etwas aufgegeben werden, und — verdammt — einen Job wie den ihren gab es nur einmal auf der Welt. Aber sie sah auch keine Möglichkeit, wie er seine Geschäfte anders regeln könnte.

Es war ganz offensichtlich unmöglich. Und trotzdem, und trotzdem ...

Sie mußte einfach abwarten, wie es sich entwickelte. Den Zeitplan konnte man abstimmen, so etwas ging immer. Es war das Gefühl, mit dem man nicht einfach herumplanen konnte, und das Gefühl war mit Sicherheit da. Gegen Ende des Monats wollte sie nach London fahren. Sie würde Heywood Hill anrufen, damit sie die richtigen Bücher zum Durch-

arbeiten bekam. Der Besitzer der Buchhandlung, ein alter Freund, würde bestimmt wissen wollen, warum gerade diese Bücher; er würde vermuten, daß etwas im Schwange war. Vielleicht konnte er ihr auch etwas empfehlen, und zwar nicht — wie sonst immer — achthundert Seiten G. Eliot.
Warum tue ich mir immer so etwas an? dachte sie. In ihrem Alter sollten Leben und Liebe besser zusammenpassen, Affären sollten kaum mehr bedeuten, als die vorhandene Auswahl durchzusehen und sich einen angenehmen, attraktiven Mann von Christie's, aus einem der Ministerien oder sogar einer Bank auszusuchen. Keinen von Wall Street, keinen, der immer nur vom Geschäft redet. Francis hatte zwar auch von Geld gesprochen — aber in einer Art, die sie nicht erwartet hätte. Nichts an ihm war so, wie sie es erwartet hätte.
Verdammter Luc! Sie schüttelte den Kopf und versuchte sich auf die Akte vor ihr zu konzentrieren. Julien Agnew hatte ein Exklusivrecht auf einen »hervorragenden« Guido Reni aus einer schottischen Privatsammlung, einen »Joshua«, der wahrscheinlich zu dem eindrucksvollen »David« im Louvre gehörte. Die Lichtführung war einzigartig, und Guido Reni kam langsam zu seinem Recht, nachdem man ihn ein Jahrhundert lang als Quelle für dümmlich sentimentale Madonnen wie vom Fließband abgetan hatte. Agnew versicherte, daß es mit der Ausfuhrlizenz keine Probleme geben würde. Aber Elizabeth war sich da nicht so sicher. Der neue Direktor der National Gallery von Schottland war sehr aggressiv. Auf jeden Fall konnte sie, wenn sie wollte, das Bild im Januar in New York sehen, wo es im Met von John Brealey gesäubert wurde, bevor es zu einer Ausstellung nach Detroit ging.
Nun hatte aber die Aussicht auf New York im Januar einen ausgesprochenen Reiz. Sie rief Julien Agnew an und verabredete sich mit ihm für die erste Woche im neuen Jahr.
Das Telefon klingelte. Schon wieder London, diesmal war es der Leiter der Möbelabteilung bei Sotheby's. In der Woche zuvor hatte er sie durch das Lagerhaus in Clichy begleitet,

wo Concorde ihre französischen Möbel aufbewahrte. Er war beeindruckt gewesen. Von vielen der Stücke, die sie ihm zeigte, hatte er gar nicht gewußt, daß Concorde sie gekauft hatte. Jetzt am Telefon bestürmte er sie, das *bureau plat* von Riesener und den Louis-XV-Sekretär auf die Versteigerung zu bringen, die Sotheby's für Mai in Monte Carlo plante. Er wisse genau, wer sich dafür interessieren werde: eine Frau aus New Jersey, eine andere aus Los Angeles, ein Mann aus Nashville, ein Araber aus London und vielleicht das Getty Museum. Jedes Stück werde mindestens einen siebenstelligen Betrag bringen. In Pfund.

Während sie seinen Lobgesängen zuhörte, lächelte sie über seine Wortwahl. Die Kunstwelt sprach bei reichen Käufern noch immer von drei Geschlechtern: Männer, Frauen und Araber. Als er geendet hatte, hielt sie ihn zuerst etwas hin und log ihm vor, daß auch Christie's die Objekte wolle und angeboten habe, auf die Verkäuferprovision zu verzichten. Es machte ihr nichts aus, die Auktionshäuser zu belügen, sie taten es ja selber. Das Ergebnis war ein zufriedenstellender Abschluß: keine Provisionsverpflichtung für Concorde, die vollständige, farbige Abbildung der Objekte im Katalog mit allen Details und eine Entschädigung, entsprechend 20 Prozent des von Sotheby's empfohlenen Mindestpreises, wenn sich die Stücke nicht verkauften. Das war ihre eigene Erfindung. So blieben die Auktionshäuser ehrlich, und es ersparte ihr das Problem, Objekte wieder in den Markt einführen zu müssen, die bereits mit dem Makel behaftet waren, wegen zu optimistischer Mindestpreise unverkauft geblieben zu sein. Im Gegensatz zu den Händlern brachte Elizabeth nie Objekte zur Auktion, nur um einen Grundpreis festzuschreiben. Tonys Motto lautete: Wenn du verkaufen willst, dann verkaufe!

Sie wolle es sich noch einmal überlegen, meinte sie, wußte aber bereits, daß sie das Zeug wahrscheinlich Sotheby's geben würde. Verglichen mit der Konkurrenz mochte Sotheby's ja ein klein wenig vulgär und marktschreierisch erscheinen, aber für Objekte wie diese zog man sich dort schon den Frack an. Und im Augenblick schien Christie's nicht eben auf der Höhe der Zeit zu sein.

Aber trotzdem hatte sie ganz und gar keine Lust, dem jungen Mann vom Stand weg den Tag zu versüßen, damit er dann in die Jermyn Street gehen und glauben konnte, er habe sich einen Champagner-Lunch im Wilton's verdient. Sie wollte auch zuerst noch mit Herve Aaron und mit Rossi bei Aveline sprechen; vielleicht hatten die private Kunden für die Objekte.

Beim Auflegen merkte sie, daß ihre Gedanken sich, vielleicht zum hundertsten Mal seit dem Wochenende, Francis Mather zugewandt hatten.

Sie war mit Luc spät am Freitagabend in Colmar eingetroffen; Mather war erst am Samstag mittag gekommen. Er hatte sie im Restaurant Häberlin in Illhäusern getroffen, nachdem er von Basel hochgefahren war, wo er ein Seminar gehalten hatte. Wahrscheinlich über Eurobonds, dachte sie. Die Händler mit Festgehalt bei Concorde stürzten sich immer auf diese Eurobondseminare, die von New Yorker Investmentbankern in den besten Schweizer und französischen Hotels abgehalten wurden, meist strategisch günstig in der Nähe von Drei-Sterne-Restaurants gelegen.

Auf den ersten Blick war ihr Mather als Wall-Street-Durchschnitt erschienen. Attraktiv, vermutlich ein paar Jahre älter, als er aussah – wahrscheinlich Mitte vierzig. Etwa einen Meter achtzig groß, vielleicht etwas weniger, schöne dunkle Haare mit ordentlichem Scheitel und eher kurz geschnitten, braune Augen hinter goldgerahmter Brille. Er war sehr schlank, aber Gott sei Dank ohne dieses graue, ausgezehrte Gesicht, das Jogging und Gesundheitscenter und Mineralwasser bei jedem Essen bedeutete. Seine Kleidung war gut geschnitten; er trug ein Tweedsakko, ein dezent kariertes Hemd mit einer Clubkrawatte, wie es den Anschein hatte, und ein Paar dieser schrecklichen Mokassins mit Quasten, die amerikanische Investmentbanker bevorzugten. Er hatte eine angenehme Stimme, hin und wieder mit einem leisen Anklang an die Preparatory School der Ostküste, und er wechselte gewandt vom Französischen ins Englische und wieder zurück. Sein Französisch war weder bemüht noch affektiert. Nachdem Elizabeth ihn zehn Minuten beobachtet hatte, klassifizierte sie ihn als herausragendes Exemplar der Spezies *Investmentbanker Americanus*, mit einer guten Erziehung, die die Wall Street noch nicht vollständig abgenutzt hatte; obwohl er nicht über Angebote und Zinssätze sprach, ordnete sie ihn doch eindeutig Morgan Stanley oder Goldman, Sachs zu.

Das Mittagessen war köstlich, der Elsässer Wein erfrischend und würzig, und es gab Unmengen davon. Mindestens zweimal glaubte Elizabeth zu bemerken, daß Mather sie mit Interesse ansah, beziehungsweise — wie es bei neuen Bekanntschaften immer der Fall zu sein schien — ihren Busen ansah. Gegen ihren Willen errötete sie schwach und zog die losen Ärmel des schweren Pullovers über ihren Schultern beschützend um sich. Dabei glaubte sie zu bemerken, daß jetzt er errötete. Er konzentrierte sich wieder auf seine Trüffelpastete und begann mit Luc ein nervöses Gespräch über Wall-Street-Klatsch. Seine offensichtliche Verlegenheit bezauberte sie. Sie hielt ihn für einen sehr liebenswerten Mann.

Nach dem Mittagessen fuhren sie nach Colmar. Das spätnachmittägliche Licht färbte sich eben golden, als sie das Musée d'Unterlinden erreichten. Sie gingen direkt zum Isenheimer Altar. Elizabeth hatte ihn schon ein paarmal gesehen, aber er war zu fremdartig und zu grausam, um nicht auch für ihr geschultes Auge immer wieder neu zu sein. Sie blieb im Hintergrund stehen, während Mather um den Altar herumging, die Tafeln und Flügel untersuchte, stehenblieb, um den sprühenden, strahlenden Heiligenschein des Auferstande-

nen zu bewundern, und schließlich neben sie trat, um das Mittelstück, das die Kreuzigung darstellte, zu betrachten.
Sie fragte sich, ob Mather vielleicht einen Schnellkurs in Kunstgeschichte wollte, einen kurzen Abriß über den apokalyptischen Geist nordeuropäischer Malerei aus dem sechzehnten Jahrhundert. Nein, dachte sie. Irgend etwas befahl ihr, ruhig zu sein. Luc im Hintergrund wurde langsam ungeduldig. Museen langweilten ihn. Wahrscheinlich dachte er bereits ans Abendessen.
Sie warf einen verstohlenen Blick auf Mather.
Er starrte die zerschlagene und gepeinigte Gestalt Christi an, die schmerzverzerrte, nächtlich starre Agonie der Szene. Golgatha ähnelte der Oberfläche des Mondes. Der leidende Christus war erstarrt zu einem Stalaktit aus Schmerz und Jammer.
Mather war sich offensichtlich der Anwesenheit der anderen um ihn herum nicht bewußt. Irgendwie spürte Elizabeth, daß er den Schmerz auf eine direkte Weise erlebte, wie sie es nicht konnte. Es schien, als wäre er körperlich in Grünewalds fürchterliches Tableau eingegangen.
Wieder sah sie Francis Mather an, und plötzlich hätte sie am liebsten die Hand ausgestreckt und nach der seinen gegriffen, um ihn zu trösten. Sie erkannte, daß, was er spürte, nicht mit Worten auszudrücken war, daß zwischen ihm und dem Gemälde etwas vorging, in das sie nicht einzudringen wagte. Wie er so dastand und das Bild ansah, fühlte sie, daß er sie und Luc und dieses Museum verlassen hatte. Das Atmen fiel ihr schwer, so als wäre alle Luft aus diesem Augenblick gepumpt worden.
Doch schließlich schüttelte er den Kopf, wie um sich selber von den starken Gefühlen zu befreien, die ihn ergriffen hatten; er zog ein helles Taschentuch aus der Jackentasche und wischte sich über die Augen.
»Mein Gott«, sagte er, als er die Brille wieder aufsetzte. Er atmete tief durch.
»Wißt ihr«, sagte Luc, der offensichtlich in sein persönliches

Augenblicksgefühl vertieft war, »Schillinger macht die besten *noisettes de chevreuil*. Ich glaube, das werde ich heute abend essen.«
Plötzlich verachtete ihn Elizabeth. Gefühlloser, unsensibler Luc! Dummer, banaler Luc! Sie fühlte sich herabgesetzt, weil sie mit ihm zusammen war, es war ihr peinlich, daß sie Zimmer und Bett mit ihm teilte.
Im Hotel machte Luc die Sache nur noch schlimmer. Mather war im angrenzenden Zimmer, und Luc, als würde ihn die Nähe seines Freundes stimulieren, wurde feurig, drängend, unkontrollierbar, unwiderstehlich. Er war — leider! — sehr erfinderisch und geschickt bei der Liebe. Verdammt, immer wieder bringt er mich soweit, dachte sie, während sie den Orgasmus in sich aufsteigen spürte; sie fühlte sich gewöhnlich und vulgär, weil sie das tat, obwohl doch Mather ganz in der Nähe war. Die dicken Stuckwände, die mächtige Eichentür wurden plötzlich so dünn wie Zwiebelschalen. Schrecklich köstliche Gefühle, die sie nicht abwehren konnte, griffen nach ihr, stiegen die Beine hoch, über den Bauch und wollten herausgeschrien werden, während Luc in ihr herumstieß und -glitt und sich suhlte und dabei grunzte wie ein Tier. Ein Teil ihres Bewußtseins bewahrte das Bild Mathers im Zimmer nebenan, wie er las und lange, wichtige Gedanken dachte; sie sah, wie er die ordinären Geräusche durch die Wand hörte, sah, wie er merkte, daß sie einen Teil dieser Geräusche produzierte, und sie wollte nicht, daß er das dachte. Gegen Ende zu, kurz bevor der Orgasmus sie überwältigte, versuchte sie verzweifelt, die Geräusche in die Kehle zurückzudrängen und sie betete zum süßen, Wünsche erfüllenden Gott, daß Mather vielleicht spazierengegangen sei oder nach unten oder irgendwohin, wo er nur sie und Luc nicht hörte und das, was sie sich selbst sagen hörte . . .
Beim Abendessen ließ sich Mather Gott sei Dank nicht anmerken, ob er etwas gehört hatte. Vielleicht waren die Wände wirklich so dick, wie sie aussahen.

Sie ärgerte sich immer mehr über Luc. Vor seinen amerikanischen Kunden und Freunden gab er stets gerne an, aber an diesem Abend schien er schlimmer denn je. Er bestellte mit großer Zeremonie, beschimpfte die Kellner und den Kellermeister und ließ zurückgehen, was sie und Mather mit übereinstimmend hochgezogenen Augenbrauen für einen ausgezeichneten Riesling hielten.

»Was für eine schreckliche Geschichte, daß sich Mallory von der CertBank zurückzieht«, sagte Luc. Er winkte stürmisch nach mehr Wein. »Ein großartiger Mann, meinst du nicht, Francis?«

Manning Mallory, dachte Elizabeth. Eigenartig, diesen Namen wieder zu hören.

»Eigentlich nicht«, erwiderte Mather. Elizabeth glaubte, etwas Schneidendes in seiner sanften Stimme zu hören.

»Ein absolutes Genie«, erklärte Luc. »Ohne Mallory wären die Banken nur *phmph! Tout phmph!*« Er schlug mit der Gabel auf den Tisch. Ein paar Tropfen Wein spritzten auf das Tischtuch. »Ohne Mallory, Mexiko *phmph!* Argentinien *phmph!* Alles *phmph!*«

Mather lächelte. »Ich wußte gar nicht, daß du so starke Überzeugungen hast, Luc. Und ich weiß nicht, ob ich mit dir übereinstimme«, sagte er. Er versuchte offensichtlich, die Situation zu entspannen.

Luc winkte mahnend mit dem Finger. Elizabeth fühlte sich gedemütigt.

»Der größte Banker aller Zeiten, der größte, mein Freund. Keine Frage. Ohne Mallory wäre das Bankwesen noch immer im neunzehnten Jahrhundert!« Luc füllte sein Glas neu.

»Wobei ich mir gar nicht sicher bin, ob es nicht dorthin gehört«, meinte Mather freundlich. »Nun, ich kann nicht leugnen, was der Mann geschafft hat, und ich kann mit Sicherheit seinen Einfluß nicht abstreiten. Er schnalzt mit der Peitsche, und alle anderen Banker springen auf ihre Hocker und schnurren. Aber ich muß auch sagen, mein lieber Freund, daß man meiner Meinung nach — und ich muß zugeben, das ist sehr unchristlich von mir — deinen Mister Mallory in zwanzig oder dreißig Jahren, wenn die Geschichte ihr Urteil gesprochen hat, für das finanzielle Äquivalent eines Kriegsverbrechers halten wird. Zumindest im Hinblick auf das, was er für den westlichen Kapitalismus bedeutete — oder was er ihm angetan hat!«

Luc schaffte ein schiefes, überhebliches Grinsen. *»C'est stupide, ça.«*

Mit ernstem Gesicht beugte sich Mather vor. Verschwende nicht deine Zeit, dachte Elizabeth, mit Luc kann man nicht mehr diskutieren. Sie wünschte sich ein neues Thema, das sie taktvoll einführen konnte. Mit ihren Augenbrauen versuchte sie, Signale zu übermitteln.

»Schau, mein lieber Freund«, sagte Mather. »Meiner Ansicht nach, und ich muß zugeben, sie kommt aus einem anderen Blickwinkel als deine, ist fast alles, was Mallory im Bankwesen neu eingeführt hat, langfristig eine vollkommene Katastrophe, initiiert im Namen kurzfristiger Profite. Sieh dir doch seine großartigen Innovationen an: Petrodollar-Recycling, wahrscheinlich die dümmste Idee, die ein Banker je hatte; die Institutionalisierung des Aktienbesitzes an Konzernen — eine absolute Katastrophe. Du darfst die Verlautbarungen seiner PR nicht für das Evangelium halten, Luc, weil . . .«

Mather sah, daß ihm sein Zuhörer nicht mehr folgen konnte, und er hörte mitten im Satz auf. Er sah zu Elizabeth hinüber und hob die Schultern.

Luc setzte sich plötzlich auf und rief laut nach *eau de vie de poire Williams.*

»Tut mir leid«, sagte Mather zu Elizabeth. »Es gibt ungefähr drei Dinge im Leben, die mein Blut in Wallung bringen, und Manning Mallory ist eins davon.«

»Machen Sie sich nicht daraus«, erwiderte Elizabeth. Bei diesem Thema hatte sie kaum eine eigene Meinung, obwohl das, was Mather sagte, deutlich die Befürchtungen ihres Chefs über die finanzielle Lage der Welt widerzuspiegeln schien. »Ich habe Banken immer für Kirchen gehalten«, sagte sie.

»Auf ihre Weise können sie das auch sein«, entgegnete Mather lächelnd. »Aber glauben Sie mir, heutzutage sind sie es nicht.«

Soll ich Onkel Waldo ins Gespräch bringen? überlegte sie. Nein, der Abend war schon schwierig genug. Warum mußten sich die Leute über etwas wie Banken nur so aufregen?

Den Kaffee tranken sie in der Bar ihres Hotels. Luc bestellte noch einen *poire* und schlief ein. Mather und Elizabeth sprachen über einige der anderen Dinge, die sie an diesem Tag gesehen hatten.

Sie hatte den Eindruck, als benutze Mather sein Geplapper als Schild, hinter dem er sie beobachten konnte. Sie machte es ebenso, so wie sie als junges Mädchen hinter den Möbeln ihre Eltern belauscht hatte. Mather war wirklich sehr attraktiv. Sie nahm an, daß er nicht viel über Kunstgeschichte wußte, aber er schien Musik und die Oper zu lieben, war also kein Banause. Sie fragte sich, wie er wohl lebte, was er außerhalb seines Büros tat, wen er traf, mit wem er schlief.

Dann wechselten ihre Gedanken zu Mallory. So schlecht, wie Mather andeutete, konnte er gar nicht sein. Er war einfach nur ein Banker.

»L'heure de sommeil est arrivée, mes enfants«, verkündete Luc plötzlich und erhob sich unsicher.

Die drei gingen nach oben, wobei Luc sich schwer auf Elizabeth lehnte. Vor ihrer Tür sagten sie sich gute Nacht. Elizabeth spürte, wie Lucs Hand von ihrer Schulter glitt, mit obszöner Offensichtlichkeit besitzergreifend an ihrem rechten Busen hängenblieb und dann auf ihre Hüfte rutschte. Sie fühlte, wie ihr das Blut ins Gesicht stieg.

»Gute Nacht, Elizabeth«, sagte Mather und streckte die

Hand aus. Instinktiv bot sie ihm die Wange zum Kuß, und er berührte sie leicht mit seinen Lippen. Luc im Hintergrund murmelte irgendwas von einem Besuch der Weinberge am nächsten Tag.
»Gute Nacht, Francis«, sagte Elizabeth. Ohne eigentlich zu merken, was sie tat, streckte sie die Hand aus und drückte die seine.

Als sie am nächsten Morgen aufwachte, war es schon beinahe zehn; ein Stöhnen neben ihr und der deutliche Gestank sagten ihr, daß Luc mit einem üblen Kater zu kämpfen hatte und kaum vor Mittag aufstehen würde. Dann schaffte er es vielleicht, ein Kronenbourg hinunterzuwürgen und wieder auf die Beine zu kommen.
Sie badete, zog sich an und ging nach unten. Der Tag war grau und die Straße feucht vom nächtlichen Regen. Ein Hauch von Frost hing in der Luft. Vielleicht schneit es sogar, dachte sie. Gott sei Dank flogen sie zurück. Die lange Zugfahrt nach Paris, mit Luc in dieser Verfassung, wäre zu einem Alptraum geworden.
Sie wollte sich eben umdrehen und wieder hineingehen, als ein Wagen auf den Hof fuhr, eine Hand im Fahrerfenster auftauchte und ihr winkte.
»Elizabeth! Guten Morgen!« Francis Mathers lächelndes Gesicht erschien.
»Ach, du meine Güte«, sagte sie. »Schon so früh auf, nach dem ganzen *poire* von letzter Nacht? Der arme Luc braucht die Letzte Ölung.«
»Na, vielleicht kann ich da helfen«, sagte Mather. Er stieg aus dem Auto. Elizabeth merkte, wie ihr die Kinnlade herunterfiel.
Er trug einen schwarzen Anzug, und um den Hals hatte er einen Priesterkragen. Davor baumelte ein kleines Goldkreuz.
Mein Gott, dachte sie, er ist ein Priester!

»Bin ich wirklich so furchterregend?« fragte er. »Ich wünschte nur, der Teufel würde auch so denken.«
Elizabeth wußte einfach nicht, was sie sagen sollte. Sie versuchte, ihre Selbstbeherrschung wiederzugewinnen.
»Kommen Sie«, sagte er. »Trinken wir einen Kaffee. Dann hat Ihnen also Luc nichts von mir erzählt? Über seinen lieben Freund Francis, der eine Partnerschaft an der Wall Street aufgab, um Gott zu dienen?«
Nein, das hat Luc nicht, dachte Elizabeth, verdammt sei sein sechster Sinn und verflucht seine dürre französische Seele! Möge Gott ihn mit Eiterbeulen und Krebsgeschwüren strafen und einem Kater, der ihn nie wieder zu sich kommen läßt.
»Nein, ich fürchte, das hat er nicht«, erwiderte sie.
»Nun«, sagte er, »dann gestatten Sie, daß ich mich noch einmal vorstelle: Francis Bangs Mather, Doktor der Theologie, Pastor zu All Angels and All Souls, 227 East 87th Street, New York, New York 10028. Wollen Sie meine Karte sehen? Sie ist ziemlich hübsch. Graviert — bei Tiffany's. Eine Geschenk von einem Mitglied meiner Gemeinde.«
»All Angels?« fragte sie. »Ist das katholisch?«
»Episkopalisch. Katholische Kirchen haben keine Pastoren. Außerdem, sosehr ich meine römischen Brüder in Christus bewundere, sehe ich denn nach Rom aus? Unser Glauben ist im ganzen etwas einfacher, obwohl ich gern zugeben will, daß wir bei Bedarf auch in der Abteilung Weihrauch und Gesang einiges zu bieten haben.«
Der Kaffee kam. Während er einschenkte, musterte sie ihn. Wirklich sehr elegant, dachte sie. Der gleiche Schneider — vermutlich London, sagte ihr taxierendes Auge —, der Jacke und Hose vom Tag zuvor zugeschnitten hatte, mußte auch für diesen eleganten Flanellanzug verantwortlich sein. Seine glatten, schwarzen Schuhe hatten den dunklen Glanz von Leder aus der James Street. Der Wendekragen macht ihn zehn Jahre jünger, dachte sie. Plötzlich schien es sehr wichtig, daß sie wußte, wie alt er war, und sie fragte ihn.

»Sechsundvierzig«, antwortete er. »Gerade eben. Warum?«
»Einfach so.« Sie hatte das Gefühl, etwas Schlaues sagen zu müssen. »Wenn ich Sie so sehe, nehme ich an, es ist ›Mather‹ wie in Cotton Mather?« fügte sie hinzu.
»Kaum. Dieser Reverend Mather lag ja eher auf der Linie Jerry Fallwell/Jimmy Swaggart. Der Stil meiner Familie ist weniger aggressiv — aber nicht weniger demütig, wie ich hinzufügen möchte.«
»Aber Sie hatten doch wirklich etwas mit Wall Street zu tun? Das hat Luc doch gesagt, oder? Oder bin ich dabei, meinen Verstand zu verlieren?«
»Sind Sie nicht, und ich war wirklich dabei. Ich war dort früher sogar ein ziemlich großer Fisch.«
Elizabeth hatte richtig geraten, es war Morgan Stanley.
»Eigentlich spiele ich am Rande ja immer noch ein wenig mit; meine Firma hat mir eine kleine Beteiligung an einer ihrer eingeschränkten Partnerschaften überlassen. Ab und zu holen sie mich für eine kleine Anlageberatung, alles streng hinter der Bühne — wenn ihnen nichts mehr einfällt.« Er grinste. »Um die Wahrheit zu sagen, ich bin mir nicht so sicher, ob es *meine* Hilfe ist, die sie suchen, wenn Sie verstehen, was ich meine.«
Er hob den Blick zur Decke.
»Wie dem auch sei, meinem Bischof gefällt es, wenn ich den Kontakt zur Street nicht verliere. Er ist sehr aufgeschlossen, mein Bischof! Und auch innerhalb der Diözese bleibe ich in Übung, ich berate das Bischofsbüro bei Investitionen, mache unseren angestellten Geldverwaltern Schwierigkeiten — das macht mir wirklich Spaß — und halte ab und zu inspirierende Reden. Im allgemeinen tue ich mein Bestes, um zu verhindern, daß Cäsar alles kriegt. Ja, und in Basel war ich ja eigentlich, um ein Seminar für eine Schweizer Bank abzuhalten, mit der ich früher Geschäfte gemacht habe. Darüber, wie christliche Ethik mit harten Geschäftspraktiken zu vereinbaren ist. Eine Art Straßenkarte durch das Nadelöhr. Eine dü-

stere Stadt, dieses Basel. Auf jeden Fall, heute morgen bin ich bei Tagesanbruch aufgestanden, bin nach Straßburg gefahren und habe dort in der anglikanischen Kirche die Frühmesse gelesen.«
»Ich nehme an, Sie wollen mir nicht sagen, wie oder warum Sie von der Wall Street zu Gott gewechselt sind?«
Es war ihr einfach herausgeplatzt. Elizabeth war es peinlich, danach gefragt zu haben. Sie fühlte sich, als würde sie jemand, der ihr schon beim ersten Kennenlernen von seiner tödlichen Krankheit erzählt hatte, nach den Symptomen fragen. Reiß dich zusammen, dachte sie. Religion ist kein Krebs.
»Leider haben wir nicht die ganze Woche«, antwortete Mather. »Irgendwann, wenn wir die Zeit haben, werde ich Ihnen die ganze Geschichte erzählen können. Aber ich kann Ihnen eine komprimierte *Reader's Digest*-Version geben. Ich stamme zwar aus einer alten kirchlichen Familie, ging aber an die Wall Street.«
»Warum?«
»Geld, nehme ich an. Und ich war neugierig. Ich wuchs ärmlich unter reichen Leuten auf. Nun, eine Zeitlang machte es Spaß, aber dann fing ich an, es zu hassen und auch die Leute, die diese Art von Geschäft allmählich anzog, und schließlich kam Gott und holte mich. Da war ich also auf der Straße nach Damaskus — in Wirklichkeit auf der Avenue of the Americas —, und er kam und stieß mich von meinem hohen Roß. Wie den Saulus von Tarsus.«
Elizabeth dachte an die Bilder der Bekehrung des heiligen Paulus. Da gab es den atemberaubenden Caravaggio in Rom, in Santa Maria del Popolo. Und den Bruegel im Kunsthistorischen Museum in Wien. Den Bruegel mochte sie besonders, bei dem die Offenbarung des Heiligen nur eins in einer Unzahl von Ereignissen auf einer belebten Straße war. War Mathers Bekehrung auch so gewesen? überlegte sie. War er vom göttlichen Licht getroffen worden, während um ihn

herum New York schäumte und dröhnte und seiner geräuschvollen Wege ging?

Plötzlich fand sie ihn ganz und gar faszinierend, sie wollte alles über ihn wissen.

»Und wer sind Sie, Elizabeth?« hörte sie ihn fragen. »Wer sind Sie, was sind Sie und wie sind Sie so geworden?«

Sie erzählte ihm, was sie machte. Es klang so gewöhnlich, eine Reisende in Kunst für Geld, vor allem Werke, die ursprünglich zur Verherrlichung desselben Gottes geschaffen waren, der zu diesem Mann gekommen war und sein Herz und seine Seele ergriffen hatte.

Sie vermittelte ihm eine kurze, bereinigte Version von Elizabeth, wobei sie sich auf die letzten fünfzehn Jahre konzentrierte, auf den Teil ihres Lebens, den sie einer öffentlichen Betrachtung für angemessen hielt.

Er hörte ihr mit Aufmerksamkeit zu. Als sie geendet hatte, sagte er: »Ich weiß nicht, was ich von dieser ›Kunst als Investition‹ halten soll.« Sie wollte schon antworten, aber Mather hob die Hand. »In einiger Entfernung sehe ich etwas Blaßgrünes auf uns zuwanken. Wenn ich mich nicht irre, ist es Ihr Liebhaber.«

O bitte, sag das nicht, dachte sie. Bitte denk es nicht. Luc und ich sind doch nur für den Augenblick beieinander — bis gestern. Aus Mangel an etwas Besserem.

Mather stand auf. »*Bonjour, cher Luc!* Trink ein Bier. Du brauchst es, um wieder in Form zu kommen.« Er zwinkerte Elizabeth zu. »Und nach dem zu urteilen, was gestern nachmittag zu hören war, scheint es ja eine sehr eindrucksvolle Form zu sein, wenn ich so sagen darf.« Elizabeth spürte, wie sie tiefrot wurde.

Am Abend trennten sie sich. Mather fuhr nach Genf und von dort nach New York. Was für eine schöne Zeit sie doch verbracht hatten, meinten sie übereinstimmend. Sie sollten es wiederholen. Man versprach sich, in Kontakt zu bleiben.

Auf dem Rückweg nach Paris beschwerte sich Elizabeth bei Luc, weil er sie zum Narren gehalten hatte.

»Sei doch nicht doof«, erwiderte er. »Es hätte schlimmer kommen können. Er hätte ein Jesuit sein können, der uns bekehren wollte. An der Wall Street werden immer wieder Leute verrückt, aber nicht so verrückt wie Francis, glaube ich. Er war an der Spitze. Fusionen — ganz große Dinger. Eine Million Dollar im Jahr, und das vor zehn Jahren, als eine Million noch wirklich viel Geld war. Aber dann, *un vrai coup de feu*, verlor er Frau und Kinder. Du erinnerst dich bestimmt an diesen Flugzeugabsturz in New Orleans, ich glaube Pan Am war es. Eine schreckliche Sache. Und soviel ich gehört habe, bedeutete ihm danach das Geld einfach nicht mehr soviel. Aber wenigstens ist er in der anglikanischen Kirche, er kann also ein Verhältnis haben, wenn er will. Er war ja immer *très habile* mit den Damen, unser Francis.«

Geil vor lauter Kater langte Luc hinüber und fuhr mit der Hand unter ihren Rock und den Schenkel hinauf.

»Et ce soir? Chez moi?«

Sie nahm seine Hand weg. Am liebsten hätte sie sie abgeschnitten. »Nein«, sagte sie. »Nicht heute abend.« Sie suchte keine Ausflüchte. Luc sah beleidigt aus.

Lange nicht, *mon cher,* dachte sie. Sehr wahrscheinlich gar nicht mehr.

14

PARIS

Montag, der 16. Dezember

Am Ende siegte das Außenministerium über die Direktorate des Geheimdienstes, und man beschloß, den Amerikanern ein kleines Geschenk zu machen. Die Versenkung des Greenpeace-Schiffes war in Amerika nicht eben positiv aufgenommen worden. Die Beziehungen zwischen Frankreich und Amerika waren generell gespannt: Die Präsidenten der beiden Republiken waren wohl kaum aus demselben Holz geschnitzt, und man brauchte kein geschultes Auge, um weitere Schadstellen in der historischen, aber immer verkrampften Freundschaft zu entdecken.
Die Amerikaner taumelten von einem Spionageskandal in den anderen; alles, was die CIA stärken konnte, wurde dankbar aufgenommen, auch wenn es sich später nur als Ablenkungsmanöver erwies.
Und ein Ablenkungsmanöver sollte es auch nur sein. Es ging einfach nicht, daß man ihnen die Kronjuwelen gab. Das war der Fehler, den die Briten bei den Amerikanern immer machten – bis sie irgendwann einmal eines Besseren belehrt wurden. Im US-Geheimdienst gab es mehr Löcher als in einem Schweizer Käse. Vom gegenwärtigen Material abgesehen, wurde alles, was man an CIA oder NSA weitergab, im Ver-

lauf weniger Monate nach Moskau, Peking, Tel Aviv oder Damaskus verkauft. Nun war das Wesen des Verrats in den Staaten besonderer Art: Wo die Verräter anderer Länder aus Liebe, Überzeugung oder Haß betrogen, schienen es die Amerikaner nur wegen des Geldes zu tun.

Als Resultat des Kuhhandels zwischen dem Élysée-Palast, dem Quai d'Orsay und »La Piscine«, dem Gebäude hinter dem öffentlichen Bad, das die Direction Générale de Sécurité Extérieure, die DGSE, beherbergte, wurde also beschlossen, den Amerikanern dieses Menschikow-Material, das die Sûreté entdeckt hatte, zu übergeben, und es mit ein paar Krümeln vom Direktorentisch des französischen Geheimdienstes wie eine Weihnachtsgans zu garnieren.

Deshalb besuchte der DGSE-Mann seinen Konterpart im Büro der Amerikanischen Botschaft.

»Wie Sie wissen«, sagte er zur Einleitung, »haben wir vor ein paar Jahren das Direktorat T des KGB infiltriert, wo die Russen ihre Industrie- und Wirtschaftsspionage abwickeln.«

»O Gott«, erwiderte der CIA-Mann. »Ich hoffe nur, ihr seid nicht wieder auf einen Desinformationstrick des KGB hereingefallen.«

Der Franzose hob innerlich die Schultern und lächelte. Er war an so etwas gewöhnt. Heutzutage sahen die Amerikaner auch an sonnigsten Tagen den Schatten des Bären.

»Das glauben wir nicht«, sagte er taktvoll. »Es ist etwas, das uns die Sûreté im Zusammenhang mit der Untersuchung eines Verbrechens übergeben hat. Aber wir haben Grund für die Annahme, daß es mit bestimmten Aktivitäten im Direktorat T in Verbindung steht.«

Die DGSE machte aus dieser »Infiltrierung des Direktorats T« mehr, als gerechtfertigt war. In den zwei Jahren, seitdem der französische Geheimdienst einen Angestellten im Archiv des Direktorats umgedreht hatte, konnte lediglich in Erfahrung gebracht werden, daß es eine Abteilung innerhalb des KGB gab, die sich mit nichtmilitärischer Spionage und Unruhestiftung beschäftigte, aber soviel bekannt wurde, waren deren Aktivitäten im wesentlichen kaum anders als die Methoden, die Machines Bull oder Thomson anwendeten, um unzufriedenen oder bestechlichen Angestellten von IBM oder Fujitsu Handelsgeheimnisse zu entlocken. Wenn man jedoch die Tatsache, daß der Portier des François Premier ermordet worden war, mit einbezog, erhielt die Geschichte der DGSE einen Anstrich von Gewalt, und den mochten die Amerikaner.

Der DGSE-Vertreter griff in seine Aktentasche und nahm eine Cassette und eine dünne, durchsichtige Plastikmappe heraus.

Der Amerikaner nahm das Band. »Sollen wir nach unten ins Rote Zimmer gehen und da mal reinhören?« fragte er.

»Nicht nötig. Das ist kein streng geheimer Funkspruch aus Moskau, den wir abgefangen haben. Es ist nur ein Band aus einem kleinen Sony.« Er holte einen tragbaren Cassettenrecorder aus seiner Tasche. Der Recorder war etwas unförmig, ein drei oder vier Jahre altes Modell, und er bemerkte ein abschätziges Zucken im Mundwinkel des Amerikaners.

»Das Original dieses Bands wurde im Safe des getöteten Portiers im Hotel François Premier in der Rue Bayard sichergestellt«, erzählte er geduldig. »Offensichtlich hatte es der Portier selbst aufgenommen, ein gewisser Wladimir Alphonse-Marie Coutet. Interessanterweise waren Coutets Eltern Russen. Fünf Tage nach dem Abend, an dem nach unseren Vermutungen das Band aufgenommen wurde, fischte man Coutets Leiche aus dem Fluß.«

»Gibt es einen Zusammenhang?«

»Das wissen wir nicht. Die Sûreté bezweifelt es. Es sieht aus, als hätte irgendein Araber aus Belleville Coutet erstochen, wahrscheinlich in einem Streit wegen Drogen.«

»Nahm der Kerl welche?«

»Nein, er beschaffte sie eher, für die feinen Leute. In seinem Safe fanden wir Hinweise darauf, daß er wahrscheinlich etwas von dem *douce poudre blanche* für besondere Kunden im

Hotel auf Lager hatte. Der Service im François Premier ist ausgesprochen persönlich, mein Freund.«

»Alles, von Mädchen bis Maronen, hm?«

»Genau. Auf jeden Fall hatte Coutet an diesem Abend des 18. November die Nachtschicht übernommen. Er versuchte, seine Arbeitsstunden immer den Besuchen gewisser alter und bevorzugter Kunden anzupassen. Das war auch an diesem Abend der Fall. Ein gewisser Grigori Menschikow, ein Stellvertretender Sowjetischer Minister für Kunst, war im Hotel zu Gast.«

»Menschikow? Muß man den kennen?«

»Ich kann mir nicht vorstellen, warum.« Der DGSE-Agent öffnete die Mappe und nahm ein Foto und ein Dossier heraus. Es bestand nur aus einem einzelnen Blatt Papier, auf dem höchstens ein Dutzend Zeilen getippt waren.

»Grigori Simonon Menschikow«, las er. »Geboren 1900 in Tiflis. Ausbildung als Wirtschaftswissenschaftler. Mitglied des Wirtschaftswissenschaftlichen Instituts in Moskau. Delegierter in Bretton Woods 1944 und Jalta 1945. Offensichtlich ein enger Vertrauter Stalins, und als Stalin 1953 starb, wurde er zur Kunst versetzt, weg vom Zentrum der Macht. Es war logisch. Als nächstes ...«

»He«, warf der Amerikaner dazwischen. »Sie glauben wohl, Sie reden mit Joe Schmuck?« Er stand auf und ging quer durchs Zimmer zu einem Computermonitor. Der DGSE-Mann hob die Schultern und folgte ihm. Die Amerikaner waren ihren Computern absolut hörig. Er sah zu, wie der Amerikaner einige Daten abrief und vom Schirm ablas.

»Menschikow, Grigori etc. Geboren *blablabla*. Ausbildung *blablabla*. 1935—36 in London, das wißt ihr nicht; wir haben das von den Briten, heißt's hier. War damals Dichter. He, da: veröffentlichte 1935 etwas mit dem Titel *Feuervisionen* in etwas mit dem Namen *Criterion;* ich wette, das war nur Schrott. Ah, Sie haben recht. Wechselt zu Wirtschaftswissenschaften, denn, sehen Sie: 1938 Mitglied des Instituts für

Wirtschaftswissenschaften an der Sowjetischen Akademie der Wissenschaften. Und hier: 1940 Rote Armee. Westfront gegen die Krauts. *Blablabla*. Adjutant bei Schukow; na, das ist doch was! Auf jeden Fall, erhält Orden *blablabla*. Ah! Bretton Woods 1944, *blablabla*. Keine bekannte Verbindung zu Harry Dexter White, der selbst ein verdächtiger *blablabla*. Jalta 1945, London 1946 — für ein Begräbnis, Keynes. Ach ja — hier: Der Kerl war ein Cousin von Keynes' Frau. Okay, und weiter. Nichts bis 1954, als er hier in Paris auf einem Forum des *Paris Herald* über ›Die Situation der modernen Dichtung‹ als Beobachter auftaucht. Und da soll man nicht von Schrott reden! Wundere mich nur, daß er keinen nachstalinistischen Fußtritt gekriegt hat und in einem Gulag verschwunden ist. Was kommt dann? Okay: Stellvertretender Minister für Kunst, hm, *blabla*. Bolschoi-Ballett, *blabla*. *Blablabla*. Orden der Durnstein-Konferenz, 1980, für besondere Verdienste um den internationalen Kulturaustausch, *blabla*. Generaloberst der Roten Arme ehrenhalber. Hier Mitglied, da Mitglied, *blabla*. Aber kein Politbüro, kein Zentralkomitee, nichts Großes. Stirbt in Paris. 18. November dieses Jahres. Also?«
»Unsere Leute bei Études Sovietiques glauben, daß Menschikow vielleicht an heimlichen Wirtschaftsoperationen gegen den Westen beteiligt war.«
Sie setzten sich wieder. Der Amerikaner meinte: »Wer braucht denn ›heimliche‹, wenn unsere Leute ihnen Computer verkaufen, die Krauts ihre Pipeline bauen und die Itaker die Traktorenfabrik in Wolgograd und so weiter?«
»Mein Freund«, sagte der Franzose, »warum sollen wir beide streiten? Meine Vorgesetzten meinen, Sie könnten an diesem Band interessiert sein. Es enthält Menschikows letzte Worte, was wir interessant finden.«
»Dann hören wir mal rein«, sagte der Amerikaner. Er klang ungeduldig, ein Mann, der sonst größere Fische briet.
Der DGSE-Agent legte die Cassette ein und schaltete den Recorder an. Das Band rauschte, dann hörte man unbestimm-

bare Geräusche, die auf Bewegung hindeuteten — Füße auf Marmorböden, Schlurfen, schwache Rufe im Hintergrund; dann — deutlicher und in einer Sprache, die der Amerikaner nicht kannte, nur daß sie irgendwie russisch klang, was er aber sowieso nicht verstand — ein lautes Rufen, unterbrochen von heftigem Keuchen, dann wieder kurze Sätze, wieder Keuchen — die Stimme klang verzweifelt. Einige Worte wurden wiederholt. »Lassen Sie mich hier durch!« Eine amerikanische Stimme. Dann ein großes Durcheinander. Schließlich: »Ich fürchte, er ist tot. Was hat er denn noch gesagt?« Wieder die amerikanische Stimme. Unterhaltungen. Plötzlich unterbrochen von einer anderen, einer barschen, befehlenden Stimme in Russisch, eine französische Stimme antwortet, ebenfalls in Russisch, dann wieder Englisch. Schließlich das Klicken des sich abschaltenden Recorders. Stille.

Der Amerikaner sah auf die Uhr. Das Band war nur etwa vier Minuten gelaufen, obwohl es viel länger schien. »Das meiste waren spanische Dörfer für mich«, meinte er. »Aber ich nehme an, eure Leute haben es entziffert.« Er wies mit dem Kopf bedeutsam auf die Mappe.

»Nun, was der alte Mann sprach, war ein georgischer Dialekt«, sagte der DGSE-Mann. »Die amerikanische Stimme gehörte einem Arzt. Sein Name steht da drin. Die Polizei hat ihn vor Ort kurz verhört. Typische Herzattacke. Die französische Stimme ist die des Portiers, vom Hotelmanager identifiziert.«

»Habe ich da nicht noch eine andere Stimme gehört? Vielleicht eine russische?«

»Da ist eine, das stimmt. Wir vermuten, daß es einer der Leibwächter war. Das glaubte zumindest der Junge an der Tür. Nach seinen Angaben hatte Menschikow zwei um sich. Interessant bei einem unbedeutenden Stellvertretenden Minister für Kunst, meinen Sie nicht? Eine Menge professioneller Gesellschaft für einen kleinen Bürokraten. Auf jeden Fall,

mein Freund, hier ist es. Die französische Transkription. Ihre Leute werden sowieso ihre eigene machen wollen.«
Der Amerikaner brachte seinen Besucher zur Tür. Dann trug er Band und Mappe in sein Büro. Beides konnte mit der Abendpost nach Langley gehen.
Er nahm die Transkription aus der Mappe. Das oberste Blatt zählte die Dramatis personae auf. Der sterbende Mann, Menschikow, Coutet, der Concierge, inzwischen ermordet. Er glaubte nicht, daß die Roten den Kerl umgelegt hatten. Es mußte eine Drogensache gewesen sein.
Er las die Transkription. Sein Französisch war in Ordnung, und das hier war ja auch ziemlich geradebrecht. Leicht zu lesen. Wer immer es abgetippt hatte, er hatte es wie ein Drehbuch angeordnet. Er blätterte zur letzten Seite.

Geräusche in der Halle, Rufen

MENSCHIKOW: Waldja *(unübersetzbar)*, Waldja *(unübersetzbar)*, Zeit zum Aufhören ... muß aufhören ... muß gehen, muß gehen ... Strickdreher ... Waldja ... Strickdreher ... vorbei ... vorbei ... muß gehen ... Schluß, Waldja ...

ARZT: *(auf englisch)* Lassen Sie mich hier durch. *(Pause)* Sie müssen etwas Platz machen. Wollen Sie bitte seinen Kopf stützen!

MENSCHIKOW: *(unverständlich)*

(Geräusche vom Hantieren des Arztes)

MENSCHIKOW: *(unverständlich) ... dann:* Waldja ... sag' dir ... Waldja ... muß gehen ... zu Ende ... Strickdreher ... geh' jetzt, Waldja ... *(stirbt)*

ARZT: *(auf englisch)* Ich fürchte, er ist tot. Was hat er denn noch gesagt?

COUTET: *(auf englisch)* Ich weiß es nicht. Es war eine Sprache, die ich nicht kenne.

MÄNNLICHE STIMME: *(auf russisch)* Was hat er gesagt!

COUTET: *(auf russisch)* Es war ein Dialekt. Ich kenne ihn nicht. *(wieder auf englisch)* Ich verstehe nicht. Ich weiß nicht. Ich spreche nicht ...

Band Ende

Der Amerikaner las es ein zweites Mal. Komisch. Was sollte die ganze Scheiße über einen Kerl, der Stricke dreht? Wahrscheinlich irgendein Deckname. Langley würde sich wirklich auf so etwas stürzen. Diese Typen dort waren ganz verrückt nach Decknamen. Was zum Teufel war ein »Waldja«? Er steckte das Band und die Papiere in einen »Nur zur Ansicht«-Umschlag und brachte ihn über den Gang zur Poststelle. Am Morgen würde er im CIA-Hauptquartier in Virginia sein. Gott hat immer noch ein Auge auf mich, dachte er zufrieden. Er mochte Paris, aber Langley hatte gedroht, ihn zurückzuholen und vielleicht nach Managua zu versetzen, wenn er nicht produktiver würde. Und da war es. O Mann, dachte er, in einem Augenblick mit dem Arsch auf Grundeis und im nächsten werfen dir die Franzmänner, die selten jemand einen Gefallen tun, dieses Ding in den Schoß. Für ihn sah es ja aus wie Hühnerfutter, aber in letzter Zeit war die Agency so scharf drauf, den Kongreß abzuhängen, daß sie es für Gold halten würden. Na, sie konnten es Gold nennen oder Hühnerfutter, sie konnten es nennen, was sie wollten, solange sie nur ihm von der Pelle blieben.

15

LONDON

Freitag, der 20. Dezember

Im großen und ganzen war es ein erfolgreicher Tag gewesen. Elizabeth hatte den Vormittag damit zugebracht, die Galerien im West End abzulaufen. Sie hatte einige gute Sachen gesehen: ein Aquarell von Turner, hübsch, aber teuer, und eine hervorragende Zeichnung von Stubbs, die sie sich reservieren ließ. Bei Agnew's hatte man ihr einen Watteau gezeigt, aber für einen Preis, mit dem man ganz Äthiopien hätte füttern können, und Colnaghi hatte ein glänzendes Paar großer Piazettas hervorgeholt. Großartige Bilder — aber sie mußte an den augenblicklichen Markt denken. Monet, Manet, Renoir, Cézanne — da gab es keine Probleme. Wenn man den Parthenon zu verkaufen hatte, konnte man sich auf das Getty oder auf Berlin verlassen. Aber eine Million Pfund für zwei Piazettas? Unter den Venezianern aus dem achtzehnten Jahrhundert waren Canaletto oder Guardi problemlos. Bei Tiepolo wurde es schon kitzliger. Tiepolo war in jeder Hinsicht der bessere Maler, aber seine Themen waren eben nicht so eingängig wie diese Städteansichten von Venedig oder Prag. Trotzdem, diese Piazettas waren wirklich schön. Wenn es ihr Geld gewesen wäre, dann hätte sie sofort einen Concorde-Scheck ausgeschrieben.

Der Champagner, den es bei Lefevre zum Mittagessen gab, hatte sie zwar etwas beschwipst gemacht, aber doch nicht so sehr, daß sie bei den Verhandlungen über die Aufteilung von Kapital und Marketing Concordes Interessen nicht mehr hätte vertreten können — falls Lefevre und Thaw sich an dem Kauf einer 2 Millionen Dollar teuren Mappe mit Géricault-Zeichnungen beteiligen wollten.
Nach dem hervorragenden Mittagessen trat sie satt und zufrieden mit dem Ergebnis der Verhandlungen auf die Bruton Street. Dank einiger Géricault-Fanatiker, die die Händler in Barcelona und Lyon avisiert hatten, würden sie und ihre Partner die Auslagen schnell wieder hereingeholt haben und trotzdem noch die Hälfte der Zeichnungen besitzen, die sie dann nach und nach verkaufen konnten.
Für die Jahreszeit war es sehr warm. Sie hatte um vier einen Termin in der Curzon Street, und es stand deshalb nicht dafür, nach Knightsbridge zu hasten und ein paar Teppiche anzusehen. Sei pünktlich, hatte John ihr gesagt. Er mußte danach nach Heathrow, um einige sehr teure Gartenbücher bei der mit laufenden Motoren wartenden Gulfstream eines amerikanischen Millionärs abzuliefern.
Bei dem milden Wetter wußte sie schon, was sie mit der nächsten Stunde anfangen wollte. Sie ging über den Berkeley Square und die Mount Street hinauf, kaufte sich bei einem Zeitungshändler die neuesten Ausgaben von *Tatler* und *Private Eye* und betrat die St. George Gardens, ein kleines, grünes Trapez zwischen South Adley Street, Mount Street und South Street. Es war ein Fleck, den sie schon vor Jahren bei ihrem ersten Besuch in London entdeckt hatte, ein Geheimtip, den jeder kannte, vor allem die Amerikaner, der aber immer noch als Geheimtip gehandelt wurde. Es war der richtige Ort, um eine müßige Stunde zu verbringen. Sie setzte sich auf eine Bank, an der eine kleine Tafel mit der Inschrift In Erinnerung an viele glückliche Stunden/B. G. /Cleveland, Ohio angebracht war, und fing an zu lesen.

Fünfzehn Minuten später, als sie sich schon in einen Artikel im *Tatler* über die Prominenz in den Cotswold Hills vertieft hatte, spürte sie, daß jemand auf dem Fußweg hinter ihr war, und eine Stimme, die sie wiedererkannte, sagte: »Ja, hallo! Das ist aber ein glücklicher Zufall!« Ihr Herz machte einen Satz. Francis Mather lächelte sie an. Mein Gott, wie gut du aussiehst! dachte sie. »Oh, hallo, Francis«, sagte sie und versuchte, seelenruhig zu klingen. Aber warum blieb ihr nur der Atem im Hals stecken, warum klopfte ihr Herz, warum waren ihre Beine wie Pudding? »Was tun Sie denn hier?«
»Hier? Ich bin auf dem Weg zu meinem Hotel. Und Sie?«
»Nur Zeit totschlagen. Wie geht es Ihnen?«
»Bin sehr beschäftigt.« Sie sah, daß er Ornat trug.
»Wohl ein diplomatischer Besuch da unten?« fragte sie und deutete auf die kleine Jesuitenkirche, die am Ende des Parkes stand. »Buße tun für Heinrich VIII.?«
Er lächelte. »Farm Street? Nun, ich habe tatsächlich daran gedacht. Theoretisch. Das Zeug zu einem Jesuiten hätte ich ja. Aber keine Lust auf Beichte und Zölibat.«
War das ein Hinweis?
»Wie wär's mit einer Tasse Kaffee?« fragte er.
»Gut«, sagte sie. »Gut. Ich habe in einer knappen Stunde hier in der Gegend eine Verabredung.«
»Und ich muß um fünf im Lambeth Palace beim Erzbischof von Canterbury sein«, meinte er. »Wegen seiner Dollarinvestitionen. Wir können bei mir im Hotel Kaffee trinken.«
Sie gingen auf das Connaught zu. Was für eine Art von Besitzloser war dieser Mann, fragte sie sich, wenn er in diesem Hotel wohnen konnte? Nun, Luc hatte ihr ja anvertraut, daß er einen Batzen mitgenommen hatte, als er die Street verließ. Und er war ja kein Mönch, er mußte schließlich nicht *alles* der Kirche übergeben, oder? Beiläufig überlegte sie sich, ob er wohl seine Priesterkrägen bei Turnbull & Asser kaufte.
Beim Kaffee fragte sie ihn: »Meinten Sie das ernst, das mit dem Jesuit werden? Hätten Sie das wirklich tun können?«

»Eigentlich nicht. Aber es ist doch eine verlockende Vorstellung, oder? Dem Duke of Norfolk ins Ohr flüstern, Evelyn Waugh die Beichte abnehmen. Ab und zu ein Essay in der *Times*. Die Gottlosen in ihre Schranken verweisen. Das Problem ist nur, es ist etwas zu streng. Die Sache kann ja auch Spaß machen, wissen Sie. Die Anglikanische Kirche ist mir gerade recht. Der Katholizismus ist mir etwas zu sehr wie der Goldstandard: eine bestimmte Menge Frömmigkeit umtauschbar in ein festgesetztes Maß an Gnade. Eine sehr lange Zeit hat es ja funktioniert. Aber in einer anderen Welt.«

»Und wie würden Sie das Armutsgelübde ertragen?« Elizabeth hoffte, daß sie nicht unverschämt klang.

»Nun«, sagte er, »ich habe wirklich fast meinen gesamten Besitz der Pfarrei übergeben, als man mich nach All Angels berief. Aber ich darf nicht lügen. Etwas habe ich schon zurückbehalten. Genug, um mir ab und zu einen neuen Anzug und eine Loge in der Met leisten zu können. Ich zieh' es eben vor, für mich selber zahlen zu können, wenn's darauf ankommt. Und genug zu haben, um auch einen gewissen Einsatz riskieren zu können, wenn es mich je unwiderstehlich zum Spiel zurückziehen sollte.«

»Zur Wall Street? Was Sie in Colmar gesagt haben, hat mir den Eindruck vermittelt, daß das nicht sehr wahrscheinlich ist.«

»Ist es auch nicht. Ich liebe diese Arbeit. Sie gibt mir das Gefühl, ein menschliches Wesen zu sein.«

»Und Sie sind Witwer?«

»Ja, fast schon zwölf Jahre. Ein Flugzeugabsturz. Ich vermute, das war eins der Dinge, die mich auf die Straße nach Damaskus gebracht haben. Nach den üblichen Fehlstarts. Aber davon wollen Sie sicher nichts hören.«

»Erzählen Sie nur.«

»Na, zuerst habe ich es in fremden Betten versucht und dabei die Gefühle einiger sehr anständiger Frauen als Taschentuch für meine Tränen benutzt. Aber das half nicht. Dann habe ich es mit Analyse probiert.«

»Und wie war das?«

»Na ja. Ich glaube, Analyse ist zu einer Hälfte Heilung und zur anderen Abtötung. Ich nehme an, daß ich das eine oder das andere brauchte, aber keine Mischung aus beidem. Dann schlug mir ein Freund Beten vor. Ich hab's probiert, und es kam ganz von alleine. Der Rest ist Geschichte. Und Sie? Hat Luc mir nicht erzählt, Sie seien eine Waise?«

»Das stimmt. Mein Vater starb an Krebs, nachdem meine Mutter mit einem Mann durchgebrannt war, den ich nicht gerade mochte — und dann kamen sie und er und mein Stiefbruder in einem Feuer um. Ich konnte irgendwie entkommen. Alle sagten, es sei ein Wunder gewesen.«

Hat Gott es so geplant, damit wir uns eines Tages kennenlernen konnten, Francis? fragte sie in Gedanken.

»Und Ihnen gefällt, was Sie tun?«

»Ja, wirklich. Es ist nicht mein Geld und die Kunstwerke gehören mir auch nicht, aber ich sehe eine Menge schöner Dinge und mir gefällt das Spiel.«

»Spiele, Spiele, Spiele«, seufzte Mather. »Überall auf der Welt ist es das gleiche.«

»Dann gefiel Ihnen Ihr altes Spiel also nicht, wenn ich Sie richtig verstehe?«

»Mir gefiel nicht, was daraus wurde. Zum einen wurde es zu einfach. Wenn man etwas wollte — die Firma eines anderen zum Beispiel, sein Lebenswerk —, konnte man sich so viel Geld leihen, wie nötig war, gleichgültig, wer man war oder wie hoch die Sicherheiten. Die Banken fingen an, Geld für unfreundliche Übernahmen zu verleihen. Kein Betrag war zu hoch, kein Geschäft jenseits der Grenzen des Erlaubten. Es war eine der atemberaubenden Innovationen Manning Mallorys. Das — verdammt, ich weiß, daß ich jetzt wie ein Snob klinge —, das machte es intellektuell zu einfach. Um ein Finanzmann der Weltklasse zu werden, brauchte man

nicht mehr als die Chuzpe eines Autohändlers, das moralische Empfinden eines Taschenkrebses und Kredit bei der CertBank. Ich hielt mich für besser als das. Und ich glaubte, auch das Geschäft sollte besser sein. Wahrscheinlich haben Sie nie Grogans Kolumne im *Wall Street Journal* gelesen?«
»Noch nie.«
»Das Sprachrohr des neuen Kapitalismus und der Papierunternehmer. Wenn Sie sehen wollen, wie die Wahrheit auf den Kopf gestellt wird, müssen Sie es hin und wieder lesen. Die Russen können das auch nicht besser. Wenn Sie die Desinformation und die Propaganda, die aus dem Kreml kommt, für raffiniert halten, dann müssen Sie sich einmal die Mallory-CertBank-Grogan-Variante ansehen.« Irgend etwas erregte seine Aufmerksamkeit. Er sah hoch, setzte eilig ein wiedererkennendes Lächeln auf und murmelte: »Verdammt!«
»Ja, Francis Mather, so ein Zufall, Sie hier zu treffen!« rief eine fröhliche Stimme quer durch die Halle. »Das ist aber ein Glück! Sie können mich morgen abend zu Rosita Marlborough begleiten.«
Elizabeth fand sich Mrs. Leslie vorgestellt, einer vornehmen, entspannten Dame um die Sechzig. Sie musterte Elizabeth sorgfältig. Aha, dachte Elizabeth, wenn wir einen Schatz besitzen, dann hüten wir ihn aber eifersüchtig.
Mrs. Leslies Ehemann hatte sie zugunsten einiger Tage Jagd in London zurückgelassen. Sie war ganz durcheinander.
Leider, sagte Francis, könne er nicht mitkommen zu den Marlboroughs. Als die Neuangekommene Platz nahm, sah er Elizabeth hilflos an.
Elizabeth erhob sich. »Ich fürchte, ich muß los. Es war nett, Sie zu sehen, Francis. Und Ihre Bekanntschaft gemacht zu haben, Mrs. Leslie.«
»Ich bringe nur Elizabeth schnell zu einem Taxi«, sagte Mather und stand auf. Sie wollte schon sagen: Oh, es sind ja nur ein paar Blocks, aber er nahm ihren Arm und drückte ihn leicht, während er sie zur Tür führte.

»Darf ich sagen, daß ich nichts dagegen hätte, Sie morgen abend zum Essen einzuladen?« meinte er.
»Dürfen Sie. Aber ich kann nicht. Ein andermal.« Sie wollte schon New York im Januar erwähnen, beschloß aber dann, es sein zu lassen.
»Zurück nach Paris?« fragte er.
»Nein. Ich verbringe Weihnachten hier. Mit einem Mädchen, das ich von Sotheby's kenne, und die den außergewöhnlich guten Geschmack gehabt hatte, einen Millionär mit Grundbesitz zu heiraten, und das außergewöhnlich seltene Glück, mit ihm auch die Erfüllung zu finden — in einem sehr konventionellen Sinn. Wir fahren nach dem Mittagessen aufs Land.«
»Sie Glückliche. Ich wünschte, Sie könnten am Weihnachtsabend bei uns sein. Unsere Musik ist wirklich ziemlich gut. Nicht gerade die Klasse von St. Thomas, aber es macht sich.«
»Irgendwann vielleicht. Ich würde es sehr gerne hören.«
»Na, wenn Sie das nächste Mal in New York sind, meine Karte haben Sie ja.«
Er steckte die Hände in die Hosentaschen, hob die Schultern und meinte entschuldigend: »Ich nehme an, ich muß zurück zu Mrs. Leslie. Sie ist eine der Schutzheiligen von All Angels. Frohe Weihnachten, Elizabeth.«
Als er sie dieses Mal auf die Wange küßte, hätte Elizabeth schwören können, daß seine Lippen ihren Mundwinkel berührten. Ungeschicktheit? Kaum. Vielleicht lag etwas in der Luft.
Sie ging die South Audley Street entlang. Der Abend dämmerte bereits. Die eleganten Läden war fröhlich und hell erleuchtet. London ist eine gute Stadt für Weihnachten, dachte sie.
Sie war versucht gewesen, sich mit Mather in New York zu verabreden. Warum hatte sie es nicht getan? Nun, sie würde es langsam angehen. Diese neuen Gefühle mußten genau

untersucht werden, mußten wie im Labor auf einem Objektträger inspiziert, abgekühlt und nach Farbe und Beschaffenheit geprüft werden. Mit fünfunddreißig hatte ein Mädchen nicht mehr allzu viele Karten in der Hinterhand.

John in Heywood Hill freute sich, sie zu sehen. Er machte ihr Komplimente wegen ihres Aussehens und hoffte, es habe nichts mit diesem schrecklichen Franzosen zu tun, den sie das letzte Mal mitgebracht hatte. Sie kamen sofort zum Geschäft. John hatte in einem Privathaus außerhalb Bristols eine umfangreiche Bibliothek über Botanik und Gartenarchitektur entdeckt. Sie wurde *en bloc* angeboten, und deshalb hatte er an Elizabeth gedacht. Es war ein wertvoller Schatz: Einen kompletten Redouté gab es, einschließlich einiger originaler *Roses*-Aquarelle, vier »Rote Bücher« von Repton, ein einwandfreier *Temple of Flora* und vieles, das er bis jetzt nur bei Chatsworth gesehen hatte. Für 3,5 Millionen Pfund gehöre alles ihr, mit der Ausnahme von zwei Objekten, die er für Mrs. Mellon zurückbehalten wollte.

Elizabeth war interessiert. Der fragliche Betrag war nicht sonderlich hoch, aber der Gewinn konnte beträchtlich sein. Für reiche New Yorker Frauen waren alte Blumenbücher ein sofortiger Freibrief für Respektabilität. Der Preis war gleichgültig.

Während sie darüber nachdachte, sah John plötzlich auf, schnappte nach Luft und schritt eilig quer durch den Verkaufsraum zu einer gutaussehenden älteren Dame mit erstaunlich blauen Haaren, die die Taschenbuchausgabe des neuesten Romans von Jeffrey Archer begutachtete.

»Das ist nichts für Sie, Euer Gnaden«, hörte ihn Elizabeth sagen. »Sie wollen doch für Mustique sicher etwas zu *lesen*, aber das hier ist gerade gut genug, um es sich als Sonnenschutz auf das Gesicht zu legen.«

Er wählte ein anderes Buch für die Herzogin aus und kam zurück. »Früher mußte ich unsere Belletristik-Kunden davor bewahren, Bücher zu kaufen, die über ihren Verstand gingen, aber heute ist es genau anders herum. Dem Himmel sei Dank für Anita Brookner und David Cornwell. Also, wenn ich du wäre ...«

Sie sagte ihm, er solle die Bücher kaufen. Als sie schon gehen wollte, brachte er ein kleines, ordentlich verpacktes Paket zum Vorschein.

»Und hier sind diese sonderbaren liturgischen Bücher. Darf ich fragen ...?«

»Nein«, sagte Elizabeth, »das darfst du nicht!«

Er brachte sie zur Tür. Die Lichter über der Passage zum Shepherd's Market auf der anderen Seite der Curzon Street sahen sehr festlich aus. Es wurde merklich kälter, was vielleicht Schnee bedeutete, und der konnte auf dem Land ganz reizend sein. Sie wünschte John frohe Weihnachten.

»Weißt du was, Elizabeth«, sagte er. »Ich muß sagen, du siehst verdammt gut aus. Bist du wirklich sicher, daß du nicht verliebt bist?«

Darauf konnte sie, mit einer mädchenhaften Scheu, die ihr peinlich war, nur antworten: »Vielleicht. Bete doch bitte für mich.«

Die Vergangenheit

1970 und danach

Operation Ropespinner

16

Mallorys Krönung als Herrscher über die CertCo im Jahr 1970 hätte zu keinem besseren Zeitpunkt stattfinden können.

Eben einundvierzig, gutaussehend, redegewandt, charmant und charismatisch, erschien er der lahmenden Finanzwelt als die Verkörperung des Fortschritts. Wall Street war in der Krise. Man brauchte einen Mann wie Mallory, um die Dinge wieder ins Rollen zu bringen, einen Mann mit Ideen, der über den Horizont hinausblicken und den Weg zum goldenen Topf am Ende des Regenbogens weisen konnte.

Washington war keine Hilfe. Nixon war offensichtlich nur ein Schmalspurgauner, umgeben von Scharlatanen und Dieben. Mit Vietnam ging es bergab; man kämpfte einen kleinen Krieg, um ein Land zu retten, das jedem gleichgültig war, und es erwies sich als furchtbar teure Methode, unbeschäftigte schwarze Jugendliche von der Straße zu holen. In der Wall Street ließ der große Boom der Sechziger langsam nach. Zum erstenmal seit der Vorkriegszeit wachte der Mittelklasse-Amerikaner mitten in der Nacht mit Geldsorgen auf. Die Preise auf den internationalen Märkten stiegen wie nie zuvor; der Dollar taumelte.

Die Geschäftswelt war ohne Helden, ohne Gestalten mit der Aura edler Zuversicht, die die vergangene Dekade angetrieben hatten. Es war, als wäre die menschliche Rasse geschrumpft.

Zu so einer Zeit und neben solch kleinen und habgierigen Leuten stach Manning Mallory heraus. Die Männer sahen zu ihm auf, Wall Street vergötterte ihn. Fast über Nacht wurde er zum auserwählten Sprecher der amerikanischen Geschäftswelt, der Mann, an den sich die Massen und Medien um Urteil und Weisheit wandten. Neun Monate nachdem er Preston Chamberlains Amt übernommen hatte, zeigte eine Untersuchung, daß die Leute »Manning Mallory« fast automatisch mit »Bankwesen« assoziierten. Er war, wie *U. S. News* und *World Report* es formulierten, »der Inbegriff der neuen Zeit im Finanzwesen, ausgerichtet auf Wechsel und orientiert auf neue Strategien und Technologien, die für alle Zeiten das Gesicht des drittältesten Berufs der Welt verändern werden«. In einem Vergleich, der Waldo nostalgisch an London und Menschikow und an ihre Begegnung nach Keynes' Begräbnis denken ließ, meinte *Fortune* in einem Persönlichkeitsprofil feierlich: »Wie damals die Finanzwelt in Zeiten der Krise zum älteren Morgan eilte, um sich belehren zu lassen, ›daß die Preise schwanken würden‹, so sucht sie heute die Einsichten und die tröstende Zuversicht des außergewöhnlichen Kopfes der größten Bank der Welt.«
Natürlich entstand automatisch das Gerücht, daß Mallory nach Washington gehe, aber sobald solche Versuchsballons gestartet wurden, ließ er sie wieder platzen. Seine einzige Politik, so erklärte er, sei die des freien Marktes. Unablässig kämpfe er für weniger Beschränkungen und weniger Kontrolle in jedem Bereich des wirtschaftlichen Lebens.
Seine schiere Allgegenwart war ein gewaltiger Vorteil für die Operation Ropespinner. Ein Interview hier, eine Rede dort verstärkten nur die Nachfrage nach mehr Interviews, mehr Reden. Im Taumel der Publicity wurde einfach übersehen, daß er möglicherweise kompletten finanziellen Blödsinn predigte. Es war, was die Leute wollten: In einem Bereich der Finanzwelt, wo der schnelle Dollar immer schwieriger zu

verdienen war, schmeckte seine Strategie nach schnellem und leichtem Geld; sie klang gut.

Manning Mallory in *Meet the Press:* »Die Zeit für das Ende solcher Beschränkungen wie Bretton Woods ist gekommen. Die Finanzmärkte der Welt haben gezeigt, daß sie mit jedem Problem fertigwerden. Freie und flexible Wechselkurse sind nicht nur eine Mode der Zukunft, sie werden sich als das Beste erweisen, das dem ökonomischen Menschen je passieren konnte. Je früher wir den Goldstandard loswerden, desto besser ist es für alle.«

Manning Mallory in *Dun's Business Review:* »Wir von der CertBank betrachten uns als Geldverkäufer. Die Entwicklungsmöglichkeiten neuer Formen und Verwendungsweisen von Krediten sind grenzenlos. Viele davon sind noch kaum erforscht, aber das ist es, was wir Banker tun sollten, und das ist es auch, was die CertBanker tun. Der ›altmodische‹ Banker, der die Zeit seines Kunden damit verschwendet, dessen Kreditwürdigkeit abzuklopfen, wird diesen Kunden bald verlieren.«

Manning Mallory bei einer Rede vor der National Association of Mortgage Bankers: »Je früher es Banken erlaubt wird, bundesstaatliche Grenzen zu überschreiten, desto besser wird es Ihnen gehen, desto besser wird es Ihrem potentiellen Hauskäufer gehen. Die Theorie der örtlichen Bank mit festen Wurzeln in der Gemeinde war zu ihrer Zeit eine gute Idee, aber Effektivität und Breite der heutigen Finanzmärkte haben sie so altmodisch gemacht wie das Model T.«

Es war ein strahlender Ausblick auf die Zukunft, von Manning Mallory mit glänzenden Farben und hoher Detailtreue gemalt. Er und Waldo erkannten, daß die Leute es dem ersten Mann am Gipfel glauben mußten, wie er die andere Seite des Berges beschrieb. Und Mallory und Waldo arbeiteten unermüdlich, um der CertBank diesen Vorsprung vor den anderen Banken zu erhalten. Zum Glück mußte sich Waldo nicht länger hinter dem Vorhang verstecken. Ihre Partnerschaft war — wie Mallory mit einem listigen Grinsen meinte — »aus dem Schrank herausgekommen«. Und wirklich, *Institutional Investor* brachte sie gemeinsam auf dem Titelbild, als die CertCo 1971 in Erinnerung an ihren so tragisch verstorbenen Führer die Preston-Chamberlain-Professur für Bank- und Finanzwesen an der Harvard Business School einrichtete und Waldo angemessenerweise als erster diesen Stuhl einnahm.

Waldo ging inzwischen in 41 Wall Street ein und aus, wie es ihm gefiel. Er war offiziell zum Sonderberater des Chief Executive ernannt worden, und man hatte ihm ein kleines Büro gegenüber dem Mallorys eingerichtet, mit einer Reihe kluger, junger Diplombetriebswirte, die die Kleinarbeit für ihn erledigten. Man hielt ihn allgemein für den Chefschamanen des regierenden Häuptlings. Und ein Glücksfall für das gesamte Bankwesen, sagte der Teil der Welt, der sich mit so etwas beschäftigte. Die Lichter brannten noch bis spät in die Nacht auf der zwanzigsten Etage, wenn der größte Banker der Welt und sein Mentor zusammensaßen und über Plänen und Strategien brüteten, die der CertBank einen Vorsprung vor der kläffenden Meute von Nachahmern und Konkurrenten sicherten.

Mallory selbst schien vor neuer Energie förmlich zu glühen. Er hatte Zeit und Worte für alles. Nun gab es keine Kontrolle mehr über ihn, und wenn er über die Schulter sah, dann nur mit Befriedigung: auf die keuchenden Hunde der Chemical Bank und First Pennsylvania und Security Pacific, die seinen Spuren folgten und jede Bewegung der CertBank imitierten.

Mallory gab zu, daß sein Wissen über Operation Ropespinner seiner Arbeit ein neues Ziel und eine neue Dimension vermittelt hatte.

»Als ich noch in der Schule war«, erzählte er Waldo, »hielt dieser Hillary bei uns einen Vortrag. Du weißt schon, der erste Mensch auf dem Mount Everest. Du weißt sicher, was er darüber sagte: Er habe ihn bestiegen, weil er eben da war.

Na, und darum geht's bei unserer Sache ja auch. Ich glaube, was ich zuvor am meisten wollte — der Zweck der ganzen Sache —, war einfach, an diesem speziellen Tisch in diesem speziellen Büro zu sitzen. Und jetzt bin ich hier. Nach achtundvierzig Stunden ist der Reiz verflogen, und was bleibt? Noch mehr Geschäfte? Kennst du ein Dutzend Geschäfte, kennst du alle. Geld? Wieviel Geld braucht ein Mann? Dein Bild in den Zeitungen, dein Name gedruckt? Beim erstenmal ist's ja noch aufregend, aber danach läßt's einen gleichgültig. Doch jetzt, mit unserer Sache da, hab' ich ein wirkliches Ziel vor Augen.«

»Und das ist . . .?«

»Nun, nennen wir es einmal die äußersten Grenzen des noch vertretbaren Risikos. Meiner Ansicht nach sind wir genau so wie der Kerl, der auf den Everest klettert oder in die Untiefen des Mindanao-Grabens hinuntertaucht oder zum verdammten Mond fliegt. Als wir letztes Jahr unsere kleine Unterhaltung hatten, fiel es mir wie Schuppen von den Augen. Ich dachte immer, wir ›New Age Banker‹ sind Helden; oder wie das Arschloch in der *Times* uns nannte: ›*conquistadores* der Finanzwelt‹. Aber als du dann alles gestanden hast, brachte mich das zum Nachdenken. Vielleicht sind wir nur *conquistadores* von uns selbst. Ich meine, was für ein Scheißsystem ist denn das, wo die Grenze zwischen der Wettbewerbsfähigkeit und der Zerstörung des ganzen verdammten Spiels so dünn ist, daß man ein Mikroskop braucht, um sie zu sehen? Ist da nicht irgendwas von Grund auf verkehrt?«

»Und zu welchem Schluß bist du gekommen, Manning?«

»Zu keinem. Die Jury berät noch. Ich bin mir auch nicht sicher, ob ich eine Antwort kriegen werde, bevor ich nicht genau weiß, wie weit wir es treiben können. Liest denn keiner von den Kerlen, die uns nachjagen, Geschichtsbücher?«

Waldo lächelte innerlich. Er merkte, daß Mallory die intellektuellen Feinheiten der Operation Ropespinner zu schätzen begann.

»Wie ich es sehe«, schloß Mallory, »funktioniert es so ähnlich wie ein Kreisel.«
»Ein Kreisel?«
»Ja, einer, der sich auf einem Tisch dreht. Und so wie's im Augenblick überall, wo man hinsieht, läuft, wird sich der Kreisel schneller und schneller und immer schneller drehen, bis schon ein kleiner Anstoß mit dem Finger genügt, um ihn durch die Luft segeln zu lassen.«
»Und wir beide sind . . .«, begann Waldo, aber Mallory unterbrach ihn.
»Du verstehst mich schon. Wir beide sind dieser Finger. Und das ist, wenn ich so sagen darf, mein lieber Professor, eine hübsche Erweiterung deiner Lieblingsmetapher.«
»Meiner Lieblingsmetapher?«
»Na komm, Waldo, denk nach.«
Waldo überlegte kurz und lächelte dann. »Ach ja«, sagte er. »Die unsichtbare Hand. Und wir beide sind ihre Finger.«

17

Im Frühling nach dem Feuer machte sich Waldo daran, Quiddy wieder aufzubauen. Die Bauarbeiter gingen wie besessen ans Werk, denn man war stillschweigend übereingekommen, daß jeder sein Bestes gab, damit Mr. Waldos Haus bis Thanksgiving fertig wurde. Man liebte und bewunderte ihn, an der ganzen Küste bestimmte sein Mut die Gespräche an Küchentisch und Kneipentheke. Wie tapfer er seine persönliche Tragödie ertragen hatte; die Energie, mit der er sich wieder auf das Leben geworfen hatte, wie großzügig es gewesen war, die Waise nach dem Feuer in seinem Haus aufzunehmen, wie er »die süße, kleine Elizabeth« gepflegt und behütet hatte, bis sie es wieder mit dem Leben aufnehmen konnte, wie er ihr einen Platz in Europa verschafft hatte, damit sie von ihren Problemen wegkommen und einen neuen Anfang machen konnte.

Ja, meinte man übereinstimmend, man mußte schon ein ganzer Mann sein, um an den Wiederaufbau des Hauses auch nur zu denken, mit all den Geistern, die jetzt für ihn drin herumspuken mußten, sein Bruder und die anderen. Aber war es nicht typisch für Mr. Waldo, daß er die Pläne die ganzen Jahre aufgehoben hatte? Obwohl er ja eigentlich immer sehr vorsichtig und alles gewesen war, fast ein Pedant. Quiddy wurde also genau so wiederaufgebaut, wie es ursprünglich gewesen war, bis in die letzten Absonderlichkeiten, wie das geheime Versteck im Obergeschoß, das der alte Felmer Lewis, Miss Marthas Vater, gebaut hatte.

Fast genau ein Jahr, nachdem sein Vorgänger niedergebrannt war, wurde das neue Haus von Waldo mit einem feierlichen Empfang eröffnet. Die Leute aus Quiddy waren wirklich beeindruckt, als der große New Yorker Banker Mallory, der, wie man sagte, für den alten Junggesellen Mr. Waldo fast wie ein Sohn war, persönlich aus New York kam, um an dem Fest teilzunehmen; kam einfach mit einem großen, grünen Hubschrauber, der seiner Bank gehörte, hereingeflogen, na, und, verflucht noch mal, der war wirklich ein anständiger Kerl, und gutaussehend und leutselig dazu. Miss Elizabeth ist natürlich nicht gekommen, sie war ja in England beim Studium, und Mr. Waldo hat sogar gesagt, auch wenn es nicht so wäre, er glaubt nicht, daß sie kommen würde, denn die Erinnerungen waren einfach zu schrecklich für sie. Jeder verstand es, als er das sagte, und einige meinten sogar, sie hätten ihn ein wenig weinen sehen.

In dieser Nacht, nachdem auch der letzte beschwipste Quiddier von seiner Frau heimgebracht worden war, saßen Waldo und Mallory vor dem Kamin, und Waldo erzählte Mallory, wie er auf eine Idee gestoßen war, bei der er absolut sicher war, daß sie Ropespinner Erfolg garantieren würde, und zwar in einem Ausmaß, wie sie es sich nie hätten träumen lassen.

Sie würden damit anfangen, sagte er, den Arabern das Lesen beizubringen.

Waldo hatte seine Inspiration, als es dem Schicksal, so schien es zumindest, gefiel, ihn auf die Spur jenes großen Plans zu bringen, den zu finden er schon nicht mehr gehofft hatte. Denn trotz aller ihrer Erfolge brauchte Operation Ropespinner noch immer die »Bombenidee«, den großen, ehrgeizigen Durchbruch. Sie hatten schon viel erreicht, aber, wie Mallory meinte: »Bis jetzt waren es fast nur jene kleinen

Muscheln, die sich an den Kiel heften, und von denen braucht man eine verdammt große Menge, um das Schiff zu versenken.« Jetzt hatte er die Idee.
Im Frühsommer 1971 nahm er die Einladung eines Mischkonzerns an, vor dessen vierteljährlicher Aufsichtsratskonferenz in Venedig eine Rede zu halten. Die Einladung bedeutete ein ansehnliches Honorar und eine Woche gratis im Cipriani. Da sein Haus noch im Bau war, kamen Waldo Geld und Unterkunft gerade recht. Außerdem war er auf Mischkonzerne neugierig. Er hatte zugesehen, wie sie in den Sechzigern wuchsen und Blüten trugen, deren Pollen die Brieftaschen der Wall Street reich bestäubten; aber inzwischen waren sie eindeutig am Verblühen.
Die Theorie hinter diesen Gesellschaften — daß jemand, der gut im Rechnen war, von einer Gießerei bis zu einem Skigebiet so ziemlich alles managen konnte — hielt er für vollkommen falsch, obwohl es natürlich genau die Theorie war, die er lehrte. Jeder vernünftige Mensch sollte erkennen, was schon Menschikows Idol Bagehot begriffen hatte: daß Zahlen der Zweck und nicht die Mittel des Geschäftslebens sind. Für die Operation Ropespinner war die Idee des Mischkonzerns jedoch ein gefundenes Fressen, und Waldo lobte deshalb öffentlich die Theorie, die hinter Konzernen wie ITT, Litton und LTV stand. Vor seinen Studenten verkündete er die Schlagworte — »Synergismus«, »zentralisierte Kontrolle« —, die Wall Street staunen ließen, und fügte auch ein oder zwei eigene Neologismen dem Jargon der Selbsttäuschung bei. Mischkonzerne, so erzählte er seinen »Geld eins«-Klassen, seien die schönsten Blüten der postsputnikianischen »Numerokratie«, die große intellektuelle Umgestaltung, die den Westen erneuern würde. Junge Männer und Frauen, die dazu neigten, Wohlstand mit Charakter gleichzusetzen, brauchte man nicht lange drängen, bis sie das als Evangelium nahmen. Jeder wußte, daß man eine russische Rakete nicht mit einem Shakespeare-Sonett abschießen oder regelmäßig stei-

gende vierteljährliche Dividenden auszahlen konnte, indem man Aristoteles analysierte.
Seine Studenten sprachen davon, »alles auf Zahlen zu reduzieren«. Das war wirklich eine »Reduktion«! dachte er im stillen. Es so lange schrumpfen lassen, bis nichts mehr übrig war!
Als er Mallory von seinem bevorstehenden Ausflug nach Venedig erzählte, lachte der Banker.
»Ich würde mich beeilen, wenn ich du wäre. Vielleicht hast du das Privileg, das Todesröcheln des letzten Dinosauriers mitzuerleben. O Mann, ich wünschte nur, ich hätte schon vor fünf Jahren von Ropespinner gewußt. Wir hätten ungefähr 100 Millionen Dollar mehr in die Kreditvergabe an Mischkonzerne pumpen können, obwohl dein lieber verstorbener Bruder ja diese Gesellschaften haßte. Er sagte, sie würden die Bücher frisieren.«
»Und war es so?«
»Sagt dir Escoffier was? Preston ließ doch sogar Abe Briloff für einen Schnellkursus in der Buchhaltung von Mischkonzernen zu uns kommen, damit wir bei Begriffen wie ›verzögerte Entwicklung‹ oder ›Goodwill‹ mithalten konnten. ITT hätte die Filmrechte an seinem Jahresbericht verkaufen sollen, das ist die großartigste Fiktion, die mir je unter die Augen gekommen ist. Hätte ich nur damals schon gewußt, was ich jetzt weiß.«
»Ich würde mir darüber keine Gedanken machen, Manning. Ich glaube nicht, daß die Mischkonzerne die letzte derartige Gelegenheit sind.«
»Da hast du recht. Weißt du, ich war vor ein paar Tagen zum Mittagessen bei Lehman. Beim Spargel ging der Witz: Soviel Geld Lehman auch verdiente, indem sie Jim Ling half, LTV aufzubauen, die Firma wird doppelt soviel verdienen, wenn sie erst seinen Gläubigern hilft, den Konzern wieder auseinanderzunehmen. Und wie wir alle gelacht haben, hahaha! Wenn mir meine jetzige Arbeit nicht soviel Spaß machen

würde, könnte ich dir in den Arsch treten, weil du mir die Wall Street ausgeredet hast!«

Mallory war eben von einer VIP-Tour durch den Fernen Osten zurückgekehrt. Er sprach darüber wie ein Mann, der Gott gesehen hat.

»Weißt du, ich verstehe gar nicht, warum dein Kumpel, der Wolgaschiffer, uns braucht, wenn doch Henry Ford II., die Automobilgewerkschaft und diese Clowns von Chrysler für ihn arbeiten. Die Japse werden uns auf dem Automarkt ganz schön den Marsch blasen. Diese Versager in Detroit denken doch, die Welt hört an der Stadtgrenze von Grosse Pointe auf; die haben zuviel Casey Stengel gelesen.«

»Casey Stengel? Ich fürchte, da kann ich dir nicht folgen.«

»Der alte Casey sagte, die Japse können nicht Baseball spielen, weil sie zu kleine Hände haben. Detroit scheint zu glauben, daß diese kleinen, gelben Leute mit ihren kleinen, gelben Händen nicht etwas so Großes und, Zitat Anfang, Amerikanisches, Zitat Ende, wie ein Auto bauen können. Die werden sich ganz schön wundern. Ich hab' selber ein Japsen-Auto für meinen Jungen gekauft. Einen kleinen Kombi. Der war billig, läuft wie ein Uhrwerk, ist ziemlich handlich, sieht gut aus und braucht auf hundert Kilometer nur fünf Liter. Und weißt du, was dieser alte Knabe von Toyota zu mir gesagt hat? Daß wir Amerikaner offenbar glauben, kein anderer auf der ganzen Welt könnte irgend etwas zustande bringen. Und bei den Multis war er mit dir einer Meinung.«

Das war eins von Waldos Lieblingsthemen: wie die amerikanischen Multis, indem sie in Übersee bauten, um von den billigen Arbeitskräften zu profitieren und regionale Restriktionen zu umgehen, langfristig die Exportchancen der Nation verschleuderten.

»Als Gegenleistung für ein schnelles Plus unterm Strich verkaufen wir ihnen wettbewerbsfähige Technologien; wir exportieren Kapital und Know-how; wir schwächen unsere Exportbasis«, hatte Waldo einmal zu Mallory gesagt.

In einer nachfolgenden Rede vor der National Association of Manufacturers verkündete Mallory die Ropespinner-Version: »Ein Ford oder ein Zenith-TV, der in Lille produziert und nach Lagos verschifft wird, ist ebensosehr ›Export‹, als wäre er in Indianapolis gebaut!« Das mächtige Publikum, das — wie der Präsident der Nation — gern reiste und die mühevolle Arbeit zu Hause langweilig fand, raste vor Begeisterung.
»Und aus dem gleichen Grund bleibt ein Dollar immer ein Dollar«, sagte Mallory jetzt. »Wir machen außer Landes mehr Geschäfte als in New York. Ich brauche einen Hocker und eine Peitsche, um unsere Devisenhändler bei der Stange zu halten. Wie soll denn irgend jemand verhindern, daß ein paar dieser Eurodollars, die wir in Übersee drucken, sich in unser heimisches Geldangebot einschleichen und Art Burns schwer im Magen liegen?« Er grinste und knuffte Waldo in die Rippen. »Vielleicht solltest du ein paar Millionen Lire in Harry's Bar ausgeben, hm? Alles, was der Sache dient, oder?«
»Weißt du«, sagte er nachdenklich, während er Waldo zur Tür brachte. »Dieser alte Knabe bei Toyota sagte noch eine andere lustige Sache. Er sagte, so richtig aufpassen müßten wir erst, wenn die Araber je begreifen sollten, welche Macht ihnen ihr Öl über uns gibt. Was glaubst du, hat er damit gemeint? Ach ja, der geheimnisvolle Orient, wie es so schön heißt. Viel Spaß in Venedig!«

Vierzehn Tage später, als Waldo in einem *vaporetto* saß und müßig die vorbeiziehenden Paläste von Venedig betrachtete, jubelte er innerlich.
Er hatte endlich seine »Bombenidee« gefunden. Er war so aufgeregt, daß er bereits einen fünfseitigen, handgeschriebenen Expreßbrief an einen »Sr. Dr. Felipe Guzman« in Barcelona aufgegeben hatte; bis Moskau würde er wohl vier oder fünf Tage brauchen, vermutete er, und die Antwort

dann noch eine Woche. Er fürchtete schon, das Warten nicht aushalten zu können.
Ja, Venedig war wirklich ein vollkommener Erfolg gewesen, aber nicht wegen dem Honorar von 15 000 Dollar, dem Luxus des Cipriani oder den Gondeln und Motorbooten, die vierundzwanzig Stunden lang in Bereitschaft standen, oder der gecharterten 727, die die Direktoren und ihre Frauen zum Einkaufen nach Rom oder Florenz bringen sollte, oder der privaten Yacht, die Harry's Bar zur Verfügung gestellt hatte und die die Gesellschaft nach Torcello oder die Brenta hinauf brachte, und auch nicht wegen der amüsanten Tatsache, daß sich die Gespräche der Direktoren mehr um *risotto* drehten denn um die Aktivitäten des Konzerns.
Am vorletzten Abend seines Aufenthalts stand Waldo in der ersten Pause von *La Traviata* vor dem Fenice-Theater und sprach mit einem der externen Direktoren des Konzerns, ein Tankerkönig aus Spitzbergen, den man für den Aufsichtsrat der Firma angeworben hatte, um der Runde internationales Flair zu geben.
»Ich glaube, auf euch Amerikaner wartet ein furchtbarer Schock«, bemerkte der Norweger.
Waldo antwortete nicht sofort. Seiner Erfahrung nach beruhten solche Bemerkungen von Ausländern normalerweise auf einer Art verallgemeinertem, antiamerikanischem Neid und nicht auf harten Fakten. Nach einer angemessenen Pause fragt er höflich: »In welcher Hinsicht?« Der Mann dachte wahrscheinlich an den Goldstandard. So wie sich der Dollar im Augenblick verhielt, war es unmöglich, daß er den Sommer überstand.
»Ich habe viel Zeit im Mittleren Osten verbracht«, erwiderte der Norweger. »Und ich kann Ihnen eins sagen: Die Araber fangen langsam an, die Dinge so zu sehen, wie sie wirklich sind.«
»Ich glaube, ich kann Ihnen da nicht folgen.«
»Öl. Ihr Amerikaner lebt vom billigen Öl. Zu billig. Also ver-

braucht ihr so viel, daß ihr importieren müßt — wieviel, 30 Prozent eures Bedarfs?«
»Ich glaube, noch mehr.«
»Egal. Es ist ein hoher Prozentsatz. Zu hoch. Und dazu kommt, daß eine Gallone Öl in New York billiger ist als eine Flasche Bier in Oslo. Das ist ein Geschenk aus dem Persischen Golf. Die Araber fangen langsam an, das zu verstehen. Die Gewinnbilanzen eurer großen Ölfirmen sind ihre Lehrbücher.«
Für den Rest des Abends, während auf der Bühne Alfredo sich zu Tode schmachtete und Violetta sich zu ebensolchem hustete, war Waldos Konzentration auf anderes gerichtet.
Öl. Neben dem Geld selbst die einzige weltweit gehandelte Ware.
Die Welt vertraute ganz auf Öl, weil Öl so billig war. Öl trieb nicht nur die aufstrebenden Firmen und die Autos der Industrienationen an, sondern ermöglichte auch das wirtschaftliche Überleben von Töpfereien in rückständigen Gebieten, es trieb nicht nur die Jets von Pan Am und Lufthansa an, sondern auch die Blechbüchsen von Flußdampfern, die Barackensiedlungen belieferten. Wenn man darüber nachdachte, so hing inzwischen die ganze Welt von einer Ware ab, die frei Schiff ab Kuwait oder Houston oder Tampico 3 Dollar pro Barrel kostete. Eine weltweit gehandelte Ware: und doch wurde das Hauptangebot, über 250 *Milliarden* Barrel, deren Produktion praktisch nichts kostete, von einer Handvoll Araber kontrolliert.
Diese Nacht konnte er nicht schlafen, weil er sich über die politischen, kulturellen und finanziellen Implikationen des Weltölmarkts den Kopf zerbrach. Wenn nur ...
Am nächsten Morgen glaubte er, es geschafft zu haben. In einem langen Brief an Menschikow beschrieb er seine Ideen und eine Reihe Waldonianischer Gleichungen. Obwohl er schon ungeduldig darauf wartete, seine Überlegungen an Mallory zu überprüfen, hielt er es doch für besser, zunächst zu hören, was Grigori dazu zu sagen hatte.

Wie er gehofft hatte, war Menschikow total begeistert. »Deine Idee ist klassisch«, antwortete »Prof. F. S. Mukerjee, B. A., M. A., Dr. Phil. (Oxon.)« von der »Bengalischen Akademie für angewandte Wirtschaftswissenschaften« in Kalkutta auf Waldos Brief aus Venedig.

Du bist auf eine Reihe von Bedingungen gestoßen, die in der bekannten Geschichte des Handels einzigartig sind. Ich stimme Dir zu, daß zuerst die politischen Wege geebnet werden, die Betonung auf die Politik gelegt werden muß. Es ist Dir vielleicht nicht bewußt, aber dieser Möchtegern-Metternich, der Mr. Nixon bei der Außenpolitik ins Ohr flüstert, war auch schon im Mittleren Osten zugange und hat dem Schah mit Ruhmesträumen den Kopf verdreht. Wenn meine Quellen in Teheran recht haben, dann kann meiner Meinung nach Washington das Argument vorbringen, daß das Reich von Cyrus und Darius nicht mit 3 Dollar pro Barrel Öl wiederaufgebaut werden kann. Aber bei 20 Dollar pro Barrel ...! Vielleicht sollten Du und Deine redegewandten Bankerfreunde das im Innenministerium erwähnen. Und auch in Wien. Du darfst auch die OPEC nicht übersehen, sie ist wie ein Kind, das seine eigene Kraft noch nicht kennt.

In bezug auf die ökonomischen Wirkungen war Menschikow zuversichtlich.

Öl ist wie arterielles Blut. Es nährt jedes wirtschaftliche Organ, durchdringt jedes finanzielle Gewebe. Es kann deshalb Inflation, Entbehrung und jede vorstellbare Art von Wirtschaftsinfekten in die kleinste Hütte und die größte Stadt tragen. Ein künstlich produzierter dramatischer Anstieg des OPEC-Preises wird deshalb ein Fieber von Habgier und Vergeltung entfesseln, das uns Möglichkeiten eröffnen wird, wie wir sie uns nie vorstellen konnten.

Waldo ließ sie im Geist an sich vorüberziehen. Ein traumatischer Anstieg des Ölpreises mußte mit der Druckerpresse finanziert werden. Die Federal Reserve drückte jetzt schon heftig auf das Geldpedal und konnte, da Wahlen bevorstanden, nur noch heftiger drücken. Die ökonomischen Rinnsale und Bächlein, die Vietnam gezogen hatte, wurden dadurch zu einem Sturzbach der Inflation. Amerika exportierte dann mit seinem Geld die Inflation, wie andere Staaten durch einen unglücklichen Zufall Obstschädlinge in einer Kiste Papayas exportierten.

Für die Wohlhabenden war die Inflation eine ernsthafte Gefahr, aber für die Armen war sie tödlich. Um die nichtindustrialisierten Staaten durch einen Ölschock zu bringen, wäre eine Art massiver Kreditinfusion nötig. Kein Schuldner hat je seinen Gläubiger geliebt, und nur wenige Freundschaften überleben ein Darlehen. Richtig inszeniert, ließ sich aus einer vom Energiebedarf erzwungenen Kreditaufnahme eine Art Entschädigungsforderung der Besitzenden gegenüber den Besitzlosen ableiten, eine Strafe, die man ihnen auferlegte, nur weil sie arm waren.

Aber das Beste: Die Münze hatte zwei Seiten. Ein Preischaos bei Gebrauchsgütern — von Tulpen bis Salatöl — trat dann auf, wenn man Leute zu dem Glauben verführte, daß diese Gebrauchsgüterpreise nicht mehr vom Gesetz von Angebot und Nachfrage abhängig seien, wenn die Leute Gebrauchsgüter nicht mehr als Gebrauchsgüter ansahen. Das war der Trugschluß, der Narren zum Spiel verlockte, und der in einem irrsinnigen Wettkampf um ein Stück des Kuchens Preise und Produktionskosten nach oben drückte. Wenn der Ölpreis stieg, so stiegen alle anderen Energiekosten und — mit der Zeit — der Preis für jede Ware.

Wenn man der Geschichte glauben konnte, dann wurden so inflationäre Kräfte in Bewegung gesetzt, die sich mit der Zeit und unter den richtigen Bedingungen in eine ebenso bedrohliche Deflation verkehren ließen.

Als Waldo Mallory von seinen Überlegungen erzählte, sprang der vor Aufregung auf die Füße. Es war, als hätte die Idee in einer Datenbank im Hirn des Bankers bereits existiert, und Waldo hätte nur den Knopf gedrückt, der sie auf den Monitor brachte.

»O Mann, Waldo, nehmen wir mal an, die Hunde erhöhen den Preis auf 10 Dollar pro Barrel. Weißt du, was das bedeutet? Vor allem, wenn sie darauf bestehen, daß man in Dollar bezahlt, wie sie es ja immer getan haben. Das Geldangebot wird sich über Nacht fast verdoppeln. Und was das bedeutet, weißt du ja!«

»Was ist mit der Federal Reserve?«

»Scheiß doch auf die Fed! Wir drucken das Geld außer Landes selber. Wir drucken es in Hongkong oder frei Schiff ab Jiddah oder in London. Die Kameltreiber wollen nur Uncle Sams patentiertes Grün. Keine Pesos, keine Zlotys, kein Japsengeld. Öl wird in Dollars gehandelt; und wir finanzieren es mit ausländischen Dollars. Und wenn sich etwas von *unserem* Geld in die offiziellen Zahlen einschleicht, was können wir schon dagegen tun? Die Fed ist so und so in der Zwickmühle, denn wenn auch die Inlandspreise steigen, dann muß sie die Druckerpressen anwerfen oder zusehen, wie das Land vor die Hunde geht. Texanische Ölritter sind nicht anders als der Sultan von Dingsda, auch sie wollen Geld sehen.«

Mallory sah Waldo genau an und lächelte.

»Waldo, du hast mir doch einmal gesagt, Sinn der Übung ist es, das Banksystem zur Selbstzerstörung zu verleiten. Na, und hier ist unsere große Chance.«

»Erzähl mir, wie du es siehst.«

»Okay. Angenommen, der Oman von Hadschiblabla verkauft Öl an den König von Bongo Bongo. Solange das Öl für 3 Dollar pro Barrel zu haben war, konnte Bongo Bongo bar bezahlen. Aber jetzt, plötzlich, ist es teurer geworden — 10 Dollar pro Barrel. Und so viel hat Bongo Bongo nicht. Nicht in Dollars. Nun wird Bongo Bongos Binnenhandel vorwiegend von Bananen bestimmt. Aber wenn der König Bongo zum Oman geht und den alten Trick mit ›Wie wär's, wenn ich dich mit Bananen bezahle?‹ ausprobiert, schaut ihn der Oman nur eiskalt an und meint, nein, wir brauchen heute keine Bananen. Keine Dollars, kein Öl. Kein Öl, denkt König Bongo, bedeutet kein heißes Wasser im Kessel, und heute abend kommt doch der Missionar zum Essen. Es sieht aus, als würde der alte König Bongo selber im Kessel landen. Jetzt *sollte* er eigentlich die anderen Bongo Bongos zusammenrufen und sagen: ›Heh, Jungs, wir müssen den Gürtel enger schnallen und den Kerl aushungern, und wenn eine Zeitlang niemand sein Öl kauft und wir alle zusammenhalten, dann wird der Oman vielleicht vernünftig und geht auf einen Preis herunter, den wir uns leisten können.‹ Aber das Problem bei dieser Idee ist, daß kein Geld für die Mittelsmänner dabei herausspringt, und deshalb, *puff*, wenn sie gerade anfangen, händeringend zu überlegen, ob der Oman nicht vielleicht die Fristen verlängert und bei Bongo Bongo einen Kredit riskiert, da taucht der Mann vom Büro der Cert in Bongo Bongo auf.

›He, Jungs‹, sagt er. ›Macht euch nicht in die Hosen! Ich sag' euch, was wir tun. König Bongo, Sie brauchen eine Million Dollar, um dem Oman sein Öl zu zahlen. Wir leihen Ihnen die Million und Sie zahlen damit den Oman. Und nun zu Ihnen, Mr. Oman, wenn der König seine Million rüberschiebt, legen Sie das Geld bei uns auf ein Konto, zu den üblichen Bedingungen. Ich meine, jeder weiß doch, Eure Omanliche Hoheit, daß ein Dollar in der CertBank so gut ist wie Gold in Fort Knox.‹ Der Oman deponiert also eine Million Dollar. Und jetzt kommt der Clou der Sache, Waldo. Der König braucht ja weiterhin Öl. Also nehmen wir die ursprüngliche Million, gehen wieder zu König Bongo und sagen: ›Eure Majestät, warum borgen Sie sich die Million nicht noch einmal, damit können Sie eine Bananenverarbeitungsfabrik bauen, die aus Ihren Bananen Gesundheitsnahrung macht. Die verkaufen Sie dann den amerikanischen Gesundheitsfreaks für viele hundert Millionen Dollar und Ihr Kessel wird für immer fröhlich kochen!‹«

Inzwischen war Mallory völlig in seinem Traum gefangen, seine Stimme klang fröhlich und die Worte sprudelten nur so hervor.

»Der König wird sich darauf stürzen, aber er braucht ja weiterhin Dollars für das Öl — vergiß die Bananenfabrik —, und so geht es immer weiter, und jedesmal, wenn wir ›recyclen‹ — gutes Wort dafür, hm? —, schlagen wir ihm drei Punkte auf den Londoner Index drauf und dazu noch fette Kreditgebühren, die wir als Gewinne verbuchen können. Mann, Waldo, das wird ja wie in einem Pokersalon in Gardena.«

»Pokersalon in Gardena?«

»Ja, diese Casinos in Kalifornien, wo man Poker spielt, bei dem die Einsätze auf dem Tisch bleiben und das Haus sich einen kleinen Anteil an jedem Einsatz nimmt — als Preis für die Bereitstellung von Örtlichkeit und Karten. Wenn das Spiel nur lange genug dauert, bleibt dem Haus das ganze Geld. Zinseszinsen nennt man das, und die funktionieren in Bongo Bongo genau wie in Gardena, Kalifornien.«

Wie wahr, dachte Waldo.

»Nun«, fuhr Mallory fort, »hat aber diese fröhliche Seele, der König Bongo, keine Möglichkeit, uns je zu bezahlen, vorausgesetzt, der Ölpreis bleibt lange genug oben, damit wir ihm ein schönes, tiefes Loch graben können.«

»Was ist mit der Bananenverarbeitungsfabrik?«

»Das ist das Schönste an der Sache.« Mallory lächelte, er war ganz offensichtlich mit sich selbst zufrieden. »König Bongo ist ja kein Dummkopf. Er steckt beim erstenmal, sagen wir, 20 Prozent in die eigene Tasche, dann 30, dann 50. Wir ›recyclen‹ die Ölzahlungen nach Bongo Bongo und er ›recyclet‹ sie entweder nach Zürich oder in unsere Filiale auf Grand Cayman. Nun haftet aber die Bank sowohl für die Einlagen

des Oman wie des Königs Bongo und wir haben auf der Plus-Seite nichts als einen Haufen Schuldverschreibungen von Bongo Bongo, die keinen Pfifferling wert sind. So macht man aus einem Gläubiger einen Schuldner, könntest du jetzt einwenden. Aber denk nur einen Augenblick an einige der Länder, die schon jetzt fast zusammenbrechen, obwohl sie das Öl für 3 Dollar importieren können. Ein Land wie Brasilien zum Beispiel, mit einer riesigen Bevölkerung und keinem eigenen Öl. Total am Boden. Was hältst du davon?«
»Ich halte es für brillant«, erwiderte Waldo, »aber ich glaube, daß du damit auch in einer Million Jahren nicht durchkommst.«
»Einen Teufel werden wir nicht. Siehst du denn nicht, was das für die Banken bedeutet? Und darüber hinaus bekommen wir Hyperinflation als freiwillige Zugabe. Da geht gar nichts mehr!«
»Du scheinst dir ja sehr sicher zu sein, Manning.«
»Ich will dir was sagen. Ich wette mit dir um 500 Anteile an der CertCo, daß wir, wenn die OPEC oder der Schah die Sache erst einmal ins Rollen bringen, innerhalb von fünf Jahren bei den großen Banken hundert Milliarden solcher Bongo-Bongo-Kredite verbuchen können. Ich glaube, ich fange damit an, daß ich den Präsidenten des Schah-Fanclubs ins Chase Manhattan Plaza einlade. Du kannst ja demnächst mal nach Washington fliegen und deinen alten Harvard-Kollegen Henry K. besuchen. Mach ihm klar, daß der Iran bei 10 Dollar pro Barrel eine ganze Ladung F-14 kaufen kann.«
Er klang, als sei es beschlossene Sache, daß man am wirtschaftlichen Schicksal der ganzen Welt so beiläufig herumpfuschen könne, als würde man eine Glühbirne auswechseln. Mallorys außerordentliche Zuversicht beunruhigte Waldo. Aber sein Schüler hatte ihn noch nie enttäuscht, warum sollte er sich also jetzt Gedanken machen?
Der Rest war natürlich Geschichte.

Der erste Schock im Jahr 1973, die zweite Runde der Preiserhöhungen und das Embargo im Jahr darauf, schließlich der endgültige Umbruch am Vorabend der iranischen Revolution von 1979 brachten der Welt viel Leid und Elend und dem amerikanischen Verbraucher große Unannehmlichkeiten. Von Anfang an gab es auf Capitol Hill, in Whitehall und Tokio den Vorschlag, eine internationale Institution, möglicherweise ein Ableger der Weltbank, sollte die Verantwortung für Koordination und Eindämmung der oft furchterregenden finanziellen Zerrüttungen, die die OPEC ausgelöst hatte, übernehmen.

»Das dürfen wir auf keinen Fall geschehen lassen«, sagte Mallory. »Es ist eindeutig eine Aufgabe des privaten Sektors«, meinte er vor einem Senatsausschuß.

»Damit können doch ganz offensichtlich nur die Banken fertigwerden«, flüsterte Waldo zwei verwirrten Präsidenten ins Ohr.

Schließlich trug doch die Aussicht auf Gewinn den Sieg davon. In Mallorys Gefolge machten Banken und finanzielle Mittelsmänner gemeinsam mobil und drängten die Regierungen und Mächte zurück, die sich zu der Unterstellung erdreistet hatten, dies sei eine zu wichtige Aufgabe, um sie dem »freien Markt« zu überlassen, und die statt dessen vorschlugen, die Energiekrise solle vom Internationalen Währungsfonds, dem Finanzministerium oder einem Konsortium von Zentralbanken bewältigt werden.

Die Gewinnerseite kämpfte unter dem Banner *Excelsior!*, der Wahlspruch hieß »Petrodollar-Recycling«.

Mallory hatte den Slogan zwar erfunden, war aber diesmal froh, daß man ihn nicht ihm zuschrieb.

»Wenn du einmal gelernt hast, in hundertprozentiger Scheiße zu schwimmen, verlernst du es nie wieder«, sagte er zu Waldo. »Klingt ›Petrodollar-Recycling‹ denn nicht großartig? Es ist natürlich reiner Blödsinn, aber ich dachte mir, vielleicht bringt's was in Washington, und habe es deshalb bei einem Treffen mit ein paar von den Jungs ausprobiert, als wir uns drüber unterhielten, wie wir einige Kontrollbefürworter im Senat kaltstellen könnten. Ich dachte schon, der Kerl von Citibank würde sich in die Hose machen, wie der zur 399 Park Avenue zurückhetzte und sich bei Walt, der am Tag darauf vor dem Haus reden sollte, ein paar Pluspunkte verdienen wollte. Und kaum hattest du dich umgedreht, war's auch schon in den Mittagsnachrichten.«

»Petrodollar-Recycling« sollte das erfolgreichste Schlagwort der Operation Ropespinner werden. Es klang so vernünftig, und doch stand es für eine ganze Liste ausgesprochener Dummheiten, die im Namen des Profits begangen wurden. Der private finanzielle Sektor, zum Fanatismus aufgestachelt von der Aussicht, die Sturzbäche des Geldes, die die OPEC geschaffen hatte, in seine Hände zu bekommen, und vereinigt unter dem Banner der CertBank, nahm den Ruf wie mit einer Stimme auf und ließ ihn in jedem Winkel der Welt, in dem Geschäfte gemacht wurden, widerhallen.

»Staaten gehen nicht bankrott«, versicherte Mallory der Welt, während die Ölmilliarden bei einer Tür hereinflossen und bei der anderen, gegen ansehnliche Gebühren, nach Mexiko und Ghana und Brasilien wieder hinausgeschickt wurden.

»Staaten gehen nicht bankrott«, fielen die anderen Banken, Wall Street und die Medien ein.

»Zwick mich, ich glaube, ich träume«, sagte Mallory. »Du erinnerst dich doch an die alte Radiosendung *Das ist ja doch die Höhe?* Na, dies hier ist *Das ist ja doch die Höhe* des Schwachsinns. Hast du diesen Artikel von Winston im *Journal* gelesen? Wer schreibt bloß das Zeug für ihn?«

1979 kehrte Mallory von der Eröffnung einer CertBank-Filiale in Manila zurück. Als er und Waldo zusammentrafen, sagte er sofort: »Erinnerst du dich noch an 1971, an Bongo Bongo und die Bananenfabrik?«

»Du hast behauptet, sie würde nicht gebaut werden, und ich muß sagen, das ist sie offenbar auch nicht.«

»Nun, bis jetzt haben wir etwa drei Milliarden Einlagen von Privatpersonen in Bongo Bongo und anderswo. Hast du vorgestern diesen Artikel von Grogan gelesen?«

Waldo hatte. In einem Leitartikel des *Wall Street Journal* hatte Mallorys Lieblingsjournalist geschrieben: »Das Petrodollar-Recycling war ein nobles und erfindungsreiches Bemühen der Marktkräfte, eine Situation zu bereinigen, die sonst in der ganzen Welt schwerwiegende finanzielle Verschiebungen bedeutet hätte. Der Markt hat Charakter gezeigt.«

»Na«, meinte Mallory, »ich kann dir eins sagen: Fast alles von dem, was wir den Entwicklungsländern geliehen haben, ist sofort wieder auf die Nummernkonten der Typen mit den Porsche-Sonnenbrillen und den Anzügen aus der Savile Row ›finanziell verschoben‹ worden, so wie ich es vorausgesagt habe. Ich wette, das Petrodollar-Recycling hat den Preis für Eigentumswohnungen in Monte Carlo um 100 Prozent in die Höhe getrieben. Mein Mann in Basel erzählt mir, Lausanne sieht aus wie das Stadtzentrum von Ugadugu. Du erinnerst dich doch noch an unser altes Büro in London, das in Hay Mews mit dem Butler? Nun, wir haben auf Grand Cayman eine exakte Kopie davon gebaut, damit sich König Bongo oder Mobutu wie richtige englische Lords vorkommen, wenn sie ihren Zaster besuchen kommen. Wir haben jetzt diese neue Abteilung, OPB heißt sie — Overseas Private Banking. Ich habe ein paar meiner gerissensten Leute da drangesetzt. Bei den Beträgen, die wir aus Mexiko herausziehen, würdest du Bauklötze staunen, und es sieht so aus, als sei das erst der Anfang. Wie man hört, hat unsere Konkurrenz in Kolumbien und Bolivien einige sehr interessante neue Kunden bekommen. Drogengeld. Eine kräftige Prise Korruption kann uns nur helfen, wenn für uns erst einmal die Zeit gekommen ist, am Abzug zu ziehen. Du mußt mir übrigens noch sagen, wann.«

»Das werde ich — wenn es an der Zeit ist.«

»Das ist ja sehr hilfreich«, kicherte Mallory. »Außerdem, mit Iran am Boden und einer Niete im Weißen Haus brauchen wir meiner Meinung nach sowieso nichts anderes tun, als unsere Hüte festzuhalten. Das OPEC-Basismodell war ja schon großartig, und schau, mit welchen Extras wir es noch ausgestattet haben — zweistellige Inflationsraten, 15 Prozent Zinsen, M-One total außer Kontrolle, ein Spotmarkt beim Öl —, und wenn ich mich nicht täusche, ist das noch gar nichts!«

Wie üblich, hatte er in bezug auf das Geld recht.

18

Das rasende Tempo, mit dem im Kielwasser der OPEC Geld verschoben und Reichtum angehäuft wurde, war in der Geschichte ohne Beispiel.

Die Ausmaße von allem wuchsen beständig. Waldo fand seine alten Maßstäbe zuerst verschoben, dann unzeitgemäß. Der Eurodollar-Markt wuchs von 150 Milliarden Dollar auf fast 2 Billionen. Ein Leser, der die Emissionsanzeigen verfolgte, die größere Finanzierungsoperationen signalisierten, mußte einfach bemerken, daß, was man in den Sechzigern für eine große Anleihenemission oder einen großen Konsortialkredit gehalten hatte, kaum die Zinsen für das Äquivalent in den Achtzigern bezahlt hätte.

Der Umfang verursachte eine von CertCo angeführte starke Vermehrung neuer Instrumente und »finanzieller Produkte«: eine Umgestaltung und Neueinkleidung des Geldverleihs, um mit diesen neuen Formen vom inzwischen vollkommen institutionalisierten Markt zu profitieren. Zunächst gab es börsenfähige Optionen, dann Optionen auf Optionen, dann Terminpapiere auf Optionen auf Optionen. Dazu Geldmarktfonds, die es dem kleinen Einleger erlaubten, sein Geld so einfach zu bewegen wie dem Finanzchef einer Ölfirma.

Neue Gelegenheiten lehren neue Pflichten, sagt der Dichter, und wirklich brüteten diese neuen finanziellen Produkte neue Typen von Parasiten und Beschaffern aus: Depositenmakler, Risikoarbitrageure, Diskontbroker. Neben all dieser normalerweise »kreativen« Aktivität bemerkte Waldo zu seinem Vergnügen eine allgemeine moralische und intellektuelle Verschlechterung innerhalb der Finanzwelt.

Wall Street veränderte ihr Gesicht. Manchmal entdeckte Waldo zufällig in einer alten Akte einen Prospekt für ein Geschäft, an das er sich aus den Sechzigern und frühen Siebzigern erinnerte. Er fuhr dann mit dem Finger über die Namen, die damals das Emissionskonsortium gebildet hatten. 1983 existierten drei Viertel dieser Firmen überhaupt nicht mehr, sie waren entweder spurlos im Bankrott versunken oder von den riesigen Investmentkonzernen, die jetzt entstanden, verschlungen worden.

Katastrophen und Beinahekatastrophen wurden immer häufiger; Devisen und Wertpapierskandale schüttelten den Markt mit schöner Regelmäßigkeit; »Skandal«, »Krise«, »Zusammenbruch«, »Zahlungsunfähigkeit« — früher apokalyptische Begriffe — fanden sich nun regelmäßig auf den Wirtschaftsseiten und wurden beiläufig in den privaten Speisezimmern der Wall Street diskutiert.

Ein Ende war nicht in Sicht.

»Weißt du, Waldo«, verkündete Mallory eines Tages. »Wir haben über fünfzehnhundert Banken in dieses Geschäft mit den Staatskrediten gelockt. Fünfzehnhundert. Bei Gott, kannst du das glauben? Aber diese Provinzheinis wollen eben mal gerne internationale Banker spielen, und warum auch nicht? Es ist ja nicht ihr Zaster! Unser typischer Pfuscher irgendwo im Hinterland zum Beispiel. Hat eine Bank mit vielleicht 100 Millionen Betriebsvermögen, reines Hühnerfutter. Jetzt nehmen wir einmal an, wir wollen unser Engagement in Zaire verringern. Wir haben doch diese Clowns, diese ›Risikoanalysten für Fremdstaaten‹, die uns ihr Okay geben, ob Zaire im Augenblick in Ordnung ist, oder ob wir auf Venezuela aufpassen sollen. Hast du je schon einmal so einen Blödsinn gehört? Das ist ja, als ob man jemands Gedanken mit einem Lineal lesen wollte. Auf jeden Fall, der alte Elmer aus Ost-Misthausen erhält einen Anruf von einem meiner Abteilungsleiter für Internationales. Ob die Second National von Ost-Misthausen nicht an der nächsten Runde von Zaire Hydropower teilnehmen möchte? Nun weiß Elmer von Zaire wahrscheinlich nichts, außer daß es eins von diesen ›Niggerländern‹ ist, wie sie in Ost-Misthausen dazu sagen, aber ihm fällt ein, daß einer von der First National in *West*-Misthausen mit Walt Wriston fotografiert wurde, als die Citi das Konsortium für den Kredit an die brasilianische Energiebehörde zusammenstellte — was die Hälfte der Pariser Nutten für ein halbes Jahr mit Kaviar fütterte ... Der Spaß fängt ja erst an«, schloß Mallory. »Was hab' ich dir denn gesagt, was passiert, wenn man den Krediten die Zügel schießen läßt? Zum Teufel, das ist genau der Strohhalm, der den Drink umrührt.«

Mallory bewegte die Cert mit fieberhafter Eile. »Ich will etwas von dem Wall-Street-Geschäft für uns«, sagte er. »Wir wollen unser eigenes Geld einsetzen.«

»Du glaubst ja nicht, was passiert«, erzählte er Waldo. »Vor ein paar Tagen war ich mit diesem Knaben, der Bendix leitet, beim Mittagessen. Er kommt daher mit seinem Investmentbanker und seiner ›Strategin‹, einer dieser netten blonden Diplombetriebswirtinnen in Männerkleidern, mit Krawatte und allem. Auf Martin Marietta hat er es abgesehen. Aber bei Raketen weiß er nicht einmal, wo vorne und hinten ist. Er will die Cert als seine Führungsbank. Natürlich leihen wir ihm das Geld.«

»Die amerikanische Industrie ist in den Händen einer neuen Generation«, bemerkte Waldo.

»Aber hundertprozentig«, sagte Mallory. »Meine Jungs in unserer Südwestbanken-Abteilung erzählen mir von einer beschissenen kleinen Bank mit Namen Penn Square unten in Oklahoma City, die Kreditbeteiligungen verschleudert, die nicht einmal ein Kredithai in Brooklyn anrühren würde. Wir sind auch eingeladen. Meine Leute sind in Versuchung. Du kannst dir ja denken, warum: ›Sir, weil es jeder macht!‹ Der beste Weg, bankrott zu gehen. Gegen dein besseres Wissen mitspielen, nur weil das Arschloch von nebenan sagt, er werde auch mitspielen. Auf jeden Fall, nach ihren Angaben ist Continental Illinois der große Spieler bei dem Penn-Square-Kredit, mit gut zehnstelligen Summen, und Seattle First steht gleich hinter Continental, und — wie erwartet — unsere kleinen Freunde bei der Chase machen sich fast in die Hose, nur um auch mitspielen zu dürfen.«

»Und was wirst du tun?«

»Ich glaube, ich lasse es sausen. Wenn wir zu viele Schlappen einstecken, könnte das meinem Image schaden. Wenn sie mir meine Rolle nicht mehr abkaufen, kann ich gleich aufhören.«

Mallory machte eine Pause und fuhr dann fort: »Weißt du, was ich glaube. Ich glaube, die OPEC war eine Welle ohne Wasser. Ich halte es für viel wahrscheinlicher, daß der Ölpreis auf 10 Dollar sinkt, als daß er auf 100 steigt. Ich glaube, der Bedarf ist nicht mehr da. Wenn das Öl nachgibt, dann paß auf.«

Waldo stimmte ihm zu. Er hatte zwei Arten von Inflation im Kopf: eine von der Nachfrage ausgelöste und eine von der Gier angestachelte, zwei vollkommen gegensätzliche Gründe, warum der Preis einer ökonomischen Einheit — ein BTU, eine Arbeitsstunde, eine Dose Suppe — steigt ohne einen entsprechenden Anstieg ihres eigentlichen Wertes. Die willkürliche Preisgestaltung der OPEC war von Gier angestachelt. Jetzt, da die Wirtschaft der Industrienationen, Japan ausgenommen, stagnierte, und das Wachstum der Entwicklungsländer von ihrer erdrückenden Schuldenlast unterbrochen worden war, schlitterte das Spiel in eine neue, deflationäre Phase.

»Meine Strategie für den Augenblick«, schloß Mallory, »ist deshalb, sehr flexibel zu sein und es nicht zu weit zu treiben.

Früher oder später verlieren auch die Besten von uns die Fähigkeit, die Kurve zu kriegen.«

Ja wirklich, dachte Waldo, es war fast schon eine sportliche Leistung, wie Mallory es schaffte, die Cert in immer neue Risiken zu treiben und dabei doch das Urteil und die Gewandtheit zu haben, sich zurückzuziehen oder stark zurückzuschrauben, kurz bevor die Katastrophe über die Konkurrenz hereinbrach, die blind hinter ihm nachhechelte.

»Na, auf jeden Fall, es sind nicht nur die Energiefinanzierungskredite, die verrückt spielen. Ich habe vertraulich gehört, daß es im Wiederinbesitznahmemarkt eine Drysdale-Irgendwas-Handelsaufsicht gibt, die die Chase austrocknen will. Weißt du, was aus dem Finanzgeschäft und den Banken geworden ist? Eine überschallschnelle Reise nach Jerusalem!«

»Und was kommt als nächstes?« fragte Waldo.

»Schwer zu sagen. Wir beide haben es schon zu vier Fünfteln geschafft, aus der Welt eine einzige riesige Arbitrage zu machen, und die Möglichkeiten zum Unruhestiften sind wirklich sehr interessant. Letzte Woche hatten wir Besuch von einem Investmentbanker — was er wollte, betraf die Politik der Bank, und deshalb habe ich mich auf Bitten der Wall-Street-Abteilung dazugesetzt. Der Kerl hatte seinen Kunden mit dabei. Hauptgeschäftsführer von . . .« Mallory nannte einen Verbrauchsgüterkonzern, den Waldo sofort wiedererkannte.

»Na, und dieser Investmentbanker ist auf ›Firmenaufkäufe mit Leihkapital‹ (abgekürzt LBO: *leveraged buyouts*, Anm. d. Übers.) spezialisiert; das ist der letzte Schrei an der Wall Street. Man merkt, daß es sehr modern ist, weil die Jungs, die es machen, vor fünf Jahren noch keiner kannte. Schon lustig, wie ein Kreditrahmen aus Leuten Genies macht. Als würde er den Intelligenzquotienten um fünfzig Punkte erhöhen. Nun, und dieser Konzernchef spricht davon, von seinen privaten Aktieneignern für 800 Millionen Dollar Anteile aufzukaufen. Will von uns 400 Millionen Dollar leihen und hat noch einen Stapel Rentenfonds für den Rest. Die tatsächliche Kapitalbeteiligung beträgt ungefähr 25 Millionen, aber heutzutage ist es doch jeder Bank scheißegal, ob eine Kapitalisierung zu 3 Prozent aus Eigenanteil und zu 97 aus Schulden besteht. Ich habe mir ihre Geschichte angehört und wollte dann ihren Bilanzbericht sehen. Bilanzbericht? Die Kerle sehen mich an wie einen Dorftrottel. Der Manager langt in seine Aktentasche und zieht ein einzelnes Blatt Papier heraus. Sehr vertraulich, sagt er mit einem breiten, vertraulichen Lächeln. Mit anderen Worten, vergiß die Bilanz, das hier ist der wirkliche Knüller. Wir nicken also so ernsthaft, wie wir können, setzen unser seriösestes Gesicht auf und sehen uns an, was er uns zeigen will. Und, zum Teufel, das war wirklich vertraulich, zumindest was seine Aktieneigner angeht: geheime Vermögensbewertungen, Geldbewegungsstatistiken, versteckte Wertminderungsreserven — Zahlen, die die Aktieneigner nicht zu sehen bekommen. Und ein Strategiekonzept, nach dem er im Jahr eins genug Aktiva verflüssigen kann, um 600 Millionen Dollar Schulden zurückzuzahlen, und immer noch Anteile im Wert der ursprünglichen 800 Millionen zurückbehält, was einen lässigen Gewinn von dreißig zu eins auf das Barkapital bedeutet. Ich konnte nicht widerstehen und fragte ihn, warum er diese Zahlen nicht seinen augenblicklichen Aktieneignern zeige.«

»Und was antwortete er darauf?«

»Er steckte das Papier in die Tasche zurück, zwinkerte und bot uns zehnprozentige Dividendenpapiere für den Fall, daß wir die Bankenbeteiligung mit einem Anteil von 200 Millionen anführten. Wir würden die Zinsen natürlich nicht in Aktien erhalten. Glass-Steagall verbietet das. ›Dividendenpapiere entsprechend beschränkter Beteiligung‹ würden es sein. Wer denkt sich bei denen eigentlich diese Namen aus?«

»Und was hast du geantwortet?«

»Genau das, was jeder an der Street sagt, wenn man ihm einen Umschlag anbietet: ›Oh, wie aufmerksam von Ihnen.

Sie können auf uns zählen, und vielen herzlichen Dank.‹ Wenn einmal der große Zahltag kommt, schadet es nichts, wenn die Aktieneigner dieser großen Nation verstehen, welche entscheidende Rolle wir Banken dabei gespielt haben, sie zu bescheißen.«

Mallorys Gesicht wurde ernst.

»Weißt du, irgendwie paßt wirklich alles zusammen. Diese LBO-Typen recyclen das Vermögen ihrer Aktionäre auf ihre eigenen Konten wie unser Freund König Bongo. Aber, zum Teufel, das ist ja erst der erste Schritt. Wir haben diesen Pickens unterstützt. Der findet ja Öl nicht einmal in seiner Kurbelwanne, aber wir haben ihm Kredit für den Ankauf von Ölaktien gegeben, und wenn er fertig ist, wird die Ölindustrie zwischen ihm und diesen Geldmanagern, die ihre eigene Mutter unter dem Einstandspreis verkaufen, nur damit ihr Vierteljahresabschluß gut aussieht, aufgerieben sein. Und paß auf, was dann kommt. Wenn sich die Saudis ein paar von diesen ›restrukturierten‹ Kassenberichten ansehen, brauchen die nur zehn Sekunden, um herauszufinden, was mit Texaco bei einem Schulden-Kapital-Verhältnis von zwanzig zu eins passiert, wenn sie den Ölpreis auf 10 Dollar pro Barrel drücken.«

Mallorys Stimme klang voll, triumphierend. Waldo fragte sich, ob je in der Geschichte ein amerikanischer Geschäftsmann so viel Begeisterung über seinen Triumph und die Möglichkeiten, die sich ihm boten, empfunden hatte. Es war fast aufregend, ihm zuzuhören.

CertCo und ihre Geschwister und Nachkommen standen im Zentrum des Kreditstrudels, sie engagierten sich in Handelsfinanzen, sie finanzierten Effektenhandel und Investmentfonds. CertBank war als der oberste Verleiher anerkannt, One CertCo City war die erste Adresse für Übernahmekünstler, Greenmailer und LBO-Händler, die Geld und Komplizen suchten, und sie gingen selten unbefriedigt. Es gab keine »Innovation«, keinen »finanziellen Durchbruch«, den die

CertBank nicht bereitwillig mittrug, durch ihre Teilnahme als Verleiher, ihren Sachverstand als Verpacker und Vermarkter, oder indem sie das Kapital ihrer Einleger oder Investmentkunden investierte. Das Investmentmanagement der CertCo hatte über eine Milliarde Dollar in Junk Bonds auf seinen Treuhandkonten.

Schulden waren zu einer Droge geworden. Wenn Religion Opium für das Volk war, so war Kredit Opium für den Kapitalismus.

»Als ich zur Bank kam«, erzählte Mallory Waldo bei einem Abendessen im Frühjahr 1980, »sagte dein Bruder immer: ›Wenn es ein gutes Geschäft ist, werden wir einen Weg finden, Geld dafür zu verleihen.‹ Na, es hat zwar fünfundzwanzig Jahre gedauert, aber ich habe es schließlich doch auf den Kopf gestellt. Heute lasse ich unsere Leute denken: ›Wenn wir einen Weg finden, Geld dafür zu verleihen, ist es ein gutes Geschäft!‹ Das wird das Motto der CertBank für den Rest meiner Zeit dort sein. Und wenn ich mich nicht irre, auch der Verkaufsslogan jeder anderen Bank in Amerika!«

Dank der ungezügelten Macht des Computers drehte sich das Rad immer schneller und schneller. Bei einem jährlichen Gesamtwert des Welthandels von 3 Billionen schätzte man den jährlichen Gesamtwert weltweiter finanzieller Transaktionen auf etwa fünfundzwanzigmal soviel: Ein globaler Papiersturm von 75 Billionen!

Mallory frohlockte. Er hatte CertBank zu der neuen Technologie getrieben. One CertCo City war ein summender elektronischer Bienenstock.

»Das ist noch besser als in den Sechzigern«, sagte er zu Waldo. »Die Ehe zwischen Informationstechnologie und Spekulation ist im Himmel geschlossen worden.«

Das traf mit Sicherheit zu. Die wahre Ernte des Reagan-Booms war für die Wall Street reserviert. Neun von zehn der bestbezahlten Führungskräfte in Amerika arbeiteten an der Wall Street. Banken wie die Cert stritten eifrig mit den In-

vestmenthäusern um die Dienste dieser Wunderkinder — so eifrig, daß Mallory sich brüsten konnte, es gebe in der Bank ein halbes Dutzend Leute, die mehr verdienten als er.
»Bank« ist kaum mehr das richtige Wort für CertCo, dachte Waldo. Das Bankgeschäft war glänzend und modern geworden, blankgeputzt von den Verkrustungen der früheren Vorsicht.
»Kennst du ein Wort, das niemand mehr verwendet?« fragte Mallory fröhlich. »Sicherheit. Unsere neuen Jungs wissen gar nicht mehr, wie man das schreibt, und die Jungs, die sie ausbilden, lehren, daß sie sowieso unwichtig ist. Die einzige Sicherheit, die wir brauchen, ist die Fähigkeit, das Geld aufzutreiben, das wir verleihen wollen.«
Wenn man Mallory so reden hörte, dann waren die Leute, die von der Presse als die am Drücker gefeiert wurden, noch Kinder, die mit gefährlichem Spielzeug spielten.
»Da gibt's 'ne neue Masche, ein paar von den Computerfreaks, die wir von Salomon Brothers wegholten, haben sie entdeckt. ›Programmierten Handel‹ nennen sie es. Bis jetzt haben wir etwa 30 Milliarden Dollar an die Investmentabteilungen anderer Banken verschoben. Eigentlich setzt es nur den S&P-Aktienindex mit dem Termingeschäftemarkt in Verbindung. Und das Schöne an der Sache ist: Es geht vollkommen automatisch. Ohne menschliche Eingriffe. Was bedeutet, daß der Markt immer wieder einmal und vollkommen unerwartet in die Hosen geht. Wir können jetzt mit dem Aktienmarkt das machen, was wir in den letzten zwölf Jahren mit dem Devisenmarkt getan haben.«
So vieles hatte sich so schnell verändert, so viele der alten Sicherheitsmaßnahmen waren von einer Geldgemeinschaft außer Kraft gesetzt worden, in der sich kaum noch hundert Leute an 1929 erinnerten. Kein Wunder, daß sich die Älteren Sorgen machten. Der Bankrott, früher die absolut letzte Zuflucht, die nach Schande und Versagen roch, war nun nichts anderes als ein legaler Trick, mit dem man Zahlungsklagen

abwehren oder Verträge außer Kraft setzen konnte. Amerika ertrank fast in finanziellen Euphemismen. »Zinsgünstiges Hausbaudarlehen« klang doch viel verlockender als »zweite Hypothek«, verlockend bis zu einer Höhe von 75 Milliarden Dollar, die bereits in den Büchern des Banksystems standen. CHIPS — die New Yorker Verrechnungsstelle für Geldverkehr zwischen den Banken — verbuchte einen täglichen Bankentransfer von 500 Milliarden Dollar, und der Betrag, den SWIFT (die Gesellschaft für internationale Telekommunikation zwischen den Banken), ihr akronymer, überseeischer Sprößling, bearbeitete, war kaum geringer. TIGRS und CATS schlichen durch die Wall Street.

Diese Geschwindigkeit und Flüchtigkeit konnte nur Instabilität fördern. Aber die Zeiten waren gut, man verdiente viel Geld, und für eine Nation, deren schauspielernder Präsident neben einem Stapel von Marinesärgen von einem »weiteren amerikanischen Triumph« sprechen konnte, gab es keine schlechten Nachrichten.

Wie erfolgreich die Operation Ropespinner wirklich gewesen war, merkte Waldo, als Mallory ihm eine Kopie der 1984er Hirsch-Vorlesung seines Nobelpreis-Kollegen James Tobin schickte.

Mallory hatte den Schlußabsatz mit einer ganzen Reihe Ausrufungszeichen markiert. Tobin sagte:

> *Ich gestehe den beunruhigenden physiokratischen Verdacht, der einem Akademiker vielleicht nicht zusteht, daß wir einen immer größeren Anteil unserer Ressourcen, die Elite unserer Jugend eingeschlossen, auf finanzielle Aktivitäten verwenden, die mit der Produktion von Gütern und Dienstleistungen nichts zu tun haben, Aktivitäten, die hohe private Gewinne abwerfen, die aber in keinem Verhältnis zu ihrer sozialen Produktivität stehen. Ich befürchte, daß sich diese »Papierwirtschaft« die ungeheure Kraft des Computers zunutze macht, nicht um die gleichen Transaktionen ökonomischer durchzuführen, sondern um Men-*

ge und Vielfalt des finanziellen Austausches aufzublähen. Vielleicht zeigte die High Technology genau aus diesem Grund im Bereich der gesamtwirtschaftlichen Produktivität nur enttäuschende Ergebnisse. Ich fürchte, wie Keynes es schon zu seiner Zeit vorausgesehen hatte, daß die Vorteile von Liquidität und Handelbarkeit finanzieller Instrumente in höchstem Maße eine Spekulation begünstigen werden, die kurzsichtig und unwirtschaftlich ist.

Schön gesagt, dachte Waldo. Der größte lebende Ökonom hatte einen Sachverhalt in Bausch und Bogen verdammt, der zum Großteil vom Einfallsreichtum, dem Verkaufstalent und den Führungsqualitäten der Protagonisten von Ropespinner produziert worden war. Konnte es ein höheres Lob geben? Wenn sie schon so viel erreicht hatten, wäre es da nicht an der Zeit aufzuhören?

Aber er wußte, daß dies das letzte war, woran Mallory dachte.

»Das Bankwesen, wie wir es gekannt haben, ist tot«, sagte Mallory vor der Jahreskonferenz der CertCo. »In fünf Jahren werden wir CertCo oder CertBank nicht mehr wiedererkennen. Remboursgeschäfte, Investmentbanking, der Handel in unsere eigene Tasche, das ist die Welle der Zukunft. Kopf an Kopf mit der Wall Street.«

Jemand fragte ihn nach der wachsenden Begeisterung für eine Gipfelkonferenz zur Stabilisierung der Wechselkurse. Würde denn nicht eine Verringerung der Unbeständigkeit der Devisenströme Einflüsse auf den Profit der Bank haben?

»Würde es«, sagte Mallory, »wenn das geschehen sollte, wozu es aber nicht kommen wird. Das internationale Banksystem und die Wall Street haben Hunderte von Millionen Dollar in das Marktsystem der Wechselkurse investiert. So eine Investition werden wir nicht über Bord gehen lassen. ›Unbeständigkeit‹ ist nur ein Wort, das die Feinde des freien

Marktes verwenden, um ein System in Frage zu stellen, das hervorragend arbeitet.«

Was sei mit all diesen Krediten für Übernahmen und Aufkäufe mit Fremdkapital? fragte jemand anderes. Sei das denn eine gute Sache?

»Absolut. Es hält die Manager in Bewegung. Außerdem ist es so ziemlich der einzige Bereich, wo wir beständigen Kreditbedarf sehen.«

Nach der Konferenz ging er mit Waldo zu One CertCo City, um den neuen Börsensaal zu besichtigen, der eben im Bau war. Waldo erschien er so groß wie ein Fußballfeld. Wenn er erst fertig sei, prahlte Mallory, werde er vierhundert Maklern Platz bieten, die von Schatzbriefen bis zu polnischen Zlotys mit allem handelten.

»Das ist die Welle der Zukunft«, sagte er mit Begeisterung. »Handeln, Papier verschieben. Zum Teufel, Waldo, in der neuen amerikanischen Wirtschaft *baut* niemand mehr irgend etwas!«

19

Am Ende des folgenden akademischen Jahres gab Waldo Emerson Chamberlain seine Lehrstühle, Direktorenposten und Beraterverträge auf.

Was für eine großartige Karriere das doch gewesen sei! Und ihr Höhepunkt? fragte der seriöse Wirtschaftskolumnist, den die *New York Times* geschickt hatte. Sei es der Nobelpreis gewesen, den man ihm spät in seiner Karriere für die Arbeit verliehen hatte, die zur Neuformulierung der Beziehung zwischen Bevölkerung, Beschäftigung und Geldwachstum, dem sogenannten »Chamberlain-Effekt«, führte? Seien es die zwei Generationen von Wirtschaftsführern, die er ausgebildet hatte, Manning Mallory vor allem, aber auch dreiundzwanzig weitere Manager, die zu den Fortune 500 zählten? Oder sei es sein Einfluß in der Welt der Banken, sein Eintreten für eine zentrale internationale Stellung der amerikanischen Banken?

Alles zusammen, sagte er dem Mann von der *Times*. Es sei wirklich eine beachtliche Karriere gewesen. Besonders stolz sei er auf die Tatsache, daß er in gewisser Weise wohl annehmen durfte, er habe dem amerikanischen Bankensystem – durch die Studenten, die er ihm schickte – geholfen, ein wirklich weltumspannendes Finanzsystem zu prägen und zu beherrschen.

Mallory betrachtete die Errungenschaften von Waldos Sprößlingen mit mehr Zynismus.

»Stoßtruppen, das sind sie. Ihr Kerle in den Business Schools laßt doch jedes Jahr vierzigtausend Diplombetriebswirte an den Brückenköpfen des Kapitalismus von Bord gehen. ›Diplombetriebswirte‹, daß ich nicht lache! Die heutigen Diplombetriebswirte sind doch nichts anderes als zu gut gekleidete Computerprogrammierer. Sag mir, Waldo, als ich in der Business School war, war ich da auch so ein arroganter kleiner Ignorant?«
»Darauf kannst du dich verlassen, Manning.«

Mit Anerkennungen und Ehren überhäuft, verließ Waldo die akademische Bühne. CertCo richtete Waldo-Chamberlain-Stipendien für Angewandte Monetaristische Theorie in Harvard und am MIT ein. Seine alten Kundenkonzerne schufen ihm zu Ehren Professuren und Stiftungen. Die vielleicht rührendste Erinnerung war ein Geschenk seiner Direktorenkollegen in der CertCo, eine hübsche, kleine Schaluppe, die er auch prompt *The Prime Rate* taufte.
In Übersee erwarteten ihn weitere Ehrungen. Im Jahr nach seinem Rückzug reiste er nach Europa und machte in London, Paris, Frankfurt, Padua und Stockholm Station. Bei jeder Etappe drängte man ihm neue Medaillen, Plaketten, Schriftrollen und Einkünfte auf.
Im April 1984, kurz vor dem achtundvierzigsten Jahrestag seines ersten und einzigen Besuches in Rußland, stieg Waldo auf dem Flugplatz Scheremetjewo aus einem SAS-Jet.
Vorgeblicher Grund seines Moskaubesuches war ein Vortrag vor der ökonomischen Fakultät der Sowjetischen Akademie der Wissenschaften. Insgeheim aber hoffte er, Menschikow wiederzusehen.
Er war natürlich auf eine Enttäuschung vorbereitet. Der gesunde Menschenverstand sagte ihm, daß Menschikow, solange die Operation Ropespinner noch lief, keinen offenen Kontakt riskieren würde.
Dennoch glaubte Waldo, im Hintergrund des Hörsaals und

von weitem bei einem Empfang der Akademie Menschikow flüchtig erspäht zu haben, als er dann aber wieder hinsah, war da niemand.
Gegen Ende seines Aufenthalts begann er zu verzweifeln. Wenn nicht jetzt, wann dann? dachte er.
Am letzten Nachmittag vor seiner Abreise lag er in seinem Hotelzimmer und versuchte zu schlafen, als sich die Verbindungstür zur benachbarten Suite schnell öffnete und wieder schloß. Grigori stand im Zimmer!
Sie umarmten sich und sahen einander an. Menschikow war ein schrumpeliger alter Bär geworden, zusammengesunken und gebeugt, aber immer noch galant. Er bemerkte Waldos besorgten Blick und lachte.
»O Waldja, sieh mich doch nicht an wie ein Fossil. *Regardez!*«
Er tanzte einen improvisierten Kasatschok, mit zurückgeworfenem Kopf und immer noch feurigen Augen knallte er die Absätze auf den Boden.
Dann setzte er sich schwer auf die Kante von Waldos Bett und keuchte.
»Jetzt laß uns ernsthaft reden.« Er merkte, daß Waldo sich ängstlich umsah. »Keine Sorgen wegen Überwachung«, sagte Menschikow. »Vergiß nicht, in Moskau bist du — wie sagt ihr beim Baseball? — in der Heimmannschaft.«
In der folgenden Stunde sprachen die beiden Männer wie alte Veteranen, sie tauschten Anekdoten aus und kehrten immer wieder zu den Triumphen von Operation Ropespinner zurück. Waldo machte es viel Spaß, persönlich von seiner und Mallorys Begeisterung an dem, was sie getan hatten, berichten zu können und Ropespinner so eine Dimension des Lebendigen zu geben, die seine Briefe, wie er befürchtete, manchmal vielleicht nicht vermittelt hatten.
Menschikow strahlte anerkennend.
»Ach, mir gefällt dieses Petrodollar-Recycling ja so gut. Kennst du George Champion, den ehemaligen Kopf der Chase-Bank? Hat immer gesagt: Man soll nie, aber auch nie

Geld an Fremdstaaten verleihen, außer an die Zentralbanken. Wenn ich den USA Geld leihe, dann leihe ich es der Federal Reserve Bank, aber nie der amerikanischen Regierung. Wie leicht hat dein Land Dinge verworfen, die die alten Männer mit soviel Mühe gelernt haben.«

Menschikow erzählte Waldo auch von anderen Dingen, bei denen er die Hand im Spiel gehabt hatte — von der Herstatt-Pleite, von Calvi und der Banco Ambrosiano, vom Nugan-Hand-Skandal in Sydney, und von einer Operation, die eben anlief: die Plünderung einer Londoner Edelmetallfirma namens Johnson Matthey.

»Wird die Bank of England ziemlich in Verlegenheit bringen, was in England fast so schlimm ist wie ein Bankrott.«

Waldo fragte ihn, ob er auch in den Vereinigten Staaten aktiv gewesen sei.

Menschikow brüllte vor Lachen.

»Mein Gott, Waldja, warum denn? Manchmal lese ich, was dieser Wriston sagt, und ich wundere mich, ob Waldja vielleicht Großes vorhat und diesen Mann auch anwirbt. Manchmal lese ich die Kommentare im *Wall Street Journal* und denke: Wer sagt denn den Leuten, daß sie solche Sachen schreiben sollen? Trotzki?«

Er lachte dröhnend.

»Nein, nein, Amerika lasse ich in deinen und Mallorys Händen. Vor ein paar Jahren denkt so ein Idiot am Dscherschinski-Platz: He, gute Idee, Genossen. Wir kaufen die Kontrolle über ein paar kleine kalifornische Banken — in ›Silicon Valley‹, wie ihr es nennt —, und so erfahren wir die Geheimnisse der amerikanischen High Technology. Und ich sage: Warum kauft der KGB Banken, wenn es genauso einfach ist, Geheimnisse zu kaufen, aber der KGB hat die Sachen gern kompliziert, und so versuchen sie, eine Bank in Walnut Creek zu kaufen, aber, wie üblich beim KGB, *pied d'éléphant!* Riesengroßes Chaos!«

»Da fällt mir ein, Grigori«, fragte Waldo. »Wer weiß hier sonst noch von Ropespinner? Ich weiß, daß du in den Staaten Leute hast, die nach deiner Pfeife tanzen. Ich weiß, daß du — nun, gewisse Dinge hast *arrangieren* können.«

»Kein Grund zur Aufregung, Waldja«, meinte Menschikow entwaffnend. »Hier wissen nur der Generalsekretär und ich *alles* über Ropespinner. Nur er und ich wissen, daß du und Mallory der Ropespinner seid. Und das war immer so — seit Stalin. Ich unterrichte jeden neuen Generalsekretär. Bei anderen Dingen, wenn ich etwas *arrangieren* muß, arbeite ich mit gewissen Leuten vom Dscherschinski-Platz. Aber keiner im KGB weiß von Maine. Das ist lange her. Laß uns jetzt von etwas anderem reden. Ich glaube, euer Präsident würde Moskau am liebsten gleich morgen bombardieren, und doch hat die Narodny-Bank ihr Konto bei eurer Bank über Nacht um 200, vielleicht 300 Millionen überzogen. Amerika verkauft *uns* Weizen zu Bedingungen, die ihr euren eigenen Leuten nicht einmal zum Hausbau oder zur Landwirtschaftserhaltung gebt. Ihr senkt die Steuern mit so einem Defizit! Verrückt!«

Waldo sagte nichts. Er teilte Menschikows Verwunderung. Amerika schien ökonomische Gesetze auf den Kopf zu stellen, und dennoch wurde das Land immer stärker — wenn das große Geld, das an der Wall Street gemacht wurde, wirklich Stärke war.

»Manchmal«, fuhr Menschikow fort, »zünde ich aus Dank für euren Präsidenten eine Kerze an. Für Ropespinner ist der sogar noch besser als die OPEC. Er erzählt Amerika, daß es wieder wie 1945 ist, als ihr allein den Sieg und die Tugend hattet, und daß die ganze Welt euch liebt. Was weiß denn euer Präsident von 1945, Waldja? Der hat den Krieg in einem Filmstudio gekämpft. Und ich sag' dir eins, es ist nicht 1945, es ist eher wie 1929.«

»Zwischen jetzt und 1929 gibt es beträchtliche Unterschiede«, sagte Waldo ruhig.

»So? Du warst doch 1929 nur ein kleiner Junge.« Menschikow

bemerkte, daß Waldos Gesicht einen verdrießlichen Ausdruck annahm. Er streckte besänftigend die Hand aus. »Na komm, ich will ja nicht auf dir herumhacken. Ich sage es nur, weil ich 1929 in New York war, und ich war damals schon fast dreißig, ein erwachsener Mann, einer, der in den Straßen von St. Petersburg gekämpft hatte. Geld war das einzige, über was die Leute 1929 redeten. Geld war das einzige, was die Leute 1929 respektierten. Und Geld war das einzige, was die Leute 1929 vom Leben verlangten. Unsere KGB-Abteilung in New York berichtet mir, daß es jetzt genauso ist. Waldja, es ist für Männer ebenso gefährlich, nur mit ihren Brieftaschen zu denken wie nur mit ihren Schwänzen. Es wird immer in Schwierigkeiten enden. Und damals waren die schrecklichsten Leute die großen Finanzhelden: Livermore, Raskop, Durant. So wie heute. Schweine und Haie waren damals an der Spitze, Schweine und Haie auch heute. Dieser Pickens, dieser Boesky, dieser Drexel Burnham — pfui!«

»Ich will dir gar nicht widersprechen, Grigori. Aber dennoch machen sich bestimmte Leute auch Sorgen um das Handelsbilanzdefizit, um das Haushaltsdefizit, um die Menge der Schulden, die überall gemacht werden, wo man nur hinsieht . . .«

»Sorgen? Pah!« unterbrach ihn Menschikow. »Entsetzen sollte es sein, Waldja, Entsetzen. Ist alles zu weit gegangen. Sieh dir nur Amerika und Japan an. Verheddert wie zwei Ertrinkende. Wenn sich einer rührt, sinken beide noch tiefer. Da gibt's keine Hilfe mehr. Und über das will ich mit dir reden.«

»Über Amerika und Japan?«

»Nein, darüber, daß es Zeit ist, die Operation Ropespinner abzuschließen.«

»Jetzt? Aber es gibt doch noch so viel, was man tun könnte.«

»Wirklich? Ab jetzt ist es doch vorwiegend Dekoration, nicht? Ich weiß, daß du nicht viel von Marx hältst, aber du weißt, was er sagt: Daß nämlich der Kapitalismus, wenn er am Ende ist, alles im Leben in seinen Geldwert, seinen Preis auflöst. Das ist passiert. Alles, was noch bleibt, ist ein letzter, großer Boom an der Börse, und der steht bevor.«

»Wie kannst du so sicher sein?«

»Waldja, denk daran, was du mir vor zwei Jahren geschrieben hast. Das schmutzige Geheimnis, wie die Reichen so reich werden. Die Inflation der Lebenshaltungskosten ist tot, aber das Geld, das gedruckt wurde, um die Inflation zu bezahlen, ist nicht verschwunden, und deshalb wird es eine Inflation von Papier, von Aktien und Wertpapieren, geben. Der Druck ist da. Und dann? Denk nur an Adam Smith: ›Handel über die eigenen Möglichkeiten hinaus, gefolgt von Mißkredit‹.«

Waldo nickte.

Menschikow sah Waldo ernsthaft an. »Waldo, ich bin ein alter Mann, ein sehr alter. Vierundachtzig. So alt wie das Jahrhundert. Wieviel Zeit bleibt mir noch? An manchen Morgen wache ich auf, sehe in den Spiegel und sage mir: Grigori Simonow, du hast vielleicht noch fünf Minuten. An anderen Morgen denke ich dann wieder: Noch zehn Jahre, mit Leichtigkeit. Ich habe einen Cousin in Tbilisi, der ist hundertunddrei. Aber darauf zu setzen, daß ich selber hundert werde, ist keine gute Wette.«

Menschikow rückte näher zu Waldo und legte den Arm schwer um die Schultern seines Freundes.

»Waldja«, sagte er. »Die Operation Ropespinner ist für deinen Grigori das gleiche wie St. Petersburg für Peter den Großen. Es ist mein Denkmal. Ich will es fertig sehen, im Ganzen, nicht nur kurz vor dem Richtfest, sondern fertig, vollständig!«

»Und wie wird es fertig?« fragte Waldo und glaubte, die Antwort schon zu wissen.

»Es ist fertig, wenn die Welt erfährt, was wir getan haben. Wenn du und Mallory hier herüberkommt und wir der Welt erzählen, daß der westliche Kapitalismus nur ein Spielzeug für Moskau war, daß die berühmte CertBank der schwarze Engel ist, der die Arbeit des Teufels tut, daß Brasilien, Mexiko, Argentinien nur ein Riesenbetrug der Wall Street an den armen Bauern sind. Daß die Heilige Mutter Rußland den Kapitalismus auf den Kopf gestellt hat. Daß Weiß Schwarz ist und der Tag Nacht!«

»Und du glaubst, daß das die Krise beschleunigen wird?«

»Natürlich. Glaubst du denn, daß Mexiko zurückzahlen wird, wenn die Rückzahlungen an amerikanische Banken es zu einem Komplizen in einer sowjetischen Verschwörung machen? Wenn die großen Banker so gierig und so dumm sind, daß sie sich wie Puppen bewegen lassen, wie sollen da die Leute noch Vertrauen in den Kapitalismus haben? Nein! Es wird Verwirrung geben, Unglauben und schließlich Verweigerung — weil jeder, der Geld besitzt, sich über eine Ausrede freut, nicht zahlen zu müssen. Und dann Chaos, Panik. Wie bei einer Feuersbrunst, und wir werden hier sitzen und es uns ansehen wie einen wunderschönen Sonnenuntergang im Kaukasus. Du erinnerst dich doch noch an Guy Fawkes, wie der Schießpulver unter das Parlament gelegt hat. Jetzt ist es Zeit für uns, unser Schießpulver anzuzünden. Was können wir denn noch tun? Waldja, ich bin zu alt, um auf eine Spontanzündung zu warten. Es ist Zeit, die Zündschnur anzustecken.«

»Und das bedeutet, daß Mallory und ich nach Moskau fliehen und der Welt von Ropespinner berichten müssen?«

»Genau. Man muß den Leuten zeigen, wem sie die Schuld geben, wen sie hassen sollen, und wie und warum es so passiert ist.«

Waldo erwiderte Menschikows Lächeln. »Ich habe immer vermutet, daß du genau das für den letzten Vorhang vorgesehen hast. Aber ich habe da noch ein Problem.«

»Welches?«

»Manning. Er ist auf dem Höhepunkt seines Spiels. Ich bezweifle, daß er allzu scharf darauf ist, es gerade jetzt abzu-

brechen. Wir beide sind alte Männer, Grigori. Uns genügt es, das Feuerwerk zu betrachten und uns dann als verdiente Mitglieder der Nomenklatura zurückzuziehen, mit besonderen Einkaufsprivilegien und Datschas und Zil-Limousinen. Aber Manning ist noch verhältnismäßig jung ...«
Menschikow unterbrach ihn: »Waldja, natürlich weiß ich das. Ein Mann wie Mallory braucht immer eine Herausforderung. Ich habe das mit dem Generalsekretär besprochen. Für den größten Banker der Welt gibt es immer Arbeit.«
»Wie ich Manning kenne, wird er keine große Herausforderung darin sehen, die Narodny-Bank oder die Banque du Nord zu leiten.«
»Natürlich nicht. Aber aus der Asche des Kapitalismus wird ein Phönix aufsteigen. Die Notwendigkeit, den Kapitalismus zu *überwinden*, wird verschwunden sein, weil der amerikanische Kapitalismus von alleine verschwunden sein wird. Dann wird ein wirklicher Sozialismus entstehen, ein Sozialismus auf der Grundlage der Industrie, nicht der Finanz, so wie Marx es sah, ein guter Sozialismus. Und dabei wird es für Mallory eine großartige Aufgabe geben.«
Menschikow verstummte, sah sich im Zimmer um, senkte die Stimme und zwinkerte verschwörerisch.
»Nach den Worten des Generalsekretärs selbst soll ›Genosse Mallory der Erste Wirtschafts-Generalsekretär werden‹!«
Waldo reagierte erst einmal mit Zweifeln. Doch dann dachte er: Vielleicht doch, vielleicht reizte Manning das.
»Es könnte ihm vielleicht gefallen, Grigori. Aber glaube trotzdem, wir sollten ihm etwas mehr Zeit geben. Wenigstens ein Jahr oder zwei.«
Zuerst sah Menschikow bedrückt aus. Aber dann hellte sich seine Miene auf.
»Na, vielleicht bin ich doch noch nicht so alt. Also — ich geb' dir noch etwas mehr Zeit. Aber nicht mehr als zwei Jahre.«
Menschikow stand auf, wobei er sich mit einer Hand abstützte.

»Jetzt, Waldja, muß ich dich bitten aufzustehen. Ich habe etwas für dich und den Genossen Mallory.«
Und mit einem formellen Kuß auf beide Wangen heftete er den Lenin-Orden an Waldos Anzugjacke. Einen zweiten Orden gab er ihm in die Hand.
»Für Mallory. Der gleiche. Und jetzt küsse ich dich wieder, Waldja — offiziell als Stellvertreter für Mallory, aber auch, weil ich so glücklich bin, dich wiederzusehen.«
Bei diesen Worten fielen sich die beiden alten Männer in die Arme. Dann, nach einer Weile, gaben sie sich wortlos die Hände und Menschikow ging.

20

Es dauerte fast ein Jahr, bis Waldo den Mut aufbrachte, mit Mallory über das Ende der Operation Ropespinner zu reden.

Die Gelegenheit ergab sich schließlich, als der Banker an einem Wochenende im frühen Oktober nach Quiddy kam. Er hatte eben eine ermüdende Verhandlungsrunde über die Restrukturierung der Argentinienkredite hinter sich, und Mexiko stand noch auf der Tagesordnung.

»Ich verstehe nicht, warum sich jeder wegen dieser gottverdammten dritten Welt in die Hosen macht«, meinte er amüsiert. »Kannst du dir vorstellen, wieviel wir in heimlichen Inlandsverpflichtungen haben? Weißt du, was eine NIF, eine *Note Issuance Facility,* ist?«

»So ungefähr«, erwiderte Waldo und gab Mallory einen Drink.

»Es ist eine Art Jetzt-sieht-man's-jetzt-wieder-nicht-Kreditbrief. Ein NIF verpflichtet eine Bank, Kredit zu gewähren, wenn sonst niemand will. Rechne das zu den Beistandskreditbriefen, Zinssatz-Swaps und der ganzen anderen Scheiße, die wir und Wall Street gegen fette Honorare verhökern können — die wir wiederum als Profite verbuchen können, ohne die Eventualverbindlichkeiten aufzeigen zu müssen —, und du bist wahrscheinlich bei über einer Billion.« Er grinste. »Ich sag' dir eins, das wird immer besser. Ich freu' mich schon fast auf den Tag, wenn wir den Stöpsel herausziehen

und der ganze Laden in seinem eigenen Arschloch verschwindet.«
Waldo witterte seine Chance.
»Darüber wollte ich mit dir reden, Manning. Ich bin mit Grigori übereingekommen, das dies das letzte Jahr von Ropespinner sein wird.«
Mallory sah verblüfft aus. Dann hob er die Hand. »Jetzt Moment mal, Partner. Warum die Eile? Ich habe noch ein paar unglaublich gute Ideen in der Hinterhand, die ich noch gar nicht ins Spiel gebracht habe.«
»Manning, das sind wir Grigori schuldig. Er will den Triumph von Ropespinner noch erleben, bevor er stirbt.«
»Und wie soll das vor sich gehen? Ich vermute, wir beide machen uns aus dem Staub, wie Philby, und verdrücken uns nach Moskau, wo wir uns neben den Wolgaschiffer und Gorbatschow auf die Kremlmauer stellen? Dann spielen wir zusammen Geige, während Wall Street brennt, und leben fröhlich und vergnügt bis an unser Ende? Ist es das?«
Mallorys ironischer Ton verärgerte Waldo. Er hatte sich in letzter Zeit oft gefragt, ob Manning nicht zu zuversichtlich, zu selbstsicher und spaßig war. Es hatte ihm gar nicht gefallen, als Mallory am Tag der Arbeit in einem T-Shirt mit der Aufschrift *Superspion* erschienen war. Er hatte es auch nicht für sehr diskret gehalten, als Mallory Mrs. Arthurs bat, ihm zum dreißigsten Jahrestag der Operation Ropespinner ein Erinnerungstuch zu sticken. Allzu große Zuversicht konnte selbst den Klügsten in Schwierigkeiten bringen.
»Wir wollen heute abend nicht mehr darüber reden«, sagte er. »Aber ich möchte, daß du es überschläfst.«
In dieser Nacht lag Mallory wach — und rechnete alles zusammen.
Der alte Knabe hatte schon recht, erkannte er. Die wirkliche Arbeit war mehr oder weniger erledigt. Die Viren waren jetzt tief im System, sie hatten die lebenswichtigen Organe befallen. Es war wie AIDS. Jedes System fiel irgendwann ausein-

ander, wenn man es lange genug mißbrauchte. Man mußte sich nur das Banksystem ansehen. Banken sollten ja eigentlich wie Kirchen sein, aber die Bank of Boston hatte man beim Geldwaschen für Mobil Oil ertappt, die Security Pacific war Unocal, ihrem jahrzehntelangen Kunden, beim Pickens-Projekt in den Rücken gefallen, Citibank hatte den Rentenfonds von Martin Marietta, den sie als Treuhänder in Verwahrung hielt, Bill Agee angeboten. Der alte Giannini hatte die Bank of America wie einen Felsen gebaut, und in was für einem Zustand war sie jetzt! Die Liste der von Ropespinner inspirierten, aber selbstverursachten Katastrophen war endlos.
Wie es im Augenblick aussah, gab es für die Entwicklungsländer keine Möglichkeit zu zahlen, und das hieß, daß die Fed früher oder später wieder zur Druckerpresse greifen mußte. Das ökonomische Barometer brauchte nur abzusacken, und ein ganzer Haufen dieser Firmenaufkäufe mit Leihkapital ging in die Hosen. Das schlaue Geld schloß schon heimliche Wetten ab, daß Öl auf 10 Dollar pro Barrel abrutschen würde, und das bedeutete, daß die texanischen Banken einige Milliarden an Ölanleihen in den Wind schreiben mußten. Chevron würde wahrscheinlich vor die Hunde gehen, vielleicht auch Phillips, und wenn erst einmal ein Domino umfiel, dann hieß es aufpassen! Verdammt, sogar bei Kreditkarten gab es immer häufiger Zahlungsverzug. Es paßte alles zusammen. Wirklich, es war Zeit zu gehen.

Am nächsten Morgen schlug Waldo eine Segeltour vor. Es war ein schöner, strahlender Tag mit leicht winterlichen Vorzeichen. Mallory spürte, daß Waldos Stimmung so herbstlich war wie dieser Morgen. Während sie zum Dock hinunterstiegen, versuchte er ihn abzulenken.
»Du weißt doch, wie uns die *Times* wegen CertCo City angeht. Ich habe Punch Sulzberger gesagt, er soll diesen Pha-

risäer von einem Architekturkritiker zurückpfeifen, oder es gibt für ein halbes Jahr keine Anzeigen von CertCo. Meinst du, er wird kuschen?«

»Ich nehme es an«, sagte Waldo, während er einen Klüver aus dem Segelsack zog. »Die Zeiten ändern sich, im Ernst.« Das tun sie wirklich, dachte er. Wie die Banken sollten auch die Zeitungen mehr sein als nur ein Geschäft: Leuchttürme, nach denen man steuern konnte, Hüter der öffentlichen Werte. Jetzt waren sie nichts anderes als Gefangene ihrer Profitmöglichkeiten. Geiseln ihrer Aktienpreise.

Sie waren schon weit draußen auf dem Wasser und segelten auf den Leuchtturm von Quiddy zu, als Mallory Waldo ansah und meinte: »Ich habe fast die ganze letzte Nacht an die Decke gestarrt. Ich glaube, du und der Wolgaschiffer, ihr habt recht. Die Sache fällt nicht von alleine auseinander. Wenn Regan im Finanzministerium geblieben wäre, hätte ich ja gesagt, aber Baker ist zu schlau. Das System ist zäh wie eine alte Kuh. Es hält viel aus. Vielleicht stolpert es einfach immer weiter, und wir haben dann dreißig Jahre unseres gemeinsamen Genies den Hunden zum Fraß vorgeworfen und nichts vorzuweisen. Die Leute brauchen einen Vorwand für die Panik. Ich frage mich nur: Was, zum Teufel, werde ich in Rußland tun?«

Waldo erzählte ihm, was Menschikow gesagt hatte.

Mallory war begeistert. »Na, dann los!« Eine Bank aufzubauen war eine Sache, aber eine ganze Wirtschaft aufzubauen war noch etwas ganz anderes! So, als würde man gegen die Chase oder Citi ankämpfen, nur milliardenfach größer. Die Vorstellung war ungeheuer verlockend.

»Ich bin dabei«, sagte er. »Ich bin dein Mann. Nächsten Monat in einem Jahr werden wir den Thanksgiving-Truthahn mit deinem alten Kumpel in Moskau teilen. Wenn nichts Unvorhergesehenes dazwischenkommt, natürlich. Vergiß nicht, es in deinem 1986er Echtleder-Terminkalender der CertCo zu notieren.«

Sie lachten beide und schwiegen dann.
Geschickt wendete Waldo das Boot. Ein vertrauter Anblick zeigte sich: Der dunkelgrüne Tannenstreifen entlang der Steilküste, die ockergelbe Linie der Klippen, die weiße, verwinkelte Form des Hauses.
Mallory beobachtete, wie das harte, morgendliche Sonnenlicht sich in der Bucht spiegelte, und er überlegte, wie es wohl in Rußland sein würde. Kalt. Er mußte sich einige feste Anzüge besorgen. Nach den Bildern zu urteilen, die er von den Sowjetführern gesehen hatte, gab es von Leningrad bis Wladiwostok keinen anständigen Schneider. Hatte sich nicht auch Burgess darüber beklagt? Er war jetzt froh, daß er sich über Philby und die anderen informiert hatte. Er fragte sich, ob Philby noch lebte, und wie er wohl sei.
War Philby denn nicht General? Na, dann mußten sie ihn auch zum General befördern.
O Mann, dachte er, im Vergleich zu dem, was Waldo und er abgezogen hatten, waren doch Philby und diese anderen Typen nur Hühnerfutter. Natürlich hatte die Operation Ropespinner in aller Öffentlichkeit stattgefunden, die ganze Zeit vor jedermanns Augen. Ohne das ganze Zeug aus Spionagekrimis: Codeschlüssel, tote Briefkästen, Mikrofilme, sichere Häuser.
Er dachte an die russische Wirtschaft. Da gab es viel zu tun. Die Russen hatten Gold, Öl, genug abhängige Arbeitskräfte. Und was sie nicht hatten, konnten sie sich bald für zehn Cent auf einen Dollar kaufen. Die Operation Ropespinner sorgte dafür.
Es wird eine ganz schöne Sause werden, dachte er, also fangen wir an damit.
Die Vorstellung ließ ihn so laut auflachen, daß Waldo erschrak, seinen Liegeplatz verpaßte und noch einmal wenden mußte.

Die Gegenwart

Januar

21

NEW YORK

Sonntag, der 12. Januar

Der Traum hatte immer den gleichen Anfang: Elizabeth fand sich in einem kleinen Zimmer eingeschlossen, einer winzigen Kammer, so eng und luftlos wie ein Sarg. Dann kamen irgendwie zwei Männer zu ihr in diese Kammer, immer dieselben. Manchmal trugen sie Kostüme, gewöhnliche oder auch fantastische, aber meistens, so wie jetzt auch, waren sie nackt. Nur daß der eine, der auf sie zukam, eine geistliche Robe zu tragen schien, aber warum war sie grün mit roten Streifen wie eine Soldatenuniform? Der Unterleib des Mannes war nackt, sein Penis riesig; und jetzt waren überall Hände, und drei oder vier Männer, ebenfalls nackt, darunter Onkel Waldo und ein Mann, dessen Gesicht sie wiederzuerkennen glaubte, wenn er sich ihr nur ein wenig mehr zugewandt hätte, aber das tat er natürlich nicht; und auch Peter war dabei, nur einen Augenblick lang, er verschwand, als sie ihn schon beinahe erreicht hatte, durch eine Tür, die sie zuvor nicht bemerkt hatte. War die Szene in Farbe oder Schwarzweiß? Oder in Braun, dem Sepia alter Fotografien? Ja, das war es, es war braun! Rötlich braun wie ein Sonnenbrand, die Sonne stand über ihrem Kopf und tropfte aus einem Schwefelhimmel; und in der Entfernung war ein

Strand, aber wer war das bei Onkel Waldo, oder war es Peters Gesicht auf Onkel Waldos Körper? Ein Spaziergang an einem Strand. Darunter das Wasser: wildes, stürzendes Wasser, das über die Bäume eines tiefgrünen Waldes hereinbrach, der Strand nun felsig, plötzlich abfallend wie eine Steilküste. Hitze. Jeder Baum jetzt eine Feuersäule. Es war so verwirrend, sie drehte sich um und um, eingeschlossen von Feuersäulen, die bis in den trüben Himmel reichten, und plötzlich spürte sie, wie Hände nach ihr griffen, sie hörte Stimmen, leise, geheimnisvolle Stimmen, wie ein Traum innerhalb des Traumes, sie sprachen miteinander in einer fremden Sprache, mit Worten, die sie nicht verstand, obwohl sie glaubte, sie zu verstehen. Sie versuchte, sich aus den Händen herauszuwinden, die sie packten und auf ein Fenster zuschleuderten, hinter dem Flammen standen. Sie rief Onkel Waldo zu Hilfe, der nun wieder nackt war, aber während sie noch entsetzt zusah, warf sein Körper Blasen, und dann spürte sie andere Hände auf sich, spürte, wie sie ihr das Kleid vom Leibe rissen, spürte die Finger auf ihrer Brust, eisig heiße Finger, die wie Holzkohle brannten und sie auf das Feuer zuschoben, das plötzlich überall war, als brenne die Oberfläche des Mondes mit eisiger Flamme; sie sah sich um, und einer der Männer, die sie schoben, war Peter, und ein anderer Mann, gesichtslos, aber dann wieder nicht, hielt ihn, hielt Peter — oder war es Onkel Waldo, oder ein anderer Mann? Oder vielleicht war es doch Peter; sie hörte sich selbst vor Angst und Enttäuschung schreien — alle diese Männer hielten sich gegenseitig am Penis und tanzten in einem obszönen Kreis um sie herum. Sie schloß die Augen gegen das Licht, aber sie wollten sich nicht schließen. Überall waren Flammen jetzt, doch ihre Füße steckten in einem Sumpf, sie konnte nicht fliehen. Sie spürte die Hitze, hörte das fremdartige Flüstern in der Dunkelheit, hörte ein Dröhnen wie von einem Sturm. Das Feuer kam schlangengleich auf sie zu, es war an ihren Knöcheln, sie wußte, daß sie sterben würde . . .

Die Wucht des Traumes weckte Elizabeth so unvermittelt, daß sie einige Zeit brauchte, bis sie wußte, wo sie war.
Sie zitterte unter der Decke. Draußen hörte sie das Zischen von Reifen auf einer nassen Straße.
Sie sah sich um. Das Zimmer war dunkel. Hotel, sagte ihr Verstand. Sie schüttelte den Kopf, um ihn klar zu bekommen. Ein Schreibtisch und ein Spiegel, ein Sessel mit ihrem Morgenmantel darüber, ein Fernseher. Langsam wurde das Bild schärfer: ein Hotelzimmer. Die Andeutung eines trüben Morgens schlich sich durch die Vorhänge. Sie drehte den Kopf auf dem Kissen. Ein Wecker auf dem Nachttisch blinkte 7 Uhr 24. Ihr Bewußtsein jagte durch diese Tatsachen, suchte einen Ansatzpunkt. New York, dachte sie, ich bin in New York. Ich bin im Carlyle Hotel.
Plötzlich war sie hellwach. Sie schaltete die Nachttischlampe ein und setzte sich auf. Die Decke rutschte weg, und sie schlang die Arme um ihren Oberkörper. War es wirklich so kalt — oder war es der Traum?
New York. Wahnsinniges, ruinöses, unentbehrliches New York. Ein Ort, der ihre Nervenenden zum Sieden brachte. Den man aus beruflichen Gründen besuchen mußte, aber kein Ort zum Leben. Sie hatte New York schon gehaßt, als ihre Mutter den Vater verließ und sie hierher brachte, um mit Peter in der großen, düsteren Wohnung an der Park Avenue zu wohnen, und sie hatte es seitdem nicht liebgewonnen. Chicago war geräumig und sonnig gewesen, Winnetka hatte sie geliebt, die New Trier High School, die Offenheit des Stadtzentrums und den See. In New York war jeder wie in einem Umschlag von Egozentrismus verschlossen. Die Leute sprachen immer von der »Energie« der Stadt, aber für sie war es nur Unruhe und Lärm. Eine Stadt von Fremden ohne Vergangenheit.
Aber trotzdem war New York die große Ansammlung von Reichtum und Ehrgeiz, die einen blühenden Kunstmarkt ernährte. Kein Grund, sich zu beklagen, dachte sie. Du

kommst hierher, du tust, was du zu tun hast; und sobald du kannst, eilst du in das gelobte, zivilisierte Paris zurück und atmest tief durch.
Diese Reise war — bis auf Chicago — Zeitverschwendung gewesen. Sie war hauptsächlich gekommen, um sich die halbjährlichen Verkäufe alter Meister bei Sotheby's und Christie's anzusehen, aber das Zeug war nur Schund, und die Schätzungen reflektierten offensichtlich eher einen wildgewordenen Markt denn künstlerische Qualität oder einen guten Zustand.
Ihre Gedanken kehrten für einen Augenblick zu dem Alptraum zurück. Versionen dieses Traumes spukten nun schon seit Monaten immer wieder durch ihren Schlaf und ängstigten sie wie einen Hund. Flüchtig wie Rauch in der Hand berührte die Mischung aus Gesichtern und Bildern kaum die Grenze zu ihrer Erinnerung; sie kannte sie und auch wieder nicht. Sie wünschte, der Traum möge sich entweder auflösen oder seine beängstigende Last von Rätseln verlieren.
Sie schwang die Beine aus dem Bett. Verdammt, dachte sie, warum habe ich nur Francis Mather nicht angerufen?
Sie ging nackt durchs Zimmer und zog die Vorhänge auf. Der Himmel über dem Park war trüb. Die Madison Avenue weit unten sah verlassen aus.
Francis wiedersehen wollte sie mehr als alles andere; Zeit und Gelegenheit hätte sie bestimmt genug gehabt, aber dennoch hatte sie nichts unternommen. Verdammt! Und warum? Sie hätte ihn noch am Tag ihrer Ankunft anrufen sollen, aber sie hatte die Zeit verrinnen lassen, mit voller Absicht hatte sie zugelassen, daß ein kleines Stückchen verschwendeter Zeit nach dem anderen ihren Terminplan auffraß. Und schließlich war es zu spät; jetzt noch anzurufen, wäre eine Beleidigung. Dumm. Dumm! Dumm! Dumm!
Ich rufe ihn aus Paris an, sagte sie sich. Ich werde vorgeben, nie hiergewesen zu sein.

Werde endlich erwachsen! befahl sie sich. Abwesend betrachtete sie ihr Spiegelbild.
Nun, diesen nicht eingeplanten Abstecher nach Chicago hatte sie wirklich machen müssen. Man hatte dem Art Institute ein fantastisches Renaissance-Gemälde angeboten, eine »Allegorie der Liebe« von Lotto, ein geheimnisvolles, unwiderstehliches Bild, das ohne weiteres in den Uffizien hängen könnte. Es kostete 7 Millionen Dollar, was Chicagos augenblickliche Möglichkeiten bei weitem überstieg, aber der Direktor des Instituts hatte vorgeschlagen, daß Chicago und Concorde das Bild gemeinsam kaufen sollten, zu Wiederverkaufsbedingungen, die Concorde einen guten Gewinn für ihr Geld sicherten. Es klang vernünftig, und Elizabeth war schon zu neunzig Prozent entschlossen, das Geschäft abzuschließen. Concordes Beteiligung sollte vollkommen anonym bleiben. Wie Tony immer sagte: »Wir machen unser Geld auf altmodische Weise. Wir reden nicht darüber.«
Ihre Gedanken kehrten zum Thema Reverend Francis B. Mather, Doktor der Theologie, zurück. Und wirklich waren ihre Gedanken seit drei Wochen – seit ihrer Zufallsbegegnung in London – so auf dieses Thema fixiert, daß sie sich einmal sogar dabei ertappte, wie sie *Mrs. Reverend Francis B. Mather* trällerte. Wie ein Schulmädchen, das in ein Heft kritzelt. Elizabeth Bennett Mather. Klang doch gar nicht so schlecht, oder? Warum hatte sie ihn nicht angerufen?
Sie hatte ihn nicht angerufen, weil sie Angst hatte, das wußte sie. Aber vor was? Vor Versagen, vor Enttäuschung, vor der Verschwendung der, wie sie sicher meinte, wenigen verbliebenen Reste unverfälschten Gefühls?
Während sie die Haare trocknete, kam ihr eine Idee. Sie stürzte ins Schlafzimmer und suchte nach der Zeitung vom Vortag; sie wußte, daß sie die *Times* vom Samstag aufgehoben hatte, weil sie etwas ausschneiden wollte. Sie fand die Zeitung und blätterte durch den ersten Teil.
Da war es: Gottesdienste. Sie überflog die Protestantisch-Epi-

skopalische Spalte. Ah! »All Angels and all Souls. Der Pastor wird um elf Uhr die Kommunion austeilen.«
Nach einer ganzen Reihe vergeblicher Versuche hatte sie zusammengestellt, was sie als vernünftige Ausstattung für das Wiedersehen betrachtete. Ein Sonntagsgottesdienst war nicht der richtige Anlaß für Armani. Dann ging sie in den Speisesaal des Hotels hinunter. Sie überflog die Zeitungen, aber ihre Gedanken wollten sich nicht konzentrieren. Zu ihrer Überraschung brachte sie kaum ihr Frühstück hinunter. Die Zeit schien wie in Zeitlupe zu vergehen.
Als sie schließlich um halb elf nach draußen ging, war es frostig kalt und feucht. Die Straßen waren ruhig, die Stadt schien verschlossen wie eine Muschel. Sie ging die Madison entlang. So weit nördlich verflüchtigte sich langsam die kosmopolitische Gleichförmigkeit mit ihren Anklängen an Mailand, Paris und London; die Stadt wurde allmählich zu einem vertrauten Viertel und bekam etwas von der Eigenart, die sie an Paris so liebte.
Aber das Viertel von All Angels war ganz eindeutig auf dem absteigenden Ast, etwas abgenutzt, nicht eben blankgefegt und noch unberührt von den aufdringlichen Fingern der Luxussanierung. Die rote Steinmasse der Kirche dominierte eine Reihe langsam zerfallender Stadthäuser zwischen der Third und der Second Avenue. Sie schätzte den Bau von All Angels auf Ende neunzehntes Jahrhundert. Die Kirche war schlicht, solide und robust. Sie hatte schon viel gesehen und würde bis zum Ende aushalten.
Die Leute strömten hinein. Am äußeren Ende einer Bank etwa in der Mitte der Kirche fand sie einen Platz; eine Säule verbarg sie zur Hälfte vor der Kanzel.
Es war sehr lange her, dachte sie, seit sie das letzte Mal in der Kirche gewesen war. Begräbnisse und die bombastischen, burgeoisen Landhochzeiten, zu denen Luc sie mitgeschleppt hatte, zählten nicht. All Angels war nicht überfüllt, aber voll genug. Wie das Viertel war die Gemeinde etwas ver-

schlissen, wenn auch hier und dort ein Zobelmantel einen Hauch von bedeutendem Geld verströmte.
Der Gottesdienst war geschmackvoll und bewegend. Die Würde und Hingabe in Francis' Auftreten beeindruckten sie. Ihr wurde bewußt, daß sie eigentlich die ganze Sache nicht wirklich ernst genommen hatte; allzu gedankenlos hatte sie angenommen, daß seine Berufung etwas war, was er in seiner Freizeit machte, wenn er gerade nicht einen Martini in seinem Club trank, sich für einen neuen Anzug Maß nehmen ließ oder mit Basler Bankern über Eurodollars diskutierte. Bei dieser Erkenntnis kam sie sich wie ein Dummkopf und ein unbedeutender Mensch vor. Was hatte sie nur hier verloren?
Seine Predigt verblüffte sie. Sie war ausdrucksvoll und scharf, und das beeindruckte sie. Was sie aber wirklich baß erstaunte, war, daß sie sich auch in ihren wildesten Träumen nicht vorstellen konnte, in einer Mittelklasse-Kirche in der Upper East Side, vor einer Gemeinde wie dieser, einen Kreuzzug gegen eine Bank gepredigt zu hören! Das kommt von seinen abolitionistischen Vorfahren, dachte sie.
Die Predigt ging aus von Matthäus 21,12-13: »Und Jesus ging in den Tempel und trieb alle, die im Tempel verkauften und kauften, hinaus und stieß die Tische der Wechsler und die Sitze der Taubenverkäufer um und sprach zu ihnen: ›Es steht geschrieben: *Mein Haus soll ein Bethaus heißen*, ihr aber macht es zu einer Räuberhöhle.‹«
Während er den Text vorlas, dachte Elizabeth an Bilder von Christus mit den Wechslern. Es gab Versionen von El Greco in Washington und London, zusammen mit einer umstrittenen Version im Fogg, an die sie sich noch aus ihrer Studentenzeit erinnerte. Das Fogg, dachte sie. Cambridge. Cambridge und Onkel Waldo; Onkel Waldo — und Manning Mallory, gegen dessen Bank Francis Mather predigte! El Greco — Fogg — Cambridge — Onkel Waldo — Manning Mallory. Komische kleine Welt.

»Wir müssen uns auch diese Stadt, diese ganze wilde Welt außerhalb der Mauer dieser Kirche als den Tempel Gottes vorstellen«, predigte Francis.

Er wetterte nicht, er donnerte und zeterte nicht, und dennoch glaubte Elizabeth beim Zuhören die Trompeten der Rechtschaffenheit zu hören.

»Diese Stadt ist ein Ort, wo Menschen zusammengeworfen werden und sich gegenseitig und die Liebe Gottes zum täglichen Leben brauchen. Und dennoch fürchte ich, daß dieses größere Haus Gottes, in dem diese Kirche nur eine winzige Kammer ist, zu einem Nest der Geldwechsler und zu einer Räuberhöhle geworden ist.

Am vergangenen Freitag verkündete eine der beherrschenden Institutionen dieser Stadt, eine Institution, die von unseren Straßen Reichtum für sich und ihre Aktionäre und Ruhm und Macht für ihren Präsidenten aufgesaugt hatte, daß sie keine Sozialamtsschecks, keine Wohlfahrtsschecks mehr einlösen werde. Sie werde das nicht mehr tun, weil, so der Präsident von CertCo persönlich, damit kein Gewinn zu machen sei! Das Geschäft ist lästig, sagt Mr. Mallory, weil es der Bank nichts einbringt, sagt er, einer Bank, deren Profite im letzten Quartal 200 Millionen Dollar überstiegen, deren Profite im letzten Quartal eine Steigerung von fast 30 Prozent darstellten, zu einer Zeit, in der allein in dieser Stadt Hunderttausende keine Arbeit und keine Unterkunft finden und kein Geld verdienen können.

Vor zwanzig Jahren verfügte dieselbe Bank und derselbe Banker, aus demselben Grund reinen Profits, daß ganze Gebiete dieser Stadt, arme Gebiete, bedürftige Gebiete, nicht mehr kreditwürdig seien und die Bewohner dieser Gebiete keine Darlehen mehr erhielten. *Redlining* nannte man diese üble Praxis. Sie ist immer noch gültig. Mr. Manning Mallory und seine Certified Guaranty National Bank, seine CertCo und seine CertCo Commercial Finance Company und seine CertCo Realty Credit Corporation können den Blutsaugern der Wall Street, den Arbitrageuren, Greenmailern und Übernahmeartisten, den Spekulanten jeder Spielart Hunderte von Millionen zur Verfügung stellen; Mr. Manning Mallory und seine große Bank können auch den Immobilienbaronen, die den Vierteln dieser Stadt jeden Rest von Licht und Raum genommen haben, Hunderte von Millionen zur Verfügung stellen; Mr. Manning Mallory und seine große Bank können einen 400-Millionen-Dollar-Kredit für die Sowjetunion organisieren, die sich geschworen hat, den Namen eben dieses Gottes, den wir hier anbeten, von der Erde zu tilgen. Für solche Männer werden Mr. Manning Mallory und seine große Bank all dies tun; aber einem puertoricanischen Arbeiter, der eine *bodega*, einem Schwarzen, der einen Lastwagen, oder einer Gemeinde, die ein Betreuungszentrum finanzieren will, ist es unmöglich, auch nur einen kleinen Betrag zu leihen!«

Francis verstummte. Sein Blick wanderte durch die Kirche, und Elizabeth senkte instinktiv den Kopf, sie wollte nicht, daß er sie sah. Sie wußte nicht, warum, aber sie kam sich vor wie ein Lauscher.

Francis sprach weiter.

»Ich weiß, daß das, was ich zu sagen habe, einigen von euch nicht gefällt. Es gibt unter euch Leute, die Aktien der CertCo besitzen. Die in der einen oder der anderen Weise dieser Bank oder anderen Banken oder vielleicht Mr. Mallory selbst verpflichtet sind. Euch sage ich: Wisset, daß wir in Gottes Werk vereinigt sind.

Ich will auch dieses sagen. Christentum und Kapitalismus, Glaube und Geld, Moral und Spekulation schließen sich, ungeachtet dessen, was einige euch glauben machen wollen, nicht gegenseitig aus. Sicher, sie gehen nicht leicht zusammen, aber wir dürfen daraus nicht schließen, daß sie überhaupt nicht zusammenpassen, in einen unerträglichen, ewigen Konflikt verstrickt sind. Ein Mann kann christliche Tugenden verkörpern – moralisch sein, gerecht, ehrlich, wohltätig und demütig — und dennoch geschäftlichen Erfolg haben, vorausgesetzt, er vermengt den Drang, Reichtum anzuhäufen mit dem Sauerteig der Sorge um das Wohl der Allgemeinheit und dem Bewußtsein seiner Verpflichtung denen gegenüber, die unweigerlich mit den Folgen seines Erfolges leben müssen. Reichtum ist ein hohes Gut, aber Reichtum ist nicht Weisheit, nicht Charakter und nicht der Freibrief, alle christlichen Prinzipien über Bord werfen zu dürfen. Wir müssen uns gegenseitig helfen, oder wir werden einzeln zugrunde gehen, auseinandergebrochen in winzige, gierige Zellen der Selbstsucht.

Es war nicht das Geld, das Christus geißelte und aus dem Tempel zu vertreiben suchte. Es war die Niedertracht der Wechsler und der Vogelverkäufer. Es war die Anbetung des Geldes — des Profits — um seiner selbst willen.

Gott vertraut darauf, daß wir nach seinem Willen leben. Er gab uns seinen einzigen Sohn, um uns einen Neuanfang zu ermöglichen. Auch wir sollten unser Scherflein dazu beitragen, den weniger Glücklichen einen anständigen Anfang zu ermöglichen — das geht, ohne daß es uns wirklich etwas kostet.

In diesem Sinne christlicher Pflicht will ich euch deshalb bitten, mit mir gemeinsam Druck auf die CertBank und auf Mr. Mallory auszuüben, damit sie sich ihren Standpunkt noch einmal überlegen. Diese Kirche hat alte Beziehungen zu der Bank. Einige von euch besitzen vielleicht umfangreiche Konten oder Beziehungen, die die CertBank hoch schätzt, oder können sie beeinflussen. All das kann etwas bewirken.

Um aber unseren Standpunkt deutlich zu machen, möchte ich euch einladen, mich morgen in einer Woche, am 20., bei einem Protestmarsch vor das Hauptquartier der Bank in One CertCo City zu begleiten.«

Ein Murmeln ging durch die versammelte Gemeinde, teils Bestürzung, teils Zustimmung, teils Überraschung.

Ich kann's nicht glauben, dachte Elizabeth. Sie blickte zu Francis Mather hoch und sah ihn nun als den Mann, den ihre romantischen Träume ihr so oft vorgezeichnet hatten: das vollkommene Ebenbild eines edlen christlichen Ritters, der fleischgewordene »St. Georg« von Donatello, der sich ihres Falles annehmen und die Drachen und Alpträume, die sie quälten, bekämpfen würde.

Nach dem Gottesdienst stellte sie sich in die Reihe, um ihn zu begrüßen. Als er sie sah, weiteten sich seine Augen, er lächelte und eilte die Schlange entlang.

»Guten Tag, Francis.«

Er musterte sie. »Ich sollte ja eigentlich böse mit Ihnen sein. Die ganze Woche habe ich auf Ihren Anruf gewartet.«

»Ich war kaum angekommen, als ich schon nach Chicago mußte, und ich mußte den Aufenthalt auch abkürzen«, mogelte sie.

»Na, macht ja nichts, jetzt wo Sie hier sind. Wie wär's mit Dinner heute abend?«

Sie sah, wie sein Gesicht lang wurde, als ihre eigene Miene die Antwort gab.

Aber es war ganz und gar unmöglich. Der größte Kunde der Firma traf morgen nachmittag zur jährlichen Überprüfung seines Kontos in Paris ein. Tony hatte angeordnet, daß sich jeder zur Verfügung zu halten habe, ohne Wenn und Aber.

»Ich reise gegen sechs nach Frankreich ab«, fügte sie hilflos hinzu. »Ich muß.«

»Verdammt!« sagte er leise. »Ist das unsere Bestimmung?«

»Mir scheint, die Bestimmung fällt in Ihre Abteilung.«

Er zwinkerte. »Aber sehen Sie«, sagte er, »ich kann Sie doch nicht einfach so gehen lassen. Mittags habe *ich* keine Zeit und um sechs ist die Berufsberatungsgruppe. Wie wär's mit Tee? Wo wohnen Sie?«

»Im Carlyle. Aber da gehen wir besser nicht hin. Es ist schrecklich trübselig und voll von Kunsthändlern und englischen Handelsbankern.«

»Der absolute Abschaum. Warum kommen Sie nicht hierher?«
»Hierher? In die Kirche?«
»Nein, Sie Dödel. In mein Büro. Vier Uhr? Einfach ums Eck und bei PASTOR klingeln.«

Pünktlich um vier Uhr erschien Elizabeth im Pastorenbüro von All Angels. Sie fragte sich, ob sie vielleicht etwas Aufreizenderes hätte anziehen sollen — mit nichts darunter, wie die Heldinnen in den Groschenromanen. Um sich soviel Zeit wie möglich zu geben, hatte sie sich bereits für den Flug angezogen: weite Flanellhosen, eine übergroße Strickjacke, ein Hemd von Brooks Brothers, das sie Luc abgeluchst hatte, und alte Espadrillos. Sie hatte ein Auto bestellt, das sie um sechs vor All Angels abholen sollte.
»Willkommen«, sagte er. Er hatte den Talar abgelegt und war jetzt etwa so gekleidet wie sie.
Sie sah sich um. Hier wird also Gottes Werk getan, dachte sie. Hier arbeitete er und betete und empfing Leute, die Hilfe am dringendsten brauchten. Bequem, warm und etwas verschlissen. Stapel von Büchern und Zeitungen. Der unvermeidliche Computer. Ein niedriges Bücherregal, ein Foto mit einer dunkelhaarigen Frau und zwei Kindern.
Seine tote Familie, vermutete sie. Erinnere ich dich an sie, Francis? Ist es das, was mich für dich attraktiv macht? Sie zwang sich, von dem Bild wegzusehen.
Er führte sie zu einem alten Ledersessel. »Wohnen Sie hier?« fragte sie.
»Nein, ich habe eine Wohnung in einer Nebenstraße der Lexington, die zu diesem Posten gehört. Kleine Welt; es ist die Wohnung, in der ich geboren wurde. Auch mein Vater war hier Pastor, vor dem Krieg. Ich nehme an, das war der Grund, warum der Gemeinderat beim Bischof intrigierte, um mich hierher zu bekommen. Sie können mir ruhig glauben, daß ich froh darüber war. Bei normalem Verlauf der Dinge wäre ich jetzt in Kalamasu.«

»Erzählen Sie mir von der Kirche.«
»Architektonisch oder soziologisch?«
»Ich vermute, letzteres. Die Kirchenbesucher sahen ja sehr nach *vieux* New York aus.«
»Sie haben wohl die erstaunten Gesichter bemerkt, hm? Nun, das sind sie ja wirklich. Das Leben hat sich eben nicht so entwickelt, wie man es ihnen immer erzählt hat. Ja, das ist eine klassische Pfarrei weißer, angelsächsischer Protestanten. Nicht so illuster wie St. Thomas oder so reich wie St. James. Meine Gemeinde ist eigentlich ein Haufen netter, vornehmer Leute, die sich zum Überleben an einen sehr schmalen Sims von Moral und überlegenem Verhalten klammern. Was aus dieser Stadt geworden ist und wie sich die neue Herrschaftsschicht verhält, stößt sie ab. Sie wurden zu den falschen Werten erzogen. Orte wie dieser sind so ziemlich das einzige Heiligtum, das ihnen geblieben ist — zusammen mit ein paar Clubs, obwohl die auch immer weniger werden, soviel ich höre. In ihren Augen haben die Heiden die Tore durchbrochen.«
»Und ist ihr Rom auch das Ihre?«
»Nun, offen gesprochen, ein wenig schon. Ich will nicht wie ein Snob klingen, aber mir scheint, daß die Leute früher anders handelten, sich selber anders verhielten. Dieser neue Haufen ist ja ziemlich unverfroren. Ich bin sicher, sie merken das auch in Ihrem Geschäft. Meinen Gemeindekindern hat man über Geld das Verkehrte beigebracht. Nicht darüber zu reden. Nichts zu wissen, denn jede Schuld war in gewisser Weise etwas Persönliches. Daß man, wenn man Geld borgte, es auch zurückzahlen mußte, und ich persönlich bezweifle, daß das auf der Liste der Vorsätze der Jungs mit den Junk Bonds sonderlich weit oben steht.«
Junk Bonds? Sie erinnerte sich an Tonys kleine Ansprache zu diesem Thema. »Der Mann, für den ich arbeite, hat im November alle Junk Bonds abgestoßen«, warf sie ein.
»Dann wird er bestimmt dumm aus der Wäsche schauen.

Auf jeden Fall bin ich dagegen, Firmen so weit zu verpfänden, daß neunzig Prozent der Aufmerksamkeit des Managements auf die Schuldenbewältigung gerichtet sind. Aber wir leben in einer schönen, neuen Welt. Washington regiert das Land zugunsten der Wall Street, und die Wall Street ist ein gigantisches Videospiel geworden, das von Fünfundzwanzigjährigen beherrscht wird.«
»Wollen Sie sich wirklich vor der CertBank aufstellen?« fragte Elizabeth.
»Darauf können Sie sich verlassen. Warten Sie nur, bis Sie meine blauhaarigen Walküren in Aktion sehen. Ich wünschte, Sie könnten dabeisein.«
»Das werde ich, wenn auch nur im Geiste.«
»Dann ist meine Botschaft von heute morgen also angekommen? Gut für Sie. Noch Tee?«
Ich bin mir nicht sicher, dachte sie. Nein, sagen wir so: Ich weiß nicht, ob *sie* angekommen ist, Francis, aber *du* bist es.
Während er eingoß, warf sie einen Blick auf das Teeservice. Ihr Gutachter-Auge machte sich sofort an die Arbeit. Englisch, dachte sie. Frühgeorgianisch. Kein Lamerie oder Storrs, aber nicht übel. Ungefähr 15 000 wert. Seines, fragte sie sich, oder das der Pfarrei?
Zurück zum Geschäft: »Sie sprachen von Mallory, als wäre er wirklich eine Art Teufel. Als Sie Luc in Colmar widersprachen, dachte ich, Sie wollten ihn nur aufziehen.«
»Wie geht's Luc?«
»Weiß ich nicht. Also — wahrscheinlich gut. Wir haben uns auseinandergelebt. Sie haben also keinen Spaß gemacht, oder?«
Er sah plötzlich sehr ernst aus. »Was ich zu Luc sagte, Elizabeth, meinte ich auch. Ich glaube, daß Leute wie Mallory unsere ganze Lebensart in Gefahr bringen. Im Hinblick auf die langfristigen Interessen dieser Demokratie ist das, was Wall Street und die Banken vorhaben, meiner Meinung nach gleichbedeutend mit Sabotage.«

»Ist das nicht ein bißchen übertrieben?« Elizabeth versuchte einen etwas fröhlicheren Ton anzuschlagen.
»Wir werden sehen. Vielleicht nicht. Vielleicht bin ich ebenso anachronistisch wie einige meiner verknöcherten Greise. Miniver Cheevy mit dem Kragen verkehrtherum. Es sind die jungen Leute, die mir Sorgen machen. Ich muß einfach immer daran denken, was es wohl bedeutet, wenn die holde Blume der Zukunft dieses Landes die Boeskys und Icahns als Vorbilder nimmt. Manchmal macht es mich so wütend, daß ich eine Runde um den Block spazieren muß, um mich zu beruhigen. Hier, sehen Sie sich das an.«
Er ging durchs Zimmer und holte eine braune Mappe vom Tisch.
»Das ist eine Sammlung von albernen öffentlichen Erklärungen unserer großen Finanziers. Viele über das Bankwesen, viele von Mr. Mallory selbst. Er ist der *capo di capi*, der Tambourmajor, der Chefpropagandist, der Rattenfänger. Er bringt die anderen dazu, noch Dümmeres zu sagen, nur um mit ihm mitzuhalten.«
Er legte die Mappe weg.
»Er ist zu smart, zu gerissen, um sich fangen zu lassen. Und es hat ihm auch nicht geschadet, einen Nobelpreisträger zu haben, der ihn von der Seite aus betreut.«
Onkel Waldo. Sollte sie ihm von ihrer Verbindung erzählen? Nein — zumindest nicht jetzt.
»Ich glaube, ich werde ein Buch schreiben«, fuhr Mather fort. »Eine dicke, fette Enthüllung über das, was diese Leute hier angerichtet haben. Ich habe einen großartigen Titel dafür: ›Papiertermiten‹. Gut, was? Den erwachsenen Leser Schritt für Schritt durch diese sogenannten großen Veränderungen der Mallorys dieser Welt führen und aufzeigen, daß sie, trotz einiger hübscher Profite für die Anstifter, natürlich im Namen des Fortschritts, in Wahrheit unser System in Lebensgefahr gebracht haben.«
»Welche großen Veränderungen?«

»Oh, ich bin sicher, Sie wissen das genausogut wie ich. Das Petrodollar-Recycling war wahrscheinlich die schlimmste. CertBank war dabei der Vorreiter. Finanztermingeschäfte. Programmierter Handel. Junk Bonds. Ich glaube, im wesentlichen läuft es darauf hinaus, die Pathologie des Kredits zu verändern. Es ist gleichgültig, ob man von einem milliardenschweren LBO spricht oder von einer Sekretärin, die ihre Visa-Karte überzogen hat. Na, nun ist's aber genug von mir und meinen Nörgeleien. Was ist mit Ihnen? Warum laufen Sie immer vor mir weg?«

»Es scheint, daß wir da beide Schuld haben.«

»Akzeptiert. Werden Sie bald zurückkommen?«

»Nicht bis März, wenn's nach mir geht. Ich hasse New York. Die augenblickliche Gesellschaft ausgenommen.«

»Erst im März?« Er sah bestürzt aus.

O bitte, können wir denn nicht mit diesem Small talk aufhören? dachte sie plötzlich wütend. Willst du mich, Francis? Wirst du es sagen? Kann ich ein bißchen von dieser Hingabe für mich haben? Warum kommst du nicht einfach her und küßt mich? Du kannst mich jetzt haben, ganz, gleich hier auf geweihtem Boden.

Aber sie zwang sich, aufrecht und still sitzenzubleiben, trotz ihrer plötzlichen Erregung. Sie überwand ihre Leidenschaft mit Small talk, sprach über Vorlieben und Abneigungen, diskutierte über Theorie und Moral von Kunstinvestitionen, sie focht mit ihm und ertastete ihn.

Aber dann, viel zu früh, war es Zeit zu gehen.

Francis erhob sich und führte sie nach draußen. »Fahren Sie manchmal auch zum Vergnügen weg?« hörte sie sich fragen.

»Ab und zu. Übrigens, ein paar meiner Schäflein fahren mit mir am Monatsende nach Wien. Ein Geburtstagsgeschenk zum Siebenundvierzigsten. Kennen Sie Wien?«

»Ja. Und ich liebe es.«

Während er ihr in den Mantel half, begann sie, sich einen Plan zurechtzulegen.

Draußen hatte es zu nieseln begonnen. Der matte, nasse Glanz der Geländer und Laternenpfosten gab der heruntergekommenen Straße einen romantischen Anstrich.
»Hübsch ohne Leute, hm?« fragte er. »Aber keine schöne Nacht zum Fliegen. Ich werde für Sie beten.«
Tu das, Francis, dachte sie; tu das. Sie bemerkte, daß ihr Auto die Straße herunterkam.
Er trat einen Schritt zurück und sah sie an. Du sollst auch in meinem Gedächtnis bleiben, dachte sie, machte plötzlich, ohne weiter nachzudenken, einen Schritt auf ihn zu und küßte ihn hastig. Dann stürzte sie in das bereitstehende Auto und ließ Francis auf dem Fußweg stehen. Hatte das Feuer in ihren Wangen den nächtlichen Himmel erleuchtet?

22

NEW YORK

Mittwoch, der 15. Januar

Die Hinweise auf dem Schwarzen Brett sprachen eine deutliche Sprache. Papiere oder Aktenmappen waren im Speisesaal und in den anderen öffentlichen Räumen des Gorse Club verboten; Hausrechnungen durften nur mit persönlichen Mitteln der Mitglieder bezahlt werden – Firmenschecks wurden zurückgewiesen. Was er da las, ließ den Gast von der National Security Agency kichern. Man wollte offensichtlich den Schein wahren, in den Mauern des ansehnlichen Gebäudes von McKim, Meade and White passiere nichts anderes, als daß alte Jagdkameraden und Golfbrüder miteinander frühstückten oder zu Mittag aßen, über den trockensten Martinis jenseits der Sahara Anekdoten austauschten, oder sich hin und wieder zusammensetzten, um ein Ehrendiner, einen Ausflug zum Yankee-Stadion, einen Golf- oder Bridgewettbewerb zu organisieren. Ausschließlich zum Vergnügen.

In Wirklichkeit, das wußte er, war der Club die Zufluchtsstätte der Großmeister und alten Herren der Fortune 500, die sich dorthin zurückzogen, um gegen die sich ändernden Zeiten zu wüten und zu intrigieren. Der Ort roch förmlich nach *ancien régime*. Er konnte sich nicht vorstellen, daß einer der neuen Tycoons zu dem berühmten Hühnchenragout des Clubs eingeladen wurde.

Andere Notizen auf dem Schwarzen Brett gaben den kürzlichen Tod zweier Mitglieder bekannt, Namen, die zu ihrer Zeit jedem ein Begriff waren, der auch nur entfernt mit dem industriellen und finanziellen amerikanischen Establishment zu tun hatte. Schließlich gab es noch die Ankündigung des jährlichen Frühlings-Golfturniers und eine Liste mit Komitees.

Wichtigere Informationen — das wußte er — waren diskreter woanders angeschlagen: die Namen derjenigen, die glücklich genug waren, der sorgfältigen Überprüfung des Mitgliederkomitees standgehalten zu haben und die nun zur Wahl standen, und eine weitere, ebenso kurze Liste mit den Namen der Unglücklichen, die, aus widrigen Umständen oder Vergeßlichkeit, Verbindlichkeiten oder Hausgebühren nicht bezahlt hatten. Das Schwarze Brett des Clubs war ein hübsches Paradigma der amerikanischen Geschäftswelt: Die nach oben Strebenden und Zeitgemäßen zogen an den nach unten Sinkenden und Unzeitgemäßen vorbei.

Obwohl er bezweifelte, daß man seinen Namen je in die Mitgliedsrolle aufnehmen würde, freute sich der Mann von der NSA ganz außerordentlich, hiersein zu dürfen, er freute sich, daß man den Club als regelmäßigen Tagungsort für die halbjährlichen Konferenzen des Sonderberatungsausschusses für wirtschaftliche Gegenmaßnahmen und Sicherheit ausgewählt hatte. Sie trafen sich hier nun bereits seit fast fünf Jahren, und er kam sich schon beinahe wie ein Mitglied vor. Er begrüßte den Portier und ging mit schnellen Schritten die breite Steintreppe hinauf, wobei er den Mitgliedern auf seinem Weg zum privaten Speisesaal zunickte.

Wie er erwartet hatte, war vom Ausschuß noch niemand da. Der Saal war wie gewöhnlich blitzblank. Frischer Kaffee dampfte in einer Kaffeemaschine auf der Anrichte. Neue Notizblöcke und frisch gespitzte Bleistifte lagen an jedem Platz. Auf dem Tisch standen ungeöffnete Flaschen mit Mineralwasser und schwere Kristallpokale. Die Lederrücken der acht Stühle um den Tisch glänzten. Nach der Konferenz würde ein ausgezeichnetes Mittagessen serviert werden. Fasan, hoffte er — vielleicht mit einer noblen Kostprobe aus dem privaten Burgundervorrat eines der Ausschußmitglieder.

Ein erstklassiges Mittagessen ist eine angemessene Entschädigung, dachte er. Sie fütterten ihn mit Fasan und er sie mit Hühnerfutter. Diese Konferenzen und dieser Ausschuß waren, was ihn anging, reine Zeitverschwendung, eine nutzlose Idee, die zu einer nutzlosen Gewohnheit geworden war. Allen Dulles hatte die Gruppe in den späten Fünfzigern gegründet, um die Beziehungen zur Wall Street und zur Industrie zu pflegen. Im Lauf der Zeit hatte der Ausschuß nur eine potentiell gute Idee produziert, den Versuch, innerhalb der Sowjetunion eine subversive »Rentier«-Klasse aufzubauen, aber auch daraus war nichts geworden. Bestimmte Mitglieder hatten der CIA oder der USIA gestattet, Gelder durch ihre Wohltätigkeitsstiftungen zu leiten. Es war verdammt hilfreich gewesen, vor allem für die Arbeitsgruppen während Vietnam. Die Puritaner unter Carter hatten das unterbunden, aber die augenblickliche Regierung, die verstand, daß man mit der anderen Seite mit harten Bandagen spielen mußte, reaktivierte es Gott sei Dank wieder.

Auf jeden Fall, überlegte der Mann von der Agency, bot der Ausschuß für ihn persönlich schon gewisse Annehmlichkeiten. Wie das Essen zum Beispiel. Der Clubkoch war berühmt. Nichts von dieser Nouvelle Cuisine, keine Viertelmillimeter halbrohen Kalbfleischs in zwei Teelöffeln einer violettbraunen Sauce und garniert mit glasiertem Gemüse von der Größe eines Daumennagels. Und erst der Weinkeller: Bei der letzten Konferenz hatte man einen 47er Haoit-Brion serviert. Aber das Beste von allem waren die Bekanntschaften, die er in den drei Jahren, seit er den Ausschuß informierte, geschlossen hatte; er war sich ziemlich sicher, daß, wenn

er daran dachte, Washington zu verlassen, einer dieser Knaben ihm einen dicken Job in der Privatwirtschaft verschaffen werde. Vielleicht nicht gerade in der Größenordnung Bill Simon, Kissinger oder Stockman, aber doch lukrativ genug für die Zwecke fast jeden Mannes.
Im großen und ganzen hielt er es für einen gerechten Handel. Sechs oder sieben Stunden seiner Zeit für zwei Sitzungen im Jahr. Die hohen Tiere spielten James Bond. Das Zeug, das er ihnen fütterte, war ohne Belang, von Langley, seiner eigenen Abteilung und vom Pentagon sorgfältig gesichtet, als »vertraulich« klassifiziert, aber ungefähr so geheim wie die Abendnachrichten. Gefahrloses Zeug, das diesen Obermackern das Gefühl gab, »drinnen« zu sein, und dieses »drinnen« war es, das bei den Wahlen die Kassen klingeln ließ.

Um halb zwölf waren die Ausschußmitglieder am Tisch versammelt. Nachdem er sich für ihre Anwesenheit bedankt hatte, eröffnete der Mann von der Agency die Sitzung.
»Nun, Gentlemen, heute möchte ich mit Ihnen ein wenig Brainstorming machen.« Er gab sich Mühe, nicht übertrieben diensteifrig oder unterwürfig zu erscheinen. »Ich möchte über Wirtschafts- und Industriespionage und Subversion reden. Aber ich muß Sie auch warnen, daß das, was ich Ihnen vorlegen werde, ebensogut russische Desinformation sein kann.«
Er sah sich am Tisch um und versicherte sich der allgemeinen Aufmerksamkeit.
»Unsere französischen Freunde von der DGSE — das ist die CIA der Franzmänner — glauben, etwas entdeckt zu haben; und offen gesprochen, die Agency hält es für wert, sich ein wenig damit zu beschäftigen. Sagt irgend jemand von Ihnen der Name Menschikow etwas?«
Einen Augenblick war Ruhe. Dann sagte eine Stimme vom unteren Ende des Tisches: »Da gab's doch einmal einen rus-

sischen Botschafter mit diesem Namen, oder? So zu Ikes Zeit?«

»Bei JFK glaube ich, Sir«, erwiderte der NSA-Mann. »Aber da besteht keine Verwandtschaft. Unser Grigori Menschikow wurde als Grigor Schawadse 1900 in Tbilisi, dem damaligen Tiflis, in der Sowjetrepublik Georgien, wie es jetzt heißt, geboren. Er starb vor zwei Monaten. Gleich nach dem Krieg war er Generaloberst der Roten Armee, aber seinen Lebensabend verbrachte er als untergeordneter Zweiter Stellvertretender Minister für Kultur. Ein Stalinist der alten Schule; er hatte Glück, nicht in Sibirien zu enden.«

Nachdem er einen Überblick über die bekannten Daten von Menschikows Leben gegeben hatte, sagte er: »Was uns neugierig macht, ist die Tatsache, daß der Kerl früher in der Sowjetwirtschaft ein sehr hohes Tier war. Er war einer von Stalins Wirtschaftsberatern in Jalta, Averell Harriman erinnert sich noch gut an ihn. Zuvor, '44, war er in Bretton Woods, vermutlich um mit Harry Dexter White Kontakt aufzunehmen.«

»Das mit White wurde nie bewiesen«, krächzte eine Stimme am Tisch. Der Mann aus Washington sah hoch. Der Sprecher war das älteste Mitglied des Ausschusses, über achtzig, und er führte gern sein Erinnerungsvermögen vor — zur Erschöpfung aller anderen. 1984 hatte er für insgesamt 200 000 Dollar Schecks für verschiedene republikanische Wahlkampfinitiativen ausgestellt, weil er glaubte, Calvin Coolidge wäre der amtierende Präsident, und so ließ man ihn gewähren.

»Ja, Sir«, sagte der NSA-Mann respektvoll. »Ich habe es nur erwähnt. Nun, davor, und das ist interessant, war Menschikow in London, bei der Bloomsbury-Clique. Nach unseren Informationen war er ein Dichter, der John Maynard Keynes, dem Ökonom, sehr nahestand. Und das ist verdächtig. Gentlemen, ich weiß nicht, ob Ihnen das bewußt ist, aber es gibt am American Enterprise Institute zwei Gelehrte, die kurz davor sind zu beweisen, daß Keynes selbst schon 1923 als bolschewistischer Agent angeworben wurde. Das AEI ist

an dem Material, das ich Ihnen zeigen werde, sehr interessiert. Sie vermuten, daß Menschikow vielleicht schon damals Keynes' Kontrolloffizier war.«
»Das ist absoluter Blödsinn«, sagte eine Stimme am unteren Ende des Tisches. »Keynes haßte den Kommunismus.«
Der Mann von der Agency sah erneut auf. Es war dieser neunmalkluge Professor aus Georgetown. Wenn er solche Ansichten nicht für sich behält, dachte der NSA-Mann, dann bekommt er nicht einmal mehr in der tiefsten Provinz einen Job.
»Es liegt nicht an mir zu urteilen, Professor«, sagte er besänftigend. »Ich glaube, daß allgemein bekannt ist, was der Keynesianismus mit der westlichen Wirtschaft angestellt hat. Es ist aber interessant zu erwähnen, daß Menschikow, nach Angaben der britischen Gegenspionage, '46 zu Keynes' Begräbnis nach London gefahren ist.«
»So wie die halbe Welt«, sagte der Professor. »Er hätte ja einfach ein Freund sein können.«
»Ich bezweifle die ›Nur ein Freund‹-Theorie, Professor.« Der NSA-Mann lächelte zweideutig. »Unser Menschikow war ausschließlich einer für die Damen, und wir alle kennen doch Keynes' sexuelle Vorlieben. Die Leute vom AEI glauben sogar, daß er Keynes mit Hilfe von Erpressung umgedreht hat. Homosexualität war im Großbritannien der Dreißiger eine große Sache.«
»Wie starb Menschikow?« fragte jemand anderes. »Gibt es da etwas Verdächtiges?«
»Nein, Sir. Er starb an einem Herzanfall in der Lobby eines protzigen Pariser Hotels, dem François Premier; kennen Sie es vielleicht? Menschikow war Stammgast in dem Hotel und lebte auf ziemlich großem Fuß.«
Der NSA-Vertreter hob den Stapel roter Plastikmappen mit offiziellem Siegel vor sich auf und verteilte sie am Tisch.
»Das ist die Transkription eines Bands mit Menschikows letzten Worten.«
»Band?« fragte einer der Ausschußmitglieder.

»Ja, Sir. Offensichtlich war der Portier des Hotels, selbst ein halber Russe und ein Freund Menschikows, eine Art Elektronik-Spinner. Als Menschikow in der Hotellobby zusammenbrach, kam er mit seinem Cassettenrecorder daher und nahm die letzten Worte auf.«
»Erstaunlich«, sagte jemand.
»Auf jeden Fall«, fuhr der Mann aus Washington fort, »als nächstes fand man die Leiche des Portiers in der Seine. Aber er hatte das Band im Hotelsafe deponiert.« Das macht die Sache aufregend, dachte er.
»Damit ich Sie richtig verstehe«, wurde er gefragt, »nach Menschikows Tod wurde der Portier ermordet?«
»Ja, Sir. Die französische Polizei glaubt, es habe etwas mit Drogen zu tun. Der Portier war sich offensichtlich nicht zu schade, sich um die Bedürfnisse gewisser Hotelgäste aus dem Showgeschäft auf diesem Gebiet zu kümmern. Was uns aber interessiert, ist die Tatsache, daß Menschikow ein paar Profis um sich hatte, die ihn bewachten — auf freundliche Art natürlich —, und das scheint doch ungewöhnlich bei einem Kerl, dessen Arbeit sich angeblich darauf beschränkte, das Bolschoi-Ballett zu vermitteln. Das war es, was den französischen Geheimdienst aufmerksam machte. Kennt einer von Ihnen das ›Direktorat T‹?«
Keiner kannte es.
»Nun, das Direktorat T ist die Abteilung des KGB, die mit Industriespionage und solchem Zeug zu tun hat. Stellen Sie es sich als rotes Äquivalent zur Abteilung für Wirtschafts- und Handelsangelegenheiten in Langley vor. Alles, vom Diebstahl von Computergeheimnissen bis zur Vernichtung der türkischen Kaffee-Ernte. Es gibt zwar überhaupt keinen Beweis dafür, aber die Franzosen scheinen zu glauben, daß das Direktorat sich auch um Unruhestiftung auf den Finanzmärkten kümmert. Die treibende Kraft hinter dem Skandal mit der Crédit Suisse in Chiasso und dieser Edelmetallsache bei Johnson Matthey in London.«

»Und was denkt Washington?« fragte der Mann ihm direkt gegenüber. Er klang sarkastisch.
Der Mann antwortete mit seine härtesten Kalter-Krieger-Stimme. »Ehrlich gesagt, Mr. Mallory, wir halten es für Unsinn. Wieder einmal *disinformetschja* der roten Gefahr.«
»Wirklich?«
»Ja, Sir. Zum einen ist das Direktorat T eine Einheit, die die Franzosen im Griff haben. Zum andern weiß keiner — aber wirklich keiner! — irgend etwas über diesen Menschikow. Wir haben seinen Namen allen unseren Überläufern vorgelegt: Golitsin, Schewtschenko, sogar Jurtschenko, bevor er zurückging. Null. Der MI-5 hat ihn für uns Gordjewski vorgelegt. Nix. Wir halten es für ein Märchen, das die Franzmänner zusammengebastelt haben, um sich bei uns wieder einzuschmeicheln.«
Er öffnete sein Exemplar der Transkription.
»Die erste Spalte«, erläuterte er, »ist, was Menschikow tatsächlich sagte. Es ist Georgisch.«
»Nun, genaugenommen heißt dieser Dialekt Mkhedruli«, sagte der Professor aus Georgetown.
»Mkhedruli?«
»Ja«, sagte der Professor. »Es bedeutet ›profane Schrift‹. Wer hat diese Transkription angefertigt?«
»Die CIA, von dem Band der DGSE. Nun, wenn ich fortfahren darf, die zweite Spalte ist dieses Mkhe-Irgendwas, in unser Alphabet übertragen, und die dritte unsere eigene Übersetzung. Wir haben selber ziemlich gute Georgier im Hause.« Er fixierte den vorlauten Professor mit einem bedeutungsvollen Blick.
»Was die Franzosen aufmerksam gemacht hat, steht gleich hier unten am Ende der ersten Seite. Wo er über einen ›Strickmacher‹ zu reden beginnt.«
»Nun«, sagte der Professor aus Georgetown, »ich lese das eigentlich als ›Strickdreher‹.«
»Da gebe ich Ihnen recht, Professor.« Dann spiel' ich eben

mit, dachte er. Nur damit es vorwärts geht. »Auf jeden Fall, Paris versteht das als eine Bezugnahme auf Lenins Bemerkung, daß der Kapitalismus sich selber aufhängen...«

»Eigentlich, daß er dem Kommunismus den Strick verkauft.«

»Wie Sie meinen, Professor«, entgegnete der NSA-Mann vorsichtig. »Ich glaube, wir verstehen alle, worum es geht. Nach Meinung der Franzosen bedeutet das, daß dieser Menschikow mehr war, als es den Anschein hatte, und er eigentlich eine Art Betrug oder ein wirtschaftliches Destabilisierungsprogramm organisierte.«

»So wie Chiasso oder Matthey und die anderen, die sie erwähnten?«

»Genau das, Mr. Mallory.« Der Mann aus Washington kicherte, und versuchte, eine gutmütige, weltmännische Herzlichkeit zu dem einzigen Mitglied des Ausschusses aufzubauen, das er wirklich für einen absoluten Superstar hielt.

»So wie wir und Langley es sehen, haben die Franzosen hier überreagiert.«

»Dann halten es Ihre Leute wirklich für Desinformation?«

»Ja, Sir.«

»Haltet ihr Leute im Innenministerium heutzutage *alles* für Desinformation?« Wieder der Professor.

»Nein, Sir, das tun wir nicht.« Seine Stimme klang fest, aber er war sich nicht so sicher. Die Sache mit Jurtschenko war ein ganz schöner Tritt in den Hintern gewesen.

In der nächsten halben Stunde spielte der Ausschuß planlos mit verschiedenen Ideen. Es konnte etwas mit Öl zu tun haben, meinte einer. Jetzt, da sich die Ölkonzerne bis über die Ohren verschuldet hatten, um Boone Pickens zu entkommen, wollten vielleicht die Saudis und die Roten den Spotmarkt mit billigem Öl überschwemmen und Texaco, Phillips und Chevron den Hunden zum Fraß vorwerfen. Mann, vielleicht war sogar Pickens selbst ein verdammter roter Spion! (Gelächter.)

Vielleicht stand Menschikow hinter Iacocca, meinte ein anderer. Der Kerl schwingt große Reden über das freie Unternehmertum, als aber eins zum anderen kam, hätte er beinahe Chrysler verstaatlicht. He, Manning, fragte ein dritter im Spaß, was ist mit euch Kerlen in den Banken? Mit der dritten Welt, den Krediten für die Entwicklungsländer? Wenn man die amerikanischen Banken als Freund hat, sagte der nächste, wer braucht dann noch die Russen als Feind? Jeder lachte, Mallory am lautesten. Was war mit Südafrika? wollte jemand wissen. Vielleicht spielte der Herzkönig den Pikbuben. Noch mehr Gelächter. Was war mit den Devisenmärkten? Die fröhliche Stimmung steckte an; die Vorschläge wurden immer abwegiger und schließlich lächerlich, so wie Diskussionen zwischen zu groß gewordenen Jungen immer abliefen, wenn keine schnellen und einfachen Antworten bei der Hand waren. Vielleicht hatte Menschikow bei der Penn Square Bank die Stricke in der Hand gehabt? Vielleicht manipulierte Moskau die Börse, den Dollar, das Defizit? Hahaha. Schon bald war es Zeit für die Cocktails.
»Es tut mir leid, aber für mich nicht«, sagte Manning Mallory, als der Ausschuß sich erhob, um sich an der fahrbaren Bar zu versammeln, die man hereingeschoben hatte. »Ich fürchte, ich muß mich beeilen.« Er nahm die Transkription in die Hand. »Darf ich das behalten?« fragte er den Mann aus Washington. »Meine Sekretärin bringt mich um, wenn ich meine Ausschußakten nicht auf dem laufenden halte.«
»Kein Problem, Sir, aber ich würde es nicht über den Banktelegrafen ausgeben.«
Die beiden Männer lachten, wie zwei Ebenbürtige. Mallory ging. Beim Essen hörte der Professor aus Georgetown nicht auf zu nörgeln.
»Wissen Sie«, sagte er, »ich glaube, die Übersetzer haben es falsch verstanden.«
»Wirklich?« meinte der Mann aus Washington. Er war nicht

interessiert. Nicht bei Fasan und wildem Reis vor ihm auf dem Tisch.

»Ja. Sehen Sie hier? Der Mann sagt immer wieder ›Waldja, Waldja‹.«

»Und?«

»Nun, der Name des Portiers lautete — nach der Liste — ja eigentlich Wladimir, und die Verkleinerungsform davon ist ›Wolodja‹ oder möglicherweise auch ›Wladi‹, eine Variante, die ich schon ab und zu gesehen habe. Aber nie ›Waldja‹.«

»Ist das wichtig?« Der NSA-Mann unterdrückte einen streitsüchtigen Ton. Korinthenkacker, dachte er. »Wahrscheinlich«, fuhr er fort, »ist es nur ein Tippfehler.« Er wandte sich wieder seinem Vogel und dem ausgezeichneten 79er Clos Vougeot zu, den der Weinkellner des Clubs dazu ausgewählt hatte.

23

WIEN

Freitag, der 31. Januar

Francis' Brief hatte Elizabeth zu einem Entschluß gebracht und sie auf die Suche nach ihm durch halb Europa geschickt. Sie mußte zugeben, daß der Brief nicht eben die Ouvertüre zu einer Leidenschaft war. Sie hatte ihn gelesen, darüber nachgedacht, wieder gelesen, wieder darüber nachgedacht. Na ja, wie Tony immer sagte: »Verlaß dich nie darauf, daß jemand anders für dich deine Geschäfte zum Abschluß bringt.« Sie glaubte, ihre Gefühle zu kennen und zu wissen, was sie wollte.

So war sie also nach Wien gekommen, um das Geschäft zum Abschluß zu bringen.

Das Foto in dem Zeitungsausschnitt, den er ihr geschickt hatte, hatte die Sache entschieden. Francis als Anführer einer Parade älterer, aber entschlossener Männer und Frauen. Er sah direkt in die Kamera und schwenkte energisch ein selbstgemachtes Plakat. Wie achtzehn sah er aus und ganz und gar nicht wie ein kirchlicher Würdenträger.

Der begleitende Artikel trug die Überschrift: AUFMARSCH EINER KIRCHLICHEN GRUPPE VOR CERTBANK. Die Zwischenüberschriften lauteten: »Vorwurf sozialer Gefühllosigkeit« und »Bischof schweigt zum Protest der Blaustrümpfe«.

Nach der Darstellung der reinen Fakten räumte der *Times*-Bericht der Reaktion der Bank viel Platz ein:

Der Chairman und Chief Executive Manning Mallory gab an, Hauptaufgabe der Bank sei es, Gewinne für ihre Aktionäre zu erarbeiten. Obwohl er Verständnis habe für die Bedürfnisse der Wohlfahrtsempfänger, wiesen die internen Analysten der Bank darauf hin, daß dieses Geschäft geringfügig unrentabel sei ohne Einlagenwachstum oder zukünftig produktive Kundenbeziehungen als Ausgleich.
»Wohltätigkeit sollte eine private Aufgabe sein«, sagte Mallory. »Ich bedaure die fortgesetzten Versuche katholischer Bischöfe, episkopalischer Kleriker und jedes anderen, diese oder andere Wirtschaftseinrichtungen moralisch zu erpressen und in die Arbeitsweise eines freien Marktes einzugreifen, der dieser Nation einen Wohlstand und eine Freiheit gebracht hat, wie es sie sonst nirgends auf der Welt gibt.«

O Gott, dachte Elizabeth, wenn jemand wollte, daß seine Bank von den Armen oder von irgend jemandem, der auch nur einen Funken Gewissen besitzt, gehaßt wurde, dann hätte er zu diesem Zweck kein besseres Manuskript schreiben können. War das der Ton, in dem die bourbonische Aristokratie 1789 ihre Öffentlichkeitsarbeit machte?
Sie versuchte, sich an die wenigen Gelegenheiten zu erinnern, zu denen sie Mallory bei Onkel Waldo getroffen hatte. War er wirklich so kalt und hartherzig gewesen? Sie konnte sich nur an einen gutaussehenden, aber unerotischen Mann erinnern, der ziemlich distanziert schien.
Francis' Brief lautete:

Sehen Sie selbst. Wie gefallen Ihnen meine vornehmen Legionen? Wir haben uns nicht gerade auf Mallory gestürzt wie der Wolf auf die Lämmer, aber danach haben wir uns alle besser gefühlt. Heutzutage braucht Gott jede Hilfe, die er kriegen kann.

Der Brief sprach dann von seinem bevorstehenden Besuch in Wien.

Ich bin wirklich aufgeregt! Meine drei Grazien bringen mich am 28. für eine Woche mit Oper und Wiener Schnitzel nach Wien. Muß es wirklich sein, daß wir uns erst im März wieder treffen? Es war wundervoll, Sie zu sehen. XXX. F.

Abelard und Romeo und Keats waren bestimmt besser als XXX, aber XXX war auch nicht zu verachten, vor allem für einen Mann der Kirche. XXX: Die drei Küsse waren wie ein Brandmal auf ihrem Herzen. Sie traf eine Entscheidung, rief am Morgen des 29. das Pfarreibüro in New York an, brachte in Erfahrung, was sie wissen mußte, und ließ sich von Concordes Reisebüro für Freitag den frühesten Flug nach Wien und ein Zimmer im Hotel Bristol buchen.

Es war kurz vor zehn, als sie im Bristol eintraf. Der Portier berichtete ihr, daß Pastor Mathers Gruppe kurz zuvor mit ihrem Fahrer ausgegangen sei. Zum Wienerwald, meinte er, obwohl es eigentlich kein sonderlich schöner Tag war. Er musterte Elizabeth. Seine lange Erfahrung sagte ihm, daß diese hübsche, gutgekleidete Frau vor ihm verliebt war wie ein Schulmädchen und es nur nicht zeigen wollte. Ja, sie war wirklich sehr hübsch. Der amerikanische Pastor war ein glücklicher Mann.
»Vom Wienerwald fahren sie nach Schönbrunn, und danach habe ich für 13 Uhr 30 Plätze im Restaurant im Palais Schwarzenberg bestellt. Ich würde mich sehr freuen, wenn ich für Fräulein Bennett einen Platz bestellen dürfte.«
»Ich will aber nicht lästig ...« Hör auf zu erklären, sagte sie sich. Sie war nervös. Hätte sie wirklich kommen sollen? Die klassische feministische Lehre hätte nein gesagt. Frauen jagten keinen Männern nach. Aber was hieß das schon? Sie war keine Feministin, und dies hier war genau das, was sie wollte. »Ja, bitte — einen Tisch für eine Person.«

»Sehr wohl«, sagte der Portier. »Ich werde einen Tisch bestellen. In strategisch günstiger Position natürlich. Der Oberkellner im Schwarzenberg ist ein guter Freund von mir.«
Elizabeth wurde leichter ums Herz. Sie nickte ihrem neuentdeckten Mitverschwörer glücklich zu. Seine Beihilfe war bestimmt ein günstiges Vorzeichen. Oder hatte er sie erwartet? Es schien fast so. War sich Francis ihrer so sicher? Hatte er hinterlassen, daß sie vielleicht auftauchen würde? Sollte sie nach Paris zurückkehren?
Sei kein Esel! Genau das hier willst du doch, sagte sie sich. Was machte es denn schon aus? Es war so oder so und auf jede mögliche Art eine gute Nachricht, oder?
Sie ging nach oben und hängte ihre Kleider in den Schrank. Ihr letzter Wien-Besuch lag schon eine Weile zurück; damals hatte sie zwei Dürer-Aquarelle vergleichen müssen, die man Concorde zusammen mit dem »Großen Rasenausschnitt« aus der Albertina angeboten hatte. Sie ging zum Fenster und sah über den Kärntnerring auf die Oper. Oper. Das Wort erfüllte sie mit Schrecken. Sie hatte von klassischer Musik so viel Ahnung wie Francis von der Malerei des fünfzehnten Jahrhunderts. Würde man sie einladen? Wenn ja, dann würde sie bestimmt einen kompletten Narren aus sich machen. Verdammt. Sie hätte sich erkundigen sollen, was auf dem Spielplan stand, sie hätte sich einige Aufnahmen und ein Textbuch kaufen sollen! Warum war sie nur gekommen?
Sie beschloß, ihre Ängste im Kunsthistorischen Museum loszuwerden. Es war ein unfreundlicher Tag, die graue Luft schien Nebel und Niesel auszuschwitzen, aber alles war besser, als in ihrem Hotelzimmer auf und ab zu gehen.
Im Museum ging sie direkt zur Bruegel-Abteilung. Eine halbe Stunde blieb sie dort. Sie schlenderte langsam von einem Bild zum anderen, und ohne sich auf ein spezielles zu konzentrieren, ließ sie einfach den Gesamteindruck der außergewöhnlichen Weltsicht Bruegels auf ihren wandernden Geist wirken. Etwas Rauhes, Grausames war an der Welt in

diesen Bildern, was sie an Grünewald denken ließ, und das wiederum erinnerte sie an Francis. Sie durchquerte den Saal, um sich »Die Bekehrung des hl. Paulus« anzusehen. Ja, dachte sie, so muß es gewesen sein, als Francis den Ruf hörte: ein unbedeutender Zwischenfall, kaum bemerkt im Verkehr einer geschäftigen Welt.
Sie ging von Abteilung zu Abteilung und traf alte Bekannte von früheren Besuchen wieder: die unvergleichlichen Correggios, den Parmagianino, den Giorgione, zwei großartige Dürer und Vermeers »Künstler und Modell«, wahrscheinlich das großartigste Gemälde der Welt.
Da die Bilder langsam vor ihren Augen verschwammen, ging sie nach draußen und endete schließlich vor dem Belvedere. Noch eine Stunde. Da sie keine Lust mehr auf weitere berühmte Museen und vornehme Treppenaufgänge hatte, ging sie in der Umgebung von Hildebrandts majestätischen Palästen spazieren; auf einer Bank rutschte sie unruhig hin und her und bedauerte, kein Buch mitgenommen zu haben. Es fing wieder an zu nieseln, und das trieb sie schließlich fünfzehn Minuten früher als geplant in das Palais Schwarzenberg. Verdammt! Sie hatte im Geiste die ganze Szene so sorgfältig inszeniert. Sie flüchtete sich in die Toilette und erneuerte ihr Make-up. Ihr gefiel, was der Spiegel ihr zeigte: Frisch und rosig siehst du aus, wie eine Debütantin. Soweit sie sich erinnern konnte, war es das erste Mal, daß sie ihr dunkles Aussehen als rosig interpretierte. »Du machst dich vollkommen lächerlich, du dumme Kuh«, murmelte sie in den Spiegel.
Pünktlich zur halben Stunde zeigte sie sich auf der Terrasse des Speisesaals, die jetzt im Winter verglast war. Der Oberkellner führte sie zu einem unauffälligen Ecktisch. Zwischen ihrem und dem Tisch, der, mit einer Reservierungsnotiz in einem Glas, für vier Personen gedeckt war, stand noch ein weiterer. Ansonsten war der Saal voll, aber Francis konnte sie nirgends entdecken. Sie wußte nicht mehr, ob sie es für

besser gehalten hatte, einzutreten, ihn zu entdecken und Überraschung zu heucheln, oder bereits zu sitzen, wenn er kam, und mit einem Lächeln anzudeuten: Das ist ein Zufall, der keiner ist! Nun, die Würfel waren gefallen.

Sie stürzte ein Glas Veltliner hinunter. O Gott, dachte sie, ich bin ja verrückt! Die Österreicher schütten doch Frostschutzmittel in ihren Wein. Womöglich habe ich mich jetzt vergiftet. Das wäre typisch Elizabeth. Da bin ich nun hier, dem Mann endlich nahe, mit dem ich glaube, leben zu wollen, oder es zumindest versuchen will, und diese verdammten Wiener haben mich wahrscheinlich vergiftet. Hätte ich doch in Paris bleiben sollen? O Gott, hätte ich ihn doch nur nie getroffen! Was für einen Narren habe ich aus mir gemacht!

Um viertel vor zwei schlug ihr das Herz bis zum Hals, und ihre Handflächen wurden feucht. Sie hatte Francis entdeckt, der drei vornehm aussehende Frauen in den Speisesaal führte: Mrs. Leslie, die sie in London kennengelernt hatte, und zwei weitere gutgekleidete Frauen in etwa dem gleichen Alter. Altes New York, dachte Elizabeth.

Er bemerkte sie zunächst nicht. Sie sah zu, wie der Oberkellner die Neuankömmlinge so geschickt plazierte, daß Francis den Platz ihr gegenüber erhielt. Gott sei Dank für die Bruderschaft der Portiers, dachte sie und notierte sich eben im Geiste, dem Oberkellner ein paar hundert Schilling in die Hand zu drücken, als Francis sie entdeckte.

Sein überraschtes Noch-mal-Hinschauen war beinahe filmreif. Dann breitete sich auf seinem Gesicht ein Lächeln aus, das ihr sagte, daß es absolut richtig gewesen war zu kommen. Ihr Herz jubilierte, und sie legte alles, was sie hatte, in das Lächeln, das sie ihm zurückgab. Das ist keine Überraschung, ließ sie ihr Gesicht ausdrücken, und auch kein Wunder, ich bin wirklich hier — und ich bin hier für dich.

Sie sah, wie er etwas zu den Damen sagte, offensichtlich etwas Schmeichelndes, denn sie nickten zunächst und drehten sich dann, ebenfalls lächelnd, zu ihr um. Von Mrs. Leslie kam ein nettes, wiedererkennendes Lächeln, das sie beruhigte, obwohl sie sich der beurteilenden und abschätzenden Blicke hinter der freundlichen Begrüßung wohl bewußt war.

Francis stand auf und kam auf sie zu. Er beugte sich vor, küßte ihre Hand und flüsterte: »Gott sei Dank!« Dann richtete er sich auf und fragte auf etwas förmlichere Art, ob sie an ihren Tisch kommen wolle.

Natürlich wollte sie. Es gab ein kurzes Durcheinander, während ein fünftes Gedeck aufgelegt wurde, die Damen rückten, und man brachte einen fünften Stuhl.

Francis stellte Elizabeth vor, wobei er es schaffte, den Eindruck zu vermitteln, als kannten sie sich noch aus seiner Zeit an der Wall Street. Mrs. Gaile und Mrs. Lynde hießen die beiden anderen Frauen und sie waren um nichts weniger freundlich als Mrs. Leslie; ihre Gesichter waren der lebendige Beweis, daß das Leben dem Charakter nichts anhaben konnte, gleichgültig, was es auch brachte. Wirklich, das war Francis' altes New York: die Art von Frauen, um die sich früher ein Matriarchat gebildet hatte, das zivilisiert war und besonnen und so hart, wie es gütig war.

Es war klar, das sie Francis vergötterten. Aber sie schienen auch froh zu sein, daß sie aufgetaucht war. Mrs. Leslie machte kein Hehl daraus.

»Ich bin so froh, daß wir uns gefunden haben«, sagte sie. »Drei Tage mit so alten Schachteln wie wir sind genug für Francis. Es ist gut für ihn, wenn er mit jemand Gleichaltrigem zusammen ist. Nicht, daß nicht jede von uns sofort mit ihm davonlaufen würde, wenn er nur den kleinen Finger rührte, obwohl ich mir lieber nicht vorstelle, was die Gemeinde und geschweige denn der Bischof dazu sagen würde! Ich hoffe, Sie begleiten uns heute abend in die Oper. Karten sind kein Problem. Dieser Portier im Bristol könnte das Rote Meer spalten, wenn man ihn darum bäte. Sie geben *La Traviata*: Ashley Putnam singt die Violetta. Kennen Sie sie?

So hübsch, und singen tut sie wie ein Engel. Und noch ein neuer Italiener, von dem alle sagen, er sei schrecklich gut. Heute morgen waren wir in Schönbrunn. So viele Zimmer! Ich dachte schon, mir würden die Füße abfallen, so kalt war es.«

Als sie nach dem Essen nach draußen gingen, regnete es ziemlich heftig. Die Damen wollten sich hinlegen. Sie waren müde, und zum Mittagessen hatte es mehr Wein als gewöhnlich gegeben.

»Wie wär's mit einem zweiten Kaffee?« fragte Francis. Sie waren wieder im Bristol, in der kleinen Bar neben der Lobby. Die drei Grazien waren nach oben gegangen zu einem Rendezvous mit Morpheus. Man hatte beschlossen, sich um sieben zu einem Glas Champagner in der Lobby zu treffen, und für nach der Oper hatte man bei den Drei Husaren Plätze reserviert. Elizabeth bestand darauf, die anderen zum Souper einzuladen.

Nun saß sie mit Francis in der Bar. Der Kaffee kam. Die Unterhaltung erwies sich als schwierig, sprunghaft, wie ein altes Auto, das eine Straße entlangstotterte.

»Einen Penny für Ihre Gedanken«, sagte sie nach einer Weile des Schweigens, die schmerzhaft lang schien.

»Logistik«, sagte er.

»Logistik?«

Er sah sie an. Er hat graue Augen, dachte sie. Sturmgrau: wie der Himmel vor einem Gewitter. Warum habe ich sie nicht schon vorher bemerkt? Sie sah in seine Augen. Ich will in ihnen ertrinken, dachte sie und wußte, daß sie das irgendwo gelesen hatte, und sie fragte sich, wo.

»Logistik?« wiederholte sie. Er hat etwas zugenommen, dachte sie. Es stand ihm gut. Da war auch die Andeutung eines Doppelkinns, die sie bis jetzt noch nicht bemerkt hatte. Hatte sie denn überhaupt nichts bemerkt? Und sie verdiente doch angeblich ihr Geld mit ihren Augen!

Als Antwort legte er seine Hand auf die ihre. Tausend Volt

durchzuckten sie, als hätte ein Blitz sie getroffen. Beim Mittagessen hatten die Schwingungen angefangen. Nein, das stimmte nicht, sie hatten in Colmar angefangen, an einem Sonntagmorgen, der schon tausend Jahre vergangen schien.

O Francis, dachte sie, du weißt es, ich weiß es.

»Laß mich zuerst hinaufgehen«, sagte sie. »Wir sind ja alle auf dem gleichen Stockwerk. Das meintest du doch mit Logistik, oder?«

Seine Hand hob sich und streichelte über ihre Wangen, ihre Haare. »So etwas in der Richtung.«

»Was immer du willst. Nur bitte schnell. Es zerreißt mich bald.«

»Ich komme zu dir.«

»Vier-Null-Sechs.«

»Ich weiß. Geh schon voraus. Ich bin in zehn Minuten bei dir. Muß mich nur umziehen.«

Umziehen, o Gott, umziehen!

»Umziehen?«

»Aus dem da raus. Wir wollen doch die Zimmermädchen nicht schockieren, wenn sie mich aus deinem Zimmer kommen sehen, oder?«

Er wies auf seinen Kragen.

Francis trug Ornat.

In panischer Angst wartete sie oben auf ihn. Ein menschliches Herz konnte doch gar nicht so schlagen, ohne zu zerbrechen, oder? Sie wußte nicht, was sie tun sollte. Sollte sie sich ausziehen, sich ins Bett legen, einen Bademantel überziehen?

Sie drehte sich zum Fenster. Es dämmerte langsam. Sie sah auf die Uhr. Beinahe vier. Wieviel Zeit hatten sie? Hör auf damit, sagte sie zu sich, du denkst wie eine Hure.

Die Tür hinter ihr ächzte. Sie drehte sich nicht um, auch nicht für den Bruchteil einer Sekunde, so daß er direkt hinter ihr stand, als sie es dann doch tat, und schon lag sie in seinen Armen.

Ihre erste richtige Umarmung, ihr erster richtiger Kuß; sie wußten, die Küsse danach sollten erfüllt sein von seltenem Staunen, und sie versuchten beide, mit besonderer Zartheit diese Initiation zu begehen, als sei ihnen etwas Zerbrechliches anvertraut, etwas unvergleichlich Zerbrechliches und Kostbares, etwas Fremdes und Zartes — sogar Gefährliches —, das man nicht gierig ergreifen und zu dem man in keinster Weise grob sein durfte. Mit aller Vorsicht gingen sie es an, manchmal wie in Zeitlupe, aber nicht, um Empfindungen hinauszuzögern oder Gefühle zu zügeln, sondern aus Angst, auf der vollkommenen Patina dessen, was ihnen passierte, etwas zu verletzen, abzukratzen, auch nur die kleinste Narbe zu hinterlassen.

Er zog sie aus. Als er ihr den BH aufhakte und ihn herunterstreifte, hörte sie, wie er beim Anblick ihres Busens den Atem anhielt, und sie nahm seinen Kopf in beide Hände und zog ihn an ihre Brust, wie sie es schon voller Sehnsucht in New York und von Anfang an hatte tun wollen. Denk dir nichts, mein Liebling, da ist nichts zu machen, so hat Gott mich eben erschaffen, wollte sie mit dieser Geste ausdrücken.

Als er begann, sie zu lieben, überraschte sie seine heftige Leidenschaft. Na, dachte sie, was hast du denn erwartet; einen Pfaffen beim Kaffeekränzchen?

Zeig dich nicht zu erfahren, sagte sie sich, während sie seine Zärtlichkeiten erwiderte, wir müssen ja nicht alle unsere Tricks zeigen, dachte sie, als sie ihn küßte und seine Zunge in ihrem Mund spürte. Sie merkte, daß, ganz gleich was sie taten, es auch nicht im entferntesten an das heranreichen konnte, was in ihrem Kopf und in ihrer Seele vorging. Laß ihn tun, was er will, aber sei du keine *Hure*. Laß ihn dir zeigen, was er will. Und sie öffnete sich für ihn, spürte, wie er an ihr herunterglitt und sie zu küssen begann, und als er sich umdrehte, nahm sie ihn bereitwillig in den Mund, sie spürte, wie es in ihm wuchs, wollte nicht zu schnell machen und doch genau so, wie er wollte. Dann legte er sich auf sie, küßte sie auf den Mund und flüsterte verliebte Worte, sie griff nach unten, und er war wie aus Stein, als wäre sein ganzes Gefühl in diesem brennenden Stalaktiten eingefroren, den sie in der Hand hielt. Er zitterte und sie führte ihn, sie spürte, wie leicht er in sie glitt, und sie half ihm, einen Rhythmus zu finden, bei dem die Reibungen auch ihr etwas brachten, dann ließ sie ihn übernehmen, ließ sich weggleiten in die reine Empfindung, hinabgesogen, wie ertrunken, in den Strudel der Erregung, der sich in konzentrischen Kreisen von dem Mittelpunkt ausbreitete, an dem sie vereinigt waren. Sie spürte das vertraute Kribbeln in ihren Beinen und die Hitze auf ihrer Haut, spürte, wie er sich zurückzog, bis nur noch die letzte Spitze in ihr blieb, wieder und immer wieder, gleiten und ruhen, gleiten und ruhen, und danach war sie zu sehr mit dem beschäftigt, was mit ihr selbst vorging, sie glaubte etwas zu hören, und sie hätte schwören können, es sei ihre Stimme gewesen, und eben als sie es hörte, hörte er es auch, er entspannte sich, und sie wußte, daß er kam, und sie kam auch. Er stöhnte oder grunzte nicht, es war eher ein Seufzen, und sie glaubte zu fühlen, wie er sich in sie ergoß, und dann preßte sich die ganze Welt zusammen und noch einmal und ein letztes Mal.

Als er von ihr herunterglitt und sich neben sie legte, als sich ihr Atem wieder beruhigte und ihr Blick wieder klar wurde, konnte sie nur eins denken: Danke, lieber Gott, daß Du mir diesen Deinen Mann geliehen hast. Ich weiß, er gehört Dir, aber laß mich nur diesen kleinen Teil von ihm behalten, für den Du sicher keine Verwendung hast, oder? Sie hatte keine Ahnung, woher diese Gedanken kamen. Waren dies die Stimmen, die die Heiligen in der Ekstase hörten, war es das, was Bernini in der Verzückung der hl. Theresa sah?

Sie spürte, wie Francis sich auf den Ellbogen stützte. Er strich ihr die Haare aus dem Gesicht.

»Für mich war es wie beim allerersten Mal«, sagte er. »Süß. Jetzt weiß ich, warum Gott einen episkopalischen Priester aus mir machte und keinen katholischen.« Er kicherte bei dem Satz.

Warum, ach, warum nur, dachte Elizabeth, müssen die Männer immer versuchen, diese Augenblicke nach dem ersten Mal zu profanisieren? Warum sagst du mir nicht einfach, was du denkst. Daß du mich liebst, oder meinen Körper, meine Möse, meinen Busen oder den Klang meiner Stimme, aber bitte laß es nicht so klingen, als möchtest du jetzt, nachdem du deine Eier leergespritzt hast, am liebsten in dein Zimmer gehen und vielleicht New York anrufen und mit deiner Verlobten reden, von der ich nichts weiß, oder mit einer anderen, der du auch gesagt hast, daß du sie liebst. Ich habe das alles schon erlebt, Francis. Priester oder kein Priester, erzähl mir keine Lügen. Aber sie wußte, daß sie im Unrecht war, wenn sie ihm nicht traute. Sie wußte, daß er ihr gehörte, so lange sie wollte.

»Was hat dich hierhergeführt?« fragte er. »Bist du wegen mir gekommen?«

»Natürlich. Siehst du das denn nicht? Wir beide tun doch nie etwas anderes, als in Flugzeuge zu steigen, die uns voneinander entfernen. Erinnerst du dich an Colmar? Hast du es damals schon gewußt — ich glaube, ich schon! Erinnerst du dich an London und an New York vor drei Wochen? Na, ich hatte es satt. Ich dachte mir, ich nehme besser ein Flugzeug, das uns zusammenbringt.«

»Gott sei Dank dafür. Und nun, können wir zusammenbleiben?«

»Wenn du willst. Wir müssen uns eben etwas ausdenken. Ich hasse New York.«

»Es wird schon funktionieren, mein Liebling. Es muß. Ich habe den Eindruck, es ist Gottes Wille.«

Sie liebten sich noch ein zweites Mal an diesem Nachmittag, und in der Nacht wieder. Sie waren füreinander geschaffen.

Vor ihnen lagen zwar Schwierigkeiten und Vereinbarungen, die überlegt und ausgehandelt, bei denen Kompromisse geschlossen werden mußten. Aber es schien machbar. Sie würden es schon schaffen; sie waren beide alt genug, um zu wissen, was sie wirklich hatten. Sie befanden sich im wunderbaren Niemandsland des mittleren Alters, frei von der verzweifelten Fixierung auf die Zeit, die die Randbereiche des Erwachsenseins aus dem Gleichgewicht brachte.
Am Montag verließ er vor Morgengrauen ihr Bett. Sie mußte einen frühen Flug nach Paris nehmen. Wir werden miteinander reden, flüsterten sie, als bemühte sich die Welt hinter der Tür dieses Zimmers, ihre Geheimnisse zu erfahren. Wir werden miteinander reden, Pläne machen und uns zusammenraufen.
Nachdem er gegangen war, sank sie wieder in den Schlaf. Ein alter Traum kehrte zurück. Er schien Stunden zu dauern, komplex und in stets neuer Form, angsteinflößend, ein Kaleidoskop von Gesichtern und Feuer, aber als sie aufwachte, merkte sie, daß erst fünfzehn Minuten vergangen waren, seit Francis auf Zehenspitzen aus dem Zimmer geschlichen war. Aber etwas war anders jetzt. Die vertrauten Gesichter aus dem Traum waren nicht wieder in ihrem Unterbewußtsein versunken. Sie waren fest verankert in ihrem Bewußtsein, und sie wußte jetzt, warum und wie sie sie gekannt hatte.

Die Gegenwart

Februar

24

NEW YORK

Mittwoch, der 12. Februar

Als hätte er gespürt, daß der Anruf kam, griff er genau in dem Augenblick zum Telefon, als es klingelte.

Ich bin zu alt für solche Kindereien, dachte er lächelnd. Und trotzdem liebe ich jede Minute davon. Er begrüßte sie nicht.

»Lächerlich«, sagte er. »Das ist lächerlich.« Seine Stimme wurde sanfter. »Aber ich liebe es. Ich liebe dich. Ich vermisse dich.«

»So sehr wie vor zehn Minuten? Was machst du jetzt?« fragte Elizabeth.

Er setzte seine ernsthafteste Nun-hören-Sie-mal-zu-junge-Frau-Stimme ein. »Das gleiche, was ich bei deinem letzten Anruf getan habe. Und beim vorletzten. Und bei den vier davor! Ich schreibe an einer Predigt über den ersten Timotheusbrief, Kapitel 4, Vers 8. Ein milder Tadel an die Jogger und Gesundheitsfanatiker in meiner Gemeinde.«

»Was heißt das?«

»Bei 1 Timotheus 4,8 steht: ›Denn die leibliche Übung ist zu wenigem nütze, die Frömmigkeit aber ist zu allen Dingen nütze und hat die Verheißung des jetzigen und des künftigen Lebens.‹ Nur gut, daß Paulus den Walkman und den Joggingschuh nicht mehr erlebte. Na, auf jeden Fall hoffe ich, vom ersten Timotheusbrief fast die ganze Fastenzeit leben zu können. Er ist randvoll mit guten Dingen für diese peinigende Zeit.«

»Zum Beispiel?«

»Na, ich könnte zehn Predigten darüber halten, und ich zitiere: ›Das Gesetz ist nicht für den Gerechten da, vielmehr für Gesetzlose und Ungehorsame.‹ Wir haben einige Rechtsanwälte in der Gemeinde, wenn auch die meisten von der altmodischen, aufrichtigen Art. Und dann heißt es: ›Trinke nicht mehr nur Wasser, sondern genieße ein wenig Wein um deines Magens willen.‹ Und natürlich, nicht zu vergessen: ›Denn die Wurzel aller bösen Dinge ist die Geldgier.‹«

»Wo lebte denn Timotheus, als Paulus ihm schrieb; an der Fifth Avenue?«

»Im Geiste, könnte man sagen. In Wirklichkeit in Ephesus. Wie ist es in Toronto?«

»Nicht viel anders als vor zehn Minuten, als *du mich* anriefst. Eigentlich sehr nett.«

»Und die Monochrome von Degas?«

»Mono*typien*, mein Liebling. Ich seh' schon, es gibt gewisse Bereiche der Kunstgeschichte, wo du meine Führung brauchen wirst. Liebst du mich wirklich? Wenn du es wirklich tust, wirst du mich dann ins Met begleiten, wenn ich zurückkomme? Ins Museum, nicht in die Oper. Ich habe das letzte Wochenende mit dir sehr genossen.«

»Ich auch, mein Engel.«

»Francis.« Sie ließ ihre Stimme sehr dünn klingen. »Weiß die Gemeinde von uns beiden? Haben deine drei Grazien in der ganzen Stadt getratscht? Ist es zu skandalös, wie wir uns aufführen? Letzten Sonntag in der Kirche hatte ich schon das Gefühl, wie eine Neonreklame zu leuchten. Tony hält mich für verrückt, weil ich für ein Wochenende nach New York geflogen bin.«

»Meine Matronen stehen wie eine Eins hinter uns. Die ganze Welt liebt die Liebenden, weißt du das nicht?«

»Ist das auch vom hl. Paulus?«
»Könnte sein — aus einem seiner wenigen sonnigen Augenblicke. Ich hoffe, daß ich, wenn ich schon kein so großartiger Bekehrter bin, wenigstens auch kein so trübseliger bin. Erzähl mir mehr von Degas.«
Sie war nach Toronto geflogen, um sich einen Fund wertvoller Monotypien anzusehen, die ein Kunstjäger vor Ort aufgespürt hatte. Fünf von ihnen waren nicht verzeichnet, aber sie war sicher, daß die Degas-Gurus sie anerkennen würden. Sie hatte deshalb ein anständiges Angebot auf den Tisch gelegt, ein sehr anständiges Angebot. Im Augenblick war Degas besser als IBM, zumindest Arbeiten wie diese: groß, dramatisch, sexy, mit einer großartigen Auktionsgeschichte. Sie glaubte, sie zu bekommen, wenn das Geschäft nur schnell abgeschlossen werden konnte, denn die Erben wollten unbedingt verkaufen und in Immobilien in Calgary investieren. Ganz früh am nächsten Morgen mußte sie nach Shannon fliegen, um sich mit dem Knight of Glin, Christie's irischem Vertreter, zu treffen. Er hatte gute Chancen auf die Einrichtung eines großartigen anglo-irischen georgianischen Hauses, und sie wollte sich das Vorkaufsrecht für den ganzen Posten sichern.
Elizabeth kannte die Gedanken der Stil-Diktatoren; so wie Concordes Leute mit den Investmentfirmen auf der ganzen Welt in Kontakt blieben, so hatte sie in London, Paris und New York ihr Ohr auf dem Boden, blieb in Kontakt mit den Leuten, die die Superreichen belieferten — ihre letzte Zufluchtsstätte für den Verkauf: die Innenarchitekten und Lebensart-Lieferanten, die Herausgeber des *Architectural Digest*. Irisch-georgianisch war nun mit Sicherheit noch nicht tot. Englands Landhausmöbel waren ja ausverkauft, aber die schicken amerikanischen Dekorateure brauchten noch immer ähnliches Zeug, um es in Salons an der Fifth Avenue und in River Oaks und in Cottages in Southampton und Santa Barbara zu stopfen wie Mais in die Kehlen Straßburger

Gänse. Und hier gab es vierzig Zimmer voll davon, »keine schlechten Möbel, einiges davon ziemlich gut, wenn man bedenkt, wer diese Leute waren«, wie der Knight meinte. Die Mode dauerte sicher noch zwei Jahre und das versprach einen anständigen Gewinn.

»Francis«, fragte sie, »vermißt du mich?«

»Ja, sehr. Und auf eine sehr unkirchliche Art. Ich vermisse dich auf jede Art, mein Liebling. Aber du erschöpfst mich. Es ist zuviel für einen Mann in meinem Alter.«

Er vermißte sie wirklich — er vermißte sie, liebte sie, sehnte sich schmerzlich nach ihr. Francis fühlte sich von einer emotionalen Kraft und Sicherheit erfaßt, die er zuvor noch nie erlebt hatte. In seiner Besessenheit ertappte er sich selber bei dem Zweifel, ob das Verlangen und die Bedürfnisse, die ihn zu Gott gebracht hatten, genauso mächtig gewesen waren. Und im nächsten Augenblick fragte er sich, ob seine Leidenschaft für Elizabeth nur eine Verwässerung und Ablenkung von seinen Zielen und seiner Hingabe sei, die vor Monaten noch unanfechtbar und allumfassend schienen. Es war wie in einem von Graham Greenes Romanen über gepeinigte Priester.

Einen Beigeschmack von Schuld hatte auch sein Eingeständnis, daß seine Liebe für Elizabeth die Erinnerung an frühere Gefühle mit der Gewalt einer Bombe ausgelöscht hatte. Seine tote Frau, seine kleinen Jungen: Bis zu seiner Begegnung mit Elizabeth hatten sie ihn Tag und Nacht verfolgt. Nun schienen sie zu ruhen.

»Francis«, sagte Elizabeth, »ich habe das Gefühl, wieder sechzehn zu sein.«

»Ich hoffe nur, daß du mit sechzehn nicht schon die Sachen gemacht hast, die du mir jetzt beibringst.«

»Hör auf damit. Führ dich doch nicht auf wie ein alter Wüstling.«

»Das ist ausgesprochen schwer, wenn du bei mir bist. Ich muß wieder zu Atem kommen. Wann kehrst du nach Paris zurück? Was ist mit dem Wochenende?«

»Donnerstag nacht. Am Freitag nachmittag haben wir eine wichtige Konferenz in der Firma. Am Wochenende geht's nicht: Am Montag muß ich gleich in der Früh auf dem Posten sein. Ward Landrigan kommt aus New York. Aus dem Nachlaß einer kürzlich verstorbenen Mätresse Rothschilds werden ein paar wertvolle Juwelen verkauft.«
»Gibt es denn immer noch juwelenbehängte Mätressen?«
»Sie sind schon fast ausgestorben. Heutzutage haben die reichen Männer keine heimlichen Damen oder *cinque à sept*-Rendezvous mehr. Sie umarmen lieber ihre Aktien und Wertpapiere.« Über fünfhundert Meilen hinweg hörte er sie schwer atmen. »Francis . . .?«
»Ja, Liebling?«
»Francis, ich liebe dich so sehr. O Gott, ich liebe dich wirklich! Francis, dankst du Gott, daß er uns zusammengebracht hat?«
»Ja — jede Stunde, jede Minute, jede Sekunde. Das kannst du übrigens auch. Er ist immer erreichbar. Du mußt nicht deine Sekretärin bei seiner anrufen lassen und ein Mittagessen verabreden.«
Es muß schwierig für sie sein, dachte er, einen Priester zu lieben. Was dachte sie wohl von Gott? Fiel Gottes Schatten über die Bahn ihrer Gefühle wie der eines Baums über einen Pfad? Stellte sie sich vor, daß er mit ihnen im Zimmer war und mißbilligend zusah, wenn sie sich liebten und sich berührten, daß er ihre Verzückung mit tadelnden, scheinheiligen, eifersüchtigen Blicken betrachtete?
»Was machst du jetzt gerade?« fragte er.
»Jetzt im Augenblick? Ich liege einfach da. Und denke an dich. Schmutzige Gedanken. Ach, Francis, ich brauche dich so sehr, daß ich schreien möchte!«
Er stellte sich vor, wie sie aussah, ihr schmales, intelligentes Gesicht, ihr eleganter, federnder Gang, die Art, wie sie sich kleidete, wie sie sich über ihn beugte; er dachte an ihre Figur, die Haare, den Mund, weit geöffnet in der Leiden-

schaft, gespitzt, wenn sie nachdachte; er dachte an jede Einzelheit und dankte schweigend Gott, daß er sie ihm geschickt hatte.

»Schau«, sagte er, »jetzt hast du es geschafft, daß ich auch unanständige Gedanken habe, und ich muß doch diese Predigt schreiben.«

»Aber du mußt doch erst am Sonntag predigen.«

»Das kann schon sein, aber meine Zeit gehört nicht nur mir alleine. Der Bischof schickt mich morgen zu einer Unterredung mit Seiner Eminenz dem Kardinal. Unsere römischen Brüder in Christus sind sich nicht sicher, welche Richtung sie bei einem Übernahmeangebot einschlagen sollen. Alles in allem geht es darum, daß der Vatikan fast fünf Millionen Anteile an Allied Interchem hält; Drexel Burnham spielt mit dem Kardinal mit harten Bandagen, und mein Bischof hat den Eindruck, daß wir Männer der Kirche in diesen atheistischen Zeiten zusammenhalten sollten.

Dann fängt am Freitag der Winterbasar der Kirche an, und der Klüngel *dabei* läßt die Vorgänge bei Lehman Brothers wie ein Ferienlager aussehen. Und schließlich hat meine alte Firma angefragt, ob ich mal vorbeikommen könnte. Die haben Schwierigkeiten mit einer Finanzierung und scheinen zu glauben, daß ein paar Tropfen der berühmten kreativen Säfte Francis Mathers gerade das richtige Tonic sind. Bei aufgemotzten, wandelbaren Vorzugsaktien war ich schon immer ziemlich geschickt, weißt du.«

»Geh nicht an die Wall Street zurück, Francis.«

»Keine Angst. Das ist eine einmalige Sache. Wenn ich die Lösung finde, die sie brauchen, dann bringt uns das eine neue Küche für das Pfarrhaus ein. Wir verpflegen doppelt so viele Leute von der Straße wie letztes Jahr, und es sieht ganz und gar nicht so aus, als würde es nachlassen.«

»Wie wär's, wenn du etwas davon in neue Meßgewänder investieren würdest? Letzten Sonntag hast du ja wirklich süß ausgesehen, aber ein bißchen mehr Pracht würde nicht scha-

den. Deine Dalmatika, oder wie immer das heißt, hat auf jeden Fall ziemlich schäbig ausgesehen.«
»Meine Alba, Liebling. Und außerdem, mein Engel, All Angels ist ja schließlich nicht St. James. Jetzt muß ich Schluß machen. Ich liebe dich. Gott segne dich, meine Süße.«
»Vergiß nicht, für mich zu beten. Gute Nacht, mein Liebster.« Sie hauchte einen Kuß in den Hörer und legte auf.
Er versuchte, sich wieder auf die Predigt zu konzentrieren, aber die Einfälle, die er brauchte, kamen nicht. Er schob den Stuhl zurück und sah zur Decke; vielleicht kam eine Eingebung zu ihm wie der Verkünderengel auf dem Bild, das Elizabeth ihm am vergangenen Samstag in der Sammlung Frick gezeigt hatte. Sie hatten ein wunderbares Wochenende miteinander verbracht. Kreuz und quer durch Manhattan waren sie gefahren: SoHo, Columbus Avenue, jede Ecke und jeden Winkel. Am Sonntag, nachdem auch das letzte Gemeindemitglied gegangen war, hatte er Zivil angezogen, und sie waren ins Village gefahren. Auf der Fahrt über die Fifth Avenue hatte sie etwas entdeckt.
»Das ist mein New York«, sagte sie und wies nach draußen. »Das ist es, was ich an dieser Stadt hasse.«
Ihr Taxi hielt an einer Ampel an der Sixty-fifth Street, vor dem Temple Emanu-El. Vor dem Eingang an der Fifth Avenue versammelte sich eine Hochzeitsgesellschaft: Jung, elegant, wohlhabend, mit einer großen Zukunft bei Goldman and Sachs, als Ärzte oder bei Price Waterhouse. In einer Nebenstraße keine zwanzig Meter entfernt stand eine Schlange heruntergekommener Männer und Frauen, die einen bereits hoffnungslos verfallen, die anderen — nach Kleidung und Haltung — erst kürzlich über den Rand gedrückt.
»Das ist New York«, sagte er.
Elizabeth seufzte. Wie er sie für diesen Seufzer liebte. Die Ampel schaltete um, und das Auto fuhr an; die riesigen Wolkenkratzer an der Fifth Avenue vor ihnen funkelten im frostigen Sonnenlicht.

Sie ist wie geschaffen für mich, dachte er. Sie lag ihm nicht in den Ohren, sich zu erklären oder sein Leben zu ändern. Sie nahm ihn, wie er war. Sie fragte nicht nach seiner toten Frau und seinen Kindern. Und vor allem bedrängte sie ihn nicht nach seinen Gründen, warum er die Wall Street verlassen hatte.

Er hatte genug von dieser Frage. Man stellte sie auf ein Dutzend verschiedene Arten, aber immer mit dem gleichen, ungläubigen Unterton. Wie kann denn jemand bei klarem Verstand das ganze Geld einfach links liegen lassen! Francis, weißt du denn nicht, wieviel man an der Wall Street heute verdient?

Nun, er wußte es, und es war ihm gleichgültig, vor allem, wenn er an den seiner Ansicht nach dabei unumgänglichen Charakterverlust dachte. Heutzutage verlangte der Erfolg an der Street eine gewisse moralische Undurchsichtigkeit und Unverfrorenheit, die er Gott sei Dank einfach nicht aufbringen konnte.

Nicht daß er glaubte, er hätte kein Talent für das Spiel. Was Talent anging, konnte Francis sich ereifern. In seinen Augen war es die einzige und die gerechte Weise, wie Gott Unterschiede machte. Aber ob mit oder ohne Talent, für die Art, wie jetzt gespielt wurde, hatte er einfach die verkehrte Persönlichkeit. Und das konnte man nicht sagen, ohne aufgeblasen, überheblich und moralinsauer zu klingen. Aber dennoch kamen die Leute immer wieder auf das Geld zurück: Wie konntest du nur ...? Vielleicht war er gegangen, weil ihm die Menschen am Herzen lagen.

Francis war erzogen worden, den Kapitalismus zu verehren. Was er aber jetzt sah, schien ihm wie ein Sakrileg — eine mutwillige Mißachtung aller Werte, die man ihm beigebracht hatte. Man setzte die Zukunft von Millionen aufs Spiel, nur damit wenige hundert korrupte Haie in Samt und Seide gehen konnten. Und doch, was konnte ein Mann wie er in einer solchen Zeit schon tun? Beten, zum einen. Und den Mund aufmachen.

Er zweifelte nicht an seinem Mut hinter seinen Überzeugungen. Wenn er in den Spiegel sah, stellte er sich vor, einen guten Mann zu sehen, mit einem Verständnis bewaffnet, das den Horizont der neuen Rasse von Wall-Street-Titanen sprengte. Er sah einen anständigen Mann, der eine Anständigkeit bewahrte und weiterführte, die sich wie ein unzerreißbarer, glänzender Faden durch Generationen, ja die gesamte Geschichte der Nation zog. Er sah einen Mann, dessen fast schon vererbte Aufgabe es war, diesen Faden zu verlängern und damit das Leben dieser Nation. Er stammte aus einem alten Geschlecht weiser und besorgter Männer, anständiger, menschlicher, achtbarer Männer, keine Heiligen vielleicht, aber auch keine Tiere: Prediger, Banker, Anwälte, Ärzte. Männer, die keinen Konflikt zwischen »Prinzip« und »Prinzipal« sahen; denn Männer von Charakter handelten immer nach ihren Grundsätzen. Acht Generationen von Mathers reichten zurück bis zur kalten Küste von Massachusetts und der Bay Colony. Generationen, die John Winthrop hatten predigen hören, die gegen den König und die Konföderierten, gegen den deutschen Kaiser und Hitler gekämpft hatten, und dabei glaubten, Gottes Kampf, für die göttliche Idee der Freiheit zu kämpfen. Die Mathers wurden in dem Glauben erzogen, Gott habe den Kapitalismus zu seinem Weg bestimmt, und deshalb hasse der Kommunismus den Namen Gottes so leidenschaftlich wie den Rockefellers, aber die Mathers glaubten auch, daß der Kapitalismus gerecht, großzügig, ertragreich und gutherzig sein konnte. Er konnte christlich sein. Nach der Weltsicht der Mathers hatte jeder Mensch zumindest ein Anrecht auf die Chance, ganz unten anzufangen und sich langsam hochzuarbeiten, auf alle Früchte, die er mit seinem Talent, seinen Fähigkeiten und seinen Bemühungen erarbeiten konnte, aber auf keinen Fall durfte er das Recht und das Leben anderer mit Füßen treten.

Schließlich war da noch die Tatsache, daß Francis sich – als Mann und als Priester – dem Frieden verschrieben hatte.

Die Wall Street war zu kämpferisch geworden: Man beschrieb ihre Aktivitäten und ihre Kultur in der Sprache des Krieges.
Daß es so geworden war, schrieb Francis Mallory und seinen Nacheiferern zu. Er machte sich deswegen schreckliche Sorgen. Dies war eine schwierige Zeit in der Geschichte, eine komplizierte, von Sorgen geplagte Welt, die eigentlich ihre größten Geister und nobelsten Instinkte nötig gehabt hätte, der aber dennoch falsche Propheten die Antworten und die Richtung vorgaben. Es war, als würde man um die Erlösung beten und als Antwort den Antichrist erhalten. Einige seiner morbideren geistlichen Kollegen meinten, Gott stelle den Westen auf die Probe. Vielleicht, dachte Francis düster, und wenn es so ist, dann sieht es nicht so aus, als würde der Westen, und Amerika insbesondere, diese Prüfung bestehen.
Aber trotzdem, und mehr aus Gewohnheit denn aus anderen Gründen, blieb er in Kontakt und ließ den Draht zur Street nicht abreißen. Es half ihm, wenn er 1000 Dollar zusätzlich für die Suppenküche der Pfarrei brauchte. Jeden Morgen las er das *Wall Street Journal*, obwohl ihm bei den Leitartikeln manchmal vor ungläubigem Staunen der Mund offenblieb. *Forbes, Business Week, Institutional Investor* und *Corporate Control Alert* hatte er immer noch abonniert.
Je mehr er las, desto fester wurde seine Überzeugung, daß das ökonomische Geburtsrecht der Nation langsam ausgehebelt wurde. Gleichgültig, wie viele Millionen oder Milliarden angeblich dabei verdient wurden, unterm Strich ging es doch immer nur um das Fleisch in der Suppe.
Die Wurzel allen Übels, wie er es sah, waren die Banken. Ohne die Banken als Komplizen wären die Gaunereien der Wall Street unmöglich. Sie waren die Schwarzkünstler, die den Zaubertrank des Kredits zusammenbrauen sollten, und sie hielt man für das letzte Bollwerk ökonomischer Redlichkeit.
Aber dank Mallory und seiner Nachahmer hatten sich die

Banken an den Spekulationstisch gesetzt. Er hatte sich oft gefragt, was geschehen wäre, wenn Mallory seine verführerischen Melodien nicht von der unvergleichlichen Bühne der CertBank gepfiffen hätte. Mallory beherrschte die Welt der Hochfinanz wie wahrscheinlich keiner seit Morgan.
Francis war manchmal so wütend über das, was man Mallory durchgehen ließ oder wozu er andere offensichtlich überreden konnte, daß er richtig zitterte vor Wut, einer Wut, die so stark war, daß er sie nicht wegbeten konnte. Er ertappte sich dann bei dem Wunsch, es möge einen Weg geben, diesen Mann zu zerstören, und dabei wurde eine Geschichte sehr interessant, die Elizabeth ihm erzählt hatte.
Sie waren mitten in der Nacht aufgewacht und hatten sich geliebt. Danach waren sie dagelegen und hatten geredet, wie Liebende es am Anfang tun, wenn alles noch frisch und neu ist. Sie hatte ihm von ihrer Kindheit und frühen Jugend erzählt, wie sie in Chicago aufgewachsen war und dann in New York, nachdem ihre Mutter Peter Chamberlain geheiratet hatte — »mit ihm davongelaufen war«. Sie hatte sich an Waldo Chamberlain erinnert, der nett zu ihr gewesen war, an sein Haus in Maine, an die Thanksgiving-Feste dort und schließlich an das Feuer.
Francis gefiel nicht, daß sie so warmherzig von Waldo Chamberlain sprach, von ihrem Onkel Waldo. Francis war in Chamberlains »Geld eins« an der Business School gewesen, und obwohl man von der Intelligenz und der Gelehrsamkeit des Mannes einfach beeindruckt sein mußte, war ihm doch diese ganze »Onkel Waldo«-Verehrung trügerisch erschienen. Der Kerl war ein kalter Fisch, ein Neutrum mit nichts zwischen den Beinen und nichts, was in seiner Brust schlug. Nur Brei, kein Saft. Außerdem wußte jeder, daß Waldo Chamberlain Mallorys Mentor, Guru und engster Berater war, was ihn in Francis' Augen zum Hauptschuldigen wegen Beteiligung machte.
Wie Elizabeth sagte, hatte sie Peter Chamberlain nicht son-

derlich gemocht. Er war frech zu ihr, hinterlistig und zu vertraulich, zu aufdringlich; sie war sicher, daß er mit ihr ins Bett gegangen wäre, wenn er gekonnt hätte. Alles, was er sagte, schien eine schweinische Doppelbedeutung zu haben. Francis hatte bis jetzt nur halb zugehört, sein Interesse stieg aber, als Elizabeth erzählte, wie Peter Waldo gehaßt hatte und schreckliche Sachen hinter seinem Rücken über ihn sagte und ihn einen »dreckigen alten Schwulen« nannte. Peter konnte auch Manning Mallory nicht ausstehen, erzählte Elizabeth; es war fast, als wäre Peter eifersüchtig auf Manning Mallorys Beziehung zu Onkel Waldo gewesen, und — über Waldo — zu Peters Vater.

Elizabeth erzählte, Peter sei am Tag vor dem Feuer, dem Freitag nach Thanksgiving 1970, hinter ihr hergewesen.

Sie hatte im Erdgeschoß an einem Semesteraufsatz gearbeitet. Der Rest des Hauses war bei einem Picknick, bis auf Peter, der auf einen Telefonanruf warten mußte. Er hatte sich hinter sie gestellt und sie mit seinem feixenden Blick angelächelt, der ihr immer das Gefühl gab, er könne durch ihre Kleider sehen.

»He, Liz«, sagte er. »Willst du Onkel Wallys schmutziges kleines Geheimnis erfahren?« Er deutete zur Decke. »Komm schon.« O Gott, wie sie es haßte, Liz genannt zu werden!

Während sie die Treppe hochstiegen, erzählte ihr Peter, wie er als Junge Onkel Wally beim Herumschleichen im Obergeschoß ertappt hatte. Er führte Elizabeth über den Gang, blieb stehen, sah sich mit gespielter Wachsamkeit um und griff dann in ein Regal, wo er eine Art Hebel betätigte. Nach einem kurzen Druck glitt das Regal zur Seite und enthüllte ein winziges Büro, das in den Leerraum zwischen Regal und Außenwand eingepaßt war. Es war eben Platz für einen kleinen Schreibtisch, einen Bürostuhl und einen Aktenschrank mit einem Stapel Bücher darauf.

»Willkommen in Onkel Wallys kleinem Versteck«, meinte Peter triumphierend. »Komm rein.« Er rückte gerade so weit

beiseite, daß Elizabeth sich hindurchzwängen konnte, wobei er sehr darauf achtete, daß ihr Busen ihn im Vorbeigehen streifte.
»Hier«, sagte er und öffnete eine der Schreibtischschubladen.
Elizabeth erinnerte sich, daß auf dem Schreibtisch ein Foto mit Waldo Chamberlain, Preston Chamberlain und Manning Mallory im Cockpit eines Bootes stand.
»Schau dir das an«, sagte Peter und holte ein Foto aus der Schublade.
Das Foto war offensichtlich vor vielen Jahren aufgenommen worden.
»Das war schon was«, erzählte Elizabeth Francis. »Es zeigte wirklich Onkel Waldo. In seinen frühen Zwanzigern. Damals hatte er noch volles Haar. Und er war vollkommen nackt. Da war noch ein anderer Mann auf dem Bild. Er war ebenfalls nackt. Und die beiden — na ja, sie hielten sich gegenseitig fest.«
»Kanntest du den anderen Mann?« fragte Francis.
»Nein. Wenigstens damals noch nicht. Aber jetzt. Er kommt auch in meinem Traum vor. Menschikow heißt er.«
Sie erzählte Francis von dem Foto, das sie im *Paris Match* gesehen hatte, das Foto mit dem toten Russen, dessen Gesicht ihr bekannt vorgekommen war. Es war derselbe Mann wie der auf dem Foto mit Onkel Waldo.
»Und das war alles?« wollte Francis wissen.
»Fast. Peter legte das Foto wieder an seinen Platz. Ich mußte schwören, es für mich zu behalten, und natürlich wäre Onkel Waldo einfach tot umgefallen, wenn er gewußt hätte, daß ich das Foto gesehen hatte. Peter verschloß das Büro wieder. Auf dem Weg nach unten versuchte er, mich zu küssen. Dann sagte er noch etwas anderes. Komisch, daß ich das vergessen habe.«
»Was denn?«
»Er sagte, Onkel Waldo kenne ein Geheimnis über die Bank, das ihn fast umbringen müsse.«

»Hat er dir gesagt, was das Geheimnis war?«
»Ich wollte ihn nicht fragen. Ich kannte doch Peter. Wahrscheinlich glaubte er, mir das Geheimnis für einen Kuß oder einen Grapscher verkaufen zu können. Stell dir nur vor, seine eigene Stieftochter! Na, auf jeden Fall sagte er noch etwas in der Richtung, daß auf ›Onkel Wallys Mr. Mallory die Überraschung seines Lebens‹ warte.«
»Er erwähnte also insbesondere Mallory? So als wäre der ein Teil des Geheimnisses?«
»Ja. Dann klingelte das Telefon und er nahm seinen Anruf entgegen. Und danach waren die anderen vom Picknick zurück.«
»Und ...?«
»Das war alles. An diesem Abend erhielt Onkel Waldo einen Anruf aus St. Louis. Eine seiner Gesellschaften hielt eine Dringlichkeitssitzung des Aufsichtsrats ab. Er fuhr dann früh am Samstag morgen weg und am gleichen Abend brannte Quiddy nieder.«
»Und alle wurden getötet?«
»Alle. Bis auf mich natürlich. Aber frag mich nicht danach. Ich erinnere mich an überhaupt nichts, obwohl ich ab und zu den Eindruck habe, als hätte ich dort Stimmen gehört, Stimmen von fremden Männern. Ich hatte geschlafen und plötzlich krabbelte ich über den Rasen, mit einem gebrochenen Knöchel und blutend wie ein Schwein von den Glasschnitten – aber ich hatte mir in meinem Delirium wohl ein Handtuch vor das Gesicht gelegt, und so war das wenigstens nicht zerschnitten –, und das Haus brannte nieder, und alle waren tot. ›Und ich allein entkam, um Euch zu berichten.‹«
»Du und Onkel Waldo.«
»Na, der war ja nicht da, oder? Aber solltest du nicht eigentlich ›Dem Himmel sei Dank‹ sagen?«
»Das tue ich auch.« Er beugte sich zu ihr hinüber und küßte sie. »Dem Herrn sei Dank. Was für ein Glück für mich.«

»Na«, meinte Elizabeth schläfrig. »Onkel Waldo sagte immer, Glück sei die Hefe jedes Vorhabens.«

»Das hat er von Branch Rickey geklaut«, erwiderte Francis, bevor auch er wieder einschlief. »Und du bist zu jung, um zu wissen, wer Branch Rickey war.«

Am Montag war Elizabeth dann nach Toronto geflogen. Francis ging ihre Geschichte nicht mehr aus dem Kopf. Nun starrte er zur Decke und klopfte mit seinem Stift nervös auf die Tischplatte. Die Predigt wollte nicht kommen. Seine heftig arbeitende Fantasie hatte sie verschluckt. Wenn es eine Beziehung gab zwischen einem russischen Diplomaten und Waldo Chamberlain, konnte die sich dann nicht auch auf Manning Mallory ausdehnen und etwas Hinterhältiges bedeuten?

Er verwarf den Gedanken. Die Russen, Waldo Chamberlain, Mallory. Mach dich nicht lächerlich, sagte er zu sich selbst und wandte sich wieder seiner Predigt zu.

25

CAMBRIDGE, MASSACHUSETTS

Donnerstag, der 13. Februar

Waldos Lippen bebten. Sehr vorsichtig legte er die rote Mappe mit dem offiziellen Siegel auf den Tisch, und seine Hände zitterten so heftig, daß er Mallorys Kaffee verschüttete.

Ein Kellner eilte herbei, wischte den Fleck auf und füllte Mallorys Tasse neu. Der Banker sah sich schnell im Salon des Faculty Club um. »Um Gottes Willen, Waldo«, zischte er, »reiß dich zusammen.« Ich hätte es ihm nie zeigen sollen, dachte er. Der alte Knabe sieht aus, als würde er sich gleich in die Hosen machen.

»Wann sagtest du, hast du das bekommen?« fragte Waldo. Seine Stimme klang sehr unsicher.

»Letzten Monat. Bei diesem Sonderberatungsausschuß, in dem ich auf Don Regans Bitte sitze. Ich hab' dir doch davon erzählt. Wir treffen uns zweimal im Jahr im Gorse, kratzen uns am Kinn und überlegen uns neue ökonomische Streiche, die wir unseren Freunden in Moskau spielen können, oder wir versuchen zu erraten, was sie vorhaben könnten. Und das war das Tagesgericht im Januar. Ich hätte schon fast laut losgelacht, als sie es austeilten. Ich dachte, du würdest auch deinen Spaß daran haben.«

Er beugte sich vor, um Waldo anzustoßen, als er aber den gequälten Gesichtsausdruck des älteren Mannes sah, lehnte er sich wieder zurück.

»Aber schau doch«, sagte er ernsthaft, »es gibt nichts, weswegen du dir in die Hosen machen mußt. Also, ich halte die ganze Sache für Quatsch. Diese ganzen Obermacker, die da rumsitzen und sich den Kopf zerbrechen, wie sie am besten die Roten unterminieren können, indem sie die Saat des Kapitalismus in die UdSSR einpflanzen. Die gleichen, die uns verstaatlichtes Banking bei der Continental Illinois, verstaatlichte Autoproduktion bei Chrysler und verstaatlichten Flugzeugbau bei Lockheed eingebracht haben.«

»Mir gefällt es nicht, Manning. Vielleicht sind sie uns auf der Spur.«

»Jetzt beruhig dich aber!« Mallory versuchte, nicht barsch zu klingen, aber es fiel ihm schwer. »Bei *was* sollen sie uns denn auf der Spur sein? Du verhältst dich, als wären wir rote Spione mit einer Neutronenbombe in der Garderobe und den Taschen voller Pläne für Star Wars. Was haben wir denn überhaupt gemacht? Ist es unser Fehler, wenn ein paar Trottel unsere guten Ideen übernehmen und sie zu weit treiben? Verdammt, es ist doch nicht die CertBank, die die Hälfte ihres Kapitals in Südamerika ins Klo gespült hat wie die Citibank. Wir haben nicht das Dreifache unseres Stammkapitals in heimlichen Verpflichtungen stecken wie Bankers Trust. Wir gehen auch nicht wegen dem Öl pleite! Mann, ich bin doch bloß der Klavierspieler im Puff. Wenn's erst einmal losgeht, dann haben sie es auf die Verräter abgesehen, nicht auf uns!«

»Ich mache mir trotzdem Sorgen.«

»Schau«, sagte Mallory, »es gibt nichts — *null* —, das uns mit Menschikow in Verbindung bringt. Hätte ich dir bloß diese verdammte Mappe nicht gezeigt. Ich hatte eben nur diese schlaue Idee, daß du vielleicht gern einen Blick auf die letzten Worte deines Kumpels werfen wolltest, weil ich doch weiß, wie nahe ihr euch gestanden seid. Wenn ich nur einen Augenblick geglaubt hätte, daß du so reagieren würdest ...«

»Diese Sache macht mir wirklich große Sorgen, Manning. Es ist nicht Grigoris Tod, der mich bestürzt. Deine Aufmerksamkeit weiß ich zu schätzen. Was er eigentlich sagte, bestürzt mich.«

»Du meinst, das mit dem Aufhören?«

»Genau. Ich habe mit ihm in Moskau über die Sache gesprochen, wie du weißt. Und du und ich, wir haben doch beschlossen ...«

»Wir haben uns auf Thanksgiving als Fluchttag geeinigt, wenn du dich erinnerst.«

Mallory schwieg einen Augenblick. Er trommelte mit den Fingern auf den Tisch.

»Schau«, fuhr er fort, »wenn ich dich richtig verstehe, dann willst du gleich jetzt abhauen, oder besser noch gestern, wenn es möglich wäre. Ist es aber nicht. Waldo, keiner freut sich mehr auf unser Thanksgiving-Feuerwerk als ich. Und ich stimme dir ja auch zu, daß sich die Sache allmählich erschöpft. Mir wird es langsam langweilig, ehrlich. Es ist alles zu verdammt einfach geworden. Als wir anfingen, mußten wir beide ganz schön Blut schwitzen, um die Scheiße durchzusetzen. Jetzt ist es ein Kinderspiel. Natürlich wäre jetzt die beste Zeit, um Moskau in Trab zu setzen, aber von was reden wir eigentlich?« Mallory zählte die verbleibenden Monate an den Fingern ab. »Neun Monate. Das ist doch gar nichts!«

»Das ist mir gleichgültig, Manning. Ich glaube, daß Grigori uns etwas sagen wollte. Vielleicht waren ihm die Franzosen wirklich auf der Spur. Hast du nicht erzählt, daß der französische Geheimdienst Washington über eine geheime sowjetische Abteilung für Wirtschaftssubversion informiert hat? Irgendwas innerhalb des KGB. Vielleicht hat Grigori von dort aus gearbeitet.«

»Du meinst dieses sogenannte ›Direktorat T‹? Vergiß es, das

ist ein reines Ablenkungsmanöver, wie mir meine kleine Maus in der CIA sagt. Außerdem, was ist mit der Karte, die dir dein Kumpel aus dem Crazy Horse in Paris schickte? Aufgegeben — wann? — zwei Tage, bevor er den Löffel abgab. Klang die vielleicht so, als wäre er besorgt gewesen? War da was, weswegen man Schiß haben sollte? Ich sag' dir die Antwort: Nichts! Du hast mir doch selbst gesagt, der alte Knabe klang nach Topform: essen und trinken und Titten ansehen, als gäbe es kein Morgen. Ich versprech' dir, Waldo, weder Paris noch Washington wissen irgend etwas. Die CIA denkt doch nur an Nicaragua. Also sollten wir bei unserem ursprünglichen Plan bleiben. Und außerdem, wie ich vorher schon gesagt habe, was haben wir denn Illegales getan, das nicht — tatsächlich — offizielle Regierungspolitik ist?«

»Was ist mit dem Feuer, mit den Toten?« Es war mehr ein Murmeln denn eine Frage. »Was ist mit Preston und Peter?«

»Was ist denn mit ihnen? Ich weiß nichts über sie, Mann, ich war ja nicht mal im Land, wenn du dich erinnerst. Das war ganz allein dein Spiel. Und Mann Gottes, das ist fünfzehn Jahre her! Die Operation Ropespinner hat keine einzige OTC-Aktie manipuliert! Wir machen doch nur den Anfang, es sind die anderen, die zu weit gehen.«

Er verstummte, als sich ein Fremder dem Tisch näherte. Waldo stellte ihn als früheren Kollegen von der Business School vor. Er schüttelte Mallory begeistert die Hand.

»Ich wollte Ihnen nur sagen, wieviel leichter und befriedigender sie es für Leute wie mich gemacht haben, das Bankwesen zu lehren, Mr. Mallory. Vor zwanzig Jahren mußte ich auf der Straße nach Studenten betteln. Dieses Jahr haben sich zum erstenmal mehr Leute bei der CertBank beworben als bei McKinsey and Company.«

»Na, das ist doch großartig!« Mallory setzte das verbindliche, ernsthafte Gesicht auf, das drei Jahrzehnte lang die klugen Köpfe der ganzen Welt dazu gebracht hatte, ihr finanzielles Leben in die eigene Hand zu nehmen. »Machen Sie weiter

so, und ich kann Ihnen eins sagen: Ich werde mich nicht zufrieden geben, bevor mehr Baker Scholars sich bei der Cert vorstellen als bei Goldman, Sachs!«
Der andere ging wieder.
»Siehst du?« meinte Mallory. »Siehst du jetzt, wie wir dastehen? Solange wir ruhig bleiben, was kann da schon passieren? Oder glaubst du, daß jemand zu Volcker geht und sagt: ›Paul, wir haben diese beiden Kerle erwischt, die in den letzten dreißig Jahren der Finanzwelt die Eier abgeschnitten haben‹?«
Waldo schüttelte den Kopf. Er sah verwelkt und krank aus. »Darum geht es ja nicht. Ich mache mir Sorgen!«
»Um was denn? Daß uns jemand auf der Spur ist? Ich sag' dir doch, das stimmt nicht. Hör auf zu jammern. Du regst dich nur auf, und dann kommt dir dein Mittagessen wieder hoch.«
Er grinste — der gleiche, zuversichtliche Gesichtsausdruck, der immer wieder die heftigen Ängste der Märkte und ihrer Männer beruhigt hatte.
»He«, sagte er, »willst du einen Witz hören? Rate mal. Weißt du, wieviel Angebote ich seit meiner Rücktrittsankündigung für meine Autobiographie erhalten habe? Zehn! Und jedes siebenstellig. Ich könnte ein zweiter Iacocca werden!«
Waldo blieb niedergeschlagen.
Mallory beugte sich vor und zischte ihm zu: »Waldo, um Gottes Willen, du redest ja, als hätten wir das verdammte FBI auf den Fersen, das nur darauf wartet, daß wir einen Umschlag für Gorbatschow in einen Abfallkorb im Harvard Square werfen. Komm schon, wir sind doch hier nicht in einem Roman von Robert Ludlum.«
Das bestimmt nicht, dachte er. Dies hier war das richtige Leben und nicht nur die Geschichte eines Marinesoldaten, der einen Abfallsack voller Trident-Computerausdrucke für ein paar tausend Dollar verkaufte.
Ich will doch nur noch ein bißchen länger arbeiten, dachte

Mallory. Jeden noch ein bißchen tiefer in die Scheiße sinken lassen. Die Banken standen unter Druck, denn die Entwicklungsländer hielten schon wieder die Hand auf. Man brauchte Übernahmekredite und Konzern-»Neustrukturierungen« nur noch etwas weiter zu treiben. Die Börse kochte. Die Leute neigten dazu, ihre Aktienprofite auszugeben, bevor sie sie erhielten, sie fingen an, »reich« zu denken. Sie vergaßen allmählich, daß Börsenbooms kamen und gingen, aber ihre Schulden nicht.

Im Augenblick raste das schnelle, leichte Geld wie ein Fieber im Gehirn des Landes. Der Preiskollaps bei Gebrauchsgütern bedeutete, daß die Entwicklungsländer die reichen Nationen mit bis zu 65 Milliarden Dollar — *fünfundsechzig Milliarden Dollar!* — subventionierten, und die Banken und der Internationale Währungsfonds hielten ihnen trotzdem noch die Füße ins Feuer. Inzwischen hieß es, die OPEC zerfalle. Er sah das anders; er glaubte, daß die Saudis eine mächtige Interessengemeinschaft mit Texas und Oklahoma eingingen. Über kurz oder lang passierte da noch etwas, und das mußten er und Waldo auf ihrer Moskauer Pressekonferenz auf jeden Fall deutlich machen.

Der Mann von der Straße haßte die Banken nun wirklich. Die realen Zinsen waren noch immer hoch, und die Bankgewinne noch höher, während Stahlkocher und Ölbohrer bankrott gingen oder Pizza ausfuhren. Die Kosten für Teilzahlungskredite lagen weiterhin acht Punkte über dem Eckzins. Banken wie die Citi ließen sich bei Geldbewegungen von Kleineinlegern zwei oder drei Wochen Zeit, während in der ganzen Nachbarschaft ihre Schecks platzten. Am großen Tag der Enthüllung der Operation Ropespinner, dachte Mallory, wenn die Leute sahen, daß die Banken nur Werkzeuge des Reichs des Bösen gewesen waren, würden ihre Schuldnerseelen sich auf eins konzentrieren: Der Pöbel würde die Banken stürmen, die Banker auf der Straße lynchen und verstümmeln wie die Zauberer im Mittelalter.

Er brauchte nur noch ein wenig Zeit, um den vergifteten Kuchen mit einer schmackhaften Glasur zu überziehen.

Glasur: Mehr blieb ja wirklich nicht, das merkte er. Und da sich der alte Mann in die Hosen machte, konnte es nicht schaden, wenn man langsam die Zelte abbrach.

»Hör zu«, sagte er. »Ich schlag' dir ein Geschäft vor. Halbieren wir die Differenz. Ich bin bereit, im Sommer aufzuhören. Wie wär's mit dem Vierten Juli. Wie klingt das?«

Großartig, dachte er. Ein echtes Feuerwerk für den Unabhängigkeitstag. Den Himmel anzünden und dann zusehen, wie er zusammenbricht!

»Schau«, sagte er zu Waldo. »Wenn du jetzt anfängst, deine Sachen zu packen, wirst du dich wundern, wie schnell der Vierte Juli da ist.«

Waldo blickte zweifelnd, nickte aber schließlich. Der Vierte Juli also.

26

QUIDDY POINT

Samstag, der 15. Februar

Bei Anbruch der Dämmerung war Elizabeth nur noch eine halbe Stunde von Quiddy entfernt. Sie hatte ganz vergessen, wie wild und öde diese Landschaft aussehen konnte. Die immergrünen Wälder besaßen im Winter eine Bedrohlichkeit, die ihnen im Sommer fehlte. Sie erinnerte sich eigentlich nur an ein fröhliches, volles Haus, an die Familie und behagliches Kaminfeuer; den Rest hatte sie verdrängt — bis vor kurzem. Jetzt bemerkte sie, wie die Wälder, voller dunkler Geheimnisse, sich gegen die Straße drängten.

Onkel Waldo hatte sehr erfreut geklungen, wieder von ihr zu hören. Als sie ihm erzählte, daß Geschäfte sie nach Boston führten und sie ihn unbedingt wiedersehen wollte, hatte er sie mit seiner hohen, krächzenden Stimme für ein verlängertes Wochenende nach Quiddy eingeladen. Normalerweise hätte sie gezögert, aber es traf sich, daß Francis am Samstag morgen zu einem Heim der Anonymen Alkoholiker von All Angels fuhr.

Jetzt oder nie, dachte sie. Francis bedrängte sie immer wieder wegen dem verdammten Foto, und sie war auch selbst neugierig, es wiederzusehen. Natürlich konnte die Mühe auch umsonst sein.

Auf jeden Fall würde es ihr Spaß machen, wieder mit Onkel Waldo zusammenzusein. Und das Haus wiederzusehen. Er hatte ihr versichert, daß es wieder genau so sei, wie sie es gekannt hatte. Er hoffte, sie könne ihre schrecklichen und traurigen Erinnerungen überwinden.
Das würde sie sicher schaffen, erwiderte sie zuversichtlich.
Ursprünglich wollte sie am Freitag von Boston, wo sie einige Termine hatte, nach Maine fahren, aber gegen Ende des Tages schmerzten Verlangen und Sehnsucht sie so sehr, daß sie Waldo in seinem Cambridger Büro anrief und ihm sagte, sie könne erst am Samstag kommen. Um acht war sie bei Francis in New York.
Was bedeutete, daß sie eine ganze Woche miteinander verbracht hatten. Glückseligkeit — bis auf seine verdammten Fragen!
Sie war noch kaum zu Atem gekommen, als Francis schon damit anfing. Vom Flughafen war sie direkt zu seiner Wohnung gefahren, denn sie wollte nichts mehr als seine Gegenwart und seine Umarmung. Aber wie es sich zeigte, hatte *er* nicht Küsse und Umarmungen im Kopf, sondern Fragen. Und immer mehr Fragen. Eigentlich hätte sie ja schon in Paris gewarnt sein sollen, als er sie anrief, sie solle ihm die Seite aus dem *Match* mit Menschikows Bild besorgen. Er nahm es sogar mit ins Restaurant und untersuchte es sorgfältig, wobei er weder seinen gebratenen Paprikaschoten noch ihr große Aufmerksamkeit schenkte.
Beim Abendessen im Elio's bombardierte er sie mit Fragen, während sein Kalbsschnitzel Capricciosa kalt wurde. Von der Zeit vor und nach dem Feuer schien er besessen zu sein. Was genau hatte Peter von »einer Überraschung« gesagt? Klang es nach einer Überraschung für Onkel Waldo oder für Manning Mallory oder für beide? War sie sicher, daß Onkel Waldo nach St. Louis geflogen war? Hatte noch jemand an diesem Wochenende etwas Interessantes gesagt? Was war mit Preston Chamberlain? Fiel ihr zu dem Feuer etwas ein, ir-

gend etwas? War sie einfach auf dem Rasen aufgewacht, ohne die geringste Vorstellung, wie sie dort hingekommen war? War es so gewesen?

So war es gewesen. Während seines Verhörs durchwühlte und durchkämmte sie ihr Gedächtnis, aber sie wußte sicher, daß es außer dem, was sie ihm bereits erzählt hatte, nichts mehr gab.

»Francis, mein Lieber«, sagte sie schließlich, »wenn dieser Schwertfisch so stark gegrillt wäre, wie du mich mit Fragen gegrillt hast, dann wäre er jetzt schwarz wie Holzkohle.«

»Jeder nach seiner Fasson«, meinte er lächelnd. »Aber jetzt erzähl mir noch einmal, was Peter gesagt hat ...«

Liebe war nicht immer nur zärtliches Umworbensein. Zumindest hatten andere ihr das gesagt, sie selbst war über die ersten Schritte ja nie hinausgelangt. Aber dreiundzwanzigeinhalb Stunden pro Tag sah sie ihn immer noch mit den Augen der jungen Leidenschaft: fast unanständig jungenhaft für sein Alter, intelligent, voller Hingabe, aber doch schlau und prinzipientreu — und wie attraktiv er aussah, wie liebenswert süß, wenn er in der Kirche *From Greenland's Icy Mountains* anstimmte! Aber wie durch und durch ernsthaft war er dann wieder, wenn er predigte und betete, mit einer Hingabe, die sie noch bei keinem Mann, den sie je gekannt hatte, bemerkt hatte, Werten und Regeln verpflichtet, die sie nicht ganz begreifen konnte, größer und besser als die Welt, in der sie lebte und arbeitete.

Und dann wieder seine Besessenheit mit den Banken und der Wall Street.

Sie konnte sich nicht genug darüber wundern. War es nur eine rein intellektuelle Spielerei, oder hatte man ihn bei einem Geschäft übers Ohr gehauen? Seine Wut schien dafür zu groß. Die Wall Street war, trotz ihrer Verdienste, soviel Gefühl nicht wert. Sie kannte die Wall Street so gut wie die meisten. Concorde, Tony, sie selbst: Sie waren ja die Wall Street. Na, dachte sie, der normale Lauf der Dinge wird es schon zeigen. In der Zwischenzeit wollte sie einfach mitspielen bei seinen fixen Ideen über die Chamberlains und das Feuer in Quiddy, über Onkel Waldo und Manning Mallory. Sie war seine Geliebte und Gefährtin; es war das mindeste, was sie tun konnte.

Während seiner Predigt am nächsten Morgen kam ihr die Idee. Er predigte über Lukas 8,32-33, das Gleichnis mit den Gergesener Schweinen: »Da fuhren die Dämonen aus dem Menschen aus und fuhren in die Schweine. Und die Herde stürzte sich den Abhang hinunter in den See und ertrank.«

Daraus entwickelte er einen heftigen Angriff gegen Finanzspekulationen und programmierten Handel, der in einer leidenschaftlichen Attacke gegen Übernahmekredite gipfelte. Immer nur das Geld, dachte sie. Ihre Gedanken schweiften ab.

Ich werde ihm das Foto von Onkel Waldo und Menschikow besorgen, dachte sie plötzlich. Es wird mein Beitrag zu dieser Diskussion sein.

Sie wußte nicht genau, wie sie es anstellen sollte. Mach dir darüber keine Gedanken, sagte sie zu sich, während ihr Geliebter auf der Kanzel die Indexfonds aufs Korn nahm, du bist eine Auserwählte. Das gleiche Glück, das ihr jetzt in jedem Bereich ihres Lebens half, würde ihr auch hier helfen.

Sie wußte nicht genau, warum sie es tat. Einfach nur aus Hochachtung für den Mann, den sie liebte, vermutete sie. Was weiter? Was würde er mit dem Foto anfangen, wenn sie es fand; wie konnte es ihm nützen? Aber sie wollte ihm zeigen, daß sie immer zu ihm halten wollte, und gab es da einen besseren Weg?

Nun fuhr sie also im Zwielicht auf Straßen, die ihr nicht mehr vertraut waren, in einer Mission für ihren Mann.

Als sie wenige Minuten später den Gipfel eines Hügels erreichte, sah sie plötzlich mit wiedererwachender Erinnerung das kleine Tal, das sich gegen die glänzenden Lichter der

Stadt an der Küste senkte, und dahinter die dunkle Leere der Bucht und des Meeres. Im gleichen Augenblick lief es ihr kalt den Rücken hinunter, weil sie erkannte, daß sie ihr Gefühl den gesunden Menschenverstand hatte ersticken lassen, daß sie auf keinen Fall finden konnte, weswegen sie gekommen war, daß sie den ganzen Weg vergeblich gemacht hatte, daß das Foto unmöglich noch existieren konnte. Es mußte im Feuer zerstört worden sein.

27

QUIDDY POINT

Sonntag, der 16. Februar

Nach ihrem zweiten Glas Wein beim samstäglichen Abendessen hatte Elizabeth entschieden, daß es, ob nun vergeblicher Weg oder nicht, doch eine gute Idee gewesen war, nach Quiddy zurückzukommen. Onkel Waldo war so besorgt und charmant wie immer, obwohl es sie überrascht hatte, wie alt er geworden war. Wenig war geblieben von dem frechen, wenn auch schon ältlichen Pausbäckchen, das er bei ihrem letzten Zusammentreffen gewesen war. Aber er hatte noch genug vom dem alten Feuer über, um das gesetzte Bild des »großen Mannes« Lügen zu strafen, das sie aus den Fotos auf dem Wohnzimmertisch anstarrte. Er schien das Haus tatsächlich, wie er gesagt hatte, genau so wieder aufgebaut zu haben, wie es früher gewesen war. Es sah nicht nur so aus wie in ihren Erinnerungen, es hatte auch die gleiche Atmosphäre: ein fröhlicher, weitverzweigter Ort mit Nischen, in die man sich verkriechen konnte, durchflutet vom besten Licht jeder Jahreszeit und gesegnet mit dem spektakulären, umfassenden Panorama der Bucht.

Sie hatte mit Onkel Waldo alleine zu Abend gegessen; Mrs. Arthurs, nach all den Jahren immer noch auf ihrem Posten, hatte das Essen auf dem Herd gelassen.

»Gott sei Dank habe ich *sie* nicht wiederaufbauen müssen«, meinte Onkel Waldo kichernd. »Das Haus war eine Sache, aber sie ist eine ganz andere. Eine erstaunliche Frau, unsere Mrs. Arthurs. Als ich zur Nobelpreisverleihung nach Stockholm fuhr, schenkte sie mir das Sticktuch, das jetzt im Salon hängt. Und den Kummerbund solltest du erst sehen, den sie mir zu meinem siebzigsten Geburtstag bestickt hat. Damit mache ich im Yachtclub am Vierten Juli eine ziemlich gute Figur. Ja, sie ist eine richtige Renaissance-Frau, meine Mrs. Arthurs. Gerade so, wie du eine geworden bist, wenn ich das sagen darf, meine Liebe.«
Wirkliche Zuneigung und Stolz schwangen in seiner Stimme. Elizabeth bekam ein schlechtes Gewissen, wenn sie daran dachte, daß sie mit der Absicht hierhergekommen war, den alten Mann auszuschnüffeln. Und ein schlechtes Gewissen auch, weil sie ihn nicht schon früher besucht hatte. Weil sie viele Jahre hatte vergehen lassen mit nur ein paar Dutzend Postkarten, die ihren Lebensweg und seine Veränderungen markierten.
In dieser Nacht schlief sie wie ein Baby, mit offenen Fenstern, in der rauhen Luft von der Bucht. Beim ersten Sonnenstrahl des hellen, strahlenden Sonntags wachte sie auf. Sie ging nach unten und kochte sich Kaffee. Um neun kam Mrs. Arthurs mit den Zeitungen aus Boston und Portland. Elizabeth trug sie in das Wohnzimmer, warf sie auf eine Couch und trat hinaus auf die Veranda. Es war ein vollkommener Wintertag in Maine, die Luft kalt, aber nicht schneidend. In den Tannen nahe am Haus war kaum Wind zu hören, unter ihr schaukelte ein kleines Segelboot sanft auf den Lichtsplittern der Wellen.
»Hübsches kleines Ding, hm?« meinte Onkel Waldo hinter ihr. »Die Bank schenkte es mir, als ich mich vom Aufsichtsrat zurückzog. Ich taufte es *The Prime Rate.*«
Er sah zum Flaggenmast.
»Sehr angenehm«, sagte er. »Weniger als drei Knoten Wind,

würde ich sagen. Wir können nach dem Mittagessen nach Quiddy hinübersegeln und die *Times* holen, wenn das Wetter hält. Sie segelt sehr gut in einer leichten Brise.«

Aber das Wetter hielt nicht. Am späten Vormittag frischte der Wind auf, und eine Wolkenbank zog vom Meer herein. Das kleine Segelboot schwankte nun heftig an seiner Boje. Elizabeth lag faul im Salon. Musik kam aus einer raffinierten Stereoanlage in einem Mahagonigestell; auf dem Deckel stand, in eine Messingplakette eingraviert:

FÜR WALDO EMERSON CHAMBERLAIN ALS ANERKENNUNG FÜR SEINE DIENSTE VON 1957— 1979 ALS SONDERBERATER DER FEDERAL RESERVE BANK VON BOSTON.

Onkel Waldo war nach oben gegangen, um an einigen Papieren zu arbeiten. Kurz nach Mittag erschien er wieder und fragte Elizabeth, ob sie mit ihm nach Quiddy fahren wolle.

»Wenn wir hinübersegeln könnten, würde ich darauf bestehen, meine Liebe, aber da du es dir im Augenblick so bequem gemacht hast, kann ich gut verstehen, wenn du nicht willst. Ich bleibe nicht mehr als vierzig Minuten weg.«

Elizabeth hörte, wie sich die Haustür schloß und dann der Motor ansprang. Ohne zu überlegen stand sie auf, ging schnell zu einem Fenster und sah zu, wie das Auto die Einfahrt hinunterfuhr und zwischen den Bäumen verschwand.

Sie handelte vollkommen instinktiv, wie sie später Francis erzählte. Vielleicht wollte sie einfach sehen, ob er Quiddy wirklich genau wie zuvor wieder aufgebaut hatte. Sie wartete fünf Minuten, bis sie sicher war, daß er weg war, und lief dann nach oben. Dabei versuchten Vorstellungskraft und Erinnerung gemeinsam, sie zu diesem lange vergangenen Nachmittag zurückzubringen. Sie stellte sich Peter vor, gerade vor ihr, sah, wie er mit übertriebener Vorsicht und List herumschlich und schnüffelte, sie hörte sein Kichern und sah, wie er vor dem Bücherregal am Ende des Ganges stehenblieb, den Finger an die Lippen legte und auf das Regal

zeigte. Sie sah, wie er am Ende der dritten Reihe von oben drei Bücher herauszog und sie seitlich auf ihre Nachbarn legte. Sah, wie Peter in das Loch griff ...
Und spürte, daß sie selbst einen Knauf in der Hand hielt. Sie drehte ihn auf die eine, dann auf die andere Seite, und hörte, wie sich in der Wand ein Verschluß öffnete. So wie Peter damals legte sie die Hand an die Kante des Regals, das von der Wand wegstand, und drückte. Es glitt beiseite.
Alles war genauso wie früher, wie sie es noch in Erinnerung hatte: Ein kleiner Schreibtisch, nur jetzt aus Metall statt aus Holz. Ein Stuhl. Ein billiger, metallener Aktenschrank mit zwei Schubladen. Ängstlich betrat sie den fensterlosen Raum, so als müßte sie sich an der Erinnerung an Peter Chamberlain vorbeidrücken; sie konnte fast spüren, wie er dort erwartungsvoll stand und darauf wartete, daß sie ihn streifte.
Das Zimmer sah aus, als wäre es schon eine ganze Zeit nicht benutzt worden. Über den Möbeln lag eine dünne Staubschicht. An der einen Wand hing ein vergilbter Zeitungsausschnitt. Sie sah ihn sich an, aber er war bedeutungslos; das Datum an der Kopfleiste war zur Hälfte herausgerissen, sie konnte nur noch »1977« lesen.
Sie öffnete die Schreibtischschublade, wobei sie, um die Staubschicht nicht zu zerstören, den Zeigefinger unter dem Griff einhakte. Elizabeth, die Superspionin. Sie kicherte. Nichts: ein paar Zeitungsausschnitte, ein Bleistiftstummel, ein zu drei Vierteln aufgebrauchter Notizblock, ein Baumwollfetzen, eine Flasche steinharter Klebstoff und ein halbes Dutzend leerer Kugelschreiber.
Die oberste Schublade des Aktenschranks war leer. In der zweiten lagen einige Mappen. Sie breitete sie so vorsichtig aus, wie es nur ging. Die meisten stammten offensichtlich aus den Jahren 1971 und 1972 oder aus der Zeit kurz nach dem Wiederaufbau des Hauses. Sie legte sie eben wieder zurück, als sie etwas entdeckte, das in der Schublade ganz nach hinten geschoben war. Sie zog es heraus.

Es war ein gerahmtes Foto. Während sie es ansah, konnte sie fast Peters schweres Atmen hinter sich hören. Es war dasselbe Foto: eine alte, an den Rändern vergilbte Aufnahme in einem billigen, schwarzen Rahmen. Eine Aufnahme von zwei Männern, die in eine, wie an der Art des Lichts zu erkennen war, hochsommerliche Sonne blinzelten. Zwei nackte junge Männer mit grinsenden weißen Zähnen in gebräunten Gesichtern, die sich sorglos die Arme um die Schultern gelegt hatten und mit der freien Hand den unübersehbar erigierten Penis des anderen umfaßt hielten. Der eine war Onkel Waldo, ein junger Onkel Waldo. Der andere war der Mann, dessen Gesicht sie verfolgte, der Mann aus dem *Match*, der Russe namens Menschikow.

Nun hörte sie sich selber schwer atmen. Das früher so freundliche Haus schien jetzt geheimnisvoll zu knarzen. Sie spitzte die Ohren, aber es war nur der Wind draußen. Wieder betrachtete sie das Foto. Am unteren Rand stand etwas geschrieben, mit weißer Tinte. Sie sah es sich genau an. Es waren russische Buchstaben, die sie nicht lesen konnte. Die Tinte, mit der sie geschrieben waren, wölbte sich auf dem Papier und hatte Risse wie alte Ölfarbe. Es war offensichtlich das Original.

Ohne Nachdenken steckte sie sich das Foto unter den Arm und schloß vorsichtig die Schublade wieder. Dabei bemerkte sie, daß der Schrank ein wenig von der Wand entfernt stand; sie sah instinktiv dahinter. Da war etwas. Sie legte das Foto weg und hob die Tuchrolle auf, die hinter dem Schrank verborgen lag.

Es war eine Stickerei, in Größe und Verarbeitung ähnlich wie die im Erdgeschoß. Etwa vierzig Zentimeter im Quadrat, sehr sorgfältig und kunstfertig gestickt. Elizabeth betrachtete sie eingehend, um sie ihrem Gedächtnis einzuprägen.

Am obersten Rand standen, mit silbernem und rotem Faden gestickt, die Jahreszahlen »1955—1985«. Entlang der beiden Seiten liefen zwei Reihen eng zusammengerückter Figuren und Inschriften: ein Araber, ein Öl-Bohrturm, EURO$, die Buchstaben CD mit winzigen Flügeln, ein Mexikaner (vermutete Elizabeth) mit einem Sombrero, ein afrikanischer Häuptling, ein winziges, umgestürztes Gebäude mit zwei Türmen und der Inschrift FED über dem Eingang, eine medizinische Spritze mit der Bezeichnung SCHULDEN.

In der Mitte der unteren Hälfte war ein altmodisches Spinnrad eingestickt, an dem zwei Gestalten im Stil der Grandma Moses saßen, kleine Männer, und der eine, mit einer Glatze und winzigen weißen Locken seitlich am Kopf, war offensichtlich Onkel Waldo.

Von dem Rad wirbelte ein Strang in einem flotten Bogen in die Mitte des Sticktuchs, wo er sich zu einer deutlich erkennbaren Henkerschlinge wand. Die Initialen G. S. M., W. E. C und M. M. standen in der Schlinge.

W. E. C. und M. M.: Onkel Waldo und Manning Mallory. G. S. M.? Konnte das Menschikow sein?

In der rechten unteren Ecke fand Elizabeth die Initialen M. A. und die Jahreszahl »'85«. Mary Arthurs, dachte sie. Quiddys Antwort auf Isabella d'Este.

Eine volle Minute starrte sie das Sticktuch an und prägte es ihrem Gedächtnis ein, so wie sie es mit einem Gemälde von Rembrandt oder einer Sèvres-Garnitur machte. Dann steckte sie es wieder hinter den Schrank.

Es dauerte nur wenige Sekunden, bis sie das Bücherregal wieder vorgeschoben, es verriegelt und die Bücher wieder an ihren Platz gestellt hatte. Dann ging sie über den Gang zu ihrem Schlafzimmer und versteckte das Foto im Koffer. Sie nahm einen Notizblock aus ihrer Aktentasche und zeichnete eine schnelle Gedächtnisskizze der Stickerei, die sie eben gesehen hatte. Die Aufregung zerrte an ihr wie das Meer, einen Augenblick lang kam sie sich blöd vor.

Als Onkel Waldo fünfzehn Minuten später zurückkehrte, hatte sie sich wieder unter Kontrolle. Aber hinter dem Lächeln und dem fröhlichen Geplauder, das sie während des

Mittagessens zustande brachte, ging ihr das Foto nicht aus dem Kopf.
Und das Sticktuch. Was bedeutete es? Menschikow, Onkel Waldo, Mallory: Offensichtlich gab es zwischen den dreien eine Verbindung. Aber warum eine Henkerschlinge?
Francis fand es wahrscheinlich heraus. Aber vermutlich wurde er gleich wieder wütend, wenn es ihm gelang. Hätte sie Peter Chamberlain und sein »Geheimnis« doch bloß nie erwähnt!
Nach dem Mittagessen verabschiedete sie sich mit einem Kuß von Onkel Waldo und versprach, bis zum nächsten Wiedersehen das Gras nicht mehr so hoch wachsen zu lassen. Vielleicht diesen Sommer, meinte sie. Ihr fiel ein, daß sie Francis vor Onkel Waldo nicht einmal erwähnt hatte. Komisch, dachte sie. Hatte da ein inneres Sicherheitssystem eingegriffen, ohne daß sie es bemerkt hatte?
Onkel Waldo ließ es sich nicht nehmen, ihren Koffer bis zum Auto zu tragen. Sie fühlte sich unbehaglich, als wäre das Foto im Koffer radioaktiv; wie konnte er nur das verräterische Glühen übersehen und das gefährliche Knistern nicht spüren?
»Nun, meine Liebe«, sagte er. »Ich hoffe, du kommst diesen Sommer wieder nach Quiddy.« Er klang eigentümlich wehmütig. »Vielleicht am Vierten Juli, wenn ich Mrs. Arthurs Kummerbund vorführe.«

28

HOBE SOUND, FLORIDA und NEW YORK CITY

Donnerstag, der 27. Februar

Als Schuljunge hatten Francis Mather *Les Misérables* tödlich gelangweilt. Als er jetzt die Florida Turnpike entlangfuhr, verstand er allmählich Javerts besessene Jagd nach Jean Valjean. Die Verfolgung selbst war zum Wesentlichen geworden, das Opfer war zweitrangig. Männer waren nach Indien aufgebrochen und hatten Amerika entdeckt, aber das Gold der Inkas machte sie ebenso glücklich wie die Gewürze von Malabar.

Es gab noch etwas anderes, das ihm nicht aus dem Kopf ging — die Bemerkung eines seiner Theologieprofessoren im Seminar: »Von Menschen verursachte Katastrophen unterscheiden sich insofern von göttlichen Handlungen, als sie normalerweise die Folgen von Zufall, Dummheit oder Böswilligkeit sind.«

Zufall. Dummheit. Böswilligkeit. Ansteigende Ebenen bei der Suche nach Gründen; verschiedene Blickwinkel bei der Erforschung der Ursachen von Ereignissen.

Geh davon aus, daß das Banksystem in Gefahr gebracht worden ist, überlegte er. Durch Zufall? Kaum. Dummheit? Möglich. Nichts entwaffnete die Klugheit mehr als die Gier. Aber sieh dir die Fakten an, die Geschichte. Hier war mehr als nur

Gier am Werk. Intelligenz, Innovation und Brillanz war mit im Spiel. Es gab das ideenreiche, brillante Team von Mallory und Chamberlain, das eine großartige, innovative Bankinstitution geschaffen hatte, und jeder Konkurrent ging gerne bis zum Äußersten, um ihr nachzueifern und wettbewerbsfähig zu bleiben.

Also Dummheit? Nicht notwendigerweise. Mallory und Waldo Chamberlain waren vorsichtige, äußerst intelligente Männer, die genau wußten, was sie taten.

Blieb also Böswilligkeit. Aber wenn es so war — warum? Keines der üblichen Motive schien hier zuzutreffen. War es eine Art Betrug, mit gigantischen Ausmaßen, nur wegen des Geldes? Unwahrscheinlich. Vielleicht eine Art allgemeiner Rache am System? Das klang schon einleuchtender. Es konnte auch der größte Lausbubenstreich sein, den sich je ein Mensch ausgedacht hatte. Das Spiel ad absurdum. Auch das klang einleuchtend — aber nicht genügend.

Er ging noch einmal durch, was er wußte.

Aus dem, was Elizabeth ihm über das Foto erzählt hatte, wurde deutlich, daß Waldo Chamberlain irgendwann in der Vergangenheit ein homosexuelles Verhältnis mit Menschikow gehabt hatte. War Waldo Chamberlain von den Russen erpreßt worden? Wenn ja, zu welchem Zweck? Damit er Geheimnisse weitergab? Aber welche Geheimnisse konnte Waldo denn besitzen? Er mußte überprüfen, ob es für Waldo eine Unbedenklichkeitsbescheinigung gab. War Waldo je im Aufsichtsrat einer Rüstungsfirma gewesen? Konnte es etwas in dieser Richtung sein?

Der russische Aspekt mußte noch genauer untersucht werden. Andere Blickwinkel versprachen schnellere Ergebnisse.

Zunächst: Mallory. Die PR-Abteilung der CertBank hatte ihm bereitwillig ein Exemplar der offiziellen Bankbiographie ihres unvergleichlichen Führers überlassen. Francis hatte sie sorgfältig durchgelesen und nichts Neues dabei erfahren, aber er hatte ein gutes Gedächtnis, und er erinnerte sich dunkel daran, daß Mallory etwa zu der Zeit, als er selbst anfing, sich an der Wall Street einen Namen zu machen, an der Cert in ein Kopf-an-Kopf-Rennen verwickelt war, das in der Öffentlichkeit große Beachtung gefunden hatte. Die Jahre 1970 und 1971 waren für den Führungswechsel an der Spitze der großen Banken eine entscheidende Zeit gewesen.

Francis ging deshalb in die New York Society Library und vertiefte sich in die Mikrofilme der Zeitungen aus dieser Zeit und in die damaligen Ausgaben von *Business Week* und *American Banker.* Und wirklich hatte Mallory in den späten Sechzigern einen ernstzunehmenden Konkurrenten in der Bank, aber der Kerl war von einem dieser Devisenstürme im Wasserglas aus dem Rennen geworfen worden, die gerade stark genug sind, einen Ruf und eine Karriere zu ruinieren. Die Erde hatte kurz gezittert, die Sonne war für einen Augenblick stehengeblieben, und der Aktienkurs der CertCo war für zwei Tage ins Wackeln gekommen, aber danach hatte Manning Mallory in der Bank keinen Rivalen mehr.

Als nächstes das Feuer. Auch wenn er seinen schwärzesten Vermutungen nachgab, was hätte denn das Feuer bezwecken sollen? Zwar hatte es Mallory in Preston Chamberlains Stuhl gesetzt, aber nur zwei oder drei Jahre früher als geplant. Warum die Eile?

Vielleicht war es gar keine Frage von Zeit. Vielleicht war es etwas Greifbares. Vielleicht war es Peter Chamberlain. Nimm einfach mal an, spekulierte Francis, daß Peter Chamberlains großes Geheimnis darin bestand, daß Mallory den Job gar nicht kriegen würde. Nach Elizabeths Erinnerungen zu urteilen, konnte es durchaus so etwas sein. Nimm einfach an, Peter Chamberlain habe – von seinem Vater – gewußt, daß Mallory übergangen werden sollte.

Und dann – mach den nächsten logischen Schritt.

Francis fiel ein, daß er irgendwo gelesen hatte, alle Geheimnisse hätten zwei Seiten: zunächst das Geheimnis selbst und dann die Tatsache, daß es geheim ist. Elizabeth hatte angenommen, Peter sei nur deshalb so fröhlich gewesen, weil er das Geheimnis kannte. Aber was, wenn es mehr war? Wenn Peter selbst ein Teil dieses Geheimnisses war?

War das möglich?

Peter Chamberlain war keine Strohpuppe, überlegte Francis. Aus verständlichen Gründen hatte Elizabeth ihn nicht ernst genug genommen, aber Peter hatte es von sich aus geschafft, bis an die Spitze der Chase. Er war ein erprobtes und bestätigtes Banken-Schwergewicht. Wenn Mallory nicht an der Spitze der Cert stehen sollte, wer dann? Einer der Aufsteiger von außerhalb? Wohl kaum.

Der Gedanke, daß Peter Chamberlain Mallory verdrängte, klang einleuchtend. War denn Preston Chamberlain nicht der Archetyp eines dynastischen Herrschers gewesen? Mit diesen Überlegungen war Francis in die Seventy-ninth Street zurückgekehrt und hatte die Mikrofilmberichte über das Feuer und die Todesanzeigen der Chamberlains noch einmal gelesen.

Das Feuer hatte überall Schlagzeilen gemacht; warum erinnerte er sich nicht lebhafter daran? Dann fiel ihm ein, daß er einen Großteil dieses Monats mit der vergeblichen Jagd nach Investmentbank-Geschäften in Japan zugebracht hatte, und als er nach New York zurückkehrte, hatte das Feuer seine Unmittelbarkeit verloren. Er blätterte im Mikrofilm und las Peter Chamberlains Todesanzeige noch einmal. Elizabeth beschrieb ihn als lüsternen Dummkopf, und vielleicht war er — in ihrer Umgebung — wirklich so gewesen, aber er war auch Senior Executive Vice-President und Direktor der Chase gewesen, sowie Direktor von einem halben Dutzend bekannter Konzerne und Treuhänder und Beiratsmitglied der richtigen Schulen, Clubs und wohltätigen Einrichtungen.

Francis ließ seinen Vermutungen freien Lauf. Aber wie . . .?

Waldo Chamberlain. Der Name leuchtete in seinem Kopf auf wie eine Neonreklame.

Waldo Chamberlain hatte das Geheimnis gekannt.

Und Waldo war zufälligerweise am Morgen vor dem Feuer weggerufen worden, dessen Opfer er sonst mit Sicherheit geworden wäre.

Francis schaltete den Mikrofilmmonitor aus, ging in den Lesesaal für Mitglieder hinüber, der zu dieser frühen Tageszeit angenehm leer war, und setzte sich in einen Stuhl an einem der hohen Fenster, die auf die Straße hinaussahen. Noch mal von Anfang an, Francis, sagte er zu sich. Geh es langsam Punkt für Punkt durch. Zwei Unfälle, Wunder, was Mallory betraf. Warum hatte niemand Verdacht geschöpft?

Weil niemand es aus diesem Blickwinkel betrachtet hat, deshalb, antwortete er sich selbst. Denn wer an der Wall Street hätte so etwas auch nur einen Augenblick Glauben geschenkt? Wo war das Motiv, wo war das Geld? Am Motiv fehlte es ja gar nicht, aber das, was er jetzt vermutete, lag gänzlich außerhalb des Interesses und der Verständnisfähigkeit der Finanzwelt, so daß ein Verdacht gar nicht erst aufkommen konnte.

Fünf Morde zu begehen, nur um Chef einer Bank zu werden? Warum? Denk noch einmal nach. Persönlicher Ehrgeiz? Möglich. War da eine Intrige im Gange gewesen, um die CertBank zu plündern? Das ergab keinen Sinn. Wer eine gigantische finanzielle Gaunerei vorhatte, der würde sich dafür wohl kaum eine so große, einflußreiche, genau überwachte Bank wie die Cert aussuchen, sondern ein Haus in der Provinz, das, wenn möglich, nicht im Rampenlicht stand. Wie die Chattanooga oder die Midland zum Beispiel. Und wer stehlen wollte, würde damit kaum im Büro des Leiters anfangen. Der richtige Mann für diesen Job saß in dem Saal, wo Geld und Wertpapiere gezählt wurden, oder am Kassenschalter oder noch weiter unten auf der Karriereleiter der Bank.

Als er aufstand, um zu gehen, versuchte er immer noch, das Puzzle zusammenzusetzen. Sein abwesender Blick fiel auf einen Tisch, auf dem einige Zeitungen und Zeitschriften ausgebreitet lagen. Eine Überschrift stach ihm in die Augen und er hob die Zeitung auf. DER KGB MITTEN UNTER UNS stand in fetten Lettern auf der ersten Seite des Rezensionsteils der Londoner *Sunday Times*. Es war eine Anzeige für ein neues Spionagebuch, und sie zählte als Köder ein Dutzend offensichtlicher Möglichkeiten des KGB auf, Kontrolle über Großbritannien zu erlangen: »Aktivisten wie die Grünen ermutigen, Streiks zu organisieren ... mit Hilfe spezieller Gruppen wie der Allianz die Meinung verbreiten, die Regierungspolitik sei falsch ... die normalen Kanäle benutzen, um Waffen ins Land zu schleusen ...« Die übliche Aufzählung legaler Möglichkeiten, eine Demokratie von innen heraus zu vergiften.

Francis sah sich die Anzeige noch einmal an. Angenommen, dachte er, man würde Namen wie »die Allianz« oder »die Grünen« mit »CertBank« oder »Sparverein« oder »Drexel Burnham« ersetzen. Mußte eine Waffe unbedingt eine Atombombe oder ein Granatwerfer sein, und mußte man sie unbedingt hereinschmuggeln? Angenommen, die Waffe war bereits hier, war bereits zusammengebaut, und man brauchte sie nur noch laden und auf das Ziel richten? Wenn das Finanzsystem das Ziel war, konnten dann die Waffen nicht zum Beispiel leichter Kredit, Junk Bonds, Petrodollars oder jedes Instrument sein, das institutionelle Destabilisierung und rücksichtslose Spekulation begünstigte und erleichterte?

Nun betrachtete er die Anzeige genauer. Das Buch, für das sie warb, schien nur ein weiteres in der endlosen Reihe von Zusammenfassungen der Burgess-Maclean-Blunt-Philby-Affäre zu sein, die behaupteten, noch einen weiteren »Fünften Mann«, »Sechsten Mann« oder »Siebten Mann« aufzudecken. Komisch, dachte er, alle großen englischen Verräter scheinen aus Oxford oder Cambridge zu kommen; in unserem Land sind es Leute aus der Unterschicht, die Geheimnisse für Kleingeld verkaufen.

Blunt, Philby. England in den Dreißigern. Cambridge. Irgend etwas kam ihm dabei bekannt vor.

Natürlich! Er erinnerte sich, gelesen zu haben, daß Blunt einen Amerikaner angeworben hatte, einen Michael Straight. Und Straight hatte ein Buch geschrieben, fiel Francis jetzt ein.
Ein Blick auf seine Uhr zeigte ihm, daß er in Kürze zu einer Versammlung des Frauenbunds der Pfarrei mußte. Er lief zu den Regalen, fand Straights Buch und lieh es aus.

An diesem Abend kam er erst spät nach Hause. Er war in der Oper gewesen und danach zum Souper bei einem wichtigen Pfarreimitglied, und er war leicht beschwipst von dem ausgezeichneten Bordeaux, den sein Gastgeber in unanständigen Mengen serviert hatte.
Mit Straights *After Long Silence* machte er es sich bequem. Er blätterte bis zu Straights Bericht über seine Jahre in Cambridge. Der Einfluß Keynes auf Straight, die Abende im »Keynes-Club«.
Keynes? War das ein weiteres Bindeglied? Keynes' große amerikanische Schüler waren James Tobin in Yale und Waldo Chamberlain! Er las Straights Bericht von den Abenden im Keynes-Club. Komisch, Chamberlain wurde nicht erwähnt, obwohl alle Biographien des Ökonomen betonten, daß er 1935 und 1936 beim Meister studiert hatte.
Aber schließlich fand er doch, was er suchte. Es war Straights Erzählung über seine Anwerbung durch Blunt.

»Ein paar deiner Freunde«, sagte Anthony Blunt, »haben etwas anderes mit dir vor.«
»Etwas anderes?«
»Dein Vater arbeitete an der Wall Street. Er war ein Partner von J. P. Morgan. Bei den Beziehungen und deiner Ausbildung als Wirtschaftswissenschaftler könntest du dir im internationalen Bankwesen eine glänzende Zukunft aufbauen ... Unsere Freunde haben mir aufgetragen, dir mitzuteilen, daß du genau das tun sollst.«

»Daß ich was tun soll? Welche Freunde haben dir aufgetragen, es mir zu sagen?«

»Unsere Freunde bei der Internationalen. Der Kommunistischen Internationalen ... Mein Auftrag lautet, dich über deine Aufgabe zu informieren ...«

»Meine Aufgabe? Welche Aufgabe?«

»An der Wall Street zu arbeiten. Beurteilungen zu liefern, ökonomische Beurteilungen der Absicht der Wall Street, die Weltwirtschaft zu beherrschen ...«

Francis schloß das Buch. War es denn möglich, überlegte er, daß sich die gleiche Szene, nur mit anderen Akteuren, aber ebenfalls in Cambridge, ein Jahr später wiederholte? Und dann — Jahre darauf, noch einmal, in einem anderen Cambridge?

Zwei Tage später forderte Francis einen alten Gefallen ein und verbrachte einen Nachmittag in der Forschungsbibliothek bei Merrill Lynch. Er wußte jetzt, was er noch in Erfahrung bringen mußte — wenn es überhaupt möglich war —, und wie er es am besten anstellte. Noch weiter vorauszudenken hatte er sich nicht zugestanden. Erst wenn das Puzzle zusammenpaßte, und das Bild wirklich so außergewöhnlich war, wie er es sich vorstellte, wollte er sich die nächsten Schritte überlegen. Und das war so erschreckend, daß er sich selbst bei dem Wunsch ertappte, seine Vermutungen möchten sich als unzutreffend erweisen.

Er begann mit den 1969er und 1970er Ausgaben des *Who's Who*. Zweimal las er den Eintrag über Waldo Chamberlain und stellte eine Liste mit den Aufsichtsratsposten des Ökonomen zu dieser Zeit auf. Zur Bestätigung eines anderen Punktes las er es dann ein drittes Mal. Und tatsächlich: »Graduiertenstudium, Cambridge University, 1935—36.« Genau die Jahre, in denen die Russen unter den hervorragenden, leichtlebigen und idealistischen jungen Männern der »Cambridge-Apostel« nach zukünftigen Spionen fischten.

Francis kehrte zur Hauptrichtung seiner Nachforschungen zurück. Nach den 1969er und 1970er Ausgaben des *Directory of Directors* und *Poor's Register* zählte zu Waldo Chamberlains Aufsichtsratssitzen in dieser Zeit auch der bei Mission Chemical Corporation in St. Louis. Francis holte nun die Jahresberichte von Mission Chemical hervor; aber die gingen nur bis 1982, als (nach einer Notiz in den Unterlagen) Mission mit Conoco fusionierte. Missions letzter Bericht als unabhängiger Konzern führte im Aufsichtsrat 1982 einen M. S. Timmons, vermutlich den namensgebenden Teilhaber von Missions örtlicher Anwaltskanzlei.
Ein hilfsbereiter wissenschaftlicher Bibliothekar holte die zusätzlichen Daten aus dem Computer, die Francis brauchte. Elizabeth hatte erzählt, Waldo Chamberlain sei kurzfristig nach St. Louis geflogen, weil es einen Notfall oder eine besondere Entwicklung in der Firma gegeben habe, die das Management betraf, aber Merrill Lynchs riesiges Datenmaterial zeigte in den fünf Tagen vor und nach Thanksgiving 1970 keine besonderen Aktivitäten bei den MCH-Aktien. Die einzige Meldung aus dieser Zeit berichtete lediglich, daß die Firma dem Chemie-Preisindex gefolgt war und die Preise für bestimmte Arten von Polyvinylchlorid um 10 Prozent erhöht hatte. Und Francis wußte aus Erfahrung, daß das für einen 500-Millionen-Dollar-Konzern kaum ein ausreichender Grund war, um an einem Ferienwochenende kurzfristig seine prominenten Aufsichtsräte aus dem ganzen Land zusammenzurufen.
Francis konsultierte jetzt das *Martindale-Hubbell Law Directory* und stellte fest, daß die St. Louiser Firma Timmons and Oakney jetzt unter Timmons, Muller and Muller lief. M. S. Timmons war weiterhin als namensgebender Teilhaber aufgeführt.
Er wandte nun seine Aufmerksamkeit den 1969er und 1970er Jahresberichten der Certified National Guaranty Bank zu. Der spätere Bericht hatte im Vorspann ein schwarzgerahmtes

Farbfoto des verstorbenen Preston Chamberlain, gefolgt von einem netten, persönlichen Nachruf mit der Unterschrift Manning Mallorys, des Nachfolgers des verstorbenen Mr. Chamberlain. Francis las ihn belustigt, aber sein Hauptaugenmerk war auf das Verzeichnis der Ausschüsse am Ende des '69er Berichts gerichtet.

Wie erwartet war der Aufsichtsrat der CertCo in eine Reihe von Ausschüssen unterteilt, damit die Verantwortungsbereiche seiner Mitglieder deutlicher hervortraten — Exekutive, Personalpolitik, Gehälter, Buchprüfung und so weiter —, wobei diese Ausschüsse ausschließlich aus externen Mitgliedern bestanden und Preston Chamberlain von Amts wegen allen Ausschüssen angehörte und zusätzlich Vorsitzender des Exekutivausschusses war. Francis konzentrierte sich auf den Exekutivausschuß und den Gehaltsausschuß, denn er nahm an, daß Preston Chamberlain beiden Ausschüssen den Entschluß, Manning Mallory zu umgehen, hätte mitteilen müssen. Waldo Chamberlain nahm an den Sitzungen des Gehaltsausschusses nicht teil, aber Elizabeth hatte mit aller Entschiedenheit behauptet, Waldo Chamberlain habe von dem Geheimnis gewußt. Wenn man davon ausging, daß Waldo es nicht auf brüderlich vertrauliche Weise erfahren hatte, war es am wahrscheinlichsten, daß er es im Exekutivausschuß gehört hatte, die angemessene Plattform für Neuigkeiten dieser Größenordnung. Francis hatte einiges über Preston Chamberlain gelesen, und er war sicher, daß bei einer Sache wie dieser der ältere Bruder peinlichst auf die angemessene Form geachtet hätte.

Mit seiner knappen Liste von Namen und Verbindungen verließ er Merrill Lynch und ging in die Städtische Bibliothek. Ein kurzer Blick auf die Todesanzeigen in der *New York Times* schloß zwei Namen aus, und so blieben noch zwei: ein Anwalt aus Boston und der Präsident einer Maschinenfabrik in Cleveland. Er kehrte in sein Büro zurück und hängte sich ans Telefon. Bei seinem ersten Anruf stellte er fest, daß der Bostoner Anwalt 1984 gestorben war. Der Manager aus Cleveland aber lebte noch; er war 1979 in Pension gegangen und wohnte jetzt in Florida in einem Domizil für ausschließlich reiche, weiße Protestanten, in dem Francis einmal gepredigt hatte.

Sein nächster Anruf ging nach St. Louis. Er fragte nach Mr. Timmons, wurde zu dessen Sekretärin durchgestellt, stellte sich als Pastor von All Angels vor, der in einer vertraulichen Pfarreiangelegenheit aus New York anrufe, und wurde schließlich mit einer Stimme verbunden, die viel jünger klang, als er erwartet hatte.

Aber die Verwirrung klärte sich bald auf. Er sprach mit Mr. *Merlon* Timmons, dessen verstorbener Vater, Mr. *Marvin* Timmons, ein Direktor von Mission Chemical gewesen war.

»Aber wir arbeiten immer noch für sie«, sagte der jüngere Timmons, »vorwiegend lokale Angelegenheiten — United Way, OSHA und Angestelltenfonds. Die haben ja hier jetzt nur noch ein Labor in der Nähe von St. Charles. Sie wissen ja, Conoco wurde von Du Pont aufgekauft, und die haben gleich danach die große Anlage im Osten von St. Louis geschlossen. Fünfzehnhundert Leute haben sie entlassen, aber Du Pont mußte ja auch die ganzen Zinsschulden bezahlen. Für die Gegend hat es nichts gebracht. Na, aber das ist unsere traurige Geschichte. Wie kann ich Ihnen helfen, Reverend?«

Francis spulte seine sorgfältig zusammengebastelte Ausrede herunter. Zwei seiner älteren Gemeindemitglieder, erzählte er Timmons, hätten einen Streit, wie es unter sehr alten Leuten oft geschehe. Wie üblich gehe es um einen kleinen Geldbetrag, und die Sache liege schon lange zurück; man wolle wissen, ob Mission Chemical im Dezember 1970 oder im Januar 1971 ihre Aktien gesplittet habe. Einer der alten Männer behaupte, sein Cousin habe die zusätzlichen Aktien aus dem Familienfonds gestohlen.

»Ich war früher an der Wall Street«, erzählte Francis Timmons, »und habe deshalb angeboten, diese Sache zu klären. Ein Rechtsstreit erschien mir sinnlos, vor allem bei diesem Betrag. Über ein Aktiensplitting in dieser Zeit konnte ich nichts finden, aber der eine meiner alten Herren schwört, daß eine spezielle Aufsichtsratskonferenz stattgefunden habe, um es zu genehmigen. Ich glaube, diese Leute waren mit einem der damaligen Direktoren verwandt.«
Francis nannte den Namen eines ehemaligen Mission-Direktors, von dem er sicher wußte, daß er tot war.
Timmons meinte, er wolle versuchen zu helfen. Zwei Stunden später rief er zurück.
»Ich fürchte, ich muß Sie enttäuschen, Reverend, aber wir haben mit Wilmington gesprochen, und die haben ihre Unterlagen überprüft. 1970 und 1971 gab es nur die üblichen vierteljährlichen Aufsichtsratskonferenzen: April, Juli, Oktober, Januar. Jeweils am zweiten Dienstag des Monats.«
»Und was war mit den Ausschüssen?« fragte Francis.
»Das kann ich Ihnen beantworten. Mein Alter war dreißig Jahre im Aufsichtsrat bei Mission. Die hatten überhaupt keine. Der Kerl, der Mission leitete, mochte keine Ausschüsse. Eigentlich mochte er auch keine Aufsichtsräte.«
Francis dankte ihm und legte auf.
Onkel Waldo hatte also gelogen. Jetzt mußte man sein Motiv herausfinden. Francis brauchte einen Tag, um die Verabredung zu arrangieren, die er wollte. Am Mittwoch nahm er den Mittagsflug nach Palm Beach, mietete sich ein Auto und fuhr nordwärts nach Hobe Sound.

Die Autobahn schien endlos. Francis schaltete gelangweilt die Klimaanlage aus und kurbelte das Fenster seines Mietwagens herunter. Sogar im Winter hatte die Luft in Florida etwas Feuchtes und Schweres.
Er öffnete die beiden obersten Hemdknöpfe. Sein Pastorenkragen lag auf dem Sitz neben ihm. Es hielt es für ange-

bracht, in Hobe Sound im Ornat zu erscheinen. Hobe war so ein Ort. Geistliche in Golfhemden mochte man dort nicht.

Es war nicht schwierig gewesen, einen Besuch bei dem pensionierten Manager aus Cleveland zu arrangieren, wenn es die Etikette auch verlangt hatte, daß Francis sich an den Pastor der kleinen Kirche auf Jupiter Island wandte, der de facto als Hausgeistlicher der reichen Pensionisten-Gemeinde, bei den Einheimischen küstenabwärts in Palm Beach auch als »das Wartezimmer Gottes bekannt«, fungierte. Eigentlich mochte Francis Hobe sehr gern. Seit seiner Priesterweihe hatte er zweimal dort gepredigt, und als Kind war er dort mit seinen Eltern bei alten Freunden aus Cape Cod zu Besuch gewesen.

Der pensionierte Maschinenmagnat hatte ihn sehr freundlich eingeladen. Francis' Deckgeschichte lautete, daß er an einer Geschichte von All Angels seit der Depression schrieb und sich dabei auf die bedeutenderen Gemeindemitglieder konzentrieren wolle. Preston Chamberlain war mit Sicherheit eines gewesen.

»Er war Gemeindevorstand bei uns«, sagte Francis, »vor meiner Zeit. Als Jay Mortimer noch Pastor war, bevor er nach St. Henry in Southampton abberufen wurde.«

»Hab' das gar nicht gewußt«, entgegnete der Mann aus Cleveland. »Hätte auch gar nicht gedacht, daß Pres Chamberlain ein großer Kirchenmann war. Aber er war ein guter Freund von mir. Dreißig Jahre habe ich ihn gekannt – bis zu dem Tag, als er in diesem Feuer starb. Knochenhart, der Pres.«

»Soviel ich weiß, hatte er aber eine Schwäche für seinen Sohn«, meinte Francis, der die Gelegenheit beim Schopf packte.

»Petey? Aber total. Komisch, daß Sie das wissen. Die meisten Leute dachten ja, daß Pres Petey nur Knüppel zwischen die Beine warf. Die Geschichte, daß er ihn zur Chase schickte. Aber das tat er ja nur, damit der Junge genug Freiraum hatte, um sich selber zu beweisen. Na, und das hat er ja auch. Da brauchen Sie nur George Champion zu fragen!«

»Dann war der Sohn also sehr intelligent?«

»Petey? Schlau wie ein Fuchs. Manchmal sogar zu sehr; es gab Zeiten, da hielt ich ihn für einen Klugscheißer. Ich weiß, daß sein Vater das zum Teil auch dachte, vor allem bei den Damen, aber eigentlich war Petey schon aus dem richtigen Holz.«

Francis beschloß, das Risiko einzugehen und die Frage zu stellen, die seine ganze Theorie zusammenhielt. »Deshalb wollte Mr. Chamberlain Peter wohl auch die Leitung der Certified Bank übertragen?«

Der alte Mann lächelte und schüttelte den Kopf. »Nicht zu glauben!« sagte er. »Komisch, daß Sie das erwähnen. Wissen Sie, ich habe seit Jahren nicht mehr daran gedacht. Das ist das Problem mit dem Leben, Vater. Nach einer Weile vergißt man einfach, man drängt ja immer nur vorwärts. Und Konzerne haben kein Gedächtnis, nur die Porträts von toten Männern im Konferenzzimmer.«

Francis half den Erinnerungen des alten Mannes auf die Sprünge. Zum Teufel, ja, da hatte es wirklich eine Konferenz des Exekutivausschusses der CertCo gegeben, etwa eine Woche, bevor Pres und Petey verbrannten.

»Das werde ich nie vergessen. Da gab's einen richtigen, wüsten Streit zwischen Pres und seinem Bruder Wally. Sie kennen ihn doch, Vater: Waldo Chamberlain, den großen Ökonomen?«

»Ich weiß, wer er ist. Preston und Waldo Chamberlain waren also anwesend. Und Sie. Sonst noch jemand?«

»Warten Sie: Da war Pres, sein Bruder, ich, und Rob Archer von Hale and Dunn in Boston. Netter Kerl, der Archer – ist am ersten Loch im Gulfstream nach einem Herzinfarkt tot umgefallen. Ich glaub', das war's. Wir waren nur sieben im Ausschuß – Preston mochte es nicht, wenn zu viele mitredeten –, und soweit ich mich erinnern kann, waren Jim Moran von Flintkote und Miller von Amalgamated Stores beide in Europa. Sind auch beide schon tot. Mallory war irgendwo anders. Ja, nur wir vier: Pres, ich, Archer — und natürlich Wally.«

»Kannten Sie Waldo Chamberlain gut?«

»Eigentlich nicht. Komisch, daß Sie fragen. Habe ihn letzten Herbst beim Ehemaligentreffen der Bank wiedergesehen. Auch nicht gerade ein Spaßvogel, der kleine Bruder Wally. Ziemlich schlauer Kerl, obwohl ich in meiner ganzen Zeit bei der Maschinenfabrik bestimmt fünfzig von diesen Business-School-Absolventen, die bei Wally studiert hatten, angeheuert habe, und keiner von ihnen hat etwas getaugt. Ja, Pres berief dieses Treffen ein und verkündete prompt, daß er Peter von der Chase herüberholen wolle, damit er die Leitung der Bank übernehme.«

»Der Bank oder der Holding? CertCo oder CertBank?«

»Von beiden. Pres Chamberlain machte keine halben Sachen, das kann ich Ihnen sagen.«

»Und wie reagierte der Ausschuß?«

»Na, offen gesagt, einige von uns waren nicht so sicher, ob Pres da das Richtige tat. Wissen Sie, wir hatten doch Manning Mallory.«

»Der jetzt die Bank leitet?«

»Genau der. Er war ein richtiger Siegertyp, und von Anfang an dabei. Der kannte die Bank in- und auswendig. War in der Organisation aufgewachsen, und ein schlauer Fuchs war er auch!«

»Mochten Sie Mallory? War er im Aufsichtsrat beliebt?«

»Ihn mögen? Nein, ich kann nicht sagen, daß ich ihn mochte, aber respektiert habe ich ihn ganz sicher. Der Mann hatte Grips und Schwung, Vater — haufenweise! Na, auf jeden Fall, es war Pres' Laden, und er wollte es eben so. Geeignet war Petey ja auch, und wer kann sagen, daß er für die Bank nicht ebenso gut gewesen wäre wie Mallory? Damals ging es ja in den Aufsichtsräten immer nach dem Motto: ›Eine Hand wäscht die andere.‹ Ist wahrscheinlich immer noch so. Ich habe Pres also zugestimmt und die anderen auch. Zum Teu-

fel, mir hätte es ja auch nicht gefallen, wenn meine externen Direktoren sich bei Midwest Machine eingemischt und mir gesagt hätten, was ich tun soll. Ja, wir haben alle zugestimmt, aber Wally war stinksauer auf Pres, das kann ich Ihnen sagen.«
Francis hatte das Gefühl, als würde das Hämmern in seinem Kopf das ferne Rauschen des Meeres übertönen.
»Protestierte er laut?«
»Protestieren! Ich glaubte schon, er würde sich in die Hosen machen. Verstehen konnte ich es ja. Mallory war Wallys Schützling. Verdammt, er hatte ihn entdeckt, angeworben, von klein auf erzogen. Wally betreute ihn heimlich: mach dies, sag das. Ich glaube, Pres mochte es nicht, aber es war gut fürs Geschäft, also was soll's. Mallory erntete immer die Lorbeeren, aber die Hälfte der Tricks waren Wallys Idee gewesen. Verdammter Blödsinn, wenn Sie mich fragen. Einem Haufen Südamerikaner Milliarden zu leihen und zuzusehen, wie unsere eigene Stahlindustrie vor die Hunde geht! Wie sollen wir denn ohne Stahlindustrie einen Krieg führen? Wenn Sie mich fragen, haben wir uns mit diesen ganzen Krediten selbst größere Schwierigkeiten in der Welt gemacht als alles, was die Sowjets getan haben.«
Francis nickte zustimmend.
»Na, auf jeden Fall«, fuhr der alte Mann fort, »gab es keine Diskussion. Pres sagte Waldo, er solle ruhig sein und verpflichtete uns zur Geheimhaltung. Er mußte sich ja noch mit Champion und David Rockefeller einigen. Kam aber nicht mehr dazu.«
»Wußte sonst noch jemand von der Sache? Was war mit Mallory?«
»Nur, wenn Wally es ihm erzählt hatte. Zum Teufel, ich glaube, nicht einmal Petey wußte davon. Pres war so einer. Er verpflichtete uns alle zur Geheimhaltung. Na, aber im Endeffekt blieb ja alles nur Theorie.«
»Ein trauriges Ereignis.« Francis sprach so pastorenhaft, wie

er nur konnte, er wollte klingen wie ein salbungsvoller Vikar aus einer alten Ealing-Komödie. »Und vermutlich war es nach dem Feuer an der Zeit, hinter Mallory die Reihen zu schließen.«

»Genau. Solche Dinge passieren eben, und da kann man nichts tun, außer weiterzumachen. Vielleicht wäre es anders gekommen, wenn Pres an einem Herzinfarkt gestorben oder Petey am Leben geblieben wäre, aber warum soll man darüber nachdenken. Die Institutionen müssen weiterbestehen, darum geht es im Geschäft, um Institutionen, nicht um Menschen. Es war ja nicht die erste und auch nicht die letzte Tragödie dieser Art. Vor ein paar Jahren hat Texas Gulf ein paar ihrer Spitzenmänner verloren. Flugzeugabsturz. Bei der Cert-Co hatten wir ja noch Glück, wir hatten Mallory bei der Hand, der nur darauf wartete zu übernehmen. Er hatte alles, was wir brauchten: Grips, Ausbildung, Verbindungen — zum Teufel, die Wall Street fraß dem Mann ja aus der Hand, und jetzt immer noch! Ich glaube, im Prinzip war er einfach nicht Prestons Typ. Ich habe Pres ja wie einen Bruder geliebt, aber mein Gott, was konnte der für ein furchtbarer Snob sein!«

Der alte Mann kniff die Augen zusammen. Er merkte, daß er ziemlich viel geredet hatte.

»Sie bringen doch nichts von dem an die Öffentlichkeit, Vater? Einige der Leute leben ja noch. Es bringt doch nichts, irgendwelche Gefühle zu verletzen?«

»Bei Gott, nein.«

Aber tatsächlich war Francis gar nicht so sicher, was er tun würde. Er schaffte es, noch eine halbe Stunde still sitzen zu bleiben und den Ansichten des alten Mannes über Papier-Unternehmertum, Nicaragua und die Japaner zuzuhören, und ging schließlich unter dem Vorwand, ein Flugzeug erreichen zu müssen.

Neben der Autobahn tauchten nun Hinweisschilder für West Palm Beach auf. Eigentlich, dachte Francis, möchte ich gern

hier bleiben. Einschlafen und wieder aufwachen und dann merken, daß die ganze Sache nur ein schlechter Traum war. Aber nun muß ich mich mit den Konsequenzen dessen, was ich zu wissen glaube, herumschlagen.
Und wie sahen die wohl aus? War er über einen großen und gefährlichen Plan wie aus einem Spionageroman gestolpert? Würden sie ihn jetzt jagen? Und wer waren »sie«?
Elizabeth wollte er von der ganzen Sache überhaupt nichts erzählen, beschloß er. Es war besser, wenn sie glaubte, er habe sich nur in seine kindliche Fixierung auf Mallory verstrickt, ähnlich wie manche Leute Roosevelt oder den amtierenden Präsidenten haßten.
Er wurde das Gefühl nicht los, daß er eine Gefahrenzone betrat. Während er das Auto von der Ausfahrt in Richtung Flughafen steuerte, betete er lang und intensiv, daß Gott ihn durch alles, was noch kommen sollte, führen möge.

Die im Winter üblichen Verspätungen sorgten dafür, daß Francis erst nach Mitternacht in seiner Wohnung eintraf. Er war müde, und um acht am nächsten Morgen stand ihm ein ökumenisches Frühstück im Community House bevor, wie ihn die Stimme seiner Sekretärin auf dem Anrufbeantworter ermahnte; danach Mittagessen in der Downtown Association mit dem Kirchenvorstand. Es war noch ein zweites Piepsen auf dem Band und dann Elizabeth, die sehr schnell sprach:
»Liebling, ich bin gerade von London nach Hause gekommen. Hier ist jetzt Samstagnacht, ruf mich am Morgen an. Wo bist du denn? Ich liebe dich und alles andere, was ich unmöglich über einen geweihten Anrufbeantworter sagen kann. Hast du dein Geschenk erhalten? Ich weiß nicht, warum ich es getan habe, aber geschehen ist geschehen. Ich liebe dich. Tschüß, mein Liebster.«
Ein Geschenk? Francis hatte Schwierigkeiten, seine Gedanken zusammenzuhalten. Während der endlosen Fahrt nach

Norden war er die Sache wieder und wieder durchgegangen, ja, er hatte sogar die verschiedenen Namen auf ein Papier geschrieben und sie mit Linien verbunden, wie er es vor einer Million Jahren in der Business.School getan hatte: »Entscheidungsbäumchen«.
Er hatte alle Einzelteile, zumindest die meisten, aber sie paßten nicht zusammen. Das Feuer. Indizien für Waldo Chamberlains übereilte Abreise unter einem Vorwand. Aber was hatte das schon zu bedeuten? Waldo hätte hundert verschiedene Gründe für die Ausrede mit dem plötzlichen Termin haben können. Er hätte sich heimlich mit einem Matrosen in einem Hotel in Portland treffen können. Doch immerhin wußte Waldo von Preston Chamberlains Absicht, Peter an die Spitze der Cert zu setzen.
Aber vier, fünf, sechs Leute umbringen? Das ergab keinen Sinn. Da mußte mehr dahinter sein, mußte mehr auf dem Spiel stehen.
Er kam immer wieder auf den Russen zurück; es war eine Vermutung, die er nicht unterdrücken konnte. Michael Straight fiel ihm wieder ein.
Ein Geschenk? Er sah sich im Zimmer um. Seine Haushälterin hatte die Post auf den Wohnzimmertisch gelegt, aber ein Paket schien nicht dabei zu sein. Na, dachte er, während er das Zimmer durchquerte, spielen wir die Sache bis zum Ende durch, spielen wir Alice im James-Bond-Land. Nehmen wir einmal an, Mallory ist von den Russen angeworben worden, und sie haben das alles inszeniert, um ihn an die Spitze der Cert zu setzen. Und Elizabeth wurde geschont, weil Onkel Waldo, der Meisterspion, sie liebgewonnen hatte. Das ist verrückt, dachte er.
Während er darüber nachdachte, sah er die Post durch. Ein Geschenk? Was hatte sie damit gemeint?
Zunächst der übliche Müll von Rundschreiben und Angeboten, die auf seine Leichtgläubigkeit und sein Bankkonto spekulierten. Aber dann fand er am Ende des Stapels, zwischen

zwei Zeitschriften, einen Express-Umschlag. Poststempel: Boston. E. Bennett, Ritz-Carlton Hotel lautete der Absender. Francis riß ihn auf. Er enthielt drei Blätter. Das erste war eine kurze Notiz in Elizabeths Handschrift:

Hier sind zwei Souvenirs aus Onkel Waldos Geheimzimmer in Quiddy. Ich bin sicher, das Foto ist das Original, das mir P. C. 1970 zeigte. Bedeutet die Tatsache, daß es noch existiert, wirklich, was ich vermute? Das andere ist eine Skizze von einem Sticktuch, das ich hinter einem Schrank entdeckt habe. So, und jetzt kannst du weiter an uns denken. Ich liebe dich.

Er sah sich die Fotografie an. »Jesus«, sagte er leise und entschuldigte sich im nächsten Augenblick bei Gott für seine Profanität.

Er legte das Foto auf den Schreibtisch. Während er sich daran machte, die Bleistiftzeichnung zu untersuchen, dachte er: Verdammt, jetzt ist Elizabeth auch noch in die Sache verwickelt.

Die Skizze war sehr grob. Sie zeigte eine Jahreszahl und eine Anzahl von Figuren, mit denen die Seitenränder bestickt waren. Die Mitte bildete ein kompliziertes Bilderrätsel: ein großes Spinnrad, an dem zwei Strichmännchen saßen. Der Faden, der sich von dem Rad abspulte, endete in einer Henkerschlinge, in der drei Initialen standen. Zwei erkannte er sofort. Den dritten konnte er erraten. Elizabeth hatte W. C. und M. M. mit Kreisen umrahmt und Pfeile zu den Figuren am Spinnrad gezogen.

»O mein Gott«, seufzte er. Wie bei einem Zaubertrick hatte sich alles zusammengefügt, unmöglich zu glauben, aber auch unmöglich zu leugnen. Und unmöglich zu wissen, wie man damit umgehen sollte.

Die Gegenwart

März

29

WASHINGTON

Freitag, der 7. März

Nur damit ich Sie richtig verstehe, Reverend. Die Leute sagen seit Jahren, daß die großen Banken die ganze Sache auch nicht schlimmer hätten machen können, wenn sie es beabsichtigt hätten, und sie erzählen mir jetzt, daß genau das der Fall war?«

Francis nickte.

»Sie behaupten also, daß das, was man uns als das Genie des Kapitalismus vorstellte, in Wirklichkeit das Genie Moskaus war, also ›ökonomische Sabotage‹?«

Francis nickte wieder.

»Reverend, das bedeutet, daß Sie zwei der glänzendsten Zierden unserer freien Marktwirtschaft beschuldigen — was —, sowjetische Finanzmaulwürfe zu sein?«

Francis nickte ein drittes Mal. Er nahm an, daß er sich vor dem Schwarzen hinter dem Schreibtisch wahrscheinlich vollkommen lächerlich machte. Er wußte, daß das, was er eben erzählt hatte, unglaublich klingen mußte.

»Es ergibt zuviel Sinn, Mr. Forbush«, sagte er mit Überzeugung. »Alles paßt zusammen.« Ziemlich zufällig, dachte er, während er seinen Zuhörer aufmerksam beobachtete.

Phillips E. Forbush hatte die untersetzte, wie zugespitzte

Form einer Artilleriegranate, etwa zweihundert kohlefarbene Pfunde auf knappe einsachtzig gedrängt. Sein Haar war grau meliert, aber Francis schätzte ihn einige Jahre jünger als sich selber. Forbushs Stimme klang für Francis unglaublich. Sie paßte überhaupt nicht zur körperlichen Erscheinung des Mannes: hoch, beinahe flötend. Vor allem war sie nicht schwarz.
»Sie wissen schon, Reverend«, sagte Forbush, »daß es eine Menge Leute gibt, die vom Fleck weg sagen würden: ›Sie sind verrückt, Mann‹?«
»Ich weiß.«
Aber Forbush klang nur mäßig skeptisch, und er hatte sich zwei geschlagene Stunden lang Francis' Erzählung geduldig angehört. Er hatte in dieser Zeit kaum ein halbes Dutzend Fragen gestellt, aber ihre Richtung zeigte Francis, daß Forbush wußte, worauf es hinauslief.
Er sah sich um. Sie saßen in Forbushs Büro im Rayburn Office Building. Es war kein »gutes« Büro, bei seiner Lage in einer der unteren Etagen, ohne die geringste Aussicht. Kein Wunder: Der Washingtoner Rechtsanwalt, der Francis auf Phillips E. Forbush gebracht hatte, ließ durchblicken, daß der Mann Glück hatte, nicht in einem Käfig zu sitzen.
Ausgestattet war das Büro mit billigen Stahlmöbeln. An der Wand hingen gerahmte Urkunden: Zeugnis und Offizierspatent von West Point, ein juristischer Abschluß von Howard und ein Betriebswirtschaftsdiplom von Georgetown.
Die Bücher in Forbushs Büroregalen waren für Francis ein Zeichen ähnlicher Überzeugungen. Es waren praktisch die gleichen wie in Francis' Arbeitszimmer, keine Bücher, die man auf den Regalen der Fetten und Oberflächlichen fand: Martin Mayers *The Bankers* und *The Money Bazars*; Arbeiten zur Schuldenkrise von Makin, Delamaide, Lever und Huhne; Kindlebergers *Manias, Panics and Crashes*; Gailbraiths *The Great Crash*; der Nader-Report über die Citibank; bekannte Werke über das Bankwesen und Wall Street von John Brooks, Anthony Sampson und Penny Lernoux; Kalet-

skys *The Costs of Default*; und noch andere, oft benutzte Bücher, deren Titel er nicht entziffern konnte.

Ein ähnlich bestücktes Bücherregal war eine Sache, aber selbst wenn Forbush ihm seine Geschichte abkaufte, konnte man denn überhaupt irgend etwas tun?

Sollte man überhaupt etwas tun? Francis stand in einem Konflikt zwischen Gewissen und Verlangen, eine Frage, mit der er sich einige unruhige Tage und schlaflose Nächte lang herumgeschlagen hatte.

Warum denn etwas tun? Verdiente Wall Street nicht die Hölle, in die sie sich selber gebracht hatte? Wenn er rein nach seiner persönlichen Befriedigung ging, dann konnten die gierigen Schweinehunde ruhig in den Flammen umkommen. Aber das Problem war, wenn die Intrige Chamberlains und Mallorys Erfolg hatte, dann würde es viele Leute treffen, die es nicht verdient hatten, und ein System, dessen wunderbare Zukunftsaussichten millionenfach mehr wert waren als der Abschaum, den es hervorbrachte, würde wahrscheinlich unwiderruflich geschädigt werden. Sein Nachfolger wäre dann eine atheistische oder totalitäre Alternative, die noch viel, viel schlimmer war. Für einen Priester gab es keine Wahl. Francis war Gottes Soldat, er trug Gottes Uniform. Dies war im Endeffekt Gottes Kampf, der Feind war Gottes eingeschworener Feind, die Sowjets, und diesen Feind mußte er bekämpfen, auch wenn er dabei die Kastanien für Männer aus dem Feuer holte, die er verachtete, und ihnen den Schmerz und die Strafe ersparte, die sie sonst verdient hätten.

Während er sich in dem bescheidenen Büro umsah, fragte er sich, was Forbush wohl von »Gottes Kampf« hielt.

Seinem Freund in der großen Übernahme-Anwaltskanzlei hatte er nur gesagt, daß er in Washington jemand brauche, an den er sich wenden könne, wenn er »heimlich bestimmte Dinge, die die Börsenaufsichtsbehörde betreffen, herausfinden« wollte. Jemand mit Beziehungen, aber jemand Anständigen.

Das war gar nicht so einfach. Sein Anwaltsfreund hatte gelacht, da könnte man ja direkt Sehnsucht kriegen nach den guten alten, moralischen Tagen von Harding and Fall.
Versuch es, hatte Francis zu ihm gesagt. Er hatte bei dieser Kanzlei noch einiges gut, denn er hatte ihnen zu seiner Zeit bei Morgan Stanley einige gute Aufträge zukommen lassen. Achtundvierzig Stunden später rief ihn sein Freund an und nannte ihm Phillips E. Forbush, Sonderassistent einer obskuren Untersuchungsabteilung beim House Banking Committee.
»Dieser Kerl«, sagte Francis' Quelle, »ist so verdammt anständig, daß es ihn eines Tages fertigmachen wird.« Forbush war ein West Pointer, der in Vietnam gedient hatte. »Kam mit einer ganzen Brust voller Orden zurück und einer GI-Wut im Bauch, wie du sie dir schlimmer nicht vorstellen kannst«, bemerkte Francis' Quelle. »Er ist ein schwarzes Schaf in jeder Hinsicht.«
Nach seiner Ausmusterung 1973, so Francis' Quelle, hatte Forbush Recht und Betriebswirtschaft in Howard und Georgetown studiert und seinen Lebensunterhalt als Angestellter bei der Börsenaufsicht verdient. Der Vollzugsdirektor, Stanley Sporkin, hatte Interesse an ihm gefunden und ihn für seine Abteilung angeworben.
»Daß dieser Kerl für Sporkin arbeitete, war wie Öl auf dem Feuer, Francis«, meinte seine Quelle. »Hat alles aufs Korn genommen. Insidergeschäfte, Zehn-B (Fünf), Sechzehn-B, alles, was dir einfällt! Total außer Kontrolle, als ob das verdammte System was Heiliges wäre und ihn der große Meister persönlich beauftragt hätte, es in Ordnung zu halten. Auf jeden Fall, als Sporkin als Berater der CIA nach Langley ging, nahm er Forbush mit. Es war kein großer Erfolg, und nach einem Jahr war Forbush wieder draußen. Und seitdem ist er mal hier, mal dort. Hat eine Zeitlang beim Rechnungshof gearbeitet, bis er versuchte, das gesamte Direktorium der First Pennsy wegen grober Mißachtung der Treuhandpflich-

ten dranzukriegen. Dann spielte er eine Zeitlang Feuerwehrmann für die Fed, bis er sich auch mit denen überwarf; anscheinend wollte Forbush Bache den Garaus machen, als die Hunts auf dem Silbermarkt verrückt spielten. Dann die FDIC, wo es genauso lief; er hatte etwas dagegen, die Obligationsinhaber der Continental Illinois mit der staatlichen Depositenversicherung auszuzahlen, und da war es wieder einmal vorbei für P. E. Forbush. Er kapiert nicht, was subventioniertes Laissez-faire bedeutet; Gott sei Dank kam er nie in die Nähe von Chrysler!

Schließlich steigt er wieder bei der Fed ein — es heißt, Volcker mag den Kerl —, aber diesmal geht er zu weit. Versucht er doch, die großen New Yorker Arbitrageure und Greenmailer mit den Antispekulationsgesetzen dranzukriegen! Die griffen nur zum Telefon und damit war's aus für ihn bei der Fed. Jetzt sitzt er seine Zeit in so einem Subkomitee ab, das bei den Agrarkrediten herumstochert.

Wirklich eine totale Sackgasse«, meinte Francis' Quelle, »aber bei Gott — Entschuldigung, Francis —, der Kerl läßt sich durch nichts aufhalten. Scheint selbständig zu arbeiten, wie ich bei Skadden, Arps gehört habe. Du hast doch von diesem Lebensmittelkonzern-LBO gehört, den die Cert und ein paar Chicagoer Banken finanzieren, und daß Drexel mit seinem Junk-Geld dazukommt? Das Geschäft lief bis jetzt wie geschmiert, die Aktionäre sind verdrossen, aber nicht aufsässig, und ich kann dir gar nicht sagen, wie viele Millionen an Zinsen und Honoraren für die Insider und das Management drin waren, als plötzlich dieser verdammte Forbush wie aus dem Nichts vor einem Gericht in Wilmington auftaucht, als *Aktionär mit hundert Anteilen* — kannst du dir das vorstellen? — und wegen ›Unterschlagung von Firmeninformation‹ eine einstweilige Verfügung beantragt! Hast du so etwas schon einmal gehört?«

»Wahrscheinlich hat er da nicht unrecht«, bemerkte Francis.

»Nun aber, Padre«, sagte seine Quelle mit unüberhörbarem

Sarkasmus, »sei doch nicht naiv; wir wissen doch beide, daß kein Management, das wir je kennengelernt haben, seine Aktionäre übervorteilen würde, auch wenn besagtes Management dabei, sagen wir einmal, 20 Millionen Dollar zusätzlich verdienen könnte und dazu noch so hohe Nachlässe bei den Investmentbanking-Gebühren, wie sie unter dem Tisch aushandeln können. Auf jeden Fall ist es für Forbush nur Zeit- und Geldverschwendung. Das Gericht in Delaware wird es so machen wie immer: Zuerst läßt es das Geschäft durchgehen und bringt dann die schuldigen Parteien dazu, eine Einverständniserklärung zu unterschreiben, es nicht wieder zu tun. Aber wenn du einen ehrlichen Mann im inneren Kreis suchst, mußt du dich an Phil Forbush wenden.«

Und so war Francis nach Washington gekommen, um seine weithergeholte Geschichte und seinen Verdacht an einem Mann auszuprobieren, der ein Ausgestoßener und wahrscheinlich von keinem offiziellen Nutzen war, auch wenn er Francis seine Theorie mit allem Drum und Dran abkaufte.

Er ging es mit Forbush von Anfang an durch, wobei er seine persönlichen Ansichten über das amerikanische Bank- und Finanzwesen mit dem vermengte, was er über die Kollaboration von Chamberlain und Mallory in Erfahrung gebracht oder erraten hatte. Die Leerstellen verheimlichte er nicht. Menschikow zum Beispiel war noch immer ein Rätsel. Er führte Forbush von der Einführung des börsenfähigen CDs 1962 und ihren Konsequenzen zu den Folgen des Konsortialbankings und zu all den Tricks und Kunstgriffen, die inzwischen allgemein akzeptiert waren.

»Betrachten Sie es von meinem Blickwinkel aus«, argumentierte er. »Jede dieser großartigen Innovationen Mallorys und Chamberlains könnte ebenso leicht absichtlich eingeführt worden sein, um das System zu zerstören.«

Für Forbush zeichnete er Mallorys Karriere nach und stellte vor allem dessen Glück an wichtigen Schnittpunkten heraus. Er zitierte aus Michael Straights Autobiographie. Und schließlich legte er seine harten Beweise vor: Das Foto des jungen Chamberlain mit dem jungen Menschikow; Elizabeths Skizze des Sticktuchs; die Umstände von Waldo Chamberlains zufälliger Abwesenheit von Quiddy in der Nacht des Feuers; was er in Florida über Preston Chamberlains Absicht, Mallory zugunsten seines Sohnes Peter zu übergehen, erfahren hatte.

Forbush betrachtete das Foto eingehend und gab es dann mit einem Grinsen an Francis zurück.

»Einem Mann, der so ausgestattet ist wie dieser Russenjunge, nimmt man den Mörder leicht ab. Auf jeden Fall, Reverend, wenn ich Sie richtig verstehe, wollen Sie damit sagen: Wie verdächtig, daß diese Erinnerung an einen Schwanzlutschersommer am Schwarzen Meer das Feuer überstand!«

»Genau. Es überstand das Feuer, weil es gar nicht dort war. Und es war nicht dort, weil Waldo Chamberlain wußte, daß ein Feuer ausbrechen würde, und er deshalb sein kostbares Foto auf die vorgeschützte Reise mitnahm.«

Drei Fragen hatte Forbush Francis nach seinem Bericht gestellt, und dreimal hatte Francis genickt.

Der Schwarze verschränkte die Finger und sah Francis ruhig an. »Also«, sagte er, »fangen wir am Anfang an: Wir sind in den Dreißigern, und Moskau weiß, was die Wall Street anrichten kann, wenn man ihr die Zügel schießen läßt. Noch einmal, denken sie, und mit dem demokratischen Kapitalismus ist es endgültig vorbei. Man muß nur 1929 wiederholen.

Die Wall Street jedoch liegt in Schmutz und Schande, es geht also nicht — zumindest nicht im Augenblick. Aber Moskau denkt langfristig. Warum nicht ein paar Maulwürfe im Banksystem ebenso wühlen lassen wie im Außen- oder im Innenministerium? Sie werben Blunt, Philby, Burgess an, Bill Haydon beim MI-6; sie bemühen sich um Straight, vielleicht auch um Hiss. Und nehmen wir einmal an, dieser Menschikow ist ein Talentsucher mit dem Auftrag, im Kreis um Keynes herumzuhängen, weil dort die intelligenten Wirtschaftsjungs sind.

Er trifft Waldo und verführt ihn. Für das, was sie wollen, ist der Junge ideal. Er ist klug und ein potentieller Schwuler, sein Bruder ist ein wichtiger Mann an der Wall Street. Also zeigt Menschikow Waldo ein paar Tricks, die er sich nie hätte träumen lassen, und schießt ein paar 8 x 10 Hochglanzfotos, nur für den Fall, daß er irgendwann einmal eine Sicherheit braucht.

Na, und dann kommt der Krieg, Wall Street und Moskau werden wieder Freunde, und Menschikow hängt sich irgendwie an Waldo und wirbt ihn für die Talentsuche in der Business School für Onkel Iwan an. Zusätzlich ist sein Bruder noch Leiter einer Bank, was fast wie Manna vom Himmel ist. Er rekrutiert Mallory und los geht's! So in etwa?«

»So in etwa.«

»Ich habe noch ein paar Fragen. Verdammt, ich habe Hunderte, aber die paar müssen reichen. Mallory. Was für ein Motiv hat er?« Darauf wußte Francis keine Antwort. Er war schon alle Möglichkeiten durchgegangen — Geld, Macht, Prestige, Politik. Aber keine paßte so richtig. »Das Beste, was mir einfällt: Er ist besessen von dem Spiel, es macht ihm Spaß, die Steine zu bewegen.«

»Möglich«, sagte Forbush, aber er klang zweifelnd. »Ich nehme an, wir müssen da einfach noch mehr drüber nachdenken, wenn es zu diesem späten Zeitpunkt überhaupt noch eine Rolle spielt. Jetzt meine zweite Frage: Wie wär's mit einem Mittagessen?«

»Gerne, wenn Sie Zeit haben.«

»Reverend, meine Zeit ist Ihre Zeit. Ich finde Ihre Geschichte, so unwahrscheinlich sie auf den ersten Blick auch klingen mag, interessant — um nicht mehr zu sagen. Mit Sicherheit ist sie das Interessanteste, was ich in den letzten Monaten gehört habe. Hier in der Gegend bin ich ›die Raupe auf der duftend' Ros'‹, wie der Dichter sagt, deshalb klingelt mein Telefon selten, und mein Terminkalender sieht eher aus wie die Oberfläche des Mondes.«

»Außerdem«, fügte Forbush hinzu, »ist heute ›der Tag der weißen Umschläge‹ für mein Komitee. In jeder ersten Woche des Monats kommen die PACs zu Besuch. Mittagessen im Sans Souci oder Mel Krupin's für den Vorsitzenden und die wichtigsten Mitglieder. Ein paar Martinis, eine Menge gute Gesellschaft und zum Kaffee ein paar Tausender in einem neutralen, weißen Umschlag als Beitrag zu den hohen Kosten der Aufrechterhaltung des demokratischen Prozesses. Kommen Sie.«

Sie gingen in ein Fischrestaurant. Forbush bestellte Bier, Austernterrine und Krabbenpastete; Francis schloß sich an.

Beim Essen erzählte Forbush von sich. Sein Vater war ein Akademiker gewesen, ein Buchhalter in Ford Rouge.

»Sie setzten ihn in ein Büro über dem Fließband. Ganz verglast, damit die hohen Tiere aus Grosse Pointe und Dearborn ihn Besuchern als lebendiges Beispiel für funktionierende Demokratie vorführen konnten. Er wollte, daß ich auch eins werde. Daddy liebte das Establishment. Raten Sie mal, was das ›E‹ in meinem Namen bedeutet.«

»Ich würde es nicht wagen.«

»Exeter. Phillips Exeter Forbush, so heiße ich, Reverend.«

»Nennen Sie mich Francis.«

»Wenn wir uns besser kennen, vielleicht. Wie wär's mit ›Rev‹ für den Anfang — damit Sie sich wohl fühlen?«

»Wie Sie wollen.«

»Na, auf jeden Fall, bis Exeter bin ich nie gekommen. Nach Princeton auch nicht. Aber immerhin habe ich es bis West Point geschafft. Wo haben Sie studiert, Rev?«

»Harvard.«

»Ah, Harvard, makelloses Harvard. Wissen Sie, Rev, allein aus meiner Klasse haben wir in Vietnam mehr Jungs *verloren*, als aus Harvard im ganzen Krieg überhaupt *gedient* haben. Ich hab' das von den Roten immer ziemlich beschissen gefunden.«

Francis wußte nicht, was er darauf sagen sollte.

»Jetzt sehen Sie nicht so schuldig drein, Rev, Sie sind ja nicht der einzige. Nehmen Sie doch nur unseren furchtlosen Präsidenten, den Freiheitskämpfer. Mir scheint, der ist ein hochgradiger Psycho-Fall, weil er den Krieg in Culver City ausgesessen hat. Seine Orden hat er auf dem Tanzboden im Mocambo erkämpft. Denkt, Blut ist nur eine Art verdünntes Ketchup, wie sie es in Hollywood verwenden. Aber ich kann Ihnen sagen, Rev, das ist es nicht. Was wir gesehen haben, würde Ihnen auf Ihren Pommes frites gar nicht schmecken.«

Forbush war in Vietnam Helikopterpilot gewesen. Er wurde verwundet. War, wie er es nannte, »knapp davor gewesen, meinen Namen auf die traurige Schwarze Wand auf der Mall zu kriegen«. Francis schämte sich; der Mann sprach von Orten, die für ihn nur abstrakte, entfernte Namen aus dem Fernsehen gewesen waren: Hue, Bien Hoa, Da Nang.

Dann erzählte Forbush vom »Leben nach Vietnam«. Wie er graduierte und für Sporkin arbeitete. Über die CIA.

Und danach war eine Washingtoner Agentur nach der anderen gekommen. Er schien nirgends hineinzupassen. Es wurde, so Forbush, immer schwieriger, seine Ideale nicht zu verlieren.

»Aber so kann es nicht weitergehen«, bemerkte er, als sie durch den trüben Nachmittag zum Hill zurückgingen. »Entweder ändert sich etwas, oder wir stehen vor den Mauern von Jericho. Ich will gar nicht daran denken, was nach 1988 sein wird, wenn die Zeit dieses Präsidenten um ist, und das Land aufwacht und merkt, daß die letzten acht Jahre nur ein Traum waren. Vielleicht entdecken wir, daß wir die ganze Zeit schon tot gewesen sind, ohne es zu wissen. Und wissen Sie, was der Leichenbeschauer dazu sagen wird: Tödlicher Hirnschaden, hervorgerufen durch selbst verursachte Verletzungen.«

Wieder in seinem Büro, fragte Forbush Francis: »Von Morgan Stanley zur Union Theological. Ein ganz schöner Weg, was, Rev?«

»Es war eine Veränderung.«
»Nun, Sie sollen wissen, daß Ihr trauriges Lied offene Ohren gefunden hat. Die Street macht jeden krank.«
»Ich habe mich — na ja, entfremdet.«
»Und so können Sie ruhig bleiben. Schon komisch, wie Geld einen Mann verändern kann. All die Namen, die man jetzt in der Zeitung liest, die Arbitrageure, diese Übernahmetypen: Nimm ihnen ihren Kreditrahmen, und was bleibt dann?«
»Nicht viel, nehme ich an«, sagte Francis. »Der Papierunternehmer hat dem Keyboard-Unternehmer Platz gemacht. Der Computer läßt ihn viel schneller zuschlagen, und das macht ihn noch tödlicher.«
»Was ich nicht verstehe«, meinte Forbush, »ist, wieviel diese Kerle eigentlich wollen. Wie viele Millionen *braucht* denn ein einzelner Mensch? Wie viele Geschäfte muß man abschließen? Ich vermute, nach einer Zeit ist es wie jede andere Sucht, wie Alkohol, Bumsen oder Golf; man kann nicht mehr aus. Man muß weiterschwimmen, wie der Hai, oder man stirbt. Aber mein Gott, Rev, nach einer Weile muß doch der nächste Drink, der nächste Arsch genauso aussehen wie der zuvor, meinen Sie nicht? Dann tut man es einfach nur noch, weil einem nichts anderes mehr einfällt.«
»Mir scheint es auch so.«
»Auf jeden Fall, Rev, ich glaube, Sie sind da auf etwas gestoßen. Wissen Sie, was Martin Mayer sagt?«
»Ich bin mir nicht sicher. Das meiste von ihm habe ich gelesen.«
»Er sagt, und ich zitiere: ›Wenn die Zentralbanken nicht wirksam beeinflussen können, was auf dem Markt für die eine Ware passiert, die die Regierung selber erschaffen hat, dann ist die Theorie der liberalen Demokratie in Schwierigkeiten.‹«
»Da kann ich nur zustimmen«, sagte Francis.
»Dann raten Sie mal, Rev, wieviel Geld in schwarzen Kassen liegt.«
»Ich erinnere mich, etwas von 200 Milliarden Dollar gelesen zu haben.«

»Das können Sie ruhig vervierfachen. Dann zählen Sie die Zins-Swaps dazu, die mündlichen Übereinkünfte, die die Buchhalter in den Banken nicht mitzählen, aber die Gerichte — fragen Sie nur Texaco —, und den ganzen anderen nicht bilanzierten Kram, den niemand zu verstehen scheint, und was kommt dann dabei heraus?«
»Ich weiß es nicht. 500 Milliarden vielleicht?«
»Die höchste Schätzung, die ich gehört habe, ist *fünf Billionen*, aber keiner weiß es sicher. Volcker nicht, der Kongreß nicht, niemand! Nicht einmal die Banken!
Ich habe mir in dieser Stadt neun Jahre lang die Hacken abgelaufen, Rev, und mit meinen bescheidenen Mitteln versucht, das Spiel in Ordnung zu halten. Aber 1981 warf man mich dann, zusammen mit ein paar anderen, aus dem Spiel, weil man den Eindruck hatte, daß Leute wie ich in der schönen neuen Welt des angebotsorientieren Laissez-faire, das dieses Land freikaufen sollte, nur im Weg sind. ›Freikaufen‹ ist das richtige Wort: Lockheed, Chrysler, Continental Illinois. Jetzt hat Mallory die Fed überredet, sich am Abkommen mit Mexiko zu beteiligen. Das Lustige dabei ist, wenn man sich die Zahlen ansieht, ist die letzte Kreditzuflucht ja selber pleite!«
Er zog die Schreibtischschublade auf und holte eine schmuddelige Akte heraus.
»Rev, ich bin ein leidenschaftlicher Sammler, so wie Sie. Ich schneide alles aus, was mir zeigt, daß ich recht habe.« Er grinste schüchtern, während er die Papiere durchblätterte. »Ah, hören Sie zu. Galbraith schrieb das letztes Jahr in der *Times*. Vielleicht haben Sie es gelesen. Ich lese Ihnen nur die wichtigsten Teile vor.« Er holte eine Brille mit Metallgestell hervor. »›Marx dachte in seiner unschuldigen und inzwischen veralteten Art, daß es die Arbeiter seien, die den Sozialismus vorantreiben würden. Wo immer er jetzt auch ist, er wird dort wahrscheinlich wenig Hoffnung auf Hilfe von den ... amerikanischen Marxisten der Arbeiterklasse hegen. Er wird mit Überraschung feststellen, daß es heutzuta-

ge die Banker und die großen Industriellen sind, die den Marsch anführen und seine Fahne schwenken.‹«

Er nickte genüßlich. »Was halten Sie davon?« Er holte ein weiteres Blatt hervor.

»Hier ist noch was Schönes: ›Die schädlichste Lehre, die in der Finanz- und Bankenwelt je verkündet wurde, ist die, daß es die eigentliche Aufgabe der Zentralbank sei, zu allen Zeiten Geld zur Verfügung zu halten, um den Bedarf der Banker decken zu können, deren Eigenkapital nicht mehr verfügbar ist.‹«

»Das gefällt mir. Von wem ist das?«

»Ein Engländer aus dem neunzehnten Jahrhundert. Dabei fällt mir die Continental Illinois ein. Wie Sie wissen, war die FDIC ja gegründet worden, um die Einleger der Bank zu schützen, und nicht, um die Aktionäre der Holding zu sanieren.«

Forbush legte die Akte in die Schublade zurück, steckte die Brille wieder in die Brusttasche und sah Francis an. »Rev, ich werde tun, was ich kann, um dieser Sache auf den Grund zu gehen. Aber Ergebnisse kann ich nicht garantieren.«

»Das kann ich gut verstehen.«

»Was ich herausbekommen möchte: Wie funktioniert die ganze Sache?«

»Funktionieren?«

»Ja. Auf was läuft es hinaus? Läuft es immer nur weiter, bis die ganze Sache zusammenbricht, wie 'ne einspännige Kutsche?«

Francis fiel eine Zeile aus Holmes' Salongedicht ein: »Alle zugleich und keiner zuerst, wie eine Seifenblase, die zerbirst.«

»Oder«, fuhr Forbush fort, »gibt es einen Auslöser? Ich glaube fast, daß es einen geben muß. Gleichgültig, was diese finanziellen Schweinehunde auch damit machen, unser System ist verdammt zäh. Ich kann mir nicht vorstellen, daß eine Gaunerei wie diese nur von der Hoffnung lebt. Das Timing ist zu unbestimmt. Wenn es im Leben logisch zugehen würde, müßte dieser Patient schon lange tot sein. Deshalb werde ich — erstens — alles herausfinden müssen, was ich kann, von den wenigen Leuten in dieser Stadt, die wissen, was los ist, und trotzdem noch mit mir reden, obwohl ich ja eigentlich sagen muß, daß sogar im inneren Kreis noch eine ansehnliche Menge wirklichkeitsfremder Rechtschaffenheit übriggeblieben ist. Dann müssen wir — zweitens — uns die Köpfe zerbrechen und überlegen, wie, wann und was.«

Francis stimmte Forbushs Vorschlag zu. Auch er glaubte, daß es ein besonderes Ereignis geben mußte, das die letzte Krise auslösen würde.

»Man braucht einen besonderen Vorfall — den Zusammenbruch einer lokalen Reservenbank vielleicht, oder einen massenhaften Zahlungsverzug, oder daß die Japaner auf dem Wertpapiermarkt spazierengehen. Etwas, das einen wirklichen Vertrauensverlust bewirkt. Wenn so etwas in Märkten wie diesen passiert, wird jeder versuchen, sofort mit dem Fallschirm abzuspringen, und keiner wird warten, bis er bei der Tür hinauskommt. Wenn die Welt erfährt, daß das Laissez-faire auf den Kopf gestellt wurde, und dazu noch von der Roten Gefahr, das würde schon reichen. Zum Teufel, da nimmt sich doch keiner mehr die Zeit herauszufinden, was es eigentlich bedeutet, oder ob es überhaupt etwas bedeutet, und diese Reaktion produziert Panik.«

Er verstummte, als hätte etwas seinen Gedankengang unterbrochen.

»Sagten Sie nicht, daß Ihre Freundin bei diesem Feuer durch ein Fenster flog?«

»Soweit sie sich erinnern kann.«

»Das riecht sehr nach KGB. Am Dscherschinski-Platz liebt man Fensterstürze, und die machen das auch sehr geschickt. Wenn ich etwas entdecke, werde ich es Sie wissen lassen. In der Zwischenzeit dürfen Sie ruhig beten, denn wenn Sie recht haben, dann war 1929 im Vergleich dazu nicht mehr als ein Bingoabend im Gemeindesaal.«

30

CORAL BEACH, BERMUDAS

Samstag, der 15. März

In der heißen Sonne der Insel schienen Gedanken an Mallory und Chamberlain und Forbush, an sowjetische Intrigen, Verschwörungen und Morde wie von einem anderen Planeten.

Mit dem Wetter hatten sie wirklich Glück gehabt. Die Bermudas konnten sogar noch Mitte März unberechenbar sein. Barbados wäre sicherer gewesen, aber Barbados war zu weit weg, um es einrichten zu können. Er konnte sich nur zwei Tage lang wegschleichen, und sogar deswegen hatte er Gewissensbisse, weil es bedeutete, daß der Ausflug mit der Sonntagsschule zu St. John the Divine verlegt werden mußte.

Angela Bowman, die stellvertretende Pastorin, würde am Sonntag predigen, und das war gar nicht schlecht; es wurde Zeit, daß sich die Gemeinde von All Angels an eine weibliche Priesterin am Altar und auf der Kanzel gewöhnte. Die Priesterweihe für Frauen war für viele seiner Gemeindemitglieder ein Schock gewesen; altmodische Männer und Frauen, die mit ihren alten Schulen und Colleges gebrochen hatten, nur weil die plötzlich das andere Geschlecht zuließen. Aber der Nostalgie konnte man eben nur für eine gewisse Zeit ihren Willen lassen.

Ob die Gemeinde wohl glaubte, daß Elizabeth nur mit dem Finger zu schnippen brauchte, und er sprang schon ins nächste Flugzeug, egal wohin? Wirkte er dadurch wie ein oberflächlicher Mensch, der seine Berufung nicht ernst nahm? Er war froh, hier zu sein, aber — verdammt! — würde sie je aufhören, in der Welt herumzureisen? Diesmal war sie in Caracas gewesen, um sich irgendein präkolumbisches Gold anzusehen. Die Bermudas waren der günstigste und angenehmste Treffpunkt für ihr Rendezvous gewesen.

Er drehte den Kopf und betrachtete die Gestalt im Bikini, die vollkommen unbeweglich, mit geziert über dem Bauch gefalteten Händen und einem schwachen Lächeln auf den Lippen, neben ihm im Sand lag. Das gemächliche Rauschen des Meeres hinter ihnen wurde hin und wieder von Kindergeschrei unterbrochen. Sie hatten Glück gehabt, im Coral Beach ein Zimmer zu bekommen; aber irgendwie hatte Elizabeth es geschafft, so wie er es in seiner Zeit an der Wall Street geschafft hatte, »unmögliche« Hotelsuiten und Theaterkarten aufzutreiben.

Kannten sie sich eigentlich wirklich? Bis jetzt hatte ihre Romanze nur aus flüchtigen Begegnungen bestanden.

Ja, sie gehörten zusammen. Er wollte sie, er brauchte sie um sich; sie empfand wie er, daß es das Richtige war, und dennoch konnten die Entzugsschmerzen heftig sein. Gottes Arbeit war eben nicht die von Morgan Stanley oder von Concorde Advisors. Es ging nicht um Milliarden. Bei Gottes Arbeit ging es um die kleinen Leute und ihre Probleme. Vor Jahrhunderten war das noch anders gewesen, da war die Frömmigkeit Sache von prächtig bewaffneten Bischöfen und Märtyrern gewesen, die im Namen Gottes und der Mutter Kirche Kreuzzüge ausriefen und Könige und Sultane stürzten. Heutzutage mußte Gottes Arbeit außerhalb der getönten Scheiben der Sechs-Meter-Cadillacs erledigt werden, in denen Francis früher selbst über die Park Avenue zum Frühstück ins Regency geglitten war.

Elizabeth neben ihm bewegte sich, sie hob eine Hand zur Stirn. »Das ist besser als arbeiten, oder?« fragte sie.
»Aber sicher.« Er streckte die Arme aus, nahm Sand in die Hände und zerrieb die Körner, als wollte er seine Haut polieren.
»Bist du sicher, daß du kein schlechtes Gewissen hast?«
»Wegen Sonntag? Sei doch nicht kindisch. Es tut ihnen nur gut, wenn sie sich an Angela gewöhnen.«
»Ich glaube, das ist nicht sehr schwierig. Sie ist sehr attraktiv.«
Er ging nicht darauf ein. Angela Bowman war wirklich sehr attraktiv. Ein- oder zweimal hatte er ...
Den Gedanken schob er beiseite. »Außerdem«, meinte er, »zeigt das Evangelium für den vierten Sonntag der Fastenzeit mich kaum von meiner besten Seite.«
»Francis.« Elizabeth wechselte das Thema. »Was hat Onkel Waldos Sticktuch für eine Bedeutung?«
Er drehte sich um und sah sie an. In diese Geschichte wollte er sie nicht verwickelt wissen.
»Ich weiß es nicht. Ein Insiderwitz wahrscheinlich. Zur Feier der Partnerschaft zwischen Chamberlain und Mallory. Die freie Marktwirtschaft siegt über die Teufel der Reglementierung und Beschränkung.«
»Hmmm«, machte sie und drehte sich wieder der sengenden Sonne zu.
Francis hoffte, daß man es ihm nicht anmerkte, aber er war besorgt. Er spürte keinen Boden mehr unter den Füßen. Jetzt hing alles an Forbush. Wenn der Schwarze nichts entdeckte oder das Interesse verlor, dann war es aus. Die Ereignisse würden ihren Lauf nehmen. Er wäre dann auch nur einer derer, die »Wölfe!« schreien und lediglich vom Wind in den Bäumen gehört werden.
Hier in der Sonne gelang es ihm, diese Sorgen in seinem Gefühl für Elizabeth aufgehen zu lassen. Für ihn war es die richtige Zeit im Leben, um verliebt zu sein. Die ersten, schlimm-

sten Stufen der Schule der Liebe hatte er bereits hinter sich. Vorbei waren die Unruhe des Besitzanspruchs, die sexuelle Eifersucht, die Neigung, nach dem Balsam für die eigenen Gefühle in der Seele des anderen zu bohren.
Er drängte Elizabeth seine Werte nicht auf. Keiner von beiden benutzte den anderen, und das war das Gute an der Beziehung. Er liebte sie grenzenlos, ohne Einschränkung oder Scham, so wie sie war – und nicht als Erweiterung seiner selbst. Daß sie ein reiches, geschäftiges Leben draußen in der Welt führte, machte ihm nichts aus, von den Terminschwierigkeiten einmal abgesehen. Sie beide wollten das Leben einen Schritt nach dem anderen angehen, wie sie es seit Beginn ihrer Beziehung getan hatten, und so würde es schon funktionieren.
Ein Hand, die durch den Sand glitt, unterbrach seine Gedanken. Ein Finger strich an seiner Badehose entlang, er spürte, wie der Fingernagel an der schnell dicker werdenden Ausbuchtung unter dem Stoff hoch, darum herum und wieder hinunter fuhr.
»Wenn du so weitermachst«, sagte er und bekam plötzlich keine Luft mehr, »passiert etwas Peinliches. Und das an einem öffentlichen Strand.«
Elizabeth stützte sich auf den Arm. Einen Augenblick lang ließ sie ihre Hand, wo sie war, dann nahm sie sie weg und schob ihre Sonnenbrille hoch.
Wie schön du bist, dachte er.
Sie sah sich ungeniert die offensichtlichen Zeichen seiner Erregung an. »Hier passiert zweifellos etwas. Wie peinlich, kann ich nicht sagen. Aber ich hatte schon genug Sonne. Sollen wir uns für eine ungehinderte Überprüfung auf unser Zimmer zurückziehen?«
»Nur wenn du morgen mit mir zur Frühmesse gehst.«
Sie nahm seine Hand. »Francis, mein Liebling, ich werde mit dir zur Messe gehen, solange es Messen gibt, zu denen man gehen kann. Dein Volk wird auch mein Volk sein.«

Ihre Worte bestätigten, was sie in ihrem Herzen wußte. Was sie anging, mußten nur noch die organisatorischen Probleme gelöst werden. Der schwierige Teil. Und der einfachste.

Als er sie später an diesem Nachmittag bat, seine Frau zu werden, sagte sie ja. Aber zuvor hatte sie ihn wieder über Mallory und Chamberlain ausgefragt. »Ich muß es wissen, verstehst du das nicht, Liebster? Weil es doch offensichtlich so wichtig für dich ist.«

Sie mußte es wirklich wissen. Dieser Mann hatte ihr Leben verändert, ihre Weltsicht. Sie fühlte sich nicht mehr richtig wohl bei dem, was sie tat. Dieses Kaufen und Verkaufen von Kunst, mit dem sie sich ohne viel Nachdenken hatte abfinden können, schien ihr plötzlich unsauber, fast ein Verrat. Er hatte etwas anderes im Leben gefunden — nenn es Gott, nenn es Wahrheit —, und langsam spürte auch sie es. Kaufen und Verkaufen, Einnehmen und Ausgeben: Es schien plötzlich so — nun, beschränkt. Sie entdeckte, wie sie Leute mit anderen Augen ansah, ohne ihren Reichtum und die Vorzüge und die Sonderrechte, die der Reichtum mit sich brachte, und sie fragte sich dann selber: Was wäre dieser Mann oder diese Frau ohne das Geld?

Nicht, daß Geld sie je beeindruckt hätte. Aber wenn man lange Zeit mit den Reichen arbeitete, akzeptierte man Reichtum einfach als wesentlichen Teil der Persönlichkeit, den man ebenso wie die Umgangsformen oder das Verhalten dieses oder jenes Menschen in Betracht ziehen mußte.

Aber Francis änderte das jetzt alles, er zeigte ihr, daß Geld nur ein Zusatz war, ebensowenig Teil des Charakters war, wie ein viktorianischer Firnis auf ein Trecento-Gemälde gehörte.

Sie wiederholte ihre Frage nach Waldo und dem Sticktuch.

»Ich weiß nicht, was ich damit anfangen soll«, antwortete er. Er klang ungeduldig. Es war offensichtlich, daß er nicht darüber reden wollte.

»Ich verspreche dir, daß ich keinem ein Wort davon erzählen werde«, sagte sie und versuchte ihn dazu zu bringen, daß er sich öffnete. Warum sträubte er sich? Alles, was Francis je über Mallory erzählt hatte, hatte sie schon hundertmal im Büro von Tony gehört, wenn auch Francis' Version etwas gänzlich Böses anzudeuten schien.
»Darum geht's nicht«, erwiderte Francis.
»Onkel Waldo und Mallory, die haben was Schlimmes vor, oder?«
Francis drehte sich um und sah sie an. Sie hob unwillkürlich ihre Hand und strich ihm eine Locke aus der Stirn.
»Laß uns nicht darüber reden«, meinte er. »Bitte. Es ist so ein schöner Tag, und du bist eine schöne Frau, und ich liebe dich und bete dich an.«
Mehr als du Gott anbetest? dachte sie.
»Und der Tag ist zu schön, um über Mallory und Konsorten zu reden«, schloß er.
Na gut, dachte sie, er will einfach nicht, daß ich es weiß, und so soll es denn auch sein. Aber ganz so einfach wollte sie ihn auch nicht davonkommen lassen.
»Francis, haßt du Mallory persönlich oder aus Prinzip? Das versteh' ich noch nicht.«
»Beides.«
»Ich habe Tony erzählt, was du über Mallory gesagt hast. Tony meinte, du klingst wie einer, der seine Chance nicht genutzt hat.«
Der gemessene Ton, in dem er antwortete, sagte ihr, daß er angebissen hatte.
»Schau, Elizabeth. Ich bin so konservativ und kapitalistisch wie nur irgend jemand, aber mein wahrer Glauben wird auf die Probe gestellt. Ich bin es wirklich müde, als Spielverderber hingestellt zu werden, nur weil es mir zufällig nicht gefällt, wie die Dinge im Augenblick laufen. Ich bin in besseren Zeiten als den heutigen aufgewachsen, oder ich glaube es zumindest. Ich ziehe den Adler eben dem Goldenen Kalb als

nationales Symbol vor. Meiner Meinung nach stecken wir in großen Schwierigkeiten; man hat uns einen Hundefraß vorgesetzt — der Präsident, die Mallorys, die Wristons und Simons, all die Leute, die den Markt zum einzig wahren Glauben erhoben haben —, und ich glaube, wir werden merken, daß er vergiftet war. Kennst du einen Ökonomen namens Joseph Schumpeter?«

»Ich glaube nicht.«

»Nun, Schumpeter sagt, das Wesentliche am Kapitalismus sei der Wechsel. Zerfall und Wiederaufbau und Änderung. Alte Industrien sterben, neue entstehen. Ein Kreis: Veraltung, Wechsel, Neuschaffung, Veraltung, Wechsel und so weiter. Er nennt das ›kreative Zerstörung‹. Ich stimme ihm da zu, es liegt in der Natur der Sache. Aber der maßgebliche Begriff ist *kreativ!* Und trotz der Dinge, die das *Wall Street Journal* und andere sagen, glaube ich nicht, daß Schumpeter die heutigen Vorgänge so beschreiben würde: Dieses schmierige, wahnsinnige LBO-Spiel, gespielt von fadenscheinigen Leuten, die mit Insiderinformationen handeln. Für mich ist das selbstmörderisch. ›*Zerstörerische* Zerstörung‹ würde ich es nennen. Zwangsweise in das System eingeführt von den Manning Mallorys und ihren Geldverkäufern. Ich bin zu dem Glauben erzogen worden, daß man, wenn man schlau oder glücklich genug ist, eine Menge Geld in die Hände zu bekommen, sich unter anderem den Luxus eines Gewissens leisten kann. Aber offensichtlich habe ich mich getäuscht. Ich hasse das, Elizabeth. Deshalb glaube ich auch, daß es nicht die Wall Street war, die Gott für mich im Sinn hatte, und er mich deshalb zu seiner Arbeit woanders hinberief. Aber können wir jetzt bitte das Thema wechseln? Bitte! Über dieses Thema und diese Leute zu reden macht mich traurig.«

»Es tut mir leid«, sagte sie und lächelte ihn an.

Es tut mir wirklich leid, dachte sie, du bist ein so liebenswerter, anständiger Mann, und es ist gemein von mir, so in dich zu dringen, aber ich muß dich eben durch und durch kennenlernen, verstehst du das nicht? Sie hatte gewisse Vorstellungen, was er meinte, wenn er von neuen Leuten sprach. Es kamen neue Leute zu Concorde, Männer und Frauen, die nachweislich den Geräuschpegel hoben. Tony meinte, sie wirkten Wunder für die Gewinne der Firma, weil sie mit »finanziellen Termingeschäften« handelten. Es klang wie ein Spiel; die immensen Summen, mit denen ihre neuen Kollegen so beiläufig umgingen, hätten ebensogut farbige Murmeln sein können. Die größte Summe, die sie je für das Kunstportefeuille ausgegeben hatte, 15 Millionen Dollar für Raffaels Altarbild von Merrimoles House, »Die Wunder des hl. Christophorus und des hl. Nikolaus«, hätten im Spiel dieser neuen Leute nicht einmal den Grundeinsatz finanziert.

Ja, du bist wirklich ein liebenswerter, anständiger Mann, dachte sie. Und wir werden gemeinsam ein liebenswertes, anständiges Leben führen, und wenn wir uns beeilen, können wir auch liebenswerte, anständige Kinder haben, obwohl ich schon eine müde, alte Schachtel bin, der das Schienbein schmerzt, wenn es regnet.

Sie rutschte zu ihm hinüber.

»Ich liebe dich«, sagte sie. Sie küßte ihn und liebkoste ihn, und auch er streichelte ihre Brüste, ließ seine Hand zwischen ihre Schenkel gleiten. Am liebsten hätte sie sich so fest an ihn gedrückt, daß sie ein einziger Körper, ein einziges Wesen wurden.

Ihre Lippen huschten über ihre Körper, hier Süßes, dort Salziges kostend. Die Luft schien schwer vom Moschusduft der Liebe.

Dann legte er seinen Mund an ihr Ohr und flüsterte die Frage.

»O ja«, flüsterte sie zurück. Sie kauerte sich auf die Knie und er drang von hinten in sie ein, Millimeter für Millimeter schob er sich in sie, glatt und feucht; er griff nach vorn, um ihren Busen zu streicheln, sie nach hinten, um ihn sanft zu umfassen. Ja, ja, ja. Sie wechselten die Stellung, er legte sich auf sie und glitt lang und langsam in sie, unter Küssen, die süß waren vom Schweiß. Er fühlte sich wie ein feiner Draht, an dessen Spitze eine unerträgliche Flamme brannte, und er spürte, wie sie sich unter ihm anspannte ...

Aber plötzlich, mit einem scharfen, rücksichtslosen Ton, der die feuchte, eingesponnene Ruhe ihrer Bewegungen zerriß, klingelte das Telefon.

Elizabeth seufzte und hob ab. Eine Stimme meldete sich als Mr. Forbush vom Büro des Bischofs in New York. Mit einem verärgerten, fragenden Blick gab sie Francis den Hörer.

»Hallo?« sagte Francis ungeduldig und schwer atmend.

»Tut mir leid, daß ich Sie störe, Rev, aber ich glaube, Sie sollten schleunigst Ihren Arsch hierherbewegen!«

31

WASHINGTON

Dienstag, der 18. März

»Sie waren ein bißchen außer Atem, als ich anrief, Rev«, sagte Forbush mit ausdruckslosem Gesicht. »Sind wohl gerade vom Joggen zurückgekommen, nehme ich an.«
Willst mich wohl auf die Probe stellen, dachte Francis. Geschmacklosigkeiten waren nicht Forbushs Art. Er will mir etwas mitteilen: Respekt produziert Vertrautheit.
»Klingt gut, Bermudas«, fuhr Forbush fort.
»Wir hatten Glück mit dem Wetter«, erwiderte Francis.
Forbush nickte. »Schön für Sie«, sagte er. »Ich nehme an, Sie waren seit dem Tod Ihrer Frau ziemlich einsam. Klang nach einer netten Dame, die meinen Anruf entgegennahm.«
»Nun, ich fürchte, Sie werden sie meine Verlobte nennen müssen. Seit Samstag nacht.«
»Na, dann meine Glückwünsche! Das ist nett, Rev, das ist wirklich nett. Sie beide werden dann wohl in Ihrer Wohnung in der Eighty-fourth Street leben? In der Pfarreiwohnung? Sie wurden dort geboren, nicht? Eine schöne Wohnung, wie ich höre. Drei Schlafzimmer, drei Bäder. Platz für Kinder.«
Francis verstand: Ich habe Sie überprüft, Francis Bangs Mather, ich habe meine Nachforschungen angestellt. Ich weiß, wo Sie überall gewesen sind und wie es für Sie war. Ich weiß,

mit wem Sie geschlafen haben und ich kenne Ihren Kontostand. Ich kenne nicht nur Ihre Adresse und Versicherungsnummer, ich weiß auch, was auf dem Etikett Ihrer Unterwäsche steht.

»Ich weiß noch nicht«, antwortete er. »Ich glaube, wir machen einfach eins nach dem andern.«

Forbush lächelte. »Rev«, sagte er, »nur so geht's. Wie Ihr geheiligter Professor Chamberlain zu sagen pflegt, immer der Reihe nach. Ich habe mir sein Zeug angesehen, alle seine Bücher und Artikel und Reden. Erstaunlich, wie ein Mann Zyankali verschreiben und es wie Sarsaparillextrakt klingen lassen kann.«

Er nahm die gefalteten Hände vom Bauch, beugte sich vor, und legte sie auf den Schreibtisch.

»Rev«, sagte er. »Sie kamen zu mir und erzählten mir, was Sie wußten und was Sie vermuteten. Und ich sagte Ihnen, ich würde herausfinden, was ich könnte. Ich habe Mr. Grigori Simonon Menschikow überprüft — geborener Schawadse, wie sich herausstellte —, und ich glaube, wir haben Zündkontakt, wie die Flieger sagen.«

»Dann war er also wirklich vom KGB?«

»Das kann ich nicht mit absoluter Sicherheit sagen. Aber er hat ein ausgefülltes und interessantes Leben geführt. Ich war richtig erstaunt, wo sein Name überall auftaucht.«

»Bei der CIA, nehme ich an.«

»Unter anderem auch da. In Langley habe ich ein paar Strohhalme aufgelesen, über die ich dann die Schweizer Finanzpolizei befragt habe. Mit dem französischen Geheimdienst, der DGSE, habe ich mich gut unterhalten. Die haben Langley diesen Menschikow in den Schoß geworfen, aber das führte zu nichts. Ich habe auch mit den Briten gesprochen, und mit der Crown Police in Hongkong, mit Rom und Caracas. Das gibt eine gigantische Telefonrechnung.«

»Und ...?«

»Nun, was ich aus meinen Telefongesprächen erfuhr, war

nur Stückwerk. Kurze Blicke auf Mr. M.s Petticoat an verschiedenen Orten auf der ganzen Welt. Wie sich zeigte, glaubt Bern, daß er in den Chiasso-Betrug verwickelt war, und der war im Ablauf dem Skandal ziemlich ähnlich, der '69 Mallorys letztem verbliebenen Konkurrenten in der CertBank den Garaus gemacht hat. Ein Kerl namens Laurence. Wurde unehrenhaft aus der CertBank entlassen, er arbeitet jetzt für E. F. Hutton. Auf jeden Fall glauben die Italiener, daß Moskau hinter Sindona, Calvi und der Ambrosiana stand. Der MI-5 hat die Theorie, daß der KGB vielleicht auch bei Lloyd seine Finger drin hat. Aber die Franzosen sind der Schlüssel, weil sie doch tatsächlich die Abteilung am Dscherschinski-Platz infiltriert haben, die die Industrie- und Technologie-Dinger drehen. Die haben uns das Material gegeben, aber das war in den Wind gesprochen, weil irgend jemand dem Präsidenten und Bill Casey erzählt hat, Mitterrands Sozialismus sei das gleiche wie der Marxismus-Leninismus. Und das Ergebnis: Alles, was wir von Paris bekamen, wurde als bolschewistische Lüge und Desinformation interpretiert. Das ›Abschiedsgeschenk‹ mit eingeschlossen, das Paris an Washington weitergegeben hat. Es kam sofort in die Ablage. Als die Franzosen das merkten, hörten sie auf, uns weiter mit dem guten Stoff zu beliefern und gaben uns nur noch Hühnerfutter. Oder was sie dafür hielten. Wie die Menschikow-Akte.«
Er hielt eine Plastikmappe mit einem eingeprägten, offiziellen Siegel hoch.
Francis griff danach, aber Forbush zog sie zurück.
»Einen Augenblick, Rev. Wie Sie sehen werden, ist das *kein* Hühnerfutter. Nicht für Sie und mich. Weil wir beide sozusagen die andere Hälfte des Dollarscheins in der Hand halten.«
Mit der anderen Hand hob er Elizabeths Skizze des Sticktuchs hoch. Dann gab er Francis die rote Mappe.
»Ich habe das von der National Security Agency. Die halten

es für so unbedeutend, daß sie es an den *Playboy* verkaufen würden, wenn sie könnten. Aber ich glaube, Sie werden das anders interpretieren. Es ist die Transkription von Menschikows letzten Worten. Kurz gesagt, er hatte in Paris einen Herzinfarkt, und siehe da, der Portier hatte seinen kleinen Sony bei der Hand. Jetzt genießen Sie es, Rev, genießen Sie es.«

Francis spürte Forbushs Blicke auf sich, während er las. Als er geendet hatte, sah er auf.

»Strickdreher?«

»Grundwissen, mein lieber Rev. Und ich nehme an, Sie erraten, wer ›Waldja‹ ist.«

Francis nickte.

»Auf jeden Fall«, fuhr Forbush fort, »nachdem ich das gelesen hatte, ging ich sehr weit zurück. Was denken Sie? Menschikow war '35/'36 in London. Er war '44 in Bretton Woods und '46 dann wieder in London — zu Keynes' Begräbnis. Jetzt raten Sie mal, wer nachweislich bei allen diesen Gelegenheiten noch anwesend war? Und natürlich war unser genialer Freund ein halbes Jahr vor Menschikows Tod persönlich in Moskau. Sie hätten sich dort treffen können, aber es gibt keinen Bericht darüber. Warum auch. Wer sollte denn Onkel Waldo verdächtigen? Und jeder weiß doch, daß Ökonomen keine blasse Ahnung von der wirklichen Welt haben, geschweige denn in ihr agieren können.«

»Und wie machen wir jetzt weiter?«

»Das kommt darauf an. Sehen Sie, wir beide sind nur ein Teil der Weltbevölkerung, die sowohl diese Mappe wie diese Skizze kennen. Der andere Teil ist niemand anderes als Mr. Mallory und sein guter Freund und Beistand Genosse Waldo. Waldja. Wie sich herausstellte, sitzt Mallory in einem hochkarätigen Sicherheitsausschuß, in dem im Januar genau das gleiche Dokument verteilt wurde.«

»Und was bedeutet das für uns?« fragte Francis.

»Ich bin mir nicht ganz sicher«, antwortete Forbush, »aber es

kann nur von Vorteil sein. Sie wissen nicht, daß wir wissen, was sie nicht wissen, daß es überhaupt jemand weiß. Jemand außerhalb Moskaus. Aber auf jeden Fall ist es so, daß Sie mit Ihrer Theorie absolut recht hatten.«
Er nahm ein Buch in die Hand. »Hören Sie zu: ›In Ermangelung jeglicher vorheriger Erfahrungen oder Tradition stürzten sich die New Yorker Bankhäuser mit verwegenem Enthusiasmus in das internationale Kreditgeschäft ... Darlehen wurden an Länder vergeben, deren Existenz vollkommen unbekannt war, bis ihr Namen auf der Subskriptionsanzeige erschien.‹ Raten Sie mal, auf welches Jahr das bezogen ist?«
»1980 oder '81?«
»Versuchen Sie es mit 1925. Angenommen, es war die Absicht der Sowjets, die Banken des Westens dazu zu bringen, genau das gleiche noch einmal zu tun?«
»Das klingt einleuchtend. Und wie machen wir jetzt weiter?«
»Ich glaube, ich weiß es — vorausgesetzt, ich sehe das Ziel der Operation richtig. Lassen Sie mich etwas an Ihnen ausprobieren.«
Forbush meinte es todernst.
»Fangen wir mit Ihrer Idee an, daß Mallory es wie ein Spiel spielt. Was ist der Zweck jedes Spiels, Rev?«
»Zu gewinnen?«
»Genau. Aber was nützt das Gewinnen, wenn die Leute nicht *wissen*, daß man gewonnen hat? Der Spielstand muß angezeigt werden. Deshalb haben ja auch die Kerle an der Street alle Presseagenten: damit wir erfahren, wie großartig und wie gerissen sie sind. Einen berühmten anonymen Gewinner gibt es nicht.«
»Ich glaube, ich kann Ihnen nicht folgen.«
»Sie werden schon noch. Weil alles zusammenpaßt. Noch eine Frage, Rev. Angenommen, wir wachen eines schönen Morgens auf und erfahren, daß der größte, am meisten bewunderte, am meisten zitierte, der *alles* Am-meisten-Banker der Welt die letzten dreißig Jahre ein russischer Agent gewe-

sen ist und unser gesamtes Finanzsystem von ihm systematisch manipuliert wurde, damit es sich selbst zerstört? Glauben Sie nicht, daß dann sein Foto auf dem Titelblatt der *Times* erscheint?«

»Wenn es dann noch eine *Times* gibt, in der es erscheinen kann.«

»Und man braucht auch nicht viel Fantasie, um sich vorzustellen, was dann passiert, oder?«

Nein, das braucht man nicht, dachte Francis. Der Deckel der finanziellen Büchse der Pandora würde aufbrechen. Jeder auf der ganzen Welt hätte das Recht, seine Verpflichtungen für ungültig zu erklären. Mexiko, Argentinien, die dritte Welt. Die Landwirte und die Ölförderer. Jeder, der Schulden hatte und nicht zahlen konnte oder nicht zahlen wollte. Jeder antikapitalistische oder antiamerikanische Gedanke, der je gedacht oder ausgesprochen wurde, würde hervorplatzen. Alle »Verschwörungs«-Fanatiker hätten ihren großen Tag. Banken und Börsen müßten schließen. Die Kapitalströme würden einfrieren, als wäre König Winter mit der Hand darübergefahren, aber das wäre auch gleichgültig, weil das Papierkapital seinen Wert verloren hätte. Die Computermonitore in den Banken und Börsensälen würden verlöschen. Ein nuklearer Winter der finanziellen Art. Und danach dann Hexenjagden, sozialer Aufruhr — und Gewalt.

»Ich kann es mir vorstellen«, sagte er zu Forbush.

»Das denk' ich mir. Nicht gerade hübsch, was?« erwiderte Forbush. »Können Sie sich vorstellen, was Castro und Ghaddafi zu dem Thema zu sagen haben? Castro ruft ja schon ein paar Jahre nach ›Nichtanerkennung‹, aber auch ohne seine Hilfe hält der Deckel kaum noch. Von den Entwicklungsländern stehen 800 Milliarden Dollar Schulden aus, und soweit ich es sehe, sind die in Onkel Sam nicht gerade über beide Ohren verliebt. Die Bank of America ist wahrscheinlich am Ende, zumindest de facto. Wir wissen doch, wie die New Yorker Banken dastehen, wenn erst einmal die ganze Scheiße weggeräumt ist. Und was ist mit den ganzen Auslandsdollars, die in diesen hübschen Schatzanweisungen und Schatzwechseln gebunden sind? Alleine die Japaner stecken in einer Dollarfalle, die sich wahrscheinlich auf 50 Milliarden beläuft.« Er lachte. »Nicht daß es kein Spaß wäre, zu sehen, was aus der Street wird, wenn der Aktienindex auf Null steht.«

Er hob ein Buch hoch, das mit Einmerkern gespickt war. »Kennen Sie das? Kindleberger, *Manias, Panics, and Crashes?*«

»Es ist schon eine Weile her, daß ich es gelesen habe.«

»Nun, für mich ist es eine Art Bibel. Ich predige in dieser Gegend damit, wie Sie nach Paulus predigen. Ich hoffe, daß Ihre Gemeinde besser aufpaßt als meine. Auf jeden Fall, hören Sie zu: ›Ein Boom wird von einer Expansion der Bankkredite angetrieben, die das Gesamtgeldangebot vergrößert. Banken können charakteristischerweise die Geldmenge erweitern, entweder durch die Ausgabe von Banknoten ... oder durch Kredite in Form von Zusätzen zu Bankeinlagen. Bankkredite sind, oder sind es zumindest gewesen, notorisch unstabil.‹«

Dagegen gibt es nichts einzuwenden, dachte Francis.

Forbush fuhr mit dem Zeigefinger über die Seite. »Kindleberger berief sich in vielem auf die Arbeiten eines gewissen Minsky, der jetzt in St. Louis lehrt, der aber, glaube ich, früher am MIT war. Ich wäre fast hingefahren, um die Theorie an ihm auszuprobieren. Wissen Sie, jetzt, da ich darüber nachdenke: Chamberlain hat doch diese Leute am MIT sicher gekannt: Kindleberger, Modigliani — zum Teufel, vielleicht sogar Minsky. Auf jeden Fall, nach Kindleberger und Minsky braucht man für einen Crash zunächst einen Kreditboom. Und dann, hören Sie zu: ›Im Spätstadium neigt die Spekulation dazu, sich von Objekten von wirklichem Wert ab- und trügerischen zuzuwenden. Eine immer größere Gruppe von Leuten versucht reich zu werden, ohne die beteiligten Abläu-

fe wirklich zu verstehen. Kein Wunder, daß Betrüger und Kundenfängerei Hochkonjunktur haben.‹ Wie bei den Sparern aus Ohio, was, Rev?«
Forbush blätterte weiter.
»Jetzt kommen wir zur Krise, zum ›Umschwung‹, zum Umschwung bei Gebrauchsgütern, Papieren und so weiter. Man kann versuchen, hier etwas zu retten, indem man sich herauskauft — wie '29 Richard Whitney auf dem Währungsmarkt —, oder man kann die Banken und Märkte eine Zeitlang schließen, oder eine Zentralbank greift ein. Oder es gibt Krieg — aber bei den heutigen Bomben geht das nicht mehr. Wovon wir reden, ist jedoch größer als all das. Wichtig dabei ist, daß jeder davon erfährt, damit sie alle auf einmal zur Tür stürzen können. Kindleberger beschreibt das so: ›Wichtig . . . ist die Aufdeckung des Schwindels, des Betrugs, der Unterschlagung . . . Das Bekanntwerden der Untat, entweder durch Verhaftung oder Aufgabe des Übeltäters oder durch . . . Geständnis, Flucht oder Selbstmord, ist wichtig als Signal, daß die Euphorie übertrieben wurde . . . Der Vorhang hebt sich für den Umschwung und vielleicht für die Schande.‹«
Forbush schloß das Buch.
»Da wir von der Domino-Theorie reden! Beim '29er Krach fehlte der Zentralbank der Mut. Heute fehlt ihr das Geld, vor allem jetzt, da die Japse in einer Größenordnung von fünfzig Riesen beim Onkel Dollar engagiert sind. Die ganzen Schulden, die selbstzerstörerisch auf eine Abwertung zustürzen. Wenn der Stoff wirkt, gibt man die Schuld dem Dealer, nicht dem Kiffer. Das ist die amerikanische Art.«
»Ich kann mir die Folgen vorstellen«, sagte Francis. »Schwierigkeiten habe ich nur mit der Frage, was wir dagegen tun können.«
»Auf das komme ich jetzt«, erwiderte Forbush lächelnd. »Nehmen wir einmal an, ich habe recht und Mallory und Chamberlain machen's wie Burgess, Maclean oder Philby

und verduften nach Moskau, um der Welt zu erzählen, was sie in den letzten dreißig Jahren gemacht haben. Ich wette mit Ihnen zwanzig zu eins, so sicher bin ich mir. Und der große Tag läßt nicht mehr lange auf sich warten.«

»Wie kommen Sie da drauf?«

»Weil ich schnell lerne und in den letzten Tagen der weltbeste Experte für Manning Mallorys Privatleben geworden bin. Kennen Sie seine Schwäche?«

»Ich glaubte immer, er hätte keine.«

»Kommen Sie, Rev, das ist kein Spaß. Ich hoffte, Sie würden auf etwas wie eine Vorliebe für kleine asiatische Jungs tippen. In gewissen konservativen Kreisen in New York ist das im Augenblick 'ne große Sache. Aber Mr. Mallorys Schwäche sind Anzüge.«

»Anzüge?«

»Kleidung. Er ist ein richtiger Beau Brummel. Während Sie sich in der Sonne vergnügten, fuhr ich nach New York und besuchte Mr. Mallorys Schneider. Spielte einen Agenten des Finanzamts von New York State auf der Suche nach Umsatzsteuerbetrügern. Der Kerl hätte sich beinahe in die Hose gemacht vor Angst. Wie der Blitz hatte er seine Auftragsbücher auf dem Tisch. Die waren so sauber, der muß einfach absahnen. Na, und jetzt raten Sie mal, was ich entdeckt habe? Vor einem Monat hat Mallory neue Anzüge bestellt. Was denken Sie, wie viele?«

»Keine Ahnung.«

»Wie wär's mit einem Dutzend? Ein Dutzend. Das Stück zu 1800 Dollar. Liefertermin nicht später als Ende Juni. Was halten Sie davon?«

»Wahrscheinlich brauchte er einfach ein paar neue Anzüge.«

»Raten Sie noch mal. Es ist einer dieser Modeschneider, die Stoffmuster zu den Bestellungen ihrer Kunden heften. Der Stoff, den Mallory aussuchte, könnte eine Kugel aufhalten. Die Art von Anzügen, die man in Lappland braucht. Wie er sie zuvor noch nie bestellt hat. Aha! dachte ich mir. Na, und

was denken Sie, was dann kam? Ich hab' auch ein wenig bei Waldo Chamberlain nachgebohrt. Der ist ein berüchtigter Geizkragen, der Typ, der sogar mit seiner Mutter auf Heller und Pfennig abrechnet. Und siehe da, er hat für den ersten Juli bereits einen Einfachflug nach Zürich gebucht. Zum Apex-Tarif, was ihm 200 Dollar spart.
Wie ich während meiner kurzen Karriere als Agent gelernt habe, nennen das die Leute vom Fach ›Exfiltration‹. Chamberlain fliegt nach Zürich, spaziert um den Zürichsee, und das ist das letzte, was man von ihm sieht, bis ›Guten Morgen, Moskau‹. Mallory fliegt wahrscheinlich mit der Concorde nach Paris, meldet sich im Ritz an und nach ein paar Tagen mit seinem Dutzend Anzügen auf dem Weg nach irgendwohin wieder ab, und — *zapp* — verschwunden ist er, aber nicht vergessen, denn im nächsten Augenblick ist er schon im Fernsehen, mit Genosse Gorbatschow als David Hartman, und plötzlich ist die Kacke am Dampfen.«
»Was werden Sie also tun? Zur Börsenaufsicht gehen oder zum FBI?«
»Aber Rev, in dieser Stadt, bei dieser Regierung? Seien Sie doch kein Rindvieh! Wie lautet denn die Anklage? Korruption der kapitalistischen Moral? Verführung ersten Grades? Besitz von Schulden, mit der Absicht, einen Crash herbeizuführen? Jetzt seh'n Sie doch nicht so bestürzt drein. Wir haben eine große Sache für uns laufen.«
»Und das wäre?«
»Als Finanziers sind die Kerle ja wirklich Profis, aber als Geheimagenten sind sie Amateure. Vielleicht können wir daraus einen Vorteil ziehen. Zunächst müssen wir es schaffen, daß sie nicht mehr nach ihrem Plan, sondern nach unserem spielen, daß sie sich nicht mehr nach ihrem Terminplan, sondern nach Ortszeit Forbush-Mather richten.«
»Und wie wollen Sie das erreichen?« Francis merkte, wie er den Boden unter den Füßen verlor.
»Rev, wir müssen nur dem Tiger Angst einjagen. Ihn dazu

bringen, daß er zu uns kommt, daß er sich zeigt. Wir müssen eine Ziege auf der Lichtung festbinden und warten, ob es den Tiger in der Nase juckt.«

»Und wie wollen Sie das machen?«

Forbush grinste. Er langte über den Tisch und schüttelte Francis die Hand. Als die schwarzen Finger seine eigenen nahmen, bemerkte er überrascht, wie geschmeidig sie waren; sie könnten ebenso leicht eine Scarlatti-Sonate spielen wie einen Hals brechen.

Mit übertriebener Begeisterung schüttelte Forbush ihm die Hand. »Nun«, sagte er, »darauf kann ich nur sagen: Sehr erfreut, Ihre Bekanntschaft zu machen, Reverend Ziege.«

Das Lächeln verschwand.

»Rev, das ist eine sehr riskante Angelegenheit, und wir müssen die ganze Zeit improvisieren. Warten, ob sie reagieren und was sie tun, wenn überhaupt, und wie sie es tun. Wenn sie schlau sind, bleiben sie einfach zu Hause, wie mein Defensiv-Trainer in West Point immer sagte. An Plan A festhalten, weil der uns bewegungsunfähig macht. Ich wette, daß sie es nicht tun, weil sie schon so nahe am Ziel sind, daß sie es riechen können; und das ist genau der Zeitpunkt, an dem Amateure in Panik geraten und Blödsinn machen, wenn irgend etwas schiefgeht. Aber an eins müssen Sie immer denken.«

»An was?«

»Vergessen Sie keinen Augenblick lang« — Forbush war jetzt todernst —, »daß diese beiden Katzen, obwohl sie im Spionagegeschäft vielleicht Anfänger sind, wahrscheinlich ein paar Jungs im Hintergrund zur Unterstützung haben, die keine sind!«

32

QUIDDY POINT

Freitag, der 21. März

Na, heute abend sind wir aber brummig, dachte Mrs. Arthurs, während sie geschäftig in der Küche herumhantierte. Sie war, wie üblich am Freitagabend, länger geblieben, um Waldo Chamberlain das Abendessen zu kochen.
So durcheinander wie er war, hatte es wenig Sinn, seinen Ärger noch zu vergrößern, indem sie ihm von ihrem morgendlichen Besucher erzählte. Morgen vielleicht – wenn sich seine Stimmung gebessert hatte. Man durfte ihn nicht noch mehr aufregen, als er sowieso schon war, nicht bei seinem Alter.
Was ihren Besucher anging, so gab es nach Mrs. Arthurs' Ansicht zwei Arten von Menschen: Quiddy Pointer und andere. Wir und die anderen. Und deshalb hatte sie, obwohl der junge Mann glaubwürdig und überzeugend gesprochen hatte und sich offenbar sehr gut auskannte, ihm nichts erzählt und würde es auch weiterhin nicht tun, zumindest so lange nicht, bis Mr. Chamberlain seine Zustimmung gegeben hatte – was ziemlich unwahrscheinlich war, bei seiner verschlossenen Art.

Mrs. Arthurs hatte die Stimmung ihres Arbeitgebers genau erfaßt. Waldo war sehr aufgeregt. Er hoffte, daß man ihm sei-

ne Erregung nicht anmerkte, aber der letzte Besucher hatte ihn verwirrt, beunruhigt und verängstigt.
Er hätte den Kerl nicht empfangen sollen, aber jetzt war es zu spät. Und wie hätte er es auch wissen sollen? Der Mann hatte am Telefon sehr glaubwürdig geklungen. »Keynes, Marxismus und Christentum« war ein vollkommen vernünftiges Thema für ein Buch, und schließlich war der Kerl ja wirklich ein episkopalischer Priester, um Himmels willen, und ein Absolvent der Business School. Waldo hatte sich an den Namen nicht mehr erinnern können, aber wie sollte er auch? Vierzig Jahre lang waren pro Semester zweihundert neue Gesichter durch »Geld eins« gegangen. Man erinnerte sich eben nur an die hervorragenden: die Mallorys, die Kelleys, die Andersons, Männer, die etwas darstellten. Männer, die sich in der Geschäftswelt einen Namen gemacht hatten, die berühmten Fällen ihren Namen gaben oder einen Lehrstuhl oder ein Stipendium einrichteten.
Und lag es denn nicht in der Verantwortung des Weisen, denn so betrachtete die Welt Waldo, seine Türen für alle Sucher nach Wahrheit und Weisheit offenzuhalten?
Er war sicher, daß er sich nicht verraten hatte, daß er dem Besucher auch nicht den winzigsten Hinweis auf seinen inneren Tumult gegeben hatte, als er den Mann schließlich nach einer Stunde, die ein ganzes Leben gedauert zu haben schien, zur Tür brachte. Er hatte kaum das Zittern in seiner Stimme unterdrücken können, als er bei der Ehemaligenvereinigung anrief. Ja, Professor Chamberlain, hatte die frische, junge Stimme auf seine Frage geantwortet, in der '63er Klasse hatte es wirklich einen Francis Mather gegeben.
Dann klang die Stimme aus dem Hörer plötzlich leicht verwundert. Anscheinend war Mather nicht länger bei Morgan Stanley; er war vor zehn Jahren zum episkopalischen Priester geweiht worden und war augenblicklich Pastor einer Kirche in New York City. Die junge Frau nannte ihm die Adres-

se. Nach dem Ehemaligenverzeichnis war Mather Witwer. Andere Verwandte wurden nicht erwähnt.
Name und Adresse der Kirche stimmten genau mit der Karte überein, die Waldo von seinem Besucher erhalten hatte, und die er jetzt auf dem Rücksitz eines Taxis aus Quiddy, das ihn jeden Freitag nach dem Mittagessen in Cambridge abholte, um und um drehte.

REVEREND FRANCIS BANGS MATHER, DR. THEOL.
Pastor zu All Angels and All Souls
227 East Eighty-seventh Street
New York, N.Y. 10028
212-281-1616

Offensichtlich alles in Ordnung. Und um der Sache die Spitze aufzusetzen, war All Angels Prestons Kirche gewesen, was der Kerl gar nicht erwähnt hatte, vielleicht gar nicht wußte.
Aber, zum Teufel, wie hatte der Kerl von Grigori erfahren? Die Unterhaltung hatte ja sehr unverfänglich begonnen. Reverend Mather, dem Aussehen nach aus guter, neuenglischer Familie, hatte in groben Zügen das übliche Bild von Keynes als nonkonformistischem Christen umrissen und sich dann darüber ausgelassen, daß Keynes' Angst vor dem sozialen Übel der Arbeitslosigkeit doch offensichtlich in einer zutiefst christlichen Weltsicht verwurzelt sei. Schön, dachte Waldo, mir soll's recht sein. Keynes war einer der menschlichsten und großherzigsten Männer gewesen, was Waldo nur zu gern mit seiner persönlichen Erfahrung bestätigte. Und obwohl die Geschichte nun etwas weit hergeholt schien, entdeckte Waldo nichts, was ihm zur Besorgnis Anlaß gegeben hätte, auch nicht in der nun folgenden Behauptung, die Keynesianische Theorie der makroökonomischen Manipulation erinnere in letzter Konsequenz an gewisse marxistische Lehrsätze. Jeder, der den Kapitalismus unter-

suchte, ganz gleich, aus welcher Ecke des ideologischen Spektrums er kam, mußte seine Aufmerksamkeit auf gewisse widersprüchliche Aspekte richten. Es lag in der Natur der Sache.

Aber dann hatte der Kerl mit einer fanatischen Theorie perverser ökonomischer Manipulationen begonnen, etwas, das er »Kryptokeynesianische Subversion« nannte, und wie aus dem Nichts hatte er Grigoris Namen erwähnt. Ob Waldo wisse, daß es bis vor kurzem im Kreml einen Mann gegeben hatte, wie Waldo ein Freund Keynes', einen Mann namens Menschikow, der — bis zu seinem kürzlichen Tod — bestimmten Gerüchten nach an gewissen westlichen Wirtschaften herumexperimentiert habe wie ein Vivisektionist an Tieren?

Waldo war sicher, daß er nicht den Eindruck einer Überreaktion vermittelt hatte. Er hatte nur leichthin gefragt, wie um alles in der Welt der Reverend Mather, allem Anschein nach doch ein intelligenter Mann, auf eine so unglaubliche Idee gekommen sei. Mather antwortete, er habe das von einem französischen Journalisten mit ausgezeichneten Quellen erfahren, der in einem Flugzeug neben ihm gesessen war. Die Sache schien einer genaueren Untersuchung wert. Daraus konnte ein Bestseller werden, meinte Professor Chamberlain nicht auch? Einige Nachforschungen habe er bereits angestellt. Er machte geheimnisvolle Andeutungen über finstere Entdeckungen, Spione und Verschwörungen.

Waldos erste Reaktion, nachdem ihn sein Besucher verlassen hatte, war: Blödsinn! Aber dann ertappte er sich bei dem Gedanken, ob denn dieser sogenannte Mather nicht vielleicht eine Art Geheimagent oder FBI-Mann sein könnte. Nein, nein, nein, dachte er. Manning fühlte ja Washington den Puls. Schließlich beriet Manning die CIA und die NSA in Sachen ökonomischer Kriegführung gegen die Sowjets. Hatte er denn nicht die Sache mit Grigori als »abgelegte Akte« bezeichnet? Vielleicht hatten die Franzosen wirklich etwas vor, von dem Manning nichts wußte. Die Alliierten schienen sich gegenseitig ebensosehr auszuspionieren wie die Russen. War dieser »Reverend« ein französischer Agent? Hatte Paris den Schleier zerrissen und war über die Operation Ropespinner gestolpert? Stammte denn die NSA-Akte nicht vom französischen Geheimdienst?

Nein, schloß Waldo, Reverend Mather war wahrscheinlich nur einer dieser Verschwörungsfanatiker. Aber auch wenn er wirklich nur rein zufällig auf Grigoris Namen gestoßen war — obwohl Waldo nicht verstand, wie das passieren hatte können —, so konnte er immer noch zur Gefahr werden, wenn er seine Nachforschungen zu weit trieb. Es gab eine Eventualität, die unberechenbar war: das blinde Glück eines anderen.

Ganz unvermittelt hatte Mather ihn gefragt, ob er Grigori Menschikow zufällig in den dreißiger Jahren in England kennengelernt habe. Hatten sich vielleicht bei den Keynes ihre Wege gekreuzt?

»Wenn es so war«, antwortete Waldo, »dann kann ich mich auf jeden Fall nicht mehr daran erinnern.« Er versuchte, so unbeteiligt wie möglich zu klingen. »Sie können sich gar nicht vorstellen, wie viele Leute damals im Gordon Square, im King's oder im Tilton aus und ein gingen. Es war ein richtiger internationaler Empfang.«

Er lachte so entwaffnend, wie er nur konnte. Aber als er Mather dann endlich loswurde, vertrieb er seine Anspannung mit einem Seufzen, das die Wohnung zu erschüttern schien.

Ach was, es waren ja nur noch drei Monate. Bis zu Mathers Auftauchen schien das überhaupt keine Zeit gewesen zu sein. Alles war in bester Ordnung. Er hatte sein Ticket nach Zürich. Seinen amerikanischen Besitz tauschte er Stück für Stück in Schweizer Franken um. Aber jetzt das!

»Würden Sie jetzt bitte zu Tisch kommen, Mr. Chamberlain?« Es war Mrs. Arthurs.

Das ausgezeichnete Essen half, seine Unruhe zu besänftigen. Seine Gedanken wandten sich langsam der letzten

Mahlzeit in diesem Haus zu. Hummer, auf jeden Fall. Mrs. Arthurs schaffte es immer, ihm einige dieser kleinen Hummer-»Küken« zu besorgen, kaum größer als Langusten, die die Fischer illegal aus der Bucht holten. Eine echte Küstenmahlzeit: Hummer, Muscheln, frischen Mais. Und Steak. Das Fleisch in Rußland sollte ja angeblich schrecklich sein. Im Gefrierschrank lagen noch diese guten, dicken Steaks von Locke-Ober. Und natürlich mußte er noch mindestens einmal Truthahn haben. Für die Thanksgiving-Feste in Quiddy, die nun nie wieder stattfinden würden.
»Wünschen Sie noch etwas?« fragte Mrs. Arthurs, nachdem er die letzten Krümel seines Apfelkuchens verdrückt hatte. Seine Besorgnis über den aufdringlichen Reverend Mather ließ langsam nach.
Mrs. Arthurs brachte ihm den Kaffee ins Wohnzimmer. Sie hatte ein tüchtiges Feuer angezündet, die Nacht draußen war stürmisch.
»Vielen Dank, Mrs. Arthurs«, sagte er, »es war ausgezeichnet. Sie können jetzt gehen. Kommen Sie doch morgen einfach später. Nur für das Abendessen. Ich fahre dann selber nach Quiddy und hole die Zeitungen. Etwas Bewegung kann ich gut vertragen.« Er gluckste, sie kicherte. Es war ein alter, privater Witz der beiden.
»Ja, Sir«, erwiderte sie. Ihrer Meinung nach hatte sich die Laune ihres Arbeitgebers genügend verbessert. Lieber heute als morgen, dachte sie. »Ehm, Sir . . .?«
»Ja?«
»Ehm, ich dachte . . . nun, es ist was passiert, das Sie wohl besser wissen sollten. Gestern hatte ich Besuch von einem Mann. Bei mir zu Hause. Gutaussehend und sehr höflich. Er wollte alle möglichen Sachen wissen. Sagte, er schreibe ein Buch. Und daß es ein richtiger Knüller werden würde — das waren seine Worte. Er wollte alles mögliche über Sie wissen und das Haus und das Feuer, das den armen Mr. Preston und all die anderen getötet hatte, und warum Sie nicht getötet

wurden und Miss Elizabeth auch nicht. Furchtbar, daß die Leute so eine Tragödie nicht ruhen lassen können, aber heutzutage scheint ja jeder im Leben jedes anderen herumzuschnüffeln, um ein Buch daraus zu machen. Ich hab' ihm natürlich überhaupt nichts gesagt, obwohl er ja eine Menge über Sie und Mr. Preston und Mr. Peter und Mr. Mallory und so weiter zu wissen schien.«

Waldo drehte es den Magen um. »Mr. Mallory?«

»Ja, Sir. Das war wirklich komisch. Sir, erinnern Sie sich an das Sticktuch, das ich vor ein paar Jahren für Sie gemacht habe? Das eine, das Mr. Mallory Ihnen schenkte, und das Sie immer in Ihrem Schlafzimmer aufbewahrten?«

»Ja, Mrs. Arthurs.« Waldo wurde schwindlig.

»Ich muß schon sagen, ich war richtig stolz auf das Tuch. Jetzt könnte ich es ja nicht mehr machen; meine Augen sind nicht mehr das, was sie einmal waren, das muß ich zugeben.«

»Erzählen Sie mir, was dieser Mann über das Sticktuch wissen wollte, Mrs. Arthurs.«

»Nun, Sir, der Kerl wußte alles darüber. Er hat mir sogar eine Zeichnung davon gezeigt. Ich glaube nicht, daß es die Zeichnung war, die Mr. Mallory mir als Vorlage gab — nein, ich bin sicher, daß sie es nicht war, weil mir einfällt, daß ich sie Mr. Mallory zurückgegeben habe, wie er es wollte, nachdem ich fertig war. Vielleicht war ich verwirrt, weil die Zeichnung auf einem Stück Papier von Mr. Mallorys Bank war, Sie wissen schon, die Certified unten in New York City. Er hatte es in einer roten Plastikmappe, sah sehr offiziell aus, mit Stempel und allem. Auf jeden Fall habe ich es wiedererkannt, weil mir doch damals Mr. Mallory geholfen hat, in der Bank ein kleines Sparkonto zu eröffnen. Fürs Alter. So ein Gentleman, der Mr. Mallory.«

»Und was haben Sie dem Mann über das Sticktuch erzählt?« Ruhig bleiben, dachte er, tief durchatmen — ein und aus, ein und aus.

»Ach, nichts, Sir. Soweit er weiß, habe ich von so etwas weder gehört noch es gesehen. Aber wenn Sie wollen, daß ich ihn anrufe und . . .«

»Nein, Mrs. Arthurs, es war gut, daß Sie nichts gesagt haben. Fremden sollte man kein Vertrauen schenken. Was war er denn überhaupt? Eine Art Journalist? Vielleicht vom Bundeskriminalamt; ich glaube, meine Unbedenklichkeitsbescheinigung muß erneuert werden. Das wird's wohl sein.«

»Das glaube ich nicht, Sir. Das ist ja das Komische an der Sache. Angezogen war er wie ein Geschäftsmann. Vielleicht ein Börsenmakler, wie Mr. Geary von der anderen Seite der Klippe, so etwas schien er zu sein. Hübsches Tweedsakko und alles. Aber wissen Sie, Sir, er war überhaupt nichts in dieser Richtung. Er war . . .«

Ein Priester, dachte Waldo. Sag es schon.

»Ein Prediger«, sagte Mrs. Arthurs. »So wahr mir Gott helfe, ein richtiger episkopalischer Prediger! War ich vielleicht wütend! Hier, seine Karte hat er mir dagelassen.« Sie fischte in ihrer Rocktasche und zog eine Visitenkarte heraus, die sie Waldo gab.

Er brauchte sie nicht zu lesen. Er wußte, was darauf stand.

Als er sie ihr zurückgab, hoffte er, daß seine Hand nicht zitterte.

»Hm«, sagte er. »Das ist ja sehr interessant. Ich kann nicht sagen, daß ich den Namen kenne. Aber ich darf Sie nicht länger Ihrem guten Gatten vorenthalten. Bis morgen dann. Kommen Sie ruhig später. Ich werde dieses Wochenende allein hier sein.«

Nachdem seine Haushälterin gegangen war, drehte sich Waldo eine Stunde lang der Kopf im Gleichklang mit dem Auf und Ab in seinem Magen. Was konnte das nur bedeuten? Wer war dieser Eindringling, der so plötzlich an seiner Schwelle erschienen war? War dieser Mather als Vorwarnung gesandt worden, wie der Mann in Schwarz, der zu Mo-

zart kam? Was repräsentierte er? Wen repräsentierte er? Plötzlich wußte Waldo, was Angst hieß.
Er redete sich immer wieder ein, daß es ja nur noch drei Monate seien, aber das schien jetzt wie eine Ewigkeit. Er würde es nie überleben, sein Herz würde nicht mitmachen.
Grigori hatte etwas gewußt. Ja, das mußte es sein! Dieses Band war eine Warnung gewesen. Er hätte nicht auf Mallory hören sollen. Mallorys Selbstvertrauen würde sie noch beide umbringen.
Mather kehrte bestimmt zurück, mit mehr Fragen, oder nicht? Waldo war sich sicher.
Was war jetzt zu tun, was war jetzt nur zu tun?
Er sollte Mallory anrufen. Nein, dachte er. Mallory schenkte seinen Befürchtungen nie Bedeutung, achtete nie auf seine Ermahnungen. Manning litt an Hochmut, der Sünde des anmaßenden Stolzes. Manning würde seine Besorgnis einfach beiseite wischen, er würde ihm sagen, er solle ruhig bleiben und sich an den Plan halten. Manning glaubte, daß ihn seine Intelligenz und seine Redegewandtheit unverletzlich machten.
Aber dennoch sollte er Mallory anrufen und ihn um Rat fragen. Er ging durch das Zimmer zum Telefon.
In diesem Augenblick, seine Hand schwebte in einer letzten Geste zögernden Nachdenkens über dem Hörer, verließ Waldo sein Mut und sein Verstand. Vielleicht war es das Alter, das der immer größer werdenden Belastung nachgab. Mit der Zeit war es so geworden, als würde er in einer stürmischen See ein Boot auf Kurs halten; aber schließlich waren Arme und Augen müde geworden, und er hatte das Ruder losgelassen.
Es war Zeit zu fliehen. Der Entschluß klang wie ein Schrei in seinem Hirn. Dieser Mather war ein Omen. Flieh, flieh, jammerte eine Stimme in seinem Kopf. Flieh, flieh!
Ach, wenn er nur mit Mallory offen über seine Ängste reden könnte. Aber das ging nicht. Komisch, dachte er, nicht ein-

mal nach dreißig gemeinsamen Jahren in dieser großartigen heimlichen Unternehmung.

Aber irgend etwas mußte er tun. Sein Instinkt sagte ihm, daß Mather allein arbeitete, man konnte sich ihn deshalb vom Halse schaffen. Aber schnell — und dann: Flieh, flieh!

In Gedanken versunken und um eine Entscheidung ringend, ging er vor dem verlöschenden Feuer auf und ab. Dann kam er zu einem Entschluß.

Er ging nach oben und holte die gegenwärtige Notfallnummer aus dem Büro neben seinem Schlafzimmer. Es war über fünfzehn Jahre her, daß er sie zuletzt gebraucht hatte. Aber trotzdem kam alle drei Monate eine Karte mit der Aufschrift E—Z SCHREIBMASCHINENVERKAUF UND -SERVICE mit einer Adresse und einer Telefonnummer. Fünfzehn Jahre lang alle drei Monate: einundsechzig Postkarten seit seinem letzten Anruf. Den Wechsel der Poststempel kannte er auswendig: Birmingham, Hartford, Tacoma, Baltimore, Cincinnati und Fort Worth.

Das war es, was er an Grigori und seinen Leuten bewunderte. Sie dachten langfristig. Wie die Briten. Wenn es die CIA oder eine andere Behörde dieses nach augenblicklichen Ergebnissen verrückten Landes gewesen wäre, würde sein Anruf ohne Antwort bleiben, seine Konten wären wegen mangelnder Aktivität geschlossen worden.

Er wählte die Nummer in Tacoma, sprach kurz und legte wieder auf. Fünfzehn Minuten später klingelte das Telefon. Der neue Anrufer klang zuversichtlich und flößte Vertrauen ein. Kein Grund zur Sorge, sagte er. Wenn es ein Problem gab, würde es gelöst werden. Man mußte nur klug und vorsichtig sein, ruhig bleiben. Ja, natürlich stimmte der Anrufer mit dem Professor überein, daß eine sofortige Änderung des Zeitplans der Abreise klug wäre. Man mußte die Lage genau prüfen. In der Zwischenzeit sollte sich der Professor entspannen. Ja, es wäre wohl das beste, Mr. Mallory erst zu informieren, wenn alle Vorbereitungen abgeschlossen seien.

Der Professor solle sich nur keine Sorgen machen, bitte. Eine Reise könne sehr kurzfristig geplant werden. Kein Grund zur Sorge, wirklich kein Grund zur Sorge.
Am nächsten Morgen klingelte das Telefon erneut. Um diesen Reverend Mather brauche er sich keine Gedanken mehr zu machen. Ihre eigenen Quellen hätten ihn überprüft. Er sei nicht mehr, als er zu sein vorgab, ein neugieriger Priester. Wenn er ihn noch weiter belästigen sollte, sei es kein Problem, ihn unschädlich zu machen ... Aber wenn natürlich Professor Chamberlain darauf bestand, so könne man ...

33

NEW YORK

Palmsonntag, der 30. März

Francis Mather zog sein besticktes Meßgewand und die Stola aus und legte beides ordentlich in das Fach im Schrank der Sakristei. Er schlüpfte aus der Alba, hängte sie auf und segnete den Ornat. Schließlich schlüpfte er in seine Anzugjacke und trat in die Kirche.

Die Gemeinde hatte sich schon lange zu anderen Genüssen zerstreut. Es war ein sonniger, für die Jahreszeit sehr warmer Palmsonntag, vor allem, weil doch Ostern dieses Jahr auf ein so frühes Datum fiel, und Francis hatte beobachtet, wie unruhig die jüngeren Gläubigen während der Messe gewesen waren. Offensichtlich warteten sie nur darauf, nach einem unangenehmen Winter voller Erkältungen ins Freie zu kommen.

Er ging den Mittelgang hinunter und bewunderte die Blumen, die das Frauenkomitee dem so äußerst eleganten und teuren Szenefloristen an der Lexington abgeluchst hatte. Mit bewundernden Blicken sah er sich in der Kirche um. Guter, solider Sandstein, altes New York, dachte er. Seine besten Zeiten waren vorüber, aber vielleicht kamen sie wieder. Wer wußte das schon? Er hoffte und betete, daß Gott nicht wolle, daß das Leben in New York nach Donald Trumps Vorstellungen geführt werde.

Am Ende des Mittelgangs wandte er sich zum Altar, kniete nieder und flüsterte ein kurzes Gebet. Beim Aufstehen fiel ihm auf, wie schön Altar und Hauptschiff geschmückt waren, jetzt noch prächtig mit den Lilien, die der Küster später am Nachmittag den Krebspatienten ins Sloan-Kettering-Krankenhaus bringen würde. Sogar die zweitklassigen, viktorianischen Glasmalereien — sie stellten die Auferstehung Christi dar — sahen an einem Tag wie diesem recht hübsch aus.

Pomp und Glanz waren ein wesentlicher Teil des Ritus, dachte er; vielleicht konnte er den Gottesdienst noch mehr aufmöbeln, mit Weihrauch und Gesängen, wie man es in St. Mary the Virgin so hervorragend machte. All Saints war die letzte Bastion der zurückhaltenden oberen Mittelschicht New Yorks. Eine soziale Ordnung im Verfall; ihre Pelze wurden langsam schäbig und ihre Patina brüchig wie das sorgfältig gepflegte Leder ihrer alten Brooks-Brothers-Schuhe.

Draußen war es warm. Ein frühreifer Hauch des Sommers hing in der Luft. Entlang der Straße saßen die Leute auf ihren Verandas.

Er ging die Kirchentreppe hinunter, nickte den Bengeln aus der Nachbarschaft zu, die vor dem chinesischen Stehimbiß auf der anderen Straßenseite herumlungerten und wandte sich nach Osten; er mußte zur Park Avenue und zum Mittagessen in die Wohnung der Leslies.

Er versuchte sich bewußt zu machen, daß er auf der Hut sein mußte. Forbush hatte drei oder vier Verhaltensmaßregeln aufgestellt. Aufpassen, wenn Sie die Straße überqueren, in der Mitte des Fußwegs gehen; vor allem, nie mit Fremden alleine sein.

»In der Russischen Botschaft sind Sie sicherer — vorausgesetzt, Sie bleiben von den Fenstern weg — als alleine in Ihrer Wohnung mit einem Kerl, der meint, er müsse die Heizung reparieren. Bleiben Sie von Baustellen weg. Dinge haben so ihre Art, Leuten auf den Kopf zu fallen. Ansonsten leben Sie genau so, wie ihr New Yorker es immer tut — mit dem Finger am Abzug.«

Es war schwierig, die ganze Sache ernst zu nehmen, obwohl doch — wie Forbush sagte — den Leuten, die Chamberlain und Mallory in die Quere gekommen waren, mit schöner Regelmäßigkeit schlimme Dinge passierten.

Ich habe den wahren Mut des Unwissens und des Nichtglaubenwollens, mußte er sich eingestehen. Im Augenblick kann ich selbst überhaupt nichts tun und ich glaube auch nicht, daß solche Dinge in der wirklichen Welt passieren. Es war ja nett, als Forbush sagte: »Ich werde Ihren Arsch decken, Rev, wie Schnee die Rockies bedeckt«, aber Deckung gegen was? Es schien alles so unwirklich.

Die Erkenntnis schmerzte ihn, aber es wurde ihm klar, daß er von Angst ebensowenig eine Vorstellung hatte wie vom Hunger. Was er sich noch am ehesten unter Angst vorstellen konnte, war eine Art erweiterter, intensivierter Besorgnis, oder bis zu einem schrecklichen Grad gesteigerte Befürchtungen, wie sie ihn manchmal beim Sport oder der Liebe gepackt hatten. An diese Gefühle konnte er sich sehr deutlich erinnern, aber wie blaß und zahm mußten die doch sein im Vergleich zur echten Angst, die Männer im Krieg fühlten, die Forbush in Vietnam erlebt haben mußte. Das einzige Mal, daß er sich in die Hose gemacht hatte, war die Folge eines schlechten Fisches in einem Hotel am Strand von Positano gewesen. Er vermutete, daß er echte Angst nie erleben würde, oder zumindest erst dann, wenn er aufsah und der Tod neben ihm im Sessel saß, und sogar dann würde ihn sein Glauben stärken und ihm die Gewißheit geben, daß Gott ihn bei der Hand nahm und sicher auf die andere Seite führte.

An diesem sonnigen Vormittag zumindest war es schwer, an Ehrgeiz zu denken oder an Gefahr und Angst, oder überhaupt an etwas anderes als daran, wie jung und frisch die Welt doch erschien. Der Palmsonntag war in All Saints immer ein fröhlicher Anlaß, traditionell eine Zeit, in der die Familien zusammenkamen und gemeinsam beteten, und deshalb war die Gemeinde an diesem Morgen auch mit jungen Leuten und Kindern übersät gewesen, Familien, die sich um die Großeltern versammelten. Während der Predigt hatte er einige bekannte, aber nur unregelmäßig erscheinende Gesichter bemerkt, Männer und Frauen, zehn oder zwanzig Jahre jünger als er, von denen viele hier getauft worden waren, die hier die Sonntagsschule besucht hatten, hier gefirmt und getraut worden waren, die aber danach nur noch zu Hochzeiten und Begräbnissen hierher kamen. Er nahm sich vor, einen Hirtenbrief zu verfassen, um sie unter die Fittiche der Kirche zurückzubringen.

Er hatte an diesem Morgen eine gute Vorstellung gegeben, dachte er, wie mit einer Stimme hatte die Gemeinde gebetet, und er meinte, sie hätten *All Glory, Laud and Honour* mit ungewöhnlicher Begeisterung geschmettert. In diesem kleinen Winkel von New York zumindest schien es Gott mit dem Mammon aufnehmen zu können.

Während er die Park Avenue hinunterspazierte, überdachte er die vor ihm liegende Woche. Es war verrückt! Entgegen seinem festen Entschluß hatte Elizabeth ihn wieder in ein Flugzeug gelockt. Montag nacht mußte er abfliegen, sie in München treffen und nach Salzburg fahren. Einflußreiche Beziehungen hatten ihnen ein Zimmer im feinen Hotel Goldener Hirsch besorgt sowie zwei Karten für die Matthäus-Passion mit Karajan. Dann würden sie nach Paris fliegen, er würde die Nacht bei Elizabeth verbringen und am Freitagmorgen mit der Concorde zurückfliegen, was ihn so früh nach New York brachte, daß er bequem den Karfreitags-Abendgottesdienst abhalten konnte. Elizabeth hatte ihm die Reise spendiert. Als Verlobungsgeschenk, sagte sie. Es war verrückt, wie sie beide zugaben, aber was hieß denn Liebe, wenn nicht, Mittel und Wege zu finden, und außerdem, wie lange würde es Karajan noch geben?

Forbush hatte der Reise zugestimmt.

»So können Sie vielleicht der Gefahr aus dem Weg gehen«, hatte er gesagt.
Gefahr. Ein Begriff aus einem anderen Leben. Aus dem Kino. Aus einem Spiel, das eben nicht das Leben war. Gefahr, Verletzungen, Angst. Worte mit etwa so viel Unmittelbarkeit wie »Park Place« und »Broadwalk«. Sogar Forbush spielte das Spiel, als er sich den offensichtlichen Spaß erlaubte, ihn nach seinen nächsten Verwandten zu fragen — »nur für den Fall, daß man Sie überfährt« — und schelmisch zu zwinkern, als Francis Elizabeth nannte.
Es sah aus, als hätten sie recht und unrecht zugleich. Forbush hatte erwartet, daß Mallory und Chamberlain in Panik ausbrechen würden; er hatte Francis vor ihre Nasen gezerrt, wie man den Hunden einen Fuchsschwanz vorhält, aber sie hatten nicht reagiert. Nichts war geschehen, und das verstärkte Francis' Eindruck nur noch, daß das alles nur ein Traum sei. Er hatte selbst angeboten, noch einen Schritt weiter zu gehen und Mallory den gleichen Besuch abzustatten wie Chamberlain, aber Forbush hatte es abgelehnt.
»Das Schlimmste, was Sie in diesem Spiel tun können, ist, zu viele Eier in den Pudding zu geben, es zu weit zu treiben und zu heftig. Wenn Sie das tun, können Sie darauf warten, daß die anderen untertauchen.«
Nun, er schaffte es einfach nicht, sich Sorgen zu machen. Dafür wußte er einfach zuviel auf seiner Seite. Während er die Halle des Wohnblocks der Leslies betrat, dachte er: Auch wenn ich gegen den Teufel selbst kämpfe, so habe ich doch viele Mitstreiter, mich zu trösten.

Als Francis kurz nach drei wieder ins Freie trat, bemerkte er erstaunt, daß der schöne Tag verschwunden und eine trübe Wolkendecke von Westen her aufgezogen war.
Es war ein angenehmes Mittagessen gewesen. Möglicherweise hatte Francis der schwere Burgunder, den Stoddard Leslie mit einiger Feierlichkeit hervorgeholt hatte, mutig ge-

macht, denn er hatte seinen Gastgebern von seinem Plan erzählt, wieder zu heiraten. Die Leslies waren begeistert. Da weder er noch seine Zukünftige Familie hatten, sei es doch selbstverständlich, so erklärten sie, daß sie die Hochzeitsfeier ausrichteten. Natürlich werde er in All Saints getraut werden; ob es wohl möglich sei, überlegte Mrs. Leslie, daß ein Priester sich selber traue? Und wieder machte die Karaffe mit Corton die Runde.

Nach dem Essen hatten er und sein Gastgeber in der Bibliothek abwechselnd geplaudert und gedöst und mit halbem Auge einem Basketballspiel zugesehen. Als Francis schließlich merkte, daß seinem Gastgeber der Kopf viel zu schwer wurde, bedankte und verabschiedete er sich. Er habe in seinem Büro noch einigen Papierkram, den er erledigen wolle.

Nun stand er an der Kreuzung Park Avenue und Seventy-fifth Street und wartete, daß die Ampel umschaltete. Es waren nur wenige Leute auf der Straße; es war schulfrei und warm genug, um die Leute das Wochenende über aufs Land zu treiben. Er sah sich um. Auf der anderen Seite der Avenue umarmte sich ein junges Paar. In der Nähe lümmelte ein Botenjunge an seinem Fahrrad und rauchte. Hinter sich hörte Francis, wie ein Ball unregelmäßig gegen eine Wand prallte. Ein alter Schwarzer schlurfte mit einem Karren voller Lumpen auf den Park zu.

Seine Gedanken waren in Salzburg, und er achtete deshalb nicht sonderlich auf den Mann, der von einem großen, übermütigen Schäferhund die Park Avenue entlanggeschleift wurde. Sonst wäre der Zusammenstoß vermieden worden. Aber so, als der Mann eben auf den Bürgersteig treten wollte, auf dem Francis wartete, verschreckte irgend etwas, eine Autohupe vielleicht, den Hund, so daß er plötzlich losrannte und seinen Besitzer mit aller Gewalt auf den Fußweg zerrte, wo er voll mit Francis zusammenstieß. Um gegen den Zug von der Leine das Gleichgewicht zu halten, schwang der Mann seinen freien Arm hoch, und die

Spitze seines Regenschirms stach heftig in Francis' Oberschenkel.
»Mein Gott«, rief er. »Das tut mir leid! O Gott.« Die Erkenntnis, daß Francis ein Priester war, schien den Mann so zu erschrecken, daß er nur noch konfus stammeln konnte. »Es tut mir schrecklich leid, Vater, schrecklich leid ...«
»Ist schon gut«, sagte Francis. »Kein Problem.« Der Schäferhund zerrte heftig an seiner Leine, er schien den kleinen Mann beinahe von den Füßen zu reißen.
»Es tut mir schrecklich leid, wirklich ...«
»Aber machen Sie sich doch bitte keine Sorgen. Es war ja nichts. Ein Unfall. Wirklich. Es ist ja nichts passiert.«
Francis legte dem Mann besänftigend die Hand auf die Schulter. Die Ampel war grün, und er trat auf die Park Avenue. Auf der anderen Straßenseite hielt er an und sah sich um; der kleine Mann wurde noch immer stadtauswärts gezerrt; trotz der breiten Straße waren seine vergeblichen Flüche noch schwach zu hören. Der Hund braucht aber dringend sein Futter, dachte Francis.
Auf der Lexington wandte er sich nordwärts. Seine Gedanken kehrten zu der wunderbaren Woche zurück, die vor ihm lag.
Als er aber die Eighty-fifth Street überquerte, schien sich ihm plötzlich das Herz in der Brust zu überschlagen, ein Erstickungsanfall nahm ihm den Atem und ließ seine Beine zittern. Die Welt verschwamm. Unwillkürlich stützte er sich mit der Hand an einem nahen Briefkasten ab, schüttelte den Kopf und ging dann weiter.
Er war noch leicht benommen, aber jenes Gefühl — stechend, geschwollen — hatte er noch nie zuvor erlebt. Er spürte seine Augen anschwellen. Seine Lungen rangen nach Luft. Mechanisch setzte er einen Fuß vor den anderen, er wollte keine Aufmerksamkeit erregen. Lebensmittelvergiftung, dachte er, aber weiter kam er nicht. Eine unbekannte Elektrizität schien in seinem Hirn zu wüten und alle Sicherungen durchbrennen zu lassen.

Bitte Gott, laß mich bis zur Kirche kommen, dachte er. Alles ist in Ordnung, wenn ich nur bis zur Kirche komme. Etwas war schrecklich verkehrt, etwas Schreckliches. Gott, bitte.
Er mußte nach Luft schnappen. O Gott, laß mich nicht mitten auf der Straße zusammenbrechen, damit Fremde mich anstarren. Der Alptraum jedes New Yorkers. Gott, bitte nicht hier. Nur noch hundert Meter. Seine Beine waren steif wie Stelzen, die Augen schienen ihm aus dem Kopf zu platzen.
Am Ende des Blocks sah er die Kirchentreppe. Geheiligter Zufluchtsort, dachte er. O Gott, Gott, Gott, laß es mich bis dorthin schaffen. Die Eighty-seventh Street sah verlassen aus. Die Kirche schien meilenweit entfernt.
Ein Fuß — dann der nächste. Er schaffte es. Aber an der Kirche schliefen ihm die Beine ein, er setzte sich auf die unterste Stufe und spürte dann plötzlich, wie er wegsackte, als wäre sein Rückgrat zu Wasser geworden.
Die Welt wurde rot, orange, die Welt verbrannte. O Gott, Gott, Gott, flehte er schweigend, laß mich nicht sterben. Würde er jetzt weinen? Er versuchte, sich an seine Gebete zu erinnern.
Mit dem letzten Rest seines Bewußtsein nahm er das Schlagen einer Autotür wahr. Aufgeregte Stimmen. Schnelle Schritte auf dem Pflaster. Jetzt hing ein Schatten zwischen ihm und dem blutroten Film, der von der Welt noch übrig war.
»Scheiße, Scheiße, Scheiße!« Eine eigenartige, hohe Stimme, die er kannte. »Gottverdammte Oberscheiße!«
Forbush. Macht ja nichts, dachte Francis. Zu spät, zu spät. Ich sterbe.
Er spürte Arme um sich. Sein ganzer Körper war taub geworden, und der Rest irgendwo im Traumland des Todes, bis auf den winzigen Rest seines Verstandes, der ihm sagte, daß er starb. Hier und jetzt. O Gott, sagte eine Stimme, die seine hätte sein können. Bitte nicht. Bitte. Warum tust Du mir das an? O Gott, bitte.

Die Unruhe um ihn herum glitt weg. Die Wiege war jetzt warm. Er war zu müde, um noch länger O Gott zu sagen. Das Rot des Lebens wurde tiefer, es verdunkelte sich, während er zusah, wurde schwarz. Er war außer sich jetzt, geräuschlos, ohne Gebete, und als er im Zwielicht über sich schwebte und sich sterben sah, spürte er Gott an seiner Schulter, der mit ihm zusah, aber seine Gegenwart war alles andere als eine Tröstung.

Karwoche

34

COLUMBIA, MARYLAND

Dienstag, der 1. April

Ein Auge offen.
Gelber Himmel. Leuchtendes, freundliches Gelb.
Er flog durch einen leuchtendgelben Himmel.
Über seinem Kopf eine Fantasiewelt: Walt-Disney-Figuren flogen mit ihm. Dumbo, Bambi, Goofy, Mickey und Minnie.
Hatte Disney den Himmel entworfen?
Das war nicht die Heilige Stadt, auf die das Seminar ihn vorbereitet hatte. War in Gottes Schreibarbeiten ein Fehler gewesen?
Engel sahen auf ihn herab.
Engelkinder. Kleine braune Engel, zwei kleine, feierliche, braune Gesichter, umrahmt von dichten Locken mit leuchtendroten Bändern.
He, Francis, sagte ihm sein Verstand, beweg dein Bein.
Es bewegte sich.
He, Francis, sagte ihm sein Verstand, öffne beide Augen.
Aber die sind doch offen, sagte er zu seinem Verstand.
Also beweg deinen Kopf. Sieh dich um. Was siehst du?
Er bewegte den Kopf und sah sich um. Sie waren wirklich da, diese großen Disney-Figuren, aber jetzt erkannte er, daß sie übergroße Comic-Abziehbilder waren, die an einer leuch-

tendgelben Wand klebten. Seine Hand griff nach etwas, etwas Weichem, Flauschigem. Bettdecke. Schlafzimmer. Sein Verstand arbeitete mit einem Viertel seiner Kraft, Gedanken trieben an die Oberfläche wie lange im Sumpf gelegene Baumstämme. Er spürte den Schlaf zurückkommen.

»Hallo, Rev«, sagte eine bekannte Stimme, als er eben wieder eintauchte. »Willkommen im Leben.«

Als er das nächste Mal aufwachte, waren die kleinen, braunen Engel immer noch da, kleine, ernste Wächter seines Schlafes. Ein Kindergebet kam ihm plötzlich in den Sinn: Matthäus, Markus, Lukas und Johannes, beschützt das Bett, in dem ich liege.

»Hallo«, sagte er und war überrascht, wie kräftig seine Stimme klang.

»Na, Rev, wie geht's?« Forbush hing dunkel und beruhigend über den beiden kleinen Köpfen. »Besser? Versuchen Sie, Arme und Beine zu bewegen.«

Francis gehorchte. Seine Glieder waren wie Würste ohne Nerven, die nur zufällig an seinem Körper hingen. Aber je mehr er mit ihnen zu wackeln versuchte, desto weniger gefühllos wurden sie.

»Gute Arbeit«, sagte Forbush. »In vierundzwanzig Stunden sind Sie wieder voll auf dem Damm.«

»Wo bin ich?« Seine Stimme war näher gekommen.

»Columbia, Maryland. *Du côté de chez* Forbush und Familie. In 12334 Mornington Circle Drive, Sussex Estates. Eine Brutstätte für integrierte, nach oben orientierte Mittelklasse-Wertvorstellungen und zweite Hypotheken, knappe vierzig Minuten von unserer Hauptstadt. Habe ich Ihnen meine Töchter schon vorgestellt? Das ist Traysha und das DaNeese. Sagt dem Reverend Mather guten Tag, Mädchen.«

Die beiden kleinen Köpfe nickten höflich.

Forbush beugte sich näher.

»Machen Sie sich keine Sorgen, Reverend«, sagte er mit einem breiten Grinsen. »Sie waren nicht mal nah dran. Ich muß schon sagen, Sie spielen eine großartige Sterbeszene, aber ich fürchte, bei dieser speziellen Vorstellung haben Sie die Rolle Thomas Beckets nicht bekommen. Aber natürlich wissen das unsere Freunde mit den komischen Pelzmützen nicht. Die glauben, Sie sind bei der Generalprobe — für die Premiere im Himmel in etwa einer Woche, wenn Sie nicht sogar schon dort sind.«

Er konnte immer nur an Elizabeth denken, aber er wußte, daß es noch andere Fragen gab, die er stellen mußte.

»Elizabeth?« krächzte er. »Welcher Tag ist heute?« Irgend etwas wegen Salzburg ging ihm durch den Kopf.

»Später«, sagte Francis. »Jetzt bleiben Sie erst einmal liegen.«

Eine große schwarze Hand mit einer kleinen Spritze tauchte am Rand seines Gesichtskreises auf. Er spürte nur einen winzigen Stich des herrlichen Schmetterlings, der jetzt erschien und ihn wieder in die Dunkelheit trug.

Als er das dritte Mal erwachte, war es kurz vor Mittag. Forbush sagte ihm, daß er nur drei Stunden weg gewesen war.

Francis fühlte sich gesund. Er konnte seinen Kehlkopf bewegen und seine Glieder. Mit einigen Zeilen von *Onward, Christian Soldiers* probierte er seine Stimme aus. Er stand auf, versuchte zu gehen und merkte, daß er nur etwas zittrig war.

Als er aus der Dusche kam, lagen die Kleider, die er, wie er sich erinnerte, zum Mittagessen am Palmsonntag getragen hatte, frisch gewaschen und gebügelt auf seinem Bett. Während er sich anzog, sah er sich im Zimmer um und begrüßte die Abziehbilder wie alte Freunde: Hallo Dumbo, hallo Bambi, hallo Mickey und Minnie.

Forbushs Stimme dröhnte von, wie er annahm, irgendwoher aus dem Erdgeschoß herauf. »Zeit für Ihr Müsli, Rev!«

Francis folgte der Stimme in eine angenehm sonnige Küche. Forbush saß am Tisch und hatte das *Wall Street Journal* vor

sich ausgebreitet. Eine hübsche Frau stand am Herd; Forbush stellte sie als seine Frau Myra vor. Durch das Küchenfenster konnte Francis seine »Engel« auf einem Klettergerüst spielen sehen. Die Uhr über dem Herd zeigte 12 Uhr 35.
Oh, es war gut, am Leben zu sein! Aber Francis' Euphorie dauerte nur so lang wie sein gierig verschlungenes Frühstück. Dann brachen die Wirklichkeit, die Probleme, die Wahrheit und ihre Lakaien gleichzeitig an einem Dutzend Fronten auf sein Bewußtsein herein und verlangten nach augenblicklicher Aufmerksamkeit.
Er wußte nicht, ob er mit Dankbarkeit oder mit Fragen beginnen sollte. Als er eben versuchte, etwas Ordnung in seine Gedanken zu bringen, erhob sich Forbush vom Küchentisch und winkte Francis, ihm zu folgen.
Sie gingen in ein kleines Arbeitszimmer. An einer Wand stand ein Regal mit einer bunten Mischung aus juristischen Büchern, Finanztexten, Thrillern und einer *Time-Life*-Serie über Vietnam. Francis überlegte sich, ob Forbush in einem dieser Bände vorkam. An der Schmalseite des Zimmers stand ein alter, hölzerner Schreibtisch, überhäuft mit einem Durcheinander von Papieren und Gegenständen.
Francis meinte, etwas Bedeutungsvolles sagen zu müssen. »Ich kann Ihnen gar nicht sagen ...«
Forbush hob die Hand. »Sie brauchen es nicht zu sagen, Rev. Mir reicht vollkommen, was ich in Ihrem Gesicht lesen kann. Wir guten Jungs müssen zusammenhalten. Ich decke Ihren Arsch, sie decken meinen.«
Er grinste und schob Francis einen Sessel zu. »Sie können sich ruhig setzen. Sparen Sie Ihre Kräfte, solange Sie noch können. Außerdem will ich nicht, daß Sie umfallen und sich wehtun, wenn ich Ihnen erzähle, was alles passiert ist.«
Francis gehorchte. Forbush holte etwas vom Tisch, eine kleine, gläserne Laborschale. Er streckte sie Francis entgegen und schüttelte sie. Etwas Winziges klapperte darin. Forbush gab ihm ein Vergrößerungsglas; am Boden der Schale konn-

te er eine winzige, glänzende Metallkugel, etwa von der Größe eines Stecknadelkopfes, eben noch erkennen.
»Das ist die Minikugel, die Sie getroffen hat«, sagte Forbush. Er stellte die Schale auf die Lehne von Francis' Sessel und holte ein Blatt Papier vom Schreibtisch. »Und damit hat man Sie vergiftet.«
Francis nahm das Papier, eine herausgerissene Seite aus einer alten Ausgabe der *National Geographic;* sie zeigte die Großaufnahme einer besonders häßlichen Kröte.
»Bufo marinus«, bemerkte Forbush. »Die Voodoo-Kröte aus Haiti. Bei den Profikillern dieses Jahr der letzte Schrei. Ein ausgesprochen zeitgenössisches Gift, passend zum agilen Lebensstil, den die moderneren Jungs und Mädchen aus der Branche bevorzugen. Natürlich rein organisch. Tetrodoxin heißt der Wirkstoff. Klingt wie Waschmittelwerbung, oder: ›Nehmen Sie Bufo, mit Tetrodoxin. Es bringt Sie hundertprozentig um.‹«
Forbush gluckste.
»Na, normalerweise tut es das wirklich. Oder es macht einen sein Leben lang zum Zombie oder zu einem Gag in einem Boris-Karloff-Film. Manchmal setzt es einen auch für ungefähr ein Jahr außer Betrieb. Außer wenn man weiß, was zu tun ist.«
»Die Regenschirmspitze, habe ich recht?«
»Genau. Was habe ich Ihnen von der anderen Seite erzählt, Rev? Wenn bei denen eine Idee einmal funktioniert, dann probieren sie es immer wieder. Seit die Bulgaren in London vor ein paar Jahren Markow umgelegt haben, ist es wie aus *I Spy:* ›Aha, der gute, alte Trick mit dem vergifteten Regenschirm!‹ Zum Glück für Sie, daß die anderen nicht ganz zu kapieren scheinen, daß es nicht mehr so läuft wie früher. Mann, vor ein paar Jahren haben sie es keine zehn Meilen von hier entfernt versucht: In einem Lebensmittelmarkt in der Nähe von Arlington an einem Kerl namens Korczak, aber der hat kaum mit der Wimper gezuckt! Mit schmutzigen Tricks ist es so wie mit der Rocklänge. Dieses Jahr sind es Krö-

ten, wer weiß, was nächstes Jahr dran ist. Der KGB hat seine Haitianer, wir haben unsere; und ich bezweifle nicht, daß die Franzosen und die Briten und der Mossad die ihren haben. Ich halte das alles für zu kompliziert. Ich denke mir, wenn ich einen von den Typen umlegen will, hänge ich ihm ein Kilo Sprengstoff an den Motorblock oder puste ihn mit einer AK-47 weg.«

»Und der Mann mit dem Hund?«

»Schon längst wieder verschwunden. Irgendein Penner, der extra für diesen Job eingeflogen wurde. Wir haben ihn laufenlassen, um den Schein zu wahren. Also was mich angeht, wenn ich keinen Oscar für meine Vorstellung auf der Kirchentreppe kriege, dann bin ich von der Academy schwer enttäuscht. Ich habe nur Angst, daß die Bösen mich zu genau angesehen haben, in einem Auto ein paar Häuser weiter saß nämlich ein Beobachter von ihnen. Was bedeuten würde, daß sie mich inzwischen vielleicht schon als Ex-CIA-Mann identifiziert haben, obwohl ich es eigentlich bezweifle; ich hab' ja in Langley nichts anderes gemacht als gelächelt, ›Jawohl, Chef‹ gesagt und den Feuerwehrmännern auf Besuch den netten Neger vorgespielt. Ich glaube, ich bin bei denen als besorgter, hilfsbereiter Passant durchgegangen.«

Forbush schüttelte den Kopf und seufzte. Francis wollte etwas sagen, aber der andere hob die Hand.

»Rev, ich will ehrlich mit Ihnen sein. Ich hoffe, Sie verzeihen mir. Sehen Sie, ich mußte Sie benutzen. Es hat eben nicht funktioniert. Ich glaube, daß die Jungs vor Ort den alten Waldo beruhigt haben. Wir mußten Ihnen wirklich eine tierische Angst einjagen. Die Profis so weit bringen, daß sie glauben, wenn sie es einfach weiterlaufen lassen, kriegen es ihre beiden Amateure mit der Angst und tun etwas Dummes, wie die ganze Sache Uncle Sam verraten oder der *New York Times* zum Beispiel.«

»Würde denn das nicht das gleiche bewirken, wie wenn sie überliefen?«

»Das glaube ich nicht. Ich glaube, die Flucht nach Moskau ist der Schlüssel der ganzen Sache. Auf jeden Fall, da nichts von dem, was ich erwartet habe, passiert ist, mußte ich Plan B zur Anwendung bringen.«

»Plan B?«

»'ne Art Rückfall, Rev. Ich habe den Namen des Kerls herausgefunden, der diesen NSA-Ausschuß leitet, in dem Mallory sitzt. Den habe ich mit meiner besten weißen Stimme angerufen und gesagt, ich sei Sie und hätte äußerst brisante Informationen über die Aktivitäten von Grigori Menschikow.«

»Und . . .?«

»Ich habe ihm gerade so viel angedeutet, daß er mich nicht als fanatischen Spinner abtun konnte; ich klang für ihn so glaubwürdig, daß er tat, was ich von ihm wollte.«

»Von ihm wollte?«

»Ja. Eine Konferenz seines hochkarätigen Ausschusses einzuberufen, um mich anzuhören. Ich deutete an, daß das bei der Außergewöhnlichkeit meines Materials der beste Weg sei. Es paßte ihm genau in den Kram. Eine gute Ausrede, damit die hohen Tiere wieder mal George Smiley spielen dürfen, während er sich an sie ranschmeißen kann und zusätzlich auch noch ein großes Mittagessen im Gorse kriegt. Glauben Sie, die haben im Gorse schon jemals einen Schwarzen gesehen?«

»Und was tat er?«

»Haben Sie schon je einen Kerl aus Washington gesehen, der sich nicht alle zehn Finger abschleckt, wenn er die Chance hat, eine Stunde mit den Jahreseinkommensmillionären zu verbringen? Er berief die Konferenz ein. Elf Uhr nächsten Dienstag. Ich fürchte nur, ich habe Sie dadurch den anderen in die Hände getrieben, und dafür muß ich Sie einfach um Verzeihung bitten.«

»Na, es scheint ja kein dauernder Schaden geblieben zu sein. Ich nehme an, Sie haben mich beschatten lassen.«

Forbush nickte.

»Und das heißt vermutlich«, sagte Francis, »daß Sie Washington eingeweiht haben?«
»Hm«, sagte Forbush mit verlegenem Grinsen, »sagen wir doch für den Augenblick ja und nein und lassen es dabei. Mit der Beschattung haben Sie recht, aber das war inoffiziell. Ich wollte keine Straßenräuber von der Agency verwenden, die sie in der Sowjetischen Botschaft an der Sixty-seventh Street in der Verbrecherkartei haben. Ich habe mich statt dessen an eine private Agentur aus Boston gewandt, die ich noch aus meiner Zeit mit Stan Sporkin kannte. Habe ihnen erzählt, Sie würden unter Verdacht stehen, Kirchengelder zu unterschlagen. So langsam werde ich richtig gut in meiner Rolle als der nette, farbige Mr. Forbush von der Erzdiözese. Auf jeden Fall, damit Sie sich nicht beleidigt fühlen, hatten wir ein gutes Dutzend Männer für die Beschattung. Und die große Sache, das Wesentliche ist, daß es anscheinend funktioniert hat. Unsere Vögel werden flügge.«
»Woher wissen Sie das?«
»Nach so langer Zeit im Geschäft habe ich eine Nase dafür entwickelt. Irgend etwas ist im Busch. Die Moskauer Narodny-Bank treibt ihr Baisse-Engagement im Clearance-Markt in die Höhe. Sie dürfte inzwischen bei über 30 Milliarden sein. Gold ist seit Montag um 50 Dollar gestiegen. Alle kaufen, aber es geht das Gerücht, daß die Ost-West-Handelsbank, Iwans Frankfurter Filiale, das größte Geschäft macht.«
»Aber warum sollten die Russen Gold kaufen?«
»Das geht nie schief, Rev. Wenn im Geldspiel etwas den Bach hinuntergeht, gibt es immer irgendwo Insidergeld, das einen Extra-Reibach machen will. Und in neun von zehn Fällen bringt das die ganze Sache zum Platzen.«
»Ich weiß, was Sie meinen«, sagte Francis. »Aber ist denn das nicht alles ziemlich zufällig?«
Forbush lächelte.
»Erinnern Sie sich noch, was ich Ihnen über Mr. Mallorys Bestellung von zwölf tundratauglichen Anzügen erzählt habe?«

»Ja.«
»Na, nachdem ich das herausgefunden hatte, ließ ich das Telefon seines Schneiders anzapfen. Nur für den Fall. Und was denken Sie, was passiert ist? Gleich nachdem ich von der NSA die Bestätigung des Ausschußtreffens erhalten hatte, rief Mr. Mallory persönlich an. Diese zwölf Anzüge müssen unbedingt und hundertprozentig — ohne wenn und aber — bis spätestens 3. April fertig sein. Übermorgen, Rev. Na, und da wußte ich, daß es ernst wurde. Dann hat Chamberlain sein Ticket nach Zürich für den 13. Juni storniert. Hat ihn 100 Dollar gekostet, was den alten Geizkragen sicher halb umgebracht hat. So sieht's also aus. Vielleicht hätte ich Sie einweihen sollen, aber ich dachte, solange wir Sie decken, können die Dinge ruhig ihren Lauf nehmen.«
Francis wußte nicht, was er sagen sollte. Es war zu spät, um Angst zu haben, und die Mitteilung, daß man ihn absichtlich in Gefahr gebracht hatte, schien ihn weniger zu treffen, als er es vielleicht erwartet hatte. Er zuckte mit den Achseln.
»Irgendwelche Fragen?« wollte Forbush wissen.
»Was kommt jetzt?«
»Wir warten ab. Die anderen sind am Zug.«
Aber plötzlich fiel Francis ein, was er eigentlich tun und wo er sein sollte, und er wurde wütend.
»Um Gottes willen, Forbush«, rief er ärgerlich. »Nur dasitzen? Dasitzen! Wissen Sie, wo ich jetzt sein sollte? In Salzburg!«
Mit Elizabeth. Was war mit Elizabeth?
»Und Miss Bennett, um Himmels willen?«
Und die Kirche? Es war kurz vor Ostern!
»Und meine Pfarrei! Ich kann nicht nur hier herumsitzen, Forbush, und Spielchen spielen. Es ist Ostern! Verstehen Sie das nicht, Mann?«
Jetzt war es an Forbush, mit den Achseln zu zucken. »Sie müssen jetzt einfach ruhig bleiben, Rev. Nur für ein paar Tage. Ich muß Ihnen sagen, daß es Ihrer Dame im Augenblick

nicht sonderlich gutgeht. Sie liebt sie wirklich, und es hat sie sehr mitgenommen.«

»Was in Gottes Namen glaubt sie denn, sei mit mir passiert? Glaubt sie, ich bin tot?«

Forbush lächelte. »Na, Rev, wir wollen es ja nicht zu weit treiben. Aber sie müssen verstehen. Die Leute, die Sie lieben — und das scheinen eine ganze Menge zu sein — glauben, Sie hätten einen schweren Schlaganfall gehabt, eine Gehirnblutung; und unser Deck-Neurologe am Columbia-Presbyterian schätzt Ihre Überlebenschancen öffentlich auf eins zu acht. Das mußten wir leider auch Miss Bennett sagen. Sie weiß nicht, daß Sie hier in einem Durchschnittsreihenhaus in einem Washingtoner Vorort sitzen und Myra Forbushs ausgezeichneten Kaffee trinken. Sie glaubt, daß Sie im Harkness Pavillon auf der Intensivstation liegen — keine Besucher, vierundzwanzigstündige Betreuung und alles! Wenn sie oder jemand anderes nach Ihnen fragt, werden sie an Dr. Garvey verwiesen, und dieser ausgezeichnete Doktor vertröstet sie und informiert dann mich. Eins kann ich Ihnen sagen, Rev, Ihnen würden die Ohren brennen, wenn Sie wüßten, wie sehr diese Leute aus Ihrer Kirche Sie lieben. Die halten richtig Wache. Rund um die Uhr Gebete, Kerzen und alles!«

»Sind Sie ein Tier?« fragte Francis kalt. »Glauben Sie, daß Sie das mit Menschen einfach aus Routine machen können?«

»›Routine‹ scheint dafür kaum der richtige Ausdruck zu sein, oder, Rev?« Es war offensichtlich, daß Forbush sich in Geduld übte. »Und Sie werden auf jeden Fall nächste Woche oder vielleicht schon früher eine Wiederauferstehung hinlegen, gegen die Lazarus alt aussieht. Ihre Herzensdame wird es bis dahin schon aushalten, keine Angst. Ich habe zweimal mit ihr gesprochen. Sie hat Charakter und Klasse. Ich habe ihr gesagt, sie soll in Paris bleiben, bis wir eine bessere Prognose haben. Ich glaube, das wird sie auch.«

Francis stand auf. »Würden Sie mich vielleicht für ein paar

Minuten entschuldigen? Ich möchte beten.« Er fühlte sich schrecklich. Er hatte einen schweren, betrügerischen Mantel des Schmerzes über eine Menge Leute geworfen, die ihn mochten.

Forbush breitete die Hände aus. »Rev, Sie können tun, was Sie tun müssen. Aber behalten Sie es zwischen sich und Gott. Keine Telefongespräche. Ich nehme an, er wird schon auf Ihre Herde aufpassen, während Sie hier Ihre Pflicht tun; schließlich ist es ja seine Arbeit, die wir hier erledigen, oder?«

Francis fühlte sich besser, als er wieder nach unten kam. Er hatte um Hilfe und Einsicht gebetet, und Gott hatte sie ihm gewährt. Elizabeth mußte sich schrecklich fühlen: einsam, voller Angst, vom Schicksal verlassen. Aber dennoch hatte Forbush recht: Es mußte so sein. Die Alternative wäre gewissenlos, und wenn Elizabeths zeitweilige Trauer und Schmerz, wie schwer auch immer, der Preis dafür war, dann mußte sie es ertragen, und er mußte ertragen, daß er davon wußte. Irgendwo am Ende dieses Tunnels gab es ein Licht; Gott hatte ihn in seinen Gebeten einen kurzen Blick darauf werfen lassen, hatte angedeutet, daß sie es durchstehen würden.

»Na«, sagte Forbush, als er wieder erschien, »wie wär's mit ein wenig Fernsehen? Während Sie außer Gefecht waren, kümmerte Mallory sich sehr aktiv um die Angelegenheiten des Staates. Ich habe ein Band mit Nachrichten zusammengestellt. Er und der Präsident haben den Kongreß ausgetrickst und in zwei Tagen die Aufhebung von Glass-Steagall durchgedrückt. Ich dachte, es macht Ihnen vielleicht Spaß.«

Francis sah, wie das Bild auf dem Schirm aufleuchtete. Bekannte Gesichter im Ostzimmer des Weißen Hauses. Der Präsident und die First Lady, er strahlend und rotwangig, sie ungewöhnlich mürrisch und müde. Die Vorsitzenden des Senats und des Repräsentantenhauses. Der Finanzminister.

Und Manning Mallory. Nachdem der Präsident das Gesetz unterzeichnet hatte, ging der Füller symbolträchtig zuerst an Mallory. Mallory grinste. Als er den Stift vom Präsidenten nahm, warf ihm die First Lady überraschenderweise einen Blick beinahe wilder Abneigung zu; so schien es Francis zumindest. Ist wahrscheinlich eifersüchtig auf ihn, dachte er, so wie sie angeblich ja auch auf den Stabschef des Weißen Hauses eifersüchtig ist.

»Nicht schlecht, hm?« meinte Forbush. »Diese Woche kriegt er vom Präsidenten den Füller. Und wenn ich mich nicht täusche, wird ihm der Sowjetische Generalsekretär nächsten Montag oder Dienstag den Leninorden an die Brust heften. Eine ziemlich geschäftige Zeit, sogar für einen Mann wie Manning Mallory, was?«

Vom Fernsehschirm kam eine salbungsvolle Rede des Präsidenten über wirtschaftliche Freiheit und die Gefahr der Beschränkungen. Er sprach herzlich über Manning Mallorys Rolle als führender Vertreter der Privatwirtschaft bei dem Bestreben, dem Kongreß ein richtiges Verständnis der Gefahren von Gesetzen wie Glass-Steagall für die Marktwirtschaft beizubringen.

»Diese Regierung ist schon was, oder?« kommentierte Forbush. »Wissen Sie, wie sie Harlem in der Kantine des Weißen Hauses nennen? Nigger-agua. Und wir beide werden denen wahrscheinlich ihren kollektiven Arsch retten!«

»Ich denke so wie Sie über die«, sagte Francis. »Warum lassen wir das Spiel nicht einfach zu seinem Ende kommen?«

»Rev, wenn ich es mir aussuchen könnte, würde ich für die Rettung eines anderen Präsidenten arbeiten, aber ich habe eben keine Wahl. Ich habe einen Purple-Heart-Orden und ein Distinguished Flying Cross, ein Land, einen Präsidenten. Ich habe eine Zukunft — ich und mein Volk. Ob man es will oder nicht, so wie die Sache im Augenblick aussieht, ist dieses Land die letzte große Chance. Ich muß tun, was ich kann. Sonst liegt Amerika im Staub, bevor wir Schwarzen es überhaupt eingeholt haben.«

Er lächelte.

»Wissen Sie, ich habe gesehen, wie Sie versucht haben, sich vorzustellen, was es heißt, ein Schwarzer zu sein. Sie werden es nie wissen, und ich bin mir nicht einmal sicher, ob ich es Ihnen je beibringen könnte, so ein überqualifizierter Oberschichtnigger wie ich. Ich kann Ihnen aber sagen, was es heißt, ein Weißer zu sein, weil ich es weiß. Ich bin selber weiß gewesen, zumindest am Telefon. Ich kann weiß sein, solange mich niemand zu sehen bekommt. Nicht daß ich glaube, weiß oder schwarz macht noch etwas aus, wenn Mallory seine Schau abzieht. Vielleicht nicht einmal, wenn er es nicht tut. Ich persönlich glaube, daß unsere Kinder das ausbaden müssen, was eigentlich uns zusteht, weil wir uns einen Scheißdreck um die Schulen, die Armen und das Defizit kümmern, zumindest nicht, solange der Aktienindex auf 1900 zugeht und der Präsident uns sagt, daß alles einfach großartig ist. Wie wär's jetzt mit Fernsehen? Ich habe ein paar super Bänder. Alle guten Bogarts. Oder Alec Guinness in *Tinker, Tailor.* Es gibt doch nichts Besseres als einen guten Spionagethriller. Aufregen bringt jetzt nichts, Rev; wir beide werden hier sitzen, bis das Telefon klingelt.«

35

COLUMBIA, MARYLAND

Karfreitag, der 3. April

Im Fernsehen witzelte Jimmy Stewart sich eben durch *Philadelphia Story.* So muß es im Exil sein, dachte Francis. Seit Mittwoch hatte er sich mindestens ein Dutzend Filme angesehen.

Forbush konnte er in der Küche am Telefon hören. Myra Forbush war mit den beiden Mädchen für ein langes Wochenende zu ihren Eltern nach Richmond gefahren. Etwas lag in der Luft, etwas stand kurz bevor. Er spürte es.

Zunächst war das Telefon zum Leben erwacht. Es hatte schon früh zu klingeln begonnen, während Francis noch schlief, und es hatte während des ganzen Vormittags immer wieder geklingelt. Irgend etwas stand mit Sicherheit bevor.

Er versuchte, sich wieder auf den Film zu konzentrieren, aber statt dessen machte er sich Sorgen um Elizabeth und den Schaden, den ihre Gefühle bei dieser Sache nehmen mußten. Schaden, den er ihr verursacht hatte. Wäre es nicht besser gewesen, wenn er nie angefangen hätte, die Fragen zu stellen, die ihn hierher gebracht hatten? Und war sie überhaupt in Sicherheit? Was war mit dem Foto? Ob Waldo Chamberlain bemerkt hatte, daß es fehlte? Er versuchte, sich daran zu erinnern, wieviel Elizabeth eigentlich wußte, und wieviel sie erraten konnte. Nein, das ist alles zu unglaublich, dachte er. Sie ist nicht in Gefahr. Lieber Gott, betete er schweigend, laß es so sein, tu nur dies eine für mich.

Verdammt, dachte er, natürlich ist es richtig gewesen, die Spur zu verfolgen. Forbush hatte recht. Die Alternative war nicht auszudenken. Was die augenblickliche Schweineherde in Washington und Wall Street machte, konnte nicht ewig dauern; diese neue Rasse war nicht mehr als eine zeitweilige Abweichung, ein Herpes im Gesicht eines ansonsten gesunden Systems. Die Systeme waren sowieso alle irgendwie gleich. In der Sowjetunion spielte der wendige Bürokrat die erste Geige, und in Amerika gehörte der Lorbeer dem raffinierten Kerl mit dem schnellen Mundwerk und einem Freund in der Cert.

Nun ja, mit der Zeit würden die Verfassung oder die Versicherungsstatistiken diesen Präsidenten vertreiben und den Hardliner-Kapitalismus entrechten, für den er stand. Man würde dann diese Jahre nur als einen weiteren Teil eines unendlichen Kreises betrachten: vom Edlen zum Gemeinen und wieder zum Edlen zurück, von Gemeinschaftssinn und Kollegialität zu Eigensucht und Egozentrik und wieder zurück. Früher oder später würde die Nation entdecken, daß sie der Geldorgien müde ist, und sich dann daran machen, den Schaden zu beheben. Nichts war endgültig.

Bis auf das hier. Wenn Mallory und Chamberlain es zu Ende brachten, dann konnten nicht einmal ein Washington oder ein Roosevelt, ja nicht einmal ein Lincoln, das System zusammenhalten.

Wieder klingelte das Telefon in der Küche. Er hörte Forbush abnehmen. Dann knallte er den Hörer wieder auf die Gabel und erschien einen Augenblick später unter der Tür. Er klang begeistert, wie ein Mann der Tat, der endlich zu seiner Bestimmung gerufen wurde. »Zeit, daß wir uns auf die Socken machen, Rev. Jetzt geht's los!«

Francis griff nach seinem Jackett und folgte Forbush hinaus.

Während sie mit Höchstgeschwindigkeit südwärts fuhren, erläuterte ihm Forbush die Lage.

»Unsere Freunde nehmen Reißaus, Gott sei Dank. Als sie versuchten, Sie umzulegen, hatte ich schon Angst, sie würden in Ruhe an ihrem Plan festhalten. Aber jetzt haben sie entweder auf den Alarmknopf gedrückt, oder sie denken, daß ihnen außer Ihnen noch andere auf der Spur sind. Deshalb haben sie den Tag X vorgezogen.«

Ein Schild verkündete, daß der Andrews-Luftwaffenstützpunkt noch zehn Meilen entfernt sei.

»Was, glauben Sie, haben die jetzt vor?«

»Ich dachte zuerst, sie würden auf dem zivilen Weg verschwinden. Aber der Buchungscomputer meldete nichts, und ein so hohes Tier wie Mallory würde nie einen Standby-Flug nehmen, auch wenn es der letzte in den Himmel wäre. Also dachte ich mir, was ist mit einem Transport über Land? Vielleicht fahren sie nach Kanada oder Mexiko, aber das bedeutet Zoll und Einwanderungsbehörden. Da ist es wahrscheinlicher, daß sie nach einer ganz alltäglichen Verrichtung einfach verschwinden. Vom Tisch aufstehen, auf die Toilette gehen und es dann machen wie Judge Crater. Aber wie und wo? Und dann sagte ich zu mir: He, Phillips E. Forbush, wie wär's mit Quiddy Point, Maine?«

»Chamberlains Haus? Aber wie?«

»Das ist Grundwissen, mein lieber Rev. Es liegt einsam, man ist daran gewöhnt, und es ist per Flugzeug oder Boot zu erreichen. Also bin ich die Möglichkeiten durchgegangen. Wasserflugzeug? Nein. In dieser Jahreszeit ist das Meer zu unberechenbar, außerdem glaube ich, daß sie in der Nacht verschwinden wollen. Boot? Das gefällt mir nicht: Auch hier schwere See, und der alte Mann ist ja ziemlich gebrechlich. Die Roten wollen ihn doch in Bestzustand, um ihm öffentlich mit dem Freiheitsorden, den ihm der Präsident letztes Jahr verlieh, den Arsch zu wischen. Es bleibt also nur eine Transportmöglichkeit.«

»Hubschrauber?«
»Sie lernen aber ziemlich schnell. Und das bringt uns zur nächsten Frage: wie? Onkel Iwan kann ja auch nicht gerade mit einem seiner eigenen herüberkommen und sie holen. Da hat vielleicht die Küstenwache was dagegen. Das schließt auch einen Rundflug von einem Schiff auf offener See aus.«
»Also müssen sie irgendwo auf dem Festland starten?«
Forbush grinste. »Rev, Sie werden ja noch zu einem richtigen Profi bei dieser ganzen Scheiße. Aber wo? Die Sowjetbotschaften in diesem Land unterhalten keine eigenen Hubschrauberflotten, sie müssen also einen leihen, auf die offene See hinausfliegen, die Passagiere ausladen und das Ding über Bord werfen. Dann frage ich mich: Wer fliegt die Kiste? Irgendein Charterpilot, der von nichts weiß, und bei dem sie sich dann überlegen müssen, was sie mit ihm machen sollen? Das glaube ich nicht. Es ist eine wichtige Operation. Da darf nichts schiefgehen; also wird einer ihrer eigenen Leute am Steuerknüppel sitzen. Und was glauben Sie? Da wurde doch wirklich und wahrhaftig diese Woche ein untergeordneter Attaché für die sowjetische UNO-Vertretung eingeflogen. Als ich ihn durch den Computer in Langley laufen ließ, erwies er sich als Oberst der Roten Luftwaffe.«
»Wie ich Ihre Allwissenheit kenne«, sagte Francis, »ist der Mann zweifellos ein qualifizierter Hubschrauberpilot.«
»Genau, Rev!« Forbush lachte. »Jetzt gibt es aber nur etwa ein Dutzend Hubschrauberverleiher im Umkreis von fünfhundert Meilen um Quiddy Point. Einer davon ist in Hartford, und jetzt raten Sie mal, wer auf dem Bradley Field für vier Uhr am heutigen Nachmittag einen Jet Ranger gebucht hat? Sagen Sie es nicht, ich kann an Ihrem Gesicht ablesen, auf wen Sie tippen.
Aber jetzt kommt das Entscheidende: Mein letzter Anrufer erzählte mir, daß der KGB-Vertreter in der Sixty-seventh Street anscheinend vor einer Stunde plötzlich beschlossen hat, aufs Land zu fahren, und zwar nordwärts auf dem Mer-

ritt Parkway, geradewegs nach Hartford, der goldbekuppelten Hauptstadt des Nutmeg State und Standort des Bradley Field. Sieht aus, als hätte man ihn gebeten, ein wenig Flug-Babysitter zu spielen.«

Ein Schild wies auf die Abzweigung zum Andrews-Luftwaffenstützpunkt hin.

»Können Sie für einen Augenblick hier anhalten?« fragte Francis.

»Klar.« Forbush schwenkte auf die Standspur ein. Er schaltete die Zündung aus. Als er sich Francis zuwandte, gab ihm die Sonne, die in den dunklen, verspiegelten Gläsern seiner Pilotenbrille reflektiert wurde, ein surreales, bedrohliches Aussehen.

»Sehen Sie«, sagte Francis. »Ich möchte nur ungefähr wissen, was passiert. Sie scheinen Leute zu haben, die von hier nach Maine jeden Zentimeter abdecken. Niemand telefoniert, ohne daß Sie zuhören. Kann man dann davon ausgehen, daß Sie — wir — nicht mehr inoffiziell arbeiten, wie Sie gesagt haben? Und wenn das der Fall ist, wer zahlt die Rechnung? Und wohin fahren wir?«

Forbush nahm die Sonnenbrille ab. Er sah kurz mit zusammengepreßten Lippen aus dem Fenster, was ihm einen leicht verärgerten Ausdruck gab, und drehte sich dann wieder Francis zu.

»Ich werde es kurz machen, Rev. Ich muß nach Andrews. Ich stehe unter Vertrag, eine Aufgabe mit einem sehr engen Terminplan zu erfüllen. Unter Vertrag! Mehr kann ich Ihnen im Augenblick nicht sagen. Sie können mitkommen, wenn Sie wollen; das hatten wir abgemacht. Ich versprach, dafür zu sorgen, daß Sie am Ende mit dabeisein können, wenn Sie wollen. Sie sagten, Sie wollten, aber wenn Sie jetzt nicht mehr wollen, können Sie in Andrews aussteigen, und ich werde dafür sorgen, daß Sie jemand an einen sicheren Ort bringt. Ich müßte Sie auf Eis legen, bis die ganze Sache vorüber ist.«

Forbush fuhr wieder auf die Straße zurück. »Ich muß mich jetzt auf den Weg machen. Wenn Sie mitkommen wollen, dann kommen Sie mit. Alle Ihre Fragen werden beantwortet, aber später. Was wollen Sie?«

Francis sagte nichts. Er sagte nichts, als Forbush durch das befestigte und bewachte Tor zum Stützpunkt fuhr, wobei er dem Wachhabenden zwei Pässe zeigte und auf Francis wies. Er sagte nichts, als ein Jeep neben sie fuhr, sie anwies, ihm zu folgen, und sie nach einer Ewigkeit zu einem auf einer entfernten Rollbahn stehenden Learjet brachte.

Und er sagte auch nichts auf dem Flug nordwärts nach Bangor. Er sagte nichts, weil er nichts zu sagen hatte, und weil er am Ende mit dabeisein wollte, dort sein wollte, wo er annahm, daß sie hinflogen. Es war jetzt nicht mehr unter seiner Kontrolle; es erinnerte ihn an ein Erlebnis, als er einmal im Meer schwamm und von einer hinterlistigen Strömung etwa hundert Meter aufs offene Meer hinausgetrieben worden war. Er war nicht in Panik ausgebrochen, er hatte sich einfach tragen lassen, bis sich die Welle erschöpft hatte, und war dann ohne Mühen wieder ans Ufer zurückgeschwommen. Jetzt war es ähnlich. Er war in Gottes Händen und ließ sich von der Bestimmung, die Gott für ihn ausersehen hatte, tragen. Gott wußte schon, was Er tat. Vertrau ihm, Francis.

Vom Flughafen Bangor fuhr man sie etwa fünfundvierzig Minuten lang nordwärts an einen Ort, der aussah wie das Fischerei-Camp eines Konzerns. Francis glaubte die Gegend teilweise noch von seiner einzigen Reise so weit in den Norden wiederzuerkennen. War es wirklich erst drei Wochen her, seit er Waldo Chamberlains Haushälterin besucht hatte? Allzuweit konnte Quiddy nicht mehr weg sein, er vermutete die Küste etwa dreißig Meilen Luftlinie weiter östlich.

Das Haupthaus und die Cottages des Camps waren verschlossen. Man führte Francis und Forbush in eine nur aus einem Raum bestehende Hütte mit Limonaden- und Kaffee-

automaten. Wahrscheinlich der Aufenthaltsraum der Waldhüter, dachte Francis.
Forbush überließ Francis seinen eigenen Gedanken. Ab und zu klingelte das Telefon. Operationsberichte, vermutete Francis.
Um 17 Uhr 15 klingelte das Telefon erneut. Während Forbush sprach, sah Francis aus dem Fenster. Es war noch hell. Das Camp lag an einem kleinen, von hohen Tannen umstandenen See. Alles war sehr friedlich. Auf der Wiese, die sich zum See neigte, bemerkte er einen betonierten Hubschrauberlandeplatz. Alles mit dem Geld der Aktionäre, dachte er.
Forbush hinter ihm gluckste. »Es interessiert Sie vielleicht, daß Manning Mallory mit einer Gulfstream der CertCo nur zwanzig Minuten nach uns in Bangor eintraf. Das nenne ich einen standesgemäßen Abgang. Seine Limousine ist eben vor Mr. Chamberlains Haus vorgefahren. Er will hier das Osterwochenende mit seinem alten Kameraden verbringen. Niemand wundert sich, daß er sechs Koffer bei sich hat. In seiner Welt fragt keiner, warum. Sagen Sie, Rev, wollen Sie wissen, was los ist? Oder schmollen Sie?«
Ja, dachte Francis. Ich bin aber doch freiwillig hier. Es hat mich niemand entführt.
»Tut mir leid«, sagte er. »Sie müssen verstehen, Forbush. Das alles ist — nun, zu hoch für mich, das meiste zumindest.«
»Zum Teufel«, entgegnete Forbush. »Glauben Sie, ich versteh' das nicht? Aber hören Sie endlich auf, so naiv daherzureden. Diese Kerle habe diese Gaunerei dreißig Jahre lang aufgebaut; sie hätten beinah die ganze Welt in die Luft gejagt, und sie können es immer noch tun, wenn wir Pech haben oder sie cleverer sind, als ich dachte. Schon komisch, nachträglich betrachtet, wie leicht es für sie war. Alle legten sich einfach auf den Rücken und wackelten mit dem Schwanz. Die Menschen sind so, man muß ihnen nur zeigen, welche Farbe eine Menge Geld hat.

Wir haben es alle geschluckt. Sehen Sie doch mich an. Ich hasse diese Hundesöhne in der Wall Street, aber sogar meine erste Reaktion auf Ihre Theorie war: O je, wieder so einer, der mir erzählen will, daß Jack Kennedy von der Zionistischen Liga ermordet wurde. Sie haben die Operation Ropespinner aufgedeckt, Rev. Sie und niemand anderes. Sie erkannten, wie sie funktioniert. Vielleicht, weil Sie nicht mehr in dem Geschäft sind, vielleicht, weil Sie einfach Glück hatten. Ist das wichtig?«

Francis schüttelte den Kopf.

»Na, ich will Sie auf jeden Fall auf den neuesten Stand bringen. Erstens, Mallory ist mit mehr Gepäck als der Herzog von Windsor eingetroffen, um Ostern mit seinem alten Kumpel Waldo Emerson Chamberlain zu verbringen. Zweitens, ein sowjetischer Trawler, der ein Manöver der kanadischen Flotte vor Neufundland beobachtete, änderte plötzlich den Kurs und sauste südwärts. Hat sich dabei fast die Maschine aufgearbeitet, aber schließlich ging er doch vor zwei Stunden hundertfünfzig Meilen nord-nordöstlich von Quiddy Point vor Anker. Internationale Gewässer, aber leicht mit einem Hubschrauber zu erreichen. Drittens, unsere Freunde von der Sixty-seventh Street haben ihren gemieteten Jet Ranger in Bradley termingerecht abgeholt und sind vor zwanzig Minuten gestartet; unsere ›Himmelsspäher‹ melden mir, daß sie bei dem augenblicklichen Wind wahrscheinlich zwischen 19 Uhr 20 und 19 Uhr 30 bei Genosse Waldo eintreffen werden. Quiddy ist von hier ungefähr zwanzig Flugminuten entfernt, und ich habe vor, nicht später als 19 Uhr 10 dort zu sein.«

Francis wollte fragen, was zwischen 19 Uhr 10 und 19 Uhr 20 passieren sollte, überlegte es sich dann aber anders und sagte statt dessen: »Ich möchte eine Frage wiederholen, die ich Ihnen schon zuvor gestellt habe. Ich bin heute mit Ihnen in einen streng geheimen Luftwaffenstützpunkt eingeschneit, mit einer Präsidentenmaschine nach Bangor geflogen und dann in ein Fischerei-Camp der Fortune 500 gefahren. Sooft Sie den Hörer abnehmen, ist es entweder das Strategische Luftkommando oder die Abteilung für Marineoperationen. Es überrascht mich, daß das Weiße Haus noch nicht angerufen hat. Im nordöstlichen Atlantik scheint nichts zu passieren, was Sie nicht unter Kontrolle haben. Sie sind zweifellos ein vielseitiges Talent, aber was Sie hier laufen haben, ist eine hervorragend ausgearbeitete, komplexe und *teure* Operation!«

»Aber Sie haben ja noch gar nichts gesehen.«

»Trotzdem, ich ...«

»Sie wollten wissen, wer Ihr Spiel unterstützt?«

Forbush beugte sich auf der Kante der Bettcouch vor. Er leckte sich die Lippen und klopfte schwer mit dem Fuß auf den Boden. Die Uhr an der Wand hinter ihm zeigte 17 Uhr 57.

»Nehmen wir einmal an, es ist jemand, der dem Präsidenten sehr nahesteht, ein Hüter der Flamme sozusagen, jemand, der versteht, daß die Nachwelt am freundlichsten zu einem ist, wenn man sich gut um die Gegenwart kümmert. Diese Person war sehr aufgeregt über das, was ich zu sagen hatte, und diese Person fragte mich deshalb, was ich brauche, um sicherzustellen, daß die Operation Ropespinner nicht abgeschlossen wird, was ich brauche, um — na, die Dinge wieder ins Lot zu bringen. Um Amerika für den Kapitalismus sicher zu machen und Unsterblichkeit für unseren geliebten Führer zu garantieren.«

Ohne einsichtigen Grund dachte Francis plötzlich an das Videoband mit der Unterzeichnungszeremonie im Weißen Haus.

»Und sie kriegt das wirklich alles hin?«

»Sie?« fragte Forbush lächelnd. »Von einer ›Sie‹ habe ich kein Wort gesagt.« Glucksend begann er eine Karte zu studieren.

Ein knappe Stunde später kam von Westen der Hubschrauber mit einem ohrenbetäubenden Dröhnen und einem Ab-

wind, der beinahe die Aluminiumkanus vom Liegeplatz in den See geweht hätte. Er landete auf dem Betonplatz, die Rotorblätter hörten auf, durch die Luft zu schneiden, und die Welt war wieder ruhig. Francis ging zum Fenster und sah hinaus. Im schwächer werdenden Licht sah der schwarze und bedrohliche Hubschrauber aus wie ein schrecklicher Insektenmutant aus einem Science-Fiction-Film. Er war viel größer, als Francis erwartet hatte.
Forbush hatte die Landung des Hubschraubers von der Hüttentür aus verfolgt. Als der Maschinenlärm erstarb, verschränkte er die Arme, wie um sich gegen die Kühle des Abends zu schützen. Dann kehrte er in das Zimmer zurück.
»Okay, Rev«, sagte er, »Zeit für unseren Auftritt!«
Sie gingen zum Hubschrauber.
»Zu Ihrer Verfügung, Major«, sagte der junge Pilot und salutierte vor Forbush. Ein Luftwaffensergeant verteilte Schwimmwesten und Helme.
»Alle Systeme in Ordnung?« fragte Forbush.
»Bewaffnet und aufgetankt, Sir.« Noch ein schneidiger Gruß.
»Ich bringe Ihnen die Maschine in einer Stunde wieder, Leutnant«, sagte Forbush.
»Roger, Sir.«
Francis sah auf seine Uhr: 18 Uhr 35.
Forbush half ihm beim Anschnallen und Feststecken.
»Von jetzt an, Rev«, sagte Forbush, »kein Wort mehr. Wir müssen davon ausgehen, daß wir heute abend nicht die einzigen hier in der Gegend mit großen Ohren sind. Außerdem werde ich ziemlich beschäftigt sein. Alleine sind diese Dinger verteufelt schwer zu fliegen.« Er wandte sich den Knöpfen, Schaltern und Hebeln zu. Die Rotorblätter begannen sich in ruckartigen, ungelenken Schüben zu drehen.

Nach Francis' Uhr waren sie seit zwanzig Minuten in der Luft. Es war 19 Uhr 06. Fünf Minuten vor was immer auch kommen sollte.

Unter ihnen war es vollkommen schwarz. Er hatte kein Gefühl für Höhe oder Richtung. Ab und zu glaubte er auf der linken Seite ein Licht zu sehen, aber er war sich nicht sicher. Forbush war vollkommen beschäftigt. Er schien nach einer Digitalanzeige zu navigieren, die auf die Innenseite des Plastikvisiers seines Helmes projiziert wurde. Der Lärm in der Kabine war ohrenbetäubend. Von außen hatte der Hubschrauber groß ausgesehen, aber das Innere war so vollgestopft, daß man meinte zu ersticken.

Plötzlich schwenkte Forbush den Helikopter in eine enge, geneigte Linkskurve. Nach zehn Sekunden richtete er ihn wieder gerade und schaltete im gleichen Augenblick die Scheinwerfer an.

Wasser. Sie waren über dem Wasser. Der Hubschrauber schwankte leicht. Eine windige Nacht, dachte Francis.

Er sah sich um. Dunkelheit. Nichts. Das Kräuseln und die Wellenbewegungen des Wassers unter sich sah er mit fotografischer Schärfe. Sie konnten nicht höher als zehn oder fünfzehn Fuß sein, dachte er.

Und dann sah er es: ein kleines Licht in der Ferne, etwas nördlich. Forbush korrigierte die Flugbahn des Helikopters; das Licht wurde jetzt mit jeder Sekunde größer. Francis spürte, wie der Hubschrauber allmählich sank. Die Einzelheiten unter ihnen wurden immer deutlicher.

Das Licht, auf das sie zuflogen, war unbeweglich, und Francis erkannte, was es war: Waldo Chamberlains Haus auf der Klippe.

Jetzt stiegen sie, um schneller fliegen zu können, und zogen in einem weiten Bogen über das Meer. Der Scheinwerfer huschte über ein kleines Segelboot, einen hölzernen Steg, den weißen Schaum, wo das Meer sich am Fuß der Klippen brach.

Sie brausten über einen Flaggenmast, dann über das Haus selbst. Forbush bremste den Hubschrauber ab, er schien in der Luft stehenzubleiben, dann drehte er sich um die eigene

Achse auf das Haus zu und landete sanft auf dem Rasen, etwa dreißig Meter vom Vordereingang entfernt.
Francis hatte Mühe mit dem Atmen. Forbush neben ihm saß still wie ein Roboter, sein Gesicht hinter der Maske verborgen. Der Scheinwerfer des Helikopters war voll auf das Haus gerichtet.
Die Vordertür ging auf.
An diesem Punkt änderte sich für Francis die Zeit. Nicht zur Zeitlupe, sondern so, als wäre jede Sekunde, jedes Zeitfragment ein separates Dia, schnell und ruckartig projiziert: Aufleuchten, Scharfstellen, Pause, Wechsel.
Manning Mallory tauchte als erster auf, mit einem Koffer in jeder Hand. Er lächelte und blinzelte gegen das Licht. Dann Chamberlain. Größer. Älter. Aktentaschen gegen seine Brust gedrückt. Sie gingen unsicher auf den Hubschrauber zu, vornübergebeugt aus unbewußter Angst vor den Rotorblättern. Atemlos sah Francis zu. Mallory. Chamberlain. Mallory, der einen Koffer abstellte, um seine Augen gegen den grellen Scheinwerfer abzuschirmen. Chamberlain, der immer weiter ging. *Klick-klick.* Nächstes Dia. *Klick-klick.*
Hatte Forbush sich bewegt? Hatte er einen Knopf gedrückt, einen Hebel umgelegt? Francis konnte sich nicht mehr daran erinnern.
Woran er sich erinnern konnte, was er nie vergessen würde, war das, was nun geschah.
Aus dem Bauch des geflügelten Monsters, in dem sie hierher geflogen waren, brach plötzlich der Atem des Drachen, eine schmierige, blähende, züngelnde Flammenwolke, ein böser, feuriger Wind, ölig und sengend, wie mit eigenem Leben auf das Haus zurasend.
Er verschlang die Männer auf der Auffahrt. Während Francis zusah, schien es, als würden sie zu ihren eigenen Negativen, bleiches Fleisch wurde schwarz, dunkelbekleidete Glieder zu weißen Knochen, weißer Asche. Noch durch den gigantischen Lärm des Helikopters glaubte er einen Schrei zu hö-

ren. Die Männer verschwanden, während das Feuer weiterraste und das Haus selbst erfaßte.
Er hörte kaum das Dröhnen der Motoren, als sie abhoben. Er war taub vor Entsetzen, kaum fähig, das brennende Haus anzusehen und die kleinen, trägen Flammen, die auf den verkohlten, holzähnlichen Leichen auf der Auffahrt tanzten.
Noch Minuten später konnte er kaum reagieren, als Forbush ihm auf die Schulter klopfte und mit dem Daumen seewärts wies, wo in der Ferne ein blinkendes Licht nordwärts durch die Nacht flog, zu einem Rendezvous, zu dem es jetzt zu spät war.
Es war, als hätten die Flammen seinen Verstand und nicht seine Augen geblendet. Er mußte immer an die Offenbarung des Johannes denken: »Und Feuer und Rauch und Schwefel kam aus ihren Mäulern.« Er begann zu beten — für Vergessen und Vergebung —, wütend auf Gott, weil Er ihn in die Eingeweide der Hölle geführt, und unermeßlich dankbar, daß Er ihn wenigstens wieder herausgeführt hatte.

36

NEW YORK

Karsamstag, der 4. April

Nun, da sie endlich in New York war, wußte Elizabeth nicht, was sie eigentlich hier sollte. Man ließ sie nicht zu Francis; und schlimmer noch, die Schlagzeilen der Zeitungen löschten jeden kindischen Gedanken an Rache, den sie vielleicht gehabt hatte, aus.

Nun, sagte sie sich, es muß doch etwas geben, was ich tun kann! Ihr Vorrat an Tränen war erschöpft, in Paris hatte sie sich den Hals wund geschluchzt und geflucht, ihre Schritte hatten den Teppich blankgewetzt.

So etwas sollte einer modernen Frau nicht passieren. Moderne Frauen waren zäh und geschäftstüchtig, sie nahmen das Leben, wie es kam. Weinen und heulen kam doch nur in den Romanen für Verkäuferinnen vor. Niemand mehr »löste sich in Tränen auf«.

Aber genau das hatte sie getan. Sie hatte sich aufgelöst, war geschmolzen, hatte ihren inneren Halt, ihr emotionales Knochengerüst verloren.

Leute erzählten ihr immer wieder, sie wüßten noch genau, was sie getan hatten, als sie von der Ermordung Jack Kennedys erfuhren. So als wäre es ein Meilenstein, ein Bestimmungsmerkmal der amerikanischen Seele. Sie selbst er-

innerte sich noch daran, wo sie damals gewesen war: in der Cafeteria der New Trier High School, bei der Probe für den Anfeuerungschor.
Und als sie die Nachricht über Francis erhalten hatte? Würde auch das solch eine ewig währende Erinnerung bleiben?
Sie war zu Hause gewesen, beim Packen. Und sie hatte diese kindische, dämliche Platte gehört, die er ihr aus New York geschickt hatte.
Das wird die letzte Reise sein, die er meinetwegen unternimmt, hatte sie gedacht. Salzburg ist etwas Besonderes, aber wenn ich so weitermache, werde ich den Armen erschöpfen, und ich will ihn doch ein ganzes Leben lang haben. Ihr fiel ein, daß sie überlegt hatte, wie lange das wohl sein würde. Francis war siebenundvierzig. Mindestens dreißig Jahre.
Wo hatte Francis diese blöde Platte nur ausgegraben? Anne Ziegler und Webster Booth waren zwei englische Sänger, die sie damals noch nicht kannte, aber jetzt würde sie sich immer an diese Namen erinnern. Sänger und Lieder aus den Dreißigern. Francis sprach von den Dreißigern immer so, als wäre er dabeigewesen, als hätte er die Depression erlebt, aber er wurde doch erst 1939 geboren. Er war einer der Menschen, für die Geschichte so real war, daß sie in die Vergangenheit treten konnten wie in ein angrenzendes Zimmer. Manchmal ließ ihn das sehr altmodisch erscheinen, aber es bezauberte sie jedesmal.
»Wenn ich den Schlüssel zu deinem Herzen hätte«, sang eben der Mann, als das Telefon klingelte. Jetzt hörte sie diesen sanften, vertraulichen Tenor, als würde er immer noch singen.
»Ich würde dir den Schlüssel zu meinem ...«
Und das Telefon klingelte. Sie würde die genaue Zeit nie vergessen: 11.13 p.m. auf ihrer Uhr; 23.13 mitteleuropäischer Zeit; 22.13 Greenwicher Zeit. In New York 5.13 p.m. Ostküsten-Normalzeit. Zur Ablenkung machte sie sich ein Spiel daraus, auszurechnen, wie spät es in Aden, in Tucson, in Kuala Lumpur war.

Ja, 5 Uhr 13, und die Stimme am anderen Ende der Leitung hatte sie gefragt, ob sie Miss Bennett sei, und als sie bejahte, hatte sich die Stimme als Phillips Forbush vom Büro des Bischofs vorgestellt.
Forbush?
Schon wieder Forbush. Der Mann, der es geschafft hatte, sie bei der Liebe auf den Bermudas zu unterbrechen, mit der Nachricht, wie Francis sagte, das Gemeindehaus sei verwüstet worden. Francis hatte ihr erzählt, Forbush sei eine Art Sozialarbeiter.
Sollte Forbush für ewig ihr Unglücksbote sein, immer anrufen und den Augenblick zerstören?
Verärgert hatte sie zunächst nur halb zugehört, aber dann — was sagte dieser Mann? Worüber sprach er? Er sprach über Francis, über einen Schlaganfall, einen möglichen Hirnschaden, über Krankenhäuser, Risikofaktoren, über die Chance eins zu acht, zu zehn, zu hundert! O Gott, er sprach über *Francis!*
Danach wurde es trübe. Das Bewußtsein verschwand mit einem schauderhaften Kreischen.
War sie es gewesen? Nein, sie hatte nicht geschrien. Zumindest nicht sofort. Sie hatte zu zittern begonnen; da war sie sich ziemlich sicher.
Danach hatte sie wohl Luc angerufen, denn er tauchte kurze Zeit später auf, aber inzwischen bestand ihre Welt nur noch aus Ausbrüchen von Wut und Angst und Selbstmitleid, sie verschwamm in krampfartigem Schluchzen. Wie erbärmlich mußte sie gewirkt haben! Wie peinlich!
Die Leute waren ausgesprochen freundlich gewesen. Tony war gekommen und hatte sich um sie gekümmert. Ein Doktor brachte seine Spritzen und produzierte Zeiten des Nichts. Man fand jemand, der bei ihr blieb, eine freundliche Frau, der es offensichtlich Spaß machte, bei dem Elend von anderen Hebamme zu spielen, und die davon sprach, ihr eigener Sohn sei *mort dans la guerre,* bis Elizabeth hätte

schreien können. Ihre Kollegen von Concorde gingen ein und aus. Mrs. Leslie rief sogar aus New York an, und sie weinten gemeinsam per Satellit.

Gegen Ende der Woche hatte ihre kleine Tragödie fast allen Reiz verloren.

Sie besetzte nicht weiter die Gefühle ihrer Freunde. Andere Sorgen forderten deren Interesse, der Besucherstrom wurde immer spärlicher. Vor ihrem Fenster ging das Leben weiter, und sie waren gezwungen, sich ihm wieder anzuschließen, wie sie es selbst vernünftigerweise auch hätte tun müssen.

Tony bot ihr sein Haus in der Dordogne an. Luc drängte sie, ihn und seine Verlobte Marie-Georges in ihr Familienschloß in der Nähe von Grasse zu begleiten. Man lud sie zu einer privaten Abendmesse in Sainte-Clotilde ein; der Faubourg Saint-Germain hätte keine großherzigere Geste machen können. Von Freunden, Kollegen und Kunden kamen Angebote, sich auf Schiffen, privaten Inseln oder in Weingärten zu trösten.

Sie lehnte sie alle ab. Sie zog es vor, durch die Straßen zu spazieren und mit sich selbst zu reden. Fahr nicht nach New York, sagte ihr jeder. Es ist hoffnungslos; du darfst ihn nicht sehen; es ist hoffnungslos. Sie sprachen mit solchem Fatalismus, daß auch sie selbst langsam glaubte, Francis' Tod sei nur noch eine Frage der Zeit.

Sie fing an, Gott die Schuld zu geben. Sie hatte ihm nie vertraut. Er hatte Francis ins Verderben geführt. Sie sah in den Spiegel und war schockiert von dem, was sie nicht sah, bestürzt, nicht das schmerzverzerrte Gesicht eines häßlichen, alten Weibes zu finden, einer Magdalena von Donatello, die sie anstarrte; ich habe schon schlechter ausgesehen, dachte sie und warf sich vor, es bedeute, daß sie nicht treu sei. Hatte sie denn nicht wenigstens ein Anrecht auf die ganze Ernte ihres Schmerzes? Ist es das, was Du mit Deinen Dienern machst, zischte sie die Luft im allgemeinen an, raubst Du ih-

nen noch den letzten Rest des Schmerzes, der sie vielleicht am Ende gesunden läßt?
Am Freitag war der Drang, nach New York zu fliegen, unwiderstehlich geworden. Sie buchte einen Flug und organisierte ein Zimmer im Carlyle.
Am Samstagvormittag ließ sie sich von Alexandre die Haare schneiden; dann nahm sie den Nachmittagsflug zum John-F.-Kennedy-Flughafen.
Und jetzt saß sie auf der Bettkante und sah die Abendnachrichten an, die sich zum fünfzehntenmal über das tragische Feuer ausließen, das die beiden hervorragendsten Männer der amerikanischen Geschäfts- und Wirtschaftswelt das Leben gekostet hatte.
Sie hatte die Schlagzeile in der *Post* gesehen, als sie am Samstagabend auf dem JFK aus dem Flugzeug gestiegen war. Im Taxi nach Manhattan vertiefte sie sich in die Geschichte. Es war praktisch eine Wiederholung des Feuers, das ihre eigene Familie getötet hatte. Offensichtlich war im Wohnzimmer ein Paraffinofen explodiert. Nach Angaben der örtlichen Polizei war die Wirkung wie Napalm gewesen. Mallory und Onkel Waldo waren in den Flammen umgekommen. Das Haus war niedergebrannt.
Das Carlyle besorgte die Samstagsausgabe der *Times* für sie. Sie blätterte zu den Todesanzeigen. Nichts. Für die letzte Ausgabe war das Feuer zu spät passiert. So mußte sie bis Sonntag warten.
Sie betrauerte sie nicht. Sie stellte sich das Haus vor, Onkel Waldos freundliches Gesicht, Mallory. Der Nachrichtensprecher im Hintergrund berichtete über Kondolenztelegramme, die in Massen bei der Cert, in Harvard und am MIT eintrafen. Der Präsident und seine Frau wollten einen gemeinsamen Gedächtnisgottesdienst besuchen. Was für ein leeres Leben haben sie geführt, dachte sie, wenn sie nur eine Bank, zwei Business Schools und diesen oberflächlichen Präsidenten als Hauptleidtragende haben?

Um Onkel Waldo empfand sie keine Trauer. Nicht nur, weil mit Francis ihre Trauerfähigkeit bereits erschöpft war. Irgendwie wußte sie, daß das, was mit Francis passiert war, mit Onkel Waldo und Mallory zusammenhing, mit diesem Bild von Onkel Waldo und Menschikow und mit diesem Sticktuch aus dem kleinen Büro. Sie hatten Francis umgebracht.
Nun schien es, als hätte Gott sie gestraft. Sie wußte noch aus ihren Religionsstunden in der High School, daß Gott eine grimmige Seite hatte. Er war es gewesen, der mit Onkel Waldo und Mallory abgerechnet hatte, und sie hoffte, daß er es schmerzhaft und qualvoll gemacht hatte. Dies war nicht der Gott, über den Francis sprach, es war mehr der Elizabeths. Sie hoffte, daß Onkel Waldo und Mallory geschrien hatten, als das Feuer sie auffraß, und daß Gott sie gehört und gelacht hatte.
Auf dem Schreibtisch stand der Holzschnitt, den sie in Paris gekauft hatte und Francis schenken wollte. Es war ein komisches Ding aus dem sechzehnten Jahrhundert, nach Bruegel: eine wilde, Bosch ähnliche Fantasmagorie mit dem Titel »Die Flucht der Geldsäcke«. Francis hätte es sicher gefallen. Der Gedanke ließ sie weinen. Und du hast gedacht, du hättest schon genug geweint, beschimpfte sie den Spiegel, du dumme, dumme, einsame Kuh!
Sie sah sich wieder an. »Jetzt hör aber auf damit!« befahl sie ihrem Spiegelbild. Sie brauchte frische Luft, mußte sich ablenken. So nahm sie Mantel und Tasche und verließ das Hotel. Draußen war es dunkel. Viel zu schwül für die Jahreszeit, dachte sie.
Sie begann zu gehen.
Geh, geh, geh, dachte sie. Einfach nur gehen. Geh dir deine Sorgen von der Seele.
Ohne es zu bemerken, bog sie in die Eighty-seventh Street ein. Sie blieb abrupt stehen, als sie sich vor den Stufen zu All Angels wiederfand. Menschen gingen die Treppen hinauf.

Irgendein Abendgottesdienst, dachte sie und betrat intuitiv die Kirche.
Von einem Tisch nahe beim Eingang nahm sie eine gedruckte Gottesdienstordnung. »Die Heilige Osternacht« stand darauf. Irgend jemand gab ihr eine Kerze.
Im Inneren der Kirche war es dunkel, schwierig, irgend jemand zu erkennen. Die Sitzreihen schienen voll zu sein. Weiter hinten fand sie noch einen Platz. Sie betete; die ganze Kirche schien vor Hingabe zu beben.
Sie spürte eine Bewegung hinter ihrem Rücken und drehte sich um. In einer kleinen Schale auf einem Ständer hatte man ein Feuer entfacht. Sie sah, wie der Meßdiener einen brennenden Span aus der Schale nahm und eine große Kerze anzündete. Neben ihm stand ein großer, finster dreinschauender alter Mann in Chorrock und Mitra — der Bischof selbst, wie sie annahm.
»Liebe Brüder und Schwestern in Christus: In dieser heiligen Nacht, in der unser Herr Jesus von den Toten auferstand, lädt die Kirche ihre Kinder ein, die über die Erde verstreut sind, sich in Wachen und Beten zu versammeln. Denn dies ist die Auferstehung des Herrn, durch die wir, indem wir Sein Wort hören und Seine Sakramente feiern, an Seinem Sieg über den Tod teilhaben.«
Ich bete für dich, Francis, hauchte sie, und sah sich um, ob ihre Nachbarn sie gehört hatten. Bitte betet auch für ihn, hätte sie am liebsten gesagt. Irgendwie glaubte sie, daß sie es auch taten.
Nun führte der Meßdiener eine langsame Prozession durch die Kirche, er trug die Osterkerze und hielt bei jeder Bank an, um die Gläubigen ihre Kerzen in die Flamme tauchen zu lassen. Als er den Altar erreicht, die Osterkerze auf ihren Ständer gestellt und das Exsultet angestimmt hatte — »Freuet Euch, ihr himmlischen Heerscharen und Chöre der Heiligen« —, erstrahlte die Kirche im warmen Schein der flackernden, kleinen Lichter.

Es war ein bewegender Gottesdienst. Francis wäre bestimmt so gern dabeigewesen! Es war offensichtlich, daß die Anwesenheit des Bischofs eine aufrichtige persönliche Geste für Francis' erschütterte Gemeinde war. Gottes Wort aber lautete: »... der Morgenstern, der keinen Untergang kennt ... der lebt und herrscht von Ewigkeit zu Ewigkeit.« Elizabeth fand es erstaunlich, wie leicht das Gebet kam und wie gut es ihrem gebrochenen Herzen tat.

37

NEW YORK

Ostersonntag, der 5. April

Am nächsten Morgen war Elizabeth wieder in All Angels.

»Nicht mit altem Sauerteig, noch mit dem Sauerteig der Bosheit und Niedertracht«, las die Priesterin.

»Sondern mit dem ungesäuerten Brot der Aufrichtigkeit und Wahrheit«, erwiderte die Gemeinde.

Elizabeth war von der Eindringlichkeit ihrer Erwiderung überrascht. Hatte es irgend jemand aus der Gemeinde bemerkt? Nein, alle hörten nur auf die Worte vom Altar.

»Christus, der von den Toten auferstanden ist, wird nie mehr sterben.«

»Der Tod hat keine Gewalt mehr über ihn.« Elizabeth senkte die Stimme. Weiter vorne konnte sie Mrs. Leslie und ihren Gatten sehen.

»So wisset denn auch, daß ihr sterben müßt für eure Sünden.«

Elizabeth wandte ihren Blick der Priesterin zu. »Aber auferstehen werdet in Gott durch Jesus Christus unseren Herrn«, murmelte sie. Das muß Angela sein, dachte sie, Francis' Assistentin. Eine gutaussehende Frau. Sehr hübsch. Hat sie dich je in Versuchung geführt, Francis? dachte sie. Hat sie dich je gereizt? Wenn sie so über ihren Geliebten dachte, linderte das vielleicht ihren zehrenden Schmerz.

Es gab einige Unruhe, als die Gebetbücher abgelegt und die Gesangsbücher aufgenommen wurden, und dann stimmte der Chor *Christ the Lord Is Risen Today* an. Wie schön die Kirche doch aussieht, dachte Elizabeth. Plötzlich war sie den Tränen nah. Wie gerne Francis es gesehen hätte! Ach, du fehlst mir so sehr, mein Geliebter, sagte sie schweigend, unfähig weiterzusingen.

Nach dem Gottesdienst eilte sie davon. Eine von Francis' Matronen würde sie sicherlich entdecken und viel Wirbel machen, und das war das letzte, was sie brauchte. Sofort nach dem Auszug der Priester und bei den letzten Tönen des Schlußchorals ging sie deshalb auf den Seiteneingang zu.

Der Tag war bedeckt und kalt; es sah nach Regen aus. Eilig ging sie die Eighty-seventh Street in Richtung auf die Lexington entlang. Daß sie in die Kirche gegangen war, machte sie froh, der Gottesdienst hatte sie gestärkt, und sie war gerührt von der Intensität, mit der die Gemeinde von All Angels sich in ein spezielles Gebet für Francis vertieft hatte.

Ich gehe ihn jetzt besuchen, beschloß sie, und scheiß' auf die Ärzte. Fünfmal hatte sie bereits im Krankenhaus angerufen. Dr. Garvey war einfühlend, aber bestimmt gewesen. Absolut keine Besucher, hatte der Arzt gesagt. Vielleicht gegen Ende der Woche. Bis jetzt gab es noch keine verläßliche Prognose.

Na, dachte Elizabeth, wir werden ja sehen! Wenn sie zum Columbia Presbyterian ging, die Intensivstation fand und nur genug Wirbel machte, mußte man sie ganz einfach zu ihm lassen.

Hinter sich hörte sie eilige Schritte.

»Miss Bennett?« fragte eine Stimme, die sie zu kennen glaubte.

Sie drehte sich um und stand vor einem stämmigen Schwarzen, der sie anlächelte. Sie musterte ihn. Ein grauer Anzug, der nicht richtig paßte; solide Korduanlederschuhe. Aufrichtigkeit stand ihm im Gesicht geschrieben.

»Ja«, antwortete sie. »Ich bin Elizabeth Bennett.« Sie musterte ihn noch einmal. »Ich nehme an, Sie sind Mr. Forbush. Vom Büro des Bischofs?«

»Ja, Madam«, erwiderte der Mann. »Ich habe Sie in der Kirche erkannt, und ...«

»Kommen Sie schon, Mr. Forbush«, unterbrach ihn Elizabeth. »Sie haben doch sicherlich schlechte Nachrichten für mich, Sie scheinen immer schlechte Nachrichten für mich zu haben, Sie ...«

Sie hielt inne. Was ist los mit mir? dachte sie. Francis würde mich umbringen, wenn er mich so reden hörte!

»Es tut mir leid, Mr. Forbush«, sagte sie. »Sie müssen verstehen ...«

Forbush schüttelte den Kopf. Er drehte die Krempe eines steifen, braunen Filzhutes in Fingern, die außergewöhnlich schlank und feinfühlig zu sein schienen.

»Nun«, sagte er, »als ich Sie erkannt hatte, Miss Bennett, und weil mir der Reverend doch Ihr Bild gezeigt und soviel über Sie gesprochen hat und alles, da dachte ich mir, ich sollte mit Ihnen sprechen. Es ist wegen Dr. Mathers Wohnung, wissen Sie. Ich habe die Schlüssel und ich dachte mir, vielleicht wollen Sie etwas haben, ein Bild oder so, bis der Reverend über den Berg ist.«

Elizabeth schüttelte den Kopf. »Nein, ich will wirklich nicht ...«

»Ich weiß, der Reverend würde sich sehr freuen, wenn Sie es täten«, meinte Forbush. Er riß sich fast eine Stirnlocke aus.

Warum eigentlich nicht? dachte sie. Zumindest war es doch sinnlos, die Gefühle dieses nettes Mannes zu verletzen. Es dauerte ja nicht lange; Francis' Wohnung war nur ein paar Blocks entfernt. Und ja, dachte sie, ich möchte sie wirklich gerne wiedersehen. Das sagte sie Forbush auch.

Während des kurzen Wegs zur Wohnung ließ er sie mit ihren

Gedanken allein. Sie glaubte, daß er annahm, sie müsse sich erst sammeln, bevor sie einen Ort besuchte, wo sie soviel Glück erlebt hatte, und vielleicht hatte er recht.
Die Wohnung war dunkel und staubig.
»Soll ich die Vorhänge öffnen?« fragte er.
»Nein, das ist schon in Ordnung«, antwortete sie. Sie sah sich um. Das Wohnzimmer war aufgeräumt worden. Es sah eigenartig, ungewohnt leer aus.
»Wo sind seine Bücher und Bilder, seine persönlichen Sachen?« fragte sie.
»Ich habe sie ins Schlafzimmer gebracht«, entgegnete Forbush. »Ich weiß eigentlich nicht, wieso. Schien mir nur irgendwie das richtige zu sein. Hier, ich werde es Ihnen zeigen.« Er ging auf den Korridor zu, der zum Schlafzimmer führte.
»Bemühen Sie sich nicht«, sagte sie. »Ich weiß, wo es ist. Würden Sie mich bitte für ein paar Minuten alleine lassen?« Sie hatte das Gefühl, gleich ein Heiligtum zu betreten, mit dem Forbush nichts zu tun haben durfte. War das also das Ende für sie und Francis und für alles, was hätte werden können? Aus und vorbei. Vorüber? Für immer, für ewig, für alle Zeit?
»Hier, wenn Sie erlauben, damit Sie etwas sehen«, sagte er und schaltete das Ganglicht ein.
Sie war kaum einen Schritt auf das Schlafzimmer zugegangen, als sie den Schalter hinter sich hörte und das Licht ausging. Als sie in der Dunkelheit stehenblieb, spaltete eine schreckliche, intensive Angst ihr Rückgrat. Sie hielt vor Furcht den Atem an und wollte eben zu schreien beginnen, als sie glaubte, ein Glucksen zu hören und Forbushs Stimme: »Machen Sie den Rev glücklich!« und dann das Zuschnappen der Wohnungstür. Der Schrei blieb ihr im Hals stecken. Und zur gleichen Zeit hörte sie ein weiteres Klicken und sah, wie am Ende des Ganges ein Lichtstreifen auftauchte, ein schmaler Streifen unter der Tür zu Francis' Schlafzimmer.

Einen Augenblick lang starrte sie darauf. Dann wußte ihr Herz schneller als ihr Hirn, was es bedeutete, und mit einem kleinen Freudenschrei stürzte sie darauf zu. Und während sie lief, schien der Lichtstreifen breiter zu werden, breiter und breiter, bis er die ganze Welt mit seiner Wärme und seiner Helle erfüllte.

Epilog

Gedacht ist dieses Buch als warnende Unterhaltung. Lesern, die sich eingehender über die Geschichte der Banken und über vergangene und gegenwärtige Finanzkrisen informieren wollen, seien die Bücher in Phillips Forbushs Regal empfohlen.

Wir scheinen die Geschichte zu ignorieren, obwohl doch eigentlich offensichtlich ist, daß wir dies zu unserem Verderben tun. Ein Buch wie Gouges *Paper Money* legt, aus einem Abstand von eineinhalb Jahrhunderten, nahe, daß es bei finanziellen Tollheiten wenig Neues unter der Sonne gibt. Wie tröstlich ist es doch, zu spüren, daß wir, ganz gleich, wie hart wir auch gearbeitet haben, um uns selbst und unsere besonderen Vorteile als Nation und Wirtschaftssystem zu ruinieren, irgendwie immer davongekommen sind.

Bis jetzt.

M. M. T.
Bridgehampton, 1986

Epilog

Gedacht ist dieses Buch als warnende Unterhaltung. Lesern, die sich eingehender über die Geschichte der Banken und über vergangene und gegenwärtige Finanzkrisen informieren wollen, seien die Bücher in Phillips Forbushs Regal empfohlen.

Wir scheinen die Geschichte zu ignorieren, obwohl doch eigentlich offensichtlich ist, daß wir dies zu unserem Verderben tun. Ein Buch wie Gouges *Paper Money* legt, aus einem Abstand von eineinhalb Jahrhunderten, nahe, daß es bei finanziellen Tollheiten wenig Neues unter der Sonne gibt. Wie tröstlich ist es doch, zu spüren, daß wir, ganz gleich, wie hart wir auch gearbeitet haben, um uns selbst und unsere besonderen Vorteile als Nation und Wirtschaftssystem zu ruinieren, irgendwie immer davongekommen sind.

Bis jetzt.

M. M. T.
Bridgehampton, 1986